21 世纪全国高职高专机电系列实用规划教材

U0143938

电机与拖动

主　编　梁南丁　滕颖辉

副主编　刘万友　杨秋鸽

参　编　张荣花　王春莹　叶　虹

北京大学出版社

PEKING UNIVERSITY PRESS

内 容 简 介

本书根据高等职业教育人才培养特色的要求,将电机学、电力拖动、控制电机和实验实训等内容有机整合为一体。全书共分为 10 章,内容包括绪论、直流电机、直流电动机的电力拖动、变压器、异步电动机、三相异步电动机的电力拖动、同步电动机、控制电机、电力拖动系统电动机的选择和电动机综合实践训练。

本书可作为高职高专院校电子信息类、机电类专业的教材,也可作为成人教育和继续教育的教材,还可供有关工程技术人员参考。

图书在版编目(CIP)数据

电机与拖动/梁南丁,滕颖辉主编. —北京:北京大学出版社,2009.7
(21 世纪全国高职高专机电系列实用规划教材)
ISBN 978-7-301-12389-8

Ⅰ. 电… Ⅱ. ①梁…②滕… Ⅲ. ①电机-高等学校:技术学校-教材②电力传动-高等学校:技术学校-教材 Ⅳ. TM3

中国版本图书馆 CIP 数据核字(2007)第 083343 号

书 名:	电机与拖动	
著作责任者:	梁南丁 滕颖辉 主编	
责任编辑:	赖 青	
标准书号:	ISBN 978-7-301-12389-8/TM·0013	
出 版 者:	北京大学出版社	
地 址:	北京市海淀区成府路 205 号 100871	
网 址:	http://www.pup.cn http://www.pup6.com	
电 话:	邮购部 62752015 发行部 62750672 编辑部 62750667 出版部 62754962	
电子邮箱:	pup_6@163.com	
印 刷 者:	北京飞达印刷有限责任公司	
发 行 者:	北京大学出版社	
经 销 者:	新华书店	
	787 毫米×1092 毫米 16 开本 20.25 印张 468 千字	
	2009 年 7 月第 1 版 2009 年 7 月第 1 次印刷	
定 价:	32.00 元	

《21世纪全国高职高专机电系列实用规划教材》

专家编审委员会

丛书总序

高等职业技术教育是我国高等教育的重要组成部分。从 20 世纪 90 年代末开始，伴随我国高等教育的快速发展，高等职业技术教育也进入了快速发展时期。在短短的几年时间内，我国高等职业技术教育的规模，无论是在校生数量还是院校的数量，都已接近高等教育总规模的半壁江山。因此，高等职业技术教育承担着为我国走新型工业化道路、调整经济结构和转变增长方式提供高素质技能型人才的重任。随着我国经济建设步伐的加快，特别是随着我国由制造大国向制造强国的转变，现代制造业急需高素质高技能的专业人才。

为了使高职高专机电类专业毕业生满足市场需求，具备企业所需的知识能力和专业素质，高职高专院校的机电类专业根据市场和社会需要，努力建立培养企业生产第一线所需的高等职业技术应用型人才的教学体系和教材资源环境，不断更新教学内容，改进教学方法，积极探讨机电类专业创新人才的培养模式，大力推进精品专业、精品课程和教材建设。因此，组织编写符合高等职业教育特色的机电类专业规划教材是高等职业技术教育发展的需要。

教材建设是高等学校建设的一项基本内容，高质量的教材是培养合格人才的基本保证。大力发展高等职业教育，培养和造就适应生产、建设、管理、服务第一线需要的高素质技能型人才，要求我们必须重视高等职业教育教材改革与建设，编写和出版具有高等职业教育自身特色的教材。近年来，高职教材建设取得了一定成绩，出版的教材种类有所增加，但与高职发展需求相比，还存在较大的差距。其中部分教材还没有真正过渡到以培养技术应用能力为主的体系中来，高职特色反映也不够，极少数教材内容过于浅显，这些都对高职人才培养十分不利。因此，做好高职教材改革与建设工作刻不容缓。

北京大学出版社抓住这一时机，组织全国长期从事高职高专教学工作并具有丰富实践经验的骨干教师，编写了高职高专机电系列实用规划教材，对传统的课程体系进行了有效的整合，注意了课程体系结构的调整，反映系列教材各门课程之间的渗透与衔接，内容合理分配；努力拓宽知识面，在培养学生的创新能力方面进行了初步的探索，加强理论联系实际，突出技能培养和理论知识的应用能力培养，精简了理论内容，既满足机械大类专业对理论、技能及其基础素质的要求，同时提供选择和创新的空间，以满足学有余力的学生进修或探究学习的需求；对专业技术内容进行了及时的更新，反映了技术的最新发展，同时结合行业的特色，缩短了学生专业技术技能与生产一线要求的距离，具有鲜明的高等职业技术人才培养特色。

最后，我们感谢参加本系列教材编著和审稿的各位老师所付出的大量卓有成效的辛勤劳动，也感谢北京大学出版社的领导和编辑们对本系列教材的支持和编审工作。由于编写的时间紧、相互协调难度大等原因，本系列教材还存在一些不足和错漏。我们相信，在使用本系列教材的教师和学生的关心和帮助下，不断改进和完善这套教材，使之成为我国高等职业技术教育的教学改革、课程体系建设和教材建设中的优秀教材。

《21 世纪全国高职高专机电系列实用规划教材》

专家编审委员会

2007 年 7 月

前　言

本书是根据高等职业教育的特点、面向 21 世纪科技发展的需要以及课程体系改革与建设的要求而组织编写的。在内容上突出先进性、应用性和针对性，注重培养学生分析工程问题、解决实际问题的能力。教材体系新颖，内容可选择性强。

本书具有以下特点。

（1）本书可作为工学结合的实用教材，通过理论与实践的有机结合，实现"教、学、做"一体化。

（2）本书将电机学、电力拖动、控制电机和实验实训等内容有机结合为一体，课程内容覆盖面广、适用性强。

（3）本书在编写思路上坚持理论"少而精，够用为度"，实践"重技能，满足就业需求"的原则，在主要章节中都有对应的实验实训内容，并在教材的最后设置电机综合实践训练突出学生综合实践能力的培养，为学生毕业后从事电机维护维修职业打下坚实的基础。

本书共分为 10 章，内容包括绪论、直流电机、直流电动机的电力拖动、变压器、异步电动机、三相异步电动机的电力拖动、同步电动机、控制电机、电力拖动系统电动机的选择和电动机综合实践训练等。

章目	章目内容	建议学时	课内实验实训学时	总学时
第 0 章	绪论	2	0	2
第 1 章	直流电机	10	2	12
第 2 章	直流电动机的电力拖动	6	2	8
第 3 章	变压器	10	2	12
第 4 章	异步电动机	10	4	14
第 5 章	三相异步电动机的电力拖动	8	4	12
第 6 章	同步电动机	6	0	6
第 7 章	控制电机	6	0	6
第 8 章	电力拖动系统电动机的选择	4	0	4
第 9 章	电动机综合实践训练	16	0	16
合计		78	14	92

本书由梁南丁、滕颖辉任主编，刘万友、杨秋鸽任副主编。具体编写分工如下：平顶

山工业职业技术学院梁南丁（绪论，第 1 章，第 4 章第 7、8 节），张荣花（第 4 章第 1～6 节、第 6 章），杨秋鸽（第 7 章、第 8 章），王春莹（第 9 章），衢州学院叶虹（第 2 章），沈阳农业大学高等职业技术学院滕颖辉（第 3 章），河南职业技术学院刘万友（第 5 章）。全书由梁南丁统稿。

　　本书在编写过程中，查阅和参考了大量的文献资料，在此谨向其作者致以诚挚的谢意！

　　由于编者水平有限，书中难免有不足之处，恳请读者给予批评指正。

编　　者
2009 年 2 月

目　录

第0章　绪论 ·············· 1
0.1　电机及电力拖动概述 ·········· 1
0.2　本课程的性质、任务和内容 ···· 2
0.3　本课程的特点及学习方法 ······ 2
第1章　直流电机 ············ 3
1.1　直流电机的工作原理 ·········· 3
1.2　直流电机的磁场 ············· 11
1.3　直流电机的感应电动势和
　　　电磁转矩 ··············· 17
1.4　直流电动机的工作特性 ······· 19
1.5　直流电机的检修及常见
　　　故障的处理方法 ··········· 24
本章小结 ··················· 35
思考题与习题 ··············· 36
第2章　直流电动机的电力拖动 ···· 37
2.1　电力拖动系统的运动方程式和
　　　负载转矩特性 ············ 37
2.2　他励直流电动机的机械特性 ···· 41
2.3　他励直流电动机的启动 ······· 47
2.4　他励直流电动机的制动 ······· 52
2.5　他励直流电动机的调速 ······· 57
2.6　串励及复励直流电动机的
　　　电力拖动 ··············· 64
2.7　直流电动机启动、调速和
　　　反转实训 ··············· 69
本章小结 ··················· 73
思考题与习题 ··············· 74
第3章　变压器 ············· 77
3.1　变压器的工作原理和结构 ····· 77
3.2　单相变压器的空载运行 ······· 78
3.3　变压器的负载运行 ·········· 81
3.4　变压器的参数测定 ·········· 85
3.5　标幺值 ················· 87
3.6　变压器的运行特性 ·········· 90
3.7　三相变压器 ·············· 92

3.8　变压器的并联运行 ·········· 97
3.9　特种变压器 ·············· 99
3.10　变压器的技能训练 ········· 101
本章小结 ·················· 111
思考题与习题 ·············· 112
第4章　异步电动机 ·········· 115
4.1　三相异步电动机的工作原理 ··· 115
4.2　三相异步电动机的基本结构 ··· 121
4.3　三相异步电动机的运行原理 ··· 133
4.4　三相异步电动机的功率与
　　　转矩 ················· 141
4.5　三相异步电动机的工作特性及
　　　参数的测定 ············· 143
4.6　单相异步电动机 ··········· 147
4.7　异步电动机绕组的故障检修 ··· 151
4.8　异步电动机空载与堵转实验 ··· 162
本章小结 ·················· 169
思考题与习题 ·············· 170
第5章　三相异步电动机的
　　　　电力拖动 ··········· 173
5.1　三相异步电动机的启动性能 ··· 173
5.2　笼型异步电动机的启动 ······ 173
5.3　三相绕线式异步电动
　　　机的启动 ·············· 177
5.4　三相异步电动机的调速 ······ 178
5.5　三相异步电动机的制动 ······ 184
5.6　电动机的维护及故障处理 ···· 187
5.7　三相异步电动机控制电路的
　　　安装与接线 ············· 193
本章小结 ·················· 199
思考题与习题 ·············· 201
第6章　同步电动机 ·········· 203
6.1　同步电动机的基本结构和
　　　工作原理 ·············· 203
6.2　同步电动机的应用 ········· 205

本章小结 ···················· 208
思考题与习题 ············· 208
第7章　控制电机 ········· 209
7.1　伺服电动机 ·········· 209
7.2　旋转变压器 ·········· 214
7.3　步进电动机 ·········· 217
7.4　直线电动机 ·········· 222
7.5　测速发电机 ·········· 224
7.6　自整角机 ············· 227
7.7　微型同步电动机 ···· 229
7.8　开关磁阻电动机 ···· 235
本章小结 ···················· 238
思考题与习题 ············· 239

第8章　电力拖动系统电动机的
　　　　选择 ················ 240
8.1　电动机类型的选择 ········· 240
8.2　电动机的绝缘等级和工作制 ···· 242
8.3　电动机参数的选择 ········· 244
本章小结 ························ 249
思考题与习题 ················· 249
第9章　电动机综合实践训练 ···· 250
9.1　电动机的安装、使用与维护 ··· 250
9.2　电动机修复后的性能测试 ···· 264
9.3　电动机下线工艺 ··········· 280
参考文献 ···················· 311

第0章 绪 论

0.1 电机及电力拖动概述

电机是生产、传输、分配及应用电能的主要设备，电力拖动系统是在现代化生产过程中，为了实现各种生产工艺过程所必不可少的传动系统，是生产过程电气化、自动化的重要前提。因此，电机及电力拖动在现代化工农业生产、交通运输、科学技术、信息传输、国防建设以及日常生活等各个领域获得了极为广泛的应用。

我国的电机工业，经过新中国建立以来 50 多年的发展，已经形成了种类齐全的完整体系。早在 1965 年我国就成功研制当时世界上第一台 125kW 双水内冷汽轮发电机，显示了我国电机工业的迅速崛起。近年来，随着对电机新材料的研究并在电机设计、制造工艺中计算机技术的运用，使得普通电机的性能更好、运行更可靠；而控制电机的高可靠性、高精度、快速响应使控制系统完成各种人工无法完成的快速复杂的精巧工作。

电机是利用电磁感应原理工作的机械，它应用广泛，种类繁多，性能各异，分类方法也很多。常见的分类方法为：

按功能用途分，可分为发电机、电动机、变压器和控制电机四大类。

按照电机的结构或转速分类，可分为变压器和旋转电机。根据电源的不同，旋转电机又分为直流电机和交流电机两大类。交流电机又分为同步电机和异步电机两类。

按照电动机的种类不同，电力拖动系统分为直流电力拖动系统和交流电力拖动系统两大类。

在交流电出现以前，直流电力拖动是唯一的一种电力拖动方式。随着经济实用交流电动机的研制成功，使交流电力拖动在工业中得到了广泛的应用。但是随着生产技术的发展，特别是精密机械加工与冶金工业生产过程的进步，对电力拖动在启动、制动、正反转以及调速提出了新的、更高的要求。由于交流电力拖动比直流电力拖动在技术上难以实现这些要求，所以，20 世纪以来，在可逆、可调速与高精度的拖动领域中，在相当长一段时期内几乎都是采用直流电力拖动，而交流电力拖动则主要用于恒转速系统。

虽然直流电动机具有调速性能优异这一突出优点，但是由于它具有电刷与换向器，这使得它的故障率较高，电动机的使用环境受到限制(如不能在有易燃、易爆气体及尘埃多的场合使用)，其电压等级、额定转速、单机容量的发展也受到限制，所以在 20 世纪 60 年代以后，随着电力电子技术、大规模集成电路和计算机控制技术的发展，为交流电力拖动的广泛应用创造了有利条件。诸如交流电动机的串级调速、各种类型的变频调速、无换向器电动机调速等，使得交流电力拖动逐步具备了宽的调速范围、高的稳态精度、快的动态响应以及在四象限作可逆运行等良好的技术性能，在调速性能方面完全可与直流电力拖动媲美。除此之外，由于交流电力拖动具有调速性能优良、维修费用低等优点，今后将被广泛地应用于各个工业电气自动化领域中，并逐步取代直流电力拖动而成为电力拖动的主流。在不久的将来，交流调速将完全取代直流调速，可以说这是一种必然的发展趋势。

以上分类方法可归纳如下：

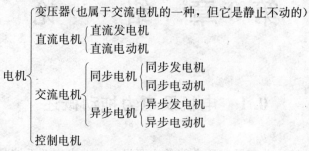

0.2　本课程的性质、任务和内容

本课程是电气自动化、供用电技术和机电一体化等专业的一门专业基础课。它是将"电机学"、"电力拖动"和"控制电机"等课程有机结合而成的一门课。

本课程的任务是使学生掌握变压器、交直流电机及控制电机的基本结构、工作原理以及电力拖动系统的运行性能、基本分析计算、电机选择及故障分析与处理和维修检修工艺，为学习后续课程和今后的工作打下必要的基础，同时也培养学生分析和解决问题的能力。

本课程的内容有直流电机、直流电动机的电力拖动、变压器、异步电动机、异步电动机的电力拖动、同步电机、控制电机、电动机的选择和电动机综合实践训练等。

0.3　本课程的特点及学习方法

电机与电力拖动既是一门理论性很强的技术基础课，又具有专业课的性质，涉及的基础理论和实际知识面广，是电学、磁学、动力学、热学等学科知识的综合，所以理论性较强。在掌握基本理论的同时，还特别注意培养学生的实践操作技能，因此实践性也较强。鉴于以上原因，为学好电机及电力拖动这门课，学习时应注意以下几点：

（1）要抓主要矛盾，忽略一些次要因素，抓住问题的本质。

（2）要抓住重点，即应牢固掌握基本概念、基本原理和主要特性。

（3）要有良好的学习方法，可运用对比的学习方法，找出各种电机的共性和特点，以加深对各种电机及拖动系统性能和原理的理解。

（4）要重视每章后的技能训练，做到理论联系实际，教学作为一体。

（5）要养成课前预习、课后复习总结的良好学习习惯，特别是对实践性较强的维修工艺更应如此，才能获得好的学习效果。

第1章　直流电机

教学提示： 电机是一种实现机电能量转换的电磁装置。直流电机按能量转换的方向可分为直流电动机和直流发电机。

与交流电动机比较起来，直流电动机具有良好的调速性能、较大的启动转矩和过载能力，比较容易控制。因此，广泛地应用于对启动和调速性能要求较高的生产机械，如大型起重机、船舶机械、龙门刨床、轧钢机、矿井提升设备、电气机车、纺织机和造纸机等。但同时直流电动机也存在制造工艺复杂，生产成本较高，维修不便，有换向问题等不足。随着近年来电力电子技术的迅速发展，在很多领域内，直流电动机有逐步被交流调速电动机取代的趋势，但它仍将以自身的特点在电力拖动系统中占有重要的地位。

直流发电机供电的质量比一般整流电源好，故在一些特殊工作场所，如大型同步发电机的励磁电源，电解、电镀以及某些对电源要求特别高的场所，被广泛采用。

本章主要介绍直流电机的基本结构及工作原理。着重讨论了直流电机的磁场分布、感应电动势的产生条件及性质、电磁转矩、电枢反应及其对电机的影响，分析了直流电机的换向过程和各种换向方法以及如何改善直流电机的换向，并且从应用的角度较详细地分析了直流电动机的工作特性。

1.1　直流电机的工作原理

1.1.1　直流电机的工作原理

直流电机的工作原理是基于电磁感应定律和电磁力定律，即绕组切割磁力线产生感应电动势和绕组电流在磁场中受力而产生电磁转矩。

1. 直流发电机的工作原理

图 1.1 所示为直流发电机的物理模型，N 和 S 是一对固定的磁极，为直流发电机的定子。磁极之间有一个可以转动的铁质圆柱体，称为电枢铁心。abcd 是固定在铁心表面的电枢线圈，线圈和铁质圆柱体是直流发电机可转动部分，称为电机转子。线圈的首末端 a、d 分别接到相互绝缘的两个弧形铜片上，弧形铜片称为换向片，它们的组合体称为换向器。在换向器上放置固定不动而与换向片滑动接触的电刷 A 和 B，线圈 abcd 通过换向器和电刷接通外电路。在定子与转子间有间隙存在，称为空气隙，简称气隙。

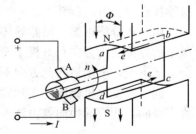

图 1.1　直流发电机的工作原理

在模型中，当有原动机拖动转子以一定的转速逆时针旋转时，根据电磁感应定律可知，导体 ab 和 cd 分别切割 N 极和 S 极下的磁感应线，将产生感应电动势。感应电动势的方向用右手定则确定。如图 1.1 所示，导体 ab 在 N 极下，感应电动势的方向由 b 指向 a；导体 cd 在 S 极下，感应电动势的方向由 d 指向 c，所以电刷 A 为正极性，电刷 B 为负极性。当线圈旋转 180°后，导体 cd 转至 N 极下，感应电动势的方向由 c 指向 d，电刷 A 与 d 所连换向片接触，仍为正极性；导体 ab 转至 S 极下，感应电动势的方向变为 a 指向 b，电刷 B 与 a 所连换向片接触，仍为负极性。

由上述分析可知：虽然直流发电机电枢线圈中的感应电动势的方向是交变的，但通过换向器和电刷的作用，电刷 A 的极性总为正，而电刷 B 的极性总为负，在电刷两端可获得方向不变的直流电动势。

实际直流发电机的线圈分布于电枢铁心表面的不同位置上，并按照一定的规律连接起来，构成电机的电枢绕组。磁极也是根据需要 N、S 极交替放置多对。

2. 直流电动机的工作原理

若把电刷 A、B 接到直流电源上，电刷 A 接电源的正极，电刷 B 接电源的负极，则线圈 abcd 中将有电流流过。此时，模型作直流电动机运行。

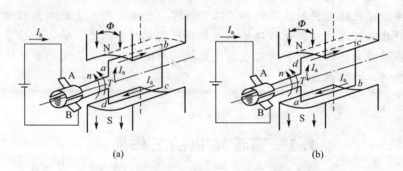

(a)   (b)

图 1.2　直流电动机的工作原理

如图 1.2(a)所示，在导体 ab 中，电流由 a 流向 b；在导体 cd 中，电流由 c 流向 d。载流导体 ab 位于 N 极下，cd 位于 S 极下，均处于 N 和 S 极之间的磁场中，导体受到电磁力的作用。电磁力的方向用左手定则确定，该电磁力与转子半径之积即为电磁转矩，转矩的方向为逆时针方向，使整个电枢逆时针方向旋转。当电枢旋转 180°，导体 cd 转到 N 极下，cd 中的电流变为由 d 流向 c；ab 转到 S 极下，ab 中的电流变为由 b 流向 a，如图 1.2(b)所示。用左手定则判别可知，电磁转矩的方向仍是逆时针方向，线圈在此转矩作用下继续按逆时针方向旋转。

由上述分析可知：虽然导体中流通的电流为交变的，但由于换向器和电刷的作用，N 极下的导体受力方向和 S 极下导体所受力的方向并未发生变化，电枢产生的电磁转矩的方向恒定不变，电动机在此方向不变的转矩作用下转动。

同直流发电机相同，实际的直流电动机的电枢并非单一线圈，电枢圆周上均匀地嵌放许多线圈，相应的换向器由许多换向片组成，磁极也并非一对。

1.1.2 直流电机的结构

直流电动机和直流发电机在主要结构上基本相同，都由定子和转子两大部分组成。常用的中小型直流电动机结构如图 1.3 和图 1.4 所示。直流电动机主要由定子、转子，电刷装置、端盖、轴承、通风冷却系统等部件组成。

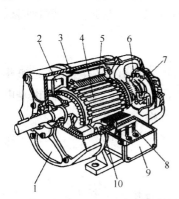

图 1.3　直流电动机基本结构

1—端盖；2—风扇；3—机座；
4—电枢；5—主磁极；6—刷架；
7—换向器；8—接线板；
9—出线盒；10—换向磁极

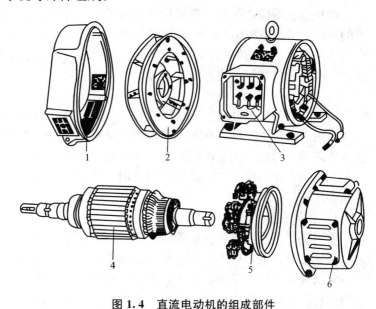

图 1.4　直流电动机的组成部件

1—前端盖；2—风扇；3—机座；4—电枢；5—电刷架；6—后端盖

1. 定子

定子由机座、主磁极、换向极、电刷装置和端盖等组成，其剖面结构如图 1.5 所示。它的主要作用是产生主磁场和作电机的机械支架。

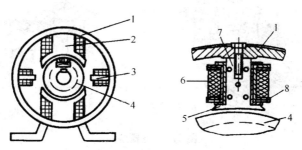

图 1.5　直流电机定子剖面结构

1—机座；2—主磁极；3—换向极；4—电枢；5—极靴；
6—励磁线圈；7—极身；8—框架

1) 主磁极

主磁极的作用是产生气隙磁场。主磁极由铁心和励磁绕组两部分组成，通过螺钉固定在机座上，如图 1.5 所示。

为减小涡流损耗，主磁极铁心通常用 1～1.5mm 厚的钢板冲片叠压铆紧而成，上面套励磁绕组的部分称为极身，下面扩宽的部分称为极靴。极靴的作用是使气隙磁场分布比较理想，同时极靴对励磁绕组也起支撑作用。

励磁绕组是用来产生主磁通的，用绝缘铜线绕制而成。当给励磁绕组通入直流电时，各主磁极均产生一定极性，相邻两主磁极的极性是 N、S 交替出现的。

2）换向极

两相邻主磁极之间的小磁极称为换向极，又称为附加极或间极，其作用是改善直流电机的换向，减小电机运行时电刷与换向器之间可能产生的火花。换向极由换向极铁心和换向极绕组组成，换向极的铁心比主磁极的简单，一般用整块钢板制成，在其上放置换向极绕组。换向极的数目与主磁极数相等。

3）机座

机座一般为铸钢件或由钢板焊接而成，具有足够的机械强度和良好的导磁性能。机座一方面用来固定主磁极、换向极和端盖，对整个电机起支撑和固定作用；另一方面也是电机主磁路的一部分，用于构成磁极之间的通路，磁通通过的部分称为磁轭。

端盖固定于机座上，主要起支撑作用，其上放置轴承支撑直流电机的转轴，使直流电机能够旋转。

4）电刷装置

电刷装置是直流电机的重要组成部分，主要用于引入或引出直流电压和直流电流，通过该装置把电机电枢中的电流与外部电路相连或把外部电源与电机电枢相连。

电刷装置主要由电刷、刷握、刷杆、刷杆座及弹簧片等组成。电刷一般由导电耐磨的石墨材料制成，放在刷握内，用弹簧压紧，使电刷与换向器之间有良好的滑动接触，如图1.6所示。刷握固定在刷杆上，刷杆固定在圆环形的刷杆座上，相互之间绝缘。刷杆座装在端盖或轴承内盖上，可以转动调整电刷在换向器表面上的位置，调好以后加以固定。刷辫的作用是将电流从电刷引入或引出。

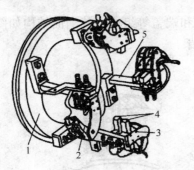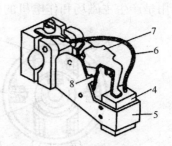

图 1.6　电刷装置

1—刷杆座；2—弹簧压板；3—刷杆；4—电刷；5—刷握；6—刷辫；7—压指；8—弹簧

2. 转子

转子，又称电枢，主要由电枢铁心、电枢绕组、换向器、转轴和风扇等组成。它的作用是产生电磁转矩或感应电动势，实现机电能量的转换。

1）电枢铁心

电枢铁心是直流电机主磁路的一部分，对放置在其上的电枢绕组起支撑作用。为了减小涡流和磁滞损耗，电枢铁心常采用 0.35～0.5mm 厚的相互绝缘的硅钢片冲制叠压而成。有时为了加强电机冷却，在电枢铁心上冲制轴向通风孔，在较大型电机的电枢铁心上还安排有径向通风槽，用通风槽将铁心沿轴向分成数段。电枢铁心沿圆周上有均匀分布的槽用以嵌放电枢绕组，电枢铁心及冲片形状如图 1.7 所示。

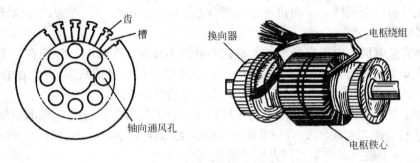

图 1.7 电枢冲片和电枢铁心

2）电枢绕组

电枢绕组是电机产生电磁转矩和感应电动势，进行能量变换的关键部件。电枢线圈用绝缘的圆铜线或扁铜线绕制成一定的形状，放置于电枢铁心槽中（线圈与槽之间有槽绝缘），并用非磁性槽楔封口，线圈的出线端按一定规律与换向器的换向片相连，构成电枢绕组。直流电机的电枢绕组多为双层绕组，线圈分上下两层嵌入铁心槽内，上下层之间有层间绝缘，如图 1.8 所示。

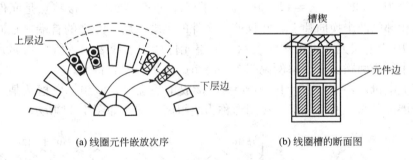

图 1.8 元件边在槽内的放置情况

电枢线圈的边是产生感应电动势和电磁转矩的有效元件，简称元件，元件数用 S 表示。每个元件的首尾端按一定规律与换向片连接，使电枢绕组形成一个闭合绕组。电枢绕组每个元件的匝数 N 可以是单匝，也可以是多匝。按照元件首尾端与换向片连接规律的不同，电枢绕组可分为叠绕组和波绕组，叠绕组又有单叠和复叠之分，波绕组也有单波和复波之分，如图 1.9 所示。

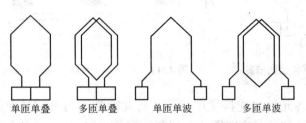

图 1.9 直流电机的绕组

单叠绕组和单波绕组是直流电机电枢绕组的基本形式，由于篇幅有限，本书只对单叠绕组作详细说明。下面先介绍绕组中常用的基本知识。

每一个元件有两个元件边，每片换向片又总是接一个元件的上层边和另一元件的下层边，所以元件数 S 总等于换向片数 K，即 $S=K$。

每个元件有两个元件边，而每个电枢槽分上下两层嵌放两个元件边，所以元件数 S 又等于槽数 Z，即 $S=Z$。

对于小容量电机，电枢直径小，电枢铁心外圆不宜开太多槽时，往往在一个槽的上层和下层各放 u 个元件边，即把一个实槽当成 u 个虚槽使用。虚槽数 Z_u 与实槽数 Z 之间的关系为 $Z_u=uZ=S=K$，为分析方便起见，本书中均设 $u=1$。

表征电枢绕组元件本身和元件之间连接规律的数据为节距，直流电机电枢绕组的节距有第一节距 y_1、第二节距 y_2、合成节距 y 和换向器节距 y_k 四种，如图 1.10 所示。

极距 τ：一个磁极在电枢圆周上所跨的距离。

第一节距 y_1：元件的两条边在电枢表面所跨的距离，用两条边所跨的槽数表示。

第二节距 y_2：第一个元件的下层边与直接相连的第二个元件的上层边之间在电枢圆周上的距离，用槽数表示。

合成节距 y：直接相连的两个元件的对应边在电枢圆周上的距离，用槽数表示。

换向器节距 y_k：一个元件的首尾两端所接的两个换向片在换向器圆周上所跨的距离，用换向片数表示。

叠绕组是后一元件的端接部分紧叠在前一元件的端接部分上。单叠绕组的换向器节距和合成节距均为 1，即 $y=y_k=1$，如图 1.10 所示。单叠绕组的连接特点是元件的首尾两端分别接到相邻的两个换向片上，并且前一元件的尾端与后一元件的首端接在同一换向片上。在图 1.10 中上层元件边用实线表示、下层元件边用虚线表示，所有相邻元件依次串联，形成一个闭合回路。下面举例说明单叠绕组的连接规律和特点。

一台直流电机，$Z=S=K=16$，$2p=4$，接成单叠绕组。假想把电枢从某一齿的中间沿轴向切开展成平面，所得绕组连接图形称为绕组展开图，如图 1.11 所示。

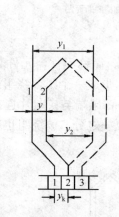

图 1.10 电枢绕组的节距

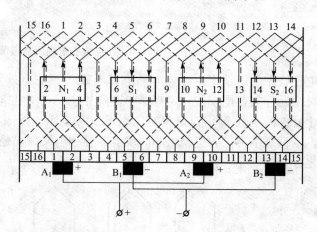

图 1.11 $Z=S=K=16$，$2p=4$ 单叠绕组展开图

保持图 1.11 中各元件的连接顺序不变，将此瞬间不与电刷接触的换向片省去不画，可以得到图 1.12 所示的并联支路图。对照图 1.11 和图 1.12，可以看出单叠绕组的连接规

律是将同一磁极下的各个元件串联起来组成一条支路。所以，单叠绕组的并联支路对数 a 总等于极对数 p，即 $a=p$。

单叠绕组的特点：在同一主磁极下的各元件串联起来组成一条支路，并联支路对数等于极对数；电刷数等于主磁极数；当元件形状左右对称，电刷在换向器表面的位置对准磁极中心线时，正、负电刷间的感应电动势最大，被电刷短路元件中的感应电动势最小；电枢电流等于各并联支路电流之和。

3）换向器

换向器是由许多换向片组成的圆柱体，换向片之间用云母隔开，彼此绝缘，其结构如图 1.13 所示。对于直流电动机，换向器配以电刷，能将外加直流电源转换为绕组中的交变电流，使电机旋转起来；对于直流发电机，换向器配以电刷，能将电枢绕组中的交变电动势转变为直流电动势，向外部输出供给负载。换向器固定在转轴的一端，换向片靠近电枢绕组一端的部分与绕组引出线相焊接。

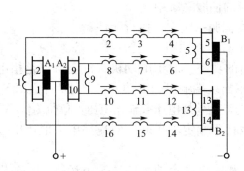

图 1.12　与图 1.11 相对应的并联支路图

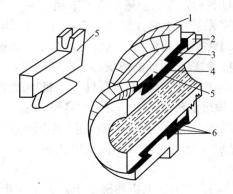

图 1.13　钢制换向器
1—片间云母；2—锁紧螺母；3—V 形环；
4—套筒；5—换向片；6—云母绝缘

4）转轴

转轴一般用圆钢加工而成，有一定的机械强度和刚度，起转子旋转的支撑作用。

3. 铭牌

直流电机机座的外表面上钉有铭牌，用于标明电机主要额定数据及电机产品数据，供使用者使用时参考。铭牌上的数据主要有：电机型号、电机额定功率、额定电压、额定电流、额定转速和额定励磁电流及励磁方式等。

电机的产品型号表示电机的结构和使用特点，国产电机的型号由汉语拼音字母和阿拉伯数字组成，其格式为：第一部分用大写的汉语拼音表示产品代号，第二部分用阿拉伯数字表示设计序号，第三部分用阿拉伯数字表示机座代号，第四部分用阿拉伯数字表示电枢铁心长度代号，如下所示。

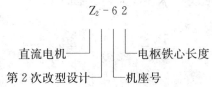

　　型号为 $Z_2 - 62$ 的直流电机是一台机座号为 6、电枢铁心为长铁心的第 2 次改型设计的直流电机。机座号表示直流电机电枢铁心外直径的大小,共有 1～9 个机座号,机座号数越大,直径越大。电枢铁心长度分为短铁心和长铁心两种:1 表示短铁心,2 表示长铁心。第一部分字符的含义如下:

　　　　Z 系列:一般用途直流电动机。

　　　　ZJ 系列:精密机床用直流电动机。

　　　　ZT 系列:广调速直流电动机。

　　　　ZQ 系列:直流牵引电动机。

　　　　ZH 系列:船用直流电动机。

　　　　ZA 系列:防爆安全型直流电动机。

　　　　ZKJ 系列:挖掘机用直流电动机。

　　　　ZZJ 系列:冶金起重机用直流电动机。

　　　　ZU 系列:龙门刨床用直流电动机。

　　　　ZW 系列:无槽直流电动机,用于快速响应的伺服系统中。

　　　　ZLJ 系列:力矩直流电动机,在位置或速度伺服系统中作执行元件。

　　电机铭牌上所标的数据称为额定数据,主要有下列几项:

　　额定功率 P_N:在额定条件下电机所能供给的功率。对于电动机,额定功率是指电动机轴上输出的机械功率;对于发电机,是指电枢出线端输出的电功率,单位为千瓦(kW)。

　　额定电压 U_N:电机电枢绕组能够安全工作的最大外加电压或输出电压,单位为伏(V)。

　　额定电流 I_N:电机在额定电压情况下,运行于额定功率时所对应的电流值,单位为安(A)。

　　额定转速 n_N:电机在额定电压、额定电流和输出额定功率的情况下运行时,电机的旋转速度,单位为转/分(r/min)。

　　额定励磁电流 I_N:对应于额定电压、额定电流、额定转速及额定功率时的励磁电流,单位为安(A)。

　　励磁方式:指直流电机的励磁线圈与其电枢线圈的连接方式。根据二者连接方式不同,直流电机励磁有并励、串励和复励等方式。

　　此外,电机的铭牌上还标有其他数据,如励磁电压、出厂日期、出厂编号等。

　　直流电机运行时,若各个物理量均为额定值,则称电机运行于额定状态,也称为满载运行。若电机的运行电流小于额定电流,称为欠载运行;若电机的运行电流大于额定电流,则称为过载运行。电机长期欠载运行会使电机的额定功率不能全部发挥作用,造成浪费;长期过载运行会引起电机过热损坏,缩短电机的使用寿命。电机运行于额定状态或额定状态附近时,电机的运行效率和工作性能最好。因此,根据负载选择电机时,最好使电机接近于满载运行。

　　【例 1.1】 某台直流发电机额定数据为:额定功率 $P_N = 10\text{kW}$,额定电压 $U_N = 230\text{V}$,额定转速 $n_N = 2850\text{r/min}$,额定效率 $\eta_N = 0.85$。求它的额定电流及额定负载时的输入功率。

　　解:额定电流:

$$I_N = \frac{P_N}{U_N} = \frac{10 \times 10^3}{230}\text{A} = 43.48\text{A}$$

　　额定负载时的输入功率:

$$P_1=\frac{P_N}{\eta_N}=\frac{10}{0.85}kW=11.76kW$$

【例 1.2】　某台直流电动机的额定数据为：额定功率 $P_N=17kW$，额定电压 $U_N=220V$，额定转速 $n_N=1500r/min$，额定效率 $\eta_N=0.83$。求它的额定电流及额定负载时的输入功率。

解：额定负载时的输入功率：

$$P_1=\frac{P_N}{\eta_N}=\frac{17}{0.83}kW=20.48kW$$

额定电流：

$$I_N=\frac{P_1}{U_N}=\frac{20.48\times10^3}{220}A=93.10A$$

1.2　直流电机的磁场

由直流电机基本工作原理可知，直流电机无论是作发电机运行还是作电动机运行，其气隙都必须具有一定强度的磁场。为此，在介绍直流电机的运行原理之前，先对直流电机中磁场的产生及分布规律等加以分析。

1.2.1　直流电机的励磁方式

除了永磁式直流电机以外，直流电机一般都是在定子主磁极励磁绕组中通以励磁电流产生磁场的。励磁电流产生的磁场称为主磁场，又称励磁磁场。不同的励磁方式，直流电机的运行特性有很大差异。按励磁绕组的供电方式不同，直流电机可以分成以下四种：

（1）他励直流电机。他励直流电机的励磁绕组与电枢绕组无连接关系，由其他直流电源供电，如图 1.14(a)所示。永磁式直流电机因其励磁磁场与电枢电流无关，也可看做是他励直流电机。

（2）并励直流电机。并励直流电机的励磁绕组与电枢绕组并联，励磁绕组的供电电压与电枢绕组端电压相同，如图 1.14(b)所示。

以上两类电机的励磁绕组的导线细而匝数多，励磁电流只有电机额定电流的 1%～5%。

（3）串励直流电机。串励直流电机的励磁绕组与电枢绕组串联，励磁电流与电枢电流相同，励磁绕组的导线粗而匝数较少，如图 1.14(c)所示。

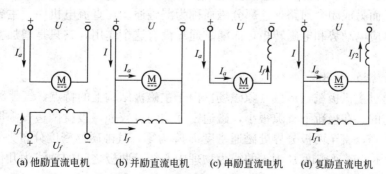

　　(a) 他励直流电机　　　(b) 并励直流电机　　　(c) 串励直流电机　　　(d) 复励直流电机

图 1.14　直流电机的励磁方式

（4）复励直流电机。复励直流电机的主磁极上套有两套励磁绕组，一套与电枢绕组并联，称为并励绕组；一套与电枢绕组串联，称为串励绕组，如图 1.14(d)所示。若串励和并励绕组产生的磁动势方向相同称为积复励；若两个方向相反则称为差复励。

直流电机的励磁方式不同，运行特性和适用场合也不同。他励直流电动机，由于改变电枢电压进行调速控制时，不影响其磁场，具有良好的控制性能，因而被广泛地应用在自动控制系统中。

1.2.2　直流电机的电枢反应

1. 空载磁场

直流电机不带负载时，电枢绕组电流为零或近似等于零，电机几乎无功率输出，这种运行状态称为空载运行。空载磁场可以看做是励磁电流单独作用产生的磁场，如图 1.15 所示。

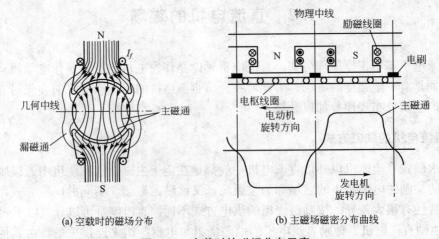

(a) 空载时的磁场分布　　　　　　　(b) 主磁场磁密分布曲线

图 1.15　空载时的磁场分布示意

1）主磁通和漏磁通

图 1.15(a)是一台两极直流电机的空载磁场分布示意图。从图中可以看出，大部分磁通由 N 极进入气隙和电枢齿，经电枢磁轭、S 极下的电枢齿和气隙进入相对的 S 极，再由定子磁轭回到原来出发的 N 极而形成闭合回路。该磁通称为主磁通 Φ_0，它既交链着励磁绕组，也交链着电枢绕组。主磁极、气隙、电枢齿、电枢磁轭和定子磁轭共同组成磁场的通路——磁路。在 N、S 极之间还存在着一小部分磁通，它们不进入电枢铁心，不与电枢绕组相交链，而另成闭合回路，这部分磁通称为漏磁通。在直流电机中，主磁通能在电枢绕组中产生感应电动势和电磁转矩，而漏磁通却没有这个作用，它只是增加主磁极磁路的饱和程度。

2）气隙磁密分布曲线

主磁通通过主极极靴，形成气隙磁场。由于主磁极结构上的特点，气隙磁通密度 B 的分布是不均匀的。在极靴下气隙很小，磁通密度均匀且较强，极靴两边气隙明显增大，磁通密度迅速下降，直至两极分界处磁通密度 B 降为零，气隙磁通密度分布为一平顶波，如图 1.15(b)所示。磁通密度 B 为零的线为物理中心线，两极之间的轴线为几何中心线。当电机仅存在主磁极磁场时，物理中心线与几何中心线重合。

　　3）磁化特性曲线

　　主磁通 Φ_0 的大小取决于励磁磁动势 F_f 的大小和磁路各段磁阻的大小。在磁路几何尺寸、材料和励磁绕组的匝数已定情况下，主磁通仅与励磁电流 I_f 有关，两者的关系如图 1.16 所示。当主磁通很小时，铁心没有饱和，此时铁心的磁阻比气隙的磁阻要小得多，主磁通的大小主要决定于气隙磁阻，由于气隙磁阻是常量，因此磁化特性曲线接近于直线；随着励磁电流的增加，铁磁材料趋于饱和，磁通的增加逐渐减慢，磁化特性曲线开始弯曲，Φ_0 与 I_f 呈非直线关系；在铁心饱和之后，磁阻变得很大，磁化特性曲线趋于平直。为充分利用铁磁性材料，又不需要太大的励磁电流，直流电机一般运行在磁化特性曲线的浅饱和区 N 点附近，如图 1.16 所示。

　　2. 电枢磁场

　　当直流电机负载运行时，电枢绕组中有电流流过，该电流也要产生一个磁场，称其为电枢磁场。图 1.17 表示一台两极直流电机的电枢磁场分布情况。由于电枢绕组中各支路电流是经电刷与外电路连接的，电枢表面的磁场分布与电刷分布有关，电刷是电枢表面电流分布的分界线，设上部元件边中电流为流出来，下部元件边中电流为流进去。

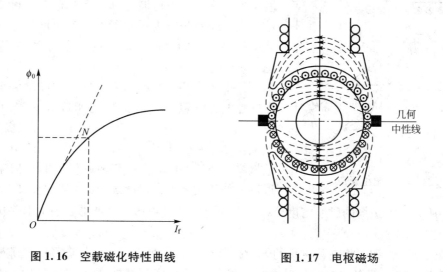

图 1.16　空载磁化特性曲线　　　　　　图 1.17　电枢磁场

　　3. 合成磁场与电枢反应

　　直流电机通过励磁电流在主磁极建立了主磁场，当电枢绕组中通过电流时，产生电枢磁动势，也在气隙中建立起电枢磁场。这时电机的气隙中形成由主磁极磁场和电枢磁场共同作用的合成磁场，电枢磁场使得主磁场发生畸变，这种现象称为电枢反应。下面就从电枢磁场和合成磁场的形成过程分析一下电枢反应的影响。

　　首先分析电枢磁动势和电枢磁场气隙磁通密度的分布情况，如果假设电机电枢绕组只有一个元件 AX，其轴线与磁极轴线相垂直，如图 1.18(a) 所示。设元件有 N_c 匝，元件中电流为 i_a，则元件的磁动势为 $i_a N_c$。若将此电机从几何中心线处切开展平，如图 1.18(b) 所示，以图中磁感应线路径为闭合磁路，根据全电流定律可知，作用在这一闭合磁路的磁动势等于它所包围的全电流 $N_c i_a$，忽略铁磁性材料的磁阻，并认为电机的气隙是均匀的，则每个气隙所消耗的磁动势为 $N_c i_a / 2$。一般取磁感应线自电枢出来进入定子的磁动势为正，反之为负。这样可得一个绕组元件产生的磁动势的分布情况如图 1.18(b)所示。

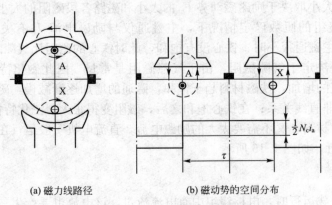

　　　(a) 磁力线路径　　　　　　　　　(b) 磁动势的空间分布

图 1.18　一个绕组元件的磁动势

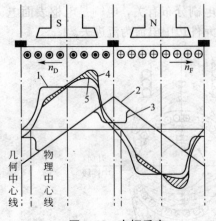

图 1.19　电枢反应

当电枢绕组有许多元件均匀分布于电枢表面时，每一个元件产生的磁动势仍是幅值为 $N_c i_a/2$ 的矩形波，把这许多个矩形波磁动势叠加起来，可得电枢磁动势在空间的分布为三角形波，三角形波磁动势的最大值在几何中心线位置，磁极中心线处为零，如图 1.19 中的曲线 2 所示。

如果忽略铁心中的磁阻，则电枢磁动势全部消耗在气隙上，气隙中 x 处的磁通密度 B_{ar} 与气隙长度 δ 成反比，与电枢磁动势 F_{ar} 成正比。在磁极极靴下，气隙长度 δ 较小且变化不大，所以气隙磁通密度 B_{ar} 与电枢磁动势 F_{ar} 成正比；在两磁极间的几何中心线附近，气隙长度 δ 增大，超过 F_{ar} 增加的程度，使 B_{ar} 反而减小，所以电枢磁场的磁通密度分布波形为对称的马鞍形，其波形如图 1.19 中的曲线 3 所示。

如果磁路不饱和，将空载磁场的气隙磁通密度分布曲线 1 和电枢磁场的气隙磁通密度分布曲线 3 相加，即得负载时气隙合成磁场的磁通密度分布曲线，如图 1.19 中的曲线 4 所示。由于电枢反应的影响，使气隙磁场发生畸变，半个磁极下的磁通增加，另半个极下的磁通减少。由于增加和减少的磁通量相等，每极总磁通维持不变。由于磁场发生畸变，使电枢表面磁通密度等于零的物理中心线偏离了几何中心线，如图 1.19 所示。但实际直流电机一般运行在磁化特性曲线的浅饱和区，考虑到磁路饱和的影响，半个极下磁场相加，由于饱和程度增加，磁阻增大，气隙磁通密度的实际值低于不考虑饱和时的直接相加值；另半个极下磁场减弱，饱和程度降低，磁阻减小，气隙磁通密度的实际值略大于不考虑饱和时的直接相加值，实际的气隙合成磁场磁通密度分布曲线如图 1.19 中的曲线 5 所示。由于铁磁性材料的非线性，曲线 5 与曲线 4 相比较，减少的面积大于增加的面积，使每极总磁通有所减少。

由上述分析可知，直流电机电枢反应的影响有：

(1) 使气隙磁场发生畸变，半个极下磁场削弱，另半个极下磁场加强。

（2）磁路饱和时，有去磁作用。因为磁路饱和时，半个极下增加的磁通小于另半个极下减少的磁通，使每个极下总的磁通有所减少。

1.2.3　直流电机的换向

直流电机电枢绕组中一个元件经过电刷从一个支路转换到另一个支路里时，电流方向由原来的方向转换成相反的方向，这一过程称为换向。换向不良会在电刷与换向片之间产生火花。当火花大到一定程度时，将烧灼换向器和电刷，使其表面粗糙并留下灼痕，而不光滑的换向器表面与粗糙的电刷接触又促使火花进一步增强，严重时将烧毁电刷，导致电机不能正常运行，甚至引起事故。此外，换向火花还会向外产生电磁波辐射，会对周围的通信设施造成干扰，影响正常的工作。下面着重分析换向火花产生的原因，并提出改善换向的方法。

1. 换向过程

当电机带了负载后，电枢元件中有电流流过，同一支路里各元件的电流大小与方向都相同，相邻支路里各元件的电流大小相同，但方向却是相反的。当电机旋转时，一个元件经过电刷从一个支路换到另一个支路时，元件里的电流必然改变方向。现以图 1.20 所示单叠绕组为例，来说明元件里电流换向的过程。

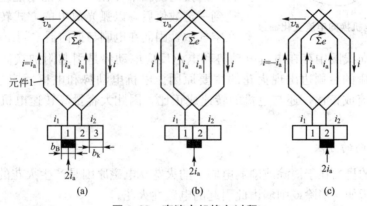

图 1.20　直流电机换向过程

在图 1.20(a) 中，电枢绕组和换向器以 v_a 的线速度从右向左移动，电刷固定不动。当电刷完全与换向片 1 接触时，元件 1 里流过的电流为 i_a，与图中所标的方向相同；当电枢绕组和换向器转到图 1.20(b) 所示的位置时，元件 1 被电刷短路，由于换向片 2 也接触了电刷，元件里的电流被分流了一部分。当电刷仅与换向片 2 接触时，如图 1.20(c) 所示，换向元件 1 已进入相邻的另一支路，电流从换向前的方向变为换向后的反方向，电流为 $-i_a$，与图中所标的方向相反，元件 1 完成了换向过程。元件从开始换向到换向终了所经历的时间，称为换向周期 T_k，换向周期通常只有千分之几秒。

换向问题很复杂，换向不良会在电刷与换向片之间产生火花。产生火花的原因是多方面的，除电磁原因外，还有机械原因、电化学原因等。下面仅对电磁方面的原因做一简要的分析。

2. 影响换向的电磁原因

直流电机在运行时，电枢绕组的每个元件都要经历上述的换向过程。若在一个换向周期内，换向元件中电流的变化规律如图 1.21 所示，换向元件中的电流由 $+i_a$ 均匀连续地变化至 $-i_a$，随时间线性变化，称为直线换向。直线换向不产生火花，是一种理想的情况，故又称为理想换向。但在实际换向过程中，元件中换向电流的大小、方向发生急剧变化，因而会产生自感电动势。同时，进行换向的线圈不止一个，电流的变化，除了各自产生自感电动势外，各线圈之间还会产生互感电动势。自感电动势和互感电动势的总和称为电抗电动势。根据楞次定律，电抗电动势具有阻碍换向线圈中电流变化的趋势。

另外，在直流电机负载运行时，电枢反应使主磁极磁场畸变，几何中性线处的磁场不为零，这时处在几何中性线上的换向元件，就要切割电枢磁场的磁力线而产生一种旋转电动势，即电枢反应电动势，该电动势也会阻碍电流的换向。

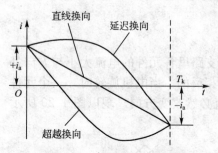

图 1.21　直流电机换向电流变化曲线

综上分析，换向线圈中出现的电抗电动势和电枢反应电动势均阻碍电流的换向，它们共同的作用将会产生一个附加换向电流，使换向电流的变化不再是线性的，出现了电流延迟现象，如图 1.21 所示，这时的换向称为延迟换向。当换向结束瞬间，被电刷短路的线圈瞬时脱离电刷（后刷边）时，电流不为零，则电感性质的换向线圈中存在一部分磁场能量，这部分能量达到一定数值后，以弧光放电的方式转化为热能散失在空气中，因而在电刷与换向器之间出现火花。

可见，换向线圈中存在电抗电动势和电枢反应电动势是引起附加换向电流，造成延迟换向，使电刷的后刷边出现火花的主要原因。电抗电动势和电枢反应电动势的大小，不仅与电枢电流成正比，还与电机的转速成正比，因此大容量高转速电机的换向会更加困难。

3. 改善换向的方法

改善换向的目的在于消除或削弱电刷下的火花。电磁原因是产生火花的主要因素，因此下面着重分析如何消除或削弱由此引起的电磁性火花。

产生电磁性火花的直接原因是附加换向电流，改善换向必须限制附加换向电流。方法有以下几种：

1）选用合适的电刷以增加电刷与换向片之间的接触电阻

改善换向，应选用接触电阻大的电刷来限制换向电流。但接触电阻大，接触电压降也加大，电能损耗大，发热量多，因此要综合考虑选用合适的电刷。中小型电机，一般来说换向并不困难，可以采用石墨电刷；换向比较困难的电机，可选用接触电阻大的碳-石墨电刷。低压大电流电机，则可以采用接触压降较小的青铜-石墨或紫铜-石墨电刷。电机在设计制造时，已综合考虑了接触电阻和接触压降这两方面的因素，选择了恰当的电刷，所以在使用维修中，更换电刷必须选用与原来同一牌号的电刷。如果实在配不到相同牌号的电刷，应该尽量选择特性与原来相接近的电刷，并全部更换。

2）装设换向极

目前改善直流电机换向最有效的办法，是安装换向极。换向极装设在相邻两主磁极之

间的几何中性线上，如图1.22所示。其目的主要
是让换向极在换向元件处产生一个磁动势，首先
把电枢反应磁动势抵消掉，其次还再产生一个合
适的气隙磁通密度，换向元件切割此磁场时，将
产生感应电动势，让此感应电动势去抵消电抗电
动势。为达到此目的，换向极绕组应与电枢绕组
相串联，使换向极磁场也随电枢磁场的强弱而变
化。换向极极性的确定原则是使换向极磁场方向
与电枢磁场方向相反。具体地讲，在发电机运行
时，换向极的极性应与顺电机转向的相邻主磁极
的极性相同；在电动机运行时，换向极的极性应
与逆电机转向的相邻主磁极的极性相同。

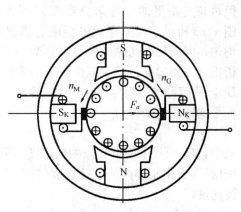

图 1.22 直流电机换向极的位置和极性

　　一般来说，1kW 以上的直流电机几乎都安装换向极。如果换向极产生的磁动势很强，
致使换向元件里电流变化曲线成为图 1.21 中加速换向曲线，这种换向称为超越换向。

　　3) 装设补偿绕组

　　由于电枢反应的影响会使气隙磁场发生畸变，这样就增大了某几个换向片之间的电压。
在负载变化剧烈的大型直流电机内，有可能出现环火现象，即正负电刷间出现电弧。出现环
火，可以在很短的时间内损坏电机。防止环火的最常用的办法是加装补偿绕组，抵消电枢反
应的影响。补偿绕组嵌放在主磁极极靴上专门冲制出的槽内，与电枢绕组串联，可有效地改
善气隙磁通密度的分布，从而避免出现环火。有了补偿绕组，换向极所需的磁动势可大为
减少，有利于改善换向。但装设补偿绕组增加直流电机的用铜量，使直流电机的结构更加
复杂，因此仅在换向比较困难而负载经常变化的大中型直流电机中才得到应用。

　　除了上述的电磁原因外，还有机械以及化学方面的因素。机械因素包括：电刷压力大
小不合适，电刷在刷握间松动，各刷杆之间不等距，电刷弧度过大或未磨光，各个换向极
下的气隙不均匀，换向器偏心，换向片间云母片突出，换向器表面粗糙或不清洁等。化学
方面的因素包括：电刷压力过大，或高空缺氧和潮湿有腐蚀性气体的环境中，换向器与电
刷接触的表面氧化亚铜薄膜层被破坏等。

1.3　直流电机的感应电动势和电磁转矩

　　直流电机的电枢是实现机电能量转换的核心，一台直流电机运行时，无论是作为发电机
还是作为电动机，电枢绕组中都因切割磁力线而产生感应电动势，同时载流的电枢导体与气
隙磁场相互作用产生电磁转矩。当其作为发电机运行时，电磁转矩为阻转矩，电枢感应电动
势为正向电动势向外输出电压，供给直流负载；当其作为电动机运行时，电磁转矩为拖动转
矩，通过电机轴带动负载，电枢感应电动势为反向电动势，与电枢所加外电压相平衡。

1.3.1　感应电动势

　　电枢绕组中的感应电动势，也称为电枢电动势，是指正负电刷之间的感应电动势，即
每条支路的感应电动势。从电刷两端看，每条支路在任何瞬间所串联的元件数是相等的，

但每条支路里的元件边分布在同一磁极下的不同位置，如图 1.23 所示，气隙合成磁场磁通密度在一个极下的分布不均匀，因此每个元件内感应电动势的瞬时值是不同的，为分析推导方便起见，设主磁极下磁通密度均匀分布，平均值为 B_{av}，从而可得一根导体在一个极距范围内切割气隙磁通密度的平均感应电动势为

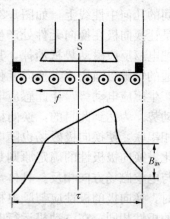

$$e_{av} = B_{av}lv$$

式中：B_{av} 为一个极下气隙磁通密度的平均值，称为平均磁通密度；l 为电枢导体的有效长度（槽内部分）；v 为电枢表面的线速度。

由于 B_{av} 与每极磁通 Φ 的关系为

图 1.23　气隙合成磁场磁通密度的分布和平均磁通密度

$$B_{av} = \frac{\Phi}{\tau l}$$

式中：τ 为极距；l 为导体的有效长度；

而线速度

$$v = \frac{n}{60}2p\tau$$

式中：n 为电枢转速；p 为极对数；

因而，一根导体感应电动势的平均值：

$$e_{av} = \frac{\Phi}{\tau l}l \frac{n}{60}2p\tau = \frac{2p}{60}\Phi n$$

设电枢绕组总的导体数为 N，支路对数为 a，则每一条并联支路总的串联导体数为 $N/(2a)$，因而电枢绕组的感应电动势：

$$E_a = \frac{N}{2a}e_{av} = \frac{N}{2a}\frac{2p}{60}\Phi n = \frac{pN}{60a}\Phi n = C_e\Phi n \qquad (1-1)$$

式中 $C_e = \frac{pN}{60a}$，是由电机结构决定的常数，故称为直流电机的电动势常数。

式（1-1）表明，电机的电枢电动势 E_a 与每极磁通 Φ 成正比，与电枢转速 n 成正比。

【例 1.3】 已知一台 10kW，4 极，2800r/min 的直流发电机，电枢绕组是单波绕组，整个电枢总导体数为 380。当发电机发出的电动势 $E_a = 250V$ 时，求这时气隙每极磁通量中是多少？

解：已知这台直流电机的极对数 $p = 2$，单波绕组的并联支路对数 $a = 1$，则

$$C_e = \frac{pN}{60a} = \frac{2 \times 380}{60 \times 1} = 12.67$$

根据感应电动势公式（1-1），气隙每极磁通中为

$$\Phi = \frac{E_a}{C_e n} = \frac{250}{12.67 \times 2800}\text{Wb} = 7.047 \times 10^{-3}\text{Wb}$$

1.3.2　电磁转矩

当电枢绕组中有电枢电流流过时，在磁场内将受到电磁力的作用，该力与电机电枢铁心半径之积称为电磁转矩。

若电枢总电流为 I_a，电枢导体中流过的支路电流为 i_a，电枢绕组并联支路数为 $2a$，则

每根导体电流 $i_a = I_a/(2a)$，受到的电磁力 f 的方向按左手定则确定，如图 1.23 所示。

由于电枢反应的影响，气隙磁通密度的分布曲线发生畸变，在一个极距内，电枢表面各点的磁通密度是不同的，因而电枢上各导体的受力并不相等，为了计算简便，假设电枢铁心表面是光滑的，导体在电枢表面均匀分布，电刷位于几何中性线上，且不考虑齿槽影响。气隙中各点的磁通密度均为 B_{av}，则每根导体所受电磁力大小为

$$f_{av} = B_{av} l i_a$$

每根导体的电磁转矩为

$$T_{av} = f_{av} \frac{D}{2}$$

式中：D 为电枢外径，$D = \dfrac{2p\tau}{\pi}$。

电枢所有导体产生的电磁转矩方向都是一致的，因而电枢绕组总的电磁转矩等于一根导体电磁转矩 T_{av} 乘以电枢绕组总的导体数 N，即总的电磁转矩为

$$T = N B_{av} l i_a \frac{D}{2} = N \frac{\Phi}{\tau l} l \frac{I_a}{2a} \cdot \frac{1}{2} \frac{2p\tau}{\pi} = \frac{pN}{2\pi a} \Phi I_a = C_T \Phi I_a \tag{1-2}$$

式中 $C_T = \dfrac{pN}{2\pi a}$，为直流电机的转矩常数，由电机结构决定。

式(1-2)表明，对已制成的电机，电磁转矩与每极磁通和电枢电流的乘积成正比。

对于同一台直流电机，电动势常数 C_e 和转矩常数 C_T 之间具有确定的关系：

$$C_T = 9.55 C_e \tag{1-3}$$

【例 1.4】 已知一台四极直流电动机额定功率为 100kW，额定电压为 330V，额定转速为 720r/min，额定效率为 0.915，单波绕组，电枢总导体数为 186，额定每极磁通为 6.98×10^{-2}Wb，求额定电磁转矩是多少？

解： 转矩常数

$$C_T = \frac{pN}{2\pi a} = \frac{2 \times 186}{2 \times 1 \times 3.1416} = 59.2$$

额定电流：

$$I_N = \frac{P_N}{U_N \eta_N} = \frac{100 \times 10^3}{330 \times 0.915} A = 331A$$

额定电磁转矩

$$T_N = C_T \Phi_N I_N = 59.2 \times 6.98 \times 10^{-2} \times 331 N \cdot m = 1367.7 N \cdot m$$

1.4　直流电动机的工作特性

1.4.1　直流电动机的基本方程

直流电动机的基本方程式反映了直流电动机内部的电磁过程，说明了电动机内外的机—电能量转换关系和直流电动机的运行原理，它主要包括电压平衡方程式、转矩平衡方程式和功率平衡方程式。下面以他励直流电动机为例进行分析。

图 1.24 所示为一台他励直流电动机的结构示意图和等效电路图，各物理量的参考正

方向选定如图所示。图中 E_a 是电枢电动势，与电枢电流 I_a 的方向相反，U_a 是直流电动机电枢两端的端电压，T 是电磁转矩，与转速 n 的方向一致，与电动机轴上的负载转矩 T_L 的方向相反，U_f 是励磁电压，I_f 是励磁电流。

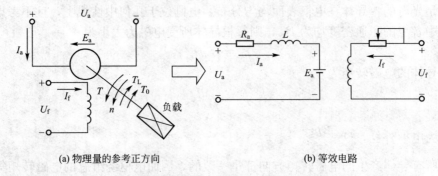

(a) 物理量的参考正方向　　　　　　　　　　　(b) 等效电路

图 1.24　直流电动机物理量的正方向与等效电路

1. 电压方程

根据电路的基尔霍夫定律，励磁回路和电枢回路的电压平衡方程式分别为

$$U_f = I_f R_f \tag{1-4}$$

$$U_a = E_a + R_w I_a + \Delta U_b = E_a + R_a I_a \tag{1-5}$$

式中：R_f 为励磁回路的电阻；R_w 为电枢绕组的电阻；R_a 为包括电枢绕组和电刷压降的等效电阻；E_a 为直流电机感应电动势，$E_a = C_e \Phi n$，大小与转速成正比；ΔU_b 为正负电刷总的接触电压，对一般的碳刷或石墨电刷，一对电刷的接触压降为 2V。

若电动机励磁采用并励方式，如图 1.14(b) 所示，励磁绕组与电枢回路并联，共用一个电源，电枢回路的电压方程与他励时相同，且

$$U = U_a = U_f \tag{1-6}$$

$$I = I_a + I_f \tag{1-7}$$

若电动机励磁采用串励方式，如图 1.14(c) 所示，励磁绕组与电枢回路串联再与电源连接，则

$$I = I_a = I_f \tag{1-8}$$

$$U = U_a + U_f \tag{1-9}$$

2. 转矩方程

电动机稳定运行时，作用在电动机轴上的转矩有三个：电磁转矩 T，方向与转速 n 相同，为拖动转矩；空载转矩 T_0，为电动机空载运行时的阻转矩，方向与转速 n 相反，是制动转矩；电动机轴上的负载转矩 T_L，为轴上的输出转矩，也是制动转矩。稳态运行时转矩平衡方程式为

$$T = T_L + T_0 \tag{1-10}$$

3. 功率方程

电动机在机—电能量转换过程中，总有一小部分能量不能被利用而损耗掉，即输入的电功率不可能全部转换成机械功率。在转换过程中，这部分损耗的能量主要包括机械损耗、铁耗、铜耗和附加损耗。

1) 机械损耗 ΔP_m

机械损耗是指当电机转动时，由于摩擦阻力而产生的损耗。它主要包括轴与轴承间的摩擦损耗，电刷与换向器间的摩擦损耗，以及电枢旋转部分与空气的摩擦损耗(包括风扇的通风损耗)等，这些损耗均与转速高低有关。

2) 铁心损耗 ΔP_{Fe}

铁心损耗是指当直流电机旋转时，电枢铁心中因磁场反复变化而产生的磁滞损耗和涡流损耗。

上述的这两种损耗在直流电动机已经转起来，但还没有带负载时就已经存在，故这两种损耗合起来又称为空载损耗 P_0，即

$$P_0 = \Delta P_m + \Delta P_{Fe} \tag{1-11}$$

3) 铜耗 ΔP_{Cu}

铜耗是指当直流电动机运行时，在电枢回路和励磁回路中有电流流过，在绕组电阻上产生的损耗。铜耗主要包括电枢回路的铜耗 ΔP_{Cua} 和励磁回路的铜耗 ΔP_{Cuf}。

4) 附加损耗 ΔP_{ad}

由于电枢的齿槽存在、电枢反应的影响等原因，会在运行中产生附加损耗，又称杂散损耗。附加损耗是除了铜耗、铁耗和机械损耗之外的其他损耗，一般很难计算和测定，主要靠经验估算。对有补偿绕组的电机，附加损耗可取为 $0.5\% P_N$；而对无补偿绕组的电机，可取为 $1\% P_N$。

综上所述，电机总损耗 $\sum P$ 为

$$\sum P = \Delta P_m + \Delta P_{Fe} + \Delta P_{Cu} + \Delta P_{ad} \tag{1-12}$$

当他励直流电动机接上电源时，电枢绕组中流过电流 I_a，电网向电动机输入的电功率 P_1 为

$$P_1 = U_a I_a = (E_a + R_a I_a) I_a = E_a I_a + R_a I_a^2 = P_{em} + \Delta P_{Cua} \tag{1-13}$$

式中：P_{em} 为电磁功率，$P_{em} = E_a I_a = C_e \Phi n I_a = T\omega$，$\omega$ 是电动机的机械角速度，为 $2\pi n/60$。

上式说明：输入的电功率一部分消耗在电枢绕组上(电枢铜耗 ΔP_{Cua})，一部分作为电磁功率 P_{em} 转换成机械功率输出。在转换过程中，要克服机械损耗、电枢铁心损耗以及附加损耗。因此，电动机输出的功率 P_2 为

$$P_2 = P_{em} - \Delta P_{Fe} - \Delta P_m - \Delta P_{ad} \tag{1-14}$$

若忽略附加损耗，则

$$P_2 = P_{em} - \Delta P_{Fe} - \Delta P_m = P_{em} - P_0 = P_1 - \Delta P_{Cua} - P_0 = P_1 - \sum P \tag{1-15}$$

他励电动机的励磁铜耗是由其他电源提供，所以在计算功率时没有包括励磁铜耗。但其他励磁方式的电动机的励磁铜耗，因与电枢回路一起由同一电源提供，功率平衡方程式中应包括励磁铜耗 ΔP_{Cuf}。

直流电动机的效率为

$$\eta = \frac{P_2}{P_1} \times 100\% = \frac{P_2}{P_2 + \sum P} \times 100\% \tag{1-16}$$

一般中小型直流电动机的效率在 $75\% \sim 85\%$ 之间，大型直流电动机的效率在 $85\% \sim 94\%$ 之间。

直流电动机的功率平衡关系可以用功率流程图来说明，如图 1.25 所示。

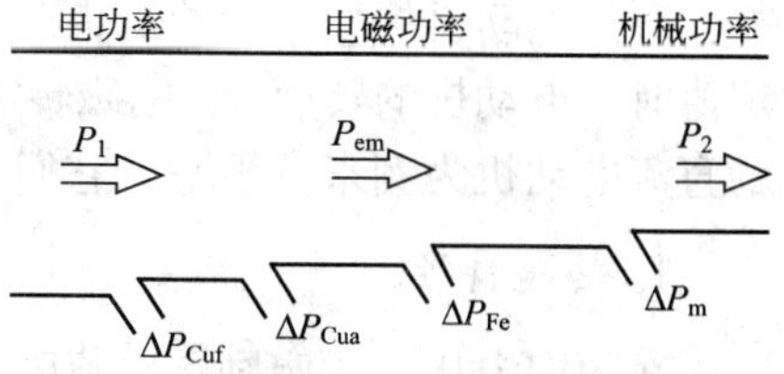

图 1.25 直流电动机的功率流程图

【例 1.5】 已知一台他励直流电动机额定电压为 220V，额定电流为 100A，额定转速为 1150r/min，电枢电阻 0.095Ω，空载损耗为 1500W。试求电动机的额定电动势、额定电磁转矩和额定效率。

解： 额定电动势：

$$E_{aN}=U_N-I_NR_a=(220-100\times0.095)\text{V}=210.5\text{V}$$

额定电磁转矩：

$$T_N=\frac{E_aI_a}{2\pi n/60}=\frac{210.5\times100}{2\pi\times1150}\times60\text{N}\cdot\text{m}=174.8\text{N}\cdot\text{m}$$

电枢输入功率：

$$P_1=U_NI_N=220\times100\text{W}=22000\text{W}$$

轴上输出的功率：

$$P_2=P_1-I_N^2R_a-P_o=(22000-100^2\times0.095-1500)\text{W}=19550\text{W}$$

额定效率：

$$\eta=\frac{P_2}{P_1}\times100\%=\frac{19550}{22000}\times100\%=88.86\%$$

【例 1.6】 某台他励直流电动机额定电压为 220V，已知 $a=1$，$p=2$，$N=372$，$n=1500$ r/min，$\Phi=1.1\times10^{-2}$Wb，$R_a=0.208\Omega$，$\Delta P_{Fe}=358$W，$\Delta P_m=200$W，试求：(1)此电机是发电机运行还是电动机运行？(2)电磁转矩 T 和效率 η 各是多少？

解： (1)可以通过比较电枢电动势和端电压的大小，来判断一台直流电机运行状态：

$$E_a=\frac{pN}{60a}\Phi n=\frac{2\times372}{60\times1}\times1.1\times10^{-2}\times1500\text{V}=204.6\text{V}$$

因为 $U_N>E_a$，故此电机是电动机运行状态。

(2) 根据

$$U_N=E_a+I_aR_a$$

则

$$I_a=(U_N-E_a)/R_a=[(220-204.6)/0.208]\text{A}=74\text{A}$$

电磁转矩 $\quad T=\frac{pN}{2\pi a}\Phi I_a=\frac{2\times372}{2\times\pi\times1}\times1.1\times10^{-2}\times74\text{N}\cdot\text{m}=96.38\text{N}\cdot\text{m}$

输入功率 $\qquad P_1=U_NI_a=220\times74\text{W}=16280\text{W}$

输出功率

$$P_2=P_{em}-\Delta P_{Fe}-\Delta P_m=E_aI_a-\Delta P_{Fe}-\Delta P_m$$
$$=(204.6\times74-358-200)\text{W}=14582\text{W}$$

效率 $\qquad \eta=\frac{P_2}{P_1}\times100\%=\frac{14582}{16280}\times100\%=89.6\%$

1.4.2　工作特性

直流电动机的工作特性是指在额定电压下，电枢回路不串入附加电阻，励磁电流为额定值时，电动机的转速 n、电磁转矩 T 和效率 η 分别与电枢电流 I_a 之间的关系。下面以他励直流电动机为例来分析一下它们之间的关系。

1. 转速特性

在额定电压、额定励磁电流时，转速 n 与电枢电流 I_a 之间的关系 $n=f(I_a)$ 称为转速特性，由感应电动势公式和电压方程可得

$$n=\frac{E_a}{C_e\Phi}=\frac{U_N-I_aR_a}{C_e\Phi_N}=\frac{U_N}{C_e\Phi_N}-\frac{R_a}{C_e\Phi_N}I_a \tag{1-17}$$

若忽略电枢反应，当 I_a 增加时，转速 n 下降，如图 1.26 中曲线 1 所示。若考虑电枢反应的影响，随着电枢电流的增加，电枢反应的去磁作用使气隙磁通减小，磁通下降可能引起转速的上升，与 I_a 增大引起的转速降相抵消，使电动机的转速变化很小。实际运行中为保证电动机稳定运行，一般使电动机的转速随电流 I_a 的增加而下降，转速特性是一条略微向下倾斜的曲线，呈基本恒速状态。

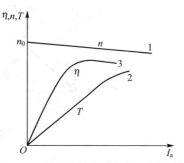

图 1.26 他励直流电动机的工作特性

2. 转矩特性

在额定电压、额定励磁电流时，电磁转矩 T 与电枢电流 I_a 之间的关系 $T=f(I_a)$ 称为转矩特性。由前面分析可知，转矩公式为

$$T=C_T\Phi I_a$$

若不考虑电枢反应，在磁通为额定值时，电磁转矩 T 与电枢电流 I_a 成正比，转矩特性为过原点的直线。如果考虑电枢反应的去磁作用，则当电枢电流 I_a 增大时，转矩特性略微向下弯曲，转矩随电枢电流的变化如图 1.26 中曲线 2 所示。

3. 效率特性

在额定电压、额定励磁电流时，效率 η 与电枢电流 I_a 之间的关系 $\eta=f(I_a)$ 称为效率特性。根据效率公式

$$\eta=\frac{P_2}{P_1}\times100\%=\left(1-\frac{\sum P}{P_1}\right)\times100\% \tag{1-18}$$

式中：$\sum P=P_0+\Delta P_{Cu}$，$P_1=U_NI_a$；

故

$$\eta=\left(1-\frac{P_0+\Delta P_{Cu}}{U_NI_a}\right)\times100\%=\left(1-\frac{P_0+I_a^2R_a}{U_NI_a}\right)\times100\% \tag{1-19}$$

由上述公式可知，电动机的损耗中仅电枢回路的铜耗与电流 I_a 平方成正比关系，其他部分与电枢电流无关。电动机的效率一开始随 I_a 增大而上升，当 I_a 大到一定值后，效率又逐渐下降，是一条先上升后下降的曲线，如图 1.26 中曲线 3 所示。从效率特性曲线可以看出：电动机空载、轻载时效率低，满载时效率较高，过载时效率反而降低。因此在选择和使用电动机上应尽量使其工作在满载或接近满载的区域。

电动机在使用时一定要保证励磁回路连接可靠，绝不能断开。一旦励磁电流为零，电机主磁通将迅速下降至剩磁磁通，若此时电动机负载较轻，电动机的转速将迅速上升，出现"飞车"现象；若电动机的负载为重载，则电动机的电磁转矩会小于负载转矩，使电动机转速减小，但电枢电流将迅速增大，超过电动机允许的最大值，使电枢绕组因过热而烧毁。因此在闭合电动机电枢电路前应先闭合励磁电路，保证电动机可靠运行。

按照上述方法，同样可以分析出并励、串励直流电动机的工作特性，其变化规律如图 1.27 所示。

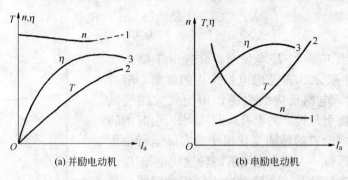

图 1.27　直流电动机的工作特性
1—转速特性；2—转矩特性；3—效率特性

1.5　直流电机的检修及常见故障的处理方法

1.5.1　直流电机检修工艺

1. 直流电机的拆装

与交流异步电机相比，直流电机在结构上由于有换向器、电刷的存在，给直流电机的拆装带来了一定的困难和麻烦，因此在拆装前，务必要弄清直流电机结构上的特点，特别是要了解换向器和电刷装置，以利于直流电机的拆装。

1）直流电机的拆卸

（1）拆除电机的外部连接线，并作好标记；

（2）拆卸带轮或联轴器；

（3）拆卸换向器侧的端盖螺钉和轴承外盖螺钉，并取下轴承外盖；

（4）打开端盖的通风窗，从刷握中取出电刷，再拆卸接在刷杆上的连接线；

（5）拆卸换向器侧的端盖，取出刷架；

（6）用厚纸或布将换向器包好，以保持清洁及避免碰伤；

（7）拆卸轴伸侧的端盖螺钉，将电枢同端盖一起抽出，并放在木架上；

（8）拆卸轴伸侧的轴承外盖螺钉，取下轴承外盖、端盖及轴承，若轴承无损坏则不必拆卸。

2）直流电机的装配

按拆卸时的相反步骤进行，装配后要注意把刷杆座调整到标记位置。

3）拆装工艺要点

直流电机的拆装工艺要点与交流异步电机基本相似(见第5章)，仅增加了电刷装置的拆装。在拆装电刷装置时要注意先后顺序。拆卸时一定要掀起刷握上的压紧弹簧，先取出电刷，再抽电枢转子。

2. 直流电机的检修和维护

由于直流电机结构上的特殊性，使得对电枢绕组和换向器以及电刷装置的检修，成为整个直流电机检修的重点和难点。

直流电机的检修通常是指电机的维护，电枢绕组、换向器及电刷装置的修理和修理后的测试。

直流电机的维护除了与交流异步电机有相同的程序步骤之外，还应增加换向器表面处理，电刷装置的检查、维护及电刷中性线位置的调整。

（1）换向器的维护。

换向器表面应十分光洁，如有轻微的火花灼痕，可用 400 号左右的水砂纸在旋转着的换向器表面仔细研磨。如换向器表面灼痕严重或外圆变形等，则需用外圆磨床进行磨削修理。

换向器经长期运行后，其表面会形成一层暗褐色有光泽的坚硬氧化膜，它能起到保护换向器的作用，不要用砂纸磨掉；若换向器表面有污垢，可用棉纱稍沾一点汽油将其擦净。

（2）电刷装置的维护。

电刷是直流电机换向器上传导电流的滑动接触件，必须正确选择与定时更换，以保证运行可靠和换向器的使用寿命。

① 电刷的更换：电刷磨损过多或接触不良，必须予以更换或调整。更换电刷时，整台电机必须使用同一型号的电刷，否则，会引起电刷间负荷分配不均，对电机的运行不利，且对换向器的表面质量也有影响。更换电刷后，先加 25%～50% 的负载运行 12h 以上，使电刷磨合好后再满载运行。

② 电刷的研磨：电刷更换后必须将电刷与换向器接触的表面用 400 号以上的水砂纸研磨光滑，使电刷与换向器的接触面积占到整个电刷截面积的 80% 以上，保证电刷与换向器的工作表面吻合良好。研磨用砂纸的宽度与换向器的长度等同，砂纸的长度约为换向器的圆周长；再剪一块胶布，它的一半贴牢在砂纸上，另一半按转子旋转的方向贴在换向器上，然后慢慢扳动转子，使电刷与换向器表面吻合，并进行磨合。研磨的方法如图 1.28 所示。

（3）电刷中性线位置的调整。

为保证电机运行性能良好，电机的电刷必须放在中性线位置上，因为该位置当电机在发电空载状态运转时，其励磁电流和转速不变，换向器上可获得最大感应电动势。

确定电刷中性线位置的方法有感应法、正反转发电机法和正反转电动机法。一般采用感应法，因为它简单，电机不需转动，准确率较高。感应法接线如图 1.29 所示，在被测试电机的相邻两个电刷上接一个毫伏表，电枢静止不动，在电机励磁绕组上接一个低压直流电源。并使该电源交替通断，当电刷不在中性线位置时，毫伏表上将有读数。此时移动电刷位置，直到毫伏表上读数为零时，即为电刷中性线位置。

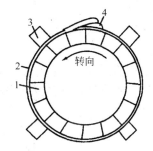

图 1.28　电刷的研磨
1—换向器；2—砂纸；3—电刷；4—橡皮胶布

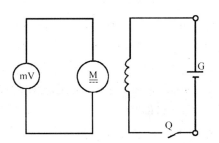

图 1.29　感应法测电刷中性线位置接线图

（4）直流电机运转测试。

直流电机有的故障在静止状态下是无法发现的，必须启动运转，观察各部分运转情况是否正常。由于直流电机拖动的机械负载是可调的，运转测试时应从电机额定电流的50%开始，以额定电流的10%～20%逐次增加，一直增加到额定电流为止，观察电机在不同大小负载下运行的情况。

运转测试时需观察的内容如下：

① 轴承转动是否轻快、和谐、有无杂声；

② 电机各部位的温升是否超过表1-1的规定。

表1-1　直流电机各部分的温升限度　　　　　　　　单位：K

发热部位名称	绝缘等级（E级）		绝缘等级（B级）		绝缘等级（F级）		绝缘等级（H级）	
	温度计法	电阻法	温度计法	电阻法	温度计法	电阻法	温度计法	电阻法
电枢绕组	65	75	70	80	85	100	105	125
励磁绕组	75	75	80	80	100	100	125	125
换向极绕组	80	80	90	90	110	110	135	135
铁心	75	—	80		100	—	125	
换向器	70		80		90		100	

③ 电机的振动（两倍振幅值）是否超过表1-2的规定。

表1-2　直流电机允许的振动值

转速/(r/min)	3000	1500	1000	750	600	500 以下
振动值/mm	0.050	0.085	0.100	0.120	0.140	0.200

④ 电机从空载到满载整个过程运行时，换向器上的火花等级不能超过 $1\frac{1}{2}$ 级。火花等级标准如表1-3所示。

表1-3　直流电机换向器的火花等级

火花等级	电刷下的火花程度	换向器及电刷的状态
1	天火花	换向器上没有黑痕，电刷上也没有灼痕
$1\frac{1}{4}$	电刷边缘仅小部分有微弱的点状火花，或由非放电性的红色小火花	
$1\frac{1}{2}$	电刷边缘大部分或全部有轻微的火花	换向器上有黑痕出现但不发展，用汽油擦其表面即能除去，同时在电刷上有轻微灼痕
2	电刷边缘大部分或全部有较强烈的火花	换向器上有黑痕出现，用汽油不能擦除，同时在电刷上有灼痕，但短时运行换向器上无黑痕出现，电刷也不被烧焦或损坏
3	电刷的整个边缘有强烈的火花，同时有大火花飞出	换向器上的黑痕相当严重，用汽油不能擦除，同时在电刷上有灼痕，短时运行换向器上就出现黑痕，电刷也被烧焦或损坏

直流电机在运转测试过程中，如发现任何不正常，应立即停机检修。停机前最好将负载卸掉或尽可能的减小。若为变速电机，还应将转速逐步降低到最低值。

1.5.2　直流电机常见故障的检修

1. 检修目的

掌握直流电枢绕组的故障现象的原因及相应的处理方法。

2. 需用器材

包括直流电机一台、毫伏表、电流表及电工工具等。

3. 检修内容与步骤

直流电枢绕组常见的故障主要有绕组接地、匝间或线圈之间的短路、断路，线圈对换向器及线圈之间的错接、断线等。

1）电枢绕组接地

（1）电枢绕组接地故障检查方法。

直流电枢绕组接地故障一般出现在槽口击穿或换向器内部绝缘击穿，以及绕组端部对支架的击穿等。接地故障可用以下方法检查。

① 试灯检查法：用 220V 小功率交流试灯接在换向片和轴上，如图 1.30 所示。如果灯泡发亮，说明电枢绕组或换向器有接地故障。

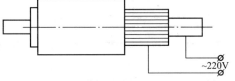

图 1.30　用试灯检查电枢绕组接地故障示意图

② 毫伏表检查法：测定线路如图 1.31 所示。将低压直流电源（或干电池）接在换向器上，毫伏表的一个引线端触在转轴上，另一端触在换向片上。这时，毫伏表上应有读数。依次移动测试，如果触在某一换向片时毫伏表读数很小或为零，说明该换向片或所连接的那只绕组有接地故障。

③ 探测器检测法：将电枢放在短路探测器上，再用交流毫伏表测量换向片对轴的电压，如图 1.32 所示。若电压为零，说明连接该片的绕组有接地现象。

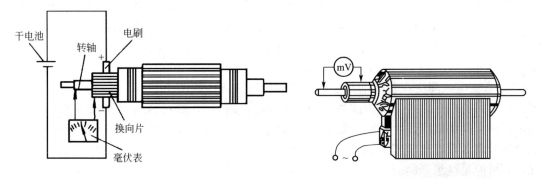

图 1.31　用试灯与毫伏表检查电枢绕组接地示意图　　　**图 1.32　用探测器检查电枢绕组接地故障示意图**

④ 渐进法：先将绕组相对位置的两片换向片引线从换向器上拆除，如图 1.33（a）所示，用试灯找出接地所在的一半绕组。再将接地的部分绕组从中部拆开分别检测，如

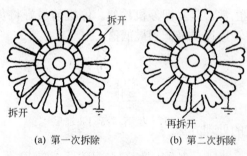

(a) 第一次拆除　　　　　(b) 第二次拆除

图 1.33　用渐近法确定接地线圈示意图

图 1.33(b)所示。如此继续进行，逐步缩小检查范围，最后即可找到故障线圈。

（2）电枢绕组接地故障的修理。

接地线圈确定以后，必须找出原因，加以修理。通常的原因，总是线槽绝缘的破裂，或叠片在某处戳入线圈造成的。如故障点可见，即可采用加强绝缘方法修复。假如故障点在内部，可采用如下方法进行修理。

① 重绕或重新绝缘：如若接地故障不能看到，并且线路内需要完整的线圈，则可以对线圈接地部分（或全部）重绕或重新绝缘。

② 跳接法：具体方法是将接地线圈的两根引线从两片换向片上拆下，在换向片间用跨接线予以短接。图 1.34 和图 1.35 是叠绕组和波绕组接地线圈的跳接情况。

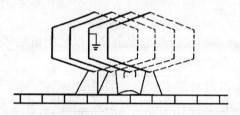

图 1.34　电枢叠绕组接地线圈的跳接示意图

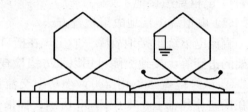

图 1.35　电枢波绕组接地线圈的跳接示意图

跳接后，接地线圈虽留在电枢中，而引线要包好绝缘，使它不与电路相通。若线圈有两点接地时，应将线圈从端部切断，以防感应电流将其他线圈烧坏。要断定是否有两处接地，可将电枢放在短路侦察器上，检查是否有短路故障。有短路故障的线圈，说明有两处（或两处以上）接地。

2）电枢绕组短路

（1）电枢绕组短路故障的检查。

① 短路探测器检查法：将电枢放在短路探测器上，通入交流电，并把钢锯片放置在转子顶部槽口。当换向片或线圈有短路，放在电枢槽口中的钢锯片便会振动，并发出"吱吱"声。如属叠绕组，将有两个槽口使钢锯片振动；若是波绕组，则有 $2p$ 个槽口发生振动。

② 直流电压降法：直流电源接于换向器相对位置，如图 1.36 所示。用毫伏表依次测量换向片间的电压，若毫伏表读数呈周期性变化，则表示绕组良好；若读数突然变小，则表示该两片间的线圈发生短路。如果换向片间短路，毫伏表读数应为零。有时遇到片间电压突然升高，可能是绕组断路或脱焊所造成的，应检查焊锡是否牢固，如果没有脱焊情况，则可能是绕组断路。

对于四极的波绕组，因绕组经过串联的两个线圈后才回到相邻的换向片上，其中一个线圈发生短路时，接触相邻换向片上的毫伏表所示电压会降低（可能近一半）。但这时并不能分辨出两个线圈中哪一个损坏，因此还需将毫伏表跨接在距离相当一个换向器节距(Y_k)的两换向片上，才能指示出短路故障的线圈，如图 1.37 所示。

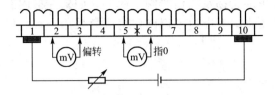

图 1.36　直流电压降法检查电枢绕组短路故障示意图

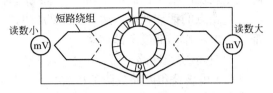

图 1.37　检查短路的波绕组

③ 毫伏表法：如图 1.38 所示把低压直流电源通过一对测试针加在相邻两换向片上，再用另一对测试针连接一直流毫伏表，测量该两片在接通瞬间的电压值。当某对换向片的读数大幅度减少时，说明连接的线圈有短路。

在操作时，为防止损坏毫伏表，应先接通电源测试针，后用毫伏表检测；取下时则应按相反顺序进行。

（2）电枢绕组短路故障的修理。

① 消除短路法：如果电枢有较多的短路线圈，而且使用年限已久，最好是把它重绕。因为这种电枢长时间过热，绝缘已变脆发焦，在修整时可能引起更多处的短路。如果有一两个线圈短路，而其他线圈看来情况尚好，可将短路线圈从电路中切除。切除后不会严重降低电机的效率。切除短路线圈的方法，应依照电枢的式样而定。

② 切除叠绕组的短路线圈：如果已确定短路线圈的部位，下一步就是在非换向器端的绕组端部切断线圈。为了防止短路线圈内的感应电流，线圈的每匝都必须切断。

切断线圈后，将在线圈内引起开路。由于连接损坏线圈的换向片已经知道，这种开路可以用连接换向片的跨接线来补救，如图 1.39 所示。

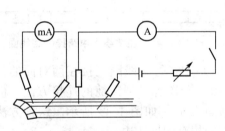

图 1.38　毫伏表电压法检查电
枢绕组短路故障示意图

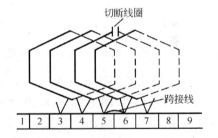

图 1.39　电枢叠绕组短路
线圈的跳接示意图

切除线圈的另一个方法，是在切断线圈之后，先将一边的各匝绞接起来，而后再绞接另一边。在绞接以前，导线上必须不再有绝缘物。用此方法无须在换向器上连接导线，也无须碰及换向器。

③ 切除波绕组的短路线圈：在四极波绕组电枢中，引线接在近乎相对的换向片上。切断短路线圈后，必须在连接此损坏线圈的换向片间跨接一导线，如图 1.40 所示。

电枢绕组中个别短路线圈的切除，虽然不会严重

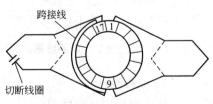

图 1.40　电枢波绕组短路
线圈的跳接示意图

降低电动机的功率,但由于切断故障线圈时很可能会损及其他线圈;此外,如果在槽内有两个短路点的话,就难以达到切断的目的。因此,只有在迫不得已作为应急采用外,一般都应把电机作局部或全部重绕。

3)电枢绕组断路

(1)电枢绕组断路故障的检查。

① 毫伏表检查法:将直流电源加到相对位置的换向片上,如图1.41所示,然后用毫伏表接相邻两片检测。正常时,毫伏表指示为零;若毫伏表有读数时,说明与该两换向片连接的线圈断线(即断路)。

② 探测器检查法:把电枢置于探测器上,毫伏表接至任意两相邻换向片上,逐次移动引线。如毫伏表指示为零,说明与该两换向片所接的是断路线圈。

用此法检查断路故障时,若无毫伏表,可用导线代替毫伏表。将导线短接在两个相邻的换向片上,逐次移动导线,当导线端头无火花时,即为断路的绕组。

(2)电枢绕组断路的修理。

① 叠绕组断路的修理。绕组断路的修理方法,应视具体情况而定。如果有若干线圈开路,最好的方法是全部调换。通常,电枢绕组是需要重绕的。若不重绕,可将铜线焊接在被检出换向片的槽内,以跨接这两个换向片,如图1.42所示。另一种跨接方法是,刮去一些它们中间的云母,在槽内嵌入一条铜线,而后焊接于换向片上。

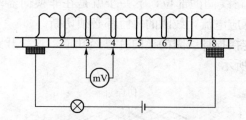

图1.41 毫伏表检查电枢绕组断路故障示意图

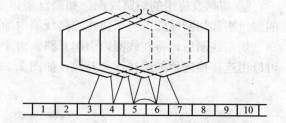

图1.42 在叠绕组中跨接断路线圈

② 波绕组断路的修理。在四极波绕式电枢绕组中,每一线圈是接在两对面的换向片上的,对开路线圈应如图1.43所示进行跨接。另外,还有一种简捷的连接方法,但必须移去两只线圈,其跨接线直接跨接在两相邻的换向片间,如图1.44所示。这种方法可以节省跨接线的长度,而无须从换向器的这一边接到相对的另一边。

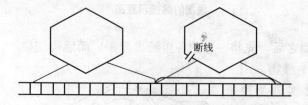

图1.43 电枢波绕组断路线圈的跳接示意图

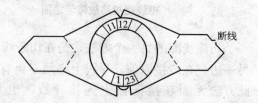

图1.44 在波绕组中跨接断路线圈的简捷方法

4)电枢绕组反接

一般线圈反接往往发生在重绕之后,是由于嵌线圈过程中不够熟练将引线放错而造成误接所致。通常的检查方法如下。

(1)永久磁铁法。如图1.45所示,永久磁铁在两个槽口上移动,用毫伏表在相应位置的相邻两换向片上移动检测。若指针反转，则表示该所接线圈反接。

（2）指南针法。在换向片间引入低压直流电源，在靠近电枢旁边放置指南针，然后缓慢转动电枢转子。当指南针反向时，表示该线圈反接。

（3）毫伏表法。可采用图 1.45 所示的方法进行检测，当毫伏表发生反偏时，说明该线圈反接。若有两个相邻线圈接线用毫伏表检测时，可如图 1.46 所示，在换向片 2～3 和 4～5 间将测得两倍于正常值的读数，而 3～4 片间的电压值却正常，但极性相反。

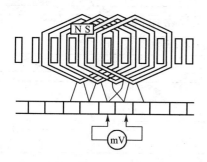

图 1.45　永久磁铁检查电枢绕组反接示意图

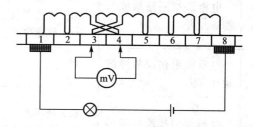

图 1.46　毫伏表检查电枢绕组两个线圈反接示意图

反接线圈查出后，可用烙铁从所在换向片上烫出引线，然后调正重焊即可。

4. 检修记录（见表 1-4）

表 1-4　检修记录表

步骤	内　容	操作要点
1	检修前的准备工作	（1）电工工具： （2）电工仪表： （3）其他工具： （4）电机铭牌： （5）轴承数据：
2	电枢绕组接地故障的检查方法	（1）_____ （2）_____ （3）_____ （4）_____
3	电枢绕组接地故障的维修方法	（1）使用工具_____ （2）工艺要点_____ （3）注意事项_____
4	电枢绕组短路故障的检查方法	（1）_____ （2）_____ （3）_____

（续）

步骤	内　　容	操 作 要 点
5	电枢绕组短路故障的维修方法	(1) 使用工具＿＿＿＿＿＿＿＿＿＿＿＿ (2) 工艺要点＿＿＿＿＿＿＿＿＿＿＿＿ (3) 注意事项＿＿＿＿＿＿＿＿＿＿＿＿
6	电枢绕组断路故障的检查方法	(1) ＿＿＿＿＿＿＿＿＿＿＿＿＿＿＿＿ (2) ＿＿＿＿＿＿＿＿＿＿＿＿＿＿＿＿
7	电枢绕组断路故障的维修方法	(1) 使用工具＿＿＿＿＿＿＿＿＿＿＿＿ (2) 工艺要点＿＿＿＿＿＿＿＿＿＿＿＿ (3) 注意事项＿＿＿＿＿＿＿＿＿＿＿＿
8	电枢绕组接反故障的检查方法	(1) ＿＿＿＿＿＿＿＿＿＿＿＿＿＿＿＿ (2) ＿＿＿＿＿＿＿＿＿＿＿＿＿＿＿＿
9	电枢绕组接反故障的维修方法	(1) 使用工具＿＿＿＿＿＿＿＿＿＿＿＿ (2) 工艺要点＿＿＿＿＿＿＿＿＿＿＿＿ (3) 注意事项＿＿＿＿＿＿＿＿＿＿＿＿

5. 检修报告

按照检修的目的熟练掌握直流电机电枢绕组故障的检查方法及维修方法。

6. 技能测试

内容：直流电机电枢绕组故障的检查方法及维修方法。

要求：在 45min 内，完成对直流电机电枢绕组故障的检查及维修。

评分标准见表 1-5。

表 1-5　技能测试评分标准

考 核 内 容	配分	评 分 标 准	得分
列举电机电枢绕组修理前的检查项目	10	每少列举一项目扣 2.5 分	
工具使用	10	毫伏表、电流表及电工工具不会使用或使用不当每项扣 2 分	
电枢绕组接地故障的检查方法	10	(1) 步骤不对，每次扣 5 分 (2) 方法不对，每次扣 5 分	
电枢绕组接地故障的维修方法	10	(1) 步骤不对，每次扣 5 分 (2) 方法不对，每次扣 5 分	
电枢绕组短路故障的检查方法	10	(1) 步骤不对，每次扣 4 分 (2) 方法不对，每次扣 6 分	

（续）

考 核 内 容	配分	评 分 标 准	得分
电枢绕组短路故障的维修方法	10	(1) 步骤不对，每次扣 5 分 (2) 方法不对，每次扣 5 分	
电枢绕组断路故障的检查方法	10	(1) 步骤不对，每次扣 4 分 (2) 方法不对，每次扣 6 分	
电枢绕组断路故障的维修方法	10	(1) 步骤不对，每次扣 5 分 (2) 方法不对，每次扣 5 分	
电枢绕组接反故障的检查方法	10	(1) 步骤不对，每次扣 4 分 (2) 方法不对，每次扣 6 分	
电枢绕组接反故障的维修方法	10	(1) 步骤不对，每次扣 5 分 (2) 方法不对，每次扣 5 分	
时间		每超时 5min 扣 5 分	

1.5.3   直流励磁绕组的检修

1. 检修目的

掌握直流电机励磁绕组的故障的原因及相应的处理方法。

2. 需用器材

包括直流电机一台、电压表、电流表及电工工具等。

3. 检修内容与步骤

直流励磁绕组在电机的定子部分，常见故障是并励式绕组短路。当并励绕组中只有少数几匝线圈短路时，整只绕组直流电阻的变化很微小，所以通常采用电压降法来检查，如图 1.47 所示。

将电机所有励磁绕组串联起来，外加 110V 直流电源，利用直流电压表测量每个绕组两端的电压。如果电压大小不等，找出电压最小的那只绕组，就是短路故障的绕组。如果没有直流电源设备，而且并励绕组只有少数几匝短路时，用直流电测量的结果容易发生差错，这时，可将 220V 交流(或 110V)电源接于串联的各并励绕组，由于交流电磁感应会使故障点严重发热，即使是少数几匝短路，也能明显地反映出电压的差异来。如果感到交流电压太高，可在串联电路中加入灯泡降压。

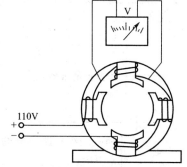

图 1.47   用电压降法检查磁极绕组的短路故障

直流励磁绕组的修理方法如下。

(1) 在每个磁极和磁轭上作好记号，以便安装时使每个磁极能放在原来的位置上。

(2) 用喷灯或烙铁烧脱所有极间连接头，取下绑扎的铜丝或铜套。

（3）从磁轭上拆下磁极。磁极固定在磁轭上的方法有两种：一种是用螺钉固定，另一种是用燕尾固定。利用螺钉固定的，拆下时要凿掉螺帽上的电焊，然后拆下螺钉，磁极即可与磁轭分离；对于用燕尾固定的，要先打掉推拔销钉（斜键），然后再拆下磁极。

（4）从磁极上取下线圈。线圈取出后，一定要仔细查看线圈的绕制方法，如上下共有几层，每层有几圈等，并详细记录，以便于照原样绕制。

（5）烧除线圈上的绝缘物。烧时火势不能太猛，约600℃。火势要均匀，否则烧后导线软硬不匀，不好绕线。烧前要用细铁丝扎好线圈四角，以免烧后线圈散乱，不便整理。

（6）清理线圈。线圈烧后要擦净导线上的绝缘物，然后用方木棒将导线整直、敲平、整理成卷。

（7）包绝缘。用白绸带半重叠包一层。

（8）绕线。严格按照原来线圈的形式、层数、匝数绕制。绕制时导线要排列整齐，边绕边用木块敲打成型，使线圈绕紧，以免尺寸过大。

（9）总包。线圈绕好后，用白布带半重叠包一层，以免线圈松散。若不总包，则在绕制线圈时必须用白布带来回收紧，防止线圈松散。包扎时，应预先做好所需的N、S极连接头。

（10）浸渍。浸漆应根据被修电机的绝缘耐温等级，是否能耐油等条件，选用相应牌号的绝缘漆。

（11）磁极铁心外包扎绝缘。按照原来的层数、厚度，将磁极包好绝缘，然后将绕组套入磁极。

（12）按照原来的记号、顺序将磁极固定在磁轭上，同时将极间连线焊牢。极间连线一定要连接正确，以保证产生所需的N、S极。

4. 检修记录（见表1-6）

表1-6　检修记录表

步骤	内容	操作要点
1	检修前的准备工作	（1）电工工具： （2）电工仪表： （3）其他工具： （4）电机铭牌：
2	励磁绕组短路故障的检查方法	（1）_____ （2）_____
3	励磁绕组短路故障的维修方法	（1）使用工具_____ （2）工艺要点_____ （3）注意事项_____

5. 检修报告

按照检修目的熟练掌握直流电机励磁绕组短路故障的检查方法及维修方法。

6. 技能测试

内容：直流电机励磁绕组短路故障的检查方法及维修方法。
要求：在45min内，完成对直流电机励磁绕组短路故障的维修。
评分标准见表1－7。

表1－7 评分标准表

考核内容	配分	评分标准	得分
工具使用	10	毫伏表、电流表及电工工具不会使用或使用不当每项扣2分	
励磁绕组短路故障的检查方法	20	（1）步骤不对，每次扣5分 （2）方法不对，每次扣5分	
励磁绕组短路故障的维修	70	（1）步骤不对，每次扣5分 （2）方法不对，每次扣5分	
时间		每超时5min扣5分	

本 章 小 结

1. 直流电机是电能和机械能相互转换的旋转电机之一。它可以将机械能转换为直流电能，称之为直流发电机，也可以将直流电能转换为机械能，称之为直流电动机。

2. 直流电机由两大组成部分：定子和转子。定子部分包括机座、主磁极（包括励磁绕组）、换向极（包括换向极绕组）和电刷装置。转子部分包括电枢铁心、电枢绕组、换向器、转轴和轴承等。

3. 电枢是直流电机进行机械能与电能转换的核心部件，主要由电枢铁心及其上的电枢绕组共同组成。电枢绕组的嵌放和连接方式主要有叠绕组和波绕组之分。

4. 直流电机定子绕组的励磁方式有：他励、并励、串励和复励。

5. 直流电机运行时，电枢电流产生电枢磁场，会使空载时的气隙每极磁通量和气隙磁通密度分布波形发生变化，称为电枢反应。在磁路饱和的情况下，每极下的磁通量减少，电枢反应表现为去磁作用，使磁通密度的零点偏离几何中性线。为补偿电枢反应的影响可加入补偿绕组抵消电枢反应的去磁效应。

6. 电枢绕组中一个元件经过电刷从一个支路转换到另一个支路的过程称为换向。换向分为直线换向、延迟换向和超越换向。当换向不良时，电机电刷下就会出现火花。改善换向的方法是装设换向极和选用合适的碳刷。

7. 直流电机在运行时电枢产生的感应电动势和电磁转矩大小可用下式计算：

$$E_a = C_e \Phi n, \quad T = C_T \Phi I_a$$

8. 直流电动机的基本方程包括电压平衡方程、转矩平衡方程和功率平衡方程。利用这些方程可分析电动机的运行特性，进而可以获得不同励磁方式直流电动机的工作特性。

思考题与习题

1. 直流电动机是如何转动起来的?

2. 简述直流发电机的工作原理。

3. 换向过程中的火花是如何产生的,怎样改善换向?

4. 直流电机按励磁方式可分为哪几类?试比较它们的不同。

5. 说明下列情况下空载电动势的变化:(1)每极磁通减少 20%,其他不变;(2)励磁电流增大 30%,其他不变;(3)电机转速增加 30%,其他不变。

6. 直流电机的铭牌主要有哪些项目?试述各项表明的意义。

7. 什么是电枢反应?对电机有什么影响?

8. 电磁转矩与什么因素有关?如何确定电磁转矩的实际方向?

9. 直流电机空载时,气隙磁场是如何分布的,并说明理由。

10. 换向极在直流电机中起什么作用?根据换向的电磁理论,如何得到直线换向?直线换向时电刷下的火花情况如何?

11. 什么是延迟换向?延迟换向严重时电刷下有没有火花出现?

12. 一台直流发电机额定数据为:额定功率 $P_N=10kW$,额定电压 $U_N=230V$,额定转速 $n_N=2850r/min$,额定效率 $\eta=0.85$。求它的额定电流及额定负载时的输入功率。

13. 有一他励直流电动机的额定数据为:$P_N=5kW$,$U_N=220V$,$n_N=1000r/min$,铜损为 508W,空载损耗为 390W。计算额定运行时电动机的电磁转矩和效率。

14. 一台并励直流电动机的额定数据为:$U_N=220V$,$I_N=92A$,$R_a=0.08\Omega$,$R_f=88.7\Omega$,$\eta_N=0.86$,试求额定运行时的输入功率、输出功率和总损耗。

15. 有一台并励直流发电机,铭牌数据如下:$P_N=6kW$,$U_N=230V$,$n_N=1450r/min$,$R_a=0.57\Omega$,励磁回路总电阻 $R_f=177\Omega$,额定负载时的电枢铁损为 234W,机械损耗为 61W,求额定负载下的电磁功率和电磁转矩以及额定负载时的效率。

16. 某他励直流电动机的额定数据为 $P_N=17kW$,$U_N=220V$,$n_N=1500r/min$,$\eta_N=0.83$。计算额定电枢电流、额定电磁转矩和额定负载时的输入电功率。

17. 一台并励直流发电机,电枢回路总电阻 $R_a=0.25\Omega$,励磁回路电阻 $R_f=44\Omega$,当端电压 $U_N=220V$,负载电阻 $R_L=4\Omega$ 时,试求:(1)励磁电流和负载电流;(2)电枢电动势和电枢电流;(3)输出功率和电磁功率。

第2章 直流电动机的电力拖动

教学提示：本章中首先介绍电力拖动系统的运动方程式和负载转矩特性，然后具体介绍了他励直流电动机的机械特性、固有机械特性及人为机械特性，介绍了机械特性的求取方法。在他励直流电动机固有机械特性和人为机械特性基础上，介绍了他励直流电动机的各种启动、制动和调速方法。同时还简单介绍了串励及复励直流电动机的电力拖动。

2.1 电力拖动系统的运动方程式和负载转矩特性

在现代化工业生产过程中，为了实现各种生产工艺过程，需要使用各种各样的生产机械。各种生产机械的运转，一般采用电动机来拖动，这种用电动机作为原动机来拖动各类生产机械完成一定的生成工艺要求的系统，称为电力拖动系统。电力拖动系统通常由电动机、传动机构、生产机械、控制设备和电源5个部分组成，其组成原理示意图如图 2.1 所示。

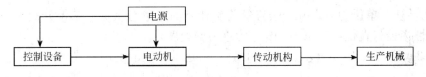

图 2.1 电力拖动系统组成原理示意图

电动机把电能转换成机械能，通过传动机构(或直接)驱动生产机械工作。传动机构是把电动机的运动经过中间变速或变换运动方式后，再传给生产机械(有些情况下，电动机直接拖动生产机械，而不需要传动机构)。生产机械是执行某一生产任务的机械设备，是电力拖动的对象。控制设备是由各种控制元器件组成，用以控制电动机，从而实现对生产机械的控制。为了向电动机及电气控制设备供电，电源是不可缺少的。

最简单的电力拖动系统如日常生活中的电风扇、洗衣机、工业生产中的水泵等，复杂的电力拖动系统如轧钢机、电梯等。

2.1.1 电力拖动系统的运动方程式

电力拖动系统中所用的电动机种类很多，生产机械的性质也各不同，因此需要找到它们共同的运动规律加以综合分析。电力拖动系统的运动规律可以用动力学中的运动方程来描述。所以我们首先研究电力拖动系统的动力学，建立电力拖动系统的运动方程。

1. 单轴电力拖动系统的运动方程式

单轴电力拖动系统就是电动机输出轴直接拖动生产机械运转的系统，如图 2.2 所示。

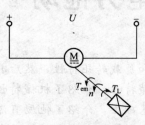

图 2.2　电动机与工作机构直接相连的单轴电力拖动系统

1）运动方程式

电力拖动系统的运动方程式描述了系统的运动状态，系统的运动状态取决于作用在原动机转轴上的各种转矩。下面分析单轴电力拖动系统的各种转矩及运动方程式。在图 2.2 中，电动机的电磁转矩 T_{em} 通常与转速 n 同方向，是驱动性质的转矩。生产机械的工作机构转矩，即负载转矩 T_L 通常是制动性质的。如果忽略电动机的空载转矩 T_0，根据牛顿第二定律可知，拖动系统旋转时的运动方程式为

$$T_{em} - T_L = J \frac{d\Omega}{dt} \tag{2-1}$$

式中：J 为运动系统的转动惯量，单位为 kg·m²；Ω 为系统直接相连的单轴电力拖动系统旋转的角速度，单位为 rad/s；$J \frac{d\Omega}{dt}$ 为系统的惯性转矩，单位为 N·m。

在实际工程计算中，经常用转速 n 代替角速度 Ω 来表示系统的转动速度，用飞轮惯量或称飞轮矩 GD^2 代替转动惯量 J 来表示系统的机械惯性。Ω 与 n、J 与 GD^2 的关系为

$$\Omega = \frac{2\pi n}{60} \tag{2-2}$$

$$J = Mr^2 = \frac{G}{g} \cdot \frac{D^2}{4} = \frac{GD^2}{4g} \tag{2-3}$$

式中：n 为转速，单位为 r/min；M 与 G 为旋转体的质量与重量，单位分别为 kg 与 N；r 与 D 为惯性半径与直径，单位为 m；g 为重力加速度，$g = 9.8$m/s²。

把式（2-2）、式（2-3）代入式（2-1），可得运动方程的实用型式

$$T_{em} - T_L = \frac{GD^2}{375} \cdot \frac{dn}{dt} \tag{2-4}$$

式中：GD^2 为旋转体的飞轮矩，单位为 N·m²。

应注意，式（2-4）中的 375 具有加速度量纲；而飞轮矩 GD^2 是反映物体旋转惯性的一个整体物理量。电动机和生产机械的 GD^2 可从产品样本和有关设计资料中查到。

由式（2-4）可知，系统的旋转运动可分三种状态：

（1）当 $T_{em} = T_L$，$\frac{dn}{dt} = 0$ 时，系统处于静止或恒转速运行状态，即处于稳态；

（2）当 $T_{em} > T_L$，$\frac{dn}{dt} > 0$ 时，系统处于加速运行状态，即处于动态过程；

（3）当 $T_{em} < T_L$，$\frac{dn}{dt} < 0$ 时，系统处于减速运行状态，也是处于动态过程。

可见，当 $\frac{dn}{dt} \neq 0$ 时，系统处于加速或减速运行，即处于动态，所以常把 $\frac{GD^2}{375} \cdot \frac{dn}{dt}$ 或 $(T_{em} - T_L)$ 称为动负载转矩，而把 T_L 称为静负载转矩，运动方程式（2-4）就是动态的转矩平衡方程式。

2）运动方程式中转矩正、负号的规定

在电力拖动系统中，随着生产机械负载类型和工作状况的不同，电动机的运行状态将发生变化，即作用在电动机转轴上的电磁转矩（拖动转矩）T_{em} 和负载转矩（阻转矩）T_L 的大小和方向都可能发生变化。因此运动方程式（2-4）中的转矩 T_{em} 和 T_L 是带有正、负号的代数量。在应用运动方程式时，必须注意转矩的正、负号。一般规定如下：

首先选定电动机处于电动状态时的旋转方向为转速 n 的正方向，然后按照下列规则确定转矩的正、负号：

（1）电磁转矩 T_{em} 与转速 n 的正方向相同时为正，相反时为负；

（2）负载转矩 T_L 与转速 n 的正方向相反时为正，相同时为负；

（3）惯性转矩 $\dfrac{GD^2}{375} \cdot \dfrac{\mathrm{d}n}{\mathrm{d}t}$ 的大小及正、负号由 T_{em} 和 T_L 的代数和决定。

2. 多轴系统的运动方程式简介

在图 2.2 所示的拖动系统中，电动机和工作机构直接相连，这时工作机构的转速等于电动机的转速，若忽略电动机的空载转矩，则工作机构的负载转矩就是作用在电动机轴上的阻转矩，这种系统称为单轴系统。

在实际生产中，有较多的电力拖动系统为多轴电力拖动系统。因为在设计电动机时，为了合理地使用材料，除特殊情况外一般转速较高，而许多生产机械为满足生产工艺的要求需要较低的转速，因此，在电动机与生产机械之间需要装设传动机构。传动机构的作用是把电动机的转速变换成工作机构所需要的转速，或者把电动机的旋转运动变换成负载所需要的直线运动。常见的传动机构有齿轮减速箱、蜗轮蜗杆、传动带等。

多轴电力拖动系统通常采用多个轴把电动机的转速变成生产机械需要的转速，在不同的轴上各有其本身的转动惯量及转速，也有相应的反映电动机拖动的转矩及生产机械的阻力矩。要全面研究这个系统的问题，必须对每根轴列出其相应的运动方程式，还要列出各轴间互相联系的方程式，最后把这些方程式联系起来，才能全面地研究系统的运动。用这种方法研究是比较复杂的。就电力拖动系统而言，一般不需要详细研究每根轴的问题，而只把电动机的轴作为研究对象即可。为简单起见，采用折算的方法，即将实际的多轴拖动系统等效为单轴拖动系统。利用式（2-4）进行计算，只是式中的 T_L 是折算到电动机轴上的负载转矩 T'_L，式中的飞轮矩 GD^2 是整个传动机构折算到电动机上的等效飞轮矩。

将实际的多轴拖动系统等效成为单轴系统的折算方法可参考有关书籍。

目前应用广泛的自动调速系统，就是将多轴拖动系统中累赘的传动装置取消，代之以现代化的电气调速方式，使之成为单轴电力拖动系统。

2.1.2　负载的转矩特性

由电力拖动系统的运动方程可知，系统运行状态取决于电动机和负载。因此，在用运动方程分析系统运行状态前，必须知道电动机的机械特性 $n=f(T_{em})$ 及负载的机械特性 $n=f(T_L)$。负载的机械特性也称为负载转矩特性，简称负载特性。下面先介绍生产机械的负载特性，电动机的机械特性在下一节介绍。

虽然生产机械的类型很多，但是生产机械的负载转矩特性基本上可以分为以下 3 种类型。

1. 恒转矩负载特性

所谓恒转矩负载特性，是指生产机械的负载转矩 T_L 的大小与转速 n 无关的特性，即无论转速 n 如何变化，负载转矩 T_L 的大小都保持不变。根据负载转矩的方向是否与转向有关，恒转矩负载又分为反抗性恒转矩负载和位能性恒转矩负载两种。

1) 反抗性恒转矩负载

反抗性恒转矩负载的特点是：负载转矩的大小恒定不变，而负载转矩的方向总是与转速的方向相反，即负载转矩的性质总是起反抗运动作用的阻转矩性质。显然，反抗性恒转矩负载特性在第一和第三象限内，如图 2.3 所示。皮带运输机、轧钢机、机床的刀架平移和行走机构等由摩擦力产生转矩的机械都属于反抗性恒转矩负载。

2) 位能性恒转矩负载

位能性恒转矩负载是由拖动系统中某些具有位能的部件(如起重类型负载中的重物)造成，其特点是：不仅负载转矩的大小恒定不变，而且负载转矩的方向也不变。例如起重机，无论是提升重物还是下放重物，由物体重力所产生的负载转矩的方向是不变的。因此，位能性恒转矩负载特性位于第一与第四象限内，如图 2.4 所示。

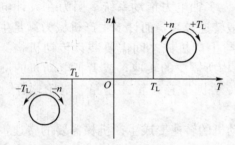

图 2.3　反抗性恒转矩负载特性

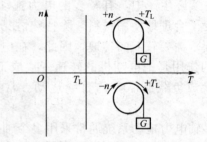

图 2.4　位能性恒转矩负载特性

2. 恒功率负载特性

恒功率负载的特点是：负载转矩与转速的乘积为一常数，即负载功率 $P_L = T_L \Omega = \frac{2\pi}{60} T_L n =$ 常数，也就是负载转矩 T_L 与转速 n 成反比。恒功率负载特性是一条双曲线，如图 2.5 所示。

某些生产工艺过程，要求具有恒功率负载特性。例如车床的切削，粗加工时需要较大的吃刀量和较低的转速，精加工时需要较小的吃刀量和较高的转速；又如轧钢机轧制钢板时，小工件需要高速度低转矩，大工件需要低速度高转矩，这些工艺要求都是恒功率负载特性。

3. 泵与风机类负载特性

水泵、油泵和通风机等机械负载的特点是：负载转矩与转速的平方成正比，即

$$T_L = kn^2$$

式中：k 是比例常数。

这类机械的负载特性是一条抛物线，如图 2.6 中所示。

以上介绍的恒转矩负载特性、恒功率负载特性及泵与风机类负载特性都是典型的负载特性。实际生产机械的负载转矩特性可能是以某种典型为主，或是以上几种典型特性的结

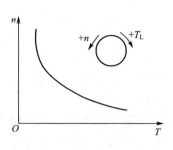

图 2.5　恒功率负载特性图

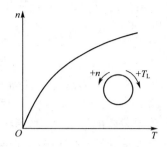

图 2.6　泵与风机类负载特性图

合。例如，实际通风机除了主要是风机负载特性外，由于其轴承上还有一定的摩擦转矩 T_{L0}，因而实际通风机的负载特性应为 $T_L = T_{L0} + kn^2$。

2.2　他励直流电动机的机械特性

直流电动机的机械特性是指在电动机的电枢电压、励磁电流、电枢回路电阻为恒值的条件下，即电动机处于稳态运行时，电动机的转速 n 与电磁转矩 T_{em} 之间的关系：$n = f(T_{em})$。由于转速和转矩都是机械量，所以把它称为机械特性。利用机械特性和负载特性可以确定系统的稳态转速，在一定近似条件下还可以利用机械特性和运动方程式分析电力拖动系统的动态运行情况，如转速、转矩及电流随时间的变化规律。可见，电动机的机械特性对分析电力拖动系统的运行是非常重要的。本节以他励直流电动机为例讨论电动机的机械特性。

2.2.1　机械特性的表达式

他励直流电动机的机械特性方程式可由电动机的基本方程式导出。图 2.7 所示是他励直流电动机的电路原理图。图中 U 为外施电源电压，E_a 是电枢电动势，I_a 是电枢电流，R_s 是电枢回路串联电阻，I_f 是励磁电流，Φ 是励磁磁通，R_f 是励磁绕组电阻，R_{sf} 是励磁回路串联电阻。按图中标明的各个量的正方向，可以列出电枢回路的电压平衡方程式为

$$U = E_a + RI_a \qquad (2-5)$$

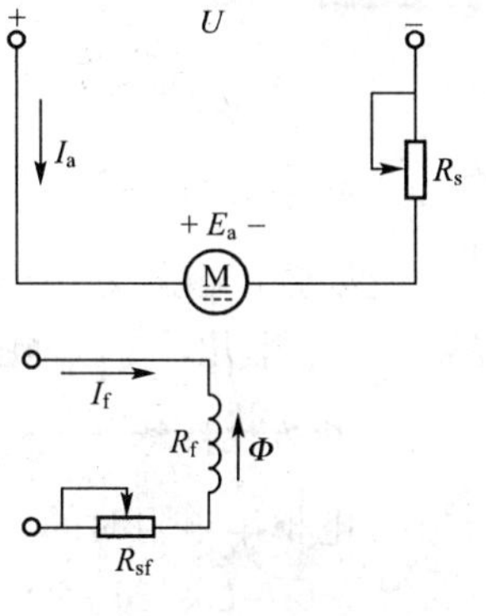

式中：$R = R_a + R_s$，为电枢回路总电阻，R_a 为电枢电阻。将电枢电动势 $E_a = C_e \Phi n$ 和电磁转矩 $T_{em} = C_T \Phi I_a$ 代入式(2-5)中，可得他励直流电动机的机械特性方程式：

图 2.7　他励直流电动机电路原理图

$$n = \frac{U}{C_e \Phi} - \frac{R}{C_e C_T \Phi^2} T_{em}$$
$$= n_0 - \beta T_{em} = n_0 - \Delta n \qquad (2-6)$$

式中：C_e、C_T 分别为电动势常数和转矩常数($C_T = 9.55 C_e$)；$n_0 = \dfrac{U}{C_e \Phi}$ 为电磁转矩 $T_{em} = 0$ 时的转速，称为理想空载转速；$\beta = \dfrac{R}{C_e C_T \Phi^2}$ 为机械特性的斜率；$\Delta n = \beta T_{em}$ 为转速降。

由公式 $T_{em}=C_T\Phi I_a$ 可知，电磁转矩 T_{em} 与电枢电流 I_a 成正比，所以只要励磁磁通 Φ 保持不变，则机械特性方程式(2-6)也可用转速特性代替，即

$$n=\frac{U}{C_e\Phi}-\frac{R}{C_e\Phi}I_a \qquad (2-7)$$

由式(2-6)可知，当 U、Φ、R 为常数时，他励直流电动机的机械特性是一条以 β 为斜率向下倾斜的直线，如图 2.8 所示。

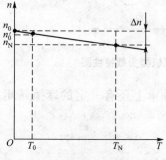

图 2.8　他励直流电动机的机械特性图

必须指出，电动机的实际空载转速 n_0' 比理想空载转速 n_0 略低。这是因为电动机由于摩擦等原因存在一定的空载转矩 T_0，空载运行时，电磁转矩不可能为零，它必须克服空载转矩，即 $T_{em}=T_0$，故实际空载转速应为

$$n_0'=\frac{U}{C_e\Phi}-\frac{R}{C_eC_T\Phi^2}T_0 \qquad (2-8)$$

转速降 Δn 是理想空载转速与实际转速之差，转矩一定时，它与机械特性的斜率 β 成正比。β 越大，特性越陡，Δn 越大；β 越小，特性越平，Δn 越小。通常称 β 大的机械特性为软特性，而 β 小的机械特性为硬特性。

事实上，式(2-8)中的电枢回路电阻 R、端电压 U 和励磁磁通 Φ 都是可以根据实际需要进行调节的，每调节一个参数可以对应得到一条机械特性，所以可以得到多条机械特性。其中，电动机自身所固有的，反映电动机本来"面目"的机械特性是在电枢电压、励磁磁通为额定值，且电枢回路不外串电阻时的机械特性，这条机械特性称为电动机的固有机械特性。调节 U、R、Φ 等参数后得到的机械特性称为人为机械特性。

2.2.2　固有机械特性和人为机械特性

1. 固有机械特性

当 $U=U_N$，$\Phi=\Phi_N$，$R=R_a(R_s=0)$ 时的机械特性称为固有机械特性，其方程式为

$$n=\frac{U_N}{C_e\Phi_N}-\frac{R_a}{C_eC_T\Phi_N^2}T_{em} \qquad (2-9)$$

因为电枢电阻 R_a 很小，特性斜率 β 很小，通常额定转速降 Δn_N 只有额定转速的百分之几到百分之十几，所以他励直流电动机的固有机械特性是硬特性，如图 2.9 中直线 R_a 所示。

2. 人为机械特性

1) 电枢串电阻时的人为特性

保持 $U=U_N$、$\Phi=\Phi_N$ 不变，只在电枢回路中串入电阻 R_s 时的人为特性为

$$n=\frac{U_N}{C_e\Phi_N}-\frac{R_a+R_s}{C_eC_T\Phi_N^2}T_{em} \qquad (2-10)$$

与固有特性相比，电枢串电阻时人为特性的理想空载转速 n_0 不变；但斜率随串联电阻 R_s 的增大而增大，所以特性变软。改变 R_s 大小，可以得到一族通过理想空载点 n_0 并具有不同斜率的人为特性，如图 2.9 所示。

2) 降低电枢电压时的人为特性

保持 $R=R_a(R_s=0)$、$\Phi=\Phi_N$ 不变，只改变电枢电压 U 时的人为特性为

$$n = \frac{U}{C_e \Phi_N} - \frac{R_a}{C_e C_T \Phi_N^2} T_{em} \qquad (2-11)$$

由于电动机的工作电压以额定电压为上限，因此改变电压时，只能在低于额定电压的范围内变化。与固有特性比较，降低电压时人为特性的斜率 β 不变，但理想空载转速 n_0 随电压的降低而正比减小。因此降低电压时的人为特性是位于固有特性下方，且与固有特性平行的一组直线，如图 2.10 所示。

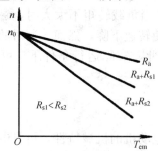

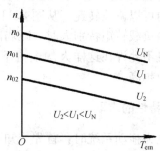

图 2.9　电动机的固有特性和
电枢串联电阻的人为特性图

图 2.10　电动机的固有特性
和降低电压的人为特性图

3）减弱励磁磁通时的人为特性

在图 2.7 中，改变励磁回路调节电阻 R_{sf}，就可以改变励磁电流，从而改变励磁磁通。由于电动机额定运行时，磁路已经开始饱和，即使再成倍增加励磁电流，磁通也不会明显增加，何况由于励磁绕组发热条件的限制，励磁电流也不允许再大幅度地增加，因此，只能在额定值以下调节励磁电流，即只能减弱励磁磁通。

保持 $R = R_a(R_s = 0)$、$U = U_N$ 不变，只减弱磁通时的人为特性为

$$n = \frac{U_N}{C_e \Phi} - \frac{R_a}{C_e C_T \Phi^2} T_{em} \qquad (2-12)$$

对应的转速特性为

$$n = \frac{U_N}{C_e \Phi} - \frac{R_a}{C_e \Phi^2} I_a \qquad (2-13)$$

在电枢串电阻和降低电压的人为特性中，因为 $\Phi = \Phi_N$ 不变，$T_{em} \propto I_a$，所以它们的机械特性 $n = f(T_{em})$ 曲线也代表了转速特性 $n - f(I_a)$ 曲线。但是在讨论减弱磁通的人为特性时，因为磁通 Φ 是个变量，所以 $n = f(I_a)$ 与 $n = f(T_{em})$ 两条曲线是不同的，如图 2.11 所示。

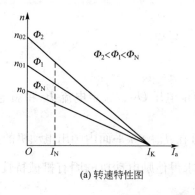

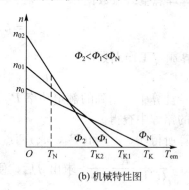

(a) 转速特性图

(b) 机械特性图

图 2.11　减弱磁通时的人为特性

由式(2.13)可知，当 $n=0$ 时，堵转电流 $I_K = \dfrac{U}{R_a} =$ 常数，而 n_0 随 Φ 的减小而增大。因此 $n=f(I_a)$ 的人为特性是一组通过横坐标 $I_a = I_K$ 点的直线，如图 2.11(a)所示。磁通 Φ 越小，理想空载转速 n_0 越高，特性越软。

由式(2-10)可知，当 $n=0$ 时，堵转电磁转矩 $T_K = C_T \Phi I_K$，而 $I_K =$ 常数，所以当 Φ 减小时，T_K 随 Φ 正比减小，同时理想空载转速 n_0 增大，特性急剧变软，如图 2.11(b)所示。

改变磁通可以调节转速。从图 2.11(b)看出，当负载转矩不太大时，磁通减小使转速升高，只有当负载转矩特别大时，减弱磁通才会使转速下降，然而，这时的电枢电流已经过大，电动机不允许在这样大的电流下工作。因此，实际运行条件下，可以认为磁通越小，稳定转速越高。

2.2.3　机械特性的求取

在设计电力拖动系统时，首先应知道所选择电动机的机械特性，可是电动机的产品目录或铭牌中都未直接给出机械特性的数据，因此通常是根据铭牌数据：P_N、U_N、I_N、n_N 计算或是通过试验来求取机械特性。

1. 固有特性的求取

他励直流电动机的固有机械特性为一条直线，所以只要求出直线上任意两点的数据就可以画出这条直线。一般计算理想空载点($T_{em}=0$，$n=n_0$)和额定运行点($T_{em}=T_N$，$n=n_N$)数据，具体步骤如下：

(1) 估算 R_a。电枢电阻 R_a 可用实测方法求得，也可用下式进行估算

$$R_a = \left(\frac{1}{2} \sim \frac{2}{3}\right) \frac{U_N I_N - P_N}{I_N^2} \qquad (2-14)$$

式(2-14)是认为电动机额定运行时，电枢铜耗占总损耗的 $\dfrac{1}{2} \sim \dfrac{2}{3}$，这是符合实际情况的。

(2) 计算 $C_e \Phi_N$、$C_T \Phi_N$：

$$C_e \Phi_N = \frac{U_N - I_N R_a}{n_N}$$

$$C_T \Phi_N = 9.55 C_e \Phi_N$$

(3) 计算理想空载点数据：

$$T_{em} = 0, \quad n_0 = \frac{U_N}{C_e \Phi_N}$$

(4) 计算额定工作点数据：

$$T_N = C_T \Phi_N I_N, \quad n = n_N$$

以上四步计算中，用到的额定功率 P_N、额定电压 U_N、额定电流 I_N 和额定转速 n_N 均可从电动机的铭牌中查得。

根据计算所得(0，n_0)和(T_N，n_N)两点就可在 $T_{em} - n$ 平面内画出电动机的固有机械特性，通过式 $\beta = \dfrac{R_a}{(C_e \Phi_N \cdot C_T \Phi_N)}$ 求出 β 后，便可求得他励电动机的固有机械特性方程式 $n = n_0 - \beta T_{em}$。

2. 人为特性的求取

在固有特性方程式 $n = n_0 - \beta T_{em}$（n_0、β 为已知）的基础上，根据人为特性所对应的参数（U、R_s 或 Φ）变化，重新计算 n_0 和 β 值，便可求得人为特性方程式。若要画出人为特性，还需算出某一负载点数据，如点 (T_N, n)，然后连接 $(0, n_0)$ 和 (T_N, n) 两点，便得到人为特性曲线。

【例 2.1】 他励直流电动机的铭牌数据为：$P_N = 13\text{kW}$，$U_N = 220\text{V}$，$I_N = 68.6\text{A}$，$n_N = 1500\text{r/min}$，试分别求取下列机械特性方程式并绘制其特性曲线。

（1）固有机械特性；

（2）电枢串入电阻 $R_s = 0.9\Omega$ 时的人为特性；

（3）电源电压降至 110V 时的人为特性；

（4）磁通减弱至 $\dfrac{2}{3}\Phi_N$ 时的人为特性。

解：（1）求固有机械特性。先估算 R_a，由式（2 - 14），取系数为 1/2 时有

$$R_a = \frac{1}{2} \times \frac{U_N I_N - P_N}{I_N^2} = \frac{1}{2} \times \frac{220 \times 68.6 - 13 \times 10^3}{68.6^2}\Omega = 0.22\Omega$$

计算 $C_e\Phi_N$　　　$C_e\Phi_N = \dfrac{U_N - I_N R_a}{n_N} = \dfrac{220 - 68.6 \times 0.22}{1500} = 0.137$

计算 $C_T\Phi_N$　　　$C_T\Phi_N = 9.55 C_e\Phi_N = 9.55 \times 0.137 = 1.308$

理想转速　　　$n_0 = \dfrac{U_N}{C_e\Phi_N} = \dfrac{220}{0.137}\text{r/min} = 1606\text{r/min}$

$$\beta = \frac{R_a}{9.55(C_e\Phi_N)^2} = \frac{0.22}{9.55 \times 0.137^2} = 1.227$$

固有机械特性为　　　$n = n_0 - \beta T_{em} = 1606 - 1.227 T_{em}$

理想空载点数据为　　　$T_{em} = 0$，$n = n_0 = 1606\text{r/min}$

额定工作点数据为

$$T_{em} = T_N = 9.55 C_e\Phi_N I_N = 9.55 \times 0.137 \times 68.6\text{N·m} = 89.75\text{N·m}$$

$$n = n_N = 1500\text{r/min}$$

根据理想空载点 $(0, 1606\text{r/min})$ 和额定运行点 $(89.75\text{N·m}, 1500\text{r/min})$ 这两点，绘出固有特性曲线，如图 2.12 所示。

（2）电枢回路串入电阻 $R_s = 0.9\Omega$ 时，$n_0 = 1606\text{r/min}$ 不变，β 增大为

$$\beta' = \frac{R_a + R_s}{9.55(C_e\Phi_N)^2} = \frac{0.22 + 0.9}{9.55 \times 0.137^2} = 6.25$$

人为特性为　　　$n = 1606 - 6.25 T_{em}$

当 $T_{em} = T_N$ 时，有 $n = (1606 - 6.25 \times 89.75)$ r/min = 1045r/min

因此，人为机械特性是过 $(0, 1606\text{r/min})$ 和 $(89.75\text{N·m}, 1045\text{r/min})$ 两点的直线，如图 2.12 中直线 1 所示。

（3）电源电压降至 110V 时，$\beta = 1.227$ 不变，n_0 变为

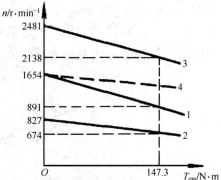

图 2.12　他励直流电动机固有机械特性和人为机械特性的绘制

$1—R_s = 0.9\Omega$；$2—U = 110\text{V}$；

$3—\Phi = \dfrac{2}{3}\Phi_N$；$4—$固有特性

$$n_0' = \frac{1}{2} \times 1606 \text{r/min} = 803 \text{r/min}$$

人为特性为　　　　　　　　$n = 803 - 1.227 T_{\text{em}}$

当 $T_{\text{em}} = T_{\text{N}}$ 时，有

$$n = (803 - 1.227 \times 89.75) \text{r/min} = 693 \text{r/min}$$

因此，人为机械特性是过（0，803r/min）和（89.75N·m，693r/min）两点的直线，如图 2.12 中直线 2 所示。

（4）磁通减弱至 $\frac{2}{3} \Phi_{\text{N}}$ 时，n_0 和 β 均发生变化，有

$$n_0'' = \frac{U_{\text{N}}}{\frac{2}{3} C_e \Phi_{\text{N}}} = \frac{220}{\frac{2}{3} \times 0.137} \text{r/min} = 2408 \text{r/min}$$

$$\beta' = \frac{R_a}{9.55\left(\frac{2}{3} C_e \Phi_{\text{N}}\right)^2} = \frac{0.22}{9.55 \times \left(\frac{2}{3} \times 0.137\right)^2} = 2.78$$

人为特性为　　　　　　　　$n = 2408 - 2.78 T_{\text{em}}$

当 $T_{\text{em}} = T_{\text{N}}$ 时，有

$$n = (2408 - 2.78 \times 89.75) \text{r/min} = 2158 \text{r/min}$$

因此，人为机械特性是过（0，2408r/min）和（89.75N·m，2158r/min）两点的直线，如图 2.12 中直线 3 所示。

2.2.4　电力拖动系统稳定运行条件

原来处于某一转速下运行的电力拖动系统，由于受到外界某种扰动，如负载的突然变化或电网电压的波动等，导致系统的转速发生变化而离开了原来的平衡状态，如果系统能在新的条件下达到新的平衡状态，或者当外界扰动消失后能自动恢复到原来的转速下继续运行，则称该系统是稳定的；如果当外界扰动消失后，系统的转速或是无限制地上升，或是一直下降至零，则称该系统是不稳定的。

一个电力拖动系统能否稳定运行，是由电动机机械特性和负载转矩特性的配合情况决定的。当把实际系统简化为单轴系统后，电动机的机械特性和负载的转矩特性可画在同一坐标图中，图 2.13 给出了恒转矩负载特性和电动机的两种不同机械特性的配合情况。下面以图 2.13 为例，分析电力拖动系统稳定运行的条件。

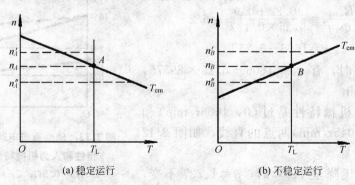

图 2.13　电力拖动系统稳定运行的条件

由运动方程式可知，系统处于恒转速运行的条件是电磁转矩 T_{em} 与负载转矩 T_L 相等，所以在图 2.13 中，电动机机械特性和负载转矩特性的交点 A 或 B 是系统运行的工作点。在 A 或 B 点处，均满足 $T_{em}=T_L$，且均具有恒定的转速 n_A 或 n_B，但是，当出现扰动时，它们的运行情况是有区别的。

当在图 2.13(a)中 A 点运行时，若扰动使转速获得一个微小的增量 Δn，转速由 n_A 上升到 n_A'，此时电磁转矩小于负载转矩，所以当扰动消失后，系统将减速，直至回到 A 点运行。若扰动使转速由 n_A 下降到 n_A''，此时电磁转矩大于负载转矩，所以当扰动消失后，系统将加速，直至回到 A 点运行，可见 A 点是系统的稳定运行点。

当在图 2.13(b)中 B 点运行时，若扰动使转速由 n_B 上升到 n_B'，这时电磁转矩大于负载转矩，即使扰动消失了，系统也将一直加速，不可能回到 B 点运行。若扰动使转速由 n_B 下降到 n_B''，则电磁转矩小于负载转矩，系统将一直减速，也不可能回到 B 点运行，因此 B 点是不稳定运行点。

通过以上分析可见，电力拖动系统的工作点在电动机机械特性与负载特性的交点上，但是并非所有的交点都是稳定工作点。也就是说，$T_{em}=T_L$ 仅仅是系统稳定运行的一个必要条件，而不是充分条件。要实现稳定运行，还需要电动机机械特性与负载转矩特性在交点($T_{em}=T_L$)处配合得好。因此，电力拖动系统稳定运行的充分必要条件是：

(1) 必要条件为电动机的机械特性与负载的转矩特性必须有交点，即存在 $T_{em}=T_L$。

(2) 充分条件为在交点 $T_{em}=T_L$ 处，满足 $\dfrac{dT_{em}}{dn}<\dfrac{dT_L}{dn}$。或者说，在交点的转速以上存在 $T_{em}<T_L$，而在交点的转速以下存在 $T_{em}>T_L$。

由于大多数负载转矩都随转速的升高而增大或者保持恒定，因此只要电动机具有下降的机械特性，就能满足稳定运行的条件。

应当指出，上述电力拖动系统的稳定运行条件，无论对直流电动机还是交流电动机都是适用的，具有普遍的意义。

2.3 他励直流电动机的启动

电动机的启动是指电动机接通电源后，由静止状态加速到稳定运行状态的过程。电动机在启动瞬间($n=0$)的电磁转矩称为启动转矩，启动瞬间的电枢电流称为启动电流，分别用 T_{st}，和 I_{st} 表示。启动转矩为

$$T_{st}=C_T\Phi I_{st} \tag{2-15}$$

他励直流电动机启动时，必须先保证有磁场(即先通励磁电流)，而后加电枢电压。如果他励直流电动机在额定电压下直接启动，由于启动瞬间转速 $n=0$，电枢电动势 $E_a=0$，故启动电流为

$$I_{st}=\frac{U_N}{R_a} \tag{2-16}$$

因为电枢电阻 R_a 很小，所以直接启动电流将达到很大的数值，通常可达到额定电流的 $10\sim20$ 倍。过大的启动电流会引起电网电压下降，影响电网上其他用户的正常用电；使电动机的换向严重恶化，甚至会烧坏电动机；同时过大的冲击转矩会损坏电枢绕组和传

动机构。因此，除了个别容量很小的电动机外，一般直流电动机是不允许直接启动的。

对直流电动机的启动，一般有如下要求：

(1) 要有足够大的启动转矩 $T_{st}(T_{st} > T_L)$。

(2) 启动电流 I_{st} 要限制在一定的范围内，一般为 $(1.5 \sim 2)I_N$。

(3) 启动时间短，符合生产机械的要求。

(4) 启动设备要简单、经济、可靠、操作简便。

为了限制启动电流，他励直流电动机通常采用电枢回路串电阻启动或降低电枢电压启动。无论采用哪种启动方法，启动时都应保证电动机的磁通达到最大值。这是因为在同样的电流下，Φ 大则 I_{st} 大；而在同样的转矩下，Φ 大则 I_{st} 可以小一些。

2.3.1 电枢回路串电阻启动

1. 启动过程

电动机启动前，应使励磁回路调节电阻 $R_{sf}=0$，这样励磁电流 I_f 最大，使磁通 Φ 最大。电枢回路串接启动电阻 R_{st}，在额定电压下的启动电流为

$$I_{st} = \frac{U_N}{R_a + R_{st}} \tag{2-17}$$

式中，R_{st} 值应使 I_{st} 不大于允许值。对于普通直流电动机，一般要求 $I_{st} \leqslant (1.5 \sim 2)I_N$。

在启动电流产生的启动转矩作用下，电动机开始转动并逐渐加速，随着转速的升高，电枢电动势(反电动势) E_a 逐渐增大，使电枢电流逐渐减小，电磁转矩也随之减小，这样转速的上升就逐渐缓慢下来。为了缩短启动时间，保持电动机在启动过程中的加速度不变，就要求在启动过程中电枢电流维持不变，因此随着电动机转速的升高，应将启动电阻平滑地切除，最后使电动机转速达到运行值。

实际上，平滑地切除电阻是不可能的，一般是在电阻回路中串入多级(通常是 $2 \sim 5$ 级)电阻，在启动过程中逐级加以切除。启动电阻的级数越多，启动过程就越快且越平稳，但所需要的控制设备也越多，投资也越大。下面对电枢串多级电阻的启动过程进行定性分析。

图 2.14 所示是采用三级电阻启动时电动机的电路原理图及其机械特性。

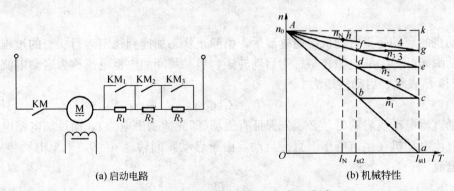

(a) 启动电路　　　　　　　　　　　　　(b) 机械特性

图 2.14 他励直流电动机三级电阻启动

启动开始时，接触器的触点 KM 闭合，而 KM_1、KM_2、KM_3 断开，如图 2.14(a)所示，额定电压加在电枢回路总电阻 $R_3'(R_3' = R_a + R_1 + R_2 + R_3)$ 上，启动电流为 $I_{st1} = \dfrac{U_N}{R}$，

此时启动电流 I_{st1} 和启动转矩 T_1 均达到最大值(通常取额定值的 2 倍左右)。接入全部启动电阻时的人为特性如图 2.14(b)中的曲线 1 所示。启动瞬间对应于 a 点,因为启动转矩 T_1 大于负载转矩 T_L,所以电动机开始加速,电动势 E_a 逐渐增大,电枢电流和电磁转矩逐渐减小,工作点沿曲线 1 箭头方向移动。当转速升到 n_1、电流降至 I_{st2}、转矩减至 T_2(图中 b 点)时,触点 KM_3 闭合,切除电阻 R_3,I_{st2} 为切换电流,一般取 $I_{st2}=(1.1\sim1.2)I_N$,或 $T_2=(1.1\sim1.2)T_N$。切除 R_3 后,电枢回路电阻减小为 $R_2'=R_a+R_1+R_2$,与之对应的人为特性如图 2.14(b)中的曲线 2 所示。在切除电阻瞬间,由于机械惯性,转速不能突变,所以电动机的工作点由 b 点沿水平方向跃变到曲线 2 上的 c 点。选择适当的各级启动电阻,可使 c 点的电流仍为 I_{st1},这样电动机又处在最大转矩 T_1 下进行加速,工作点沿曲线 2 箭头方向移动。当到达 d 点时,转速升至 n_2,电流又降至 I_{st2},转矩也降至 T_2,此时触点 KM_2 闭合,将 R_2 切除,电枢回路电阻变为 $R_1'=R_a+R_1$,工作点由 d 点平移到人为特性曲线 3 上的 e 点。e 点的电流和转矩仍为最大值,电动机又处在最大转矩 T_1 下加速,工作点在曲线 3 上移动。当转速升至 n_3 时,即在 f 点切除最后一级电阻 R_1 后,电动机将过渡到固有特性上,并加速到 h 点处于稳定运行,启动过程结束。

2. 分级启动电阻的计算

现以图 2.14 为例,推导各级启动电阻的计算公式。设图中对应于转速为 n_1、n_2、n_3 时的电枢电动势分别为 E_{a1}、E_{a2}、E_{a3},则图中 b、c、d、f、g 各点的电压平衡方程式如下:

$$\left.\begin{aligned}
b\ \text{点}: R_3'I_{st2}=U_N-E_{a1}\\
c\ \text{点}: R_2'I_{st1}=U_N-E_{a1}\\
d\ \text{点}: R_2'I_{st2}=U_N-E_{a2}\\
e\ \text{点}: R_1'I_{st1}=U_N-E_{a2}\\
f\ \text{点}: R_1'I_{st2}=U_N-E_{a3}\\
g\ \text{点}: R_aI_{st1}=U_N-E_{a3}
\end{aligned}\right\} \tag{2-18}$$

比较式(2-18)可得

$$\frac{R_3'}{R_2'}=\frac{R_2'}{R_1'}=\frac{R_1'}{R_a}=\frac{I_{st1}}{I_{st2}}=\beta \tag{2-19}$$

将启动过程中的最大电流 I_{st1} 与切换电流 I_{st2} 之比定义为启动电流比(也称启动转矩比) β,则在已知 β 和电枢电阻 R_a 的前提下,各级启动总电阻值可按以下各式计算:

$$\left.\begin{aligned}
R_1'=R_a+R_1=\beta R_a\\
R_2'=R_a+R_1+R_2=\beta R_1'=\beta^2 R_a\\
R_3'=R_a+R_1+R_2+R_3=\beta R_2'=\beta^3 R_a
\end{aligned}\right\} \tag{2-20}$$

由上式可以推论,当启动电阻为 m 级时,其总电阻为

$$R_m'=R_a+R_1+R_2+\cdots+R_m=\beta R_{m-1}'=\beta^m R_a \tag{2-21}$$

根据式(2-20)、(2-21)可得各级串联电阻的计算公式为

$$\left.\begin{aligned}
R_1=(\beta-1)R_a\\
R_2=(\beta-1)\beta R_a=\beta R_1\\
R_3=(\beta-1)\beta^2 R_a=\beta R_2\\
\vdots\\
R_m=(\beta-1)\beta^{m-1}R_a=\beta R_{m-1}
\end{aligned}\right\} \tag{2-22}$$

对于 m 级电阻启动时，电枢回路总电阻的式（2-21）可用电压 U_N 和最大启动电流 I_{st1} 表示为

$$\beta^m R_a = \frac{U_N}{I_{st1}} \qquad (2-23)$$

于是电流比 β 可写成

$$\beta = \sqrt[m]{\frac{U_N}{I_{st1} R_a}} \quad （m \text{ 为整数}） \qquad (2-24)$$

利用式（2-24），可以在已知 m、U_N、R_a、I_{st1} 的条件下求出启动电流比 β，再根据式（2-22）求出各级启动电阻值。也可以在已知启动电流比 β 的条件下，利用式（2-24）求出启动级数 m，必要时应修改 β 值使 m 为整数。

综上所述，计算各级启动电阻的步骤如下：

（1）估算或查出电枢电阻 R_a。

（2）根据过载倍数选取最大转矩 T_1 对应的最大电流 I_{st1}。

（3）选取启动级数 m。

（4）按式（2-24）计算启动电流比 β。

（5）计算转矩 $T_2 = T_1/\beta$，检验 $T_2 \geqslant (1.1 \sim 1.3) T_L$，如果不满足，应另选 T_1 或 m 值，并重新计算，直至满足该条件为止。

然后按式（2-22）计算各级启动电阻值。

【例 2.2】 他励直流电动机的铭牌数据如下：$P_N = 10\text{kW}$，$U_N = 220\text{V}$，$I_N = 52.6\text{A}$，$n_N = 1500\text{r/min}$。设负载转矩 $T_L = 0.8 T_N$，启动级数 $m = 3$，过载倍数 $\lambda_T = 2$，求各级启动电阻值。

解：（1）先估算 R_a，由式（2-14）取系数为 1/2 时：

$$R_a = \frac{1}{2} \times \frac{U_N I_N - P_N}{I_N^2} = \frac{1}{2} \times \frac{220 \times 52.6 - 10 \times 10^3}{52.6^2} \Omega = 0.284\Omega$$

（2）计算最大启动电流比 I_{st1}，即

$$I_{st1} = \lambda_T I_N = 2 \times 52.6\text{A} = 105.2\text{A}$$

（3）计算启动电流比 β 为

$$\beta = \sqrt[m]{\frac{U_N}{I_{st1} R_a}} = \sqrt[3]{\frac{220}{105.2 \times 0.284}} = 1.945$$

（4）计算切换电流 I_2 为

$$I_{st2} = \frac{I_{st1}}{\beta} = \frac{105.2}{1.945}\text{A} = 54\text{A} > 0.8 I_N \quad （负载电流）$$

各级启动电阻为

$$R_1 = (\beta - 1) R_a = (1.945 - 1) \times 0.284\Omega = 0.268\Omega$$

$$R_2 = \beta R_1 = 1.945 \times 0.268\Omega = 0.521\Omega$$

$$R_3 = \beta R_2 = 1.945 \times 0.521\Omega = 1.013\Omega$$

2.3.2 减压启动

减低电枢电压启动，即启动前将施加在电动机电枢两端的电源电压降低，以减小启动电流 I_{st}，电动机启动后，再逐渐提高电源电压，使启动电磁转矩维持在一定数值，保证电

动机按需要的加速度升速，其接线原理和启动工作特性如图 2.15 所示。可调压的直流电源，较早采用发电机—电动机组实现电压调节，现已逐步被电力电子器件组成的可控整流电源所取代。

启动时，先将励磁绕组接通电源，并将励磁电流调到额定值，然后从低向高调节电枢回路的电压。启动瞬间加到电枢两端的电压 U，在电枢回路中产生的电流不应超过 $(1.5\sim2)I_N$。这时电动机的机械特性为图 2.15(b) 中的直线 1，此时电动机的电磁转矩大于负载转矩，电动机开始旋转。随着转速升高，E_a 增大，电枢电流 $I_a=(U_1-E_a)/R_a$ 逐渐减小，电动机的电磁转矩也随着减小。当电磁转矩下降到 T_2 时，将电源电压提高到 U_2，其机械特性为图 2.15 中的直线 2。在升压瞬间，n 不变，E_a 也不变，因此引起 I_a 增大，电磁转矩增大，直到 T_3，电动机将沿着机械特性直线 2 升速。逐级升高电源电压，直到 $U=U_N$ 时电动机将沿着图中的点 $a\to b\to c\to\cdots\to k$，最后加速到 p 点，电动机稳定运行，减低电源电压启动过程结束。

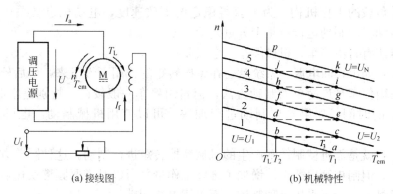

(a) 接线图　　　　　　　　　　　(b) 机械特性

图 2.15　他励直流电动机降压启动时的机械特性

在调节电源电压时，不能升得太快，否则会引起过大的冲击。

减压启动（又称降压启动）虽然需要专用电源，设备投资较大，但它启动平稳，启动过程中能量损耗小，易于实现自动化，因而得到了广泛应用。

2.3.3　他励直流电动机的反转

要使电动机反转，必须改变电磁转矩的方向，而电磁转矩的方向由磁通方向和电枢电流的方向决定。所以，只要将磁通 Φ 或 I_a 任意一个参数改变方向，电磁转矩 T_{em} 即可改变方向。在控制时，通常直流电动机的反转实现方法有两种：

（1）改变励磁电流方向。保持电枢两端电压极性不变，将励磁绕组反接，使励磁电流反向，磁通即改变方向。

（2）改变电枢电压极性。保持励磁绕组两端的电压极性不变，将电枢绕组反接，电枢电流即改变方向。

由于他励直流电动机的励磁绕组匝数多，电感大，励磁电流从正向额定值变到反向额定值的时间长，反向过程缓慢，而且在励磁绕组反接断开瞬间，绕组中将产生很大的自感电动势，可能造成绝缘击穿，所以实际应用中大多采用改变电枢电压极性的方法来实现电动机的反转。但在电动机容量很大，对反转速度变化要求不高的场合，为了减小控制电器的容量，可采用改变励磁绕组极性的方法来实现电动机的反转。

2.4　他励直流电动机的制动

根据电磁转矩 T_{em} 和转速方向之间的关系，可以把电机分为两种运行状态。当 T_{em} 与 n 方向相同时，称为电动运行状态，简称电动状态；当 T_{em} 与 n 方向相反时，称为制动运行状态，简称制动状态。电动状态时，电磁转矩为驱动转矩，电机将电能转换成机械能；制动状态时，电磁转矩为制动转矩，电机将机械能转换成电能。

制动的目的是使电力拖动系统停车，有时也为了限制拖动系统的转速（制动运行），以确保设备和人身安全。

在电力拖动系统中，电动机经常需要工作在制动状态。例如，许多生产机械工作时，往往要快速停车或者由高速运行迅速转为低速运行，这就要求电动机进行制动；对于像起重机等位能性负载的工作机构，为了获得稳定的下放速度，电动机也必须运行在制动状态。因此，电动机的制动运行也是十分重要的。

制动的方法有自由停车、机械停车、电气制动。

自由停车：如果切断电源，系统就会在摩擦转矩的作用下慢下来，最后停车，这称为自由停车。自由停车是最简单的制动方法，但自由停车一般较慢，特别是空载自由停车，更需要等较长的时间。如果希望制动过程加快，可以使用机械制动，也可以使用电气制动。

机械停车：就是靠机械制动闸产生的机械摩擦转矩进行制动。这种制动方法虽然可以加快制动过程，但闸皮磨损严重，增加了维修工作量。所以对需要频繁快速启动、制动和反转的生产机械，一般不采用这种制动，而采用电气制动。

电气制动：就是使电动机的电磁转矩成为制动转矩的制动。电气制动便于控制，容易实现自动化，比较经济。常用的电气制动方法有能耗制动、反接制动和回馈制动。

下面将分别讨论上述三种电气制动的物理过程、特性及制动电阻的计算等问题。

2.4.1　能耗制动

能耗制动是把正在做电动运行的他励直流电动机的电枢从电网上切除，并接到一个外加的制动电阻 R_B 上构成闭合回路。

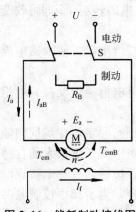

图 2.16 是能耗制动的接线图。开关 S 接电源侧为电动状态运行，此时电枢电流 I_a、电枢电动势 E_a、转速 n 及驱动性质的电磁转矩 T_{em} 的方向如图所示。当需要制动时，将开关 S 投向制动电阻 R_B 上，电动机便进入能耗制动状态。

初始制动时，因为磁通保持不变、电枢存在惯性，其转速 n 不能马上降为零，而是保持原来的方向旋转，于是 n 和 E_a 的方向均不改变。但是，由 E_a 在闭合的回路内产生的电枢电流 I_{aB} 却与电动状态时电枢电流 I_a 的方向相反，由此而产生的电磁转矩 T_{emB} 也与电动状态时 T_{em} 的方向相反，变为制动转矩，于是电机处于制动运行。制动运行时，电动机靠生产机械惯性力的拖动而发电，将生产机械储存的动能转换成电能，并消耗在电阻 $(R_a + R_B)$

图 2.16　能耗制动接线图

上，直到电动机停止转动为止，因此这种制动方式称为能耗制动。

能耗制动时的机械特性，就是在 $U-0$、$\Phi-\Phi_N$、$R-R_a+R_B$ 条件下的一条人为机械特性，即

$$n=-\frac{R_a+R_B}{C_e C_T \Phi_n^2} T_{em} \qquad (2-25)$$

或

$$n=-\frac{R_a+R_B}{C_e \Phi_N} I_a \qquad (2-26)$$

可见，能耗制动时的机械特性是一条通过坐标原点的直线，其理想空载转速为零，特性的斜率 $\beta=\dfrac{R_a+R_B}{C_e C_T \Phi_N^2}$，与电动状态下电枢串电阻 R_B 时的人为特性的斜率相同，如图 2.17 中直线 BC 所示。

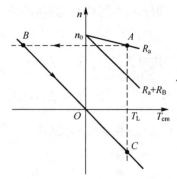

图 2.17　能耗制动时的机械特性

能耗制动时，电动机工作点的变化情况可用机械特性曲线说明。设制动前工作点在固有特性曲线 A 点处，其 $n>0$，$T_{em}>0$，T_{em} 为驱动转矩。开始制动时，因 n 不突变，工作点将沿水平方向跃变到能耗制动特性曲线上的 B 点。在 B 点，$n>0$，$T_{em}<0$，电磁转矩为制动转矩，于是电动机开始减速，工作点沿 BO 方向移动。

若电动机拖动反抗性负载，则工作点到达 O 点时，$n=0$，$T_{em}=0$，电动机便停转。

若电动机拖动位能性负载，则工作点到达 O 点时，虽然 $n=0$，$T_{em}=0$，但在位能负载的作用下，电动机将反转并加速，工作点将沿特性曲线 OC 方向移动。此时 E_a 的方向随 n 的反向而反向，即 n 和 E_a 的方向均与电动状态时相反，而 E_a 产生的 I_a 方向却与电动状态时相同，随之 T_{em} 的方向也与电动状态时相同，即 $n<0$，$T_{em}>0$，电磁转矩仍为制动转矩。随着反向转速的增加，制动转矩也不断增大，当制动转矩与负载转矩平衡时，电动机便在某一转速下处于稳定的制动状态运行，即均速下放重物，如图 2.17 中的 C 点。

改变制动电阻 R_B 的大小，可以改变能耗制动特性曲线的斜率，从而可以改变起始制动转矩的大小以及下放位能负载时的稳定速度。R_B 越小，特性曲线的斜率越小，起始制动转矩越大，而下放位能负载的速度越小。减小制动电阻，可以增大制动转矩，缩短制动时间，提高工作效率。但制动电阻太小，将会造成制动电流过大，通常限制最大制动电流不超过额定电流的 $2\sim2.5$ 倍。选择制动电阻的原则是：

$$I_{aB}=\frac{E_a}{R_a+R_B} \leqslant I_{max}=(2\sim2.5) I_N$$

即

$$R_B \geqslant \frac{E_a}{(2\sim2.5) I_N}-R_a \qquad (2-27)$$

式中：E_a 为制动瞬间(制动前电动状态时)的电枢电动势。如果制动前电动机处于额定运行，则 $E_a=U_N-R_a I_N \approx U_N$。

能耗制动操作简单，但随着转速的下降，电动势减小，制动电流和制动转矩也随之减小，制动效果变差。若为了使电动机能更快地停转，可以在转速降到一定程度时，切除一部分制动电阻，使制动转矩增大，从而加强制动作用。

【**例 2.3**】　一台他励直流电动机的铭牌数据为：$P_N = 22\text{kW}$，$U_N = 220\text{V}$，$I_N = 116\text{A}$，$n_N = 1500\text{r/min}$，$R_a = 0.174\Omega$，用这台电动机来拖动升起机构。试问：

(1) 在额定状态下进行能耗制动，欲使制动电流等于 $2I_N$，电枢回路应串接多大的制动电阻？

(2) 在额定状态下进行能耗制动，如果电枢直接短接，制动电流应为多大？

(3) 当电动机轴上带有一半额定负载时，要求在能耗制动状态下以 800r/min 的转速下放重物，求电枢回路应串入多大的制动电阻？

解：(1) 制动前电枢电动势为

$$E_a = U_N - R_a I_N = (220 - 116 \times 0.174)\text{V} = 199.8\text{V}$$

应串入的制动电阻值为

$$R_B = \frac{E_a}{2I_N} - R_a = \left(\frac{199.8}{2 \times 116} - 0.174\right)\Omega = 0.687\Omega$$

(2) 如果电枢直接短接，则制动电流为

$$I_{aB} = \frac{E_a}{R_a + R_B} = \frac{E_a}{R_a} = \frac{199.8}{0.174}\text{A} = 1148.3\text{A}$$

此时电流约为额定电流的 10 倍，由此可见能耗制动时，不许直接将电枢短接，必须接入一定数值的制动电阻。

(3)　　　　　　　　　　$$C_e\Phi_N = \frac{E_a}{n_N} = \frac{199.8}{1500} = 0.133$$

因为负载为额定负载的一半，则 $I_{aB} = \frac{1}{2}I_N$

下放重物时，转速为 $n = -800\text{r/min}$，由能耗制动的机械特性：

$$n = -\frac{R_a + R_B}{C_e\Phi_N}I_a$$

得　　　　　　　　　　$$-800 = -\frac{0.174 + R_B}{0.133} \times 58$$

所以　　　　　　　　　　$$R_B = 1.66\Omega$$

2.4.2　反接制动

反接制动有电压反接制动和倒拉反接制动两种方式。

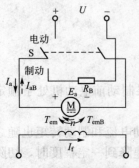

图 2.18　电压反接制动接线图

1. 电压反接制动

电压反接制动时的接线如图 2.18 所示。开关 S 投向"电动"侧时，电枢接正极性的电源电压，此时电机处于电动状态运行。进行制动时，开关 S 投向"制动"侧，此时电枢回路串入制动电阻 R_B 后，接上极性相反的电源电压，即电枢电压由原来的正值变为负值。此时，在电枢回路内，U 与 E_a 顺向串联，共同产生很大的反向电流：

$$I_{aB} = \frac{-U_N - E_a}{R_a + R_B} = -\frac{U_N + E_a}{R_a + R_B} \qquad (2-28)$$

反向的电枢电流 I_{aB} 产生很大的反向电磁转矩 T_{emB}，从而产生很强的制动作用，这就是电压反接制动。

电动状态时，电枢电流的大小由 U_N 与 E_a 之差决定，而反接制动时，电枢电流的大小由 U_N 与 E_a 之和决定，因此反接制动时电枢电流是非常大的。为了限制过大的电枢电流，反接制动时必须在电枢回路中串接制动电阻 R_B。R_B 的大小应使反接制动时电枢电流不超过电动机的最大允许电流 $I_{max}=(2\sim2.5)I_N$，因此应串入的制动电阻值为

$$R_B \geqslant \frac{U_N+E_a}{(2\sim2.5)I_N}-R_a \qquad (2-29)$$

比较式(2-29)和式(2-27)可知，反接制动电阻值要比能耗制动电阻值约大一倍。

电压反接制动时的机械特性就是在 $U=-U_N$、$\Phi=\Phi_N$、$R=R_a+R_B$ 条件下的一条人为特性，即

$$n=-\frac{U_N}{C_e\Phi_N}-\frac{R_a+R_B}{C_eC_T\Phi_N^2}T_{em} \qquad (2-30)$$

或

$$n=-\frac{U_N}{C_e\Phi_N}-\frac{R_a+R_B}{C_e\Phi_N}I_a \qquad (2-31)$$

可见，其特性曲线是一条通过 $-n_0$ 点，斜率为 $\dfrac{R_a+R_B}{C_eC_T\Phi_N^2}$ 的直线，如图 2.19 中线段 BC 所示。

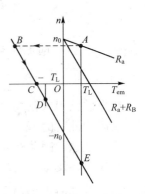

图 2.19　电压反接制动时的机械特性

电压反接制动时电机工作点的变化情况可用图 2.19 说明如下：设电动机原来工作在固有特性上的 A 点，反接制动时，由于转速不突变，工作点沿水平方向跃变到反接制动特性上的 B 点，之后在制动转矩作用下，转速开始下降，工作点沿 BC 方向移动，当到达 C 点时，制动过程结束。在 C 点，$n=0$，但制动的电磁转矩 $T_{emB}=T_C\neq0$，如果负载是反抗性负载，且 $|T_C|\leqslant|T_L|$ 时，电动机便停止不转。如果 $|T_C|>|T_L|$，这时在反向转矩作用下，电动机将反向启动，并沿特性曲线加速到 D 点，进入反向电动状态下稳定运行。当制动的目的就是为了停车时，那么在电机转速接近于零时，必须立即断开电源。

反接制动过程中(图 2.19 中 BC 段)，U、I_a、T_{em} 均为负，而 n、E_a 为正。输入功率 $P_1=UI_a>0$，表明电机从电源输入电功率；输出功率 $P_2=T_2\Omega\approx T_{em}\Omega<0$，表明电机从轴上输入机械功率；电磁功率 $P_{em}=E_aI_a<0$，表明轴上输入的机械功率转变成电枢回路的电功率。由此可见，反接制动时，从电源输入的电功率和从轴上输入的机械功率转变成的电功率一起全部消耗在电枢回路的电阻 (R_a+R_B) 上，其能量损耗是很大的。

2. 倒拉反转反接制动

倒拉反转反接制动只适用于位能性恒转矩负载。现以起重机下放重物为例来说明。

图 2.20(a)所示为正向电动状态(提升重物)时电动机的各物理量方向，此时电动机工作在固有特性 [图 2.20(c)] 上的 A 点。如果在电枢回路中串入一个较大的电阻 R_B，便可实现倒拉反转反接制动。串入 R_B 将得到一条斜率较大的人为特性，如图 2.20(c)中的直线

n_0D 所示，制动过程如下：串电阻瞬间，因转速不能突变，所以工作点由固有特性上的 A 点沿水平方向跳跃到人为特性上的 B 点，此时电磁转矩 T_B 小于负载转矩 T_L，于是电机开始减速，工作点沿人为特性由 B 点向 C 点变化，到达 C 点时，$n=0$，电磁转矩为堵转转矩 T_K，因 T_K 仍小于负载转矩 T_L，所以在重物的重力作用下电机将反向旋转，即下放重物。因为励磁不变，所以 E_a 随 n 的反向而改变方向，由图 2.20(b)所示可以看出 I_a 的方向不变，故 T_{em} 的方向也不变。这样，电机反转后，电磁转矩为制动转矩，电机处于制动状态，如图 2.20(c)中的 CD 段所示。随着电机反向转速的增加，E_a 增大，电枢电流 I_a 和制动的电磁转矩 T_{em} 也相应增大，当到达 D 点时，电磁转矩与负载转矩平衡，电机便以稳定的转速匀速下放重物。电机串入的电阻 R_B 越大，最后稳定的转速越高，下放重物的速度也越快。

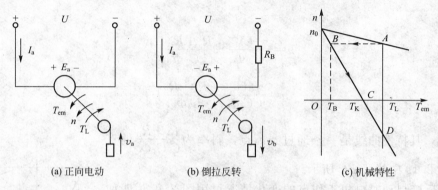

(a) 正向电动　　　　　(b) 倒拉反转　　　　　(c) 机械特性

图 2.20　倒拉反转反接制动

电枢回路串入较大的电阻后，电机能出现反转制动运行，主要是位能负载的倒拉作用，又因为此时的 E_a 与 U 也是顺向串联，共同产生电枢电流，这一点与电压反接制动相似，因此把这种制动称为倒拉反转反接制动。

倒拉反转反接制动时的机械特性方程式就是电动状态时电枢串电阻的人为特性方程式，只不过此时电枢串入的电阻值较大，使得 $\dfrac{R_a+R_B}{C_e C_T \Phi_N^2} T_L > n_0$，即 $n = n_0 - \dfrac{R_a+R_B}{C_e C_T \Phi_N^2} T_L < 0$ 而已。因此，倒拉反转反接制动特性曲线是电动状态电枢串电阻人为特性在第四象限的延伸部分。

倒拉反转反接制动时的能量关系和电压反接制动时相同。

2.4.3　回馈制动

他励直流电动机在电动状态下运行，在某种条件下(如电动机拖动的机车下坡时)会出现运行转速 n 高于理想空载转速 n_0 的情况，此时 $E_a > U$，电枢电流反向，电磁转矩的方向也随之改变：由驱动转矩变成制动转矩。从能量传递方向看，电动机处于发电状态，将机车下坡时失去的位能转变成电能回馈给电网，因此这种状态称为回馈制动状态。

回馈制动时的机械特性方程式与电动状态时相同，只是运行在特性曲线上不同的区段而已。当电动机拖动机车下坡出现回馈制动(正向回馈制动)时，其机械特性位于第二象限，如图 2.21 中的 n_0A 段。当电动机拖动起重机下放重物出现回馈制动(反向回馈制)时，其机械特性位于第四象限，图 2.21 中的 $-n_0B$ 段。图 2.21 中的 A 点是电机处于正向回馈制动稳定运行点，表示机车以恒定的速度下坡。图 2.21 中的 B 点是电动机处于反向回馈制动稳定运行点，表示重物匀速下放。

除以上两种回馈制动稳定运行外，还有一种发生在动态过程中的回馈制动过程。如降低电枢电压的调速过程和弱磁状态下增磁调速过程中都将出现机械特性回馈制动过程，下面对这两种情况进行说明。

在图 2.22 中，A 点是电动状态运行工作点，对应电压为 U_1，转速为 n_A。当进行降压（U_1 降为 U_2）调速时，因转速不突变，工作点由 A 点平移到 B 点，此后工作点在降压人为特性的 Bn_{02} 段上变化过程即为回馈制动过程，它起到了加快电动机的减速作用，当转速降到 n_{02} 时，制动过程结束。从 n_{02} 降到 C 点转速 n_C 为电动状态减速过程。

在图 2.23 中，磁通由 Φ_1 增大到 Φ_2 时，工作点的变化情况与图 2.22 相同，其工作点在 Bn_{02} 段上变化时也为回馈制动过程。

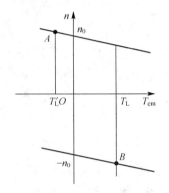
图 2.21　回馈制动机械特性

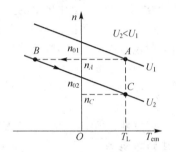
图 2.22　降压调速时产生回馈制动

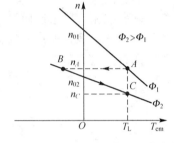
图 2.23　增磁调速时产生回馈制动

回馈制动时，由于有功率回馈到电网，因此与能耗制动和反接制动相比，回馈制动是比较经济的。

2.5　他励直流电动机的调速

在由他励直流电动机作为原动机的电力拖动系统中，被拖动的生产机械为适应工艺过程的要求，往往需要改变运行速度。如车床切削工件，粗加工时用低速，精加工时用高速。又如起重机、电梯或其他要求稳速运行或准确停车的生产机械，要求在启动和制动过程中，速度应缓慢变化，或者在停车前降低运行速度以达到准确停车的目的。

电力拖动系统的调速可以采用机械调速、电气调速或二者配合起来调速。通过改变机械传动机构速比的方法来使速度发生变化即称为机械调速；通过改变电动机电气参数，在负载不变的条件下，得到不同运行速度的方法称为电气调速。在很多情况下，采用电气调速方法较之机械调速方法在技术、经济各项指标上都优越得多。本节只介绍他励直流电动机的电气调速。

改变电动机的参数就是人为地改变电动机的机械特性，从而使负载工作点发生变化，转速随之变化。可见，在调速前后，电动机必然运行在不同的机械特性上。如果机械特性不变，因负载变化而引起电动机转速的改变，则不能称为调速。

根据他励直流电动机的转速公式：

$$n = \frac{U - I_a(R_a + R_s)}{C_e\Phi} \tag{2-32}$$

可知，当电枢电流 I_a 不变时（即在一定的负载下），只要改变电枢电压 U、电枢回路串联电阻 R_s 及励磁磁通 Φ 三者之中的任意一个量，就可改变转速 n_0。因此，他励直流电动机具有三种调速方法：调压调速、电枢串入电阻调速和电磁调速。为了评价各种调速方法的优缺点，对调速方法提出了一定的技术经济指标，称为调速指标。下面先对调速指标做一介绍，然后讨论他励电动机的三种调速方法及其与负载类型的配合问题。

2.5.1　评价调速的指标

主要的调速性能指标有以下几个方面，现分别加以说明。

1. 静差率 δ（相对稳定性）

转速的相对稳定性是指负载变化时，转速变化的程度。转速变化小，其相对稳定性好。转速的相对稳定性用静差率 δ 表示。当电动机在某一机械特性上运行时，由理想空载增加到额定负载，电动机的转速降落 $\Delta n_N = n_0 - n_N$ 与理想空载转速 n_0 之比，就称为静差率，用百分数表示为

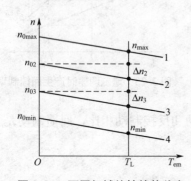

图 2.24　不同机械特性的静差率

$$\delta = \frac{n_0 - n_N}{n_0} \times 100\% = \frac{\Delta n_N}{n_0} \times 100\% \tag{2-33}$$

显然，在相同的 n_0 情况下，电动机的机械特性越硬，其静差率越小，转速的相对稳定性就越高。但是静差率的大小不仅仅是由机械特性的硬度选定的，还与理想空载转速的大小有关。例如，图 2.24 中的两条相互平行的机械特性曲线 2、3，它们的硬度相同，额定转速降也相等，即 $\Delta n_2 = \Delta n_3$，但由于它们的理想空载转速不等，$n_{02} > n_{03}$，所以它们的静差率不等，$\delta_2 < \delta_3$。可见，硬度相同的两条机械特性，理想空载转速越低，其静差率越大。

2. 调速范围

调速范围是指电动机在额定负载下可能运行的最高转速 n_{max} 与最低转速 n_{min} 之比，通常用 D 表示，即

$$D = \frac{n_{max}}{n_{min}} \tag{2-34}$$

不同的生产机械对电动机的调速范围有不同的要求。要扩大调速范围，必须尽可能地提高电动机的最高转速和降低电动机的最低转速。电动机的最高转速受到电动机的机械强度、换向条件、电压等级等方面的限制，而最低转速则受到低速运行时转速的相对稳定性的限制。

静差率与调速范围两个指标是相互制约的，设图 2.24 中曲线 1 和曲线 4 为电动机最高转速和最低转速时的机械特性，则电动机的调速范围 D 与最低转速时的静差率 δ 关系如下：

$$D = \frac{n_{max}}{n_{min}} = \frac{n_{max}}{n_{0min} - \Delta n_N} = \frac{n_{max}}{\dfrac{\Delta n_N}{\delta} - \Delta n_N} = \frac{n_{max}\delta}{\Delta n_N(1-\delta)} \qquad (2-35)$$

式中：Δn_N 为最低转速机械特性上的转速降；δ 为最低转速时的静差率，即系统的最大静差率。

由式(2-35)可知，若对静差率这一指标要求过高，即 δ 值越小，则调速范围 D 就越小；反之，若要求调速范围 D 越大，则静差率 δ 也越大，转速的相对稳定性就越差。

不同的生产机械，对静差率的要求不同，普通车床要求 $\delta \leqslant 30\%$。而高精度的造纸机则要求 $\delta \leqslant 0.1\%$。在保证一定静差率指标的前提下，要扩大调速范围，就必须减小转速降落 Δn_N，就是说，必须提高机械特性的硬度。

3. 调速的平滑性

在一定的调速范围内，调速的级数越多，则认为调速的平滑性越好。调速的平滑程度用平滑系数 φ 来衡量，φ 是指两个相邻调速级的转速之比，即

$$\varphi = \frac{n_i}{n_{i-1}} \qquad (2-36)$$

由式(2-36)可知 φ 值越接近 1，相邻两级速度就越接近，则调速平滑性越好。当 $\varphi = 1$ 时，称为无级调速，即转速可以连续调节。调速不连续时，级数有限，称为有级调速。

不同的生产机械对调速的平滑性要求不同，例如，龙门刨床要求基本上近似无级调速（$\varphi \approx 1$）。

4. 调速的经济性

调速的经济性包含两方面的内容，一是指调速所需的设备投资和调速过程中的能量损耗，二是指电动机调速时能否得到充分利用。一台电动机当采用不同的调速方法时，电动机容许输出的功率和转矩随转速变化的规律是不同的，但电动机实际输出的功率和转矩是由负载需要所决定的，而不同的负载，其所需要的功率和转矩随转速变化的规律也是不同的，因此在选择调速方法时，既要满足负载要求，又要尽可能使电动机得到充分利用。经分析可知，电枢回路串电阻调速以及降低电枢电压调速适用于恒转矩负载的调速，而弱磁调速适用于恒功率负载的调速。

2.5.2　调速方法

1. 电枢回路串电阻调速

电枢回路串电阻调速的原理及调速过程可用图 2.25 说明。

设电动机拖动恒转矩负载 T_L 在固有特性上 A 点运行，其转速为 n_N。若电枢回路串入电阻 R_{s1}，则达到新的稳态后，工作点变为人为特性上的 B 点，转速下降到 n_1。从图中可以看出，串入的电阻值越大，稳态转速就越低。

现以转速由 n_N 降至 n_1 为例，说明其调速过程。电动机原来在 A 点稳定运行时，$T_{em} = T_L$，$n = n_N$，当串入 R_{s1} 后，电动机的机械特性变为直线 $n_0 B$，因串电阻瞬间转速不突变，故 E_a 不突变，于是 I_a 及 T_{em} 突然减小，工作点平移到 A' 点。在 A' 点，$T_{em} < T_L$，所以电动机开始减速，随着 n 的减小，E_a 减小，I_a 及 T_{em} 增大，即工作点沿 $A'B$ 方向移动，当到达 B 点时，$T_{em} = T_L$，达到了新的平衡，电动机便在 n_1 转速下稳定运行。调速过程中转速 n 和电流 I_a（或 T_{em}）随时间的变化规律如图 2.26 所示。

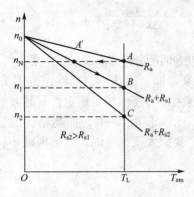

图 2.25　电枢串电阻调速

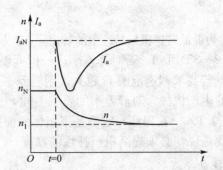

图 2.26　恒转矩负载时电枢串电阻调速过程

电枢串电阻调速的优点是设备简单，操作方便。缺点是：

（1）由于电阻只能分段调节，所以调速的平滑性差。

（2）低速时特性曲线斜率大，静差率大，所以转速的相对稳定性差。

（3）轻载时调速范围小，额定负载时调速范围一般为 $D \leqslant 2$。

（4）如果负载转矩保持不变，则调速前和调速后因磁通不变而使电动机的 T_{em} 和 I_a 不变，输入功率（$P_1 = UI_a$）也不变，但输出功率（$P_2 \propto T_L n$）却随转速的下降而减小，减小的部分被串联的电阻消耗掉了，所以损耗较大，效率较低。而且转速越低，所串电阻越大，损耗越大，效率越低，所以这种调速方法是不太经济的。

因此，这种调速方法多用于对调速性能要求不高的生产机械上，如起重机、矿井井下使用的电机车等。

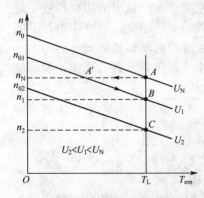

图 2.27　降低电压调速

2. 降低电源电压调速

电动机的工作电压不允许超过额定电压，因此电枢电压只能在额定电压以下进行调节。降低电源电压调速的原理及调速过程可用图 2.27 说明。

设电动机拖动恒转矩负载 T_L 在固有特性上 A 点运行，其转速为 n_N。若电源电压由 U_N 下降至 U_1，则达到新的稳态后，工作点将移到对应人为特性曲线上的 B 点，其转速下降为 n_1。从图中可以看出，电压越低，稳态转速也越低。

转速 n_N 降至 n_1 的调速过程如下：电动机原来在 A 点稳定运行时，$T_{em} = T_L$，$n = n_N$。当电压降至 U_1 后，电动机的机械特性变为直线 $n_{01} B$。在降压瞬间，转速 n 不突变，E_a 不突变，所以 I_a 和 T_{em} 突然减小，工作点平移到 A' 点。在 A' 点，$T_{em} < T_L$，电动机开始减速，随着 n 的减小，E_a 减小，I_a 和 T_{em} 增大，工作点沿 $A'B$ 方向移动，当到达 B 点时，达到了新的平衡：$T_{em} = T_L$，此时电动机便在较低转速 n_1 下稳定运行。降压调速过程与电枢串电阻调速过程类似，调速过程中转速和电枢电流（或转矩）随时间的变化曲线也与图 2.26 类似。

降压调速的优点是：

（1）电源电压能够平滑调节，可以实现无级调速；

（2）调速前后机械特性的斜率不变，硬度较高，负载变化时，速度稳定性好；

（3）无论轻载还是重载，调速范围相同，一般可达 $D=2.5\sim12$；

（4）电能损耗较小。

降压调速的缺点是：需要一套电压可连续调节的直流电源。早期常采用发电机—电动机系统，简称 G－M 系统，如图 2.28 所示。图中交流电动机作为直流发电机 G2 及直流励磁机 G1 的驱动电机。调节 G2 的励磁电流 I_{fG} 可以改变 G2 发出的电压，从而实现对直流电动机 M 的调压调速。通过图中的双向开关可以改变 I_{fG} 的方向，从而改变 G2 输出电压的极性，以实现对直流电动机的正反转控制。此外，调节直流电动机励磁回路的电阻，可以实现对直流电动机的调磁调速。

这种系统的性能较为优越，但设备多、投资大。目前，这种系统已被晶闸管—电动机系统（简称 V－M 系统）取代，V－M 系统如图 2.29 所示。

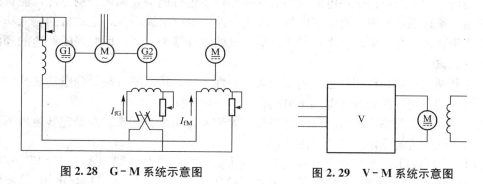

图 2.28　G－M 系统示意图　　　　　　图 2.29　V－M 系统示意图

调压调速多用在对调速性能要求较高的生产机械上，如机床、轧钢机、造纸机等。

3. 减弱磁通调速

额定运行的电动机，其磁路已基本饱和，即使励磁电流增加很大，磁通也增加很少，从电动机的性能考虑也不允许磁路过饱和。因此，改变磁通只能从额定值往下调，调节磁通调速即是弱磁调速。其调速原理及调速过程可用图 2.30 说明。

设电动机拖动恒转矩负载 T_L 在固有特性曲线上 A 点运行，其转速为 n_N。若磁通由 Φ_N 减小至 Φ_1，则达到新的稳态后，工作点将移到对应人为特性上的 B 点，其转速上升为 n_1。从图中可见，磁通越少，稳态转速将越高。

转速由 n_N 上升到 n_1 的调速过程如下：电动机原来在 A 点稳定运行时，$T_{em}=T_L$，$n=n_N$。当磁通减弱到 Φ_1 后，电动机的机械特性变为直线 $n_{01}B$。在磁通减弱的瞬间，转速 n 不突变，电动势 E_a 随 Φ 而减小，于是电枢电流 I_a 增大。尽管 Φ 减小，但 I_a 增大很多，所以电磁转矩 T_{em} 还是增大的，因此工作点移到 A' 点。在 A' 点，$T_{em}>T_L$，电动机开始加速，随着 n 上升，E_a 增大，I_a 和 T_{em} 减小，工作点沿 $A'B$ 方向移动，到达 B 点时，$T_{em}=T_L$，出现了新的平衡，此时电动机便在较高的转速 n_1 下稳定运行。调速过程中电枢电流和转速随时间的变化规律如图 2.31 所示。

对于恒转矩负载，调速前后电动机的电磁转矩不变，因为磁通减小，所以调速后的稳态电枢电流大于调速前的电枢电流，这一点与前两种调速方法不同。当忽略电枢反应影响和较小的电阻压降 $R_a I_a$ 的变化时，可近似认为转速与磁通成反比变化。

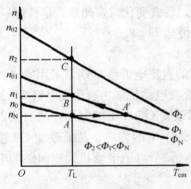

图 2.30　减弱磁通调速

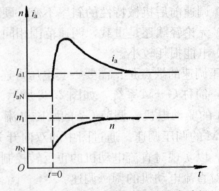

图 2.31　恒转矩负载时弱磁调速过程

　　弱磁调速的优点：由于在电流较小的励磁回路中进行调节，因而控制方便，能量损耗小，设备简单，而且调速平滑性好。虽然弱磁升速后电枢电流增大，电动机的输入功率增大，但由于转速升高，输出功率也增大，电动机的效率基本不变，因此弱磁调速的经济性是比较好的。

　　弱磁调速的缺点：机械特性的斜率变大，特性变软；转速的升高受到电动机换向能力和机械强度的限制，因此升速范围不可能很大，一般 $D \leqslant 2$。

　　为了扩大调速范围，常常把降压和弱磁两种调速方法结合起来。在额定转速以下采用降压调速，在额定转速以上采用弱磁调速。

【例 2.4】　一台他励直流电动机的额定数据为 $U_N = 220V$，$I_N = 41.4A$，$n_N = 1500r/min$，$R_a = 0.4\Omega$，当额定负载时：(1)如果在电枢回路串入 $R_s = 1.65\Omega$，求串接电阻后的转速；(2)电源电压下降为 110V 时，求电枢回路无串接电阻时的转速；(3)若减弱励磁使磁通 Φ 减小 10%，求电枢回路无串接电阻时的转速(调速前后转矩不变)。

　　解： $C_e\Phi_N = \dfrac{U_N - I_N R_a}{n_N} = \dfrac{220 - 41.4 \times 0.4}{1500} = 0.136$

　　(1) $n = \dfrac{U_N - I_N(R_a + R_s)}{C_e\Phi_N} = \dfrac{220 - 41.4 \times (0.4 + 1.65)}{0.136} r/min = 994r/min$

　　(2) $n = \dfrac{U - I_N R_a}{C_e\Phi_N} = \dfrac{110 - 41.4 \times 0.4}{0.136} r/min = 687r/min$

　　(3) 按调速前后转矩不变的条件，得

$$T = C_T\Phi_N I_N = C_T\Phi I_a$$

$$I_a = \frac{\Phi_N}{\Phi} I_N = \frac{1}{0.9} \times 41.4A = 46A$$

$$n = \frac{U_N - I_a R_a}{C_e\Phi} = \frac{220 - 46 \times 0.4}{0.136 \times 0.9} r/min = 1647r/min$$

【例 2.5】　某直流调速系统采用改变电源电压调速，已知直流电动机的额定转速 $n_N = 900r/min$，高速机械特性的理想空载转速 $n_0 = 1000r/min$；如果额定负载下低速机械特性的转速 $n_{min} = 100r/min$，而相应的理想空载转速 $n'_0 = 200r/min$。(1)试求出电动机在额定负载下运行的调速范围 D 和静差率 δ；(2)如果生产工艺要求静差率 $\delta \leqslant 20\%$，则此时额定负载下能达到的调速范围是多少？还能否满足原有的要求？

　　解： (1)
$$D = \frac{n_{max}}{n_{min}} = \frac{900}{100} = 9$$

低速静差率　　　　　　　　　$\delta = \dfrac{200-100}{200} \times 100\% = 50\%$

（2）利用公式 $D = \dfrac{n_{max}\delta}{\Delta n_N (1-\delta)}$，式中 $\Delta n_N = 100r/min$，$n_{max} = 900r/min$，$\delta = 0.2$，此时能达到的调速范围为

$$D' = \frac{900 \times 0.2}{100 \times (1-0.2)} = 2.25$$

显然，$D' = 2.25$ 不能满足原有调速范围 $D = 9$ 的要求。

2.5.3　调速方式与负载类型的配合

正确地使用电动机，应当使电动机既满足负载的要求，又使其得到充分利用。所谓电动机的充分利用，是指在一定的转速下，电动机的电枢电流达到了额定值。在大于额定电流下工作的电动机将会因过热而烧坏，在小于额定电流下工作的电动机因未能得到充分利用而造成浪费。对于不调速的电动机，通常都工作在额定状态，电枢电流为额定值，所以恒转速运行的电动机一般都能得到充分利用。但是，当电动机调速时，在不同的转速下，电枢电流能否总保持为额定值，即电动机能否在不同的转速下都得到充分利用，这就需要研究电动机的调速方式与负载类型的配合问题。

以电动机在不同转速下都能得到充分利用为条件，可以把他励直流电动机的调速分为恒转矩调速和恒功率调速两种方式。电枢串电阻调速和降压调速属于恒转矩调速方式，而弱磁调速属于恒功率调速方式。现说明如下。

电枢串电阻调速和降压调速时，磁通 $\Phi = \Phi_N$ 保持不变，如果在不同转速下保持电流 $I_a = I_N$ 不变，即电动机得到充分利用，则电动机的输出转矩和功率分别为

$$\left. \begin{array}{l} T \approx T_{em} = C_T \Phi_N I_N = 常量 \\ P = \dfrac{Tn}{9550} = C_1 n \end{array} \right\} \qquad (2-37)$$

式中：C_1 为常数。由此可见，电枢串电阻和降压调速时，电动机的输出功率与转速成正比，而输出转矩为恒值，故称为恒转矩调速方式。

弱磁调速时，磁通 Φ 是变化的，在不同转速下，若保持 $I_a = I_N$ 不变，则电动机的输出转矩和功率分别为

$$\left. \begin{array}{l} T \approx T_{em} = C_T \Phi I_N = C_T \dfrac{U_N - I_N R_a}{C_e n} I_N = \dfrac{C_2}{n} \\ P = \dfrac{Tn}{9550} = \dfrac{C_2}{9550} = 常量 \end{array} \right\} \qquad (2-38)$$

式中：C_2 为常数。由此可见，弱磁调速时，电动机的输出转矩与转速成反比，而输出功率为恒值，故称之为恒功率调速方式。

由上述分析可知，为了使调速电动机得到充分利用，在拖动恒转矩负载时，应采用电枢串电阻调速或降压调速，即恒转矩调速方式。在拖动恒功率负载时，应采用弱磁调速，即恒功率调速方式。

通过分析表明，对于风机负载，三种调速方法都不十分合适，但采用电枢串电阻调速和降压调速要比弱磁调速合适一些。

2.6　串励及复励直流电动机的电力拖动

2.6.1　串励直流电动机的机械特性

1. 固有特性

图 2.32 所示是串励直流电动机(以下简称串励电动机)的接线图,其特点是励磁绕组与电枢绕组串联,励磁电流 I_f 等于电枢电流 I_a,主磁通 Φ 是电枢电流 I_a 的函数。

当 I_a 较小,磁路未饱和时,Φ 与 I_a 成正比,即

$$\Phi = k I_a \qquad (2-39)$$

式中：k 为比例常数。

此时,电磁转矩 T_{em} 与 I_a 的平方成正比,即

$$T_{em} = C_T \Phi I_a = C_T k I_a^2 \qquad (2-40)$$

由式 (2-40) 可得

$$I_a = \sqrt{\frac{T_{em}}{C_T k}} \qquad (2-41)$$

直流电动机机械特性的一般表达式为

$$n = \frac{U}{C_e \Phi} - \frac{R}{C_e C_T \Phi^2} T_{em} \qquad (2-42)$$

将式(2-39)和式(2-41)代入式(2-42)中,不难得出在磁路不饱和时串励电动机的机械特性为

$$n = \frac{\sqrt{C_T k}}{C_e k} \frac{U}{\sqrt{T_{em}}} - \frac{R}{C_e k} \qquad (2-43)$$

式中：$R = R_a + R_f + R_s$ 为电枢回路总电阻(见图 2.32)。

式(2-43)表明,当磁路不饱和时,串励电动机的转速 n 与 $\sqrt{T_{em}}$ 成反比,其机械特性为非线性软特性,如图 2.33 中曲线 AB 段。

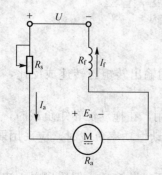

图 2.32　串励电动机的接线图

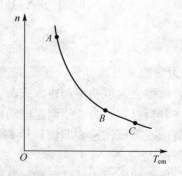

图 2.33　串励电动机的固有特性

当 I_a 较大，磁路饱和时，Φ 基本保持不变，这时串励电动机的机械特性与他励电动机的机械特性相似，变为较硬的直线特性，如图 2.33 中曲线 BC 段。

串励电动机的固有特性是在 $U=U_N$，$R_s=0$ 时的特性（见图 2.33），具有以下特点：

(1) 它是一条非线性的软特性，负载时的转速降落很大。

(2) 空载时，$T_{em}=0$，$I_a=0$，$\Phi=0$，$n_0=\dfrac{U}{C_e\Phi}=\infty$，即理想空载转速为无穷大。但实际上，即 $I_a=0$，由于存在剩磁 Φ_0，故空载转速 $n_0=\dfrac{U}{C_e\Phi}$ 为一有限值，但其值很高。一般可达 $(5\sim6)n_N$，这就是所谓的"飞车"现象，因此，串励电动机是不允许空载或轻载运行的。

(3) 由于 T_{em} 正比于 I_a 的平方，启动和过载时 I_a 较大，故串励电动机的启动转矩大，过载能力强。

2. 人为特性

串励电动机同样可以采用电枢串电阻、改变电源电压和改变磁通的方法来获得各种人为特性。

1) 电枢串电阻时的人为特性

由式(2-42)或式(2-43)可见，串入电阻后，转速降增大，所以电枢串电阻的人为特性位于固有特性的下方，且特性变得更软，如图 2.34 所示。从电路上分析，在 $T_{em}(I_a)$ 相同时，串入电阻后，电阻压降增大，因为电源电压不变，所以电枢反电动势减小，转速必然减小。

2) 降低电压时的人为特性

由式(2-42)可知，降低电压时，理想空载转速降低，其人为特性向下平移。从电路上分析，电压下降后，电枢反电动势随之减小，转速也必然减小，所以降压的人为特性位于固有特性的下方，如图 2.35 所示。

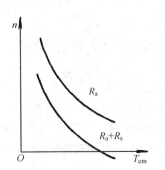

图 2.34　串电阻时的人为特性

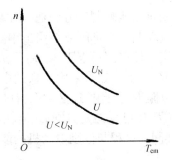

图 2.35　降低电压时的人为特性

3) 改变磁通时的人为特性

串励电动机改变磁通的方法之一是在励磁绕组上并联一个分流电阻 R_{Pf} 如图 2.36(a) 所示。与固有特性相比，在 I_a 相同的情况下，因 $I_f<I_a$，故 Φ 减小，因此人为特性位于固有特性的上方，如图 2.36(b) 所示。

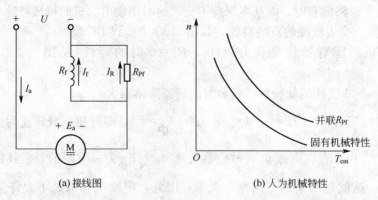

(a) 接线图   (b) 人为机械特性

图 2.36　减弱磁通时的人为特性

2.6.2　串励直流电动机的启动、调速与制动

1. 串励电动机的启动与调速

为了限制启动电流，串励电动机的启动方法与他励电动机一样，也是采用电枢串电阻启动和降低电源电压启动。由于 T_{em} 与 I_a^2 成正比，所以串励电动机的启动转矩较大，适用于重载启动的生产机械上，例如起重、运输设备等。

串励电动机的调速也是采用电枢串电阻、降压和弱磁三种调速方法。其中电枢串电阻调速比较常用，弱磁调速用得较少。

2. 串励电动机的制动

对于串励电动机，若不考虑剩磁，只有 n 趋于无穷大时，才能出现 $E_a=U$，要使 $E_a>U$，显然无法实现。虽然电动机中存在少量的剩磁，但要使 $E_a>U$，转速将高达不能允许的数值，故串励电动机不存在回馈制动状态。

串励电动机只有能耗制动和反接制动两种制动方法，下面分别进行分析。

1）能耗制动

串励电动机的能耗制动分为他励式和自励式两种。

他励式能耗制动是把励磁绕组由串励型式改接成他励型式，即把励磁绕组单独接到电源上，电枢绕组外接制动电阻 R_B 后形成闭路，如图 2.37(a) 所示。由于串励电动机的励磁绕组电阻 R_f 很小，如果采用原来的电源，因电压较高，则必须在励磁回路中串入一个较大的限流电阻 R_{sf}。此外还必须保持励磁电流 I_f 的方向与电动状态时相同，否则不能产生制动转矩（因 I_a 已反向）。他励式能耗制动时的机械特性为一直线，如图 2.37(b) 中直线 BC 所示，其制动过程与他励电动机的能耗制动完全相同。他励式能耗制动的效果好，应用较广泛。

自励式能耗制动时，电枢回路脱离电源后，通过制动电阻形成闭路，但为了实现制动，必须同时改接串励绕组，以保证励磁电流的方向不变，如图 2.38(a) 所示。自励式能耗制动于时的机械特性如图 2.38(b) 中曲线 BO 所示。由图可见，自励式能耗制动开始时制动转矩较大，随着转速下降，电枢电动势和电流也下降，同时磁通也减小，由公式 $T_{em}=C_T\Phi I_a$ 可见，制动转矩下降很快，制动效果变弱，所以制动时间较长且制动不平稳。由于这种制动方式不需要电源，因此主要用于事故停车。

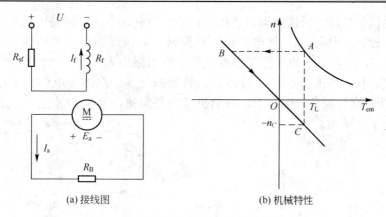

(a) 接线图　　　　　　　　　　　(b) 机械特性

图 2.37　串励电动机的他励式能耗制动

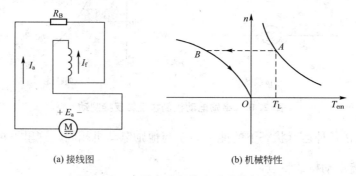

(a) 接线图　　　　　　　　　　　(b) 机械特性

图 2.38　串励电动机的自励式能耗制动

2) 反接制动

串励电动机的反接制动也有电压反接制动和倒拉反转反接制动两种。

串励电动机进行电压反接制动时，并不是将电源电压反接，因为这样将会造成 I_a 和 I_f 同时改变方向，电磁转矩方向不变，起不到制动作用。因此，只能将电枢两端反接，而励磁绕组的接法不变，如图 2.39(a) 所示。为了限制过大的制动电流，还应串入制动电阻 R_B。其机械特性如图 2.39(b) 中曲线 BC 所示。图中 A 点是正向电动工作点，B 点是制动起始点，减速时，工作点由 B 点沿特性曲线向 C 点移动，到达 C 点时，转速为零。若要停车，应断开电源，否则电动机将反向启动并加速到 D 点，在 D 点处于反向电动运行。

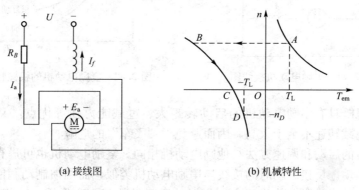

(a) 接线图　　　　　　　　　　　(b) 机械特性

图 2.39　串励电动机的电压反接制动

串励电动机倒拉反转反接制动只适用于位能性负载。方法是保持电压极性不变，电枢回路串入一个较大的电阻 R_B，使电动机倒拉反转，其接线图和机械特性如图 2.40 所示。在图 2.40(b)中，A 点是电动运行工作点，当电枢回路串入 R_B 后，工作点移至 B 点，并进入制动减速运行，当工作点到达 C 点时，转速减至零，但由于电磁转矩小于负载转矩（$T_C < T_L$），于是在位能负载倒拉下，电动机反转并加速，直到 D 点进入反接制动状态稳定运行，匀速下放重物。

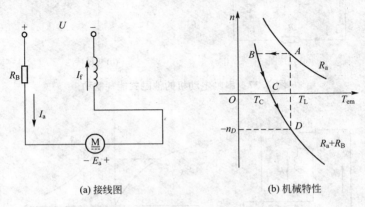

(a) 接线图　　　　　　　　　　(b) 机械特性

图 2.40　串励电动机倒拉反转反接制动

串励电动机在各种运行状态下的能量关系与他励电动机相同，这里不再赘述。

2.6.3　复励直流电动机的特点

复励直流电动机（以下简称复励电动机）有两个励磁绕组，分别为串励绕组和并励绕组，如图 2.41 所示。通常这两个绕组的磁动势方向是相同的，因此称为积复励电动机。

积复励电动机的机械特性介于他励与串励电动机之间，如图 2.42 所示。当并励绕组磁动势较大而起主要作用时，机械特性接近于他励特性；当串励绕组磁动势较大而起主要作用时，机械便接近于串励特性。

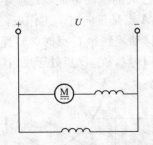

图 2.41　复励电动机接线图

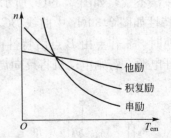

图 2.42　复励电动机的机械特性

复励电动机既具有串励电动机的启动转矩大、过载能力强等优点，又因为有并励绕组，使得理想空载转速不至于太高，因而避免了"飞车"的危险。

复励电动机的启动和调速方法与他励电动机相同。复励电动机也可进行能耗制动、反接制动和回馈制动。反接制动时的接线与串励电动机类似，而回馈制动和能耗制动时，由于电枢电流反向，串励磁动势也反向，它对并励磁动势起去磁作用，这将影响制动效果，故在这两种制动时，往往将串励绕组短接起来。

2.7　直流电动机启动、调速和反转实训

2.7.1　并励直流电动机的启动、调速及反转

1. 训练目的

（1）认识并励直流电动机及其启动设备。

（2）学习并励直流电动机的启动、调速及反转的操作方法。

2. 所需仪器、仪表、组件、设备

1）并励直流电动机-直流发电机组	一组
2）负载电阻箱	一台
3）变阻器	三台
4）直流电压表	两块
5）直流电流表	三块
6）转速表	一块

3. 实训内容与接线步骤

1）并励直流电动机启动、调速及反转实训

（1）并励直流电动机电枢回路串电阻启动。

（2）按图 2.43 所示接线，检查接线是否正确。

（3）电动机启动前将励磁回路电阻 R_{fM} 调至最小，将电枢电阻 R_2 调至最大。

（4）合上开关 Q_1 启动电动机，电动机转动后，随着转速的升高逐渐减小电阻 R_2，同时注意观察电流表的读数，直到 R_2 为零，电动机启动过程结束。

2）并励直流电动机调速

（1）并励直流电动机改变电枢电压调速。

① 按图 2.43 所示接线，检查无误后合上开关 Q_1 启动电动机。

② 调节 R_1 使电动机端电压为额定值，并保持不变，调节 R_2 为最小值（即 $R_2=0$），此时端电压即为电枢电压，调节 R_{fM} 使 $I_{fM}=I_{fMN}$。

③ 合上开关 Q_2，给发电机建立电压在额定值左右。

④ 合上开关 Q_3，给电动机增加适当负载，使电动机输入电流 $I \approx 0.5I_N$，并记录此时发电机的励磁电流 I_{fG} 和电枢电流 I_F。

⑤ 在保持发电机的励磁电流 I_{fG} 和电枢电流 I_F 不变（即 $T_2=$ 常数）以及电动机励磁电流为额定励磁电流 I_{fMN} 不变的条件下，逐渐调节 R_2，以改变电枢电压 U_a，共做 6 组数据。

⑥ 每次记录电枢电压 U_a 与转速 n，并填入表 2-1 中。

（2）并励直流电动机改变励磁电流调速。

① 按图 2.43 所示接线，检查无误后合上开关 Q_1 启动电动机。

② 调节 R_1 使电动机端电压为额定值，并保持不变，调节 R_2 为最小值（即 $R_2=0$）。

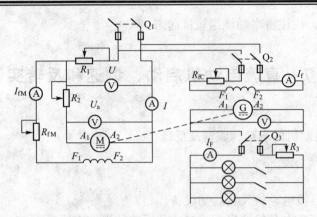

图 2.43　并励直流电动机启动、调速、反转实训接线图

③ 合上开关 Q_2，给发电机建立电压在额定值左右。

④ 合上开关 Q_3，给电动机增加适当负载，使电动机输入电流 $I \approx 0.5 I_N$，并记录此时发电机的励磁电流 I_{fG} 和电枢电流 I_F。

⑤ 在保持发电机的励磁电流 I_{fG} 和电枢电流 I_F 不变（即 $T_2 = $ 常数）以及电动机端电压为 U_N 的条件下，逐渐增大 R_{fM}，以减小励磁电流 I_{fM}，共做 6 组资料。注意转速不得大于 $1.2 n_N$。

⑥ 每次记录电动机励磁电流 I_{fM} 与转速 n，并填入表 2 - 2 中。

3）并励直流电动机的反转

（1）拉开开关 Q_1，记下电动机旋转方向。之后，将励磁绕组两端对调，然后重新启动电动机，观察电动机旋转方向是否发生改变，记下结果。

（2）拉开开关 Q_1，记下电动机旋转方向。之后，将电枢绕组两端对调，然后重新启动电动机，观察电动机旋转方向是否发生改变，记下结果。

（3）当将励磁绕组两端和电枢绕组两端同时对调，注意观察电动机旋转方向是否发生变化。

4. 实训记录

并励直流电动机调速实训记录如表 2 - 1、表 2 - 2 所示。

表 2 - 1　改变电枢电压调速（$I_{fMN} = $　　A，$I_F = $　　A，$I_{fG} = $　　A）

U_a/V					
$n/(\text{r/min})$					

表 2 - 2　改变励磁电流调速（$U = U_N = $　　V，$I_F = $　　A，$I_{fG} = $　　A）

I_{fM}/A					
$n/(\text{r/min})$					

5. 实训报告

（1）画出并励直流电动机启动、调速和反转的接线图。

（2）根据实训过程记录和填写实训资料。

（3）根据实训结果进行分析，主要分析各种调速运行的运行区域。

（4）对实训过程中出现的故障进行分析并拿出处理方法。

（5）思考题：

① 直流并励电动机为什么不能直接启动？

② 实训中各种调速方法的实质是什么？

6. 预习要求

（1）并励直流电动机的调速原理是什么？调速方法有哪些？各有何特点？

（2）并励直流电动机的励磁回路为什么不能断线？如果断线后果会怎么样？

（3）论述并励直流电动机的各种启动方法和反转的基本原理。

2.7.2　他励直流电动机启动、调速及反转

1. 训练目的

（1）认识他励直流电动机及其启动设备。

（2）学习他励直流电动机的启动、调速及反转的操作方法。

2. 所需仪器、仪表、组件、设备

1）他励直流电动机-直流发电机组	一组
2）负载电阻箱	一台
3）变阻器	三台
4）直流电压表	两块
5）直流电流表	四块
6）转速表	一块

3. 实训内容与步骤

1）他励直流电动机降低电枢电压启动

（1）按图 2.44 所示线路接线。

（2）将 R_{st} 置于最大值位置，R_{fM} 置于最小值位置，检查线路正确无误后，合上 Q_1、Q_2 启动电动机 M。

（3）随着转速 n 的升高，逐渐减小 R_{st}，直到 R_{st} 全部切除，电动机启动过程结束。

2）他励直流电动机的调速。

（1）他励直流电动机改变电枢回路电阻调速。

① 按图 2.44 所示线路接线。

② 按上述方法启动电动机，并合上开关 Q_3，使发电机 G 开始工作。

③ 电动机启动后，调节 R_{fM} 使 $I_{fM} = I_{fMN}$，调节 R_{fG} 并使 $I_{fG} = I_{fGN}$，且使 $U_1 = U_N$，并维持不变。调 R_{pG} 使发电机电枢电流 I_{aG} 等于某一值（如 12A）开始记录。

④ 使 R_{st} 由零开始增大，每次 R_{st} 改变后都通过调节 R_{pG} 将发电机电枢电流 I_{fG} 调回到原来选定的值，用转速表测取 6 个点的转速，将每次的相应资料记入表 2-3。

（2）他励直流电动机改变电枢电源电压调速。

① 按图 2.44 所示线路接线。

② 按上述方法启动电动机，并合上开关 Q_3，使发电机 G 开始工作。

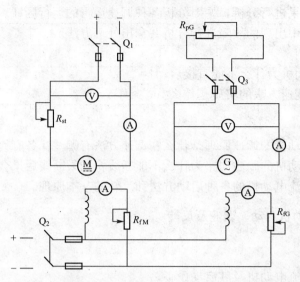

图 2.44　他励直流电动机启动、调速、反转实训接线图

③ 电动机启动后，使 $R_{st}=0$，调节 R_{fM} 使 $I_{fM}=I_{fMN}$，调节 R_{fG} 并使 $I_{fG}=I_{fGN}$，且使 $U_1=U_N$，并维持不变。调 R_{pG} 使发电机电枢电流 I_{aG} 等于某一值（如 12A）开始记录。

④ 每次降低电动机电源电压后都通过调节 R_{pG} 将发电机电枢电流 I_{fG} 调回到原来选定的值，用转速表测取 6 个点的转速，将每次相应资料记入表 2-4。

（3）他励直流电动机弱磁调速。

① 按图 2.44 所示线路接线。

② 按上述方法启动电动机，并合上开关 Q_3，使发电机 G 开始工作。

③ 电动机启动后，使 $R_{st}=0$，调节 R_{fM} 使 $I_{fM}=I_{fMN}$，调节 R_{fG} 并使 $I_{fG}=I_{fGN}$，且使 $U_1=U_N$，并维持不变。调 R_{pG} 使发电机电枢电流 I_{aG} 等于某一值（如 12A）开始记录。

④ 每次增大 R_{fM} 以减少电动机的激磁电流 I_{fM} 后，都通过调节 R_{pG} 将发电机电枢电流 I_{fG} 调回到原来选定的值，用转速表测取 6 个点的转速，将每次相应资料记入表 2-5。

3）他励直流电动机的反转

（1）拉开开关 Q_1、Q_2，记下电动机旋转方向。之后，将励磁绕组两端对调，然后重新启动电动机，观察电动机旋转方向是否发生改变，记下结果。

（2）拉开开关 Q_1、Q_2，记下电动机旋转方向。之后，将电枢绕组两端对调，然后重新启动电动机，观察电动机旋转方向是否发生改变，记下结果。

（3）当将励磁绕组两端和电枢绕组两端同时对调，注意观察电动机旋转方向是否发生变化。

4．实训记录

他励直流电动机调速实训记录如表 2-3～表 2-5 所示。

表 2-3　改变电枢回路电阻调速（$I_{fMN}=$　A，$I_{fGN}=$　A，$I_{aG}=$　A）

R_{st}/Ω					
$n/(\text{r/min})$					

表 2 - 4　改变电枢电源电压调速($I_{\text{fMN}}=$　　A，$I_{\text{fGN}}=$　　A，$I_{\text{aG}}=$　　A)

U_1/V						
$n/(\text{r/min})$						

表 2 - 5　减弱励磁磁通调速($I_{\text{fMN}}=$　　A，$I_{\text{fGN}}=$　　A，$I_{\text{aG}}=$　　A)

I_{fM}/A						
$n/(\text{r/min})$						

5. 实训报告

(1) 画出他励直流电动机启动、调速和反转的接线图。

(2) 根据实训过程记录和填写实训资料。

(3) 根据实训结果进行分析，主要分析各种调速运行的运行区域。

(4) 对实训过程中出现的故障进行分析并拿出处理方法。

(5) 思考题:

① 实训中各种调速方法的实质是什么?

② 在实践中接触过的他励直流电动机是采用哪种方法进行调速的?

6. 预习要求

(1) 他励直流电动机的调速原理是什么? 调速方法有哪些? 各有何特点?

(2) 他励直流电动机的各种启动方法和反转的基本原理。

本 章 小 结

1. 电力拖动系统是以电动机作为原动机来拖动生产机械工作的运动系统。电力拖动系统主要研究电动机与所拖动的生产机械之间的关系。电力拖动系统的运动方程式描述了电动机轴上的电磁转矩、负载转矩与系统转速变化三者之间的关系。按电动机惯例规定转矩、转速正方向的前提下，运动方程式为

$$T_{\text{em}}-T_{\text{L}}=\frac{GD^2}{375}\cdot\frac{\mathrm{d}n}{\mathrm{d}t}$$

当 $T_{\text{em}}=T_{\text{L}}$ 时，$\dfrac{\mathrm{d}n}{\mathrm{d}t}=0$，此时系统恒速稳态运行，工作点是电动机机械特性曲线与负载转矩特性曲线的交点。

当 $T_{\text{em}}>T_{\text{L}}$ 时，$\dfrac{\mathrm{d}n}{\mathrm{d}t}>0$，系统加速运行。当 $T_{\text{em}}<T_{\text{L}}$ 时，$\dfrac{\mathrm{d}n}{\mathrm{d}t}<0$，系统减速运行。加速与减速运行都属动态过程。运动方程式是分析动态运行的理论依据。

2. 负载的机械特性或称负载转矩特性有如下几种典型: 反抗性恒转矩负载、位能性恒转矩负载、恒功率负载及水泵、风机型负载。实际的生产机械特性是以某种类型负载为主，同时兼具有其他类型的负载。

3. 电动机的机械特性是指稳态运行时转速与电磁转矩的关系，它反映了稳态转速

随转矩的变化规律。当电动机的电压和磁通为额定值且电枢不串电阻时的机械特性称为固有机械特性，而改变电动机电气参数后得到的机械特性称为人为机械特性。人为机械特性有降压机械特性、电枢串电阻的人为特性和减少磁通的人为特性。利用人为机械特性和负载特性可以确定电动机的稳态工作点，即根据负载转矩确定稳态转速，或根据稳态转速计算负载转矩。也可以根据要求的稳态工作点计算电动机的外接电阻、外加电压和磁通等参数。

4. 电力拖动系统稳定运行的含意是指它具有抗干扰能力，即当外界干扰出现以及消失后，系统都能继续保持恒速运行。稳定运行的充分必要条件是

$$在\ T_{em}=T_L\ 处，\frac{dT_{em}}{dn}<\frac{dT_L}{dn}$$

5. 直流电动机的电枢电阻很小，因而直接启动时的电流很大，这是不允许的。为了减小启动电流，通常采用电枢串电阻或降低电压的方法来启动电动机。

6. 当电磁转矩与转速方向相反时，电动机处于制动状态。直流电动机有三种制动方式：能耗制动、反接制动（电压反接和倒拉反转）和回馈制动。制动运行时，电动机将机械能转换成电能，其机械特性曲线位于第二和第四象限。倒拉反转反接制动和回馈制动状态的机械特性方程式与电动状态相同，而能耗制动和电压反接制动的机械特性方程式可分别按 $U=0$ 和 $-U$ 替换电动状态机械特性方程式中的 U 而得到。制动运行用来实现快速停车或匀速下放位能负载。用于快速停车时，电压反接制动的作用比能耗制动作用明显，但断电不及时有可能引起反转。用于匀速下放位能负载时，能耗制动和倒拉反转反接制动可以实现在低于理想空载转速下下放位能负载，而回馈制动则不能，即回馈制动只能在高于理想空载转速下下放位能负载。

7. 直流电动机的电力拖动被广泛应用的主要原因是它具有良好的调速性能。直流电动机的调速方法有：电枢串电阻调速、降压调速和弱磁调速。串电阻调速的平滑性差、低速时静差率大且损耗大，调速范围也较小。降压调速可实现转速的无级调节，调速时机械特性的硬度不变，速度的稳定性好，调速范围宽。弱磁调速也属于无级调速，能量损耗小，但调速范围较小。串电阻调速和降压调速属于恒转矩调速方式，适合于拖动恒转矩负载，弱磁调速属于恒功率调速方式，适合于拖动恒功率负载。

8. 串励电动机的机械特性是软特性，它具有启动转矩大，过载能力强的优点，适用于重载启动的生产机械上。串励电动机不允许空载或轻载运行。复励电动机的机械特性介于他励和串励电动机之间。

思考题与习题

1. 什么是电力拖动系统？举例说明电力拖动系统都由哪些部分组成。
2. 写出电力拖动系统的运动方程式，并说明该方程式中转矩正、负号的确定方法。
3. 怎样判断运动系统是处于动态还是处于稳态？
4. 生产机械的负载转矩特性常见的有哪几类？何谓反抗性负载，何谓位能性负载？
5. 电动机的理想空载转速与实际空载转速有何区别？
6. 什么是固有机械特性？什么是人为机械特性？他励直流电动机的固有特性和各种

人为特性有何特点？

7. 什么是机械特性上的额定工作点？什么是额定转速降？

8. 电力拖动系统稳定运行的条件是什么？一般来说，若电动机的机械特性是向下倾斜的，则系统便能稳定运行，这是为什么？

9. 在下列的图中，哪些系统是稳定的？哪些系统是不稳定的？

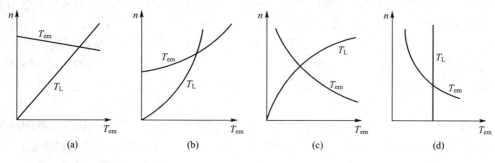

图 2.45   题 9 图

10. 他励直流电动机稳定运行时，其电枢电流与哪些因素有关？如果负载转矩不变，改变电枢回路的电阻，或改变电源电压，或改变励磁电流，对电枢电流有何影响？

11. 直流电动机为什么不能直接启动？如果直接启动会引起什么后果？

12. 怎样实现他励直流电动机的能耗制动？试说明在反抗性恒转矩负载下，能耗制动过程中的 n、E_a、I_a 及 T_{em} 的变化情况。

13. 采用能耗制动和电压反接制动进行系统停车时，为什么要在电枢回路中串入制动电阻？哪一种情况下串入的电阻大？为什么？

14. 实现倒拉反转反接制动和回馈制动的条件各是什么？

15. 当提升机下放重物时：(1)要使他励电动机在低于理想空载转速下运行，应采用什么制动方法？(2)若在高于理想空载转速下运行，又应采用什么制动方法？

16. 试说明电动状态、能耗制动状态、回馈制动状态及反接制动状态下的能量关系。

17. 直流电动机有哪几种调速方法？各有何特点？

18. 什么是静差率？它与哪些因素有关？为什么低速时的静差率较大？

19. 何谓恒转矩调速方式及恒功率调速方式？他励直流电动机的三种调速方法各属于什么调速方式？

20. 为什么要考虑调速方式与负载类型的配合？怎样配合才合理？

21. 他励直流电动机的数据为：$P_N=10kW$，$U_N=220V$，$I_N=53.4A$，$n_N=1500r/min$，$R_a=0.4\Omega$。求：(1)额定运行时的电磁转矩、输出转矩及空载转矩；(2)理想空载转速和实际空载转速；(3)半载时的转速；(4)$n=1600r/min$ 时的电枢电流。

22. 电动机数据同题 21，试求出下列几种情况下的机械特性方程式，并在同一坐标上画出机械特性曲线。(1)固有特性；(2)电枢回路串入 1.6Ω 电阻；(3)电源电压降至原来的一半；(4)磁通减少 30%。

23. 他励直流电动机的 $U_N=220V$，$I_N=207.5A$，$R_a=0.067\Omega$，试问：(1)直接启动时的启动电流是额定电流的多少倍？(2)如限制启动电流为 $1.5I_N$，电枢回路应串入多大的电阻？

24. 他励直流电动机的数据为：$P_N=7.5kW$，$U_N=110V$，$I_N=85.2A$，$n_N=750r/min$，$R_a=0.13\Omega$，如采用三级启动，最大启动电流限制为$2I_N$，求各段启动电阻。

25. 他励直流电动机的 $P_N=2.5kW$，$U_N=220V$，$I_N=12.5A$，$n_N=1500r/min$，$R_a=0.8\Omega$，求：(1)当电动机以$1200r/min$的转速运行时，采用能耗制动停车，若限制最大制动电流为$2I_N$，则电枢回路中应串入多大的制动电阻；(2)若负载位能性恒转矩负载，负载转矩$T_L=0.9T_N$，采用能耗制动使负载以$120r/min$转速稳速下降，电枢回路应串入多大电阻。

26. 一台他励直流电动机，$P_N=10kW$，$U_N=110V$，$I_N=112A$，$n_N=750r/min$，$R_a=0.1\Omega$，设电动机带反抗性恒转矩负载处于额定运行。求：(1)采用电压反接制动，使最大制动电流为$2.2I_N$，电枢回路应串入多大电阻；(2)在制动到$n=0$时，不切断电源，电机能否反转？若能反转，试求稳态转速，并说明电动机工作在什么状态？

27. 一台他励直流电动机，$P_N=4kW$，$U_N=220V$，$I_N=22.3A$，$n_N=1000r/min$，$R_a=0.91\Omega$，运行于额定状态，为使电动机停车，采用电压反接制动，串入电枢回路的电阻为9Ω，求：(1)制动开始瞬间电动机的电磁转矩；(2)$n=0$时电动机的电磁转矩；(3)如果负载为反抗性负载，在制动到$n=0$时不切断电源，电动机能否反转？为什么？

28. 他励直流电动机的数据为 $P_N=30kW$，$U_N=220V$，$I_N=158.5A$，$n_N=1000r/min$，$R_a=0.1\Omega$，$T_L=0.8T_N$，求：(1)电动机的转速；(2)电枢回路串入0.3Ω电阻时的稳态转速；(3)电压降至$188V$时，降压瞬间的电枢电流和降压后的稳态转速；(4)将磁通减弱至$80\%\Phi_N$时的稳态转速。

29. 一台他励直流电动机，$P_N=4kW$，$U_N=110V$，$I_N=44.8A$，$n_N=1500r/min$，$R_a=0.23\Omega$，电动机带额定负载运行，若使转速下降为$800r/min$，那么：(1)采用电枢串电阻方法时，应串入多大电阻？此时电动机的输入功率、输出功率及效率各为多少(不计空载损耗)？(2)采用降压方法时，则电压应为多少？此时的输入功率、输出功率和效率各为多少(不计空载损耗)？

30. 一台他励直流电动机，$P_N=29kW$，$U_N=440V$，$I_N=76A$，$n_N=1000r/min$，$R_a=0.38\Omega$，采用调压及弱磁调速，要求最低理想空载转速为$250r/min$，最高理想空载转速为$1500r/min$，求在额定转矩时的最高转速和最低转速，并比较这两条机械特性的静差率。

31. 一台直流电动机，$P_N=74kW$，$U_N=220V$，$I_N=378A$，$n_N=1430r/min$，采用降压调速，已知$R_a=0.023\Omega$，直流电源内阻为0.022Ω，当生产机械要求静差率为20%时，系统的调速范围是多少？若静差率为30%，则调速范围又为多少？

32. 一台串励直流电动机，$U_N=220V$，$I_N=40A$，$n_N=1000r/min$，电枢回路总电阻为0.5Ω，设磁路不饱和，并忽略电枢反应，试问：(1)当$I_a=20A$时，电动机的转速及电磁转矩为多少？(2)若电磁转矩保持上述值不变，而将电压降至$110V$，此时电动机的转速和电枢电流各为多少？

33. 一台串励直流电动机，$P_N=14.7kW$，$U_N=220V$，$I_N=78.5A$，$n_N=585r/min$，电枢回路总电阻为0.26Ω，采用电枢串电阻调速，在额定负载下要将转速降至$350r/min$，需串多大电阻？

第 3 章 变 压 器

教学提示： 变压器是一种静止的电气设备，它以磁场为媒介，依据电磁感应原理，将某一种电压、电流的交流电能转换为同频率的另一种电压、电流的电能，它具有变压、变流和变换阻抗的特性，它的这些特性，使得变压器在电力系统、电工测量、电焊、整流以及电子电路中有着广泛的应用。本章主要讨论变压器的运行原理、分析方法、参数及运行性能，以单相变压器为例讨论分析以上内容，但所得的结论完全适合于三相变压器在对称运行时每一相的情况。另外，对常见的特殊用途的变压器作以简单介绍。

3.1 变压器的工作原理和结构

3.1.1 变压器的基本结构

变压器的基本结构由铁心和绕组构成。图 3.1 是一台最简单的单相双绕组变压器结构示意图，输入电能的绕组称为一次绕组（或原绕组、初级绕组），其相关的参数用下标 1 表示；输出电能的绕组称为二次绕组（或副绕组、次级绕组），其相关的参数用下标 2 表示。一次绕组接电源，二次绕组接负载。

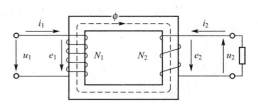

图 3.1 单相双绕组变压器基本结构示意图

3.1.2 变压器的工作原理

当一次绕组接交流电源时，绕组中有交流电流流过，并在铁心中产生交变磁通，交变磁通同时交链一、二次绕组，根据电磁感应定律，一、二次绕组中将产生同频率的交变电动势，一次绕组中的电动势近似和电源电压平衡，二次绕组输出电压。由于感应电动势与绕组匝数成正比，故改变二次绕组的匝数，可得到不同的二次电压，如果二次绕组接负载，便有电能输出。这就是变压器的工作原理。

3.1.3 变压器的分类

变压器的种类很多，有多种分类形式。

（1）变压器按其用途分类，有以下几种。

电力变压器：指电力系统中使用的变压器。

特种变压器：指有专门用途的变压器，如电炉变压器、电焊变压器、整流变压器等。

仪用互感器：分电压互感器和电流互感器，分别用于测量高电压和大电流。

试验用的高压变压器和调压器等：是为满足特殊实验的要求而制造的，满足试验时的高电压和调压的要求。

（2）按每相变压器的绕组数目分类，有双绕组变压器、三绕组变压器、多绕组变压器和自耦变压器等。

（3）按相数分类，有单相变压器、三相变压器和多相变压器。

（4）按铁心结构分类，有心式变压器、壳式变压器、渐开式变压器和辐射式变压器等。

（5）按冷却方式分类，有以空气为冷却介质的干式变压器、以油为冷却介质的油浸变压器，以特殊气体为冷却介质的充气变压器等。

3.1.4　变压器的额定值

变压器的额定值，又称铭牌数据，是指变压器制造厂在设计、制造时给变压器正常运行所规定的数据，并把它刻在铭牌上。变压器的主要额定值如下：

（1）额定电压 U_{1N}/U_{2N}，单位为 V 或 kV。

U_{1N} 是指变压器正常运行时电源加到一次侧的额定电压。

U_{2N} 是指变压器一次侧加额定电压后，变压器处于空载状态时二次侧的输出电压。在三相变压器中，额定电压均指线电压。

（2）额定电流 I_{1N}/I_{2N}，单位为 A 或 kA。

I_{1N}、I_{2N} 分别为一次侧、二次侧的额定电流，是变压器额定运行时绕组流经的电流。在三相变压器中，额定电流均指线电流。

（3）额定容量 S_N，单位为 V·A 或 kV·A(容量更大时也有用 MV·A)，它是变压器的视在功率。

对于单相变压器，$S_N = U_{2N} I_{2N}$　　　　　　　　　　　　　　　　　　　　　　（3－1）

对于三相变压器，$S_N = U_{2N} I_{2N}$　　　　　　　　　　　　　　　　　　　　　　（3－2）

（4）额定频率 f_N，单位为 Hz，我国一般采用 50 Hz。

此外，铭牌上还记载着变压器的接线图、三相联结组、相数、阻抗电压、型号、运行方式、冷却方式、质量等。

3.2　单相变压器的空载运行

所谓空载运行，是指变压器的一次绕组接交流电源，二次绕组开路的工作状态，称变压器空载运行。

3.2.1　变压器空载运行时的电磁物理现象

如图 3.2 为单相变压器空载运行时的示意图，AX、ax 分别为一、二次绕组，其匝数为 N_1、N_2。一次绕组 AX 接在交流电源上，承受交流电压 u_1，产生交流电流 i_0。i_0 称为空载电流，空载电流产生交变磁动势 $N_1 i_0$，建立空载磁场。空载磁场的磁通分成两部分：一部分在铁心中构成闭合回路，同时交链一、二次绕组，磁阻较小，称为主磁通，用 ϕ 表示；另一部分只交链一

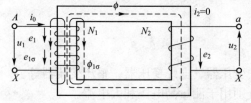

图 3.2　单相变压器空载运行示意图

次绕组，称为漏磁通，用 $\Phi_{1\sigma}$ 表示。两部分磁通在原绕组中产生感应磁动势 e_1 和 $e_{1\sigma}$，主磁通在副绕组中产生感应电动势 e_2，输出电压 u_2。

变压器空载时各物理量的参考方向如图 3.2 所示，电压与电流的参考方向符合电动机惯例，即 $u_1 i_0 > 0$ 时，一次绕组从电源吸收电功率。电流与磁通的参考方向符合右手螺旋定则，即右手四指弯曲，与大拇指垂直，四指方向表示电流方向，而大拇指表示磁通参考方向。规定电动势参考方向与电流参考方向一致。

3.2.2　空载运行时的电磁关系

交变磁动势 $N_1 i_0$ 产生交变磁通，根据电磁感应定律，一、二次绕组中将感应出电动势。

设主磁通为

$$\Phi = \Phi_{\mathrm{m}} \sin\omega t$$

则一次绕组中的感应电动势为

$$e_1 = -N_1 \frac{\mathrm{d}\Phi}{\mathrm{d}t} = -\omega N_1 \Phi_{\mathrm{m}} \cos\omega t = E_{1\mathrm{m}} \sin(\omega t - 90°)$$

$$E_{1\mathrm{m}} = \omega N_1 \Phi_{\mathrm{m}} = 2\pi f N_1 \Phi_{\mathrm{m}}$$

其有效值为

$$E_1 = \frac{E_{1\mathrm{m}}}{\sqrt{2}} = 4.44 f N_1 \Phi_{\mathrm{m}} \tag{3-3}$$

电动势 e_1 的相位滞后 $\phi 90°$，相量表达式为

$$\dot{E}_1 = -\mathrm{j}4.44 f N_1 \dot{\Phi}_{\mathrm{m}} \tag{3-4}$$

二次绕组中的感应电动势为

$$e_2 = -N_2 \frac{\mathrm{d}\Phi}{\mathrm{d}t} = -\omega N_2 \Phi_{\mathrm{m}} \cos\omega t = E_{2\mathrm{m}} \sin(\omega t - 90°)$$

$$E_{2\mathrm{m}} = \omega N_2 \Phi_{\mathrm{m}} = 2\pi f N_2 \Phi_{\mathrm{m}}$$

其有效值为

$$E_2 = \frac{E_{2\mathrm{m}}}{\sqrt{2}} = 4.44 f N_2 \Phi_{\mathrm{m}} \tag{3-5}$$

同理相量表达式为

$$\dot{E}_2 = -\mathrm{j}4.44 f N_2 \dot{\Phi}_{\mathrm{m}} \tag{3-6}$$

3.2.3　空载运行时的电压方程

根据基尔霍夫第二定律，可得变压器空载运行时一次电压为

$$u_1 = -e_1 - e_{1\sigma} + i_0 R_1$$

相量形式为

$$\dot{U}_1 = -\dot{E}_1 - \dot{E}_{1\sigma} + \dot{I}_0 R_1$$

由于漏磁通主要通过的路径是空气隙，磁阻很大，磁导率可视为常数，对应的电感抗视作常量，用 $X_{1\sigma}$ 表示。一次绕组中漏感电动势 $\dot{E}_{1\sigma}$ 表示为

$$\dot{E}_{1\sigma} = -\mathrm{j}\dot{I}_0 X_{1\sigma} \tag{3-7}$$

代入式（3-7），则变压器空载运行时一次侧电压方程为

$$\dot{U}_1 = -\dot{E}_1 + j\dot{I}_0 X_{1\sigma} + \dot{I}_0 R_1 = -\dot{E} + \dot{I}_0(R_1 + jX_{1\sigma})$$

$$\dot{U}_1 = -\dot{E}_1 + \dot{I}_0 Z_1 \tag{3-8}$$

式中：$Z_1 = R_1 + jX_{1\sigma}$ 称为一次绕组漏阻抗，单位为 Ω。

因为变压器空载，二次回路的电压方程为 $e_2 = u_2$，其相量形式为

$$\dot{U}_2 = \dot{E}_2 \tag{3-9}$$

3.2.4　变压器的电压比

一般变压器中，空载电流很小，它产生的电阻电压很小；漏磁通很小，$e_{1\sigma}$ 也很小，它们都可忽略不计，则 $u_1 = -e_1$，于是

$$\frac{U_1}{U_2} \approx \frac{E_1}{E_2} = \frac{N_1}{N_2} = k \tag{3-10}$$

式中：k 称为变压器的电压比。

可见，空载运行时，变压器一次绕组与二次绕组的电压之比等于其匝数比。当 $N_1 > N_2$ 时，$k > 1$，为降压变压器，当 $N_1 < N_2$ 时，$k < 1$，为升压变压器。要使一次和二次绕组具有不同的电压，只要使它们具有不同的匝数即可。

3.2.5　励磁电流的性质和波形

用来产生磁场的电流称励磁电流，用 i_m 表示。从前述知，变压器空载运行时输出功率为零，空载电流主要作用是建立磁场，所以空载电流为励磁电流，即 $i_m = i_0$。因为铁心为铁磁材料，励磁电流的大小和波形受磁路饱和、磁滞和涡流的影响。当不考虑铁心损耗时，励磁电流是纯磁化电流，用 i_μ 表示，若铁心未饱和，磁化曲线 $\varphi = f(i)$ 呈线性关系，导磁率是常数。当 φ 按正弦规律变化时，产生它的电流也按正弦变化，如图 3.3 所示。

当考虑磁饱和时，磁化曲线 $\varphi = f(i)$ 呈非线性关系，导磁率不是常数。当 φ 按正弦规律变化时，产生它的 i 发生畸变为尖顶波，如图 3.4 所示。磁路饱和程度越大，磁化电流畸变愈严重。根据谐波分析法，尖顶波可分解为基波和 3，5，7，…次谐波，粗略分析时忽略谐波分量。基波与磁通同相位，与电势相差 $90°$，为纯无功电流，用于建立磁场。若考虑铁心的磁滞和涡流损耗，励磁电流中还必须包含铁耗分量 i_{Fe}，即

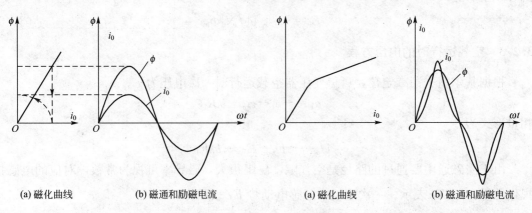

(a) 磁化曲线　　　(b) 磁通和励磁电流　　　　　(a) 磁化曲线　　　(b) 磁通和励磁电流

图 3.3　磁路不饱和时励磁电流　　　　　**图 3.4　磁路饱和时励磁电流**

$$\dot{I}_0 = \dot{I}_\mu + \dot{I}_{Fe} \tag{3-11}$$

或
$$I_0 = \sqrt{I_\mu + I_{Fe}}$$

这时励磁电流将超前磁通一相位角 α_{Fe}，称铁耗角。

3.2.6 空载时的等值电路和相量图

由变压器一次侧方程：

$$\dot{U}_1 = -\dot{E}_1 + j\dot{I}_0 X_{1\sigma} + \dot{I}_0 R_1 = -\dot{E} + \dot{I}_0(R_1 + jX_{1\sigma})$$

得变压器从一次侧看进去的等值阻抗 Z_0 为

$$Z_0 = \frac{\dot{U}_1}{\dot{I}_0} = \frac{-\dot{E}_1}{\dot{I}_0} + Z_1$$

定义式中

$$Z_m = \frac{-\dot{E}_1}{\dot{I}_0} = R_m + jX_m \tag{3-12}$$

式中：R_m 是对应于铁耗的等效电阻，称为励磁电阻；X_m 是对应于主磁路磁导的电抗。它们受铁心饱和程度影响，不是常数。当频率和结构一定时，若外加电压升高，主磁通增大，铁心饱和程度增加，X_m 减小，同时铁耗增大，R_m 减小。反之若电源电压减小，X_m、R_m 增大。但通常情况下，电源电压可视作不变的，主磁通基本不变，磁路的饱和程度基本不变，因而 X_m、R_m 可近视看作常数。

由此绘出变压器空载时的等值电路，如图 3.5 所示。

以 $\dot{\Phi}_m$ 作参考相量，$\dot{E}_1$ 和 $\dot{E}_2$ 滞后 $\dot{\Phi}_m 90°$，$\dot{I}_\mu$ 与 $\dot{\Phi}_m$ 同相位，$\dot{I}_{Fe}$ 与 $-\dot{E}_1$ 同相位，再按一、二次回路的电压方程，作出相量图，如图 3.6 所示。

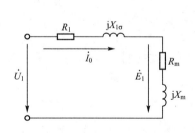

图 3.5 变压器空载时等值电路

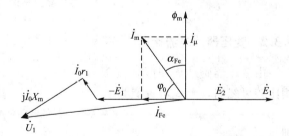

图 3.6 变压器空载时的相量图

3.3 变压器的负载运行

变压器的一次绕组接电源，二次绕组接负载的工作状态，称为负载状态。

3.3.1 负载状态时的电磁物理现象

如图 3.7 所示，当二次绕组接入负载后，在感应电动势 e_2 的作用下，二次回路中产生电流 i_2，i_2 产生磁动势 N_2i_2，由于 N_2i_2 也作用于铁心磁路中，使主磁通趋于改变，并产生漏磁通 $\phi_{2\sigma}$。但电源电压和频率不变，强制主磁通不变，因此，一次绕组的电流改变为 i_1，以维持负载后的磁动势与空载时磁动势守恒。即

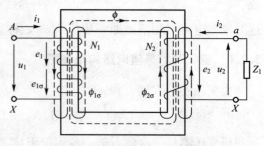

图 3.7 变压器负载运行示意图

$$N_1i_1 + N_2i_2 = N_1i_0 \quad (3-13)$$

相量形式为

$$N_1\dot{I}_1 + N_2\dot{I}_2 = N_1\dot{I}_0 \quad (3-14)$$

式(3-14)称为变压器磁动势守恒方程。

i_2 流经二次绕组，产生电压 i_2R_2，$\Phi_{2\sigma}$ 在二次绕组内感应电动势 $e_{2\sigma}$，用相量表示，与一次侧类似地有

$$\dot{E}_{2\sigma} = -j\dot{I}_2X_{2\sigma} \quad (3-15)$$

变压器负载时各绕组的电磁关系如图 3.8 所示，各物理量的参考方向见变压器负载运行时的示意图如图 3.7 所示。

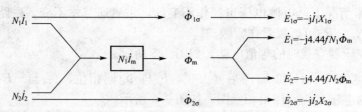

图 3.8 变压器负载运行时的电磁关系

3.3.2 变压器的电流比

由变压器磁动势守恒方程 $N_1i_1 + N_2i_2 = N_1i_0$，当变压器满载时，N_1i_0 与 N_1i_1、N_2i_2 相比较可忽略，上式可近似为

$$N_1i_1 + N_2i_2 \approx 0$$

则

$$\frac{I_1}{I_2} \approx \frac{N_2}{N_1} = \frac{1}{k} = k_i \quad (3-16)$$

即变压器具有变流作用，k_i 为电流比。

由上可知，一、二次绕组电流之比等于匝数的反比。

3.3.3 负载运行时的电压方程

在图 3.7 所示的参考方向下，根据基尔霍夫定律，可得变压器负载运行时一、二次电压方程：

$$u_1 = i_1R_1 - e_{1\sigma} - e_{2\sigma}$$

$$e_2 = i_2 R_2 - e_{2\sigma} + u_2$$

电压和电流随时间正弦变化，相应的复数形式电压方程为

$$\dot{U}_1 = \dot{I}_1(R_1 + jX_{1\sigma}) - \dot{E}_1 = \dot{I}_1 Z_{1\sigma} - \dot{E}_1 \tag{3-17}$$

$$\dot{E}_2 = \dot{I}_2(R_2 + jX_{2\sigma}) + \dot{U}_2 = \dot{I}_2 Z_{2\sigma} + \dot{U}_2 \tag{3-18}$$

$Z_{1\sigma}$ 和 $Z_{2\sigma}$ 分别称为一次和二次绕组的漏阻抗：

$$Z_{1\sigma} = R_1 + jX_{1\sigma}, \quad Z_{2\sigma} = R_{21} + jX_{2\sigma} \tag{3-19}$$

3.3.4　归算法

变压器的一、二次绕组在电路上没有直接的联系，仅有磁路的联系，二次绕组是通过 i_2 产生磁动势 $N_2 i_2$ 与一次绕组联系的。只要保持磁动势守恒，就不会改变变压器在电路中的运行参数。所以，引入归算法，建立变压器等值电路，可以简化含变压器电路的计算。

所谓归算法，就是把一次绕组匝数变换成二次绕组的匝数或把二次绕组的匝数变换成一次绕组的匝数来计算，而不改变其电磁关系。在变压器中，通常把二次绕组的匝数归算到一次绕组的匝数来计算，归算后的量在原来的符号上加一个上标"′"以示区别。为保持磁动势守恒并使变压器实现等效变换，其电流、电压、电动势、阻抗等也需归算。

1. 二次电流的归算值

为保持归算前后二次绕组磁动势不变，即 $N_1 \dot{I}_2' = N_2 \dot{I}_2$
于是二次电流的归算值为

$$\dot{I}_2' = \frac{N_2}{N_1}\dot{I}_2 = \frac{1}{k}\dot{I}_2 \tag{3-20}$$

式(3-20)表明归算后的电流为归算前的 $\dfrac{1}{k}$，且式 $N_1 \dot{I}_1 + N_2 \dot{I}_2 = N_1 \dot{I}_0$ 可写成 $\dot{I}_1 + \dot{I}_2' = \dot{I}_0$。

2. 二次电动势的归算值

归算前后主磁通和漏磁通均未改变，根据电动势与匝数成正比的关系，可得

$$\frac{E_2'}{E_2} = \frac{N_1}{N_2} = k$$

即

$$E_2' = kE_2 = E_1 \tag{3-21}$$

3. 二次阻抗的归算

设负载阻抗为 Z_L，

$$\dot{U}_2 = \dot{I}_2 Z_L$$

$$\dot{E}_2 = \dot{I}_2(R_2 + jX_{2\sigma}) + \dot{U}_2 = \dot{I}_2 Z_{2\sigma} + \dot{I}_2 Z_L = \dot{I}_2(Z_{2\sigma} + Z_L)$$

二次阻抗为 $Z_{2\sigma} + Z_L$，归算后的值为 $Z_{2\sigma}' + Z_L'$，即

$$Z_{2\sigma}' + Z_L' = \frac{\dot{E}_2'}{\dot{I}_2'} = \frac{k\dot{E}_2}{\frac{1}{k}\dot{I}_2} = k^2\frac{\dot{E}_2}{\dot{I}_2} = k^2(Z_{2\sigma} + Z_L) \tag{3-22}$$

于是

$$Z_L' = k^2 Z_L \quad 或 \quad R_L' = k^2 R_L, \quad X_L' = k^2 X_L$$

$$Z_2'=k^2Z_2 \quad \text{或} \quad R_2'=k^2R_2, \quad X_2'=k^2X_2$$

上式说明，阻抗的归算值为实际值的 k^2 倍。

4. 电压的归算值

归算后的二次绕组的端电压，仍等于主磁通感应的电动势减去二次绕组的漏阻抗压降，可得

$$\dot{U}_2'=\dot{E}_2'-\dot{I}_2'Z_{2\sigma}'=k\dot{E}_2-\frac{1}{k}\dot{I}_2k^2Z_{2\sigma}=k(\dot{E}_2-\dot{I}_2Z_{2\sigma})=k\dot{U}_2 \tag{3-23}$$

综上所述，电压、电流、电动势归算时，只改变其大小，相位不变，各参数归算时，只改变其大小，阻抗角不变。把二次侧物理量归算到一次侧时，凡是单位为"V"的物理量（电压、电动势等），归算值等于归算前的数值乘以 k，凡是单位为"Ω"的物理量（电阻、电抗、阻抗等），归算值等于归算前的值乘以 k^2，电流归算值等于归算前的数值乘以 $\frac{1}{k}$。

3.3.5　变压器负载运行时的等值电路及相量图

采用归算值后，变压器的一次侧为实际值，二次侧为归算值，回路的方程为

$$\left.\begin{array}{l} \dot{U}_1=-\dot{E}_1+\dot{I}_1Z_1 \\[4pt] \dot{U}_2'=\dot{E}_2'-\dot{I}_2'Z_2' \\[4pt] \dot{E}_1=\dot{E}_2' \\[4pt] \dot{I}_1+\dot{I}_2'=\dot{I}_0 \\[4pt] \dot{I}_0=-\dfrac{\dot{E}_1}{Z_m} \\[8pt] \dot{U}_2'=\dot{I}_2'Z_L' \end{array}\right\} \tag{3-24}$$

由上面的方程绘出的等效电路如图 3.9 所示，所得变压器的 T 形等值电路如图 3.10 所示，感性负载时变压器的相量图如图 3.11 所示。

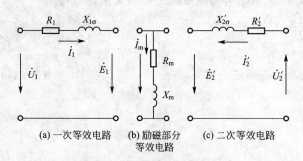

(a) 一次等效电路　(b) 励磁部分　　(c) 二次等效电路
　　　　　　　　　　等效电路

图 3.9　变压器的部分等效电路

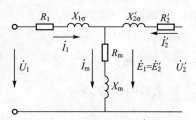

图 3.10　变压器的 T 形等值电路

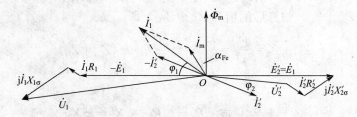

图 3.11　感性负载时变压器的相量图

实际电力变压器中因 $Z_m \gg Z_1$，因此 $\dot{I}_0 Z_1$ 可以忽略不计，当负载变化时，因 $\dot{E}_1 = \dot{E}'_2$ 变化很小，故可认为 $\dot{I}_0$ 不随负载而变，于是将 T 形等值电路近似成图 3.12 所示变压器负载运行时的近似 Γ 形等值电路。在电力变压器中因 Z_m 很大，通常把励磁支路断开，得如图 3.13 所示的简化等值电路。

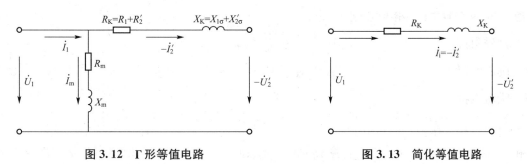

图 3.12　Γ形等值电路　　　　　　　　　图 3.13　简化等值电路

在 Γ 形等值电路和简化等值电路中，将一、二次绕组的漏阻抗参数合并起来，即

$$\left. \begin{array}{l} R_K = R_1 + R' \\ X_K = x_{1\sigma} + x'_{2\sigma} \\ Z_K = R_K + jX_K \end{array} \right\} \tag{3-25}$$

式中：R_K 为变压器的短路电阻；X_K 为变压器的短路电抗；Z_K 为变压器的短路阻抗。

3.4　变压器的参数测定

变压器等值电路中的电阻、电抗、阻抗等为变压器的参数，它们对变压器的运行性能有直接的影响。这些参数可通过空载试验和短路试验来测定。

3.4.1　变压器的空载试验

变压器的空载试验，可以测定变压器的空载电流 I_0、电压 k、空载损耗 P_0 及励磁阻抗 $Z_m = R_m + jX_m$、空载特性曲线 $P_0 = f(U_1)$、$I_0 = f_1(U_1)$。

空载试验是在一次绕组加电压，二次绕组开路的条件下进行，接线如图 3.14 所示。为了便于测量和安全，通常在低压侧加电压，将高压侧开路，测量并记录一次电压 U_1、空载电流 I_0，输入功率 P_0 及二次绕组的开路电压 U_{20}，绘制空载特性如图 3.15 所示。

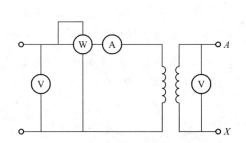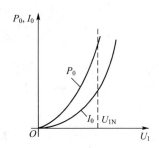

图 3.14　变压器空载试验接线图　　　　图 3.15　变压器空载特性曲线

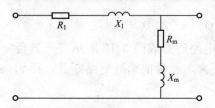

图 3.16　变压器空载一相等效电路

变压器空载时，I_0 很小，所以一次绕组的铜耗可忽略不计，一相等值电路如图 3.16 所示。取施加额定电压时的数据，可计算出变压器的参数。

电压比
$$k=\frac{U_{20}}{U_{1N}} \tag{3-26}$$

$$
\left.
\begin{aligned}
\text{励磁阻抗}\quad & Z_m \approx Z_0 = \frac{U_1}{I_0} = \frac{U_{1N}}{I_0} \\
\text{励磁电阻}\quad & R_m \approx R_0 = \frac{P_0}{I_0^2} \\
\text{励磁电抗}\quad & X_m \approx X_0 = \sqrt{Z_m^2 - R_m^2}
\end{aligned}
\right\} \tag{3-27}
$$

对于三相变压器，测量的数据是线电压、线电流和三相总功率，但按上式计算时 U_1、I_0 和 P_0 取一相的值；由于空载试验是在低压侧做的，故计算所得的励磁参数是归算至低压侧的值，如果需要归算至高压侧应将参数乘以 k^2。

3.4.2　变压器的短路试验

变压器的短路试验，可以测定变压器的短路电压 U_K、短路电流 I_K、短路损耗 P_K 及短路阻抗 $Z_K = R_K + jX_K$、短路特性曲线 $P_K = f(U_K)$；$I_K = f_1(U_K)$。

短路试验接线如图 3.17 所示。试验时将二次绕组直接短路，一次绕组接电源。考虑测量仪表的量程和安全，通常高压绕组接电源，电压由零逐渐增加到短路电流等于额定值为止，测量并记录一次电压 U_K、短路电流 I_K，输入功率 P_K。

当短路电流为额定值时，外加电压一般只有额定电压的 5%～10%，因此变压器短路试验时主磁通很小，励磁电流和铁耗可以忽略不计，一相等值电路如图 3.18 所示。取短路电流为额定值时的数据，可计算出变压器的参数。

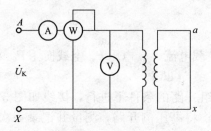

图 3.17　短路试验接线图

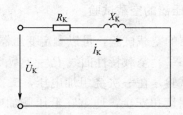

图 3.18　一相等值电路

$$|Z_K| = \frac{U_K}{I_K}, \quad R_K = \frac{P_K}{I_K^2}, \quad X_K = \sqrt{Z_K^2 - R_K^2} \tag{3-28}$$

电阻的大小随温度变化，根据国家标准规定，在计算变压器的性能时，变压器绕组的电阻应换算到 75℃时的数值。若进行短路试验时的环境温度为 $\theta(℃)$，对于铜线变压器，可按下式换算

$$R_{K75℃} = R_{K\theta}\frac{234.5+75}{234.5+\theta} \tag{3-29}$$

式中：θ 为试验时室温，单位为℃；$R_{K\theta}$ 为 θ 温度下的短路电阻，单位为 Ω。

若为铝线变压器，式中的常量 234.5 变为 238。

75℃时阻抗
$$|Z_{K75℃}| = \sqrt{R_{K75℃}^2 + X_K^2} \tag{3-30}$$

短路损耗和短路电压也应换算到 75℃ 的值：

$$P_{KN} = I_{1N}^2 R_{K75℃} \tag{3-31}$$

$$U_{KN} = I_{1N} Z_{K75℃} \tag{3-32}$$

对于三相变压器，测量的数据是线电压、线电流和三相总功率，但按式(3-32)计算时 U_K、I_K 和 P_K 取一相的值；短路试验可以在变压器的任一侧来做，但通常在高压侧来做，所得数据为归算至变压器高压侧的数据，若需要低压侧的参数，则除以 k^2。

在短路试验中，当一次绕组的电流为额定值时，一次绕组所加的电压称为短路电压，通常用它和额定电压之比的百分值来表示：

$$u_K = \frac{U_{KN}}{U_{1N}} \times 100\% = \frac{I_{1N} Z_{K75℃}}{U_{1N}} \times 100\% \tag{3-33}$$

其有功分量和无功分量为

$$\left. \begin{aligned} u_{Kr} &= \frac{I_{1N} R_{K75℃}}{U_{1N}} \times 100\% \\ u_{Kx} &= \frac{I_{1N} X_K}{U_{1N}} \times 100\% \\ u_K &= \sqrt{u_{Kr}^2 + u_{Kx}^2} \end{aligned} \right\} \tag{3-34}$$

3.5 标 幺 值

在变压器和电机里各物理量的大小，用它们各自的实际值和相应的单位表示，但在工程计算时往往不用实际值，而用标幺值来表示。

所谓标幺值，就是某一个物理量的实际值与所选定的一个同单位的固定数值的比值。把选定同单位的固定数值称为基准值。

为了区分标幺值和实际值，在各物理量原来符号的右上角加上"□"号表示物理量的标幺值。如电流的标幺值用 $I^\square$ 表示。

变压器的基准值一般选其物理量对应的额定值为基准值。阻抗(含电阻和电抗)的基准值为相应额定电压、电流的比值。例如一次电压的基准值为 U_{1N}，一次电流的基准值为 I_{1N}，阻抗的基准值为 U_{1N}/I_{1N}，一次电压、电流、阻抗的标幺值分别为

$$\left. \begin{aligned} U_1^* &= \frac{U_1}{U_{1N}} \\ I_1^* &= \frac{I_1}{I_{1N}} \\ |Z_1|^* &= \frac{|Z_1|}{|Z_{1N}|} = \frac{|Z_1| I_{1N}}{U_{1N}} \\ R_1^* &= \frac{R_1}{|Z_{1N}|} = \frac{R_1 I_{1N}}{U_{1N}} \\ X_{1\sigma}^* &= \frac{X_{1\sigma}}{|Z_{1N}|} = \frac{X_{1\sigma} I_{1N}}{U_{1N}} \end{aligned} \right\} \tag{3-35}$$

同理可计算二次侧的标幺值。

变压器处于额定运行状态时，各标幺值为 1。

采用标幺值计算有以下优点：

（1）采用标幺值表示比实际值更能明确反映变压器或电机的运行状态。例如，一台变压器的实际电流 $I_2 = 3000A$，而此值对应的标幺值 $I_2^* = 1.2$，说明变压器处于过载运行。

（2）采用标幺值计算，一、二次各量不需要归算。例如：

$$U'_2{}^* = \frac{U'_2}{U_{1N}} = \frac{kU_2}{kU_{2N}} = \frac{U_2}{U_{2N}} = U_2^*$$

（3）用标幺值表示，电力变压器的参数和性能指标总在一定范围之内，便于分析比较。例如短路阻抗 $Z_K^* = 0.04 \sim 0.175$，空载电流 $I_0^* = 0.02 \sim 0.10$。

（4）采用标幺值，某些不同的物理量具有相同的数值。例如：

$$Z_K^* = \frac{Z_K}{Z_{1N}} = \frac{I_{1N}Z_K}{U_{1N}} = \frac{U_{KN}}{U_{1N}} = U_{KN}^*$$

$$R_K^* = \frac{R_K}{Z_{1N}} = \frac{I_{1N}R_K}{U_{1N}} = U_{Kr}^* = \frac{I_{1N}^2 R_K}{U_{1N}I_{1N}} = P_{KN}^*$$

$$x_K^* = \frac{x_K}{Z_{1N}} = \frac{I_{1N}x_K}{U_{1N}} = U_{Kx}^*$$

【例 3.1】　有一台 $630kV \cdot A$，$35/6.3kV$，$50Hz$ 的单相变压器，空载试验与短路试验数据如下表。

试验名称	电压所加位置	电压/kV	电流/A	功率/kW
空载试验	低　压　侧	6.6	5.1	3.8
短路试验	高　压　侧	2.27	17.2	9.5

求：（1）归算到高压侧的励磁阻抗和短路阻抗。

（2）假定 $R_1 = R'_2 = \dfrac{R_K}{2}$，$X_{1\sigma} = X_{2\sigma} = \dfrac{X_K}{2}$，绘出 T 形等值电路。

（3）当低压侧接负载 $Z_L = (57 + j43.5)\Omega$ 时，利用 T 形等值电路与简化等值电路来求高压侧电流及其功率因数。

解：（1）根据式（3-27），利用空载试验数据，求得归算到低压侧的励磁阻抗

$$Z_m = \frac{U_0}{I_0} = \frac{6600}{5.1}\Omega = 1294\Omega$$

$$R_m = \frac{P_0}{I_0^2} = \frac{3800}{5.1^2}\Omega = 146\Omega$$

$$X_m = \sqrt{Z_m^2 - R_m^2} = \sqrt{1294^2 - 146^2}\,\Omega = 1285\Omega$$

电压比为

$$k = \frac{U_{20}}{U_1} = \frac{35}{6.6} = 5.3$$

归算到高压侧后，励磁参数分别为

$$Z'_m = k^2 Z_m = 5.3^2 \times 1294\Omega = 36348\Omega$$

$$X'_m = k^2 X_m = 5.3^2 \times 1285\Omega = 36095\Omega$$

$$R'_m = k^2 R_m = 5.3^2 \times 146\Omega = 4100\Omega$$

再根据式(3-28)，利用短路试验求得归算到高压侧的短路阻抗：

$$Z_K = \frac{U_K}{I_K} = \frac{2270}{17.2}\Omega = 132\Omega$$

$$R_K = \frac{P_K}{I_K^2} = \frac{9500}{17.2^2}\Omega = 32.2\Omega$$

$$X_K = \sqrt{Z_K^2 - R_K^2} = \sqrt{132^2 - 32.2^2}\Omega = 128\Omega$$

$$R_1 = R'_2 = \frac{R_K}{2} = 16.1\Omega, \quad X_{1\sigma} = X_{2\sigma} = \frac{X_K}{2} = 64\Omega$$

（2）绘出 T 形等值电路如图 3.19 所示。

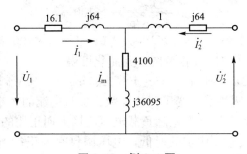

图 3.19 例 3.1 图

（3）高压侧电流及其功率因数计算如下：

负载阻抗归算到高压侧后为 $Z'_L = k^2 Z_L = (1600 + j1222)\Omega$

利用 T 形等效电路求解：总阻抗为

$$Z = \left\{ (16.1 + j64) + \frac{(4100 + j36095)[(16.1 + j64) + (1600 + j1222)]}{(4100 + j36095) + (16.1 + j64) + (1600 + j1222)} \right\}\Omega = 2040\angle 42.2°\Omega$$

则高压侧的电流为

$$I_1 = \frac{U_1}{Z} = \left| \frac{35000}{2040} \right| A = 17.1A$$

高压侧的功率因数为

$$\cos\varphi_1 = \cos 42.2° = 0.74$$

利用简化等效电路求解：总阻抗为

$$Z = Z_K + Z'_L = [(32.2 + j128) + (1600 + j1222)]\Omega = 2118\angle 39.56°\Omega$$

因此

$$I_1 = \frac{U_1}{Z} = \left| \frac{35000}{2118} \right| = 16.5A$$

$$\cos\varphi_1 = \cos 39.56° = 0.77$$

由上例分析可见，利用 T 形等效电路与简化等效电路所求得的结果极为接近，但简化等效电路的求解要比 T 形等效电路简单得多。

3.6 变压器的运行特性

变压器的运行特性主要有外特性和效率特性。

3.6.1 变压器的外特性和电压调整率

外特性是指在保持一次电压 U_1 和负载功率因数不变时，二次电压 U_2 和电流 I_2 之间的关系，即 $U_2 = f(I_2)$。如图 3.20 所示。

变压器的电压调整率，反映了变压器供电电压的稳定性。它是指在一次电压为额定值，负载功率因数不变时，变压器从空载到满载二次电压变化的数值与二次额定电压之比，用百分数表示，即

$$\Delta u = \frac{U_{20} - U_2}{U_{20}} \times 100\% \qquad (3-36)$$

用标幺值表示
$$\Delta u = (1 - U_2^*) \times 100\% = (1 - U_2'^*) \times 100\% \qquad (3-37)$$

由标幺值作参数的简化电路及相量图，并简化可得

$$\Delta u = [I^* R_K^* \cos\varphi_2 + I^* X_K^* \sin\varphi_2] \times 100\% \qquad (3-38)$$

式(3-38)说明，电压调整率与变压器的参数、负载电流的大小、负载的性质有关。在变压器参数一定的情况下，电压调整率随负载电流的增大而正比的增大。当负载为感性时，φ_2 角为正，即负载时的二次电压比空载时低，电压调整率为正；当负载为容性时，φ_2 角为负值，电压调整率为负，即负载时的二次电压比空载时高。当负载为额定负载($I^* = 1$)、功率因数为指定值时的电压调整率，称为额定电压调整率 Δu_N。通常 Δu_N 约为 5% 左右。

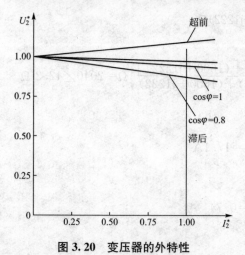

图 3.20　变压器的外特性

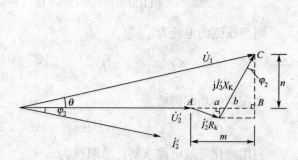

图 3.21　由简化电路相量图推导电压调整率

3.6.2 变压器的效率特性与效率

1. 损耗

由于绕组和铁心的存在，变压器在运行时产生功率损耗，分为 P_{Cu} 铜损耗和铁损耗 P_{Fe}。铁损耗是在铁心中产生的功率损耗，它包括磁滞损耗和涡流损耗。在电源频率一定

的条件下，铁损耗与电源电压的平方成正比，而正常运行时，变压器的一次电压基本保持不变，所以铁损耗又称为不变损耗，即负载运行时的铁耗和空载时铁耗可视作相等，而变压器空载时，铜耗很小，可忽略，因此 $P_{Fe} \approx P_0$；绕组中的损耗称铜损耗。一次绕组的铜损耗 $P_{Cu1} = I_1^2 R_1$；二次绕组的铜损耗 $P_{Cu2} = I_2^2 R_2$，可见铜损耗与负载电流的平方成正比，与绕组的温度有关，因而称可变损耗。铜耗一般用 75℃ 时的电阻值来计算。

变压器总损耗

$$\sum P = P_{Fe} + P_{Cu} = P_{Fe} + m I_2^2 R_K' \tag{3-39}$$

R_K' 为归算至二次侧的短路电阻。

2. 效率

由于变压器功率损耗的存在，变压器的输出功率 P_2 不等于输入功率 P_1。

功率平衡式为 $$P_1 = P_2 + \sum P$$

变压器的效率为 $$\eta = \frac{P_2}{P_1} = \frac{P_1 - \sum P}{P_1} = 1 - \frac{\sum P}{P_1} \tag{3-40}$$

3. 效率特性

效率特性是指一次侧加额定电压、二次侧功率因数不变时，变压器的效率随负载电流变化的规律，即 $\eta = f(I_2)$。

因 $$P_2 = m U_2 I_2 \cos\varphi_2$$

效率可表示为 $\eta = \dfrac{m U_{20} I_2 \cos\varphi_2}{m U_{20} I_2 \cos\varphi_2 + P_{Fe} + m I_2^2 R_K'}$，其

曲线如图 3.22 所示。

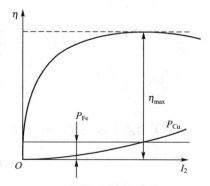

图 3.22 变压器的效率特性曲线

4. 负载系数

变压器负载运行时，一次电压为电网电压，基本可视作不变，负载变化，电流变化。定义负载电流与额定电流之比为负载系数，用 β 表示。即

$$\beta = \frac{I_2}{I_{2N}} = I_2^* = I_1^* \tag{3-41}$$

则 $$\Delta u = \beta [R_K^* \cos\varphi_2 + X_K^* \sin\varphi_2] \tag{3-42}$$

5. 最大效率

从效率特性可见，当负载达到某一数值时，效率将达到最大值 η_{max}。对式(3-42)求导，并令其等于零，可得 $$m I_2^2 R_K' = P_{Fe}$$

上式说明，当效率达到最大值时，变压器的铜耗恰好等于铁耗，即可变损耗等于不变损耗。因 $I_2 = I_2^* I_{2N}$，所以发生最大效率时：

$$m I_2^2 R_K' = (I_2^*)^2 P_{KN} = P_0$$

此时负载电流的标幺值与负载系数为

$$I_2^* = \sqrt{\frac{P_0}{P_{KN}}} = \beta_m \tag{3-43}$$

一般电力变压器的 $\dfrac{P_0}{P_{KN}} = 1/4 \sim 1/3$，最大效率发生在 $I_2^* = 0.5 \sim 0.6$。

　　工程上常用间接法计算效率，即通过空载和短路试验测出铁耗和铜耗，再计算效率。不计负载时二次电压的变化时，效率为

$$\eta=\frac{mU_{20}I_2\cos\varphi_2}{mU_{20}I_2\cos\varphi_2+P_{Fe}+mI_2^2R_K'}=\frac{I_2^*S_N\cos\varphi_2}{I_2^*S_N\cos\varphi_2+P_0+I_2^{*2}P_{KN}} \tag{3-44}$$

$$\eta=1-\frac{\sum P}{P_1}=1-\frac{P_0+\beta^2P_{KN}}{\beta S_N\cos\varphi_2+P_0+\beta^2P_{KN}} \tag{3-45}$$

【例 3.2】　一台三相变压器，Y，y_n 连接，$S_N=100kV\cdot A$，$U_{1N}/U_{2N}=6/0.4$(单位为 kV)，$I_{1N}/I_{2N}=9.63/144$(单位为 A)，$R_K^*=0.024$，$X_K^*=0.0504$，$P_0=600W$，$P_{KN}=2400W$。

　　求：(1) 当负载系数 $\beta=\dfrac{3}{4}$，$\cos\varphi_2=0.8$(滞后)时的电压调整率及效率；

　　(2) 效率最高时的负载系数值及最高效率值。

　　解：(1)$\cos\varphi_2=0.8$，则

$$\sin\varphi_2=0.6$$

$$\Delta u=\beta[R_K^*\cos\varphi_2+X_K^*\sin\varphi_2]$$

$$=\frac{3}{4}(0.024\times0.8+0.0504\times0.6)=0.037$$

此时效率为

$$\eta=1-\frac{P_0+\beta^2P_{KN}}{\beta S_N\cos\varphi_2+P_0+\beta^2P_{KN}}$$

$$=1-\frac{600+\left(\frac{3}{4}\right)^2\times2400}{\frac{3}{4}\times100\times10^3\times0.8+600+\left(\frac{3}{4}\right)^2\times2400}=96.85\%$$

　　(2) 当效率最高时，由式(3-43)得

$$\beta_m=\sqrt{\frac{P_0}{P_{KN}}}=\sqrt{\frac{600}{2400}}=\frac{1}{2}$$

即负载为额定值的一半时效率最高。

$$\eta_{max}=1-\frac{600+\left(\frac{1}{2}\right)^2\times2400}{\frac{1}{2}\times100\times10^3\times0.8+600+\left(\frac{1}{2}\right)^2\times2400}=97.09\%$$

3.7　三相变压器

　　我国的电力系统均采用三相制供电，因此三相变压器的应用极为广泛。三相变压器在对称负载下运行时，其各相的电压、电流大小相等，相位彼此互差 120°，即三相对称，所以三相问题可以转化为一相问题，前面导出的基本方程、等效电路和相量图等，可直接应用于三相中的任一相。但三相变压器的结构与单相变压器不同，其磁路、连接方法、绕组中的感应电动势等有其自己的特点。

3.7.1　三相电力变压器的结构

　　油浸式电力变压器的结构由器身、油箱、冷却装置、保护装置、出线装置构成，如

图 3.23 所示。

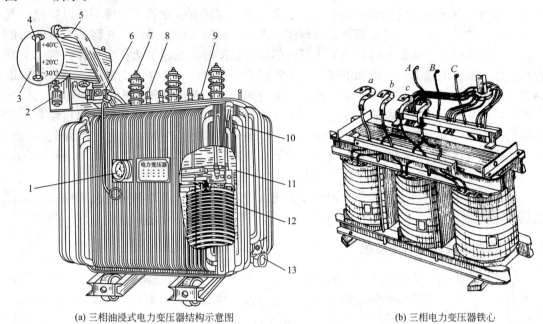

(a) 三相油浸式电力变压器结构示意图   (b) 三相电力变压器铁心

图 3.23 油浸式电力变压器
1—信号温度计；2—吸湿器；3—储油柜子；4—油表；5—安全气道；
6—气体继电器；7—高压管套管；8—低压管套；9—分接开关
10—油箱；11—铁心；12—绕组；13—放油阀门

（1）器身：包括铁心、绕组、绝缘结构、引线、分接开关等。

铁心即是变压器的主磁路，又是它的机械骨架，它有组式和心式两种结构，如图 3.24 和图 3.25 所示，形成磁路；绕组是变压器的电路部分，由若干个集中绕制的线圈构成，一般用绝缘的扁（或圆）铜（或铝）绕成，高压绕组匝数多、导线细，低压绕组的匝数少，导线粗；器身的绝缘有主绝缘和纵绝缘。主绝缘指绕组与铁心之间、同相的高压和低压绕组之间、相绕组之间、绕组与油箱之间的绝缘，一般采用油与绝缘隔板结构；纵绝缘指绕组的匝间、层间、线饼间、线段间的绝缘，匝间绝缘主要是导线绝缘，小型变压器用漆包线绝缘，大型变压器用电缆纸包或纱包绝缘，层间绝缘采用电缆纸、电工纸或油隙绝缘，线饼间、线段间一般采用油隙绝缘，并用绝缘垫块将它们分隔开。

电力变压器的高压绕组上通常有±5%的抽头，通过分接开关来控制，输入电压略有变化时，可保持输出电压接近额定值。

（2）油箱：包括油箱本体和一些附件(放油阀门、小车、接地螺栓、铭牌等)。

油箱内充满了变压器油，变压器油一方面作为绝缘介质，另一方面作为散热媒介。

（3）冷却装置：包括散热器和冷却器。

冷却装置作用是将铁心和绕组运行时产生的热量散发出去。若通过变压器油的自然对流带到箱壁，称油浸自冷；若采用散热器式油箱，在散热器上装风扇，称油浸风冷；若采用油泵循环冷却，则为强迫油循环冷却；如果以空气代替变压器油作为冷却介质，称为干式变压器。

（4）保护装置：包括储油柜、油表、安全气道、吸湿装置、测温元件、净油器和气体继电器等。

为防止变压器受潮和氧化，尽量减少与空气的接触面积，在油箱上面安有储油柜，储油面上面的空气由一气管接到外部空气，在通气管中存放有氯化钙等干燥剂，以吸收空气中的水分，储油柜的外侧安有表计以观察储油柜中油面的高低及温度，在储油柜与油箱的油路通道间常装有气体继电器，当变压器内部发生故障时，绝缘气化产生气体，气体上升存在气体继电器的顶部，使油面下降，当下降到一定程度时，气体继电器触点动作接通电路发出报警信号，如果发生了严重的故障，短时间产生大量的气体进入气体继电器，可使之动作自动切断变压器的电源。安全气道是装在油箱顶部上的一个长钢管，出口装有一定厚度的玻璃板或酚醛纸板制成的防爆膜，当变压器内部发生严重故障而气体继电器失灵时，油流和气体将冲破防爆膜向外喷出，以免油箱爆裂。

（5）出线装置：包括高压套管和低压套管。

绝缘套管由中心导电杆和瓷套两部分组成。导电杆穿过变压器油箱壁，将油箱中的绕组端头连接到外电路。

3.7.2 三相变压器的磁路系统

三相变压器的磁路系统主要有两类：一类是由 3 个单相变压器的铁心组成，称三相组式变压器，又称三相变压器组，特点是三相磁路各自独立，如图 3.24 所示；另一类是由 3 个柱式铁心构成，称三相心式变压器，如图 3.25 所示，特点是各相磁通都以另外两相的磁路作为自己的回路。

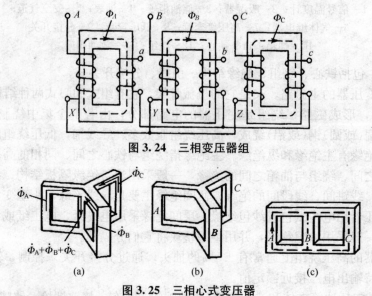

图 3.24 三相变压器组

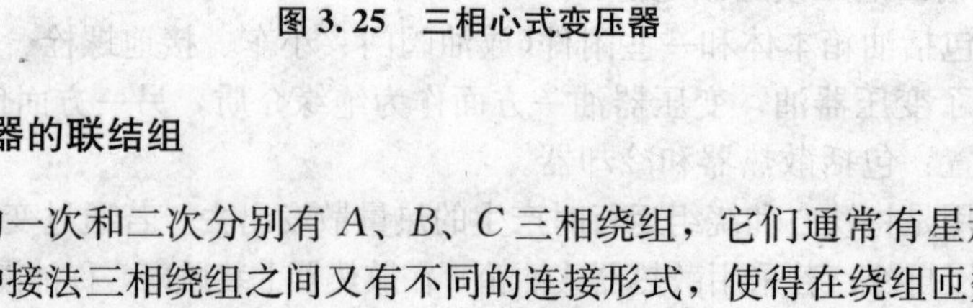

图 3.25 三相心式变压器

3.7.3 三相变压器的联结组

三相变压器的一次和二次分别有 A、B、C 三相绕组，它们通常有星形和三角形两种连接方法，每一种接法三相绕组之间又有不同的连接形式，使得在绕组匝数不变的情况下输出电压不同或线电压的相位不同。反映一、二次绕组接法组合的形式，称为三相变压器的联结组。例如某变压器的联结组标号是 Y_N，d11。

三相变压器的联结组由两部分构成，反映绕组接法的部分，星形接法用 Y 或 y 表示,三角形接法用 D 或 d 表示(大写表示高压绕组的接法,小写表示低压绕组的接法);另一部分,用时钟表示法反映高低压绕组线电压相位关系的联结组标号。

所谓时钟表示法,就是把电动势相量图中高压绕组线电动势 $\dot{E}_{AB}$ 看作时钟的长针,永远指向钟面上的"12",低压绕组线电动势 $\dot{E}_{ab}$ 看作时钟的短(分)针,短针所指的点数为联结组标号。

确定联结组标号的步骤如下:

所有绕组电动势的参考方向均设定为绕组的始端指向末端。

(1) 确定同一心柱上高低压绕组相电动势的相位关系:若同极性端为始端,则高低压绕组相电动势的相位相同;若异极性端为绕组的始端,则高低压绕组相电动势的相位相反。

(2) 确定高低压绕组电动势的相位关系:分别以同一心柱上高低压绕组相电动势为参考相量,按高、低绕组的相电动势 A、B、C 相序三相对称的原则,分别作出高、低压侧其他绕组的相电动势。

(3) 确定高低压绕组线电动势的相位关系:据三相绕组的连接形式,确定线电动势 $\dot{E}_{AB}$ 和 $\dot{E}_{ab}$ 的相位关系。

(4) 确定联结组标号:把电动势 $\dot{E}_{AB}$ 看作时钟的长针,指向钟面上的"12",把线电动势 $\dot{E}_{ab}$ 看作时钟的短针,短针所指的点数为联结组标号。

【例 3.3】 图 3.26 所示为三相变压器绕组的连接图,试确定变压器的联结组。

解:

(1) 由图 3.26(a)分析,高低压绕组位于同一铁心柱上,且同极性端为始端,则 $\dot{E}_A$、$\dot{E}_a$ 同相位。

(2) 按三个相电动势对称作出相量图,如图 3.26(b)所示。

(3) 按高、低压绕组 Y 接法作出线电动势相量 $\dot{E}_{AB}$、$\dot{E}_{ab}$,超前相电动势 30°。

(4) 分析 $\dot{E}_{AB}$、$\dot{E}_{ab}$ 相量关系为同相位,则时钟点数为 0,联结组为 Y,y0。

【例 3.4】 图 3.27(a)所示为三相变压器绕组的连接图,试确定变压器的联结组。

解:

(1) 由图 3.27(a)分析,高低压绕组位于同一铁心柱上,且同极性端为始端,则 $\dot{E}_A$、$\dot{E}_a$ 同相位。

(2) 按三个相电动势对称作出相量图,如图 3.27(b)所示。

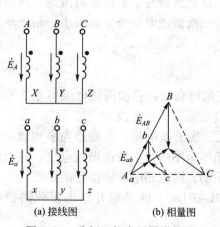

(a) 接线图 (b) 相量图

图 3.26 分析三相变压器联结组

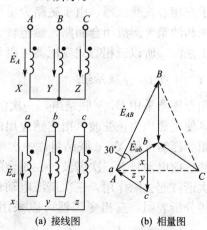

(a) 接线图 (b) 相量图

图 3.27 分析三相变压器联结组

（3）按高压绕组 Y 接法、低压绕组△接法作线电动势相量 $\dot{E}_{AB}$、$\dot{E}_{ab}$，$\dot{E}_{AB}$ 超前 $\dot{E}_A$ 30°，$\dot{E}_{ab}$ 与 $\dot{E}_a$ 同相位。

（4）分析 $\dot{E}_{AB}$、$\dot{E}_{ab}$ 相量关系，$\dot{E}_{AB}$ 超前 $\dot{E}_{ab}$30°，则时钟点数为 11，联结组为 Y，d11。

由于各绕组接法的不同，变压器可能的联结组号很多，为了制造和运行的方便，国家规定以下五种作为标准联结组：Y，y_n0；Y，d11；Y_N，d11；Y_N，y0；Y，y0；其中，N 或 n 表示有中线。

3.7.4　三相变压器空载电动势波形

在讨论变压器空载运行时，曾经指出，当外加电压 U_1 为正弦波，若与它平衡的电动势 e_1 以及主磁通 ϕ 为正弦波，在磁路饱和时，空载电流为尖顶波。根据谐波分析法，尖顶波可分解为基波和 3，5，7，…次谐波，其中以三次谐波最为显著。三相变压器在磁路饱和时，空载电流仍为尖顶波，由于结构的特点，其中每相的三次谐波电流的情况如下：

$$i_{03A} = I_{03m}\sin 3\omega t$$
$$i_{03B} = I_{03m}\sin 3(\omega t - 120°) = I_{03m}\sin 3\omega t$$
$$i_{03C} = I_{03m}\sin 3(\omega t + 120°) = I_{03m}\sin 3\omega t$$

式中：I_{03m} 是 3 次谐波电流的幅值。

由上式看出，三相三次谐波电流幅值彼此相等，相位相同。三次谐波电流产生三次谐波磁通，若三相变压器电路中无三次谐波电流的通路或磁路中无三次谐波通路，各谐波磁通的合成磁通将不同，导致空载电动势波形不同。所以，三相变压器的空载电动势波形与三相变压器的结构有关。下面分别进行分析。

1. Y，y 联结组

这种接法中，三次谐波电流不能流通，励磁电流近似为正弦波。当铁心饱和时，磁通近似为平顶波，谐波分析除基波外，主要包含三次谐波。二次绕组产生基波电动势和三次谐波电动势，使相电动势发生畸变，畸变程度取决于磁路系统。

对于三相变压器组，由于各相磁路是独立的，三次谐波磁通得以流通，合成电动势的波形为尖顶波。由于三次谐波分量较大，频率是基波的三倍，使相电动势畸变严重，将危害到各相绕组的绝缘。所以三相变压器组不能接成 Y，y 联结组。

对于三相心式变压器，由于磁路为星形，三次谐波磁通不能沿磁路流通，只能以铁心周围的油和油箱等形成闭合回路，磁阻较大，使三次谐波电动势变得很小。相电动势的波形接近正弦波。所以三相心式变压器可以采用 Y，y 联结组。

2. Y，d 或 D，y 联结组

三相变压器采用 D，y 联结组，一次绕组三角形联结，三次谐波电流可在三角形电路内流通，使主磁通为正弦波，由它感应出的相电动势接近正弦波。

三相变压器采用 Y，d 联结组，一次绕组无三次谐波电流，主磁通为平顶波，在二次绕组中的感应电动势含三次谐波，在闭合的三角形电路内产生三次谐波电流，它对主磁通中的三次谐波起去磁作用，三次谐波电动势被削弱。因此相电动势接近正弦波。

上述分析表明，三相变压器可以采用 Y，d 或 D，y 联结组并输出正弦同频率交流电压。

3.8　变压器的并联运行

变压器的并联运行是将两台或多台变压器的一次绕组和二次绕组分别接在公共母线上，同时向负载供电的运行方式。图 3.28 是两台变压器并联运行时的接线示意图。

1. 并联运行的优点

(1) 提高供电的可靠性。若某台变压器故障，可切除这台变压器，其他变压器仍能保证向用户供电，以减少停电事故。

(2) 提高电网的运行效率。当几台变压器并联连接时，可根据负荷的大小，确定投入并联运行的台数，避免变压器轻载低效率运行。

(3) 减少总的备用容量，并可随着负荷的增大，分批增加新的变压器。

2. 变压器并联运行的要求

(1) 空载时并联运行的变压器二次绕组之间无环流。
(2) 负载时能够据各台变压器的容量按比例分担负载。
(3) 负载时各台变压器二次电流同相位。

3. 变压器并联运行的条件

(1) 各台变压器高低压绕组的额定电压分别相等，即变压器的电压比相等。
(2) 各变压器的联结组相同。
(3) 各变压器的短路阻抗标幺值要相等，阻抗角要相等。

变压器并联运行时，(2)条件必须满足，(1)、(3)条件允许有微小的偏差。

4. 条件不满足的情况分析

仅以两台变压器并联运行为例分析，多台并联运行时依此类推。第一台变压器的各量用下标"Ⅰ"表示，第二台变压器的各量用下标"Ⅱ"表示。分析时采用归算至二次侧的简化等效电路，取变压器三相对称运行时任一对应相分析。

两台变压器并联运行的等效电路如图 3.29 所示。

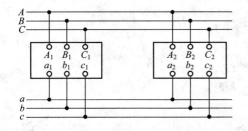

图 3.28　两台变压器并联运行时的接线示意图

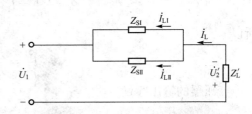

图 3.29　两台变压器并联运行等效电路

由电路得

$$\dot{U}_{20\mathrm{I}} = \dot{U}_2 + \dot{I}_{2\mathrm{I}} Z''_{K\mathrm{I}} \qquad \dot{U}_{20\mathrm{II}} = \dot{U}_2 + \dot{I}_{2\mathrm{II}} Z''_{K\mathrm{II}} \qquad \dot{I}_2 = \dot{I}_{2\mathrm{I}} + \dot{I}_{2\mathrm{II}}$$

为总的负载电流，$\dot{U}_2$ 为负载电压，$\dot{U}_{20\mathrm{I}}$、$\dot{U}_{20\mathrm{II}}$ 为各变压器的二次侧开路电压。$Z''_{K\mathrm{I}}$、$Z''_{K\mathrm{II}}$ 分别表示归算至二次侧的短路阻抗。由上式解得

$$\left.\begin{aligned}\dot{I}_{2\mathrm{I}}&=\dot{I}_2\frac{Z''_{K\mathrm{II}}}{Z''_{K\mathrm{I}}+Z''_{K\mathrm{II}}}+\frac{\dot{U}_{20\mathrm{I}}-\dot{U}_{20\mathrm{II}}}{Z''_{K\mathrm{I}}+Z''_{K\mathrm{II}}}=\dot{I}_{L\mathrm{I}}+\dot{I}_c\\\dot{I}_{2\mathrm{II}}&=\dot{I}_2\frac{Z''_{K\mathrm{I}}}{Z''_{K\mathrm{I}}+Z''_{K\mathrm{II}}}-\frac{\dot{U}_{20\mathrm{I}}-\dot{U}_{20\mathrm{II}}}{Z''_{K\mathrm{I}}+Z''_{K\mathrm{II}}}=\dot{I}_{L\mathrm{II}}-\dot{I}_c\end{aligned}\right\}\tag{3-46}$$

$$\dot{I}_c=\frac{\dot{U}_{20\mathrm{I}}-\dot{U}_{20\mathrm{II}}}{Z''_{K\mathrm{I}}+Z''_{K\mathrm{II}}}\tag{3-47}$$

由式(3-47)可见，各变压器的输出电流包括两个分量，其一是分担的负载电流 $\dot{I}_{L\mathrm{I}}$ 和 $\dot{I}_{L\mathrm{II}}$，其二是两台变压器间的环流 $\dot{I}_c$。由 $\dot{I}_c=\dfrac{\dot{U}_{20\mathrm{I}}-\dot{U}_{20\mathrm{II}}}{Z''_{K\mathrm{I}}+Z''_{K\mathrm{II}}}$ 知，影响环流大小的因素有变比、变压器的短路阻抗、二次侧的开路电压。

(1) 电压比不同，即 $k_\mathrm{I}\neq k_\mathrm{II}$，$\dot{U}_1$ 相同，$\dot{U}_{20\mathrm{I}}-\dot{U}_{20\mathrm{II}}\neq0$，$I_c\neq0$，电压比差越大，环流越大。

(2) 电压比相同，联结组不同，$\dot{U}_{20\mathrm{I}}$、$\dot{U}_{20\mathrm{II}}$ 相位不同，$\dot{U}_{20\mathrm{I}}-\dot{U}_{20\mathrm{II}}\neq0$，$I_c\neq0$，由于变压器的短路阻抗很小，变压器空载时就会形成较大的环流，因此，变压器并联运行时联结组一定要相同。

(3) 短路阻抗不同，变压器分担的负载电流不等。

因为 $\dot{I}_{L\mathrm{I}}=\dot{I}_2\dfrac{Z''_{K\mathrm{II}}}{Z''_{K\mathrm{I}}+Z''_{K\mathrm{II}}}$，$\dot{I}_{L\mathrm{II}}=\dot{I}_2\dfrac{Z''_{K\mathrm{I}}}{Z''_{K\mathrm{I}}+Z''_{K\mathrm{II}}}$，分担的负载电流与短路阻抗成反比。即

$$\frac{\dot{I}_{L\mathrm{I}}}{\dot{I}_{L\mathrm{II}}}=\frac{Z''_{K\mathrm{II}}}{Z''_{K\mathrm{I}}}\tag{3-48}$$

5. 变压器并联运行时的负载分配

因变压器并联运行分担的负载电流与短路阻抗成反比，用标幺值表示，为

$$\frac{\dot{I}^*_{L\mathrm{I}}}{\dot{I}^*_{L\mathrm{II}}}=\frac{Z''^*_{K\mathrm{II}}}{Z''^*_{K\mathrm{I}}}\tag{3-49}$$

设两台变压器负载运行时的负载系数分别为 β_1、β_2 则

$$\beta_1=\frac{I_{L\mathrm{I}}}{I_N}=I^*_{L\mathrm{I}},\qquad\beta_2=\frac{I_{L\mathrm{II}}}{I_N}=I^*_{L\mathrm{II}}$$

所以

$$\frac{\beta_\mathrm{I}}{\beta_\mathrm{II}}=\frac{Z''^*_{K\mathrm{II}}}{Z''^*_{K\mathrm{I}}}=\frac{U^*_{K\mathrm{II}}}{U^*_{K\mathrm{I}}}\tag{3-50}$$

变压器的输出容量：

$$S=\beta * S_N\tag{3-51}$$

变压器分担的容量之比：

$$\frac{S_\mathrm{I}}{S_\mathrm{II}}=\frac{\beta_\mathrm{I}}{\beta_\mathrm{II}}\tag{3-52}$$

【例 3.5】 两台变压器并联运行，联结组为 Y，d11，额定电压都是 $U_{1N}/U_{2N}=35\mathrm{kV}/$

10kV，$S_{N1}=2000kV \cdot A$，$U_{KI}=6\%$，$S_{N2}=1000kV \cdot A$，$U_{KII}=6.6\%$，求：

（1）当总负载视在功率为 3000kV·A 时，每台输出的视在功率为多少？

（2）在不使任何一台过载的情况下，并联组能输出的最大线电流是多少？

解：（1）由 $\dfrac{\beta_n}{\beta_n}=\dfrac{Z''_{KII*}}{Z''_{KI*}}=\dfrac{U^*_{KII}}{U^*_{KI}}$　得

$$S=\beta * S_N$$

$$\begin{cases} \dfrac{\beta_I}{\beta_{II}}=\dfrac{U_{KII*}}{U_{KI*}}=\dfrac{6.6}{6}=1.1 \\ \beta_I S_I + \beta_{II} S_{II}=S=3000 \end{cases}$$

解得

$$\beta_I=0.94$$

$$\beta_{II}=1.03$$

$$S_I=\beta_I S_{NI}=2060kV \cdot A$$

$$S_{II}=\beta_{II} S_{NII}=940kV \cdot A$$

（2）由 $\dfrac{\beta_I}{\beta_{II}}=1.1$ 分析知，两台变压器并联运行时，I 号变压器先达到满载。

令 $\beta_I=1$，则

$$\beta_{II}==\dfrac{U_{KI}}{U_{KII}}\beta_I=\dfrac{6}{6.6}\times 1=0.91$$

输出总功率　$S=\beta_I S_I + \beta_{II} S_{II}=1\times 2000+0.91\times 1000kV \cdot A=2910kV \cdot A$

输出线电流为　$I_{2L}=\dfrac{S}{\sqrt{3}U_2}=\dfrac{2910\times 10^3}{\sqrt{3}\times 1000}A=168A$

3.9　特种变压器

生产实际中应用的变压器是多种多样的，较常见的是自耦变压器和互感器。

3.9.1　自耦变压器

自耦变压器是由双绕组变压器演变过来的，在一、二次电压相差不大的情况下，将一、二次绕组串联起来，变构成一台自耦变压器，如图 3.30 所示。

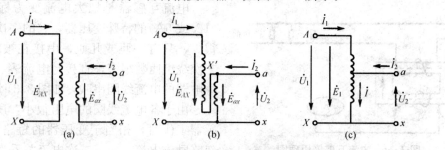

图 3.30　从双绕组变压器到自耦变压器的演变过程

1. 特点

一、二次绕组间不仅有磁的耦合，还有电的直接联系。

2. 变比 k_a

设两绕组的匝数分别为 N_1、N_2，额定电压分别为 U_{1N}、U_{2N}，额定电流分别为 I_{1N}、I_{2N}，构成自耦变压器后，和双绕组变压器一样，即

$$k_a = \frac{U_1}{U_2} \approx \frac{E_1}{E_2} = \frac{N_1 + N_2}{N_2} = 1 + \frac{N_1}{N_2} = 1 + k \qquad (3-53)$$

即电压之比与匝数成正比。

3. 变压器的容量

自耦变压器的额定容量为

$$S_{aN} = (U_{1N} + U_{2N})I_{1N} = S_N + \frac{S_N}{k} = S_N + \frac{S_N}{1 - k_a} \qquad (3-54)$$

由式(3-54)知，变压器的视在功率由两部分组成，一部分是通过电磁感应，在二次侧产生的功率 S_N，另一部分是由于二次绕组流经一次电流而产生的功率 $\dfrac{S_N}{1-k_a}$，称为传导功率。

4. 和双绕组变压器的比较

若双绕组变压器的匝数分别为 N_1、N_2，则自耦变压器的电压比等于双绕组变压器的电压比加1；自耦变压器的容量比双绕组的容量大，自耦变压器的视在功率中包含有传导功率。自耦变压器的效率高。

3.9.2 互感器

互感器也称仪用互感器，是电力系统中用于测量和继电保护的设备，有电压互感器和电流互感器两种类型。其作用是：

(1) 将大的电量按一定的比例变换为能用普通标准仪表直接进行测量的电量。通常电流互感器的二次电流的额定值为 1A 或 5A；电压互感器的二次额定电压为 100V 或 150V，这样可使仪表标准化和系列化，可规模化生产，降低了成本。

(2) 使测量仪表与高压电路隔离，保护运行人员的安全。

1. 电流互感器

电流互感器是把大电流变为标准小电流(1A 或 5A)的特殊变压器，它的一次绕组匝数很少，只有一匝或几匝，串接在被测电路中，二次绕组匝数很多，直接与电流表、功率表或继电器的电流线圈串联，如图 3.31 所示。

由于各电流线圈的电阻很小，所以电流互感器工作时，相当于变压器的短路运行状态。忽略励磁电流，一、二次电流关系为

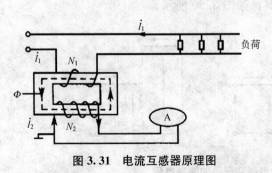

图 3.31　电流互感器原理图

$$N_1 \dot{I}_1 + N_2 \dot{I}_2 = N_1 \dot{I}_0$$

$$\frac{I_1}{I_2} \approx \frac{N_2}{N_1} = \frac{1}{k} = k_i \qquad\qquad (3-55)$$

即一、二次电流与匝数成反比，通过选择适当的一、二次匝数，适当的电流比，就可以把大电流转变为小电流来测量。

由于实际运行中，励磁电流的存在，电流互感器有电压比误差和相角误差。

(1) 电压比误差

$$f_i = \frac{kI_2 - I_1}{I_1} \times 100\% \qquad\qquad (3-56)$$

(2) 相角误差 δ_i 即相量 $\dot{I}_1$ 和 $-\dot{I}_2$ 之间的夹角，以分计。

按电压比误差的大小，电流互感器分为 0.2 、0.5 、1.0 、3.0 和 10 等标准等级。

为安全起见，在使用电流互感器时应注意以下几点：

(1) 在运行时绝对不允许二次绕组开路。若二次绕组开路，由磁势平衡方程知，一次绕组流经的负载电流，全部用来励磁，使铁心中的磁通增大，铁心过度饱和，引起互感器发热。同时因二次绕组匝数较多，将会感应出高压，危及操作人员和设备的安全。

(2) 二次绕组应可靠的接地。

(3) 二次回路的阻抗不得超过规定值，以免增大误差。

2. 电压互感器

电压互感器相当于一台空载运行的变压器，其工作原理如图 3.32 所示。一次绕组并接到被测量的高压线路上，二次绕组接到电压表、功率表或电压继电器的电压线圈，各电压测量元件并联连接。一次绕组的匝数很多，二次绕组的匝数很少。忽略漏阻抗压降，一次、二次电压之比与匝数成正比，即 $U_1/U_2 = N_1/N_2$，通过适当选择一、二次绕组匝数，就可以把高电压降低为低电压来测量。二次电压都统一设计为 100V。

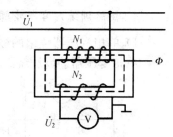

图 3.32　电压互感器原理图

由于实际运行中，励磁电流和漏阻抗压降的存在，电流互感器有电压比误差和相角误差。

为安全起见，在使用电压互感器时也应注意以下几点：

(1) 在运行时不允许二次绕组短路，否则会形成较大的短路电流，危及互感器的安全。

(2) 二次绕组和铁心应可靠的接地。

3.10　变压器的技能训练

3.10.1　变压器的极性测试

1. 技能训练目的

(1) 进一步熟悉变压器的结构，掌握绕组的标记方法。

(2) 掌握用实验方法测定单相变压器、三相变压器的极性。

2. 预习要点

1）同名端的概念及特点

概念：交链同一变化磁通的两个线圈，产生感应电动势同为高电位或同为低电位的端点，称为同极性的端点，一般称为同名端，用"·"或"＊"表示。

特点：交链同一磁通的两个线圈，同一瞬间，对同名端产生感应电动势的方向相同。

2）同极性端的测定方法

（1）直流法。

将其中的一个线圈接直流电源，另一线圈接直流电压表，观察当电源断开瞬间电压表指针的偏转方向，若正向偏转，则两线圈接电源正极端与接电压表的正极性端互为同名端；若指针反偏，则这两端互为异名端。

（2）交流法。

用导线将两线圈的一端连在一起，另一端接交流电压表，将一线圈接一小电压，测量两线圈的电压并与电压表的示数进行比较，若电压表的示数为两线圈的电压之差，则相连的两端为同名端，若电压表的示数为两线圈的电压之和，则相连的两端互为异名端。

3. 技能训练项目

（1）单相变压器的极性测定。

（2）三相变压器的极性测定。

4. 技能训练内容与步骤

1）单相变压器绕组的极性与测定

单相变压器的高压绕组和低压绕组共同交链主磁通，具有同名端。用"·"表示。

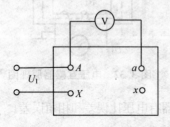

图 3.33　单相变压器极性测定

（1）高、低压绕组的标记。

高压绕组的标记是 A 和 X，低压绕组的标记是 a 和 x。A、a 称绕组的始端，可为同名端，也可为异名端；X、x 称绕组的末端。

（2）同名端测定。

① 按图 3.33 所示接线。

② 在高压绕组上加 $U_1 = 50\%U_N$ 的电压，观察并记录电压表的示数。

③ 分别测量并记录高压绕组 U_{AX} 和低压绕组的电压 U_{ax}，并与电压表的示数 U_{Aa} 比较。

若 $U_{Aa} = U_{AX} - U_{ax}$，则 A、a 端互为同名端。

若 $U_{Aa} = U_{AX} + U_{ax}$，则 A、a 端互为异名端，A、x 互为同名端。

④ 将测定结果在绕组的标记旁作以标注，即同名端加标号"·"

2）三相变压器绕组的极性与测定（心式变压器）

三相变压器的高压绕组和低压绕组共同交链主磁通，所以高压绕组间、低压绕组间、高低压绕组间均具有同名端，用"·"表示，可以用实验方法测定。

（1）高、低压绕组的标记。

高压绕组用 A、B、C、X、Y、Z 标记，且 A、B、C 称高压绕组的首端，要求互为同名端，X、Y、Z 称高压绕组的末端，要求互为同名端；低压绕组用 a、b、c、x、y、z 标记。

a、b、c 称低压绕组的始端，要求互为同名端，x、y、z 称低压绕组的末端，要求互为同名端。

（2）测定相间极性。

① 按图 3.34 所示接线，即 A、X 接电源，Y、Z 用导线连接。

② 接通交流电源，在 A、X 间施加约 $50\%U_N$ 的额定电压。

③ 用电压表测出电压 U_{BY}、U_{CZ}、U_{BC}。

若 $U_{BC}=|U_{BY}-U_{CZ}|$，则首末标记正确，即 B、C 互为同名端，y、z 互为同名端；

若 $U_{BC}=|U_{BY}+U_{CZ}|$，则首末标记不正确，即 B、C 不是同名端，须将 B、C 两相中任一相绕组的首末标记对调。

④ 用同样方法，将 B、C 两相中的任一相施加电压，另外两相末端相连，定出每相首末端的正确标记。

（3）测定高、低压绕组的极性。

① 确定同一心柱上的高低压绕组。一般来说，绕组符号对应的为同一心柱上的绕组。因为我国使用的三相电力变压器均为国家标准连结组的变压器，高、低压 A、B、C 三相绕组对应在同一心柱上。

② 按图 3.35 接线，高、低压绕组的中点用导线相连。

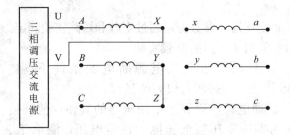

图 3.34　测定三相变压器相间极性的接线图　　　图 3.35　测定三相变压器高、低压绕组极性接线图

③ 将高压三相绕组施加约 $50\%U_N$ 的额定电压。用电压表测量电压 U_{AX}、U_{BY}、U_{CZ}、U_{ax}、U_{by}、U_{cz}、U_{Aa}、U_{Bb}、U_{Cc}。

若 $U_{Aa}=U_{AX}\quad U_{ax}$，则 A、a 端互为同名端。

若 $U_{Aa}=U_{AX}+U_{ax}$，则 A、a 端互为异名端，A、x 互为同名端。

同样方法确定 B、b；C、c 的极性。

④ 将测定结果在绕组的标记旁作以标注，即同名端加标号"·"。

3.10.2 变压器的参数测试

1. 技能训练目的

（1）通过空载和短路实验测定单相变压器和三相变压器的电压比。

（2）通过空载和短路实验测取单相变压器和三相变压器的参数。

2. 预习要点

1）变压器的空载和短路实验特点

空载试验是在一次绕组加电压，二次绕组开路的条件下进行。为了便于测量和安全，通常在低压侧加电压，将高压侧开路；短路试验时将二次绕组直接短接，一次绕组接电源。从仪表的量程上考虑，通常高压绕组接电源，低压绕组短接，电压由零逐渐增加到短路电流等于额定值为止。

2）空载和短路实验中各种仪表正确连接才能使测量误差最小

变压器空载时，I_0 很小，电流表采用内接法，短路实验时，二次侧为额定电流，由其等值电路知，其阻抗较小，电流表采用外接法。

3）用实验方法可测定变压器的铁耗和铜耗

铁耗为不变损耗，变压器空载时，二次侧开路，一次电流 I_0 很小，所以铜耗很小，可忽略，因此 $P_{Fe} \approx P_0$，空载实验测取的功率即为铁耗；铜耗为变压器绕组中的功率损耗，$P_{Cu} = mI_2^2 R'_{K 75℃}$

3. 技能训练项目

（1）单相变压器参数测定。

（2）三相变压器参数测定。

4. 技能训练内容与步骤

1）单相变压器参数测定

单相变压器的参数测定通过空载和短路实验测定。

（1）单相变压器的空载实验。

① 在三相调压交流电源断电的条件下，按图 3.36 接线，选好所有仪表的量程。

② 接通电源，调节三相调压器的旋钮，使其输出电压为等于变压器低压侧的额定电压，测取 I_0、P_0、U_0 记入表 3-1 中，并完成参数计算，获得变压器的励磁参数。

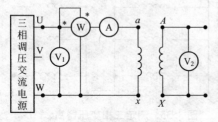

图 3.36　单相变压器空载实验接线图

表 3-1　单相变压器空载实验

实　验　数　据				计　算　数　据				
U_0/V	I_0/A	P_0/W	U_{AX}/V	k	Z_m/Ω	R_m/Ω	X_m/Ω	$\cos\varphi_0$

（2）单相变压器的短路实验。

① 测取室内温度 $\theta℃$。

② 在三相调压交流电源断电的条件下，按图 3.37 接线，选好所有仪表的量程。

③ 接通电源，缓慢调节三相调压器的旋钮，使单相变压器的输入电压逐渐增加，直到 $I_2 = I_{2N}$，测取 I_K、P_K、U_K 记入表 3-2 中，并完成参数计算，获得短路参数。

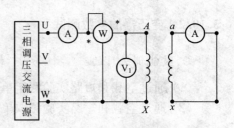

图 3.37　单相变压器短路实验接线图

表 3-2　单相变压器短路实验　　　　室温_____℃

实　验　数　据				计　算　数　据			
U_K/V	I_K/A	P_K/W	I_2/A	P_{Cu}/W	Z_K/Ω	R_K/Ω	X_K/Ω
				$\cos\varphi_K$	$R_{K75℃}$	$\|Z_{K75℃}\|$	u_K

（3）参数计算。

① 电压比的计算：$\qquad\qquad k=\dfrac{U_{AX}}{U_{ax}}$。

② 励磁参数的计算：$\qquad Z_m=\dfrac{U_0}{I_0}$；$\quad R_m=\dfrac{P_0}{I_0^2}$；$\quad X_m=\sqrt{Z_m^2-R_m^2}$。

由于空载实验电源加在低压侧，上述参数为低压侧的参数，若想获得归算到高压侧的值，应乘以 k^2。

③ 短路参数计算：$\qquad |Z_K'|=\dfrac{U_K}{I_K}$，$\quad R_K'=\dfrac{P_K}{I_K^2}$，$\quad X_K'=\sqrt{Z_K^2-R_K^2}$。

由于短路实验电源加在高压侧，上述参数为高压侧的参数，若想获得归算到低压侧的值，应除以 k^2。即

$$|Z_K|=\frac{|Z_K'|}{k^2},\quad R_K=\frac{R_K'}{k^2},\quad X_K=\frac{X_K'}{k^2}$$

换算到基准工作温度 75℃的值为

$$R_{K75℃}=R_K\frac{234.5+75}{234.5+\theta};\quad |Z_{K75℃}|=\sqrt{R_{K75℃}^2+X_K^2}$$

若为铝线变压器，式中的常量 234.5 变为 238。

④ 铁耗、铜耗的计算。

铁耗：$P_{Fe}\approx P_0$

铜耗：变压器满载时的铜耗　　　$P_{Cu}=I_{1N}^2R_{K75℃}=P_{KN}$

　　　　变压器负载时的铜耗　　　$P_{Cu}=I_1^2R_{K75℃}=\beta^2P_{KN}$

⑤ 短路电压百分数的计算：

$$u_K=\frac{U_{KN}}{U_{1N}}\times100\%=\frac{I_{1N}Z_{K75℃}}{U_{1N}}\times100\%$$

$$u_{Kr}=\frac{I_{1N}R_{K75℃}}{U_{1N}}\times100\%$$

$$u_{Kx}=\frac{I_{1N}X_K}{U_{1N}}\times100\%$$

2）三相变压器参数测定

（1）三相变压器变比的测定。

① 在三相调压交流电源断电的条件下，按图 3.38 接线。

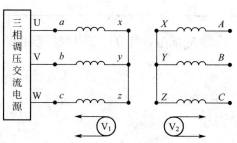

图 3.38　三相变压器变比测定接线图

② 接通电源，调节三相调压器的旋钮，使其输出电压为 U_{1N}。

③ 用万用表或电压表测取高低压线圈的电压 U_{AB}、U_{BC}、U_{CA}、U_{ab}、U_{bc}、U_{ca} 记录于表 3-3 中。

表 3-3 变 比 测 定

高压绕组线电压/V		低压绕组线电压/V		变　比	
U_{AB}		U_{ab}		k_{AB}	
U_{BC}		U_{bc}		k_{BC}	
U_{CA}		U_{ca}		k_{CA}	
变比					

④ 变比计算：

$$k_{AB}=\frac{U_{AB}}{U_{ab}};\quad k_{BC}=\frac{U_{BC}}{U_{bc}};\quad k_{CA}=\frac{U_{CA}}{U_{ca}},\quad k=\frac{1}{3}(k_{AB}+k_{BC}+k_{CA})$$

（2）三相变压器空载实验。

① 在三相调压交流电源断电的条件下，按图 3.39 所示接线，选好所有仪表的量程。

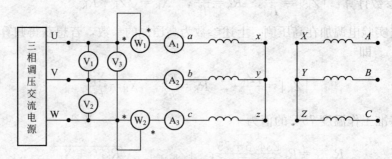

图 3.39 三相变压器空载实验接线图

② 接通电源，调节三相调压器的旋钮，使其输出电压等于变压器低压侧的额定电压，按表 3-4 所示测量并记录数据。

表 3-4 三相变压器空载实验

实 验 数 据								计 算 数 据			
U_{0L}/V			I_{0L}/A			P_0/W		U_{0L} /V	I_{0L} /A	P_0 /W	$\cos\varphi_0$
U_{ab}	U_{bc}	U_{ca}	I_{a0}	I_{b0}	I_{c0}	P_{01}	P_{02}				

③ 完成参数计算，获得变压器的励磁参数。

$$U_{0L}=\frac{U_{ab}+U_{bc}+U_{ca}}{3}\qquad R_m=\frac{P_0}{3I_{0\varphi}^2}$$

$$I_{0L}=\frac{I_{a0}+I_{b0}+I_{c0}}{3};\qquad Z_m=\frac{U_{0\varphi}}{I_{0\varphi}}=\frac{U_{0L}}{\sqrt{3}I_{0L}}$$

$$P_0=P_{01}+P_{02}$$

$$\cos\varphi_0 = \frac{P_0}{\sqrt{3}U_{0L}I_{0L}}; \quad X_m = \sqrt{Z_m^2 + R_m^2}$$

（3）三相变压器短路实验。

① 在三相调压交流电源断电的条件下，按图 3.40 所示接线，选好所有仪表的量程。

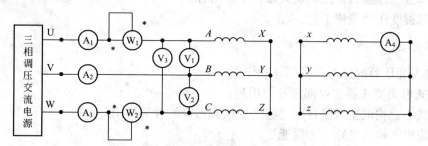

图 3.40　三相变压器短路实验接线图

② 接通电源，缓慢调节三相调压器的旋钮，使三相变压器的输入电压逐渐增加，直到 $I_2 = I_{2N}$，按表 3-5 所示测量并记录数据，并完成参数计算，获得变压器的参数。

表 3-5　三相变压器短路实验　　　　　　　　　室温_____℃

实　验　数　据							计　算　数　据			
U_{KL}/V			I_{KL}/A			P_K/W		U_{KL} /V	I_{KL} /A	P_K /W	$\cos\varphi_K$
U_{AB}	U_{BC}	U_{CA}	I_{aK}	I_{bK}	I_{cK}	P_{K1}	P_{K2}				

③ 完成参数计算，获得变压器的短路参数。

$$U_{KL} = \frac{U_{AB} + U_{BC} + U_{CA}}{3}; \quad R'_K = \frac{P_K}{3I_{K\varphi}^2}$$

$$I_{0L} = \frac{I_{AK} + I_{BK} + I_{CK}}{3}; \quad Z'_K = \frac{U_{K\varphi}}{I_{K\varphi}} = \frac{U_{KL}}{\sqrt{3}I_{KL}}$$

$$P_K = P_{K1} + P_{K2}; \quad X'_K = \sqrt{Z_K'^2 - R_K'^2}$$

$$\cos\varphi_K = \frac{P_K}{\sqrt{3}U_{KL}I_{KL}}$$

归算到低压方的参数为

$$|Z_K| = \frac{|Z'_K|}{k^2}, \quad R_K = \frac{R'_K}{k^2}, \quad X_K = \frac{X'_K}{k^2}$$

换算到基准工作温度 75℃的值为

$$R_{K75℃} = R_K\frac{234.5 + 75}{234.5 + \theta}; \quad |Z_{K75℃}| = \sqrt{R_{K75℃}^2 + X_K^2}$$

若为铝线变压器，式中的常量 234.5 变为 238。

铁耗：$P_{Fe} \approx P_0$

铜耗：变压器满载时的铜耗　　　　$P_{Cu} = 3I_{1N}^2 R_{K75℃} = P_{KN}$

　　　变压器负载时的铜耗　　　　$P_{Cu} = 3I_1^2 R_{K75℃} = \beta^2 P_{KN}$

3.10.3　变压器维修工艺

1. 训练目的

(1) 掌握变压器日常维护及大修、小修内容。

(2) 掌握变压器维修工艺。

2. 预习要点

1) 电力变压器的结构及各部件的作用

油浸式电力变压器主要部件及作用是：

(1) 铁心。构成主磁路，同时起到变压器器身的骨架作用。

(2) 绕组。构成电路，传递能量。

(3) 油箱、油、冷却装置：冷却和加强绝缘的作用。

(4) 其他附件。

① 信号温度计：用来监视油温，并且当油温达到整定值后发出信号。

② 吸湿器：吸收从外面进入储油柜中的潮气、酸性物质等，以免降低油的性能。

③ 储油柜：变压器油箱中油的缓冲装置。

④ 安全气道：防止油箱因压力过大而炸裂的保护装置。

⑤ 气体继电器：变压器油箱内故障的保护装置。

⑥ 绝缘套管(高、低压套管)：作引出线间及引出线与外壳间的绝缘。

⑦ 分接开关：改变变压器绕组的匝数实现调压。

2) 变压器的主要技术指标

(1) 短路损耗 P_K 和短路电压 U_{K^*}。

(2) 空载电流 I_0 及空载损耗 P_0。

3. 变压器日常维护的主要内容

(1) 检查一、二次电压和电流是否正常。

(2) 注意变压器的噪声是否有异常状况。

(3) 检查各密封处有无渗、漏油现象。

(4) 检查油箱接地是否良好。

(5) 检查储油柜的油位高度是否正常，油表是否畅通。

(6) 检查油箱顶部温度计的读数是否超过允许值(85～95℃)。

(7) 检查安全气道的玻璃膜是否完整。

(8) 检查瓷套管是否清洁，有无裂纹和放电痕迹，螺栓是否损坏以及有无其他异常现象。

(9) 检查瓷套管引出排及电缆接头处有无发热变色和异常状态。

(10) 定期进行油样化验及检查硅胶是否吸潮变色和异状。

4. 变压器的检修项目及工艺

电力变压器是电力系统的重要设备之一，它的故障会给供电可靠性和系统的正常运行带来严重的影响，因此，除了加强日常的维护外，还要定期对变压器进行检测与维修，保证其安全稳定的运行。

1）变压器的检修项目和内容

变压器的检修分为小修和大修两大类。一般情况下，对于容量在 1800kV·A 以下，电压 10kV 以下的变压器每年进行一次小修，对于 35kV 以上的变压器在投运 5 年后应大修一次，以后每 5 年大修一次。

（1）小修的内容：清除油枕中的脏物和灌注变压器油；擦拭绝缘套管，清除检查中所发现的缺陷；拧紧所有螺栓连接处；拆开和清扫油位指示器；清扫和修理冷却装置；检查切换装置的工作情况，并绘下原图；测量修理前后下列元件的绝缘电阻：绕组、铁轭梁、压制的环形垫和可能与之接触的夹紧螺栓；测量绝缘套管的绝缘电阻，阻值一般不低于 1000MΩ。接上额定冲击电压 3～5 次，变压器不得出现各种异常情况。

（2）大修的内容：将油箱中的油放出后，取油样进行化学分析。拆下电器和油枕，将引出端子与线圈断开。清扫油枕的油箱，并用干燥油进行洗涤。自油箱中取出铁心，必要时卸下铁心的轭铁螺栓和松动轭铁，取下线圈，将其更换或修理高低压绕组的绝缘，将绕组浸漆和干燥。将铁心重新绝缘。将线圈装在铁心的轴棒上，将引出端子焊在线圈上并将其绝缘。安装绕组的连接轭铁、绝缘板和楔子。将铁心装入油箱内，安装顶盖和线圈的引出端子。修理冷却装置和净油装置。注入变压器油。将变压器外部刷以油漆。检查切换装置的工作情况，并绘下原图，测量修理前后下列元件的绝缘电阻；对绕组绝缘用工频电压进行 1min 的耐压试验。检查轭铁梁、压制的环形垫和铁心的接地装置是否完整，完成变压器定相，接上额定冲击电压 3～5 次，变压器无异常，测量绝缘套管的绝缘电阻，阻值在规定的范围之内。

2）变压器的修理工艺简介

（1）变压器瓷绝缘套管的修理工艺。

① 检查瓷套管的状态：检视圆柱销（螺桩）、套管帽、法兰盘和瓷质部分。检查绝缘套管端帽的金具情况及圆柱销接头处是否漏油，如果瓷质部分的破碎面积在 3cm² 以上或划痕深度在 0.5mm 以上，瓷轴被电弧烧损，法兰盘、垫圈或涨圈裂缝和漏油，则应重新修整套管。

② 用气焊枪将套管瓷质部分加热到 100℃，将法兰盘加热到其胶合剂开始破裂和松散为止。用手锤轻轻敲击法兰盘，使其脱离套管。如果发现套管上有严重的缺陷，则将其打碎而换新的。

③ 在套管帽内垫以橡胶垫片，装上套管，浇注胶合剂，待胶合剂凝固后，往上涂以瓷漆。修整套管的工序在室温为 25℃ 的房间内进行，重新修整的套管，应在 25℃ 的场所至少置放 48h 才能安装。

（2）变压器顶盖的修理工艺。

① 消除顶盖扭曲或弯曲的缺陷。将套管和金具取下，用气焊枪加热顶盖的扭曲地点，用手锤或锻工锤敲打此扭曲处以矫直。

② 焊补裂缝。在裂缝的终端钻直径为 2.5～3mm 的贯通孔眼，将裂缝加工处理使边缘棱角为 54℃，用电焊法焊补裂缝并磨平焊缝使之与顶盖表面成一水平面。

③ 修复瓷套管法兰盘的紧固圆柱销与顶盖之间破损的连接接头。

锯断有缺陷的圆柱销，钻新的孔眼，磨光顶盖和圆柱销连接处的表面，从正面将圆柱销焊在顶盖上，焊缝应平整均匀，不得有缝隙和烧损痕迹。

（3）电压分接开关的修理工艺。

① 检验电压分接开关的工作质量。改变分接开关的位置以检验滑环与接触杆贴得是否紧密，正常时转换到相应于 A、B、C 相的位置时，间距应清晰可见，在转换位置上定位销应进入其孔眼内。

② 检查分接开关出线头焊接处是否可靠和支杆顶端的锁紧螺母是否拧紧，必要时重新焊接出线头，一般采用堆焊法来焊接。

③ 消除切换系统的故障。仔细检视接触杆、滑环、操作杆和紧固零件，伤损的零件换以新的。

④ 装配分接开关并将其置于工作位置，装配时所有零件的接触表面应先擦光亮，安装地点用揩布擦干净。

⑤ 拆开密封圈，将其修理并装上，破损的密封圈换以新的。

（4）油枕的修理工艺。

① 清除外面的脏物和锈痕。首先用金属刷刷光外表面，然后用干净的揩布擦拭，最后用蘸有汽油的揩布擦净。

② 清除内表面的脏物。锯去油枕的后壁，但保留环状边缘，消除表面积累的脏物和锈痕，用蘸有汽油的揩布擦净。

③ 内表面涂瓷漆，可采用防油硝化纤维瓷漆。

④ 准备新的后壁。用钢板锯成新后壁，交将其焊在油枕的外壳上，焊好的后壁不得有烧损痕迹，焊缝应平整均匀，不许有缝隙。

⑤ 清除玻璃油位指示器上的脏物并排除故障。

油位指示器的内塞应拧出，取下油位指示玻璃，用蘸有变压器油的揩布擦净，有缺陷的油位指示玻璃应换新。

⑥ 恢复油位指示器的控制标高。

在油枕上对着油位指示玻璃用白漆标出油位的新标高。油位标高在油枕直径的 0.55 倍、0.45 倍、0.1 倍的高度上，与此相对应的油温为 $+35℃$、$+15℃$、$-35℃$。

（5）油箱外壳的修理工艺。

① 消除油箱外壳的脏物和锈痕。用金属刀刮净内表面，用废变压器油擦洗，消除封填垫片的残渣。

② 消除油箱外壳的弯曲和凹陷现象。用手锤轻轻敲打加以矫正，在敲打处的背面垫以金属挡板，并将外壳变形的部位加垫。

③ 修理焊接处。发缝用冲压法敛缝或钎焊，大缝则采取加固、钻孔和焊补法予以消除。管子上的裂缝用电焊法修补，而肋条和外壳壁上的裂缝则用气焊法修补。

④ 检查焊接处。外侧的缝抹以白粉，内侧的缝抹以煤油，如果缝隙通气不严实，则煤油会渗入，抹上的白粉会变黑。

⑤ 检验密闭性。往油箱外壳内注入废油，注至边缘为止，在不低于 10℃ 的温度下使油在外壳内停留 1h，观察其状况，以确定其密闭性是否完好。

（6）铁心的修理工艺。

① 消除硅钢片上老化的绝缘层。用金属刷清除老化的绝缘层，如果是纸质绝缘，则将硅钢片浸在水中，烧水煮沸以除掉绝缘层，也可以用火烧掉硅钢片上的绝缘层。

② 恢复硅钢片间的绝缘。硅钢片用下述绝缘混合物绝缘：90%绝缘清漆和10%稀释

剂的混合物；1030 号丙苯要脂清漆与溶剂；苯和汽油的混合物；1611 绝缘漆与松节油的混合物。允许硅钢片一次浸漆绝缘，也可用喷漆器将清漆喷仕硅钢片上。

③ 在铁心损坏后进行修理时制造新的硅钢片。在新钢板上裁硅钢片，应使其长度与原硅钢片相同，孔眼应采取冲压法穿孔，不允许钻孔。

④ 准备铁心螺杆和轭铁螺杆的绝缘材料。胶木纸管用厚为 0.12mm 的电缆纸制成，用纸包缠穿杆，然后浸发胶木漆并烘烤，而垫圈垫片则用厚度在 2mm 以上的电工绝缘纸板制成。

（7）绕组的修理工艺。

① 除掉伤损绕组的导线绝缘层。在 450～500℃ 的炉子中烙烧以除净绝缘层，清除导线上的绝缘残留物。

② 绕组绝缘的处理。线匝用电缆纸或布带缠绕两层以达到绝缘的目的。用压力机将绕组压成需要的尺寸，然后用清漆浸渍，并在 100℃ 的烘箱中烘烤 10h，使绕组绝缘。

③ 新绕组的绕制。

a. 用圆导线绕制外部的多层导线，且绕组每新绕一层即包一层电缆纸。

b. 用矩形导线绕制外部的多层绕组，绕制单层绕组时，线匝用斜纹布带固定。

c. 绕制盘形（分段）绕组，每一盘单独缠绕，而用钎焊法将和盘连接起来，或者立即绕成绕组。

④ 连接绕组。截面在 $40mm^2$ 以下的导线，用钎焊法连接，而更大截面的导线，则用特种钳子来压接。

⑤ 新绕组的绝缘处理与干燥。将新绕组浸入清漆中至所有气泡完全冒出为止，然后从浸渍池中取出绕组在池上置放 20min，待清漆滴干后，放入 100℃ 的烘箱中烘干 4h。如果清漆形成光亮的弹性硬薄膜，则干燥过程完成。

本 章 小 结

变压器是一种静止的电气设备，它以磁场为媒介，依据电磁感应原理，将一种电压、电流的交流电能转换为同频率的另一种电压、电流的电能。本章主要对变压器的结构、运行原理、分析方法、参数及运行性能、连接方式等作了介绍。

1. 了解变压器的结构与分类，了解变压器的主要结构部件及作用，掌握变压器额定数据的意义及额定容量与额定电压、电流的关系。

2. 分析变压器内部的电磁过程，可采用基本方程式、相量图与等效电路三种方法。定性分析用相量图，定量计算常用等效电路，绘制等效电路时要注意绕组的归算。

3. 对于已经制好的变压器，可以通过空载、短路试验求取其参数。在参数计算时要注意试验条件。如在低压侧加电源时，测量和计算的参数是低压侧的参数。

4. 电压调整率和效率是变压器的主要性能指标，电压调整率反映供电电压的稳定性和质量，效率反映变压器运行时的经济性。

5. 三相变压器在对称运行时，取其一相看，电磁关系与单相变压器相同，因而三相变压器的分析、计算方法与单相变压器相同。

6. 三相变压器的连接方法用联结组表达，确定变压器的联结组需确定同极性端，明确时钟表示法。掌握我国电力变压器的五种标准联结组。

  7. 三相变压器的相电动势波形与三相绕组的连接方法和磁路有关，为获得正弦波电动势，三相变压器组不能采用 Y/Y 接法，而三相心式变压器可以。

  8. 为了提高供电的可靠性，发电厂和变电所都采用多台变压器并联运行。掌握并联运行的条件。

  9. 自耦变压器的结构特点是其低压绕组是高压绕组的一部分，能量传递除电磁感应外，还有一部分能量是由电源直接传递到负载。

  10. 互感器的作用是将高电压、大电流变换为低电压、小电流，以便于测量和提供控制信号。

思考题与习题

  1. 为什么电力系统中广泛地应用变压器？试举几个在工业企业中及其他行业中应用变压器的例子。

  2. 变压器能否用来改变直流电压的等级？

  3. 一台额定数据为 $f_N = 50Hz$，$U_N = 220V/110V$ 的变压器，其变比为 2，能否用来实现将 $50Hz$，$220V$ 的交流电压升高到 $440V$？

  4. 在变压器中主磁通和一、二次绕组的漏磁通的作用有何不同？它们各是由什么磁动势产生的？在等效电路中如何反映它们的作用？空载和负载时，主磁通的大小取决于什么？

  5. 分析变压器时，为何要归算？归算的物理意义是什么？

  6. 变压器从电源输入的电功率如何传送到二次侧并输出的？

  7. 变压器二次绕组接感性负载或容性负载，对铁耗和励磁电流有何影响？

  8. 变压器在高压侧和低压侧进行空载试验，所得铁耗是否一样？计算出的励磁阻抗有何差别？

  9. 变压器在高压侧和低压侧分别做短路试验，所得到的 U_K、I_K、P_K、Z_K、R_K、X_K 在数值上有何不同？

  10. 变压器的归算原则是什么？如何将二次侧各量归算至一次侧？

  11. 什么是标幺值？采用标幺值计算有何优点？

  12. 什么叫变压器的电压调整率？它与哪些因素有关？电压调整率能否为负值？

  13. 变压器运行时产生最大效率的条件是什么？

  14. 如何确定联结组？试说明为什么三相变压器组不能采用 Y/Y 联结组而心式变压器可以？为什么三相变压器中常希望一次侧或者二次侧有一方的三相绕组接成三角形连接？

  15. 变压器并联运行的条件是什么？哪一个条件必须满足？

  16. 一台单相变压器，$S_N = 100kV \cdot A$，$U_{1N}/U_{2N} = 10kV/0.4kV$，试求一次、二次的额定电流。

  17. 一台 Y，d 连接三相变压器，$S_N = 1000kV \cdot A$，$U_{1N}/U_{2N} = 10kV/0.4kV$，试求一、二次的额定电流和一、二次的额定相电压和相电流。

  18. 一台 Y，y0 连接三相变压器，$S_N = 250kV \cdot A$，$U_{1N}/U_{2N} = 10kV/0.4kV$，试求

一、二次的额定电流和一、二次的额定相电压和相电流。

19. 一台单相变压器，$S_N = 100\text{kV} \cdot \text{A}$，$U_{1N}/U_{2N} = 6000\text{V}/230\text{V}$，$f_N = 50\text{Hz}$，$R_1 = 3.2\Omega$，$X_{1\sigma} = 8.9\Omega$，$R_2 = 0.006\Omega$，$X_{2\sigma} = 0.013\Omega$，求

(1) 归算到高压侧的短路参数 R_K、X_K 和 Z_K，并计算其标幺值；

(2) 归算到低压侧的短路参数 R_K'、X_K' 和 Z_K'，并计算其标幺值；

(3) 将上面两组标幺值数据进行比较，得出什么结论？

20. 有一台单相变压器的参数如下，$R_1 = 0.4\Omega$，$X_{1\sigma} = 2\Omega$，$Z_m = 110\Omega$，$R_1 = 0.25\Omega$，$X_{1\sigma} = 0.8\Omega$，电压比 $k = 2$，铁耗忽略不计，今在二次侧接一负载，$Z_L = (0.75 - j1.55)\Omega$。

(1) 绘出 T 形等值电路并标出参数值；

(2) 画出相量图。

21. 有一台单相变压器，$S_N = 1000\text{kV} \cdot \text{A}$，$U_{1N}/U_{2N} = 60\text{kV}/6.3\text{kV}$，$f_N = 50\text{Hz}$，空载及短路试验的数据如下：

试验名称	U/V	I/V	P/W	备 注
空 载	6300	10.1	5000	电压加在低压侧
短 路	3240	15.15	1400	电压加在高压侧

试求

(1) 归算到高压侧及低压侧参数，假定

$$R_1 = R_2' = \frac{R_K}{2}, \quad X_{1\sigma} = X_{2\sigma} = \frac{X_K}{2}$$

(2) 绘出归算到高压侧的 T 形等值电路；

(3) 计算用标幺值表示的短路阻抗，短路电压百分数及其分量；

(4) 计算满载及 $\cos\varphi = 0.8$（滞后）的电压调整率及效率；

(5) 计算 $\cos\varphi = 0.8$（滞后）时的最大效率。

22. 一台三相变压器 $S_N = 1250\text{kV} \cdot \text{A}$，$U_{1N}/U_{2N} = 10\text{kV}/0.4\text{kV}$，一、二次侧绕组为 Y，$y_n0$ 连接，在室温 20℃时的试验数据如下：

空载试验（在低压侧做），$U_0 = 400\text{V}$，$I_0 = 25.2\text{A}$，$P_0 = 2045\text{W}$

短路试验（在高压侧做），$U_0 = 440\text{V}$，$I_0 = 72.17\text{A}$，$P_0 = 13590\text{W}$

假定，$R_1 = R_2' = \frac{R_K}{2}$，$X_{1\sigma} = X_{2\sigma} = \frac{X_K}{2}$，计算

(1) 归算到高压侧的参数，并绘出 T 形等值电路；

(2) 额定负载且 $\cos\varphi = 0.8$（滞后）的电压调整率、二次电压及效率；

(3) 额定负载且 $\cos\varphi = 0.8$（超前）的电压调整率、二次电压及效率；

(4) 额定负载且 $\cos\varphi = 1$ 的电压调整率、二次电压及效率。

23. 某变电所有两台变压器并联运行，均为 Y，d11 联结组，数据如下：

变压器 I 5600kV · A，6000/3050V，$z_{K*} = 0.055$

变压器 II 3200kV · A，6000/3000V，$z_{K*} = 0.055$

两台变压器的短路电阻和短路阻抗相等，试求空载时每一台变压器中的循环电流及标幺值。

24. 两台变压器并联运行，数据如下：

第一台　3200kV·A，6000/400V，35/6.3kV，$u_K=6.9\%$

第二台　5600kV·A，6000/400V，35/6.3kV，$u_K=7.5\%$

试求：(1)两台变压器并联运行，输出的总负载为 8000kV·A，每台变压器分担多少？(2)在没有任何一台变压器过载的情况下，输出的最大总负载为多少？

25. 某工厂有一台 560kV·A，6300/400V，Y，y_n0 接法的三相变压器，向 5000kV·A 的负载供电。现负载增加到 8000kV·A 时，有以下三台变压器可供并联选用。

(1) 问选择哪台变压器比较合适？

第Ⅰ台 320kV·A，6000/400V，$u_K=5\%$，Y，y_n0 接法

第Ⅱ台 240kV·A，6000/400V，$u_K=6.5\%$，Y，y_n0 接法

第Ⅲ台 320kV·A，6000/400V，$u_K=6.5\%$，Y，y_n0 接法

(2) 变压器并联运行时负载如何分配？

(3) 并联变压器组在没有任何一个过载的情况下，输出的最大总负载是多少？

第4章　异步电动机

教学提示： 交流电动机在工矿企业、农业、交通运输、国防等各行各业中应用极为广泛。交流电动机有异步电动机和同步电动机两大类，它们的工作原理和运行性能有较大的差别。同步电动机的转速与所接电网的频率之间存在一种严格不变的关系，即电动机转子转速与旋转磁场的转速同步，异步电动机的转速虽然也与电源频率有关，但不像同步电动机那样严格，即电动机转子转速与旋转磁场的转速不同步。异步电动机的定子绕组接上电源以后，由电源供给励磁电流建立磁场，依靠电磁感应作用，使转子绕组感生电流，产生电磁转矩，以实现机电能量转换。因其转子电流是由电磁感应作用而产生的，因而也称为感应电动机。

异步电动机分类方法很多，按定子绕组相数分，有三相异步电动机和单相异步电动机，三相异步电动机功率一般从几百瓦到几千千瓦，单相异步电动机功率从几瓦到几百瓦；按转子结构分，主要有笼式异步电动机和绕线式异步电动机；按定子绕组工作电压分为高压(6kV 及以上)和低压(1140V 及以下)异步电动机，还可以根据性能分为高启动转矩、高转差率、高转速异步电动机，等等。

因为异步发电的性能较差，所以异步电机一般都作电动机用。异步电动机又有三相和单相两种。异步电动机具有结构简单、制造方便、运行可靠、价格低廉等一系列优点，特别是和同容量的直流电动机相比，异步电动机的重量约为直流电动机的一半，而其价格仅为直流电动机的1/3，因此，异步电动机在各行各业中应用非常广泛。异步电动机的主要缺点是：不能经济地实现范围较广的平滑调速；必须从电网获取滞后的励磁电流，因而使电网功率因数变坏。但是，随着电力电子技术的发展，大功率半导体器件的出现，异步电动机的调速已经基本克服了上述缺点，交流调速正在迅速的替代直流调速。因此，三相异步电动机在电力拖动系统中的地位变得更为重要。

本章主要讲述三相异步电动机的基本工作原理，以旋转磁场的建立为前提，讨论异步电动机定子绕组的构成、排列与连接；三相异步电动机的基本结构、分类及铭牌参数。根据异步电动机空载及负载运行时的电磁过程，讲解磁动势和磁场以及电动势等这些参与电磁过程的基本物理量，然后将电磁过程用基本方程式表达出来。仿照变压器的分析方法，从这些方程式推导出电动机的等效电路图，并用等效电路分析电动机的功率、转矩和效率等与转差率的关系，从而得出异步电动机的工作特性，为交流拖动系统的分析奠定基础。最后讲述单相异步电动机的工作原理及启动方法。

4.1　三相异步电动机的工作原理

三相异步电动机的工作原理是：将交流电通入定子绕组产生旋转磁场，由这种旋转磁场借助于感应作用在转子绕组内所感生的电流相互作用，以产生电磁转矩来实现拖动作用。显然，三相异步电动机实现机电能量转换的前提是产生旋转磁场，因此，在此首先分析旋转磁场的产生过程。

4.1.1 旋转磁场

1. 旋转磁场的产生

图 4.1 是对称三相绕组的线圈示意图。线圈的外形、尺寸、匝数都完全相同的，线圈采用的材料和线径也相同。这样，每个线圈呈现的阻抗是相同的，线圈又分别称 U_1 - U_2、V_1 - V_2、W_1 - W_2 三相绕组。三相绕组的始端和末端分别用 U_1、V_1、W_1 和 U_2、V_2、W_2 表示。

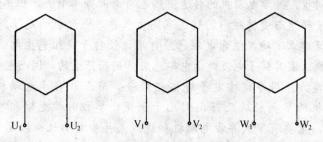

图 4.1　对称三相绕组的线圈(多匝线圈简化图)

如图 4.2 所示是一台两极定子绕组的端面布置图。在定子的内圆上均匀地开出 6 个槽，并给每个槽编上序号，将 U_1 - U_2 相绕组放进 1 号和 4 号槽中；V_1 - V_2 相绕组放进 3 号和 6 号槽中；W_1 - W_2 相绕组放进 5 号和 2 号槽中。由于 1，3，5 号槽在定子空间互差 120°，分别放入 U，V，W 相绕组的首端，这样排列的绕组，就是对称三相绕组。三相绕组在空间相隔 120°。现将三个末端连在一起，三个始端接到三相对称电源上，可以得到对称三相绕组的丫形接法。如图 4.3 所示。

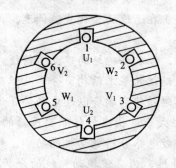

图 4.2　绕组端面布置图

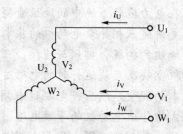

图 4.3　丫形接法

由电网提供三相对称电压，每一相线圈的阻抗都相等，则三相绕组内便通过三相对称交流电，各相电流的瞬时值表达式为：

$$i_U = I_m \sin\omega t \qquad\qquad 通入线圈 U_1 - U_2$$
$$i_V = I_m \sin(\omega t - 120°) \qquad 通入线圈 V_1 - V_2$$
$$i_W = I_m \sin(\omega t - 240°) \qquad 通入线圈 W_1 - W_2$$

如图 4.4 所示是各相电流随时间变化的波形图。三相对称交流电随时间的变化是连续的，为了分析旋转磁场的产生，在电流波形图的轴上分别标出 $\omega t = 90°$、$\omega t = 180°$、$\omega t =$

240°三个不同时刻。

　　三相对称交流电通入 U、V、W 三相线圈，绕组中电流的实际方向，可由对应瞬时电流的正负来确定。因此，我们规定：当电流为正值时，其实际方向从线圈的首端流入，从尾端流出；当电流为负值时，其实际方向从线圈的尾端流入，从首端流出。凡是电流流入端用⊗表示，流出端用⊙表示。三相绕组各自通入电流以后，将分别产生它们自己的交变磁场，也同时产生了"合成磁场"。

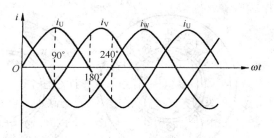

图 4.4　对称三相正弦交流电波形图

根据对称三相正弦交流电波形图上选取的三个不同时刻，分析一下"合成磁场"的产生情况。

　　在 $\omega t = 90°$ 时，i_U 为正值，i_V、i_W 为负值。绕组中电流的方向是 $U_1 - U_2$、$V_2 - V_1$、$W_2 - W_1$，根据右手螺旋定则，判断出合成磁场的方向，即定子右方为 N 极，左方为 S 极。可见，用这种方式布置绕组，产生的是两极磁场，磁极对数 $p = 1$。三相绕组中电流的方向和所产生的合成磁场的方向如图 4.5(a)所示。

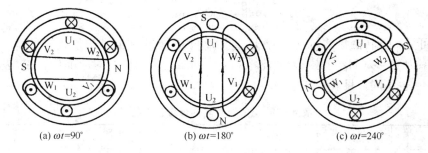

(a) $\omega t = 90°$　　　　　(b) $\omega t = 180°$　　　　　(c) $\omega t = 240°$

图 4.5　两极旋转磁场示意图

　　在 $\omega t = 180°$ 时，i_U 为零，i_V 为正值，i_W 为负值。绕组中电流的方向是 $V_1 - V_2$、$W_2 - W_1$，合成磁场的方向是定子下方为 N 极，上方为 S 极。此时，三相绕组中电流的方向和所产生的合成磁场的方向如图 4.5(b)所示。合成磁场按顺时针的方向在空间转了 90°。

　　同理在 $\omega t = 240°$ 时，可以判断出绕组中电流的方向和合成磁场的方向如图 4.5(c)所示。合成磁场按顺时针的方向在空间又转了 60°角。

　　经过上述分析，可以得出以下结论：对于图 4.5 所示磁极对数 $p = 1$ 的旋转磁场，当三相电流的相位从 0°变到 240°时，合成磁场在空间旋转了 240°。所以，当电流完成一个周期的变化时，所产生的合成磁场在空间上也旋转了一周。三相电流随时间周期性变化，所产生的合成磁场也就在空间不停旋转，形成了旋转磁场。

　　2. 旋转磁场的转速

　　上述的旋转磁场是一个两极旋转磁场，也就是磁极对数 $p = 1$。当三相交流电变化一周时，电动机的旋转磁场转动一周；交流电在 1s 内变化 f_1 周，旋转磁场在 1s 内转动 f_1 周，1min 内旋转磁场转动 $60f_1$ 周。由此可知，旋转磁场在一对磁极情况下，其转速 n_1(r/min)与三相交流电频率 f_1 的关系是 $n_1 = 60f_1$。如果要改变旋转磁场的转速，则应把线圈的数目增加一倍变为四极旋转磁场，线圈布置如图4.6所示。

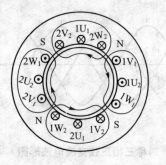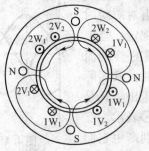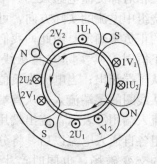

图 4.6 四极旋转磁场示意图

该图中各相绕组分别由两只相隔180°的线圈串联而成，如U相绕组由线圈$1U_1 - 1U_2$和$2U_1 - 2U_2$串联。当三相交流电流通过此线圈时，经过以前方法分析可得出以下结论：磁场为四极旋转磁场；磁极对数$p=2$；旋转磁场在空间转了180°(即半转)。以此类推，如果有p对磁极时，交流电每变化1周，其旋转磁场在空间转了$1/p$转。因此旋转磁场每分钟的转速n_1与定子绕组的电源频率f_1及磁极对数p的关系为

$$n_1 = \frac{60 f_1}{p} \quad (\text{r/min}) \tag{4-1}$$

由此可见，旋转磁场的转速n_1决定于电流的频率f_1和电动机磁极对数p。我国的电源标准频率为$f_1 = 50\text{Hz}$(工频)，因此不同磁极对数的电动机所对应的旋转磁场转速(又称为同步转速)也不同，见表4-1。

表 4-1 磁极对数与同步转速关系表

p	1	2	3	4	5	6
$n_1/(\text{r/min})$	3000	1500	1000	750	600	500

3. 旋转磁场的方向

在分析二极旋转磁场时，可以看到，磁场是按顺时针方向旋转的，这是因为三相绕组U_1U_2、V_1V_2、W_1W_2接入电源是按相序U、V、W通入的，即绕组U_1U_2的电流先达到最大值，其次是绕组V_1V_2，再次是绕组W_1W_2，故磁场的旋转方向与通入的三相电流相序一致。如果将三根电源线中任意两根对调，例如V、W两相对调，即图4.5中W_1W_2绕组通入U相电流，U_1U_2绕组通入W相电流，磁场将会逆时针方向旋转，该内容读者可自己分析。

4. 磁动势

一个整距线圈通入交流电后的磁场分布情况为：气隙磁场为一对磁极，气隙的磁通密度均相同(短距线圈通入电流的磁场分布也类似)，线圈磁动势建立的两极磁场如图4.7所示。按照全电流定律，在磁场中沿任一磁力线的磁压降等于该磁力线所包围的全部电流。如线圈的匝数为N_c；电流为i_c，则作用在磁路上的磁动势为$N_c i_c$，铁心中磁压降不考虑，所以线圈的磁动势降落在两个均匀的气隙中，则气隙各处的磁压降均等于线圈磁动势的一

半，显然每极磁动势沿气隙分布是一个矩形波，如图 4.8 所示。由于交流电流是按正弦规律变化的，所以磁动势的振幅也随时间按正弦规律变化，但是磁动势幅值所在位置不变，这种性质的磁动势称为脉振磁动势。

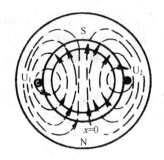

图 4.7　整距线圈建立的磁场

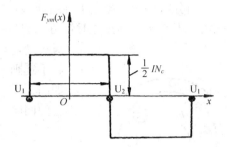

图 4.8　整距线圈磁动势分布波形

对该脉振磁动势用傅里叶级数分解，磁动势可用以下公式写出：

$$F_{y(x)} = F_{y1}\cos\frac{\pi}{\tau}x + F_{y3}\cos\frac{3\pi}{\tau}x + F_{y5}\cos\frac{5\pi}{\tau}x + \cdots \qquad (4-2)$$

其波形图如图 4.9 所示。把 U 相绕组所有整距线圈的基波磁动势逐点相加，就可得到 U 相绕组的基波合成磁动势，同理将 U、V、W 三个单相绕组产生的基波合成磁动势逐点相加，就可得到三相绕组的基波合成磁动势。磁动势的基波分量是磁动势的主要成分，其合成磁势为一旋转磁动势，该旋转磁动势有以下特性。

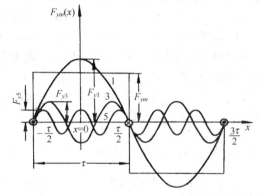

图 4.9　矩形波分解为基波和谐波

（1）极数：基波旋转磁动势的极数与绕组的极数相同。

（2）振幅：三相合成磁动势的振幅是一个常数，为每相脉振磁动势振幅的 3/2 倍。

（3）幅值的位置：三相合成磁动势的振幅位置随时间而变化，基波旋转磁动势在空间位置上移动的电角度等于电流在时间上变化的电角度。当那一相电流达到最大值时，合成磁动势的振幅就移至该相轴线处。

（4）转速：合成磁动势的旋转速度是一个常数，旋转速度 $n_1 = \dfrac{60f_1}{p}(\text{r/min})$。

（5）旋转方向：旋转磁动势的旋转方向与电流相序有关，总是由超前电流的相到滞后电流的相，只要改变流入电流的相序，即可改变旋转磁动势的方向。

采用基波合成磁动势的方法，可以分析各次谐波的合成磁动势，结果是：3 的奇数倍的谐波其合成磁动势为零；5 次、7 次及其他奇数次谐波的合成磁动势仍然存在，但比基波合成磁动势要小得多。谐波磁动势对电机的运行将产生多方面的不良影响，例如引起异步电机产生附加铁损耗和附加铜损耗，效率降低，温升升高，以及加大振动和噪声等，因此，在电动机中应尽量削弱磁动势中的高次谐波，而采用短距绕组和分布绕组就是达到这个目的的一个重要手段。

4.1.2　三相异步电动机的转动原理

1. 转子电路中的感应电流

从前面分析可知，当定子绕组通入三相交流电后，在电动机定子、转子之间就会产生旋转磁场，当旋转磁场按逆时针方向以 n_1 速度旋转时，静止的转子同旋转磁场间就有相对运动，转子导线因切割磁力线而产生感应电动势。根据右手定则，可确定出转子导体上半部分感应电动势的方向如图 4.10 所示。由于转子绕组经两端的两个铜环构成闭合的回路，故转子导体内就有感应电流产生。

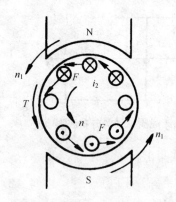

图 4.10　异步电动机转动原理图

2. 电磁转矩的产生

根据图 4.10 分析，转子导体内的感应电流又与旋转磁场相互作用而产生电磁力。力的方向可按左手定则判定。这些电磁力产生电磁转矩，使转子在该电磁转矩的作用下，与旋转磁场方向一致而转动。显然转子的转速 n 小于旋转磁场的同步转速 n_1，因此，这种电动机称为异步电动机，又称为感应电动机。

电动机空载运行时，电动机轴上不带机械负载，这时轴上的阻转距（又称空载转距 T_0）是由轴与轴承之间的摩擦力及风的阻力等构成的，其数值很小，这时电动机转子的转速（又称空载转速）很高，接近于同步转速。当转子产生的电磁转矩 T_{em} 与负载机械作用在转子轴上的负载转矩 T_L 相等时，转子就以等速运转；当 $T_{em} > T_L$ 时，转子则加速；当 $T_{em} < T_L$ 时，转子则减速。

4.1.3　异步电动机的转差率

一般情况下，电动机转子的转速总是小于旋转磁场的转速（即同步转速），转子总是紧跟着旋转磁场以略小于 n_1 的转速 n 同方向旋转。若旋转磁场的方向反转，转子也将反向转动。

通常，把同步转速 n_1 与转子转速 n 的差值和同步转速 n_1 的比值称为异步电动机的"转差率"，用 s 表示，即

$$s = \frac{n_1 - n}{n_1} \tag{4-3}$$

转差率可用百分数表示，即　　　　$s = \frac{n_1 - n}{n_1} \times 100\%$

电动机转子转速

$$n = (1-s)n_1 = \frac{60f_1}{p}(1-s) \tag{4-4}$$

转差率 s 是表示转子转速与磁场转速差异程度的参数，由式（4-4）可知，在电动机转子尚未转动时 $n=0$，即 $s=1$。若转子以同步转速旋转，则 $n=n_1$，$s=0$。所以，转差率 s 的变化范围在 $0\sim1$（即 100%）之间，随着转子转速的增高，转差率变小。电动机在额定负载情况下运行时，一般转差率 s 约在 $0.02\sim0.08$ 之间。

转差率 s 是表征异步电动机运行情况的重要参数，根据转差率的大小和符号便可以判

断异步电动机的三种运行状态。

（1）电动运行状态。

如果转子顺着旋转磁场的方向旋转，即 $0<n<n_1$，$0<s<1$，电磁转矩克服轴上负载的阻转矩作功，输出机械功率，因而是电动运行状态。

（2）发电运行状态。

如果用原动机拖动转子顺旋转磁场的方向旋转，使转子转速高于旋转磁场转速，即 $n>n_1$，$s<0$，转子导体切割磁力线的方向与电动状态相反，此时电磁转矩为阻转矩，为使转子维持高于旋转磁场转速旋转，原动机的外力必须克服电磁阻力，转子从原动机吸收机械功率，输出电功率，因而异步电机便运行于发电状态。

（3）电磁制动运行状态。

如果转子在外力拖动下，使其旋转方向与旋转磁场的转向相反，即 $n<0$，$s>1$，相对转速则大于同步转速 $n_1-(-n)$，虽然旋转磁场切割转子的相对速度方向与电动机状态时方向相同，但是由于转子转向改变，此时电磁转矩对转子而言为制动转矩。因此电动机处于电磁制动状态。例如，起重设备中，起重机下放重物时，如让重物自由下坠非常危险，这时要使电动机运行在制动状态，由电磁转矩来制止转子加速，调整下降速度。

异步电动机有以上几种运行方式，是符合电机可逆性原理的，但是实际上异步电机主要作为电动机运行。

【例 4.1】 一台三相异步电动机铭牌上标明频率 $f_1=50\text{Hz}$，转速 $n=1460\text{r/min}$。试求此电动机在额定运行时的转差率 s 和磁极对数 p。

解：因为 $n=1460\text{r/min}$ 略小于 n_1，可知 $n_1=1500\text{r/min}$，

根据式(4-3)得

$$s=\frac{n_1-n}{n_1}=\frac{1500-1460}{1500}=0.027$$

根据式(4-1)得

$$p=\frac{60f_1}{n_1}=\frac{60\times50}{1500}=2。$$

4.2 三相异步电动机的基本结构

异步电动机主要由固定部分和转动部分两大部分组成，固定部分称为定子；转动部分称为转子，此外还有端盖、轴承、机座、风扇等部件。定、转子间是空气间隙，为了保证电动机的性能，空气间隙一般很小，约为 0.2mm 到 2mm。其结构如图 4.11 和图 4.12 所示。

定子绕组可以接成星形或三角形。为了便于改变接线，三相绕组的 6 根端线都接到定子外面的接线盒上。盒中接线柱的布置如图 4.13 所示，其中图 4.13(a)为定子绕组星形接法，

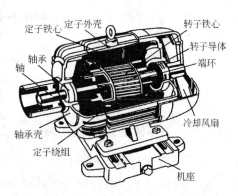

图 4.11 三相异步电动机解剖图

图 4.13(b)为定子绕组三角形接法。

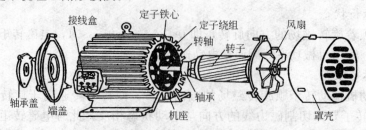

图 4.12 三相异步电动机结构展开图

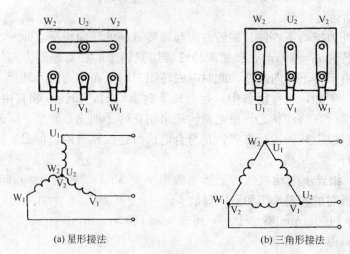

(a) 星形接法　　　　　　　　　　(b) 三角形接法

图 4.13 定子绕组接法

4.2.1 三相异步电动机的定子

三相异步电动机的定子部分由机座、机座内的定子铁心和定子绕组三部分组成。机座主要是用于固定和支撑定子铁心。定子铁心是由相互绝缘的硅钢片叠装而成，定子铁心的内圆表面均匀分布的槽用来放置定子三相绕组。

1. 机座

中、小型异步电动机的机座一般是用铸铁制成，小型电动机的机座也有用铝合金铸造的，大型电动机的机座是用钢板焊接而成。机座的形式与电动机的防护方式、冷却方式和安装方式有关。

2. 定子铁心

定子铁心是电动机主磁通磁路的一部分，为了使电动机有较强的旋转磁场，用厚0.5mm 的硅钢片冲片叠压而成，铁心内圆有均匀分布的平行槽，硅钢片上涂有绝缘漆(小型电动机也有不涂漆的)作为片间绝缘以减少涡流损耗和磁滞损耗，如图 4.14 所示。

3. 定子绕组

定子绕组是异步电机进行能量转换的关键部件，它是由许多线圈按一定规律连接而成的。线圈由高强度漆包线绕成，放入半开口槽的成型线圈通常采用聚酯薄膜作为电机的槽

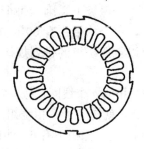

图 4.14　机座及定子铁心

绝缘、相间绝缘，以免电机在运行时绕组对铁心出现击穿或短路故障。根据绕组在槽内布置不同，有单层绕组及双层绕组两种基本形式。容量较大的异步电动机都采用双层绕组。双层绕组在每槽内的导线分上下两层放置，上下层线圈之间要用聚酯薄膜绝缘隔开，小容量异步电动机常采用单层绕组，其绕组的排列和连接较为简单。

1) 定子绕组及基本物理量

为了分析三相绕组的排列和连接规律，必须知道交流绕组的基本知识和基本物理量。

（1）绕组元件。

用绕线模把导线绕成线圈，然后按照一定规律把线圈嵌入定子铁心槽内，再连接成各相绕组，这些线圈称为绕组元件。线圈可以是单匝或多匝的，如前面介绍的图 4.2 所示。

（2）机械角度与电角度。

电动机定子铁心内圆周角在几何上分成 360°，称为机械角度。从磁场变化的规律看，一对换磁极，磁场就变化一周，因此把一对磁极对应的机械角度定义为 360° 电角度。若电动机的磁极对数为 p，电动机内圆周按电角度计算就有 $p \times 360°$，即

$$电角度 = p \times 机械角度 \tag{4-5}$$

（3）槽距角 α。

相邻两个槽之间的电角度称为槽距角 α，因为定子槽在定子内圆上是均匀分布的，所以若定子槽数为 z，电机磁极对数为 p，则槽距角 α 为

$$a = \frac{p360°}{z} \tag{4-6}$$

（4）极距 τ。

相邻异性磁极轴线沿定子内圆表面的距离称为极距，若用槽数表示，则

$$\tau = \frac{z}{2p} \tag{4-7}$$

（5）节距 y。

一个绕组元件两条有效边之间所跨的槽数称为节距。节距等于极距的绕组称为整距绕组；节距小于极距的绕组称为短距绕组；节距大于极距的绕组称为长距绕组。

（6）每极每相槽数 q。

q 即每一相绕组在每一个磁极下所占据的槽数。若相数为 m，则

$$q = \frac{z}{2pm} \tag{4-8}$$

（7）相带。

每相绕组在每个磁极下所连续占有的宽度称为相带(用电角度表示)。将每相所占有的

槽数均匀地分布在每个磁极下，因为每个磁极占有的电角度是180°，对于三相绕组，每个磁极下有三个相带，每个相带占有60°的电角度，称为60°相带。只要掌握了相带的划分和线圈的节距，就可以掌握绕组的排列规律。

（8）极相组。

每个磁级下同一相的a个线圈，按一定规律连接起来，就构成极相组，将同一相的若干个极相组串联或并联，就构成了一相绕组。各相绕组的轴线或相对位置，在定子内径空间应相隔120°电角度，因此每对磁极下有6个相带，其安排顺序应依次为U_1，W_2，V_1，U_2，W_1，V_2，如图4.15所示（两极磁场）。由此可知四极磁场60°的相带绕组分布情况，如图4.16所示。

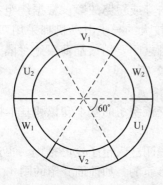

图4.15 两极磁场60°相带绕组分布图

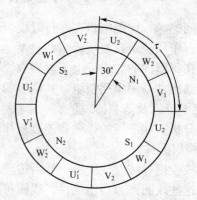

图4.16 四极磁场30°相带绕组分布图

2）三相单层绕组

小容量的三相异步电动机常采用单层绕组，因为槽内没有层间绝缘，所以这种嵌线比较方便，但是它的磁动式和电动势波形稍差一些。由于每槽内只安置一层线圈边，因此定子总线圈数等于总槽数的一半。常用的三相单层绕组有：链式、同心式、交叉式等几种形式。

（1）链式绕组。

例如一台三相异步电动机，磁极对数$p=2$，定子槽数$z=24$，根据已知条件绕制单层链式绕组。利用公式计算可得

极距

$$\tau=\frac{z}{2p}=\frac{24}{4}=6$$

每极每相槽数

$$q=\frac{z}{2pm}=\frac{24}{4\times3}=2$$

槽距角

$$a=\frac{p360°}{z}=\frac{2\times360°}{24}=30°$$

假如将定子内圆沿1号和24号槽之间的一条平行于定子轴线的直线剪开铺平，将各槽进行编号，然后按60°相带排列，将定子槽分开为12个相带，按U_1，W_2，V_1，U_2，W_1，V_2的顺序加以注明（见表4-2）。

表4-2 相带与定子槽号对应表

相 序	U_1	W_2	V_1	U_2	W_1	V_2
N_1，S_1	1，2	3，4	5，6	7，8	9，10	11，12
N_2，S_2	13，14	15，16	17，18	19，20	21，22	23，24

根据计算所得参数将线圈联成极相组，最后再串联或并联成一相的绕组。以 U 相为例，槽 1 与槽 7、槽 2 与槽 8，它们相距的电角度为 $30°×6＝180°$，可以把槽 1 与槽 7 的线圈边构成一个线圈。同理，槽 2 与槽 8、槽 13 与槽 19、槽 14 与槽 20 中的线圈边也都分别构成线圈，这样 U 相绕组就有 4 个线圈，把它们依次串联起来（"头—尾"相连），就构成了一相绕组，其展开图如图 4.17 所示。同样道理，槽 5 与槽 11、槽 6 与槽 12、槽 17 与槽 23、槽 18 与槽 24 中的线圈边也都分别构成线圈，串联起来构成了 V 相绕组。W 相绕组可自己分析。图 4.14 中构成 U 相绕组的 4 个线圈，其形状、大小是完全一样的，称为等元件绕组。又因为每个线圈的节距都等于极距，所以是一个整距绕组（$y＝τ＝6$）。

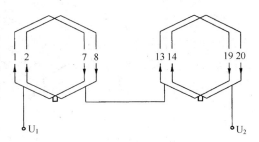

图 4.17　链式整距绕组 U 相展开图

电动机的旋转磁场是由 U、V、W 三相绕组通入电流后产生的，U 相绕组所形成的磁动势仅与线圈边中的电流方向有关，与线圈边连接次序无关。所以，只要是属于同一相的线圈边所组成的线圈，其中通过的电流方向符合要求即可，至于由哪两个线圈边组成线圈，可以是灵活的。因此改变线圈的连接次序，并不影响每相电动势的大小和线圈中电流的大小，同样产生四极旋转磁场。即：把线圈边的 2 和 7 相连、8 和 13 相连、14 和 19 相连、20 和 1 相连，构成四个线圈。虽然线圈边 1 和 13 不在同一对磁极下，但它们所处的磁场位置是相同的，如图 4.18 所示。改变接法后，为了保持线圈中的电流方向不变，线圈边电动势仍然是相加而不是相减，则线圈间的连接应由原来图 4.14 的"头—尾"相连变成图 4.15 的"尾—尾"相连、"头—头"相连的方式。这种连接方式的绕组称为链式短距式绕组（$τ＝6$，$y＝5$）。

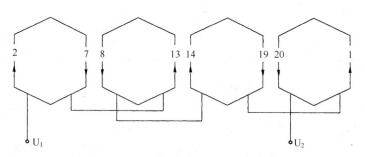

图 4.18　链式短距绕组 U 相展开图

同理，可以得到 V、W 两相绕组的连接展开图，图 4.19 为三相单层链式短距绕组的展开图。图 4.19 链式绕组的线圈虽然是短距的，但在电气性能方面和整距绕组一样，由于短距绕组每个线圈的节距由原来的整距（$y＝6$）变为短距（$y＝5$），这就使线圈端接部分长度缩短，节省了材料。同时也减少了端接部分的重叠现象，使端接部分的排列更加合理，因此小容量电动机普遍地应用该接线方式。

（2）同心式绕组。

例如一台三相异步电动机，磁极对数 $p＝1$，定子槽数 $z＝24$，根据已知条件绕制单层同心式绕组。利用公式计算可得

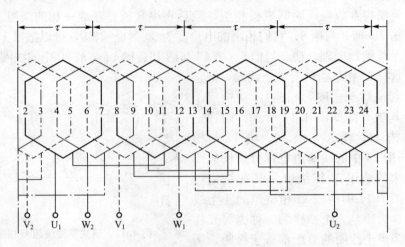

图 4.19　三相单层链式短距绕组展开图

极距 $$\tau = \frac{z}{2p} = \frac{24}{2} = 12$$

每极每相槽数 $$q = \frac{z}{2pm} = \frac{24}{2 \times 3} = 4$$

槽距角 $$a = \frac{p360°}{z} = \frac{1 \times 360°}{24} = 15°$$

通过计算可知：异步电动机为两极，每个极距内有 3 个相带，整个定子共有 6 个相带，每个相带有 4 个槽，将各相带槽号列在表中，将 23、24、1、2 划分为第一个相带。按 U_1，W_2，V_1，U_2，W_1，V_2 的顺序加以注明（见表 4-3）。

表 4-3　相带与定子槽号对应表

相　序	U_1	W_2	V_1	U_2	W_1	V_2
N，S	23, 24, 1, 2	3, 4, 5, 6	7, 8, 9, 10	11, 12, 13, 14	15, 16, 17, 18	19, 20, 21, 22

按表 4-3 说明的连接方法，U 相绕组应由线圈边 23、11，24、12，1、13，2、14 分别组成的四个线圈依次串联而组成，V、W 两相作同样连接就可构成三相单层绕组。但是，这样组成的线圈组，端接部分重叠层数较多，散热不好。

如果线圈边 1 与 12 组成一个大线圈，线圈边 2 与 11 组成一个小线圈，小线圈放入大线圈之内，串联起来成线圈组。用同样方法将线圈边 13 与 24，14 与 23 组成线圈组，再将这两个线圈组的尾端（右端边为尾端）连接起来，可得到同样的线圈中电流的分布情况，克服了绕组端接部分重叠层数较多的缺点。将 V、W 两相绕组的线圈作相同排列和连接，就得出如图 4.20 所示的三相单层同心式绕组展开图。同心式绕组的特点是线圈组中各线圈节距不等，各线圈的轴线重合。其优点是端接部分互相错开，重叠层数较少，便于布置，散热较好；缺点是线圈大小不等，绕线不方便。

通过归纳，可得出一般三相绕组的排列和连接过程为：①计算极距；②计算每极每相槽数 q；③划分相带；④组成线圈组；⑤按极性对电流方向的要求构成一相绕组；⑥绘出三相绕组的展开图。

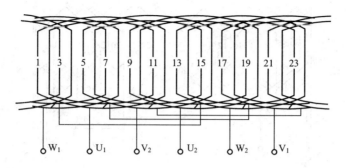

图 4.20　三相单层同心式绕组展开图

（3）交叉式绕组。

交叉式绕组线圈节距缩短，端接部分减少重叠，工艺更趋合理，当 $q=3$ 时，一般均采用此种绕组。从电气性能看，交叉式绕组仍属整距绕组。

例如一台三相异步电动机，磁极对数 $p=2$，定子槽数 $z=36$，根据已知条件绕制单层交叉式绕组。根据条件经过计算可得：$\tau=9$；$q=3$，其相带与定子槽号划分见表 4-4。

表 4-4　相带与定子槽号对应表

相　序	U_1	W_2	V_1	U_2	W_1	V_2
N_1，S_1	1，2，3	4，5，6	7，8，9	10，11，12	13，14，15	16，17，18
N_2，S_2	19，20，21	22，23，24	25，26，27	28，29，30	31，32，33	34，35，36

U 相绕组的线圈按如下要求连接：将槽 2 与槽 10、槽 3 与槽 11 的线圈边构成 $y=8$ 的两个大线圈；槽 12 与槽 19 构成一个 $y=7$ 的小线圈；槽 20 与槽 28、槽 21 与槽 29 的线圈边构成两个大线圈；槽 30 与槽 1 的线圈边构成一个小线圈。线圈之间的连接规律是：两个相邻的大线圈之间"头—尾"相连，大线圈和小线圈之间"尾—尾"相连，小线圈与大线圈之间"头—头"相连。形成两对磁极下依次出现两大一小的交叉布置，如图 4.21 所示。V、W 两相按同样方法连接就可构成三相单层交叉式绕组，如图 4.22 所示。

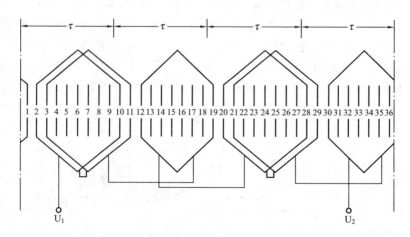

图 4.21　单层交叉式 U 相绕组展开图

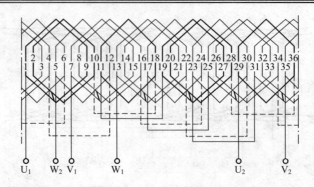

图 4.22　三相单层交叉式绕组展开图

3）三相双层叠绕组

双层绕组每个槽内放上下两个线圈的有效边，上下层有效边之间加层间绝缘，每个线圈的一个边放在一个槽的上层，另一个边放在相隔节距 y 的下层，所以，整个绕组的线圈总数等于总槽数。双层绕组所有线圈尺寸相同，端接部分形状排列整齐，绕制较为方便，易于制造，有利于散热和增强机械强度。三相异步电动机的双层绕组根据线圈形状以及端接部分的连接，有叠绕组和波绕组两种，绕线式异步电动机的转子绕组常用双层波绕组（在转子部分介绍）。

下面以三相四极 24 槽的双层绕组为例说明三相双层叠绕组的排列和连接方式。已知：磁极对数 $P=2$，定子槽数 $z=24$，根据条件经过计算可得：$\tau=6$；$q=2$；$a=30°$；采用 $60°$ 相带，其相带与定子槽号划分如表 4-5 所示。

表 4-5　相带与定子槽号对应表

相序	U_1	W_2	V_1	U_2	W_1	V_2
N_1，S_1	1，2	3，4	5，6	7，8	9，10	11，12
N_2，S_2	13，14	15，16	17，18	19，20	21，22	23，24

采用短节距方式（$y=5$），U 相绕组的线圈按如下要求连接：将槽 1 的上层边与槽 6 的下层边、槽 2 的上层边与槽 7 的下层边构成两个线圈；槽 7 的上层边与槽 12 的下层边、槽 8 的上层边与槽 13 的下层边构成两个线圈。同理，槽 13 与槽 14；槽 19 与槽 20 的上层边分别和槽 18 与槽 19；槽 24 与槽 1 的下层边构成线圈。线圈之间的连接规律是：两个相邻的线圈之间"头—尾"相连，串联成一个"极相组"，总共构成四个极相组。极相组和极相组之间按照假定电流的方向"尾—尾"相连、"头—头"相连的规律，即可得到 U 相叠绕组的展开图，如图 4.23 所示。同理，三相叠绕组的展开图如图 4.24 所示。

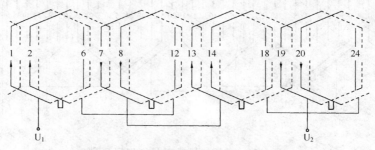

图 4.23　双层叠绕组 U 相绕组展开图

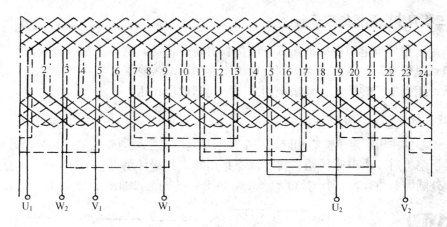

图 4.24　三相双层叠绕组展开图

三相双层叠绕组每相在不同磁极下的极相组可以串联连接、并联连接或串—并联连接。不同的连接方式，可以得到不同的并联支路数。当极相组串联时，每相绕组的并联支路数为 1，如图 4.24 所示，三相双层叠绕组的并联支路数最多等于电动机的磁极数。

绕组展开图详细而完整地表达了定子绕组的连接方法，但绘制时非常麻烦，为简便起见，可以采用绕组端部圆形接线图来指导接线，绘制磁极对数为 2 定子槽数为 24 的圆形接线图过程是：①根据极相组数将定子圆周等分为 12 段圆弧，按 U₁，W₂，V₁，U₂，W₁，V₂ 的顺序，从任一圆弧段开始沿逆时针（或顺时针）方向将各段圆弧标上名称；②根据相邻极相组电流流向"相对和相背"交替的规律，从任一极相组开始画一箭头为正，逆时针依次一正一反地将 12 段圆弧箭头画完；③将 U、V、W 各相的四个极相组按箭头的方向顺序地连接起来，就得到三相绕组接线图；④根据三相绕组首端之间应相隔 120°电角度的原则，最后确定出三相绕组的首端。图 4.25(a) 为并联支路数等于 1 的绕组圆形接线图；图 4.25(b) 为并联支路数等于 2 的绕组圆形接线图。

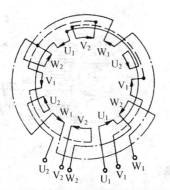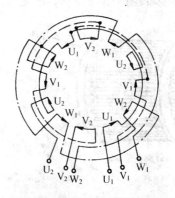

(a) 并联支路数等于1的绕组圆形接线图　　　(b) 并联支路数等于2的绕组圆形接线图

图 4.25　三相异步电动机的圆形接线图

4.2.2 三相异步电动机的转子

转子是三相异步电动机的旋转部分，负载由转子带动，它由转轴、转子铁心、转子绕组、端盖和风扇等部分组成。端盖固定在机座两侧，端盖除了起防护作用外，在端盖上还装有轴承，用以支撑转子轴，风扇则用来通风起到散热作用。

1. 转子铁心

转子铁心的作用和定子铁心相同，一个作用是电动机主磁通磁路的一部分；另一个作用是安放转子绕组后产生电磁转距。转子铁心是用涂有绝缘漆的厚 0.5mm 硅钢片叠压而成，在硅钢片外圆周上冲有若干个均匀的绕组槽，并套在转轴上，如图 4.26 和图 4.27 所示。

图 4.26 转子硅钢片

(a) 单笼铁心槽形

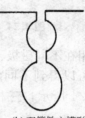
(b) 双笼铁心槽形

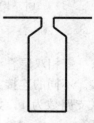
(c) 绕线式铁心槽形

图 4.27 转子硅钢片的铁心槽形

2. 转子绕组

转子绕组分为绕线型与笼型(或笼式)两种，因此电动机就称为绕线型异步电动机或笼型异步电动机。

1) 笼型

在转子铁心的每一个槽中插入铜条或铝条，金属条的两端用金属环(称为端环)短接起来，转子绕组形状像个鼠笼，因此称为笼型转子，如图 4.28 所示。一般大型笼型电动机的转子绕组用铜条制成；中小型的用铸铝的方法，把转子导条和端环、风扇叶片用铝液一次浇铸而成。笼型绕组因结构简单、制造方便、运行可靠，所以得到非常广泛的应用。

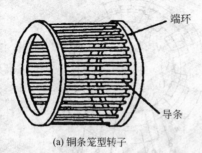

(a) 铜条笼型转子　　　　　(b) 铸铝笼型转子

图 4.28 笼型转子

2) 绕线型

绕线型转子绕组是将三相绕组的线圈嵌放在转子铁心槽内，三相绕组的三个末端连接在一起，形成星形连接，三个首端分别接到转轴上的三个与转轴绝缘的铜滑环上，通过固定不动的电刷装置与外电路相连，形成三相对称绕组。外接电路可以是可变电阻或

频敏变阻器，用以改善电动机的启动和调速性能，
如图 4.29 所示。

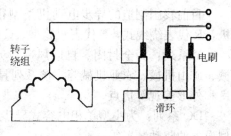

图 4.29　绕线型转子绕组

3. 气隙

电动机的定、转子之间的空气间隔称为气隙，
异步电动机的气隙比同容量的直流电动机的气隙要
小得多，中、小型异步电动机的气隙一般为
0.2～2mm。

因为异步电动机的励磁电流是由定子电流提供的，异步电动机的气隙过大或过小都将
对异步电动机的运行产生不良影响。气隙大，磁阻也大，励磁电流也就大，功率因数就会
降低；气隙过小，则装配困难，转子还有可能与定子发生机械摩擦，出现"扫膛"现象；
另外，气隙大一些可以减少附加损耗及高次谐波的含量，改善启动性能。

4.2.3　三相异步电动机的铭牌

与任何电气设备相同，在异步电动机的机座上也都装有一个铭牌，铭牌上标有电动机
的型号、绕组的接法、功率、电压、电流和转速等额定数据，这些数据是正确选择和使用
电动机的依据。表 4-6 是一台型号为 Y-90L-4 的三相异步电动机的铭牌。

表 4-6　三相异步电动机的铭牌数据

三相异步电动机					
型　　号	Y-90L-4	电　　压	380V	接　　法	Y
功　　率	3kW	电　　流	6.4A	工作方式	连续
转　　速	1460r/min	功率因数	0.85	温　　升	75℃
频　　率	50Hz	绝缘等级	B	出厂年月	×年×月
×××电机厂		产品编号	重量	××	公斤

1. 三相异步电动机的型号

电动机的型号是表示电机品种、性能、防护形式、转子类型等引用的产品代号。电动
机的型号一般用大写印刷体的汉语拼音字母与阿拉伯数字组成。其中汉语拼音字母是根据
电动机全名称选择有代表意义的汉字，用该汉字的第一个拼音字母组成。例如 Y-100L1-
2 电动机的型号含义如图 4.30 所示。其中 Y 代表异步电动机，字母 Y 后面的数字 100 表
示机座中心高 100mm，L 为机座长度代号（L—长、M—中、S—短），字母 L 后的第一个
数字 1 表示铁心长度 1 号，横线后面的数字 2 表示 2 极电动机。

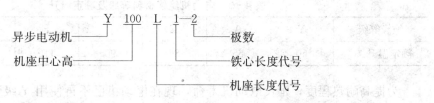

图 4.30　三相异步电动机的型号含义

目前我国制造的异步电动机类型很多,如 B 代表隔爆型电动机,O 代表封闭式电动机,R 代表绕线式,S 代表双笼型,C 代表槽式转子,主要有以下两大系列:

Y 系列:为全封闭、自扇风冷、笼型转子异步电动机,用于金属切削机床、通用机械、矿山机械、农业机械等,该系列具有高效率、启动转矩大、噪声低、振动小、性能优良和外形美观等优点。

DQ 系列:为小型单相电容式异步电动机。广泛用于家用电器、电风扇、手电钻、小型设备的驱动装置等。

2. 三相异步电动机的参数

电动机按照生产厂家规定的条件运行时,称为额定运行。额定运行的数据都标明在电动机的铭牌上。三相异步电动机的铭牌上有下列数据:

1) 额定功率 P_N

代表在额定负载状态下运行时,电动机轴上输出的机械功率,又称额定容量,单位为 kW。

2) 额定电压 U_N

代表在额定运行时加在定子绕组端的线电压,单位为 V 或 kV。如果电动机的铭牌上标有电压 220/380V,△/丫接法,则电源电压为 220V 时定子绕组采用三角形接法,电源电压为 380V 时定子绕组采用丫接法。

3) 额定频率 f

代表定子上外加电压的频率,我国的电网频率为 50Hz。

4) 额定电流 I_N

代表额定运行时定子绕组的线电流,单位为 A。当定子绕组可有△/丫接法时,就标明相应的两种额定电流值,如 10.4/5.9 就是对应于定子绕组采用△/丫连接时的线电流值。

5) 额定转速 n_N

代表电动机额定运行状态下的转速,单位为 r/min。

6) 额定效率 η_N

代表电动机额定运行状态下的效率。通常在铭牌上不标明,但可按式(4-9)算出:

$$\eta_N = \frac{P_N}{\sqrt{3}U_N I_N \cos\varphi} \times 100\% \tag{4-9}$$

7) 绝缘等级和额定温升

电动机绕组采用的绝缘材料分为 Y、A、E、B、F、H、C 七个等级。我国规定的标准环境温度为 40℃,电机运行时因发热而升温,其允许的最高温度与标准环境温度之差称为额定温升。采用不同绝缘等级的材料决定了电动机的额定温升,如表 4-7 所示。

表 4-7　电动机绝缘材料等级及额定温升

绝缘等级	Y	A	E	B	F	H	C
额定温升/℃	50	65	80	90	110	140	>140

为提高耐热程度,延长电动机寿命,现在电动机已不再使用 Y 级和 A 级绝缘。我国现在生产的 Y 系列电动机采用 B 级绝缘。

8）工作方式

根据发热条件可分为连续运行、短时运行、断续运行三种工作方式。

连续运行：电机持续工作时间较长，温升可达稳定值。如风机、空压机、机床、带式机等生产机械。异步电动机多数属于这一种情况。

短时运行：工作时间较短，电动机温升未达到稳定值就停止运行；而且停歇时间长使电机能够冷却到环境温度。如电动水闸、推焦机、机床的辅助运动等。我国规定的短时运行标准有 15min、30min、60min、90min 四种。

断续运行：周期性地工作与停机，每一循环周期不超过 10min，工作时温升达不到稳定值，停机时也来不及降到环境温度。例如起重机、吊车、卷扬机等机械。一周期内工作时间所占的比率称为负载持续率，我国规定的负载持续率标准有 15%、25%、40%、60% 四种。

此外电动机的参数还有：额定功率因数、转子的额定电压和额定电流、噪声等级、电机重量等。

4.3　三相异步电动机的运行原理

异步电动机与变压器相比有许多地方相似：在变压器中，原、副绕组是与同一主磁通相连系，电动机定转子电路之间是通过旋转磁通相连系的，它们都没有电的直接联系。因此，三相异步电动机的定子绕组相当于变压器的一次绕组，转子绕组则相当于变压器的二次绕组，异步电动机的旋转磁通相当于变压器中的主磁通。异步电动机与变压器之间也有其不同之处：变压器是静止的，而异步电动机是旋转的；变压器磁路中的空气隙由于制造原因是极小的，而在异步电动机定子与转子之间的磁路中有两个较大的空气隙，所以变压器的空载电流非常小，相对而言异步电动机的空载电流较大。所以，三相异步电动机运行原理的分析是在变压器的基础上进行的，对三相异步电动机的运行进行分析，完全可以仿照分析变压器的方式进行。

4.3.1　三相异步电动机的空载运行

电动机空载运行时，轴上不带任何机械设备，转子的转速和旋转磁场的同步转速比较接近，转子中的感应电势和电流都很小，分析时可以忽略不计。空载时定子的空载电流主要是用来建立磁场的，又称为励磁电流，约为额定电流的 30%，此时异步电动机的功率因数较低，一般小于 0.2，因此对电网的功率因数影响很大。

1. 空载运行时的电磁关系

当异步电动机不带负载，定子绕组接入三相交流电后，定子绕组中的电流称为空载电流 I_0，它建立气隙中的旋转磁动势 F_0，F_0 产生旋转磁场的磁通绝大部分同时与定、转子绕组相交链，这部分称为主磁通，用 Φ_m 表示，如图 4.31 所示。主磁通的磁路由定、转子铁心和气隙组成，它受磁路饱和的影响，为一非线性磁路，它在定、转子绕组中分别产生感应电动势 E_1 和 E_2。此外还有一小部分磁通仅与定子绕组相交链，称为定子漏磁通，用 $\Phi_{1\sigma}$ 表示，漏磁通不参与能量转换，并且主要通过空气闭合，受磁路饱和的影响较小，漏磁通的磁路可以看作是一线性磁路，它只在定子绕组中引起漏抗电动势，用 $E_{1\sigma}$ 表示。

转子电流与主磁通作用产生电磁转矩，使转子与旋转磁场同方向旋转。因为电动机轴上不带负载，转子只需克服本身的阻转矩，转子电流很小，转子的转速接近旋转磁场的转速，转差率很小，即转子绕组和旋转磁场之间的相对运行很小，使转子电动势和频率很小，因而主磁通基本上由定子磁动势决定，定子空载电流近似等于励磁电流，另外定子三相空载电流会在定子绕组上产生绕组压降 $I_0 r_1$，转子绕组空载运行时的电磁关系如图 4.32 所示。

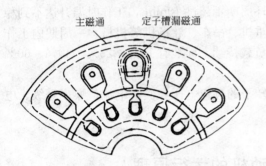

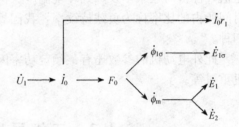

图 4.31 电动机的主磁通和漏磁通　　　　图 4.32 空载运行时的电磁关系

2. 感应电动势

异步电动机定子绕组产生的旋转磁场切割定、转子绕组时，我们也可以仿照变压器那样理解为：当旋转磁场旋转时，与定、转子绕组相交链的磁通即垂直穿过定、转子绕组的磁通发生变化，因而将在定、转子绕组中产生感应电动势。

根据推导：定子每相绕组的电动势等于每一条并联支路的电动势，一般情况下，每条支路中所串联的几个线圈组的电动势都是大小相等相位相同的，直接相加可以得出每相绕组电动势为

$$E_1 = 4.44 f_1 N_1 \Phi_m K_{\omega 1} \qquad (4-10)$$

式中：f_1 为电动势的频率；Φ_m 为每极磁通；$K_{\omega 1}$ 为绕组因数(0.9~1)，$K_{\omega 1}=K_{y1}K_{q1}$（$K_{y1}$ 为节距因数，K_{q1} 为分布因数）；N_1 为每相绕组总的串联匝数。

设 a 为绕组并联支路数，每槽导体数为 S，每极每相槽数为 q，磁极对数为 p，则

$$N_1 = \frac{pqS}{a}$$

同理，可得出转子的感应电动势为

$$E_2 = 4.44 f_2 N_2 \Phi_m K_{\omega 2} \qquad (4-11)$$

3. 电压平衡方程式及等效电路图

根据式(4-10)和式(4-11)可知，定子漏磁通在定子绕组中产生的漏抗电动势和变压器一样可用漏抗压降来表示，即

$$E_{1\sigma} = -j4.44 f_1 N_1 \dot{\Phi}_m K_{\omega 1} = -j \dot{I}_0 X_1 \qquad (4-12)$$

式中：$X_1 = 2\pi f_1 L_1$，为定子每相漏电抗。

根据基尔霍夫第二定律，可以列出电动机空载运行时每相的定子电压平衡方程式为

$$\dot{U} = -\dot{E}_1 + \dot{I}_0 r_1 + j\dot{I}_0 X_1 = -\dot{E}_1 + \dot{I}_0(r_1 + jX_1) \qquad (4-13)$$

式中：r_1 为定子绕组每相电阻；(r_1+jX_1) 为定子绕组每相漏阻抗。

因为转子电动势很小，可以认为：定子外加电压近似等于定子电动势，即

$$U_1 \approx -E_1 = -4.44f_1N_1\Phi_mK_{\omega1} \tag{4-14}$$

仿照变压器的分析，以阻抗压降的表达形式引入励磁阻抗 Z_m，式 (4-14) 即可变为如下表达方式：

$$\dot{E}_1 = -4.44f_1N_1\Phi_m\dot{K}_{\omega1} = -\dot{I}_0Z_m = -\dot{I}_0(r_m+jX_m) \tag{4-15}$$

式中：Z_m 为励磁阻抗，它是表征铁心损耗和磁化性能的参数；r_m 为励磁电阻，它是表征铁心损耗的等效电阻；X_m 为励磁电抗，它是表征铁心磁化能力的一个参数。

式 (4-14) 中的负号是由于将感应电动势表示为电压降而引入的，而异步电动机的铁心损耗主要是由于旋转磁场对定子的相对运动，使定子铁心产生涡流损耗和磁滞损耗。与同容量的变压器相比，异步电动机的 X_m 要小得多，Z_m 随铁心饱和程度增加而减小，只有当磁路饱和程度不变时，它才是常量。

根据电压平衡方程式，可得出其等效电路图，如图 4.33 所示，它和变压器空载运行等效电路相同。

通过以上分析，说明异步电动机空载运行时，输出的机械功率为零，电动机只需从电网吸取很小的有功功率用来供给电动机的空载损耗，它包括空载时的定子铜损耗、定子铁心损耗和机械损耗。如果电源频率不变，异步电动机主磁通与外加电压成正比，所以电动机与变压器一样，外加电压一定时，主磁通基本上是常量。

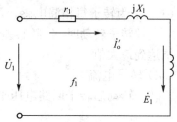

图 4.33　异步电动机空载时的等效电路

4.3.2　三相异步电动机的负载运行

电动机轴上带有机械设备，以阻转矩作用于电动机轴上，空载时的电磁转矩小于负载转矩，电动机的转速肯定低于空载转速，所以旋转磁场和转子间的相对运动增大，转差率 s 也随之变化，它将引起电动机内部许多物理量的变化，因此转子绕组中产生感应电动势和电流也比空载时的大。转子电流和旋转磁场共同作用产生电磁转矩，负载越大，转子转速越低，转子电流越大，输出的功率越多，使得定子电流也要增大，从电网吸取的功率也越大。

1. 转子各量与转差率的关系

1) 转子绕组内感应电动势及电流的频率

如果定子旋转磁场的转速为 n_1，转子转速为 n，则定子旋转磁场与转子绕组的相对速度为 n_1-n，转子绕组内感应电动势及电流的频率为

$$f_2 = \frac{p(n_1-n)}{60} = \frac{pn_1}{60} \times \frac{n_1-n}{n_1} = sf_1 \tag{4-16}$$

转子电流产生的旋转磁动势相对转子的转速为

$$n_2 = n_1 - n = \frac{60f_2}{p} = sn_1 \tag{4-17}$$

转子电流产生的旋转磁动势相对定子的转速为

$$n_2 + n = n_1 \tag{4-18}$$

由式(4-18)可知转子电流旋转磁动势的转速与定子电流旋转磁动势的转速相同，它们在空间始终保持相对静止，与转子的实际转速大小无关。

2）转子感应电动势

转子转动后，转子频率的变化将影响转子电动势和漏抗等参数的变化，因此，转子电动势为

$$E_{2s}=4.44f_2N_2\Phi_mK_{\omega2}=4.44sf_1N_2\Phi_mK_{u2}=sE_2 \qquad (4-19)$$

式中：E_{2s} 为转子转动后转子感应电动势；E_2 为转子不动时转子感应电动势。

由式(4-19)可知，当转子转动时 E_{2s} 随转差率 s 的减小而减小，当转子不动时，转差率 s 等于1，转子感应电动势达到最大值。

3）转子漏抗

转子漏磁通引起转子电抗，又称转子漏抗，转子漏抗为

$$X_{2s}=2\pi f_2L_2=2\pi sf_1L_2=sX_2 \qquad (4-20)$$

式中：L_2 为转子每相漏电感；X_{2s} 为转子转动后转子漏抗；X_2 为转子不动时转子漏抗。

同理转子转动时 X_{2s} 随转差率 s 的减小而减小，当转子不动时，转差率 s 等于1，转子漏抗达到最大值。

4）转子电流

转子转动后转子回路电压平衡方程式为

$$\dot{E}_{2s}-\dot{I}_{2s}(r_2+jX_{2s})=0 \qquad (4-21)$$

式中：r_2 为转子绕组每相电阻。

因此转子转动后转子电流为

$$I_{2s}=\frac{E_{2s}}{\sqrt{r_2^2+X_{2s}^2}}=\frac{sE_2}{\sqrt{r_2^2+(sX_2)^2}} \qquad (4-22)$$

由式(4-22)可以看出，当电动机启动瞬间，转差率 s 等于1，转子电流最大；当转子转动后转子电流随转差率 s 的减小而减小。

5）转子功率因数

转子回路的功率因数为

$$\cos\varphi_2=\frac{r_2}{\sqrt{r_2^2+(sX_2)^2}} \qquad (4-23)$$

由式(4-23)可以看出，转子回路也是一个感性电路。转速增大，转差率减小，转子功率因数增大。

异步电动机带负载时的定转子电路如图 4.34 所示，它与变压器一、二次电路的区别是：定子电路的频率为 f_1，转子电路的频率为 f_2，转子回路自己构成闭合回路，对外输

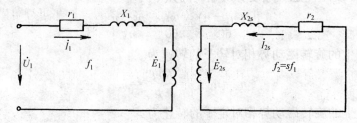

图 4.34 异步电动机带负载时的电路

出电压为零。经过上面的分析可知：f_2、X_{2s}、E_{2s}、I_{2s}、$\cos\varphi_2$ 都是转差率 s 的函数，而转子绕组磁动势的转速 n_1 却与转差率 s 无关。

2. 磁动势平衡方程式

空载时，定子电流为空载电流 I_0，转子电流很小，主磁通主要由定子的空载电流建立，其磁动势为 F_0；负载时，定子电流 I_1 产生的磁动势为 F_1，转子电流 I_2 产生的磁动势为 F_2，负载时定子磁势和转子磁势在空间相对静止共同建立主磁通，因为主磁通基本上是常量，所以异步电动机的磁动势平衡方程式为

$$F_1 + F_2 = F_0$$
$$F_1 = F_0 + (-F_2) \tag{4-24}$$

$$F_1 = 0.45 m_1 \frac{N_1 K_{\omega 1}}{p} I_1 ; \quad F_2 = 0.45 m_2 \frac{N_2 K_{\omega 2}}{p} I_2 ; \quad F_0 = 0.45 m_1 \frac{N_1 K_{\omega 1}}{p} I_0$$

式中：m_1 为定子绕组相数；m_2 为转子绕组相数。

对式(4-24)所表示的物理意义可分析如下：

电动机带负载运行时，由电磁感应产生的转子电流及其建立的转子磁动势总是企图削弱主磁通的。因此定子电流从空载时的 I_0 增加到 I_1 建立的磁通势 F_1 有两个分量：一个是励磁分量 F_0 用来产生气隙内主磁通 Φ_m，由 Φ_m 在定子绕组中感应出电动势 E_1 与电源电压 U_1 相平衡；另一个是负载分量 $(-F_2)$ 用来抵消转子磁动势 F_2 的去磁作用，以保证主磁通基本不变。这种异步电动机负载时磁动势的平衡关系如图 4.35 所示。因此通过磁动势平衡关系可知，当负载转矩增加时，转速降低，转子电流增大，电磁转矩增大到与负载转矩平衡，同时定子电流增大，从电源获取的电功率增加，异步电动机经过这一系列的自动调整后，进入新的磁动势平衡状态。

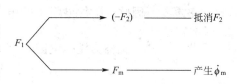

图 4.35　负载时磁动势的平衡关系

3. 异步电动机的等效电路和相量图

通过以上对异步电动机的电压平衡关系和磁动势平衡关系的分析，我们得出了反映异步电动机内部电磁关系的基本关系式，但由于定子和转子的频率、相数、匝数的不同，利用这些方程式进行定量计算很不方便。因此，在实际分析计算时，像变压器那样将电磁关系用等效电路的方法表示，使分析和运算大为简化。

要得出异步电动机的等效电路，必须进行两次折算：一是进行频率折算，将转动的电动机转子参数折算为静止不转时的参数；二是进行绕组折算，将经过频率折算后的静止转子电路参数，折算到定子电路中。在折算过程中，要使电动机从电网吸取的功率和定、转子中的损耗都不变，使定、转子的电磁过程与原来一样。通过上述折算可以把异步电动机简化成一个由电阻、电抗组成的等效电路。

1) 频率折算

异步电动机的频率折算，就是在保持频率折算前后转子电流的大小和相位不变的条件下，从而保持电磁性能不变，将实际的转子电动势、电流、漏抗和电阻，换算成频率为定子频率的转子电动势、电流、漏抗和电阻。折算后保持电磁性能不变是指两方面：

(1) 折算后转子绕组对定子绕组的电磁效应不变，即转子磁动势相对于定子的转速、

转子磁动势的幅值、转子磁动势与定子磁动势的空间位置关系均保持不变;

（2）折算后转子绕组的有功功率、无功功率和铜损耗均保持不变。

因此，只要将实际上转动的转子电路折算为静止不动的等效转子电路，便可达到频率折算的目的。将转子电流式（4-22）的分子和分母同时除以转差率 s 可得

$$I_{2s} = \frac{sE_2}{\sqrt{r_2^2 + (sX_2)^2}}$$

$$I_2 = \frac{E_2}{\sqrt{\left(\frac{r_2}{s}\right)^2 + X_2^2}} = \frac{E_2}{\sqrt{\left(r_2 + \frac{1-s}{s}r_2\right)^2 + X_2^2}} \qquad (4-25)$$

将式（4-22）和式（4-25）进行比较可知，I_{2s} 与 I_2 的有效值、相位差都相等，因此，折算后保持了电磁性能不变，经频率折算后定、转子等效电路如图 4.36 所示。I_{2s} 与 I_2 的物理意义是不同的，I_{2s} 代表转子旋转时的电流，频率为 $f_2 = sf_1$，它等于转子旋转时的转子电动势 E_{2s} 除以旋转时的转子漏阻抗，而 I_2 是转子不转时的电流，频率为 f_1，它等于静止转子的电动势 E_2 除以由静止转子漏电抗 X_2 和等效电阻 $\left(r_2 + \frac{1-s}{s}r_2\right)$ 构成的阻抗。因此得出以下结论：等效电阻 $\left(r_2 + \frac{1-s}{s}r_2\right)$ 中，第一项 r_2 为转子电阻，它表示频率折算后，等效转子不动，故无机械功率输出；第二项 $\frac{1-s}{s}r_2$ 为附加电阻，它表示串入附加电阻折算前后总功率不变，因此，附加电阻上的电功率 $m_2 I_2^2 \frac{1-s}{s}r_2$ 相当于转子转动时轴上的机械功率，因此，$\frac{1-s}{s}r_2$ 又称为模拟电阻。

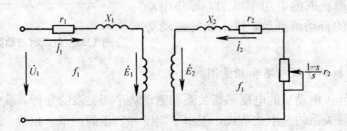

图 4.36 频率折算后定、转子等效电路图

2）绕组折算

通过频率折算，异步电动机的定、转子绕组就相当于变压器的一、二次绕组，但还不能把转子电路与定子电路直接连接起来，可以按照分析变压器的方法，根据转子对定子的电磁效应不变的原则对转子绕组进行折算，即把相数为 m_2、每相匝数为 N_2、绕组因数为 $K_{\omega2}$ 的转子绕组折算成与定子绕组完全相同的一个等效绕组。折算后转子各量称为折算量，在符号上都加一撇以表示与原来的量相区别。

（1）转子电流的折算。

根据折算前后转子磁动势应保持不变的原则，可得

$$0.45m_2 \frac{N_2 K_{\omega2}}{p} I_2 = 0.45m_1 \frac{N_1 K_{\omega1}}{p} I_2'$$

折算后的电流有效值为

$$I_2' = \frac{m_2 N_2 K_{\omega 2}}{m_1 N_1 K_{\omega 1}} I_2 = \frac{1}{k_i} I_2 \qquad (4-26)$$

式中：k_i 为电流比，$k_i = \dfrac{m_1 N_1 K_{\omega 1}}{m_2 N_2 K_{\omega 2}}$。

（2）转子电动势的折算。

根据折算前后气隙主磁通保持不变的原则，可得

$$\frac{E_2'}{E_2} = \frac{4.44 f_1 N_1 K_{\omega 1} \Phi_m}{4.44 f_2 N_2 K_{\omega 2} \Phi_m}$$

折算后的电动势有效值为

$$E_2' = \frac{N_1 K_{\omega 1}}{N_2 K_{\omega 2}} E_2 = k_e E_2 \qquad (4-27)$$

式中：k_e 为电动势比，$k_e = \dfrac{N_1 K_{\omega 1}}{N_2 K_{\omega 2}}$。

（3）阻抗折算。

根据折算前后转子铜损耗不变可得

$$m_1 I_2'^2 r_2' = m_2 I_2^2 r_2$$

$$r_2' = \frac{m_2 I_2^2}{m_1 I_2'^2} r_2 = k_e k_i r_2 \qquad (4-28)$$

折算后的电阻等于原来的电阻乘以电动势比和电流比，同理，根据折算前后无功功率也不应改变的原则，转子绕组折算后的漏电抗为

$$m_1 I_2'^2 X_2' = m_2 I_2^2 X_2$$

$$X_2' = \frac{m_2 I_2^2}{m_1 I_2'^2} X_2 = k_e k_i X_2 \qquad (4-29)$$

经过频率和绕组折算后的定、转子电路的等效电路如图 4.37 所示，由此可以看出，折算后的转子电路与折算前有所不同，由于频率折算，转子电路中多了附加电阻 $\dfrac{1-s}{s} r_2$；由于绕组折算，转子电路各量均为折算值。

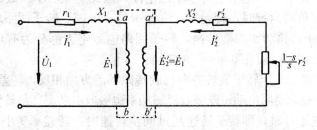

图 4.37 频率、绕组折算后定、转子等效电路

3) 异步电动机的等效电路及相量图

综合上述,折算后的异步电动机的基本方程式为

$$
\left.
\begin{aligned}
\dot{U}_1 &= -\dot{E}_1 + \dot{I}_1(r_1 + jX_1) \\
\dot{E}_1 &= -\dot{I}_0(r_m + jX_m) \\
\dot{E}_2' &= \dot{I}_2'\left(\frac{r_2'}{s} + jX_2'\right) \\
\dot{E}_1 &= \dot{E}_2' = k_e\dot{E}_2 \\
\dot{I}_1 + \dot{I}_2' &= \dot{I}_0
\end{aligned}
\right\}
\tag{4-30}
$$

通过频率和绕组的折算,把异步电动机转子的频率、绕组相数、有效匝数都已折算成和定子绕组一样,因此可以仿照分析变压器的方法画出异步电动机的 T 形等效电路,如图 4.38 所示。

由于 T 形等效电路计算时比较复杂,为使计算简化,可以把励磁支路移到电源端,变成两个电路并联,如图 4.39 所示,为异步电动机的简化等效电路。但是,由于异步电动机定转子之间存在气隙,励磁电流较大,引起的误差也较大,而且电机越小,误差越大。必须清楚等效电路算出的转子各量是折算值,不是实际值。转子电流实际值等于折算值乘以 k_i,电动势实际值等于折算值除以 k_e,阻抗实际值等于折算值除以 $k_e k_i$。

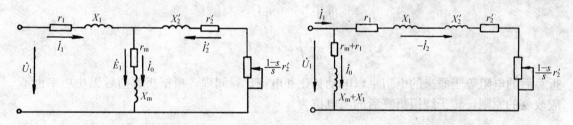

图 4.38　异步电动机的 T 形等效电路图　　　图 4.39　异步电动机的简化等效电路图

用 T 形等效电路能够很简单的解释异步电动机的运行状况,如异步电动机开始启动时,转子转速 $n=0$,转差率 $s=1$,即描述机械功率的附加电阻 $\frac{1-s}{s}r_2'=0$,异步电动机处于堵转短路状态,电动机定、转子电流都很大。由于附加电阻为零,转子功率因数较低,启动转矩较小。

异步电动机空载运行时,转子转速接近同步转速,转差率 s 接近于零,附加电阻很大,转子电流很小,定子电流基本上等于励磁电流,因此空载功率因数也很低。

异步电动机额定负载运行时,转差率 s 约为 $0.02\sim0.08$,转子回路总电阻约为转子漏抗的 20 倍左右,转子回路功率因数较高,转子回路电流绝大部分为有功分量,因此定子回路的功率因数也较高,一般在 $0.8\sim0.9$ 之间。

异步电动机电磁制动时,转子旋转方向与旋转磁场的方向相反,转差率 s 大于 1,附加电阻上的模拟损耗为负,说明电动机既吸收机械功率也吸收电功率,都转化为电机铜损耗。

异步电动机发电运行时,即转子转速超过同步转速时,转差率 s 小于 0,附加电阻上的损耗为负,说明电动机输出的机械功率为负,电机吸收机械功率,并转化为电能送给电网。

　　为了清楚地看到异步电动机各物理量在数值上和相位上的关系，根据折算后的异步电动机的基本方程式，可以画出电动机相应的相量图，如图 4.40 所示。从向量图可看出，异步电动机的定子电流总是滞后于电压 $\dot{U}_1$ 一个 φ_1 角度，即对电网来说，电动机的功率因数总是滞后的，这是因为在建立主磁通、漏磁通的过程中都要从电网获取一定无功功率的缘故，因此异步电动机是一个感性负载。

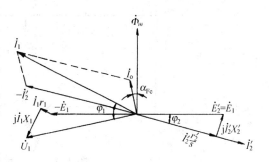

图 4.40　异步电动机的向量图

4.4　三相异步电动机的功率与转矩

　　从三相异步电动机机电能量转换原理和过程看，三相异步电动机与直流电动机很相似，都是把电功率变成机械功率输出给负载。但是，两种电机的励磁方式明显不同：直流电机是由定、转子双边外接电源共同励激，产生气隙主磁场，直流电机的气隙磁场随负载而变化，有电枢反映问题；异步电动机仅是定子外接电源产生磁场，它的气隙磁场与负载基本上无关。在三相异步电动机机电能量转换过程中，损耗的出现是不可避免的，可以根据功率流程过程推导出异步电动机的功率、转矩平衡方程式，从而说明电动机的能量转换关系。

4.4.1　三相异步电动机的功率关系

　　三相异步电动机运行时电源向定子送入功率 P_1，在定子绕组中产生铜耗 ΔP_{Cu1}，旋转磁场在定子铁心中造成磁滞涡流损耗即铁耗为 ΔP_{Fe1}。电动机在额定状态下运行时，转子电流的频率 f_2 很低（约为 $1\sim3\,Hz$），转子铁耗非常小可忽略不计，定子铁耗可认为是电动机的铁耗，即 $\Delta P_{Fe}=\Delta P_{Fe1}$。输入功率减去定子铜耗、铁耗后，就是传到转子上的功率 P_{em}，称为电磁功率，即

$$P_1-\Delta P_{Cu1}-\Delta P_{Fe}=P_{em} \qquad (4-31)$$

　　在转子绕组中产生铜耗 ΔP_{Cu2}，转子铁耗已忽略不计，这样电磁功率减去转子铜耗后，就是转子上总的机械功率 P_m（又称为内功率），即

$$P_{em}-\Delta P_{Cu2}=P_m \qquad (4-32)$$

　　转子上总的机械功率 P_m 减去机械损耗 ΔP_m 和附加损耗 ΔP_s 后，就是转子转轴上输出的机械功率 P_2。机械损耗是指电动机轴上的摩擦损耗和风阻损耗；附加损耗是指异步电动机高次谐波磁通和基波磁通在定、转子导体、铁心及金属部件中所产生的附加铁耗和铜耗，大型电机约为额定功率的 0.5%，小型铸铝转子电机满载时约 2% 左右。

$$P_m-\Delta P_m-\Delta P_s=P_2 \qquad (4-33)$$

　　通过式（4-31）、式（4-32）、式（4-33）可以得出异步电动机的功率流程图，如图 4.41 所示。因此，三相异步电动机功率平衡方程为

$$P_1=P_2+\Delta P_{Cu1}+\Delta P_{Fe}+\Delta P_{Cu2}+\Delta P_m+\Delta P_{ad} \qquad (4-34)$$

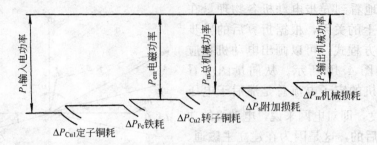

图 4.41　异步电动机的功率流程图

另外，从异步电动机的等效电路中可以看到上述功率关系，并且还能计算各功率的数值。三相异步电动机运行时每相电压为 U_1，电流为 I_1，励磁电流为 I_0，转速为 n，转差率为 s，各功率计算关系如下：

输入功率
$$P_1 = 3U_1 I_1 \cos\varphi_1 \tag{4-35}$$

定子铜耗
$$\Delta P_{\text{Cu1}} = 3I_1^2 r_1 \tag{4-36}$$

定子铁耗
$$\Delta P_{\text{Fe}} = 3I_0^2 r_m \tag{4-37}$$

电磁功率（等于转子回路全部电阻上的功率）
$$P_{\text{em}} = 3I_2'^2 \frac{r_2'}{s} = 3E_2' I_2' \cos\varphi_2 \tag{4-38}$$

转子铜耗
$$\Delta P_{\text{Cu2}} = 3I_2'^2 r_2' = sP_{\text{em}} \tag{4-39}$$

机械功率$\left(\text{等于附加电阻}\dfrac{1-s}{s}r_2'\text{上的损耗}\right)$

$$P_m = 3I_2'^2 \frac{1-s}{s} r_2' = (1-s)P_{\text{em}} \tag{4-40}$$

从以上定量计算可以得出以下结论：三相异步电动机运行时，电磁功率、转子铜耗与机械功率三者之间的关系是

$$P_{\text{em}} : \Delta P_{\text{Cu2}} : P_m = 1 : s : (1-s)$$

所以电磁功率一定时，电动机转速越高、转差率 s 越小，消耗在转子绕组回路的铜损耗越小，机械功率就越大，电动机的效率就越高。

4.4.2　三相异步电动机的转矩平衡方程式

从动力学知道，旋转体的机械功率等于作用在旋转体上的转矩与它的机械角速度的乘积，异步电动机轴上的机械功率就是电磁转矩与转子机械角速度的乘积，将式（4-33）两边同时除以转子机械角速度 Ω 即可得出转矩平衡方程式：

$$\frac{P_m}{\Omega} - \frac{\Delta P_m + \Delta P_{ad}}{\Omega} = \frac{P_2}{\Omega} \tag{4-41}$$

即转矩平衡方程式为

$$T - T_0 = T_L \tag{4-42}$$

式中：T 为电磁转矩，$T = \dfrac{P_{\text{em}}}{\Omega_1} = 9.55\dfrac{P_{\text{em}}}{n_1}$；$T_0$ 为空载转矩，$T_0 = \dfrac{\Delta P_m + \Delta P_{ad}}{\Omega}$；$T_L$ 为负载转矩，$T_L = \dfrac{P_2}{\Omega}$。

式(4-42)说明，电动机产生的电磁转矩减去机械损耗和附加损耗产生的空载转矩后，就是电动机轴上的输出转矩。

电磁转矩的本质是转子电流与主磁通作用使转子受力而产生的，因此电磁转矩的大小可以用转子电流与主磁通来表示。

电磁转矩

$$T = \frac{P_{em}}{\Omega_1} = \frac{p}{\Omega_1} 3E_2' I_2' \cos\varphi_2$$

将 $\Omega_1 = 2\pi f_1$，$E_2' = 4.44 f_1 N_1 K_{\omega 1} \Phi_m = \sqrt{2}\pi f_1 N_1 K_{\omega 1} \Phi_m$ 代入上式得

$$T = C_T \Phi_m I_2' \cos\varphi_2 \tag{4-43}$$

式中：$C_T = \dfrac{3p N_1 K_{\omega 1}}{\sqrt{2}}$，$C_T$ 为转矩常数，对已制成的电机 C_T 为一常量。

式(4-43)为电磁转矩的物理表达式，它说明异步电动机磁通一定时，电磁转矩与电流的有功分量 $I_2' \cos\varphi_2$ 成正比。

【例 4.2】　一台笼型三相异步电动机已知：额定功率 $P_N = 5.5\text{kW}$，额定电压 $U_N = 380\text{V}$，额定转速 $n_N = 1460\text{r/min}$，绕组三角形连接，额定负载运行时定子铜耗 $\Delta P_{Cu1} = 300\text{W}$，铁耗 $\Delta P_{Fe} = 200\text{W}$，机械损耗与附加损耗合计 80W。计算额定负载运行时的以下参数：(1)额定转差率；(2)转子铜耗；(3)电磁转矩；(4)输出转矩；(5)额定效率。

解： (1) 额定转差率　$s_N = \dfrac{n_1 - n_N}{n_1} = \dfrac{1500 - 1460}{1500} = 0.027$

(2) 转子铜耗计算如下：

机械功率　　　　$P_m = \Delta P_m + \Delta P_{ad} + P_N = (5500 + 80)\text{W} = 5580\text{W}$

转子铜耗　　　　$\Delta P_{Cu2} = \dfrac{s_N P_m}{1 - s_N} = \dfrac{0.027 \times 5580}{1 - 0.027}\text{W} = 155\text{W}$

(3) 电磁转矩　　$T = 9.55 \dfrac{P_m}{n_N} = 9.55 \times \dfrac{5580}{1460}\text{N·m} = 36.5\text{N·m}$

(4) 输出转矩　　$T_L = 9.55 \dfrac{P_N}{n_N} = 9.55 \times \dfrac{5500}{1460}\text{N·m} = 36\text{N·m}$

(5) 额定效率　$\eta_N = \dfrac{P_N}{P_1} = \dfrac{P_N}{P_N + \Delta P_{Cu1} + \Delta P_{Fe} + \Delta P_{Cu2} + \Delta P_m + \Delta P_{ad}}$

$$= \frac{5500}{5500 + 300 + 200 + 155 + 80} = 0.88$$

4.5　三相异步电动机的工作特性及参数的测定

4.5.1　三相异步电动机的工作特性

三相异步电动机在额定电压和额定频率条件下，其转速 n、电磁转矩 T_{em}、定子电流 I_1、定子功率因数 $\cos\varphi_1$、电机效率 η 等量与输出功率 P_2 之间的关系曲线，称为异步电动机的工作特性。异步电动机的工作特性曲线如图4.42所示，它反映了异步电动机运行过程中主要性能指标和主要运行参数的变化规律。

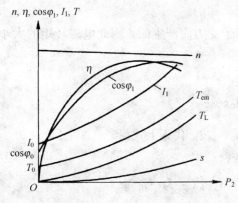

图 4.42　异步电动机的工作特性曲线

1. 转速特性 $n = f_n(P_2)$ 或 $s = f_s(P_2)$

三相异步电动机空载时，$P_2 = 0$，转子电动势及电流很小，转速接近于同步转速 n_1，转差率接近于零，随着负载的增大，负载转矩暂时大于电磁转矩，使得电动机的转速随之降低，因此转差率随之增大，转子电动势、电流增大，输出功率 P_2 增大，电磁转矩增大达到与负载转矩相平衡。因此，三相异步电动机的转速特性是一条稍微向下倾斜的曲线，人们称这样的转速特性为硬特性，如图 4.42 的 n 曲线所示。为了保证电动机具有较高的效率、转子铜耗较小，一般额定负载时转差率约在 0.015～0.06 的范围内。

2. 转矩特性 $T = f_T(P_2)$

异步电动机在稳态运行时，其转矩平衡方程式为

$$T - T_0 = T_L$$

因为输出功率 $P_2 = \Omega T_L$，所以　　　　$T = \dfrac{P_2}{\Omega} + T_0$ 　　　　　　　　　(4-44)

由于在正常运行范围内转速、角速度变化率不大，而空载转矩 T_0 认为基本不变，故电磁转矩与输出功率近似成正比，是一条接近于直线略微上翘的曲线，如图 4.42 的 T 曲线所示。

3. 定子电流特性 $I_1 = f_I(P_2)$

由电动机的磁动势平衡方程式 $\dot{I}_1 = \dot{I}_0 + (-\dot{I}_2')$ 可知：空载时 $P_2 = 0$，转子电流近似为零，定子电流约等于励磁电流几乎全用于励磁。随着负载增大，转子电流相应增大，从而定子电流 I_1 也随之增大，但并不完全成正比，是一条不通过原点的上翘曲线，如图 4.42 所示的 I_1 曲线。

4. 功率因数特性 $\cos\varphi_1 = f_\varphi(P_2)$

从本章 4.3 节得出结论，异步电动机是一个感性负载，必须从电网吸取感性无功功率，功率因数总是小于 1，对电网功率因数的影响主要是定子功率因数。空载时，定子电流基本上是励磁电流，有功电流分量很小，因此，空载时的功率因数很低，约为 0.2。负载时，转子电流增大，输出的机械功率增大，定子电流中的有功分量增大，定子的功率因数 $\cos\varphi_1$ 随之增大。但当负载增大到一定程度后，引起转差率 s 较大，电流中的无功分量较大，导致定子的功率因数会有所下降。因此，在整个正常工作范围内，只有在额定功率附近有最大功率因数，而空载、轻载时功率因数很低，如图 4.42 所示的 $\cos\varphi_1$ 曲线。

5. 效率特性 $\eta = f_\eta(P_2)$

根据效率的定义可知：异步电动机的效率为

$$\eta = \frac{P_2}{P_1}100\% = \frac{P_2}{P_2 + \Delta P_{Cu1} + \Delta P_{Fe} + \Delta P_{Cu2} + \Delta P_m + \Delta P_s} \times 100\%　　　(4-45)$$

　　由式(4-45)可知：效率的大小取决于电机的功率损耗，损耗分为两类：一类与电机负载大小有密切关系的称叫变损耗，如定、转子铜耗和附加损耗；另一类与电机负载大小基本无关的称不变损耗，如电机的铁耗和机械损耗。

　　空载时，输出功率 $P_2 = 0$ 则效率 $\eta = 0$，当输出功率 P_2 增大时，可变损耗增加较慢，效率上升很快，直到某一数值时，其可变损耗等于不变损耗，效率达到最高。超过这一数值，可变损耗急剧增大，效率反而降低，如图 4.42 的 η 曲线所示。设计电机时，通常将最大效率出现在 $(0.7 \sim 1.0) P_N$ 范围内，此范围内均有较高的效率，最大效率约为 $75\% \sim 94\%$。

　　效率和功率因数是衡量异步电动机运行性能的两个重要指标，它们都在额定负载附近有最大值。在选择电动机容量时，应使电机容量与实际负载相匹配，不宜过大和过小。电动机容量过大，不仅初期投资大，而且电机长期在轻载情况下运行，效率和功率因数都很低，运行费用增加，很不经济。电动机容量过小，就要长期过负荷运行，效率也不高，将使其温升超过允许值，降低电动机寿命甚至因过热而损坏。

　　三相异步电动机的工作特性可以从基本方程式和等效电路算出。异步电动机工作在额定电压下，可以认为气隙磁场不变，励磁电抗、漏电抗是常量，根据已知机械损耗和附加损耗，便可进行计算，但是计算过程烦琐，不再赘述。

　　三相异步电动机的工作特性还可采用直接负载法测出。负载试验时应始终保持电源电压和频率为额定值，先将负载加到 $1.25 P_N$ 然后逐渐减小至 $0.25 P_N$，中间测量 7~9 个点。记录不同负载下的定子输入功率 P_1，定子电流 I_1，转子转速 n。然后根据所测结果和计算不同负载下的电磁转矩、功率因数和效率绘出工作特性。采用此法绘制工作特性时，要先进行空载试验，测出定子电阻和电动机的机械损耗和铁耗。

4.5.2　三相异步电动机参数的测定

1. 空载实验和励磁参数测定

　　空载试验的目的是在额定电压和频率下，测定三相异步电动机的空载电流和空载损耗，并且通过测定的数据计算电动机的励磁阻抗、铁损耗和机械损耗。

　　在空载试验前，先进行绕组绝缘电阻检查，以判别绕组相间和对地的绝缘是否良好；用绝缘电阻表、电桥或伏安法测定子绕组直流电阻的大小，看各相直流电阻是否对称，然后才能进行空载试验，空载试验的接线如图 4.43 所示。

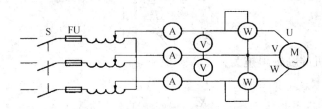

图 4.43　三相异步电动机空载实验接线图

　　实验时，电动机的轴上不带任何负载，通过三相调压器将电动机接到额定频率的三相对称电源上。先将电压调到额定值，让电动机运转半小时左右，使电动机的摩擦损耗达到稳定值，并且观察电动机的电流是否对称和稳定，电动机运行声音是否正常。一切正常后，用三相调压器调节电源电压的大小，将定子电压从 $1.2U_N$ 开始，逐渐降低电压到 $0.4U_N$ 左右，每次降压直至电动机的转速发生明显变化为止，大约测量 $7\sim9$ 个点。逐次记录电动机定子电压 U_1、空载电流 I_0、空载输入功率 P_0 和转速 n，根据记录的数据，绘出电动机 $P_0 = f_P(U_1)$ 和 $I_0 = f_I(U_1)$ 的空载特性曲线，如图 4.44 所示。

空载时，电动机输出功率 P_2 为零，因转差率趋于零转子电流很小，转子铜耗 ΔP_{Cu2} 可略去不计，附加损耗 ΔP_s 也略去不计，输入功率 P_0 一部分消耗在定子铜耗 ΔP_{Cu1} 上，其余为铁耗 ΔP_{Fe} 和机械损耗 ΔP_m，即

$$\Delta P_{Fe} + \Delta P_m = P_0 - 3I_0^2 r_1 \tag{4-46}$$

由于铁耗的大小近似地与外加电压的平方成正比，而机械损耗与电源电压无关，仅取决于电动机的转速，所以当电动机的转速无显著变化时，可以认为机械损耗为常数。因此，可以作出 $\Delta P_{Fe} + \Delta P_m$ 的曲线，把这一曲线延长到与纵坐标相交于 O' 点，如图 4.45 所示。在此交点的纵坐标就表示机械损耗 ΔP_m，过 O' 点作一平行于横轴的直虚线，该虚线以下代表与电压 U_1 无关的机械损耗，虚线以上部分就代表某一电压下的铁耗。

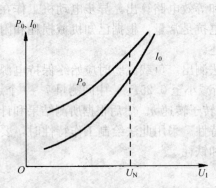

图 4.44 三相异步电动机空载特性曲线

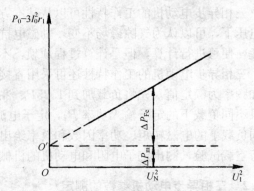

图 4.45 三相异步电动机机械损耗和铁耗的确定

空载时，转差率近似为零，从等效电路上看，附加电阻 $\dfrac{1-s}{s}r_2'$ 很大，转子的等效电路呈开路状态。其等效电路为定子漏阻抗与励磁阻抗的串联，取与 $U_1 = U_N$ 时相对应的数据，算出串联支路的阻抗为

$$\left. \begin{array}{l} Z_0 = \dfrac{U_N}{I_0} \\[2mm] r_0 = \dfrac{P_0 - \Delta P_m}{3I_0^2} \\[2mm] X_0 = \sqrt{Z_0^2 - r_0^2} \end{array} \right\} \tag{4-47}$$

三相异步电动机的励磁阻抗为

$$\left. \begin{array}{l} r_m = r_0 - r_1 \\[2mm] X_m = X_0 - X_1 \end{array} \right\} \tag{4-48}$$

式中：r_1 可以直接测量出来，X_1 可通过下面介绍的短路实验求得。

2. 短路(堵转)实验和短路参数测定

短路试验的目的是测量三相异步电动机的短路阻抗，转子电阻和定子、转子的漏阻抗。短路试验时要将转子堵住不转，短路试验因此又称为堵转试验。三相异步电动机短路

试验的接线图和空载试验基本相同，电压表应接在异步电动机端子侧，以避免受到电流表和功率表电流线圈阻抗压降的影响。

当异步电动机堵转时，转差率 $s=1$，等效电路中的附加电阻 $\frac{1-s}{s}r_2'=0$，相当于短路状态。定子电流可达 $4\sim7$ 倍额定电流，如果这种状态持续时间较长，电动机将因过热而损坏。因此短路试验通常降低电压进行。一般从 $U_1=0.4U_N$ 开始，然后逐步降低电压，测量 $5\sim7$ 个点，逐点记录定子电压、定子电流和输入三相总功率。根据这些数据画出 $I_K=f_1(U_1)$ 和 $P_K=f_P(U_1)$ 的短路特性曲线，如图 4.46 所示。由于短路试验时，外加电压较低，磁路没有饱和，短路电抗可以认为是常量，所以短路特性通常为直线。

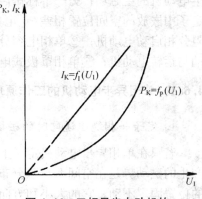

图 4.46　三相异步电动机的短路特性曲线

当转子堵转时，转子电路的阻抗远小于励磁支路的阻抗，所以励磁电流 I_0 比转子电流 I_2' 小得多，可以略去不计，励磁支路可以认为是开路，这时的总阻抗为定、转子漏阻抗的和。短路实验时的电压很低，铁耗可略去不计，又因堵转时输出功率为零，所以输入电功率 P_K 全部变为定、转子铜损耗，即

$$P_K\approx 3I_1^2 r_1+3I_2'^2 r_2'\approx 3I_K^2(r_1+r_2')=3I_K^2 r_K \tag{4-49}$$

所以短路阻抗 Z_K、短路电阻 r_K 和短路电抗 X_K 分别为

$$\left.\begin{array}{l} Z_K=\dfrac{U_K}{I_K}\\[2mm] r_K=r_1+r_2'=\dfrac{P_K}{3I_K^2}\\[2mm] X_K=X_1+X_2'=\sqrt{Z_K^2-r_K^2} \end{array}\right\} \tag{4-50}$$

式中：P_K 为短路实验时定子输入功率；U_K 为短路实验时定子相电压；I_K 为短路实验时与定子相电压所对应的电流。

根据上述公式算出 Z_K、r_K、X_K 后，转子电阻 r_2' 就可求出，因为定子电阻 r_1 可直接测出。转子电抗 X_2' 可根据下面关系算出：对于大、中型三相异步电动机 $X_2'\approx X_1\approx\dfrac{X_K}{2}$；对于 100kW 以下的小型异步电动机 $X_2'\approx 0.97X_K$（2、4、6 极）或 $X_2'\approx 0.57X_K$（8、10 极）。

需要说明，短路参数受磁路饱和的影响，它的数值是随着电流的数值变化而变化，根据计算目的的不同，应选取不同的短路电流进行计算。所以，计算启动特性采用漏阻抗饱和值比较接近实际，计算工作特性采用漏阻抗不饱和值比较准确。

4.6　单相异步电动机

异步电动机使用单相交流电源的就称为单相异步电动机，单相异步电动机与同容量的三相异步电动机相比较，它的体积较大，运行性能较差，所以只做成小容量的，其功率从几瓦到几百瓦。由于单相异步电动机具有电源方便、结构简单、成本低廉、噪声小等优点，因此，还是被广泛应用于工业和民用的各个方面，以电动工具、家用电器、小型电气设备、医疗器械等使用较多。

单相异步电动机的结构和工作原理与三相异步电动机很相似，单相异步电动机转子都是普通笼式的，在定子上通常有两个绕组，其中一个称做工作绕组（又称主绕组），用于产生电动机的主磁场；另一个称做启动绕组（又称辅助绕组），用于启动电动机；两个绕组在定子中嵌放的空间位置相差 $90°$ 电角度。一般单相异步电动机有以下几种类型：①单相电阻分相启动电动机；②单相电容分相启动电动机；③单相电容运转电动机；④单相电容启动与运转电动机；⑤单相罩极式电动机。

4.6.1 单相异步电动机的工作原理

1. 定子一相绕组通电时的磁场及特性

若只在单相异步电动机定子上的工作绕组接通单相交流电源，绕组上单相正弦交流电产生的磁动势是在空间上正弦分布的脉振磁动势 F，脉振磁动势的特点是，磁动势在空间的位置固定不动，它的大小和方向按照正弦交流电的变化规律做周期性的脉振。通过数学方法可以将一个脉振磁动势分解为大小相同（脉振磁动势幅值的一半）、旋转速度相同（同步转速）、旋转方向相反的两个圆形旋转磁动势；相反，两个同样的旋转磁场也能合成一个脉振磁场。

单相异步电动机转子在脉振磁势作用下受到的电磁转矩，就等于在正转磁动势 F_+ 和反转磁动势 F_- 分别作用下受到的电磁转矩的合成。单相异步电机中，转子在正转磁动势或反转磁动势分别作用下产生的电磁转矩 T_+ 或 T_-，与三相异步电动机转子在正、反转时产生的电磁转矩是完全一样的，单相异步电动机的合成转矩为 $T=T_+ + T_-$，$T_+ = f_+(s)$、$T_- = f_-(s)$ 与 $T=f(s)$ 的转矩特性如图 4.47 所示。

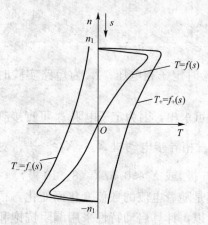

图 4.47　工作绕组通电时转矩特性

从转矩特性图分析可知，只有一个工作绕组的合成转矩 T 具有下列特点：

（1）当转速 $n=0$ 时，电磁转矩 $T=0$，即无启动转矩，电机不能自行启动。

（2）如果由于其他原因使电机正转，即转速 $n>0$ 时，转矩 $T>0$，电磁转矩是拖动性质的转矩，电磁转矩使电动机继续正转运行。如果电机反转了，即转速 $n<0$，转矩 $T<0$，仍是拖动性质的，仍能继续反转运行。

2. 单相异步电动机的工作原理

如上所述，单相异步电动机如果只有工作绕组，则启动转矩为零。应该设法消除或削弱反向旋转磁动势 F_-，从而消除或削弱 T_-，使电机产生启动转矩。因此，在单相异步电动机的定子上装有与工作绕组在空间上互差 $90°$ 电角度的启动绕组，并在两个绕组中通入不同相位（最好是互差 $90°$ 电角度）的电流，结果两个绕组中的电流产生的合成磁动势是一个椭圆旋转磁动势 F，椭圆旋转磁动势也可以分解成两个旋转磁动势，一个是正转磁动势 F_+，一个是反转磁动势 F_-，由于 $F_+ > F_-$，鼠笼转子产生的电磁转矩 $T_+ > T_-$，这样合成转矩 T 为不过坐标原点的一条曲线，转矩特性如图 4.48 所示。

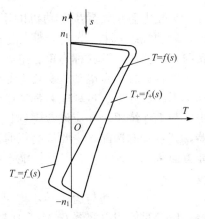

图 4.48　工作绕组、启动绕组
通电时转矩特性

从上面分析的结果看出，单相异步电动机启动的必要条件是：①定子具有空间不同位置的两个绕组；②两相绕组中通入不同相位的交流电流。如何把工作绕组与启动绕组中的电流相位分开，即所谓的"分相"，就变成了单相异步电动机的分类依据和启动方法。

4.6.2　单相异步电动机的启动方法

1. 分相启动

单相电容分相启动异步电动机的工作原理是：电动机的启动绕组（用 V_1V_2 表示）通过一个离心开关和工作绕组（用 U_1U_2 表示）并联接到单相电源上，如图 4.49 所示。离心开关装在电动机的转轴上随着转子一起旋转，当转速升到一定数值（一般为同步转速的 $0.75 \sim 0.80$ 倍）时，依靠离心力的作用，使离心开关断开启动绕组电路，让电动机在只有工作绕组通电的情况下运行。电容器使启动绕组回路的阻抗呈容性，从而使启动绕组在启动时的电流领先电源电压一个相位角。由于工作绕组的阻抗是感性的，它的启动电流落后电源电压一个相位角。因此，电动机启动时，启动绕组电流超前工作绕组电流一个相当大的相位角。如果电容器配置合适，两绕组电流的相位差接近 $90°$，在启动时能够获得较大的启动转矩、较小的启动电流。

电容分相启动的单相异步电动机其机械特性如图 4.50 所示，其中曲线 1 是启动时两个绕组都通电时的特性，曲线 2 是只有工作绕组通电时的特性。

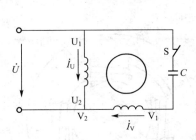

图4.49　电容分相启动电动机原理

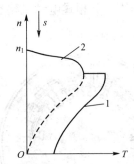

图4.50　电容分相启动电动机的机械特性

如果要改变电动机转动的方向，只需把工作绕组或者启动绕组中的任何一个绕组的两出线端单独对调，即把旋转磁动势的旋转方向改变了，因而转子转向也随之改变。后面电容运转、电容启动与运转的单相异步电动机改变转动方向的方法也一样。

单相电容运转异步电动机的工作原理是：把电容分相启动电动机原理图中的开关去掉，启动绕组和电容器将长期处于工作状态，它们不仅在启动时起作用，而且在电动机运转时也起作用，这就称为单相电容运转异步电动机，其原理如图4.51所示。

电容运转异步电动机实际上是个两相电机，由于电容器参与运行，其运行性能较好，功率因数、效率、过载能力都比电阻分相和电容分相启动的电动机要好。电容器、启动绕组要与工作绕组一样应该考虑到长期工作的要求，一般电容器选用油浸或金属膜纸介电容器，其容量的选配，主要从运行时能产生接近圆形的旋转磁动势，提高电动机运行时的性能方面考虑。因此，其启动性能不如单相电容分相启动电动机，启动转矩较小、启动电流较大。

单相电容启动与运转异步电动机的工作原理是：在启动绕组中采用两个并联的电容器，启动时使用电容器 C_1，C_1 比较大，它与一个离心开关串联后再和运转时使用的电容器 C_2 并联起来。启动时，串联在启动绕组回路中的总电容为 C_1+C_2，可以使电机气隙中产生接近圆形的旋转磁动势。当电机启动到转速比同步转速稍低（75%～80%）时，离心开关动作，将启动电容器 C_1 从启动绕组回路中切除，如图4.52所示。这样使电动机运行时气隙中的磁势也接近圆形磁动势，单相异步电动机在启动和运转时都能得到比较好的性能。与电容启动单相异步电动机比较，启动转矩和最大转矩有了增加，功率因数和效率有了提高，电机噪声较小，所以是较为理想的一种单相异步电动机。

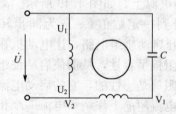

图 4.51　电容运转电动机原理图

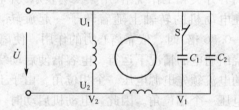

图 4.52　电容启动及运转电动机原理图

2. 单相罩极式

罩极式电动机根据定子结构不同分为凸极式和隐极式两种，凸极式结构简单较为常见，它的定子结构与分相式电动机略有不同，如图4.53、图4.54所示。

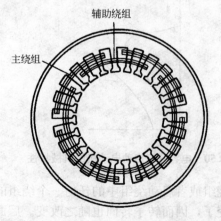

图 4.53　分相式电动机定子结构示意图

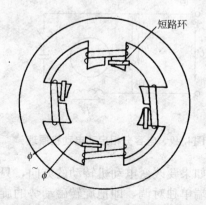

图 4.54　凸极式罩极电动机定子结构示意图

凸极式电动机的定子做成有凸出的磁极，每个极上装有集中绕组，即为工作绕组。每极极靴的表面一侧开一个凹槽，槽中嵌入短路铜环，罩住极靴面积的 1/3 左右，所以叫罩极式异步电动机。当工作绕组通入单相交流电时，会产生脉振磁动势，其磁通的一大部分通过极靴的未罩部分，一小部分通过短路环，根据楞次定律可知，通过短路环部分的磁通总要滞后通过极靴未罩部分的磁通一个角度。其合成磁场看起来就像从没有短路环的部分向着有短路环的部分连续移动，这样的磁场叫做移行磁场，它也能够使转子产生启动转矩。罩极电动机总是由磁极没有短路环的部分向着有短路环的部分旋转，当工作绕组和短路环的位置确定后，电动机的转向就确定了，即使改变工作绕组接到电源的端点，它的旋转方向不能改变。

隐极式罩极电动机的定子铁心和分相式电动机的一样，在定子槽中也嵌有两套绕组，即工作绕组和罩极绕组。两个绕组在空间错开 45°左右的电角度，工作绕组匝数多、导线细；罩极绕组一般只有 2～8 匝，而且导线粗且自行短路，相当于凸极式罩极电动机的短路环。单相罩极式异步电动机结构简单、制造方便、成本低、维护方便，但是启动性能和运行性能较差，只能轻载启动，而且过载能力很小，多用于拖动台式电风扇、小型鼓风机等。

另外，三相异步电动机发生一相断路时，就变成了单相电动机。三相电动机是不用作单相电动机运行的，但是作为一种故障状态，却是经常出现的。启动时有一相断路，则电动机只听到嗡嗡声不能启动，定子电流很大将烧坏电动机；运行中如果一相断路，电动机仍能继续转动，由于负载转矩不变，电动机要产生足够的电磁转矩，转速将下降很大（又称半速运行），定子电流是工作电流的 2 倍左右，这样会使电机绕组过热而烧坏。所以，三相电动机应该装设断相保护，一旦发生一相断路时，能自动将电动机电源切断。

4.7　异步电动机绕组的故障检修

电动机在正常情况下使用时，具有相当长的使用寿命，但由于使用不当和缺乏必要的日常维护，就容易发生故障而造成损坏。电动机的故障是多种多样的，它与工作环境、维护管理以及设计制造的质量等许多因素都有密切关系。一般电动机铁心很少发生故障，而绕组却是容易损坏而产生故障的部件，同时又是电动机的重要组成部分。所以，绕组的修理成为电动机修理的重要内容。本章介绍电动机绕组的故障现象及检修方法。

绕组是电动机的"心脏"，比较容易损坏。因此，绕组的检修或重绕就成为电动机修理中的主要内容。绕组的检修或拆卸如缺少或没有做好原始记录，将给检修工作带来一定的困难。所以在拆换绕组时，必须做好电动机以及绕组的一切原始数据记录。如能设立检修记录卡片，将电动机平时的运行情况补充进去，长期保存作为设备档案，不但有利电动机的维护、检修工作，而且对设备的运行都有好处。

4.7.1　定子绕组接地故障的检修

1. 接地故障的检查方法

造成绕组接地的原因很多，如受潮、雷击、过热、拖底、机械损伤、腐蚀、绝缘老化以及绕组制造工艺不良等，都可能造成电动机绕组的接地故障。

接地故障的检查方法有以下四种。

1）观察法

绕组接地故障经常发生在绕组端部或铁心槽口的部分，而且绝缘常有破裂和烧焦发黑的痕迹。因此，当电动机拆开后，应先仔细观察绕组端部及槽口有无破裂和焦黑的痕迹，若有，则接地点可能就在此处；如果引出线和这些地方没有接地的迹象，则接地处可能在槽里。

2）用绝缘电阻表检查

先将三相绕组之间的连接线拆开，然后根据电动机电压等级选择绝缘电阻表的电压等级。一般 6kV 以上的电机采用 2500V 的绝缘电阻表，3kV 的电机采用 1000V 的绝缘电阻表，其他低压电机应用 500V 的绝缘电阻表测量。测量时，绝缘电阻表的一端接电动机绕组，另一端接电动机金属壳体。按约 120r/min 左右的速度转动摇柄，若测出的绝缘电阻在 0.5MΩ 以上，则说明电动机绝缘尚好，可继续使用；若测量值在 0.5MΩ 以下，则说明该电动机绝缘已受潮或绕组绝缘很差；若绝缘电阻表指针指向零，表示绕组已接地。如指针摇摆不定，则表明绝缘已被击穿损坏。

3）用万用表检查

检查前，先将三相绕组之间的连接线拆开，使各相绕组之间互不接通。然后将万用表转换开关旋到 R×10k 挡进行测量，方法同绝缘电阻表。如测得的电阻值很小或为零，则表明该相绕组有接地故障存在。

4）用试灯检查

试灯是修理工场最简便的常用工具，即在电源上串接一只灯泡，将其中一线断开，做成

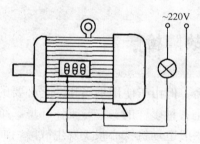

图 4.55　用试灯检查绕组接地的示意图

两根测试棒，如图 4.55 所示。测试时，若灯泡发亮，说明绕组接地；灯泡微亮是绝缘有接地击穿；如灯泡不亮，说明绕组绝缘良好。但有时灯泡虽不亮，测试棒接触电动机时却出现火花，这说明绕组尚未击穿，只是严重受潮。

用试灯检查接地，有时还能够根据出现的冒烟或火花现象，方便地找出故障点。

另外，电动机由于长期使用，绝缘会逐渐老化，停机后受不良环境的影响，会使绕组绝缘电阻下降。当绕组绝缘强度下降到一定程度时，泄漏电流增加，如这时电动机投入运转，就可能造成短路击穿故障。

在通常情况下，对中小型电动机绝缘电阻均可用绝缘电阻表检查，其测量的电阻值 R_i 以不低于下式计算值为合格。

$$R_i \geqslant \frac{U_N}{1000} \tag{4-51}$$

式中：U_N 为电动机额定电压(V)。

但电动机的绝缘电阻不得小于 0.5MΩ，对于绕组受潮而降低绝缘强度时，可作干燥处理。而绕组属于故障击穿时，先将三相绕组电源接线点拆开，分别对地测试，如图 4.56 所示，找出故障的所在相。然后，把电动机拆卸解体，将接地相绕组每个极相组线圈分开进行测试，找出接地的极相组，如图 4.57 所示。最后，将接地极相组的每个线圈分开，查出故障线圈，酌情作出局部修补或应急处理。图 4.57 中打"×"的地方

表示应剪断。

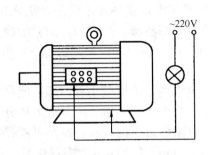

图 4.56 用试灯检查每组绕组
接地或相间短路的示意图

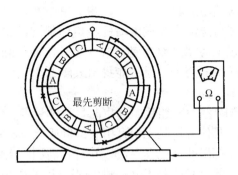

图 4.57 检查绕组接地极相组的示意图

2. 接地故障修复方法

绕组接地部位找到后，一般采用的修复方法如下：

（1）如果接地点在绕组端部槽口附近，而且没有严重烧损，则只要在接地处的导线和铁心之间插入绝缘材料后，涂刷绝缘漆就行了，不必拆出线圈。

（2）如果接地点在铁心槽的内部，可以在故障线圈线槽的槽楔上，用毛刷刷上适当的溶剂（其配方为丙酮 40%，甲苯 35% 和酒精 25%），约半小时后，绕组绝缘可软化，这时轻轻地抽出槽楔，仔细地用划线板将线圈的线匝一根一根地取出来，直至取出有故障的导线为止。用绝缘带将绝缘损坏处包扎好，再仔细地将线圈导线嵌回线槽中去。如果是多根导线的绝缘损坏了，处理后再嵌回槽里有困难，可用同规格的电磁线，更换已损坏的导线，匝数不变。重要设备所使用的电机，为了确保其质量，可以重换绕组，缺点是费用较高。

（3）如果发现整个绕组受潮，就要把整个绕组预烘，然后浇上绝缘漆并烘干，直到绕组对地绝缘电阻超过 $0.5M\Omega$ 为止。如果绕组受潮严重，绕组绝缘大部分因老化焦脆而脱落，接地点较多，可以根据具体情况，把整机绕组拆下换成新的。

（4）有的时候，铁心槽内有一片或几片硅钢片凸出来，把绕组绝缘割破造成接地。遇到这种情况只要把硅钢片敲下去，再把导线绝缘被割破的地方重新包好绝缘就可以了。

4.7.2 定子绕组短路故障的检修

1. 绕组短路检查方法

绕组短路的检查方法主要有如下五种。

1）外部观察与探温检查

这种方法多用于缺乏仪器而应用于小电动机的检查。具体做法是将电动机先空载运行几分钟，如有焦臭味或冒烟现象，则立即停机，迅速拆开电机，抽出转子，查看冒烟部位，并用手探测线圈端部温度，若某一部分线圈比邻近线圈温度要高，则可能即为短路处。也可以仔细观察线圈的端部绝缘有无焦脆等现象，若有这种现象，说明这只线圈可能存在短路故障。

2）电流检查法

先将电动机空载运行，测量三相电流。由于影响电动机三相电流不平衡的原因可能是外电源电压不平衡或电动机绕组内部有缺陷，为此，可采取调换两相电源的方法来校验。若不随电源调换而改变，则较大电流的一相绕组可能有短路故障。用这种方法只能检查出有缺陷的相绕组，但不能找出故障点。

3）电阻检查法

如果绕组短路比较严重时，可测量各相绕组直流电阻值，阻值较小者，即可能是短路绕组。具体方法是先用万用表的欧姆挡找出每相绕组的两个线端，然后用直流电桥分别测量各相绕组的直流电阻值，并将它们加以比较，其中电阻值最小的一相，便是可能存在短路故障的一相。由于电动机每相绕组的阻值都很小，一般应用低阻欧姆表或电桥进行测量。为了方便和准确起见，可每次测量两相串联后的阻值，如系三角形连接时，可解开连接点进行，如图 4.58 所示。这时，各绕组的阻值可由式（4‐52）计算：

$$R_3 = \frac{R_{1-3} + R_{2-3} - R_{1-2}}{2}$$
$$R_1 = R_{1-3} - R_3 \qquad\qquad (4-52)$$
$$R_2 = R_{1-2} - R_1$$

4）电压降法

把有故障一相绕组的各极相组连接线的绝缘剥开，在这相绕组的出线端通入低压交流电，电压一般为 $50\sim100\mathrm{V}$。然后测量各极相组的电压降，如读数相差较多且最小的即为短路故障的极相组。检查方法如图 4.59 所示。同理，测出读数最小的线圈即为短路线圈。

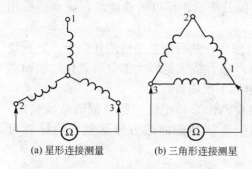

(a) 星形连接测量　　　　(b) 三角形连接测星

**图 4.58　用测量绕组电阻法检查
绕组短路的示意图**

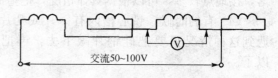

交流50~100V

**图 4.59　用电压降法测量检查
绕组短路的示意图**

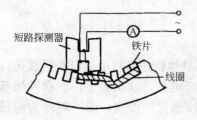

短路探测器　　　铁片　　　线圈

**图 4.60　用短路探测器检查
短路线圈的示意图**

5）短路探测器检查法

短路探测器是一只铁心为 H 形硅钢片叠装而成的开口变压器，线圈绕在铁心凹部。使用时将探测器开口部分放在被检查的定子铁心槽口上，并在探测器线圈上串接一只电流表，再接到探测器规定的交流电源上，如图 4.60 所示。

这样，探测器 H 形铁心和定子铁心齿部就构成变压器的闭合磁路；探测器的线圈相当于变压器一次绕组，被检查的定子槽内线圈便成为变压器二次绕组。这时，若槽内的线圈无短路现象，则电流表读数较小；若槽内线圈有短路故障时，即相当于变压器二次短路，反映到一次的电流表读数就增大。这时也可用一小块铁片(或旧钢锯片)放在被测绕组另一有效边所在的槽口，若被测绕组短路，则此小铁片会因线圈的短路电流所产生的磁性而被吸引振动，并发出强烈的吱吱声。

把探测器沿定子铁心内圆逐槽移动检测，便可找到短路线圈。这种方法可以不使短路线圈受大电流的烧伤而避免扩大故障，是一种比较有效的检查方法。但使用时应注意以下几点：

(1) 电动机引出线是三角形连接时，要将三角形拆开口。

(2) 绕组是多路并联时，也要拆开并联支路。

(3) 如电动机是双层绕组时，被测槽中有两个线圈，它们分别隔一个线圈节距跨于左右两边，这时要将探测器(或铁片)在左右两槽口都试一下，以便确定短路线圈。

以上介绍的各种检查方法各有它的局限性，有的只能测出故障相，有的能查出故障点，但也各具优点。至于应用哪种方法较好，要根据具体情况和经验而定。

2. 短路故障修复方法

定子绕组短路，主要是相间短路或匝间短路。短路的原因，通常是由于匝间或相间绝缘损坏造成的。在查明短路故障后，应针对不同的情况进行修复。如果绕组没有烧毁，一般可以采用重新恢复局部绝缘的方法进行修理。如某绕组的个别线圈已烧毁，就需要局部调换线圈。定子绕组短路的修理方法主要有以下四种。

1) 加强绝缘法

当相间短路、线圈间短路以及匝间短路时，经检查故障点能明显看出来，且破坏的程度尚未扩大，则可以把故障点垫上绝缘物加强绝缘，再涂绝缘漆后烘干，故障便可排除。

另外，也可采用环氧粉末溶敷修补工艺。首先将绝缘损坏处清除干净，然后将线圈加热到 100℃ 左右，将由环氧树脂、石英粉末和乙二胺按 100：50：8 的质量比配成的绝缘黏结剂趁热滴入损坏处密封，在室温中固化。这种修补的绝缘性能较好，质量也较高，适用于高压电动机线圈的修补。

2) 局部拆卸重修法

若故障发生在线槽里面，可参照前面绕组接地故障的修理方法 2 进行局部拆修重嵌。若短路故障发生在底层，则必须把上边的线圈取出槽外，待有故障的线圈修好后，再顺序放回槽内。

3) 跳接法

跳接法是把短路线圈从绕组中切除出去的一种应急措施。方法是把短路线圈导线全部切断，包好绝缘，把这个线圈原来的两个线头连接起来，跳过这个有故障的线圈。跳接法会破坏相电流的平衡。一相绕组中可跳过 10%～15% 的线圈，但必须减轻电动机负载。

当损坏线圈的故障点在槽内或无法确定时，可用如图 4.61 所示的办法，将故障线圈在端部剪断，包好绝缘，然后用导线

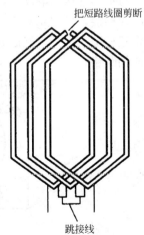

图 4.61　线圈跳接法处理短路故障示意图

把这个线圈的原两个线头连接起来，跳过这个线圈。这就是线圈跳接法。

跳接处理适宜于不满载运行的电动机中应急采用，有时它可以正常运行很长时间。但跳接法不宜用于二极电动机。

4）穿绕修补法

电动机定子绕组个别线圈损坏后，如不宜采用上述方法处理时，可以考虑穿绕修补法。采用穿绕修补时，要先把绕组加热到 80℃左右，使线圈绝缘软化，取下坏线圈的槽楔，并剪断坏线圈的两边端部。然后用钳子从槽底把导线一根一根抽出（如果是上层线圈，则应从槽面抽出），注意不要碰伤其他线圈。再把槽中杂物清理干净，但不要破坏原来的槽绝缘，另用一层聚脂薄膜青壳纸卷成圆筒，插进槽内作新导线槽绝缘。把直径比导线略粗并打过蜡的竹签作为假导线插入绝缘套内，取略长于坏线圈总长的新导线，从新导线总长的中点开始穿线。穿线时，可以边抽出竹签假线，边跟随穿入新导线。如果新导线过长，也可以截为两段，分别穿绕好后，再在线圈端部连接。穿线完毕后进行接线和整理端部、检查绝缘和进行必要的试验，证明良好后方能浸漆烘干。

采用这种方法修补，不但比全部拆换绕组节省工料，也没有局部拆换线圈时造成的损坏。但如果损坏的线圈较多时，不宜采用穿绕修补，只能全部拆换线圈。

4.7.3　定子绕组断路故障的检修

1. 绕组断路故障检查方法

绕组断路故障的检查方法一般有四种。

1）万用表检查法

对星形连接的电动机，可将万用表的转换开关旋到电阻挡，一根表棒接在星形中点上，另一根表棒依次接在三相绕组首端，若测得的电阻为无穷大，则说明被测相断路。对三角形连接的电动机，应先将三相绕组拆开，然后分别测量三相绕组电阻，电阻为无穷大的一相为断路。

2）试验灯检查法

对星形连接的电动机，可将试验灯的一根线接在绕组中点 N 上，另一根线依次和三相引出线相接，如图 4.62(a)所示，如果灯不亮，则说明该相断路。对三角形连接的电动机，先将三相绕组拆开，然后分别对三相绕组通电试验，如图 4.62(b)所示，若灯不亮，则说明该相断路。

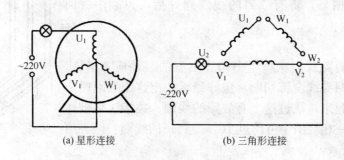

(a) 星形连接　　　　　　　　(b) 三角形连接

图 4.62　用试验灯检查绕组断路的示意图

3) 三相电流平衡法

对于星形连接的电动机，将三相绕组并联后，通入低电压大电流，如果三相电流值相差大于 5% 时，电流小的一相为断路相，如图 4.63(a) 所示。对于三角形接法电动机，先要把三角形的接头拆开一个，然后用电流表逐相测量每相绕组的电流，其中电流小的一相为断路相，如图 4.63(b) 所示。

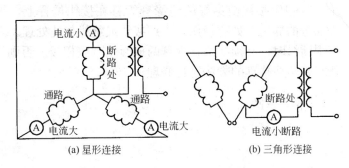

(a) 星形连接　　　　　　　　　　　(b) 三角形连接

图 4.63　用电流平衡法检查并联绕组断路

4) 电桥检查法

用电桥测量三相绕组的电阻，如果电阻值相差大于 5%，则电阻较大的一相为断路相。

2. 绕组断路故障修复方法

绕组断路，多是因为焊接不良或机械损伤所造成，也有因接地、短路烧断导线造成断路的。因此，绕组断路的位置多发生在绕组端部、绕组接头及绕组与引出线的连接处。绕组断路的修理方法主要有四种。

1) 绕组焊接不良的修理方法

绕组焊接不良，可拆去包扎的绝缘物，脱开接头，仔细清理，去除接头上的油污或其他焊渣。若原是锡焊焊的，则先进行搪锡，再用烙铁重新焊接。若原是铜焊，则在接头之间夹放 BN-15 银焊片，然后进行电阻钎焊，或用"料 303"作焊料，进行气焊。但气焊容易损坏相邻的绕组绝缘，电阻钎焊则不会损坏绝缘。

2) 引出线断路的修理方法

引出线断路，可重新换线，或将引出线缩短，重新焊接接头。

3) 槽内线圈断线的修理方法

如果是槽内线圈断线，则打出槽楔，翻出断路线圈，然后进行焊接，并包好绝缘，再嵌回原线槽。也可以采用调换新线圈的方法。

如果是线圈断路故障，又查不到断裂点，就可试用线匝跳接法。刮开断路线圈的端部线匝绝缘，找出如图 4.64 所示 U_2、U_2' 互相不通的两点，但 U_1 和 U_2、U_1' 和 U_2' 应分别通路，且有尽量大的电阻值(可以多选几点测试)，然后将 U_2 与 U_2' 连接起来，并包好绝缘。这样便可以跳过断路的一些线匝，并保证故障线圈有一定的匝数投入运行。

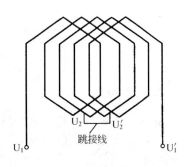

图 4.64　线匝跳接法处理断路故障示意图

4) 绕组端部断路的修理方法

当绕组端部有一根断线时,可用吹风机对断线处加热,软化后把断头端挑出来,刮掉断头端的绝缘层,然后用 0.5mm 左右厚的紫铜皮,弯在导线上制成与导线直径相应的套管,套管的长度约为导线直径的 8 倍。再将两个线端插入套管内,并顶接在套管的中间位置,进行焊接。如果线短,不能顶接,剪一段导线去掉绝缘层顶在两接头端的中间并在套管内,焊接后包扎绝缘或利用接线前穿好的绝缘套管移在接线位置上,作为接线后的绝缘。另外,还要检查邻近的导线,如有损伤,采用接线或绝缘包扎处理。

当绕组端部有多根断线时,必须细心查出哪两根断线对应相接,否则接线后将自行短路。然后再采用上述单根断线修理的方法进行修理。

4.7.4 定子绕组接错故障的检修

1. 绕组接错的检查方法

1) 滚珠检查法

把电动机转子取出来,用一粒钢珠(滚珠轴承的滚珠)放在定子铁心内圆面上。当定子通入低电压三相交流电,如滚珠沿定子内圆周表面上旋转滚动,说明定子绕组接线正确;若滚珠不滚动,则说明绕组有接错现象。但用此法只能确定是否有错接,而不能确定故障点。并且,要注意时间不能过长,否则就会烧坏定子绕组。

2) 指南针检查法

把 3~6V 直流电源(蓄电池或整流电源均可)通入绕组的一相,用指南针沿定子内圆周表面移动逐点检查,如图 4.65 所示。如绕组没有接错,则在一相绕组中,指南针经过相邻的极相组时,所指示的极性应相反;且在三相绕组中相邻的(不同相的)极相组极性也应相反。

当指南针经过相邻的两个极相组时,所指示的极性方向相同,则说明有一极相组反接。若指南针经过某一极相组时,指向不定,则表示该极相组内有反接的线圈。

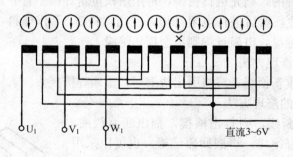

U_1 V_1 W_1 直流3~6V

图 4.65   用指南针检查绕组接错的示意图

2. 绕组头尾端接错

绕组头尾端接错所造成的后果,与绕组接错的情况基本相同。但检查的方法可以不抽出转子,而在电动机接线板上检查出来,并进行调换。检查判断的方法很多,首先必须将三相绕组按相分开,然后进行检查。

1) 万用表电压法

将三相绕组接成Y形，把36V交流电源通入其中的一相，用万用表电压挡测量其余两相的出线，如图4.66(a)所示，记下有无读数，然后换接成图4.66(b)所示的接法，再记下有无读数。最后根据下述情况判断：

(1) 两次均无读数，表示绕组头尾端正确。

(2) 两次都有读数，表示两次中没有接电源的那一相绕组头尾端反接。

(3) 两次中有一次有读数，另一次无读数，表示无读数的那一次接电源的那一相绕组头尾端反接。

采用这种方法除了要使用万用表(或交流电压表)外，还必须要有低压交流电源。

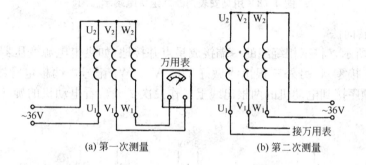

(a) 第一次测量　　　　　　　　(b) 第二次测量

图 4.66　用万用表判断绕组头尾端示意图

2) 干电池法

如图4.67(a)所示，将一节干电池串联一开关接到其中一相，电压表(最好是毫伏表、毫安表、万用表毫安挡或小量程直流电压挡)接另一相。当合上开关 S 的瞬间，表头指针正向摆动。这时，电池的"＋"极与表头的"－"极同为相头(或称同名端)。同理，把表接到另一未测相绕组，如图4.67(b)所示，经过两次试验，便可找出三相绕组的头尾端。采用此法，除万用表外，只要一节干电池便可，较上法方便。

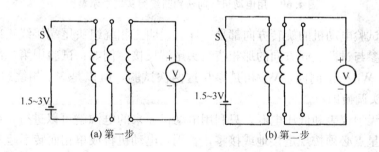

(a) 第一步　　　　　　　　(b) 第二步

图 4.67　用干电池判断绕组头尾端示意图

3) 毫安表剩磁法

将三相绕组任意接成并联，如图4.68所示。用万用表毫安挡测试，用手转动电动机转子轴，如表头指针摆动，说明绕组头尾连接错误。可将任一相两线头对调重试，直到指针不动，则表示三相绕组头尾端连接正确。

采用此法测试的电动机必须是曾经运转过的，否则，电动机无剩磁，定子绕组不能感应出电动势，此法即无效。

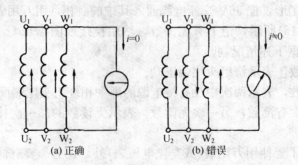

图 4.68　用毫安表判断绕组头尾端示意图

4）电动机转向法

如图 4.69 所示，将三相绕组的一端接成星点并接地（如供电电源变压器是中性点不接地系统时，则应接零），另外三根出线做好 U_1、V_1、W_1 记号，两根电源线也作 1、2 记号，并分别按顺序接到电动机的两根出线上，作三次试验，看电动机的旋转方向判断三相绕组的头尾端。

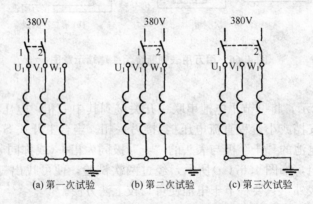

图 4.69　用电动机转向法判断绕组头尾端示意图

如果三次试验电动机的旋转方向都是一样，说明三相绕组头尾端接线正确；如转向不一样，则说明参与过两次同方向的那相绕组头尾端反接。例如：试验中第二次 V_1、W_1 相和第三次 U_1、W_1 相是同向，W_1 相是参与这两次试验，所以是 W_1 相绕组头尾端反接，将 W_1 相两线头调换即可。

采用此法无须仪表和低压电源，只利用电动机原来的电源就可以进行，比较方便。但电动机绕组的星点必须按规定接地或接零，否则，电动机将成单相而转不起来。

这种方法只适用于小容量电动机在空载状态下进行试验。但必须注意，由于试验时的电流较大，故时间不宜太长。

4.7.5　转子绕组断路故障的检修

1. 检查转子断条的方法

1）外表检查法

对防护式电动机，可在电动机启动时观察转子与定子的间隙处，如有火花出现，则说明转子有断条现象。然后把电机拆卸抽出转子，仔细检视转子铁心表面和端环，检查有无过热变色点或断裂处。

2）电流检测法

定子通入三相低压电流(电压约为 10% 的额定电压)，在一相中串入电流表，用手将转子慢慢转动。假如转子笼条完好，则电流表指针只有均匀的微弱摆动；若笼条断裂，指针就会发生较大的周期性变化。

3）铁粉检查法

这是利用磁场原理的方法。在转子端环两端通入电流，将铸铁粉撒在转子上，逐渐升高电压，使转子铁心的磁场增强到能吸附铁粉为止。如果笼条没有断裂，则转子铁心表面的铁粉就整齐地按槽的方向排列；若转子某槽不能吸附铁粉或吸附的铁粉很少，便说明该槽笼条断裂。

4）探测器检查法

拆开电动机抽出转子，用特制转子短路探测器串联一只电流表，与图 4.70 相仿，不过铁心的开口外缘形状呈凹弧形，适合转子圆周表面。沿转子表面逐槽检查，如检查到某一槽电流表读数明显下降，则表明该槽有断路故障。

5）互感探测法

互感探测法是根据互感器原理设计而成的。它是由大小两个开口铁心组成，形状如图 4.71 所示。当绕组 1 接上电源，铁心 1 与转子铁心形成闭合磁路，其部分磁通交链到铁心 2；若被测槽内的笼条完好时，笼条便流过电流，形成一只相当于铁心 2 的短路线圈，其作用将阻止磁通通过铁心 2，于是，这时线圈 2 的感应电动势很小。当移动铁心 2 到断条槽口时，即相当于短路线圈开断，使通过铁心 2 的磁通增加，因此，毫伏表的读数增大，由此说明笼条断裂。

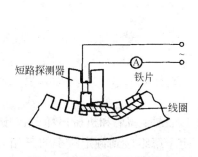

图 4.70　用短路探测器检查
短路线圈的示意图

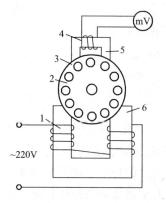

图 4.71　互感探测法检查笼条断裂示意图
1—探测器线圈 1；2—转子；3—转子笼条；
4—探测器线圈 2；5—铁心 2；6—铁心 1

2. 转子断条的修复方法

转子断条检查出来后，可按下列几种方法进行修理：

（1）如果断裂现象发生在端环或槽外其他明显部位时，可将裂纹凿出 V 形槽，用气焊进行焊接修补。

（2）铜质笼条的个别断条，可把断条的端环两端开一缺口，凿去一边端环部分，把断条敲出，换上一条与原截面相同的新笼条，并要长出端环 15～20mm，将伸出部分敲弯紧贴在短路环上，然后用气焊焊牢，在车床上光平、校正平衡即可。

（3）如果是个别铸铝笼条断条时，也可将断条钻掉，把槽清理干净，做一根与槽形相同的铝条打入槽内，再用铝焊药把铝条与端环用气焊焊牢即可。

（4）若转子笼条断裂较多，则应全部更换。先车去两边端环，用夹具将铁心夹紧，以防铁心松散。如系铜质笼条，即可依照第（2）点方法换上稍长的新铜条，在槽口两端向同一方向打弯，使其彼此重叠，再用气焊焊成端环并车削平整。

对于断裂较多的铸铝笼条，拆除笼条的方法有两种：

（1）化学溶铝。将铸铝转子垂直浸入 30％～60％浓度的工业烧碱中，并加热到（70～90）℃，约经六七小时后即可将铝条腐蚀下来，然后投入清水中冲洗干净。

（2）加热熔铝。直接将转子加热至 700℃左右，使铝条全部熔化，再清理干净。

重新铸铝的工艺较复杂，一般由制造厂重铸，或考虑改用铜条。但铜条的截面积应不少于槽面积的 60％，但也不应大于槽面积的 70％。

4.8　异步电动机空载与堵转实验

1. 实验目的

（1）掌握三相异步电动机空载与短路（堵转）实验的方法及参数的计算方法。
（2）掌握三相异步电动机工作特性的测取及其计算。

2. 实验仪器、仪表、组件、设备

1）三相异步电动机　　　　　　　　　　　　　　一台
2）直流发电机　　　　　　　　　　　　　　　　一台
3）三相调压器　　　　　　　　　　　　　　　　一台
4）电压表、电流表、功率表、转速表　　　　　　若干

3. 实验原理

1）三相异步电动机空载实验

空载实验的目的是测定励磁支路的参数 R_m、X_m 以及铁耗 P_{Fe} 和机械损耗 P_Ω，试验时电动机轴上不加任何负载，即电动机处于空载运行，定子绕组接到额定频率的三相对称电源，当电源电压为额定值时，让电动机运行一段时间，使其机械损耗达到最大值。改变定子端电压的大小可测得对应的端电压 U_1、空载电流 I_0 和空载输入功率 P_0，并画出异步电动机的空载特性曲线。

空载时，因为转子电流很小，转子铜耗可以不计，所以输入功率完全消耗在定子铜耗 P_{Cu1}、铁耗 P_{Fe} 和机械损耗 P_Ω 和空载附加损耗 P_s 上，即

$$P_0 = P_{Cu1} + P_{Fe} + P_\Omega + P_s$$

则　　　　　　　　　　　$$P_0' = P_0 - P_{Cu1} = P_{Fe} + P_\Omega + P_s$$

上述损耗中，P_{Fe} 和 P_s 随着定子端电压 U_1 的改变而发生变化，至于 P_Ω 的大小与电压 U_1 无关，只要电动机的转速不变化或变化不大时，就认为是个常数。由于铁损耗 P_{Fe} 和空载附加损耗 P_s 可认为与磁通密度的平方成正比，近似地看成为与电动机的端电压 U_1^2 成正比，这样在定子加额定电压时，根据空载实验测得的数据空载电流 I_0 和空载输入功率 P_0，可以算出

$$z_0 = \frac{U_1}{I_0}$$

$$r_0 = \frac{P_0 - P_\Omega}{3I_0^2}$$

$$x_0 = \sqrt{x_0^2 - r_0^2}$$

空载时，$I_2 = 0$，相当于转子开路，所以

$$X_0 = X_m + X_{\delta 1}$$

通过堵转实验，求得 $X_{\delta 1}$ 后，即可求得励磁电抗 X_m。

励磁电阻　$R_m = \dfrac{P_{Fe}}{3m_1 I_0^2}$

2）三相异步电动机堵转实验

堵转实验是让绕线式异步电动机的转子绕组短路，并把转子卡住，不使其旋转。笼型电动机转子本身已短路，故堵转实验也称为短路实验。求得的参数也就称为短路参数。为了在做短路实验时不出现过电流，可把加在异步电动机定子上的电压降低。一般从 $U_1 = 0.4U_N$ 开始，然后逐渐降低电压。短路试验时，可以认为励磁电路开路，即铁损忽略不计。因此，输入功率全部消耗在定、转子的铜耗上。

于是就得到

$$Z_\kappa = \frac{U_\kappa}{I_\kappa}$$

$$R_\kappa = R_1 + R_r' = \frac{P_\kappa}{m_1 I_\kappa^2}$$

$$X_\kappa = \sqrt{Z_\kappa^2 - R_\kappa^2}$$

定子电阻 R_1 可直接测得，于是

$$R_r' = R_\kappa - R_1$$

对于大中型电动机，可以认为

$$X_{1\sigma} = X_{2\sigma}' = \frac{1}{2} X_\kappa$$

而对于 $P_N < 100\text{kW}$ 的小型电动机，有

$$2p \leqslant 6 \text{ 时}, \quad X_{\delta 2}' = 0.67 X_\kappa$$

$$2p \geqslant 8 \text{ 时}, \quad X_{\delta 2}' = 0.57 X_\kappa$$

4．实验内容与步骤

1）实验内容

（1）三相异步电动机定子绕组直流电阻的测量。

（2）三相异步电动机空载实验。

（3）三相异步电动机短路（堵转）实验。

（4）三相异步电动机工作特性。

2）实验步骤

（1）定子绕组直流电阻的测定。

① 用电桥法或伏安法测量出三相定子绕组的相电阻。每相绕组均相应测量三次，取三次平均值作为绕组的相电阻。将测量资料记录在表4-8中。

② 用温度计测出实验时的室温，记录在表4-8中。

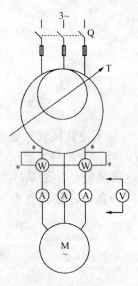

图 4.72　三相异步电动机空载短路实验接线图

（2）空载实验。

① 接线如图4.72所示。选择仪表及仪表量程，功率表选用低功率数瓦特表。置调压器T输出在零位。

② 合上开关Q，逐渐升高电压，启动三相异步电动机，并观察电动机运行是否正常。

③ 将外施电压升高到电动机额定电压U_N，使其在额定电压下空转数分钟，待电动机机械损耗稳定后再进行实验。调节外施电压，使其达到$1.1U_N$然后逐渐降低，直到定子电流回升（转差率明显增大）为止。

④ 其间做6组资料，每次记录三相电压、电流、功率，并填人表4-9中。注意在U_N附近多测几点。

⑤ 实验结束后，拉开开关Q，立即测量定子绕组的相电阻R。

注意：电压调节时，不能来回调节。

（3）短路（堵转）实验。

① 按图4.72所示电路接线。注意更换仪表及其量程。置调压器T输出于零位。

② 观察电动机旋转方向，并堵住转子。

③ 调节外施电压，并密切监视测量仪表，使堵转电流迅速升至$1.2I_N$。

④ 在$(1.2\sim0.3)I_N$范围内做6组资料。每次同时读出三相电压、电流、功率及环境温度θ_0，并填入表4-10中。注意必须在I_N点或I_N附近记录一组资料。

另外注意：在堵转实验中，动作要迅速，因为此时电动机停转，散热条件差，定子绕组可能过热，甚至可能烧毁电动机。

（4）工作特性的求取。

工作特性实验应在热态下进行，因此记录实验资料前，应使电动机的温度达到稳定。

① 按图4.73所示电路接好线，经检查无误后，合上开关Q_1，逐渐升高调压器T的输出电压，启动三相异步电动机。

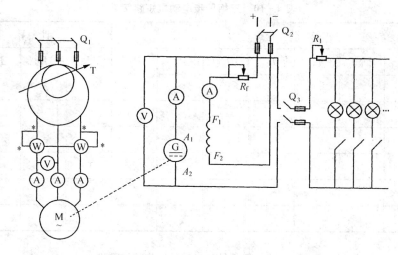

图 4.73　三相异步电动机工作特性实验接线图

② 将调压器 T 输出电压调至电动机的额定电压 U_N，并在整个实验过程中始终维持不变。

③ 合上开关 Q_2、Q_3，逐渐增加电动机负载，使电动机三相定子电流的平均值达到额定电流 I_N，直至温度稳定(为了缩短实验时间，实验开始时，可以适当过载，然后降至额定负载。一般在 $1.1P_N$ 下运行 1 小时)。

④ 温度稳定后，可以开始记录实验资料。在 $I_1 = 1.25I_N$ 到拉开开关 Q_3 为止，在这个范围内作 6 组资料，注意在 $I_1 = I_N$ 附近多做几点。

⑤ 将每组记录电压、电流、功率、转速的资料填入表 4-11 中。

5. 实验记录

表 4-8　测量定子绕组相电阻

	第一次	第二次	第三次	平均值	室温/℃
$U_1 - U_2/\Omega$					
$V_1 - V_2/\Omega$					
$W_1 - W_2/\Omega$					

表 4-9　三相异步电动机空载实验　($R_{10} = \quad \Omega$)

实　验　值								计　算　值						
U_{AB}	U_{BC}	U_{CA}	I_A	I_B	I_C	P_1	P_2	U_0	U_0^*	U_0^{*2}	I_0	P_0	P_{Cu1}	P_0'	$\cos\varphi$

表 4-10 三相异步电动机短路实验

实 验 值								计 算 值		
U_{AB}	U_{BC}	U_{CA}	I_A	I_B	I_C	P_{I}	P_{II}	U_k	I_k	P_k

表 4-11 三相异步电动机工作特性实验

序号	U_1/V	I_A/A	I_B/A	I_C/A	$P_{\mathrm{I}}/\mathrm{W}$	$P_{\mathrm{II}}/\mathrm{W}$	$n/(\mathrm{r/minL})$
1							
2							
3							
4							
5							
6							

6. 实验报告

1）计算基准工作温度下的相电阻 $R_{175℃}$

2）空载实验资料的计算整理

（1）空载电压
$$U_0=\frac{U_{AB}+U_{BC}+U_{CA}}{3}$$

（2）电压标幺值
$$U_0^*=\frac{U_0}{U_N},\quad U_0^{*2}=\left(\frac{U_0}{U_N}\right)^2$$

（3）空载电流
$$I_0=\frac{I_A+I_B+I_C}{3}$$

（4）空载功率
$$P_0=P_{\mathrm{I}}+P_{\mathrm{II}}$$

（5）空载定子铜耗
$$P_{\mathrm{Cu1}}=3I_0^2R_{10}$$

式中：I_0 为相电流，R_{10} 为实验结束时测量的定子绕组相电阻。

（6）铁耗与机械损耗之和
$$P_0'=P_{\mathrm{Fe}}+P_\Omega$$

（7）空载功率因子
$$\cos\varphi_0=\frac{P_0}{\sqrt{3}I_0P_0}$$

3）短路（堵转）实验资料的计算整理

(1) 短路(堵转)电压　　　　　　　$U_\kappa = \dfrac{U_{AB} + U_{BC} + U_{CA}}{3}$

(2) 短路(堵转)电流　　　　　　　$I_\kappa = \dfrac{I_A + I_B + I_C}{3}$

(3) 短路(堵转)功率　　　　　　　$P_\kappa = P_{\mathrm{I}} + P_{\mathrm{II}}$

(4) 短路(堵转)功率因子　　　　$\cos\varphi_\kappa = \dfrac{P_\kappa}{\sqrt{3}\,I_\kappa U_\kappa}$

4) 作特性曲线

作空载特性曲线 I_0、P_0、$\cos\varphi_0 = f(U_0^*)$ 及短路(堵转)特性曲线 I_K、P_K、$\cos\varphi_\mathrm{K} = f(U_\mathrm{K})$。并求出 $U_0 = U_\mathrm{N}$ 时的空载电流与空载功率，以及 $I_\mathrm{K} = I_\mathrm{N}$ 时的短路(堵转)电压与短路(堵转)功率。

5) 求三相异步电动机的简化等效电路参数

(1) 分离铁耗与机械损耗。

作曲线 $P_0' = P_{\mathrm{Fe}} + P_\mathrm{M} = f(U_0^{*2})$。延长曲线与纵轴交于 P 点，P 点的纵坐标即为机械损耗 P_M，并求出额定电压时的铁耗 P_{Fe}。

(2) 求励磁参数。

$$Z_0 = \frac{U_{0\varphi}}{I_{0\varphi}} = R_1 + \mathrm{j}X_{1\sigma} + R_\mathrm{m} + \mathrm{j}X_\mathrm{m}$$

式中：$U_{0\varphi}$、$I_{0\varphi}$ 为空载额定相电压以及对应的相电流。

由于 R_1、$X_{1\sigma}$、R_m 均远小于 X_m，故可忽略 R_1、$X_{1\sigma}$、R_m。

励磁电抗　　　　　　　　　　　　$X_\mathrm{m} \approx \dfrac{U_{0\varphi}}{I_{0\varphi}}$

励磁电阻　　　　　　　　　　　　$R_\mathrm{m} = \dfrac{P_{\mathrm{Fe}}}{3 I_{0\varphi}^2}$

(3) 求短路(堵转)参数。

短路(堵转)电阻　　　　　　　　$R_\kappa = \dfrac{P_\kappa}{3 I_{\kappa\varphi}^2}$

短路(堵转)阻抗　　　　　　　　$Z_\kappa = \dfrac{U_{\kappa\varphi}}{I_{\kappa\varphi}}$

短路(堵转)电抗　　　　　　　　$X_\kappa = \sqrt{Z_\kappa^2 - R_\kappa^2}$

式中：$U_{\kappa\varphi}$、$I_{\kappa\varphi}$、P_κ 相应于 $I_\kappa = I_\mathrm{N}$ 时的相电压、相电流、三相短路(堵转)功率。

转子电阻折合值　　　　　　　　$P_2' \approx P_\kappa - P_1$

定、转子漏抗　　　　　　　　　$X_{1\sigma} \approx X_{2\sigma}' \approx \dfrac{1}{2} X_\kappa$

(4) 将短路(堵转)参数换算到基准工作温度。

6) 损耗分析法求工作特性的数据处理

(1) 定子电流　　　　　　　　　　$I_1 = \dfrac{I_A + I_B + I_C}{3}$

(2) 输入功率　　　　　　　　　　$P_1 = P_{\mathrm{I}} + P_{\mathrm{II}}$

(3) 定子铜耗　　　　　　　　　　$P_{\mathrm{Cu1}} = 3 I_{1\varphi}^2 R_{175℃}$

(4) 铁耗 P_{Fe} 与机械耗 P_Ω 由空载实验求得。

(5) 电磁功率 $\qquad P = P_1 - P_{Fe} - P_{Cu1}$

电磁转矩 $\quad T = 9.55 \dfrac{P}{n_0}$，$n_0$ 为同步转速，$n_0 = \dfrac{60f}{p}$

(6) 转差率 $\qquad\qquad s = \dfrac{n_0 - n}{n_0} \times 100\%$

(7) 转子铜耗 $\qquad\qquad P_{Cu2} = s \cdot P$

(8) 附加损耗 对不实测附加损耗的电动机，则额定功率时的附加损耗 P_s 取其额定输出功率的 0.5%，对于其他负载点的附加损耗值 P_s 按与定子电流平方成正比的关系确定。

(9) 总损耗 $\qquad\qquad \sum P = P_{Cu1} + P_{Cu2} + P_{Fe} + P_M + P_s$

(10) 输出功率 $\qquad\qquad P_2 = P_1 - \sum P$

(11) 功率因数 $\qquad\qquad \cos\varphi = \dfrac{P_1}{\sqrt{3}\, I_1 U_1}$

(12) 效率 $\qquad\qquad \eta = \dfrac{P_2}{P_1} \times 100\%$

将计算结果填入表 4-12 中。

表 4-12 损耗分析法求工作特性的数据处理

序号	I_1	P_1	P_{Cu1}	P_{Fe}	P_M	s	P_{Cu2}	P_s	$\sum P$	η	$\cos\varphi$	T
1												
2												
3												
4												
5												
6												

(13) 在同一坐标内绘制工作特性曲线 T、I_1、s、$\cos\varphi$、$\eta = f(P_2)$，并求出对应于输出额定功率时的 P、T、I_1、s、$\cos\varphi$、η。

6) 思考题

(1) 三相异步电动机空载、短路(堵转)实验的目的是什么？

(2) 对于实验所得结果你有什么认识？

7. 预习要求

(1) 作三相异步电动机空载、短路(堵转)实验应注意哪些事项？

(2) 如何利用空载、短路(堵转)实验资料求三相异步电动机的参数？

(3) 三相异步电动机的工作特性是指哪些特性？测取工作特性时应保持哪些资料不变？需测量哪些资料？

(4) 三相异步电动机工作特性的测定方法有哪些？各有何特点？

本 章 小 结

　　本章讲述了异步电动机的结构、定子绕组构成、运行原理和工作特性，这是异步电动机的理论基础，也是正确选择和使用异步电动机的依据。

　　1. 三相异步电动机的转动原理是，电动机定子上的绕组通入交流电后产生旋转磁场，转子绕组切割旋转磁场感应出电流，产生电磁转矩。异步电动机的转速 n 与旋转磁场的同步转速 n_1 之间存在着转速差即转差率 s，当 $0 < s < 1$ 时，$0 < n < n_1$ 为电动机状态；当 $s < 0$ 时，$n > n_1$，为发电机状态；当 $s > 1$ 时，$n < 0$，为电磁制动状态。

　　2. 三相异步电动机主要由定子部分和转子部分构成，定子和转子均由铁心和绕组组成。定子铁心槽内嵌入三相对称绕组，可根据不同电源电压接成Y形或△形；转子铁心槽内装有自行闭合的绕组，它有两种结构形式，一种是笼式，另一种是绕线式。笼式转子简单牢固应用最为广泛。

　　3. 三相定子绕组是异步电动机的主要电路，它的排列和连接是本章的重点，定子绕组的构成形式很多，但构成原则是一致的，就是采取分布、短距等措施尽可能获得较大的基波电动势、减小谐波电动势，使电动势尽可能的接近正弦波。三相绕组通常都采用60°相带，三相槽数相等并互相间隔120°电角度，每对磁极下包含六个相带，按 U_1，W_2，V_1，U_2，W_1，V_2 的顺序排列。相带分配表和绕组展开图直观地表达了各相绕组所占据的槽的位置和线圈连接关系。单层绕组嵌线方便，槽利用率高，多用于小型异步电动机；双层短距绕组的磁动势波形和电动势波形较好，制造方便，多用于大、中型电机。

　　4. 绕组的磁动势和电动势是本章的难点，由于旋转磁场与定子绕组之间有相对运动，利用导体切削磁力线的概念可以推导出绕组的感应电动势公式。线圈的磁动势在空间按矩形分布，大小按电流频率随时间变化的脉振磁动势，利用傅里叶级数可将矩形波磁动势分解为基波磁动势和谐波磁动势。基波合成磁动势的极数与绕组的极数相同、振幅是一个常数、振幅位置随时间而变化、旋转方向与电流相序有关，总是由超前电流的相到滞后电流的相。

　　5. 三相异步电动机空载时，转子电流 $I_2 \approx 0$，定子电流近似地等于励磁电流。电动机负载运行时，转速下降，转差率增大，由于 f_2、X_{2s}、E_{2s}、I_{2s}、$\cos\varphi_2$ 都是转差率 s 的函数，所以转子电流增大，电磁转距增大，定子电流增大，以维持主磁通基本不变。通过磁动势平衡和电磁感应的作用，由电源向定子绕组输入电功率，从转子轴上输出机械功率。

　　6. 异步电动机与变压器从电磁关系上看极为相似，主要差别在于变压器中的磁动势是脉振磁动势，异步电动机的合成磁动势是旋转磁动势；变压器中只有能量传递，异步电动机中既有能量传递又有能量转换。由于异步电机定、转子的频率不同，在推导等效电路时，必须同时进行频率折算和绕组折算。折算过程中，必须保持异步电动机的电磁性能、功率及损耗不变。折算后的异步电动机的基本方程式是绘制异步电动机T形等效电路的依据，等效电路中的附加电阻 $\dfrac{1-s}{s}r_2'$ 是用来模拟机械负载的，它与转差率有直接关系，能够很方便地解释异步电动机在启动、空载运行、额定负载运行、电磁制动运行和发电运行中的状况。等效电路中的参数可由空载和短路试验测出。

7. 用等效电路和基本方程式都可导出异步电动机的功率和转矩方程，注意电磁功率、转子铜耗与机械功率三者之间的关系，三相异步电动机运行时，它们之间的关系是

$$P_{em} : \Delta P_{Cu2} : P_m = 1 : s : (1-s)$$

电源的电压和频率均为额定值时，异步电动机的转速、定子电流、功率因数、电磁转矩及效率与输出功率的关系叫异步电动机的工作特性。通常异步电动机都在低转差率范围内工作，随着负载的增加，电动机定、转子电流增加，转速略有降低，电磁转矩近似正比于负载功率而增加。从使用的观点看，效率和功率因数是重要的能力指标，功率因数和效率最大值一般出现在额定功率附近。而在任何负载下异步电动机的功率因数始终是滞后的，说明它是一个感性负载。

8. 将单相交流电通入单相电动机的工作绕组后，产生的脉振磁动势可以分解为两个大小相等、转速相同、转向相反的两个旋转磁动势。转子同时受到大小相等、方向相反的两个电磁力的作用，所以它不能自行启动，但一经启动即可连续地旋转。利用两相绕组通以两相交流电流时能在气隙中建立椭圆形旋转磁场的原理，解决单相异步电动机的启动问题。

9. 分相式电动机在定子上增加一套启动绕组，使其与工作绕组构成两相绕组。通过两套绕组电阻值不同或启动绕组支路串电容，达到分相而获得两相电流的目的。罩极式电动机则是用短路铜环将磁极罩住小部分，使得通过磁极的未罩部分和罩住部分的磁通存在相位移而产生移动磁场，使电动机产生启动转矩。欲改变单相异步电动机的转向，只要把任何一个绕组的两个端头对调一下并接电源即可，但此法不适用于罩极式。

10. 三相异步电动机启动或运行时发生一相断路，就变成了单相电动机，是一种故障状态，定子电流很大将烧坏电动机。

思考题与习题

1. 什么是对称三相绕组？旋转磁场形成的条件是什么？
2. 简单叙述异步电动机的工作原理。
3. 旋转磁场的转动方向是由什么决定的？如何使三相异步电动机反转？
4. 将三相异步电动机接入三相电源，试绘出 $t_0=0°$，$t_1=120°$，$t_2=240°$，$t_3=360°$四个时刻的两极旋转磁场示意图。
5. 异步电动机旋转磁场的转速与电动机的磁极对数和电源频率之间有什么关系？
6. 如果把额定频率为 50Hz 的异步电动机接到 60Hz 的交流电源上，而其他条件不变时，会出现什么现象？为什么？
7. 试求额定转速为 1460r/min、720r/min、2900r/min 的异步电动机的极数、同步转速和转差率。
8. 异步电动机为什么称"异步"？为什么又称感应电动机？为什么异步电动机在作电动运行时的转速不能等于和大于同步转速？
9. 由于转差率的不同，异步电动机有哪三种运行状态？

10. 三相异步电动机有哪些主要部件？它们各起什么作用？

11. 为什么定子和转子铁心都要用导磁性能良好的硅钢片制成？为什么异步电动机的气隙很小？

12. 电角度是如何定义的？它与机械角度有什么关系？

13. 电动机的绕组元件、极距、节距是如何定义的？

14. 单层绕组的连接规律是什么？双层绕组的连接规律是什么？

15. 一台三相异步电动机，磁极对数 $p=2$，定子槽数 $Z=36$，根据已知条件绕制单层链式绕组。极距、每极每相槽数、槽距角应如何计算？相带与定子槽号应如何对应？

16. 一台三相异步电动机，磁极对数 $p=1$，定子槽数 $Z=24$，支路数 $a=2$，根据已知条件绕制单层链式绕组。极距、每极每相槽数、槽距角应如何计算？相带与定子槽号应如何对应？试画出绕组展开图和圆形接线图。

17. 一台三相异步电动机，磁极对数 $p=2$，定子槽数 $Z=36$，支路数 $a=2$，根据已知条件绕制双层叠式绕组。极距、每极每相槽数、槽距角应如何计算？相带与定子槽号应如何对应？试画出绕组展开图和圆形接线图。

18. 三相异步电动机和变压器在相同的条件下谁的空载电流大？为什么？

19. 变压器的感应电动势公式和三相异步电动机的感应电动势公式有何区别？

20. 一台已经制造好的异步电动机，其主磁通的大小与什么因素有关？

21. 三相异步电动机主磁通和漏磁通是如何定义的？有何异同点？主磁通在定、转子绕组中的感应电动势大小和频率是否相同？

22. 一台三相异步电动机，如果把转子抽出，在定子绕组上接通三相额定电压，会产生什么结果？

23. 三相异步电动机的定子匝数如果比规定的匝数绕少了，而其他条件不变，会出现什么现象？为什么？

24. 由于负载变化导致异步电动机转子速度发生变化时，转子电流旋转磁动势的转速有何变化？为什么？

25. 当三相异步电动机运行时，定子电流、定子电动势的频率是多少？转子电流、转子电动势的频率是多少？它们分别是由什么因素决定的？

26. 推导三相异步电动机的 T 形等效电路时，必须对转子进行折算，折算的目的是什么？折算的原则是什么？怎样进行折算？

27. 三相异步电动机的等效电路中，参数 r_1、X_1、r_m、X_m、r_2' 及 $\dfrac{1-s}{s}r_2'$ 各代表什么？

28. 比较变压器的折算和异步电动机的折算有哪些相同之处和不同之处？

29. 为什么异步电动机无论处于何种运行情况，功率因数总是滞后的？

30. 三相异步电动机定子铁损耗和转子铁损耗大小与什么有关？只要电压不变，定子铁损耗和转子铁损耗的大小就基本不变吗？

31. 三相异步电动机运行时，内部有哪些损耗？当电动机从空载到额定负载运行时，这些损耗中哪些基本不变？哪些是随负载变化的？

32. 三相异步电动机铭牌上的额定功率指的是什么功率？额定运行时的电磁功率、机械功率和转子铜损耗之间有何数量关系？当电动机定子接电源而转子短路且不转时，这台电动机是否还有电磁功率、机械功率或电磁转矩？

33. 异步电动机定、转子绕组没有直接电的联系，当机械负载增加时，定子电流和输入功率为什么都会增加？

34. 异步电动机运行时负载转矩保持不变，若电网电压降低，这时电动机内部各种损耗、转速和功率因数将如何变化？

35. 三相异步电动机的负载转矩是否任何时候都绝不可超过额定转矩？为什么？

36. 为什么三相异步电动机空载运行时，转子功率因数 $\cos\varphi_2$ 较高，而定子功率因数 $\cos\varphi_1$ 却很低？为什么额定负载时定子功率因数却比较高？

37. 为什么三相异步电动机不宜长期空载、轻载运行？

38. 单相异步电动机一相工作时，为什么没有启动转矩？在启动以后，为什么会有运行转矩？

39. 单相交流绕组和三相交流绕组所产生的磁势有何主要区别？

40. 单相异步电动机理想空载转速等于同步转速吗？为什么？

41. 怎样改变单相电容分相式电动机的旋转方向？单相罩极式电动机的旋转方向如何确定？能否改变？为什么？

42. 单相电容运转电动机电容器的焊头脱落(开路)，电动机能否自行启动？罩极电动机能否自行启动？罩极电动机定子上的短路铜环开断，电动机能否自行启动？为什么？

43. 一台三相笼式异步电动机运行时，若突然一相断线，电动机还能否继续运行？停下来后能否重新启动？为什么？

44. 一台丫连接的异步电动机，已知：$P_N = 7.5\text{kW}$，$U_N = 380\text{V}$，$n_N = 1440\text{r/min}$，$\eta_N = 87\%$，$\cos\varphi_N = 0.8$，求其额定电流。

45. 已知一台三相异步电动机，电源频率 $f_1 = 50\text{Hz}$，额定转速 $n_N = 980\text{r/min}$，求额定运行时：(1)定子旋转磁场的同步转速；(2)转子电流的频率；(3)转子旋转磁场相对转子的转速；(4)转子旋转磁场相对定子的转速。

46. 一台型号为 Y160 - 4 的三相异步电动机，铭牌数据为：$P_N = 15\text{kW}$，$U_N = 380\text{V}$，$n_N = 1460\text{r/min}$，$I_N = 30\text{A}$，$\cos\varphi_N = 0.86$，△接法。试求：(1)额定转差率；(2)额定时输入功率 P_1；(3)额定时的效率；(4)额定转矩 T_N。

47. 一台三相异步电动机运行时的输入功率为 50kW，定子铜损耗为 650W，定子铁损耗为 350W，转差率为 0.03。求这台电动机的电磁功率、机械功率和转子的每相铜损耗。

48. 一台三相异步电动机，额定运行时的输入功率 P_1 为 4kW，转子铜损耗为 150W，额定转差率为 0.027，机械损耗为 40W，附加损耗为 60W，求：(1)电磁功率 P_M；(2)定子总损耗；(3)输出机械功率 P_2。

49. 一台三相四极异步电动机，额定电压为 380V，丫连接，频率为 50Hz，额定功率为 55kW，额定转速为 960r/min，额定负载时的功率因数 $\cos\varphi_N = 0.89$，定子铜损耗为 2.5kW，铁损耗为 2kW，机械损耗为 0.8kW，附加损耗为 1.2kW，计算在额定负载时：(1)额定转差率；(2)转子铜损耗；(3)效率；(4)定子电流；(5)转子电流的频率。

50. 一台三相四极异步电动机的数据为：$P_N = 28\text{kW}$，$U_N = 380\text{V}$，定子绕组为△连接，$f_1 = 50\text{Hz}$。额定运行时，定子铜损耗 $\Delta P_{Cu1} = 1\text{kW}$，转子铜损耗 $\Delta P_{Cu2} = 700\text{W}$，铁损耗 $\Delta P_{Fe} = 600\text{W}$，机械损耗 $\Delta P_m = 200\text{W}$，附加损耗 $\Delta P_s = 300\text{W}$。求电动机额定运行时的参数：(1)额定转速；(2)额定效率；(3)负载转矩(输出转矩)T_L；(4)空载转矩 T_0；(5)电磁转矩 T；(6)绘出功率流程图。

第5章 三相异步电动机的电力拖动

教学提示：本章主要介绍三相异步电动机的启动性能；三相笼式异步电动机不同启动方式和特点；三相绕线式异步电动机不同启动方法和特点；三相异步电动机不同的调速方法和特点；不同的制动方法和特点；电动机的故障处理及维护；电气装配的工艺要求；实训实践教学主要进行电气控制电路基本环节的安装等技术技能训练。

三相异步电动机的启动、调速和制动，是保证生产机械设备各种运行的准确和协调，使生产工艺各项要求得以满足且工作安全可靠、实现自动化的重要途径。

5.1 三相异步电动机的启动性能

异步电动机的启动就是转速从零开始到稳定运行为止的一个过渡过程。衡量异步电动机启动性能的好坏要从启动电流、启动转矩、启动过程的平滑性、启动时间及经济性等方面来考虑，其中最重要的是：

（1）启动转矩足够大，以加速启动过程，缩短启动时间。

（2）启动电流越小越好。

启动电流即堵转电流，三相异步电动机在启动时启动转矩 T_{ST} 并不大，但转子绕组中的电流 I 很大，一般电动机的启动电流可达到额定电流值的 $4\sim7$ 倍，从而使得定子绕组中的电流相应增大为额定电流值的 $4\sim7$ 倍。这么大的启动电流将带来下述不良后果：

（1）使电压损失过大、启动转矩不够使电动机根本无法启动。

（2）使电动机绕组发热、绝缘老化，从而缩短了电动机的使用寿命。

（3）造成过电流保护装置动作，跳闸。

（4）使电网电压产生波动，影响连接在电网上的其他设备的正常运行。

因此，电动机启动时，在保证一定大小的启动转矩的前提下，应限制启动电流在允许的范围内。

5.2 笼型异步电动机的启动

三相笼型（又称笼式）异步电动机有直接启动和降压启动两种方法。

5.2.1 笼型异步电动机的直接启动

直接启动的优点是所需设备少，启动方式简单，成本低，是小型三相笼式异步电动机主要采用的启动方法，如图 5.1 所示。

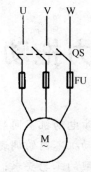

图 5.1　异步电动机
直接启动接线图

在启动时，可以用刀开关、接触器等装置将电动机定子绕组直接接到电源上。一般情况下熔体的额定电流可以取三相笼式异步电动机额定电流 I_N 的 2.5～3.5 倍。

一般对于小型笼型异步电动机，如果电源容量足够大时，应尽量采用直接启动的方法。从电动机容量的角度讲，通常认为满足下列条件之一的即可直接启动，否则应采用降压启动的方法。

(1) 容量在 10kW 以下；

(2) 符合下列经验公式：

$$\frac{I_{ST}}{I_N} < \frac{3}{4} + \frac{\text{供电变压器容量(kV·A)}}{4 \times \text{启动电动机功率(kW)}} \tag{5-1}$$

5.2.2　笼型异步电动机的减压启动

减压启动是指电动机在启动时减低加在定子绕组上的电压，启动结束时加额定电压运行的启动方式。

减压启动虽然能减低电动机启动电流，但由于电动机的转矩与电压的平方成正比，因此降压启动时电动机的转矩也减小很多，故此法一般适用于电动机空载或轻载启动。减压启动的方法有以下几种。

1. 定子串接电抗器或电阻的减压启动

方法是：启动时，电抗器或电阻接入定子电路；启动结束后，切除电抗器或电阻，进入正常运行，如图 5.2 所示。

三相异步电动机定子边串入电抗器或电阻器启动时定子绕组实际所加电压降低，从而减小了启动电流。但定子绕组串电阻启动时，能耗较大，实际应用不多。

2. 星形—三角形(丫—△)减压启动

方法是：启动时定子绕组接成星形，启动结束进入正常运行时定子绕组则接成三角形，其接线图如图 5.3 所示。对于运行时定子绕组为星形的笼式异步电动机则不能用星形—三角形启动方法。

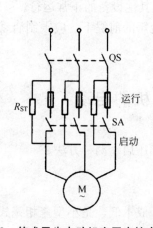

图 5.2　笼式异步电动机定子串接电抗器

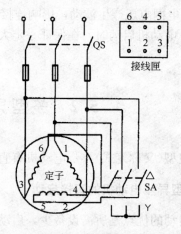

图 5.3　星形—三角形降压启动原理图

星形—三角形启动时，启动电流 I'_{ST} 与直接启动时的启动电流 I_{ST} 的关系如下（注意启动电流是指线电流而不是指定子绕组的相电流）：

电动机直接启动时，定子绕组接成三角形，如图 5.4(a) 所示，每相绕组所加电压大小为 $U_1=U_N$，即为线电压，每相绕组的相电流为 $I_\triangle$，则电源输入的线电流为 $I_{ST}=\sqrt{3}I_\triangle$。星形启动时如图 5.4(b) 所示，每相绕组所加电压为

$$U'_1=U_1/\sqrt{3}=U_N/\sqrt{3}，电流 I'_{ST}=I_Y，则线电流之比为$$

$$I'_{ST}/I_{ST}=I_Y/(\sqrt{3}I_\triangle)=(U_N/\sqrt{3})/(\sqrt{3}U_N)=1/3$$

所以
$$I'_{ST}=I_{ST}/3 \tag{5-2}$$

由式 (5-2) 可见，星形—三角形启动时，对供电变压器造成冲击的启动电流是直接启动时的 1/3。

直接启动时启动转矩为 T_{ST}，星形—三角形启动时启动转矩为 T'_{ST}，则

$$T'_{ST}/T_{ST}=U'^2_1/U^2_1=(U_1/\sqrt{3})^2/U^2_1=1/3$$

即
$$T'_{ST}=T_{ST}/3 \tag{5-3}$$

由式 (5-3) 可见，星形—三角形启动时启动转矩也是直接启动时的 1/3。

星形—三角形启动比定子串电抗器启动性能要好，可用于拖动 $T_L \leqslant T'_{ST}/1.1=T_{ST}/(1.1\times3)=0.3T_{ST}$ 的轻载启动。

星形—三角形启动方法简单，价格便宜，因此在轻载启动条件下，应优先采用。我国采用星形—三角形启动方法的电动机额定电压都是 380V，绕组是三角形接法。

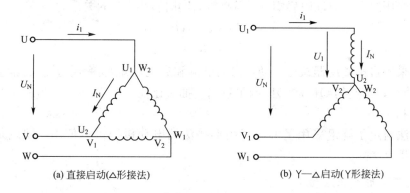

(a) 直接启动(△形接法)　　　(b) Y—△启动(Y形接法)

图 5.4　星形—三角形启动电流分析图

3. 自耦变压器(启动补偿器)减压启动

自耦变压器也称启动补偿器。启动时电源接自耦变压器一次绕组，二次绕组接电动机。启动结束后电源直接加到电动机上。

三相笼式异步电动机采用自耦变压器减压启动的接线如图 5.5 所示，其启动的一相线路如图 5.6 所示。

设自耦变压器变比为 $K=N_2/N_1<1$，这里的变比 K 是低压比高压，则直接启动时定子绕组的电压 U_N、电流 I_{ST} 与减压启动时承受的电压 U'、二次绕组电流 I''_{ST} 关系为

$$U_N/U'=N_1/N_2=1/K$$

$$I_{ST}/I''_{ST}=U_N/U'=1/K$$

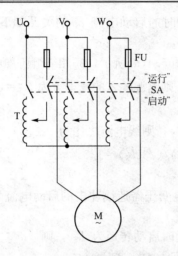

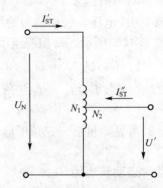

图 5.5　自耦变压器减压启动接线图　　　图 5.6　自耦变压器减压启动的一相线路

而我们所谓的启动电流是指电网供给线路的电流，即自耦变压器一次绕组电流 I'_{ST}，它与二次绕组启动时电流 I''_{ST} 关系为

$$I''_{ST} / I'_{ST} = N_1 / N_2 = 1/K$$

因此减压启动电流 I'_{ST} 与直接启动电流 I_{ST} 关系为

$$I'_{ST} = K^2 I_{ST} \tag{5-4}$$

而自耦变压器减压启动时转矩 T'_{ST} 与直接启动时转矩 T_{ST} 的关系为

$$T'_{ST} / T_{ST} = U'^2 / U_N^2 = K^2$$

即

$$T'_{ST} = K^2 T_{ST} \tag{5-5}$$

可见，采用自耦变压器减压启动，启动电流和启动转矩都降 K^2 倍。自耦变压器一般有 2～3 组抽头，常用的 QJ$_2$ 和 QJ$_3$ 两个系列，抽头比前者为 73%，64% 和 55%，后者为 80%，60% 和 40%。

该种方法对定子绕组采用星形或三角形接法的电动机都可以使用，缺点是设备体积大，投资较贵。

4. 延边三角形减压启动

延边三角形减压启动如图 5.7 所示，它介于自耦变压器减压启动与星形—三角形减压启动方法之间。

启动时，延边三角形是将定子绕组一部分接成星形，另一部分接成三角形，从整体上看，像一个三边都延长了一段的三角形，故称延边三角形。这样，星形部分比重越大，启动时电压就降得越多。根据分析和试验可知，星形和三角形的抽头比为 1∶1 时，电动机每相电压是 268V；抽头比为 2∶1 时，每相绕组的电压为 290V。可见，延边三角形可采用不同的抽头比，来满足不同的负载特性的要求，如图 5.7(a)所示。启动结束时，再将绕组改接成三角形，正常运行，如图 5.7(b)所示。

延边三角形启动的优点是节省金属、重量轻，缺点是内部连线复杂。

笼式异步电动机除了可在定子绕组上想办法减压启动外，还可以通过改进笼的结构来改善启动性能，即在制造时改变笼式转子的阻抗性质，这类电动机主要有深槽式和双笼式。

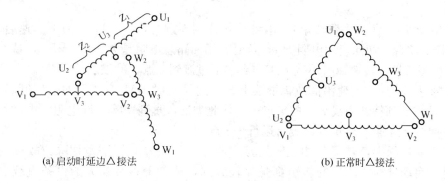

(a) 启动时延边△接法　　　　　　　　　　　(b) 正常时△接法

图 5.7　延边三角形减压启动原理图

5.3　三相绕线式异步电动机的启动

前面在分析机械特性时已经说明，适当增加转子电路的电阻可以提高启动转矩。绕线转子异步电动机正是利用这一特性，启动时在转子回路中串入电阻器来改善启动性能。

5.3.1　三相绕线式异步电动机的转子回路串接电阻器启动

方法是：启动时，在转子电路串接启动电阻器，借以提高启动转矩，同时因转子电阻增大也限制了启动电流；启动结束，切除转子所串电阻。为了在整个启动过程中得到比较大的启动转矩，需分几级切除启动电阻。启动接线图和特性曲线如图 5.8 所示。

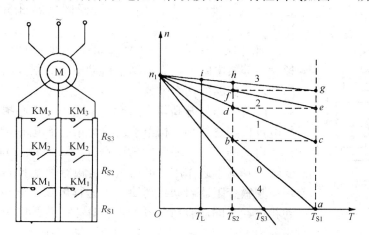

图 5.8　绕线式异步电动机启动接线图和特性曲线

启动过程如下：

（1）接触器触点 KM_1，KM_2，KM_3 全断开，电动机定子接额定电压，转子每相串入全部电阻。如正确选取电阻的阻值，使转子回路的总电阻值 $r_2' + R_{S1}' + R_{S2}' + R_{S3}' = r_2' + R_S' = X_1 + X_1'$，则由式 $S_m \approx r_2' + R_S'/(X_1 + X_2')$ 可知，此时 $S_m = 1$，最大的转矩 $T_m = (m_1/w_0) \cdot U_1^2/[2(X_1 + X_2')]$ 就产生在电动机启动的瞬间，如图 5.8 中曲线 0 中 a 点，启动转矩

为 T_{S1}。

（2）由于 $T_{S1} > T_L$（负载转矩），电动机加速到 b 点时，$T = T_{S2}$，为了加速启动过程，接触器 KM$_1$ 闭合，切除启动电阻 R_{S1}，这时转子回路总电阻是 $r_2 + R_{S2} + R_{S3}$，特性变为曲线 1，因机械惯性，转速瞬时不变，工作点水平过渡到 c 点，使该点 $T = T_{S1}$。

（3）因 $T_{S1} > T_L$，转速沿曲线 1 继续上升，到 d 点时 KM$_2$ 闭合，R_{S2} 被切除，电动机运行点从 d 转变到特性曲线 2 上的 e 点……依此类推，直到切除全部电阻，电动机便沿着固有特性曲线 3 加速，经 h 点，最后运行于 i 点（$T = T_L$）。

上述启动过程中，转子三相绕组所接电阻平衡，另外三级平衡切除，故称为三级启动。在整个启动过程中产生的转矩都是比较大的，适合于容量较大的设备重载启动的情况，广泛用于桥式起重机、卷扬机、龙门吊车等重载设备；对于一些容量较小的设备，转子三相绕组所接电阻也可以不平衡，同样，在切除时，也要进行非平衡切换。转子串电阻启动的缺点是所需启动设备较多，启动时有一部分能量消耗在启动电阻上，启动级数也比较少。

还需要注意，转子三相绕组所接电阻并非越大越好，若出现 $r_2' + R_S' > X_1 + X_2'$ 的情况，即启动于图中特性曲线 4 所示，启动转矩为 T_{S3}，$T_{S3} < T_{max} = T_{S1}$。所以，转子三相绕阻所接电阻要适当。

5.3.2　三相绕线式异步电动机的转子串频敏变阻器启动

频敏变阻器的结构特点为：它是一个三相铁心线圈，其铁心不用硅钢片而用厚钢板叠

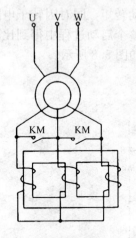

图 5.9　绕线转子异步电动机串频敏变阻器启动

成。当频敏变阻器线圈通过交流电时，铁心中将产生涡流损耗，铁心损耗相当于一个等值电阻，其线圈本身又是一个电抗，故电阻和电抗都随频率变化而变化，故称为频敏变阻器，它与绕线异步电动机的转子绕组相接，如图 5.9 所示。其工作原理如下：

启动时，$s = 1$，$f_2 = f_1 = 50 \text{Hz}$，此时频敏变阻器的铁心损耗大，等效电阻大，既限制了启动电流，增大启动转矩，又提高了转子回路的功率因数。

随着转速 n 升高，s 下降，f_2 减小，铁心损耗和等效电阻与电抗也随之减小，相当于逐渐切除转子电路所串的电阻。

启动结束时，$n = n_N$，$f_2 = sN$，$f_1 \approx (1 \sim 3) \text{Hz}$，此时频敏变阻器基本不起作用，可以闭合接触器触点 KM，予以切除。

频敏变阻器启动结构简单，运行可靠，但与转子串电阻启动相比，在同样启动电流下，启动转矩要小些。

5.4　三相异步电动机的调速

近年来，随着电力电子技术的发展，异步电动机的调速性能大有改善，交流调速应用日益广泛，在许多领域有取代直流电动机转速系统的趋势。

从异步电动机的转速关系式 $n = n_0(1-s) = 60 f_1(1-s)/p$ 可以看出，异步电动机的调

速可分以下三大类：

（1）改变定子绕组的磁极对数 p——变极调速；

（2）改变供电电源的频率 f_1——变频调速；

（3）改变电动机的转差率 s，方法有改变电压调速，绕线式异步电动机转子串电阻调速和串级调速。

5.4.1　三相异步电动机的变极调速

在电源频率不变条件下，改变电动机的极对数，电动机的同步转速也就会发生变化，从而改变电动机的转速。如极对数减少一半，同步转速也几乎升高一倍。

通常用改变定子绕组的接法来改变极对数，这种电动机成为多极电动机。其转子均采用笼式转子，其转子感应的极对数能自动与定子相适应。这种电动机在制造时，从定子绕组中抽出一些线头，以便于使用调换。下面以一相绕组来说明变极原理。先将两个半相绕组 a_1-x_1 与 a_2-x_2 采用顺向串联，如图 5.10 所示，产生两对磁极。

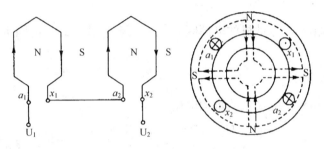

图 5.10　三相四极电动机定子 U 相绕组

若将 U 相绕组中的一半相绕组 a_2-x_2 反向，如图 5.11 所示，则产生一对磁极。

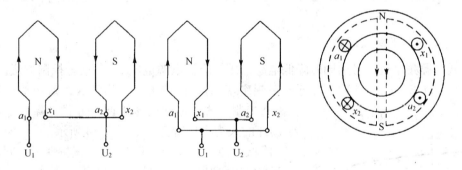

图 5.11　三相二极电动机定子 U 相绕组

目前，在我国多极电动机定子绕组连接方式最多有三种，常用的有两种：一种是从星形改为双星形，写作 Y/YY，如图 5.12 所示；另一种是从三角形改为双星形，写作 △/YY，如图 5.13 所示；这两种接法可使电动机极对数减少一半。在改接绕组时，为了使电动机转向不变，应把绕组的相序改接一下。

变极调速主要用于各种机床及其他设备上。它所需设备简单，体积小，重量轻，但电动机绕组引出头较多，调速级数少，级数间隔大，不能实现无级调速。

额定频率称为基频，变频调速时，可以从基频向上调，也可以从基频向下调。

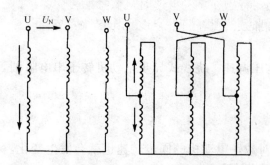

图 5.12 异步电动机 丫/丫丫变极调速接线

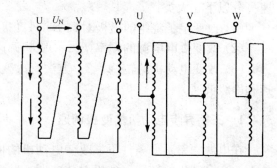

图 5.13 异步电动机 △/丫丫变极调速接线

5.4.2 三相异步电动机的变频调速

三相异步电动机的同步转速为

$$n_0 = 60(f_1/p) \propto f_1$$

因此，改变三相异步电动机的电源频率 f_1，可改变旋转磁场的同步转速，以达到调速的目的。

1. 变速调速的条件

我们知道，三相异步电动机的每相电压

$$U_1 \approx E_1 = 4.44 f_1 N_1 K_w \Phi$$

若电源电压 U_1 不变，当降低电源频率 f_1 调速时，则磁通 Φ 将增加，使铁心饱和，从而导致励磁电流和铁损耗的大量增加，电动机温升过高等，这是不允许的。因此在变频调速的同时，为保持磁通 Φ 不变，就必须降低电源电压，使 U_1/f_1 或 E_1/f_1 为常数。

2. 从基频向下变频调速

降低电源频率时，必须同时降低电源电压。降低电源电压 U_1 有两种控制方法。

（1）保持 E_1/f_1 为常数。降低电源频率 f_1 时，保持 E_1/f_1 为常数，则 Φ 为常数，是恒磁通控制方式，也称恒转矩调速方式。降低电源频率 f_1 调速的人为机械特性，如图 5.14 所示。

降低电源频率 f_1 调速的人为机械特性为：同步速度 n_0 与频率 f_1 成正比；最大转矩 T_{max} 不变；转速降落 $\Delta n =$ 常数，特性斜率不变(与固有机械特性平行)。这种变频调速方法与他励直流电动机降低电源电压调速相似，机械特性较硬，在一定静差率的要求下，调速范围宽，而且稳定性好。由于频率可以连续调节，因此变频调速为无级调速，平滑性好，另外，转差功率 sP_M 较小，功率较高。

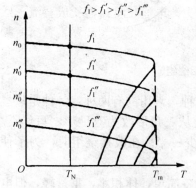

图 5.14 保持 E_1/f_1 为常数时变频调速的机械特性

（2）保持 U_1/f_1 为常数。降低电源频率 f_1，保持 U_1/f_1 为常数，则 Φ 近似为常数，在这种情况下，当降

低频率 f_1 时，Δn 不变。但最大转矩 T_{m} 会变小，特别在低频低速时机械特性会变坏，如图 5.15 所示。其中虚线是恒磁通调速时 T_{m} 为常数的机械特性，以示比较。保持 U_1/f_1 为常数，低频率调速近似为恒转矩调速方式。

　　3. 从基频向上变频调速

　　升高电源电压($U > U_{\mathrm{N}}$)是不允许的。因此，升高频率向上调速时，只能保持电压为 U_{N} 不变，频率越高，磁通 Φ 越低，这种方法是一种磁通升速的方法，类似他励直流电动机弱磁升速情况，其机械特性如图 5.16 所示。

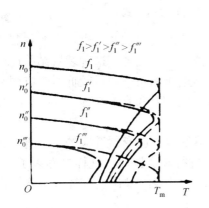
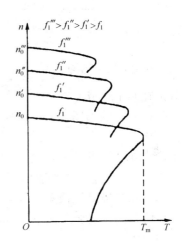

图 5.15　保持 U_1/f_1 为常数时
变频调速的机械特性

图 5.16　保持 U_{N} 不变，
升频调速的机械特性

　　保持 U_{N} 不变升速，近似为恒功率调速方式。随着 f_1 上调，T_2 减小，n 升高，而 P_2 近似为常数。

　　异步电动机变频调速具有良好的调速性能，可与直流电动机媲美。

　　4. 变频调速装置简介

　　要实现异步电动机的变频调速，必须有能够同时改变电压和频率的供电电源。现有的交流供电电源都是恒压恒频的，所以必须通过变频装置才能获得变压变频电源。变频装置可分为间接变频和直接变频两类。间接变频装置先将工频交流电通过整流器变成直流，然后再经过逆变器将直流变成为可控频率的交流，通常称为交—直—交变频装置。直接变频装置则将工频交流一次变换成可控制频率的交流，没有中间直流环节，也称为交—交变频装置。目前应用较多的还是间接变频装置。

　　(1) 间接变频装置(交—直—交变频装置)。图 5.17 绘出了间接变频装置的主要构成环节。按照不同的控制方式，它又可分为图 5.18 中的(a)、(b)、(c)三种。

图 5.17　间接变频装置(交—直—交变频装置)

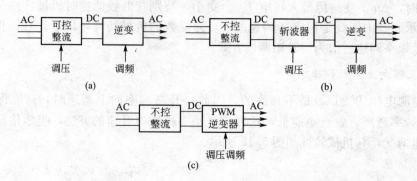

图 5.18　间接变频装置的各种结构形式

图 5.18(a)所示是用可控制整流器变压，用逆变器变频的交—直—交变频装置。调压和调频分别在两个环节上进行，两者要在控制电路上协调配合。这种装置结构简单、控制方便，但是，由于输入环节采用可控制整流器，当电压和频率调得较低时，电网端的功率因数较低；输出环节多用晶闸管组成的三相六拍逆变器（每周换流 6 次），输出的谐波较大。这是此类变频装置的主要缺点。

图 5.18(b)所示是用不控整流器整流，斩波器变压、逆变器变频的交—直—交变频装置。整流器采用二极管不控整流器，增设斩波器进行脉宽调压。这样虽然多了一个环节，但输入功率因数高，克服了图 5.18(a)所示的第一个缺点。输出逆变环节不变，仍有谐波较大的问题。

图 5.18(c)所示是用不控整流器整流、脉宽调制（PWM）逆变器同时变压变频的交—直—交变频装置。用不控整流，则输入端功率因数高；用 PWM 逆变，则谐波可以减少。这样可以克服图 5.18(a)所示装置的两个缺点。

(2) 直接变频装置（交—交变频装置）。直接变频装置的结构如图 5.19 所示，它只用一个交换环节就可以把恒压恒频的交流电源变换成变压变频的电源。这种变频装置输出的每一项都是一个两组晶闸管整流装置反并联的可逆线路（见图 5.20）。正、反两组按一定周期相互切换，在负载上就获得交变的输出电压 U_0。U_0 的幅值决定于各组整流装置的触发延迟角，U_0 的频率决定于两组整流装置的切换频率。

当整流器的触发延迟角和这两组整流装置的切换频率不断变化时，即可得到变压变频的交流电源。

图 5.19　直接（交—交）变频装置

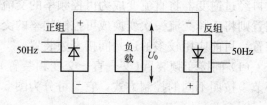

图 5.20　交—交变频装置一相电路

5. 变频技术的应用

变频调速由于其性能调速优越，即主要是能平滑调速、调速范围广、效率高，又不受直流电动机换向带来的转速与容量的限制，故已经在很多领域获得广泛应用，如轧钢机、工业水泵、鼓风机、起重机、纺织机、球磨机化工设备及家用空调器等方面。其主要缺点是系统较复杂、成本较高。

5.4.3　改变转差率调速

改变定子电压调速，转子电路串电阻调速和串级调速都属于改变转差率调速。这些调速方法的共同特点是在调速过程中都产生大量的转差功率。前两种调速方法都是把转差功率消耗在转子电路里，很不经济，而串级调速则能将转差功率加以吸收或大部分反馈给电网，提高了经济性能。

1. 改变电源电压调速

对于转子电阻大、机械特性曲线较软的笼式异步电动机而言，如加在定子电阻上的电压发生改变，则负载 T_L 对应于不同的电源电压 U_1，U_2，U_3，可获得不同的工作点 a_1，a_2，a_3，如图 5.21 所示，显示电动机的调速范围很宽。其特点是低压时机械特性较软，转速变化大，可采用带速度负反馈的闭环控制系统来解决该问题。

改变电源电压调速这种方法主要应用于笼式异步电动机，靠改变转差率 s 调速。

2. 转子串电阻调速

绕线式异步电动机转子串电阻的机械特性如图 5.22 所示。转子串电阻时最大转矩不变，临界转差率加大。所串电阻越大，运行段特性斜率越大。若带恒转矩负载，原来运行在固有特性上的 a 点在转子串电阻 R_t 后，就运行于 b 点，转速由 n_a 变为 n_b，依此类推。

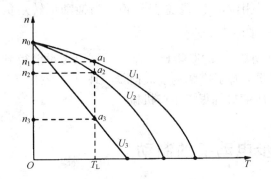
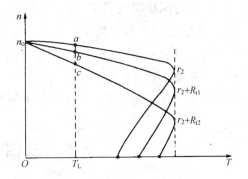

图 5.21　高转子电阻笼型电动机调压调速的机械特性　　图 5.22　转子串电阻调速的机械特性

根据电磁转矩参数表达式，当 T 为常数且电压不变时，有

$$r_2/s_a = (r_2+R_t)/s_b \approx 常数 \tag{5-6}$$

因而绕线转子异步电动机转子串电阻调速时调速电阻的计算公式为

$$R_t = (s_b/s_a - 1)r_2 \tag{5-7}$$

式中：s_a 为转子串电阻前电阻运行的转差率；s_b 为转子串入电阻 R_t 后新稳态运行时电机的转差率；r_2 为转子每相绕组电阻，$r_2 = s_N E_{2N}/(\sqrt{3} I_{2N})$。

如果已知转子串入的电阻值，要求调速后的电动机转速，则只要将式(5-6)稍加改变，先求出 s_1，再求转速 n。

由于在异步电动机中，电磁功率 P_M，机械功率 P_ω 与转子铜损 P_{Cu2} 三者之间的关系为

$$P_M : P_\omega : P_{Cu2} = 1 : (1-s) : s \tag{5-8}$$

因而转速越低，转差率 s 越大，转子损耗越大，低速时效率不高。

转子串电阻调速的优点是该方法简单，主要用于中、小容量的绕线转子异步电动机如桥式起重机等。

3. 串级调速

所谓串级调速，就是在异步电动机的转子回路串入一个三相对称的附加电动势 $\dot{E}_f$，其频率与转子电动势 $\dot{E}_2 s$ 相同，改变 $\dot{E}_f$ 的大小和相位，就可以调节电动机的转速。它适用于绕线转子异步电动机，靠改变转差率 s 调速。

(1) 低同步串级调速。若 $\dot{E}_f$ 与 $\dot{E}_2 s$ 相位相反，则转子电流 I_2 为

$$I_2 = (sE_2 - E_f)/\sqrt{r_2^2 + (sX_2)^2}$$

电动机的电磁转矩

$$
\begin{aligned}
T &= C_T \Phi I_2 \cos\varphi_2 = C_T \Phi r_2 (sE_2 - E_f)/[r_2^2 + (sX_2)^2] \\
&= C_T \Phi r_2 sE_2 /[r_2^2 + (sX_2)^2] - C_T \Phi r_2 E_f /[r_2^2 + (sX_2)^2] \\
&= T_1 - T_2
\end{aligned}
\tag{5-9}
$$

式中：T_1 为电动势产生的转矩，而 T_2 为附加电动势所引起的转矩。若拖动恒转矩负载，因 T_2 总是负值，可见串入 $\dot{E}_f$ 后，转速降低了，串入附加电动势越大，转速降得越多。引入 $\dot{E}_f$ 后，使电动机转速降低，称低同步串级调速。

(2) 超同步串级调速。若 $\dot{E}_f$ 与 $\dot{E}_2 s$ 组同相位，则 T_2 总是正值。当拖动恒转矩负载时，引入 $\dot{E}_f$ 后，导致转速升高了，称为超同步串级调速。

串级调速性能比较好，过去由于附加电动势 $\dot{E}_f$ 的获得比较难，长期以来没能得到推广。近年来，随着晶闸管技术的发展，串级调速有了广阔的发展前景。现已广泛用于水泵和风机的节能调速，并用于不可逆轧钢机、压缩机等很多生产机械。

5.5 三相异步电动机的制动

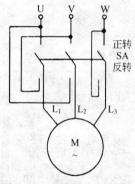

图 5.23 异步电动机正、反转原理线路图

5.5.1 三相异步电动机的反转

从三相异步电动机的工作原理可知，电动机的旋转方向取决于定子旋转磁场的旋转方向。因此只要改变旋转磁场的旋转方向，就能使三相异步电动机反转。图 5.23 是利用控制开关 SA 来实现电动机正、反转的原理线路图。

当 SA 向上合闸时，L_1 接 U 相，L_2 接 V 相，L_3 接 W 相，电动机正转。当 SA 向下合闸时，L_1 接 V 相，L_2 接 U 相，L_3 接 W 相，即将电动机任意两相绕组与电源接线互调，则旋转磁场反向，电动机跟着反转。

5.5.2　三相异步电动机的制动

三相电动机除了运行于电动状态外，还时常运行于制动状态。运行于电动状态时，T_{em} 与 n 同方向，T_{em} 是驱动转矩，电动机从电网吸收电能并转换成机械能从轴上输出，其机械特性位于第一或第三象限。运行于制动状态时，T_{em} 与 n 反方向，T_{em} 是制动转矩，电动机从轴上吸收机械能并转换电能，该电能或消耗在电机内部，或反馈回电网，其机械特性位于第二或第四象限。

三相异步电动机的制动的目的是电力拖动系统快速停车或尽快减速，对于位能性负载，制动运行可获得稳定的下降速度。

三相异步电动机的制动方法有下列两类：机械制动和电气制动。机械制动的原理是利用机械装置产生摩擦力，形成制动转矩，使电动机从电源切断后能迅速停转。它的结构有多种。应用较普遍的是电磁抱闸，它主要用于起重机上吊重物时，使重物迅速而又准确地停留在某一位置上。本节主要介绍电气制动的方法及制动原理。

电气制动是使异步电动机所产生的电磁转矩和电动机的旋转方向相反。电气制动通常可分为能耗制动、反接制动和回馈制动三种。

1. 能耗制动

方法是：将运行着的异步电动机的定子绕组从三相交流电源上断开后，立即接到直流电源上，如图 5.24 所示，用断开 QS、闭合 SA 来实现。

当定子绕组通入直流电源时，在电动机中将产生一个恒定磁场。转子因机械惯性继续旋转时，转子导体切割恒定磁场，在转子绕组中产生感应电动势和电流，转子电流和恒定磁场作用产生电磁转矩，根据左手定则可以判电磁转矩的方向相反，为制动转矩。在制动转矩作用下，转子转速迅速下降，当 $n=0$ 时，$T=0$，制动过程结束。这种方法是将转子的动能转变为电能，消耗在转子回路的电阻上，所以称能耗制动。

如图 5.25 所示，电动机正向运行时工作在固有机械性 1 上的 a 点。定子绕组改接直流电源后，因电磁转矩与转速相反，因而能耗制动时机械特性位于第二象限，如曲线 2 所示。电动机运行点也移至 b 点，并从 b 点顺曲线 2 减速至 O 点。

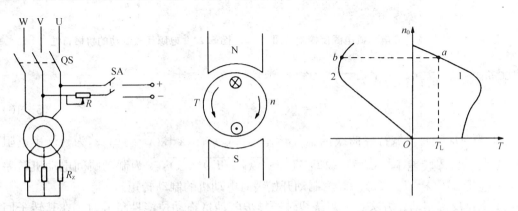

图 5.24　能耗制动原理图　　　　　图 5.25　能耗制动机械特性图
　　　　　　　　　　　　　　　　　　1—固有机械特性；2—能耗制动机械特性

对于采用能耗制动的异步电动机，既要求有较大的制动转矩，又要求定、转子回路中电流不能太大而使绕组过热。根据经验，能耗制动时对于笼式异步电动机取直流励磁电流为 $(4\sim5)I_0$，对于绕线转子异步电动机取 $(2\sim3)I_0$，制动所串电阻 $r=(0.2\sim0.4)E_{2N}/(\sqrt{3}I_{2N})$。能耗制动的优点是制动力强，制动较平稳，缺点是需要一套专门的直流电源供制动用。

2. 反接制动

反接制动分为电源反接制动和倒拉反接制动两种。

(1) 电源反接制动。方法是：改变电动机定子绕组与电源的连接相序，如图 5.26 所示，断开 QS_1 接通 QS_2 即可。电源的相序改变，旋转磁场被立即反转，而使转子绕组中感应电动势，电流和电磁转矩都改变方向，因机械惯性，转子转向未变，电磁转矩与转子的转向相反，电机进行制动，因此称为电源反接制动。如图 5.27 所示，制动前，电动机工作在曲线 1 的 a 点，电源反接制动时，$n_0<0$，$n>0$，相应的转差率 $s=(-n_0-n)/(-n_0)>1$，且电磁转矩 $T<0$，机械特性如曲线 2 所示。因机械惯性，转速瞬时不变，工作点由 a 点移至 b 点，并逐渐减速，到达 c 点时 $n=0$，此时切断电源并停车，如果是位能性负载得用抱闸，否则电动机会反向启动旋转。一般为了限制制动电流和增大制动转矩，绕线转子异步电动机可在转子回路串入制动电阻 R_Z，特性如曲线 3 所示，制动过程同上。

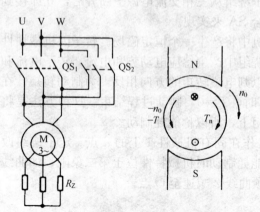

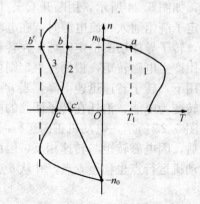

图 5.26　绕线式异步电动机电源反接制动图　　　图 5.27　电源反接制动的机械特性

制动电阻 R_Z 的计算公式为

$$R_Z=(s'_m/s_m-1)r_2 \tag{5-10}$$

式中：s_m 为对应固有机械特性曲线的临界转差率，$s_m=s_N(\lambda+\sqrt{\lambda^2-1})$；$s'_m$ 为转子串电阻后机械特性的临界转差率，$s'_m=s_N(\lambda T_N/T'+\sqrt{(\lambda T_N/T')^2-1})$，$s$ 为制动瞬间电动机转差率，λ 为过载倍数 $(\lambda=T_m/T_n)$。T' 为制动开始瞬时电动机的制动转矩。

(2) 倒拉反接制动。方法是：当绕线转子异步电动机拖动位能性负载时，在其转子回路串入足够大的电阻。其机械特性如图 5.28 所示。

当异步电动机提升重物时，其工作点为曲线 1 上的 a 点。如果在转子回路串入足够大的电阻，机械特性变为斜率很大的曲线 2，因机械惯性，工作点由 a 点移到 b 点，此时电磁转矩小于负载转矩，转速下降。

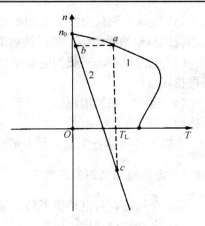

图 5.28　倒拉反接制动机械特性

　　当电动机减速至 $n-0$ 时，电磁转矩仍小于负载转矩，在位能负载的作用下，电动机被负载倒拉着反转，直至电磁转矩等于负载转矩，电动机才稳定运行于 c 点。因这是由重物倒拉引起的，所以称为倒拉反接制动（或称倒拉反接运行），其转差率为

$$s=[n_0-(-n)]/n_0=(n_0+n)/n_0>1$$

与电源反接制动一样，s 都大于 1，绕线异步电动机倒拉反接制动，常用于起重机低速下放重物。

　　3. 回馈制动

　　方法是：使电动机在外力（如起重机下放重物）作用下其电机的转速超过旋转磁场的同步转速，如图 5.29 所示。起重机下放重物，在下放开始时，$n<n_0$，电动机处于电动状态，如图 5.29（a）所示。在位能转矩作用下，电动机的转速大于同步转速时，转子中感应电动势、电流和转矩的方向都发生了变化，如图 5.29（b）所示，转矩方向与转子转向相反，成为制动转矩。此时电动机将机械能转化为电能馈送电网，所以称回馈制动。

　　制动时工作点如图 5.30 的 a 点所示，转子回路所串电阻越大，电动机下放重物的速度越快，见图 5.30 中虚线所示 a' 点。为了限制下放速度，转子回路不应串入过大的电阻。

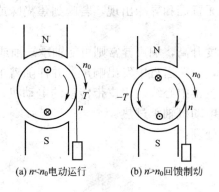

图 5.29　回馈制动原理图

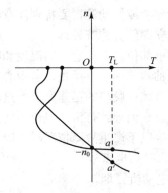

图 5.30　回馈制动机械特性

5.6　电动机的维护及故障处理

5.6.1　电动机启动前的准备

　　对新安装或久未运行的电动机，在通电使用之前必须先做下列检查，以验证电动机能否通电运行。

　　(1) 安装检查。要求电动机装配灵活，螺栓拧紧，轴承运行无阻，联轴器中心无偏移等。

（2）绝缘电阻检查。要求用绝缘电阻表检查电动机的绝缘电阻，包括三相绝缘电阻和三相绕组对地绝缘电阻，测得的数值一般不小于 $0.5\text{M}\Omega$。

（3）电源检查。一般当电源电压波动超出额定值＋10％或－5％时，应改善电源条件后再投入运行。

（4）启动、保护措施检查。要求启动设备接线正确；电动机所配熔丝的型号合适；外壳接地良好。

在以上各项检查无误后，方可合闸启动。

5.6.2　电动机启动时的注意事项

（1）合闸后，若电动机不转，应迅速、果断地拉闸，以免烧毁电动机。

（2）电动机启动后，应注意观察电动机，若有异常情况，应立即停机。待查明故障并排除后，才能重新合闸启动。

（3）笼式电动机采用全压启动时，不宜过于频繁，连续启动一般不超过 3～5 次。对功率较大的电动机要随时注意电动机的温升。

（4）绕线式电动机启动前，应注意检查电阻是否接入。接通电源后，随着电动机转速的提高而逐渐切除启动电阻。

（5）几台电动机由同一台变压器供电时，一般不同时启动，应由大到小逐台启动。

5.6.3　电动机运行中的监视

对运行中的电动机应经常检查，检查它的外壳有无裂纹，螺钉是否有脱落或松动，电动机有无异响或振动等，要特别注意电动机有无冒烟和异味出现，若嗅到焦糊味或看到冒烟，必须立即停机检查处理。

对轴承部位，要注意它的温度和响度。温度升高，响声异常则可能轴承缺油或磨损。

有联轴器传动的电动机，若中心校正不好，会在运行中发出响声，并伴随着电动机振动和联轴节螺栓胶垫的迅速磨损，这时应重新校正中心线；用皮带传动的电动机，应注意皮带不应过松而导致打滑，但也不能过紧而使电动机轴承过热。

在发生以下严重故障情况时，应立即停机处理：

（1）人身触电事故。

（2）电动机冒烟。

（3）电动机剧烈振动。

（4）电动机轴承剧烈发热。

（5）电动机转速迅速下降，温度迅速升高。

5.6.4　电动机的定期维修

异步电动机定期维修是消除故障隐患，防止故障发生的重要措施。电动机维修分定期小修和大修。前者不拆开电动机，后者需把电动机全部拆开进行维修。

1. 定期小修主要内容

定期小修是对电动机和一般清理和检查，应经常进行。小修内容包括：

（1）清擦电动机外壳，除掉运行中积累的污垢。

（2）测量电动机绝缘电阻，测后注意重新接好线，拧紧接线头螺钉。

（3）检查电动机端盖，地脚螺钉是否紧固。

（4）检查电动机接地线是否可靠。

（5）检查电动机与负载机械间传动装置是否良好。

（6）拆下轴承盖，检查润滑介质是否变脏，干润，及时加油或换油，处理完毕后，注意上好端盖及坚固螺钉。

检查电动机附属启动和保护设备是否完好。

2. 定期大修主要内容

异步电动机的定期大修应结合负载机械的大修进行。大修时，拆开电动机进行以下项目的检查修理。

（1）检查电动机各部件有无机械损伤，若有则应做相应修复。

（2）对拆开的电动机和启动设备，进行清理，清除所有油泥、污垢。清理中注意观察绕组绝缘状况。若绝缘为暗褐色，说明绝缘已经老化，对这种绝缘要特别注意不要碰撞使它脱落。若发现有脱落就进行局部绝缘修复和刷漆。

（3）拆下轴承，浸在柴油或汽油中彻底清洗。把轴承架与钢珠间残留的油脂及脏物洗掉后，用干净柴油（汽油）清洗一遍。清洗后的轴承应转动灵活，不松动。若轴承表面粗糙，说明油脂不合格；若轴承表面变色（发蓝），则它已经退化。根据检查结果，对油脂或轴承进行更换，并消除故障原因（如清除油中砂、铁屑等杂物，正确安装电机等）。轴承新安装时，加油应从一侧加入。油脂占轴承内容积 $1/3 \sim 1/2$ 即可。油加得太满会发热流出。润滑油可采用滑脂或纳基润滑脂。

（4）检查定子绕组是否存在故障。使用绝缘电阻表测绕组电阻可判断绕组绝缘是否受潮或是否有短路。若有，应进行相应处理。

（5）检查定、转子铁心有无磨损和变形，若观察到有磨损处或发亮点，说明可能存在定、转子铁心相擦。应使用锉刀或刮刀把亮点刮低。若有变形应做相应修复。

（6）在进行以上各项检查、修理后，对电动机进行装配、安装。

（7）安装完毕的电动机，应进行修理后检查，符合要求后，方可带负载运行。

5.6.5　电动机常见故障及排除方法

1. 电源接通后电动机不启动的可能原因

（1）定子绕组接线错误。新安装或维修后的电机中，容易发生此类故障，应检查接线，纠正错误。

（2）定子绕组断路、短路或接地，绕线转子异步电动机转子绕组断路。找出故障点，排除故障。

（3）负载过重或传动机构被卡住。检查传动机构及负载。

（4）绕线式异步电动机转子回路断线（电刷与滑环接触不良，变阻器断路，引线接触不良等），找出断路点，并加以修复。

（5）电源电压过低。检查原因并排除。

（6）缺相。

2. 电动机温升过高或冒烟的可能原因

(1) 负载过重或启动过于频繁。减轻负载、减少启动次数。

(2) 三相异步电动机断相运行。检查原因，排除故障。

(3) 定子绕组接线错误。检查定子绕组接线，加以纠正。

(4) 定子绕组接地或匝间、相间短路。查出接地或短路部位，加以修复。

(5) 笼式异步电动机转子断条。铸铝转子必须更换，铜条转子可修理或更换。

(6) 绕线式异步电动机转子绕组断相运行。找出故障点，加以修复。

(7) 电源电压过高或过低。检查原因并排除故障。

【例 5.1】 有一台 Y225M-4 型、380V、D 接法、采用 Y-D 降压启动的 45W 电动机。原带负载运行正常，现转子突然停止运转，稍后电动机开始冒烟并发出绝缘烧焦气味。

分析处理：现场检查，该电动机接法正确，电源也正常。经检查，该电动机转子突然停转，是由 V_1 相电源进线熔丝运行中熔断所致。拆开电动机后发现一相绕组的线圈全部烧焦，另外两相也有部分线圈烧坏。最后，该台电动机只能重新换线圈。

这是因为三角形接法电动机的电源进线之中若有一相短路（假设 V_1 相）时，因 U_V 相线圈与 V_W 相线圈变成串联后和 U_W 相线圈并联，而此时 U_W 相线圈的电流将会猛增，约为正常负载相电流的 2.8 倍左右，超过该电动机最大电流却拖不动负载而停转。电动机停转并没有与电源脱离，其电流将会更大，U_W 相线圈的发热将使绝缘烧焦甚至起火。由于 U_W 相线圈是均匀分布在定子铁心四周的，故发热起火必将波及另外两相线圈。如果电源切断快，那么 U_V 相和 V_W 相线圈才可以保全，否则三相线圈有可能全部烧毁。

经仔细检测发现电动机负载端侧两只地基螺栓上没有放弹簧圈而造成螺母松动，在工作中因振动使定子机体产生位移，形成电动机气隙在轴向不均匀，形成单边磁拉力，产生异响。松开联轴器螺栓和电动机非负载端地基螺母，调整定子机体，测定转子气隙达均匀后，分别拧紧螺母，安放弹簧圈后，螺母锁紧。从此例中应汲取的教训是应加强日常电机、电气及机械设备的检查维护。

3. 电机振动故障

振动故障有机械振动和电磁振动两种。

1) 电动机产生机械振动故障的主要原因及解决方法

(1) 电动机安装基础未达到水平要求，以及基础刚度不够或地脚螺栓固定不牢。

(2) 安装时轴心线不对中。在安装电动机时，应使电动机和负载机械的轴心线相重合。当轴心线重合时，这种振动会立即消失。

(3) 联轴器配合不好产生的振动。电动机与负载机械联轴器配合不好，如其中某个弹性销子有误差，就会产生一个不平衡力 F，从而使电动机产生振动。

(4) 带轮或联轴器转动不平衡，或传动皮带接头不平滑引起振动。

(5) 被拖动机械产生故障，其振动传递给了电动机。

出现上述故障解决的方法是加固安装基础或重新按要求安装电动机。

(6) 电动机转子本身不平衡。

(7) 电动机的轴承或轴瓦磨损非常严重。滚动轴承因负载过重、润滑不良、安装方法不当、异物进入等原因，都会造成轴承磨损、表面剥落、碎裂、锈蚀等故障。而轴承的损伤，加工装配的误差都会引起电动机在运行中的振动。特别是小型电动机，滚动轴承故障是导致电动机无法正常运行的常见原因。滑动轴承长期运行后轴瓦间隙往往变大，轴承负载变轻或润滑油黏度过大等，这些均会产生振动。出现该故障时应清洗或更换新轴承。

【例 5.2】 有一台 JO_2-82-6 型、额定电压 $U_N=380V$、额定功率 $P_N=40kW$ 的笼型转子电动机，在空载运行时即产生较强振动，带负载后振动更为剧烈。

　　分析处理：经全面仔细检查该电动机后，发现其故障是由转子不平衡所致。通过平衡架进行静平衡，找出不平衡量的方位，确定使转子平衡所需的平衡重力，并用等重的平衡块或平衡垫圈牢固地安装在转子的平衡柱上面。该电动机经过平衡处理后，空载振动和带负载后振动加剧的故障基本上得到消除。

【例 5.3】 有一台 $Y225M-4$ 型、额定电压 $U_N=380V$、额定功率 $P_N=45kW$ 的笼型转子电动机，运行中出现剧烈振动。经检查发现其转轴已经产生弯曲现象。

　　分析处理：对于转轴出现弯曲故障的小型电动机，通常多采用在油压机或螺纹压机上矫正的办法进行修理。首先可将转子整体放置在静平衡架上，同手把转子转动 360° 并用百分表检查轴的弯曲程度。然后将转轴凸出的一面朝上，接着用压力机的压杆对此凸面施加压力，同时在测量点用百分表检测轴弯曲度的变化。施加的压力应该使百分表指示该轴已朝反向弯曲为止，再慢慢松去压力并记录百分表的变化值。经这样反复并逐渐加大压力矫正，使轴在除去压力后，百分表指示轴反向弯曲 0.04mm 左右即可。该例电动机弯曲的转轴经加压调正和重校静平衡后，故障得以消除并恢复正常运行。

　　2) 电动机产生电磁振动故障的主要原因及解决方法

　　（1）定子绕组旋转磁场不对称。如电网三相电压不平衡、因接触不良造成单相运行、定子三相绕组不对称等都会造成定子旋转磁场的不对称，从而使电动机产生振动。

　　（2）定子铁心和定子线圈松动。这种情况下，将会使电磁振动和电磁噪声加大。

　　（3）气隙不均匀引起的电磁振动。

　　（4）转子导体异常引起的电磁振动。如笼型电动机因笼条断裂或绕线型电动机转子回路电气不平衡都会产生电磁振动。

【例 5.4】 有一台 $Y108L-2$ 型、额定电压 $U_N=380V$、额定功率 $P_N=22kW$ 的笼型三相异步电动机，采用时间继电器控制的 丫—△ 降压启动。当按下启动按钮作 丫 启动时一切正常，而换接成 △ 运行时则电动机噪声明显增大，并伴有强烈的振动、电动机温升增加和邻近的照明灯变暗等。

　　分析处理：根据电动机产生电磁振动主要原因分析，经过现场检查发现，该线路接至电动机接线端子处的接线鼻中有一相严重锈蚀并且接触不良，造成接触电阻过大，因丫形启动时电流小对电动机影响不明显。但是在转入△运行时，由于电压升高而电流增大，在接线鼻锈蚀处的接触电阻上的压降也明显增大，因此造成定子绕组三相电压不平衡。经过对锈蚀处的除锈处理，将线路接线鼻与电动机接线端子重新接线后，电动机故障现象消失，并且电动机运行正常。

　　4. 运行时有异声可能原因

　　（1）定子转子相擦。检查轴承、转子是否变形，进行修理或更换。

　　（2）轴承损坏或润滑不良。更换轴承，清洗轴承。

　　（3）电动机两相运行。查出故障点并加以修复。

（4）风叶碰机壳等。检查消除故障。

【例 5.5】 某台额定功率 P_N＝1750kW 轧钢电动机呈现有规律的异常响声。

分析处理：该高压电动机在轧钢生产中异常响声很有规律，即轧制钢材时响声大，空载时响声小，控制台上的电压表和电流表均显示正常。经仔细检查，判定为定、转子之间有摩擦。

经仔细检测发现电动机负载端侧两只地基螺栓上没有放弹簧圈而造成螺母松动，在轧制中因震动使定子机体产生位移，形成电动机气隙在轴向不均匀，形成单边磁拉力，产生异响。松开联轴器螺栓和电动机非负载端地基螺母，调整定子机体，测定转子气隙达均匀后，分别拧紧螺母，安放弹簧圈后，螺母锁紧。从此例中应吸取的教训是应加强日常电机、电气及机械设备的检查维护。

【例 5.6】 有一台 JO2－92－6 型、额定电压 U_N＝380V、额定功率 P_N＝75W 的笼式电动机，运行中出现了轴承和轴承盖过热、震动加剧、电流不稳和发出不正常响声的故障。

分析处理：根据现场情况分析判断，该故障极有可能是由轴承损坏所引起的。电动机基础不稳、机械传动有误、振动过大、过负载或带轮过紧、润滑油脂过多或过少以及安装和拆卸轴承的方法不当等，均可能造成轴承的损坏。

将该电动机解体，拆下轴承进行检查，发现轴承的支架已经损坏且有个别滚珠已破碎，所以需要重新更换轴承。该电动机换上新轴承后，所有故障现象全部消除。

对转子与定子之间的相擦故障，如果轴承室磨损严重、轴承与轴承室之间配合太松会造成转子因自重而下坠、转轴弯曲、端盖止口磨损。以及安装时端盖平面与轴线不垂直等，也会使转子外圆与定子内壁相擦。

5. 电动机带负载时转速过低的可能原因

（1）电源电压过低。检查电源电压。

（2）负载过大。核对负载。

（3）笼式异步电动机转子断条。铸铝转子必须更换，铜条转子可修理更换。

（4）绕线转子异步电动机转子绕组一相接触不良或断开。检查电刷压力，电刷与滑环接触情况及转子绕组。

【例 5.7】 笼型转子铝端环断裂或笼条断裂的处理。

如果发现转子铝端环断裂，可采用局部焊修复断裂处。具体方法是：用凿子在裂缝处的端环两边剔出焊接坡口，再将锡、锌、铝按重量比（锡∶锌∶铝＝0.63∶0.33∶0.04）混合加热熔化成 $\Phi6$ 的焊条，然后用气焊枪给待焊处端环预热，将温度控制在 400℃～500℃，补焊时用气枪嘴将笼条烧熔，使焊剂填满裂缝。焊后应检查是否已焊牢，确认焊牢后再用锉刀锉平。

如果发现笼条断开，可将转子竖直放置，用长柄钻头从铝端环一头沿轴向钻通孔，然后穿上直径相近的铝棒，两端用气焊与端环焊牢。

6. 电动机外壳带电的可能原因

（1）接地不良或接地电阻太大。按规定接好地线，消除接地不良处。

（2）绕组受潮。进行烘干处理。

（3）绝缘有损坏，有脏物或引出线碰壳。修理并进行浸漆处理，消除脏物，重接引出线。

【例 5.8】 某 YZR61－10 型、额定功率为 60kW 的绕线型三相异步电动机，运行中出现转子绕组虚地现象，测得转子的绝缘电阻接近为零。

分析处理：出现这种现象大体上有以下 3 个原因：

(1) 电刷磨损的炭粉和生产现场的灰尘落在集电环和暴露端的绕组上，使转子绕组绝缘电阻降低，构成虚地；

(2) 转子端部炭粉、油污混为一体，使集电环绝缘体上满是油污，严重时造成转子绝缘电阻为零且三相接地，甚至使设备带电；

(3) 集电环上的胶木绝缘件未经过烘干处理，使胶木绝缘件吸收了水分和潮气，从而降低了绝缘电阻。

对该台电动机用 500V 绝缘电阻表测得转子绕组对地绝缘电阻为 0.5MΩ，拆下集电环引线和绕组引线的连接螺钉，对集电环测得绝缘电阻为 0.5MΩ，对转子绕组测得绝缘电阻在 50MΩ 以上。清除集电环胶木绝缘件上的粉尘，发现胶木绝缘件含有水分，对胶木绝缘件进行浸漆烘干处理后，该故障完全消除。

5.7　三相异步电动机控制电路的安装与接线

5.7.1　星—三角自动减压启动控制电路的安装

三相笼型异步电动机的容量如果大于 0.035～0.05 倍供电变压器的容量，或电动机容量与供电变压器的容量不符合下面关系式时，一般要求减压启动。

$$\frac{I_{ST}}{I_N} \leqslant \frac{3}{4} + \frac{S_N}{4 \times P_N}$$（不等式左边是三相笼型异步电动机的启动电流倍数，一般可直接取 7）

式中：I_{ST} 为电动机的启动电流，A；I_N 为电动机的额定电流，A；S_N 为供电变压器的容量，kV·A；P_N 为电动机的容量，kW。

常用的减压启动的方法有四种：定子绕组串电阻（或电抗器）启动，丫—△连接减压启动，自耦变压器（补偿器）减压启动和延边三角形启动。丫—△减压启动方法简单，便于开展实训。启动时将定子绕组暂时接成丫形，完成启动后即接成△形接法运行，因而仅适用于正常工作时定子绕组为△形接法的三相异步电动机。丫形接法的启动转矩只有额定条件下电机启动转矩的 1/3。

1) 电气原理如图 5.31 所示

2) 电气元件布置如图 5.32 所示（仅供参考）

3) 工具、仪表和器材

工具：钢丝钳、剥线钳、尖嘴钳、偏口钳、旋具、试电笔、电工刀、活扳手等。

仪表：万用表。

器材：电器板一块（木、铁制均可，参考尺寸 600mm×500mm）；单芯塑料绝缘导线（主回路线 BLV－500－2.5mm²，控制回路线 1.0～1.5mm²，按钮线 RV－500－0.75mm² 或 BV－500－1.0mm² 均可）。

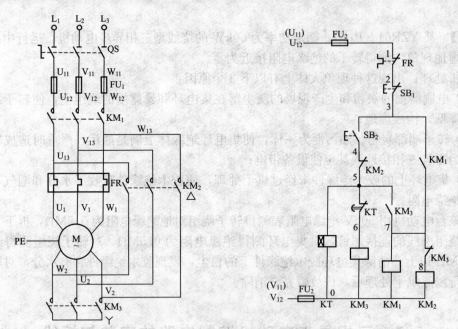

图 5. 31　Ｙ—△减压启动控制电气原理图

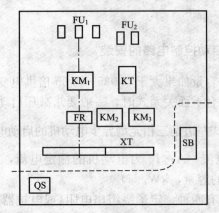

图 5. 32　Ｙ—△减压启动控制电气元件布置图

4）电气元件见表 5 - 1

表 5 - 1　Ｙ—△减压启动控制电气元件表

代号	名　称	型　号	规　格	数量
M	三相笼型异步电动机	Ｙ - 112M - 4	4kW、380V、8.8A、1420r/min △接法	1
QS	组合开关	HZ10 - 10/3	10A、三极	1
FU₁	螺旋熔断器	RL1 - 60/20	500V、60A、配熔体 20A	3
FU₂	螺旋熔断器	RL1 - 15/3	500V、15A、配熔体 3A	2
KM₁~₃	交流接触器	CJ10 - 10	10A、线圈电压 380V	3
FR	热继电器	JR16 - 20/3	20A、三相、热元件 11A（整定值 9.5A）	1
KT	时间继电器	JS7 - 2A	线圈电压 380V	1
SB1.2.3	按钮开关	LA10 - 3H	保护式、3 扣按钮开关（代用）	1
XT	端子排	JX2 - 1015	10A、15 节	1

5) 安装与接线

（1）内容和步骤。

① 检查器件的完好性。

② 在电器板上安装所用电气器件（电动机除外）。

③ 按原理图 5.31 板前明配线。

④ 根据原理图 5.31 复查配线的正确性。

⑤ 接好板外线路；通电试运行。

⑥ 停电；拆除外接线；教师评分。

（2）注意事项。

① 安装配线应符合工艺要求。

② 除安装简单的线路外，一般要求穿套线头码。

③ 电动机外壳应接保护线或保护中性线。

④ 课题应在规定时间内完成。

⑤ 通电前必须经教师同意，并在教师监护下试运行。

⑥ 若试车失败，应停电后由学生排除故障（教师也可做提示指导）。若需带电检查，教师必须现场监护。

（3）评分标准。见表 5 - 2。

表 5 - 2 评分标准参考表

项目内容	配 分	评 分 标 准	扣 分	得 分
元件安装	15	① 元件安装松动（每只）	2	
		② 缺少安装螺钉（每只）	2	
		③ 元件安装不合理、歪斜、间距不当（每只）	4	
		④ 布局不合理	5	
		⑤ 熔断器受电端方向错误（每只）	2	
		⑥ 损坏元件（每只）	10	
配 线	35	① 不按电气原理图接线	5～10	
		② 导线未拉直，用线过长	2	
		③ 行线歪斜，层次过多、混乱（每处）	4	
		④ 导线交叉（每处）	2	
		⑤ 形式繁琐（每处）	4	
		⑥ 压线松动，剥线过长，反圈压线（每处）	2	
		⑦ 不整齐美观	5	
		⑧ 漏接地线	10	
通电试车	50	① 热继电器未整定或整定错	5	
		② 第一次试车不成功	15	
		第二次试车不成功	15	
		第三次试车不成功	20	
		③ 违反安全规程	5～50	
定额时间	2.5h	每超 1min 扣 0.2 分		
备 注		定额时间内，各项的最高扣分不应超过配分数	成绩	
开始时间		结束时间	实际时间	

5.7.2 三相笼型异步电动机能耗制动控制电路的安装与接线

制动是电动机或设备断电后强迫其迅速停止的一种方法。对于有些要求消除惯性、准确定位以提高工作效率的设备是必需的措施。常用电气制动的方法主要有能耗制动和反接制动。这里介绍能耗制动控制电路的安装。

（1）电气原理如图 5.33 所示。

（2）电气元件布置如图 5.34 所示（仅供参考）。

（3）工具、仪表和器材同本章课题一。

（4）电气元件见表 5-3 所列。

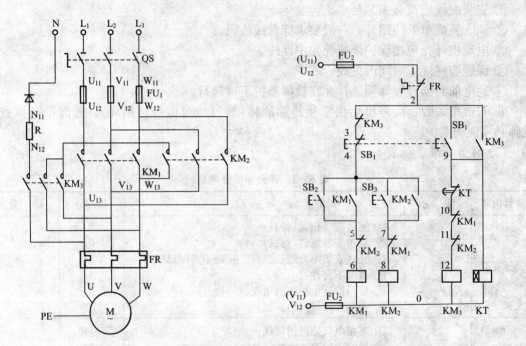

图 5.33　能耗制动控制电气原理图（接触器连锁正反转运行）

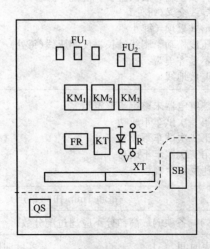

图 5.34　能耗制动控制电气元件布置图

表 5-3　能耗制动控制电气元件表

代号	名　　称	型　号	规　　　　格	数量
M	三相笼型异步电动机	Y-U2M-4	4kW、380V、8.8A、1420r/min	1
QS	组合开关	HZ10-10/3	10A、三极	1
FU₁	螺旋熔断器	RL1-60/20	500V、60A、配熔体 20A	3
FU₂	螺旋熔断器	RL1-15/3	500V、15A、配熔体 3A	2
KM₁₋₃	交流接触器	CJ10-10	10A、线圈电压 380V	3
R	限流电阻		0.5Ω、50W	1
V	整流二极管	2CZ30	30A、700V	1
FR	热继电器	JR16-20/3	20A、三相、热元件 11A(整定值 9.5A)	1
KT	时间继电器	JS7-2A	线圈电压 380V	1
SB1.2.3	按钮开关	LA10-3H	保护式、3 扣按钮开关(代用)	1
XT	端子排	JX2-1015	10A、15 节	1

（5）安装与接线。

① 内容和步骤同 5.7.1 节。

② 注意事项同 5.7.1 节。

③ 评分标准可参考本章课题一评分标准表 5-2，或根据本章 5.7.1 电气装配的工艺要求内容自定。

5.7.3　三相双速异步电动机变速控制电路的安装与接线

可采用板前明配线，也可采用槽板配线。

（1）电气原理如图 5.35 所示。

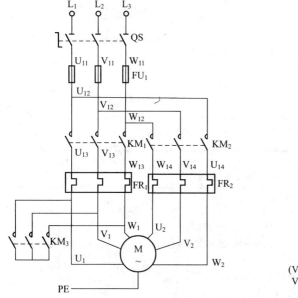
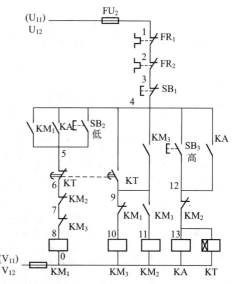

图 5.35　双速异步电动机自动变速控制电气原理图

（2）电气元件布置如图 5.36 所示（仅供参考）。

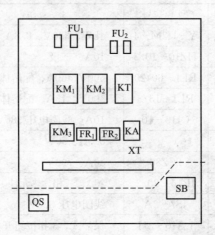

图 5.36　双速电动机变速控制电气元件布置图

（3）工具、仪表和器材同 5.7.1 节。

（4）电气元件：要求根据表 5-4 自选电动机以外其他器件的规格型号。

（5）评分标准，可参考表 5-5。

表 5-4　双速异步电动机变速控制电气元件表

代　号	名　称	型　号	规　格	数　量
M	三相双速异步电动机	YD-11ZM-4/2	3.3kW/4kW，△/丫丫	1
QS				
FU$_1$				
FU$_2$				
KM$_1$、KM$_2$				
KM$_3$				
KA				
KT				
FR$_1$、FR$_2$				
SB1.2.3				
XT				

表 5-5　评分标准参考表

项目内容	配　分	评 分 标 准	扣　分	得　分
元件安装	20	① 元件安装松动，或缺少安装螺钉（每只） ② 元件安装不合理、或歪斜、或间距不当（每只） ③ 布局不合理 ④ 熔断器受电端方向错误（每只） ⑤ 选用元件不正确（每只） ⑥ 损坏元件（每只）	2 4 5 2 4 10	

（续）

项目内容	配　分	评分标准	扣　分	得　分
配　线	30	① 不按电气原理图接线 ② 导线未伸直，用线过长（每处） ③ 行线歪斜，交叉，层次过多、混乱（每处） ④ 形式繁琐（每处） ⑤ 压线松动，剥线过长，反圈压线（每处） ⑥ 不整齐不美观（每处） ⑦ 漏接地线	5 2 2～4 2 4 2 5	
通电试车	50	① 热继电器未整定或整定错误 ② 错配熔体（每只） ③ 第一次试车、第二次试车不成功（每次） ④ 第三次试车不成功 ⑤ 违反安全规程	5 4 15 20 5～50	
定额时间	3.5h	每超 1min 扣 1 分，最多延时 10min		
备　注		定额时间内，各项的最高扣分不应超过配分数	成绩	
开始时间		结束时间	实际时间	

本 章 小 结

1. 衡量异步电动机启动性能，最主要的指标是启动电流和启动转矩。异步电动机直接启动时，启动电流大，一般为额定电流的 4～7 倍。因启动时功率因数低，启动电流虽然很大，但启动转矩却不大。三角形接线的异步电动机，在空载或轻载启动时，可以采取星形—三角形启动，启动电流和启动转矩均为全压启动时的 1/3。负载比较重的，可采用自耦变压器启动，自耦变压器有抽头可供选择。绕线式异步电动机转子串电阻启动，启动电流比较小，而启动转矩比较大，启动性能好。若把异步电动机的机械特性线性化，启动电阻的计算方法与并励直流电动机相同。

2. 笼型异步电动机各种减压启动方法的比较如表 5-6 所示。

表 5-6　笼型异步电动机各种减压启动方法的比较

启动方法	电阻或电抗减压启动	自耦变压器减压启动	Ｙ—△减压启动
启动电压	$\dfrac{1}{k}U_{\text{N}\Phi}$	$\dfrac{1}{k}U_{\text{N}\Phi}$（可调）	$\dfrac{1}{\sqrt{3}}U_{\text{N}}$
启动电流	$\dfrac{1}{k}I_{\text{st}}$	$\dfrac{1}{k^2}I_{\text{st}}$	$\dfrac{1}{3}I_{\text{st}}$
启动转矩	$\dfrac{1}{k^2}T_{\text{st}}$	$\dfrac{1}{k^2}T_{\text{st}}$	$\dfrac{1}{3}T_{\text{st}}$
启动方法的特点	启动时定子绕组经电阻或电抗器减压，启动后将电阻或电抗器切除	启动时定子绕组经自耦变压减压，启动后将自耦变压器切除	启动时将定子绕组接成星形，启动后换接成三角形

（续）

启动方法	电阻或电抗减压启动	自耦变压器减压启动	Y—△减压启动
启动方法的优缺点	启动电流较小：启动转矩较小；串接电阻时损耗大，电阻容量限制不能频繁启动	启动电流较小；可灵活选择电压抽头得到合适的启动电流和启动转矩；启动转矩较其他方法要大，故使用较多；设备费用较多，不能频繁启动	启动电流较小；启动设备简单，费用低廉，可频繁启动；启动转矩较其他方法低，一般用在小容量电动机的空载或轻载启动；只用于正常运行为△连接的电动机
定型启动设备	QJ₁ 系列电阻启动器	QJ₂、QJ₃ 系列启动补偿器	QX₁、QX₂ 人力操动 Y—△ 启动器　QS 人力操动油浸 Y—△ 启动器

3. 异步电动机的调速有三种方法，即变极、变频和改变转差率。其中变转差率调速包括绕线转子异步电动机的转子串接电阻调速、串级调速和降压调速。变极调速是通过改变定子绕组接线方式来改变电机极数，从而实现电机转速的变化。变频调速是现代交流调速技术的主要方向，它的调速性能好。绕线转子电动机的转子串接电阻调速方法简单，易于实现，调速指标不是很好，但仍得到较多应用。串级调速克服了转子串接电阻调速的缺点，但设备复杂。异步电动机的降压调速主要用于风机类负载的场合或高转差率的电动机上。

各种调速方法的比较见表 5-7。

表 5-7　三相异步电动机调速方案比较

调速方法　　调速指标	改变同步转速 n_1		调节转差率 s			采用转差离合器（笼型电动机本身转速不调节）
	改变极对数（笼型）	改变电源频率（笼型）	转子串电阻（绕线转子）	串级（绕线转子）	改变定子电压（高转差笼型）	
调速方向	上、下	上、下	下调	上、下	下调	下调
调速范围	不广	宽广	不广	宽广	较广	较广
调速平滑性	差	好	差	好	好	好
调速相对稳定性	好	好	差	好	较好	较好
适合的负载类型	恒转矩Y/YY 恒功率△/YY	恒转矩（f_N 以下）恒功率（f_N 以上）	恒转矩	恒转矩 恒功率	恒转矩 通风机型	恒转矩 通风机型
电能损耗	小	小	低速时大	小	低速时大	低速时大
设备投资	少	多	少	多	较多	较多

4. 制动即电磁转矩方向与转子转向相反，电气制动分为能耗制动、反接制动、回馈制动。

各种制动方法的比较见表 5-8 所列。

表 5-8　三相异步电动机各种制动方法的比较

	能耗制动	反 接 制 动		回 馈 制 动
		定子两相反接	倒拉反转	
方法(条件)	断开交流电源的同时，在定子两相中通入直流电流	突然改变定子电源相序，使定子旋转磁场方向改变	定子按提升方向接通电源，转子串入较大电阻，电机被重物拖着反转	在某一转矩作用下，使电动机转速超过同步转速
能量关系	吸收系统储存的动能并转换成电能，消耗在转子电路电阻上	吸收系统储存的动能，作为轴上输入的机械功率并转换成电能后，连同定子传递给转子的电磁功率一起，全部消耗在转子电路电阻上		轴上输入机械功率并转换成电功率，由定子回馈到电网
优　点	制动平稳、便于实现准确停车	制动强烈，停车迅速	能使位能负载在 $n<n_1$ 下稳定下放	能向电网回馈电能，比较经济
缺　点	制动较慢，需要一套直流电源	能量损耗大，控制较复杂，不易实现准确停车	能量损耗大	在 $n<n_1$ 时不能实现回馈制动
应用场合	要求平稳、准确停车的场合；限制位能负载的下降速度	要求迅速停车和需要反转的场合	限制位能负载的下放速度，并在 $n<n_1$ 的情况下采用	限制位能负载的下放速度，并在 $n>n_1$ 的情况下采用

思考题与习题

1. 什么叫三相异步电动机的减压启动？有哪几种常用的方法？各有何特点？

2. 笼型异步电动机全压启动时，为何启动电流大，而启动转矩并不很大？

3. 三相笼型异步电动机定子串接电阻或电抗降压启动时，当定子电压降到额定电压的 $\frac{1}{a}$ 倍时，启动电流和启动转矩降到额定电压时的多少倍？

4. 为什么在减压启动的各种启动方法中，采用自耦变压器启动的启动性能相对更好？

5. 三相笼型异步电动机采用自耦变压器降压启动时，启动电流和启动转矩与自耦变压器的变比有什么关系？

6. 什么是三相异步电动机的丫—△降压启动？它与直接启动相比，启动转矩和启动电流有何变化？

7. 三相绕线转子异步电动机转子回路串接适当的电阻时，为什么启动电流减小，而启动转矩增大？如果串接电抗器，会有同样的结果吗？为什么？

8. 有一台三相绕线式异步电动机，$P_N=11kW$，$U_N=380V$，$I_N=30.8A$，$n_N=715r/min$，$\eta_N=81\%$，$\lambda=2.9$，$E_{2N}=155V$，$I_{2N}=46.7A$。负载要求满载启动，试计算分三级启动的各级启动电阻值(取最大启动转矩为 $2.4T_N$)。

9. 为使三相异步电动机快速停车，可采用哪几种制动方法？如何改变制动的强弱？试用机械特性说明其制动过程。

10. 当三相异步电动机拖动位能性负载时，为了限制负载下降时的速度，可采用哪几种制动方法？如何改变制动运行时的速度？各制动运行时的能量关系如何？

11. 三相异步电动机有哪几种制动运行状态？每种状态下的转差率及能量关系有什么不同？

12. 三相异步电动机怎样实现变极调速？变极调速时为什么要改变定子电源的相序？

13. 三相异步电动机采用丫/丫丫连接和△/丫丫连接变极时，其机械特性有何变化？对于切削机床一类的恒功率负载，应采用哪几种接法的变极线路来实现调速才比较合理？

14. 三相异步电动机变频调速时，其机械特性有何变化？

15. 三相异步电动机在基频以下和基频以上变频调速时，应按什么规律来控制定子电压？为什么？

16. 三相绕线转子异步电动机转子串接电阻调速时，为什么低速时的机械特性变软？为什么轻载时的调速范围不大？

17. 一台搁置较久的三相笼型异步电动机，在通电使用前应进行哪些准备工作后才能通电使用？

18. 三相异步电动机在通电启动时应注意哪些问题？

19. 如发现三相异步电动机通电后电动机不转动首先应怎么办？其原因主要有哪些？

20. 三相异步电动机在运行中发出焦臭味或冒烟应怎么办？其原因主要有哪些？

第6章 同步电动机

教学提示： 在交流电机中，若转子的转速与定子旋转磁场的转速相同，这种电机称为同步电机。

同步电机主要用作发电机，也可用作电动机。目前世界各国发电厂发出的三相正弦交流电，几乎都是用三相同步发电机发出的，例如我国三峡水电站全部18台功率为70万千瓦的发电机都是三相同步发电机。同步电动机具有运行稳定、过载能力强、功率因数较高和运行效率高的特点，因而在不需要调速的大型生产机械中，如矿井通风机、空气压缩机、球磨机等，常采用同步电动机作为拖动电动机。

本章主要介绍同步电动机的基本结构、工作原理及应用。

6.1 同步电动机的基本结构和工作原理

6.1.1 同步电动机的结构

同步电动机有旋转磁极式和旋转电枢式两种结构形式。由于旋转磁极式具有转子重量小、制造工艺较简单、通过电刷和滑环的电流较小等优点，大中容量的同步电动机多采用旋转磁极式结构。根据转子形状的不同，旋转磁极式又可分为凸极式和隐极式两种，如图6.1所示。凸极式多用于要求低转速的场合，其转子粗而短，气隙不均匀。隐极式多用于要求高转速的场合，其转子细而长，气隙均匀。

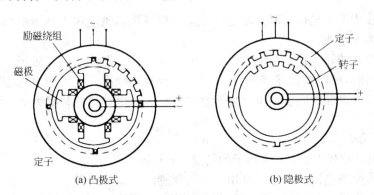

图 6.1 旋转磁极式同步电动机

同步电动机与其他旋转电机一样，也是由定子和转子两部分组成，定子与转子之间有气隙，同步电动机的定子由机座、定子铁心、定子绕组和端盖等组成。机座是支承部件，其作用是固定定子铁心和电枢绕组，大型同步电动机的机座都采用钢板焊接结构。定子铁心是构成磁路的部件，由硅钢片叠装而成。定子冲片分段叠装，每段之间有通风槽片，以形成径向通风，大型同步电动机的定子冲片为扇形冲片。定子绕组为三相对称交流绕组，多为双层叠绕组，嵌装在定子槽内。

同步电动机的转子上装有励磁绕组，通入直流电流形成磁极，磁极可以随转子一道旋转，故而称为旋转磁极式同步电动机。

凸极式转子的结构如图 6.1(a)所示，具有明显的用钢板叠成或用铸钢铸成的磁极，磁极铁心上放置的是集中绕组，定、转子间的气隙是不均匀的，极弧底下气隙较小，极间部分气隙较大。隐极式转子的结构如图 6.1(b)所示，为圆柱体，表面上开有槽，无明显的磁极，定、转子间的气隙是均匀的，励磁绕组是分布绕组，安装在转子表面的槽内。低速运行的同步电动机多采用结构简单、制造方便的凸极式转子，而高速运行的同步电动机多采用结构均匀对称、机械强度高的隐极式转子。

同步电机的励磁电源有两种：一种是由直流发电机(励磁机)供电；另一种是由交流电源经过整流而得到。每台同步电机均配备一台励磁机或整流励磁装置，可以方便地调节它的励磁电流，以改善电网的功率因数。

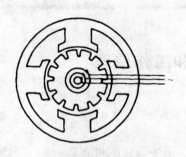

图 6.2　旋转电枢式同步电动机

为了便于启动，一般在转子磁极表面上装有类似于笼式异步电动机的笼型绕组，这种绕组不仅能用于启动，而且对振荡也有阻尼作用，称为启动绕组(或阻尼绕组)，凸极式同步电动机便于安装这种绕组，所以同步电动机多为凸极式结构。

除了旋转磁极式同步电动机以外，还有一种同步电机，它的磁极是固定的，而放置三相绕组的电枢是旋转的，因而称为旋转电枢式同步电动机，如图 6.2 所示。这种结构主要应用在小容量同步电动机中。

6.1.2　同步电机的工作原理

1. 同步发电机的工作原理

同步电机作为发电机运行时，是通过原动力机械将机械能输入同步电机，在原动机拖动下运转，成为发电机。

当同步发电机的转子励磁绕组通以直流电流后，转子即建立恒定磁场。当原动机拖动转子以恒速旋转时，其磁场切割定子上开路的三相对称绕组，在三相对称绕组中产生了三相对称感应电动势，此时同步发电机处于空载运行。该电动势的频率为

$$f=\frac{pn}{60}\quad(\text{Hz}) \tag{6-1}$$

式中：p 为电机的磁极对数；n 为转子的转速，r/min。

若改变转子励磁电流的大小则可相应的改变感应电动势的大小。

当同步发电机接入负载后，定子绕组形成闭合回路，在负载内就有三相对称电流流过。这时同步发电机把机械能转换成了电能。

2. 同步电动机的工作原理

同步电机作为电动机运行时，将三相正弦交流电接入同步电机的三相定子绕组，在定、转子气隙中产生旋转磁场。转子绕组中通入直流电，产生极性固定的磁极，磁极的对

数与旋转磁场的磁极对数相等。当转子上的 N 极与旋转磁场的 S 极对齐时，转子的 S 极与旋转磁场的 N 极也对齐，异性磁极相互吸引，转于就随着旋转磁场转动。

　　电动机空载时，转子的轴承及空气对转子总有一些阻力，实际上转子上的磁极总要比旋转磁场的磁极落后一个小小的角度，随旋转磁场一起转动，如图 6.3 所示。

　　当电动机加上负载，转子磁极落后于旋转磁场的角度将增大，但转速仍不变，随旋转磁场一起转动。

　　实际上同步电机是利用旋转磁场和转子磁场的相互作用而工作的。这两个磁场相互作用并一起旋转，它们之间没有相对运动，故称同步。

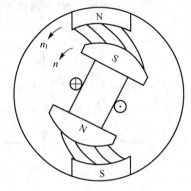

图 6.3　同步电动机的工作原理

　　同步电动机的转速为

$$n = n_1 = \frac{60f}{p} \quad (\text{r/min}) \qquad (6-2)$$

式中：p 为电机的磁极对数；f 为电源的频率，Hz。

　　可见，同步电动机的转速 n 恒等于同步转速 n_1。我国电源标准频率规定为 50Hz，而电机的磁极对数为整数，故当 $p=1$ 时，$n=3000\text{r/min}$，$p=2$ 时，$n=1500\text{r/min}$。同步电机正常运行时，都是以同步转速运行的。

6.1.3　同步电机的额定值

　　同步电机的额定值主要有：

　　额定容量 S_N：同步电机出线端的额定视在功率，单位为 kV•A 或 MV•A；

　　额定功率 P_N：发电机输出的额定有功功率或电动机轴上输出的额定有效机械功率，单位为 kW；

　　额定电压 U_N：额定运行时定子的线电压，单位为 V 或 kV；

　　额定电流 I_N：额定运行时定子的线电流，单位为 A；

　　额定功率因数 $\cos\varphi_N$：额定运行时电机的功率因数；

　　额定频率 f_N：额定运行时的频率，我国标准工频规定为 50Hz；

　　额定转速 n_N：同步电机的同步转速；

　　额定效率 η_N：额定运行时的电机效率。

　　上述量之间的关系为：

　　三相交流发电机：　　　　$P_N = S_N \cos\varphi_N = \sqrt{3} U_N I_N \cos\varphi_N$

　　三相交流电动机：　　　　$P_N = S_N \eta_N \cos\varphi_N = \sqrt{3} U_N I_N \eta_N \cos\varphi_N$

6.2　同步电动机的应用

6.2.1　启动方法

　　当同步电动机定子绕组通入三相交流电流后，产生定子旋转磁场，在图 6.4(a) 所示的瞬间，定子磁场逆时针旋转，由于异性磁极相吸引，旋转磁场对转子有一个转矩，欲把转子拖转，但是由于转子惯性很大，转子不能立即以同步转速旋转。旋转磁场转速很快，当定子旋转磁场转过180°电角度时（即定子电流经过半个周期），定子旋转磁场的位置变为图6.4（b）所示。这时定子磁场对转子产生一个反向作用的转矩，转子还是具有惯性不能转动。在定子电流变化一个周期内，转子上受到的是一个方向在交变的电磁转矩，旋转磁场对转子的平均转矩为零，所以转子不能启动。

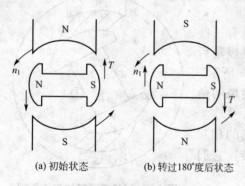

(a) 初始状态   (b) 转过180°度后状态

图6.4 同步电动机启动时定子磁场对转子磁场的作用

从上述分析可知，同步电动机本身没有启动转矩，通电以后，转子不能自行启动。因此要启动同步电动机，必须借助于其他方法。同步电动机常用启动方法有如下三种。

1. 辅助电动机启动法

辅助启动法就是用一台异步电动机或其它动力机械（如柴油机等），把转子拖动到接近同步转速时脱开，再通入定子电流及转子励磁电流，使电动机进入同步运行。一般选用和同步电动机相同极数的异步电动机作为辅助电动机，其容量约为主机的5%～15%。

这种方法的缺点是不能在负载下启动，否则辅助电动机的容量很大，将增加设备投资。如果主机的同轴上装有足够容量的直流励磁机，也可以将直流励磁机兼做辅助电动机。

2. 异步启动法

异步启动法是通过在凸极式同步电动机的转子上安装启动绕组（阻尼绕组）来获得启动转矩的，其结构形式与笼型异步电动机的笼型绕组相似。

具体方法如下：

如图6.5所示，首先将同步电动机的励磁绕组通过一个电阻短接，短路电阻的大小约为励磁绕组本身电阻的5～10倍左右。若不串电阻，励磁绕组中感应电流产生的转矩，有可能使电动机启动不到接近同步的转速。但励磁绕组也不能开路，否则，在大转差率时，定子旋转磁场将在励磁绕组里感应出很高的电动势，有可能击穿励磁绕组的绝缘。

阻尼绕组

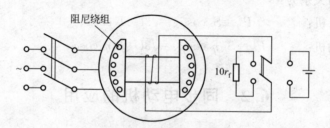

$10r_\mathrm{f}$

图6.5 异步启动法原理线路

然后将同步电动机的定子绕组接通三相交流电源。这时定子旋转磁场将在阻尼绕组中感应电动势和电流，此电流与定子旋转磁场相互作用而产生电磁转矩，使同步电动机启动起来。

当启动转速达到同步转速的 95% 左右之后，将所串的电阻去除，给同步电动机的励磁绕组通入直流电流，转子即可自动牵入同步，以同步转速运行。转子达到同步转速后，阻尼绕组与旋转磁场之间没有相对运动，绕组中也就没有感应电流，此时阻尼绕组完成了启动作用。

同步电动机采用异步启动时，若在额定电压下直接启动，定子绕组中的电流太大，为了限制启动电流，也可以采用减压启动，如星角启动、自耦变压器减压启动或定子串电抗器启动等。

异步启动法是同步电动机最常用的启动方法。

3. 变频启动法

变频启动法是利用变频电源，将旋转磁场的转速从零逐步调到额定同步转速，转子的转速始终与定子旋转磁场的转速同步，以使同步电动机启动。

启动同步电动机时，转子先加上励磁电流，定子绕组通入频率很低的三相交流电流，由于旋转磁场与转子磁场转速相差很小，在同步电磁转矩作用下，转子开始旋转。随着定子电源频率逐渐增加，转子转速也逐渐升高。当定子电源频率达到额定值时，转子转速也达到额定转速，启动过程结束。

这种启动方法的不足之处是需要一个变频电源，并且励磁机必须是非同轴的，否则在起初转速很低时，励磁机无法发出励磁所需要的电压。

6.2.2 同步调相机

当同步电动机接到交流电源上，可以认为电源的电压和频率都保持不变，仅改变同步电动机的励磁电流，就能调节同步电动机的无功电流和功率因数。因此，同步电动机可以向电网提供无功功率，我们把专门供给无功功率的同步电动机称为同步调相机或同步补偿机。

电网的负载主要是变压器和异步电动机，它们都吸取感性无功功率而使电网的功率因数降低，线路损耗和压降增大，使发电设备利用率和效率降低。如能在适当地点装上同步调相机，就地供应负载所需的感性无功功率而避免长距离输送，就能显著地提高电力系统的经济性和供电质量，完满地解决上述问题。

当异步电动机从电网吸取滞后电流，如果在负载端安装过励运行的同步调相机，这时调相机将从电网吸取一个超前的无功电流，可以完全(或部分)补偿异步电动机中吸收的滞后无功电流，从而减少输电线路电流，显著提高了功率因数。由于电网的负载经常变动其无功功率需求也一直在变化，因此调相机还应配备自动励磁调节器。当线路重载电网电压趋于下降时，自动调节使调相机过励运行，而当轻载时则使其作欠励运行，即可使负载端电压维持基本不变。

同步调相机实际是一台在空载运行情况下的同步电动机，一般采用凸极式结构，由于转轴上不带机械负载，故在机械结构上要求较低，转轴较细。静态过载倍数也可以小些，相应的可以减小气隙和励磁绕组的用铜量。启动方法与同步电动机相同。

本章小结

1. 同步电机的特点是电枢电流的频率和极对数与转速有着严格的关系，电机转子的转速和旋转磁场的转速相同。

2. 同步电机的结构有两种基本形式，一是旋转电枢式，一是旋转磁极式，后一种应用较为广泛。旋转磁极式又可分为凸极式和隐极式。通常转速较高的采用隐极式，转速较低的采用凸极式。

3. 同步发电机的工作原理是，当转子绕组通入直流电产生磁场，这个磁场在定子绕组中间高速旋转，定子绕组切割转子产生的磁场，据电磁感应定律，定子绕组中便产生感应电动势，如果接通负载便能对外供电。

4. 同步电动机的工作原理是，当定子绕组通入三相交流电时，定子绕组内便产生旋转磁场，转子仍通以直流电，产生恒定的磁场，定子绕组的旋转磁场与转子绕组的磁场相互作用，即异性磁极相吸引，带动转子以旋转磁场的转速一同旋转。

5. 同步调相机实质上是不接机械负载的空载电动机，其目的是从电网汲取超前无功功率来补偿其他电力用户从电网汲取的滞后无功功率。

思考题与习题

1. 同步电机的"同步"的含义是什么？

2. 同步电机可分成几类，各有什么用途？

3. 同步发电机的定子电动势是怎样产生的？它的频率与哪些因素有关？

4. 同步电机采用旋转磁极式转子有什么优点？

5. 同步电动机的转速与什么有关？当电源频率为 50Hz，电机的极对数分别为 2、4、6 时，同步电动机的转速分别等于多少？

6. 同步发电机和同步电动机的工作原理如何？

7. 同步电动机与异步电动机的工作原理有什么主要区别？

8. 同步电动机为什么不能自行启动？常用的启动方法有哪几种？

9. 为什么异步启动时，同步电动机转子励磁绕组既不能开路，又不能直接短路？

10. 调相机是如何实现改善电网的功率因数的？

11. 一工厂电源电压为 10kV，厂中使用了多台异步电动机，设其总输出功率为 1500kW，平均效率为 65%，功率因数为 0.7(滞后)，由于生产需要又增添一台同步电动机。设当该同步电动机的功率因数为 0.8(超前)时，已将全厂的功率因数调整为 1，试求同步电动机承担多少视在功率和有功功率。

第7章 控制电机

教学提示： 前面介绍的直流电机、变压器、异步电机和同步电机统称为普通电机。在日常生活和生产实际中还广泛使用着各种特殊结构和特殊用途的电机，这种具有特殊结构形式和特殊性能的电机统称为特种电机。由于特种电机大都用于控制系统中，且功率较小，所以又称为控制电机。控制电机因其各种特殊的控制性能而常在自动控制系统中作为执行元件、检测元件和解算元件。

在普通旋转电机的基础上发展起来的各种控制电机与普通电机无原则上的差别，特性也大致相同，只是着重点不同：普通旋转电机主要是进行能量变换，要求提高能量转换效率，经济有效地产生最大动力；而控制电机主要是对控制信号进行传递和变换，要求有较高的控制性能，如要求反应快、精度高、运行可靠等。控制电机体积小、重量轻，功率比较小，通常在几百瓦以下。

控制电机种类繁多，在自动控制系统中常用的控制电机有：·

(1) 伺服电机：能将输入的电压信号变换为转轴的角位移或角速度输出，在系统中作为执行元件。

(2) 测速发电机：输出电压精确地与转速成正比，在自动控制系统中用来检测转速或进行速度反馈，也可作为微分、积分的计算元件。

(3) 自整角机：用作角度的传输、变换和接收，通常是两台或多台组合使用，使在机械上没有联系的两根或多根转轴同步运动，以传输角度信号。

(4) 旋转变压器：输出电压是转子转角的正弦或余弦函数，用于坐标变换、三角变换，作为计算元件，也可作移相元件。

(5) 步进电机：又称脉冲电机，其输入信号是脉冲电压，输出角位移是断续的，其位移量与脉冲数成正比，其线速度或角速度与脉冲频率成正比。在开环系统中作执行元件。

(6) 直线电动机：普通电动机能产生电磁转矩，带动负载作旋转运动。直线电动机不产生电磁转矩，而产生直线推力，推动负载作直线运动。

(7) 微型同步电动机。微型同步电动机结构简单、运行可靠、维护方便。广泛应用于需要恒速运转的自动控制装置、遥控、无线电通信、有声电影、磁带录音及同步随动系统中。

(8) 开关磁阻电机：电机为双凸极结构，通过功率开关器件的开关作用，给各相定子绕组提供周期性的脉冲电流，形成连续旋转的电磁力矩。

本章将逐一分析这些电机，介绍它们的基本结构和工作原理。

7.1 伺服电动机

伺服电动机又称执行电动机，它是控制电机的一种。伺服电动机可以把输入的电压信号变换成为电动机轴上的角位移和角速度等机械信号输出，改变输入电压的大小和方向就可以改变转轴的转速和转向。

　　伺服电动机可分为直流伺服电动机和交流伺服电动机两大类：直流伺服电动机的输出功率通常为 $1\sim600\mathrm{W}$，有的甚至可达上千瓦，用于功率较大的控制系统；交流伺服电动机的输出功率较小，一般为 $0.1\sim100\mathrm{W}$，用于功率较小的控制系统。

　　自动控制系统要求伺服电动机有较宽的调速范围，快速响应性能好，灵敏度要高，无自转现象。

7.1.1　直流伺服电动机

　　1. 直流伺服电动机的结构

　　根据直流伺服电动机的功能可分为：普通型直流伺服电动机、盘型电枢直流伺服电动机、空心杯直流伺服电动机和无槽直流伺服电动机等几种。下面着重介绍前两种直流伺服电动机的结构。

　　1）普通型直流伺服电动机

　　普通型直流伺服电动机的结构与他励直流电动机的结构相同，由定子和转子两大部分组成。根据励磁方式的不同，普通型直流伺服电动机可分为电磁式和永磁式两种，电磁式伺服电动机的定子磁极上装有励磁绕组，励磁绕组通入励磁电流产生磁通；永磁式伺服电动机的磁极是永磁铁，其磁通是不可控的。直流伺服电动机的转子与普通直流电动机相同，一般由硅钢片叠压而成，转子外圆有槽，槽内装有电枢绕组，绕组通过换向器和电刷与外边电枢控制电路相连接。伺服电动机的电枢铁心长度与直径之比比普通直流电动机的大，气隙也较小，以便提高控制精度和响应速度。普通的电磁式和永磁式直流伺服电动机性能接近，它们的惯性比其他类型伺服电动机的大。

　　2）盘型电枢直流伺服电动机

　　盘型电枢直流伺服电动机的定子由永久磁铁和前后铁轭共同组成，磁铁可以在圆盘电枢的一侧，也可在其两侧。盘型伺服电动机的转子电枢由线圈沿转轴的径向圆周排列，并用环氧树脂浇注成圆盘型。

　　盘型伺服电动机电枢中通过的电流是径向电流，而磁通为轴向的，径向电流与轴向磁通相互作用产生电磁转矩，使伺服电动机旋转。图 7.1 为盘型伺服电动机的结构示意图。

　　2. 直流伺服电动机的控制方式

　　直流伺服电动机控制方式有两种，电枢控制方式和磁场控制方式。

　　励磁绕组接在电压恒定的励磁电源上，电枢绕组接控制电压，控制电动机的转速和方向，这种方式称为电枢控制方式，如图 7.2 所示。电枢绕组接在电压恒定的电源上，而励磁绕组接控制电压，这种方式称为磁场控制方式。磁场控制方式性能较差，一般采用电枢控制方式，所以后面分析的也是电枢控制方式的直流伺服电动机。

　　电枢控制方式的直流伺服电动机工作原理与普通直流电动机相似。当励磁绕组接在电压恒定的励磁电源 U_f 上时，产生励磁电流 I_f，从而在气隙中产生励磁磁通 ϕ；当有控制电压 U_c 作用在电枢绕组上时，就有电枢电流 I_c 流过，电枢电流 I_c 与磁通 ϕ 相互作用，产生电磁转矩 T 带动负载运行。电枢电流为零时，伺服电动机则停止不动，不会出现自转现象。

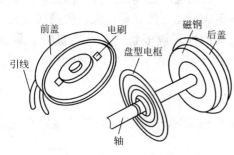

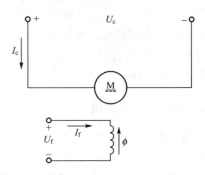

图 7.1　盘型电枢直流伺服电动机结构　　　　图 7.2　电枢控制方式的直流伺服电动机

3. 直流伺服电动机的运行特性

1) 机械特性

所谓机械特性是指控制电压恒定时，直流伺服电动机的转速随转矩变化的规律。直流伺服电动机的机械特性与普通的直流电动机的机械特性是相似的。根据第一章直流电动机的机械特性可知，直流伺服电动机的机械特性表达式为

$$n=\frac{U_c}{C_e\Phi}-\frac{R}{C_eC_T\Phi^2}T=n_0-\beta T \tag{7-1}$$

式中：U_c、R、C_e、C_T 分别是电枢电压、电枢回路的电阻、电动势常数、转矩常数，$n_0=\frac{U_c}{C_e\Phi}$，为理想空载转速，$\beta=\frac{R}{C_eC_T\Phi^2}$，为斜率。

当控制电压 U_c 一定时，随着转矩 T 的增加，转速 n 成正比的下降，机械特性为向下倾斜的直线。当 U_c 不同时，其斜率 β 不变，机械特性为一组平行线，随着 U_c 的降低，机械特性平行地向下移动，如图 7.3(a)所示。

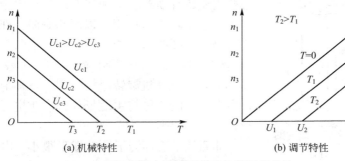

(a) 机械特性　　　　　　　　　(b) 调节特性

图 7.3　直流伺服电动机的运行特性

机械特性曲线与横轴的交点处的转矩就是 $n=0$ 时的转矩，即直流伺服电动机的堵转转矩。若负载转矩大于堵转转矩，则电动机堵转。

2) 调节特性

调节特性，也称为控制特性，是指转矩恒定时，电动机的转速随控制电压变化的规律。

调节特性与机械特性都对应于式(7-1)。当转矩 T 为常数时，根据式(7-1)可知，转速 n 与控制电压 U_c 的关系也是一组平行线，如图 7.3(b)所示。

调节特性与横坐标的交点($n=0$)，为在一定负载转矩下电动机的启动电压。只有控制电

压大于启动电压，电动机才能启动运转。从原点到启动电压之间的区段，称为直流伺服电动机的失灵区。由图可知，失灵区的大小与负载转矩成正比，负载转矩大，失灵区也大。

直流伺服电动机的优点是启动转矩大、机械特性和调节特性的线性度好、调速范围大。缺点是电刷和换向器之间的火花会产生无线电干扰信号，维修比较困难。

7.1.2　交流伺服电动机

交流伺服电动机实际上是一台小型或微型的两相异步电动机，它与普通异步电动机相比具有如下特点：

（1）无"自转"现象。即控制电压为零时，电动机自行停转。

（2）快速响应。即电动机随控制电压改变反应很灵敏。

（3）调速范围宽以及具有线性的机械特性。

1. 交流伺服电动机的结构

与异步电动机相类似，交流伺服电动机的定子槽中也装有励磁绕组和控制绕组。转子通常有笼型和杯型两种结构。

1）笼型转子

这种笼型转子和三相异步电动机的笼型转子一样，但为了提高交流伺服电动机的快速响应性能，把笼型转子做成又细又长，以减小转子的转动惯量。笼型转子的导条一般采用高电阻率的导电材料制造。

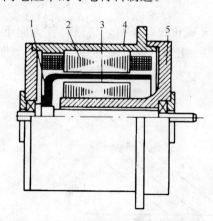

图 7.4　非磁性空心杯转子结构图

1—空心杯转子；2—外定子；
3—内定子；4—机壳；5—端盖

2）非磁性空心杯转子

在要求快速响应的场合用非磁性空心杯转子，其结构如图 7.4 所示。从图中可见，杯型转子的定子分为外定子和内定子两个，均用硅钢片叠成。外定子铁心槽内安放有励磁绕组和控制绕组；内定子一般不放绕组，起闭合磁路作用，以减小磁阻。在内、外定子之间是一个杯型薄壁转子，它由高电阻率非磁性材料（如铜、铝或铝合金）制成，壁厚一般只有 0.2～0.6mm，在电动机旋转磁场作用下，杯形转子内感应产生涡流，涡流再与主磁场作用产生电磁转矩，使杯形转子转动起来。

非磁性空心杯转子转动惯量很小，电动机快速响应性能好，而且运转平稳，无抖动现象。由于使用内外定子，气隙较大，故励磁电流较大，体积也较大。

上述两种转子的电阻都做得比较大，其目的是使转子在转动时产生制动转矩，使它在控制绕组不加电压时，能及时制动，防止自转。

2. 工作原理

如图 7.5 所示，电动机定子上有两相绕组，一相叫做励磁绕组，接到交流励磁电源 U_f 上，另一相为控制绕组，接入控制电压 U_c，两绕组在空间上互差 90°电角度，励磁电压 U_f 和控制电压 U_c 频率相同。

交流伺服电动机的工作原理与单相异步电动机有相似之处。当交流伺服电动机的励磁绕组接到励磁电压 U_f 上，若控制绕组加上的控制电压 U_c 为 0V 时，所产生的是脉振磁动势，所建立的是脉振磁场，电动机无启动转矩；当控制绕组加上的控制电压 U_c 不为 0V，且产生的控制电流与励磁电流的相位不同时，将产生一个椭圆或圆形的旋转磁场切割转子，在转子中产生感应电动势而有转子电流，旋转磁场与转子电流相互作用产生电磁转矩，转子在电磁转矩作用下旋转起来。当控制电压消失时，电动机转速虽会下降一些，但仍会继续不停地转动，即控制电压为零时，电动机不能自行停转，这种现象称为"自转"。

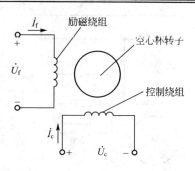

图 7.5　交流伺服电动机原理图

当励磁电压不为零，控制电压为零时，伺服电动机相当于一台单相异步电动机，从单相异步电动机理论可知，单相绕组通过电流产生的脉振磁场可以分解为正向旋转磁场和反向旋转磁场，正向旋转磁场产生正转矩 T_+，起拖动作用，反向旋转磁场产生负转矩 T_-，起制动作用，正转矩 T_+ 和负转矩 T_- 与转差率 s 的关系如图 7.6(a) 中虚线所示，电动机的电磁转矩 T 应为正转矩 T_+ 和负转矩 T_- 的合成，如图中实线所示。若转子电阻较小，则电动机还会按原来的运行方向转动，合成转矩 T 仍为拖动性转矩，此时的机械特性如图 7.6(b) 所示。当转子电阻大到一定程度时，如图 7.6(c) 所示，正向旋转的电动机，在控制电压消失后的电磁转矩 T 为负值，即为制动转矩，使电动机制动停止；反向旋转的电动机，在控制电压消失后的电磁转矩 T 为正值，也为制动转矩，也使电动机制动停止，这样可以避免自转现象的产生。

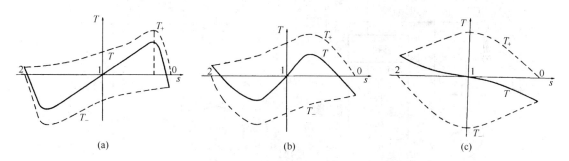

图 7.6　转子电阻对交流伺服电动机机械特性的影响

增加交流伺服电动机的转子电阻，除了可以防止自转，还可以扩大调速范围和提高机械特性的线性度。常用的增大转子电阻的办法是将笼型导条和端环用高电阻率的材料如黄铜、青铜制造，同时将转子做得细而长，这样，转子电阻很大，而转动惯量又小。

3. 控制方式

改变控制电压的大小和相位，可以使旋转磁场的椭圆度发生变化，从而达到控制电动机的转速和转向的目的。交流伺服电动机的控制方式有 3 种：

1）幅值控制

保持控制电压和励磁电压之间的相位差为 $90°$，仅改变控制电压的幅值来改变交流伺服电动机转速的控制方式称为幅值控制。其原理如图 7.7 所示，控制电压的幅值在额定值

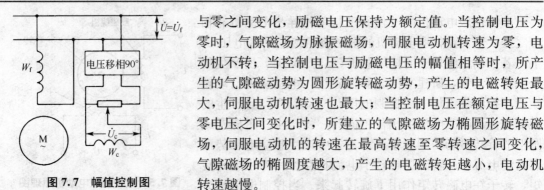

图 7.7　幅值控制图

与零之间变化，励磁电压保持为额定值。当控制电压为零时，气隙磁场为脉振磁场，伺服电动机转速为零，电动机不转；当控制电压与励磁电压的幅值相等时，所产生的气隙磁动势为圆形旋转磁动势，产生的电磁转矩最大，伺服电动机转速也最大；当控制电压在额定电压与零电压之间变化时，所建立的气隙磁场为椭圆形旋转磁场，伺服电动机的转速在最高转速至零转速之间变化，气隙磁场的椭圆度越大，产生的电磁转矩越小，电动机转速越慢。

2）相位控制

保持控制电压的幅值不变，通过改变控制电压与励磁电压的相位差来改变交流伺服电动机转速的控制方式，称为相位控制。其原理如图 7.8 所示，控制绕组通过移相器与励磁绕组一道接至同一交流电源上，控制电压的幅值不变，但它与励磁电压的相位差可以通过调节移相器发生变化，从而改变了交流伺服电动机的转速。

3）幅值—相位控制

励磁绕组串电容器后接交流电源，控制绕组通过电位器接至同一电源，如图 7.9 所示。控制电压与电源同频率、同相位、但其大小可以通过电位器来调节。当改变控制电压的大小时，由于转子绕组的耦合作用，励磁绕组中的电流会发生变化，使励磁绕组上的电压以及电容上的电压也跟随改变，控制电压与励磁电压的相位差也会发生变化，从而改变电动机的转速，这种控制方式称为幅值—相位控制方式。

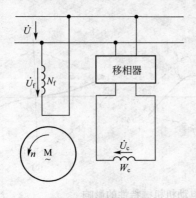

图 7.8　相位控制图

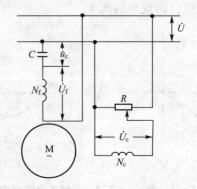

图 7.9　幅值—相位控制图

幅值—相位控制方式只需要电容器和电位器，不需要复杂的移相装置，线路简单、成本低廉、输出功率较大，成为最常用的一种控制方式。

7.2　旋转变压器

旋转变压器是自动装置中的一类精密控制微电机。当旋转变压器的定子绕组施加单相交流电时，其转子绕组输出的电压与转子转角成正弦、余弦函数关系或线性关系等。

旋转变压器有多种分类的方法，若按有无电刷和滑环之间的滑动接触来分，可分为接触式旋转变压器和非接触式旋转变压器两类；若按电机的极对数多少来分，又可分为单极对旋转变压器和多极对旋转变压器两类；若按照它的使用要求来分，可分为用于解算装置的旋转变压器和用于随动系统的旋转变压器。

旋转变压器的种类很多，其中正余弦旋转变压器、线性旋转变压器较为常用，下面主要分析这两种旋转变压器的工作原理。

7.2.1 旋转变压器的基本结构

旋转变压器结构与绕线式异步电动机类似，其定子、转子铁心通常采用高磁导率的铁镍软磁合金片或硅钢片经冲制、绝缘、叠装而成，在定子铁心的内圆周和转子铁心的外圆周上分别冲有均匀分布的槽，里边分别安装有两个在空间上互相垂直的绕组，绕组一般采用高精度的正弦绕组，通常设计为两极，转子绕组经电刷和集电环引出。

小机座号的旋转变压器，通常设计成定子铁心内圆与轴承室为同一尺寸的“一刀通”结构。这样，定子铁心内圆、轴承室在机械加工时一次磨出或车出，从而保证了电机的同心度，有利于旋转变压器精度的提高。

7.2.2 旋转变压器的工作原理

1. 正余弦旋转变压器

转子绕组输出的电压是转子转角的正余弦函数关系的旋转变压器叫做正余弦旋转变压器。图 7.10 为正余弦旋转变压器的结构图。正余弦旋转变压器通常为两极结构，定子铁心槽中放置两套互差 90°空间角度的完全相同的绕组 $D_1 D_2$ 和 $D_3 D_4$，每套绕组的有效匝数为 N_D，其中 $D_1 D_2$ 绕组为励磁绕组，$D_3 D_4$ 绕组为补偿绕组。励磁绕组上施加交流励磁电压，并定义励磁绕组的轴线方向为直轴。转子铁心槽中也装有两套完全相同的输出绕组 $Z_1 Z_2$ 和 $Z_3 Z_4$，在空间上也相差 90°，每套绕组的有效匝数为 N_Z，其中 $Z_1 Z_2$ 绕组为余弦绕组，$Z_3 Z_4$ 绕组为正弦绕组。转子上的余弦绕组的轴线与直轴之间的角度叫做转子的转角 θ。

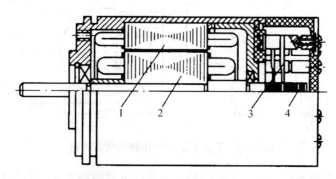

图 7.10 正余弦旋转变压器结构图
1—定子；2—转子；3—电刷；4—集电环

1) 正余弦旋转变压器的空载运行

通常把交流电源 U_D 接入定子的励磁绕组 $D_1 D_2$，如果转子上的输出绕组开路，那么此时就是正余弦旋转变压器的空载运行，如图 7.11 所示。

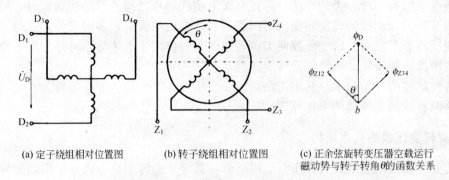

(a) 定子绕组相对位置图   (b) 转子绕组相对位置图   (c) 正余弦旋转变压器空载运行
磁动势与转子转角θ的函数关系

图 7.11   正余弦旋转变压器的空载运行

励磁绕组 D_1D_2 通过交流电流 I_{D12} 在气隙中建立一个正弦分布的脉振磁场，其轴线就是励磁绕组 D_1D_2 的轴线即直轴。励磁绕组的磁通与转子交链，产生变压器感应电动势。如果忽略励磁绕组和输出绕组的漏阻抗，则余弦绕组和正弦绕组的端电压分别为

$$\left.\begin{aligned} U_{Z12}=KU_D\cos\theta \\ U_{Z34}=KU_D\sin\theta \end{aligned}\right\} \tag{7-2}$$

从式（7-2）可看出，当输出绕组空载时，正弦绕组输出的电压是转子转角 θ 的正弦函数，余弦绕组输出的电压是转子转角 θ 的余弦函数。

旋转变压器的工作原理与普通变压器没有本质上的区别，所不同的是输出绕组端电压的大小和转子与励磁绕组的相对位置有关。

2）正余弦旋转变压器的负载运行

如图 7.12 所示，当余弦绕组接上负载后，转子绕组中将有电流流过，此时称为旋转变压器的负载运行。负载运行时，余弦绕组也产生脉振磁动势，使气隙磁场产生畸变，从而使输出电压产生畸变，不再是转角的正余弦函数关系，此时旋转变压器的运行情况相当于普通变压器的负载运行。

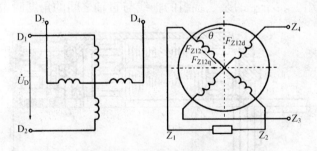

图 7.12   正余弦旋转变压器的负载运行

为消除转子带负载后产生的转子磁动势，可通过下述两种方法进行补偿：第一，在转子的正弦绕组中也接入合适的负载，使正弦绕组也产生转子磁动势，用正弦绕组产生的磁动势去抵消余弦绕组产生的磁动势影响，这种补偿称为二次侧补偿。第二，在定子侧的补偿绕组中，接入负载阻抗或直接相连，补偿绕组与转子磁通交链产生感应电动势，经绕组及负载阻抗产生电流，用此电流产生的磁动势去抵消转子磁动势的影响，该种补偿方法称一次侧补偿。为了减少误差，使用时常常把一次侧、二次侧补偿同时使用，如图 7.13 所示。

2. 线性旋转变压器

若旋转变压器输出电压与转子转角成正比关系，则称此类旋转变压器为线性旋转变压器。事实上，正余弦旋转变压器在转子转角 θ 不超过 $\pm 4.5°$ 时，近似有 $\sin\theta = \theta$，此时线性度在 $\pm 0.1\%$ 以内，就可看做是一台线性旋转变压器。若要扩大转子转角范围，可将正余弦旋转变压器的线路进行改接，如图 7.14 所示，励磁绕组 D_1D_2 与余弦绕组 Z_1Z_2 串联后接到单相交流电源 U_D 上，定子的补偿绕组 D_3D_4 直接短接或接阻抗短接，正弦绕组 Z_3Z_4 接负载阻抗输出电压信号。

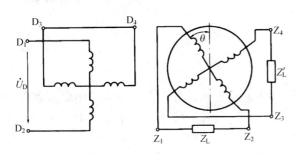
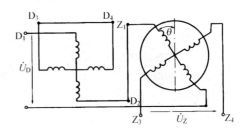

图 7.13 一次侧、二次侧补偿的正余弦旋转变压器　　图 7.14 线性旋转变压器接线图

单相电流接入绕组后产生的脉振磁通是一个直轴脉振磁通，它与励磁绕组、余弦正弦绕组交链分别产生感应电动势，则正弦绕组 Z_3Z_4 的输出电压为

$$U_Z = \frac{K\sin\theta}{1 + K\cos\theta} U_D \tag{7-3}$$

式中：K 为转子、定子绕组的有效匝数比 $\dfrac{N_Z}{N_D}$。

用数学推导可证明，当 K 为某一数值时，输出电压 U_Z 在一定范围内与转角 θ 成线性关系，线性误差不超过 0.1%。

7.2.3　旋转变压器的应用

旋转变压器应用很广，在控制系统中它可以作为解算元件，主要用于矢量求解、坐标变换、三角函数运算、加减乘除运算、微分积分运算等；在随动系统中，它可用于传输与转角相对应的电信号；此外，还可用作移相器和角度—数字转换装置。例如，在数控机床上，采用旋转变压器作为位置检测元件测出工作机构的实际位置，然后将实际位置输入计算机。

7.3　步进电动机

步进电动机是一种将电脉冲信号转换成机械角位移的电磁机械装置。由于所用电源是脉冲电源，所以也称为脉冲马达。

步进电动机是一种特殊的电动机，一般电动机通电后连续旋转，而步进电动机则跟随输入脉冲按节拍一步一步地转动。对步进电动机施加一个电脉冲信号时，步进电动机就旋转一个固定的角度，称为一步。每一步所转过的角度叫做步距角。步进电动机的角位移量和输入脉冲的个数严格地成正比例，在时间上与输入脉冲同步。只需控制输入脉冲的数量、频率及电动机绕组通电相序，便可获得所需的转角、转速及旋转方向。步进电动机的主要特点如下：

（1）步进电动机的输出转角与输入的脉冲个数严格成正比；

（2）步进电动机的转速与输入的脉冲频率成正比，只要控制脉冲频率就能调节步进电动机的转速；

（3）当停止送入脉冲时，只要维持绕组内电流不变，电动机轴可以保持在某固定位置上，不需要机械制动装置；

（4）改变通电相序即可改变电动机转向；

（5）步进电动机存在齿间相邻误差，但是不会产生累积误差；

（6）步进电动机转动惯量小，启动、停止迅速。

步进电动机种类很多，按步进电动机输出转矩的大小，可分为快速步进电动机和功率步进电动机，快速步进电动机连续工作频率高，而输出转矩较小，功率步进电动机的输出转矩比较大；按励磁绕组数可分为三相、四相、五相、六相和八相步进电动机；按转矩产生的工作原理可分为电磁式、反应式以及混合式步进电动机。反应式步进电动机应用较多，下面以此为例来分析步进电动机的工作原理。

7.3.1　步进电动机的工作原理

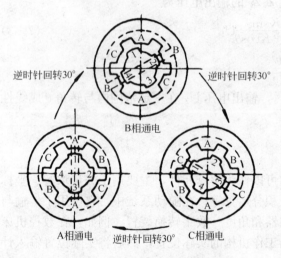

图 7.15　步进电动机的工作原理

图 7.15 为一台三相六拍反应式步进电动机，定子上有 A、B、C 三对绕组磁极，分别称为 A 相、B 相、C 相，转子是硅钢片等软磁材料迭合成的带齿廓形状的铁心，均匀分布四个齿，齿上没有绕组。如果在定子的三对绕组中通直流电流，就会产生磁场。当 A、B、C 三对磁极的绕组依次轮流通电，则 A、B、C 三对磁极依次产生磁场吸引转子转动。

当 A 相通电，B 相和 C 相不通电时，电动机铁心的 AA 方向产生磁通，由于磁力线总是力图从磁阻最小的路径通过，故电动机转子受到一个反应转矩，在此转矩的作用下，转子 1、3 齿与 A 相磁极对齐，

2、4 两齿与 B、C 两磁极相对错开 30°。当 B 相通电、C 相和 A 相断电时，电动机铁心的 BB 方向产生磁通，在磁拉力的作用下，转子沿逆时针方向旋转 30°，2、4 齿与 B 相磁极对齐，1、3 两齿与 C、A 两磁极相对错开 30°。同样地，当 C 相通电，A 相和 B 相断电时，电动机铁心的 CC 方向产生磁通，转子沿逆时针方向又旋转 30°，1、3 齿与 C 相磁极对齐，2、4 两齿与 A、B 两磁极相对错开 30°。

若按 A—B—C 通电相序连续通电，则步进电动机就连续地沿逆时针方向转动，每换接一次通电相序，步进电动机沿逆时针方向转过 30°，即步距角为 30°。如果步进电动机定

子磁极通电相序按 A—C—B 进行，则转子沿顺时针方向旋转。上述通电方式称为三相单三拍通电方式。所谓"单"是指每次只有一相绕组通电的意思。从一相通电换接到另一相通电称为一拍，每一拍转子转动一个步距角，故所谓"三拍"是指通电换接三次后完成一个通电周期。

　　若按照 A—AB—B—BC—C—CA 相序通电，每个通电周期需要换接六次，则称为三相六拍通电方式，工作原理如图 7.16 所示。如果 A 相通电，1、3 齿与 A 相磁极对齐。当 A、B 两相同时通电，因 A 极吸引 1、3 齿，B 极吸引 2、4 齿，转子逆时针旋转 15°。随后 A 相断电，只有 B 相通电，转子又逆时针旋转 15°，2、4 齿与 B 相磁极对齐。如果继续按 BC—C—CA—A 的相序通电，步进电动机就沿逆时针方向，以 15° 的步距角一步一步移动。这种通电方式采用单、双相轮流通电，在通电换接时，总有一相通电，所以工作比较平稳。

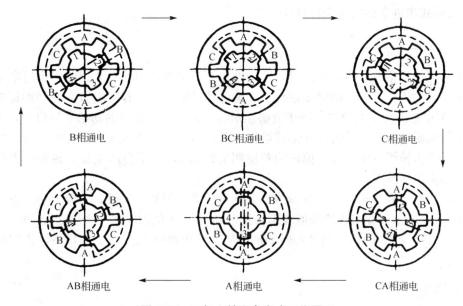

B相通电　　BC相通电　　C相通电

AB相通电　　A相通电　　CA相通电

图 7.16　三相六拍通电方式工作原理

　　上述结构的步进电动机无论采用哪种通电方式，步距角都太大，无法满足生产中对精度的要求，实际使用的步进电动机，一般都要求有较小的步距角。图 7.17 是步进电动机实例。图中转子上有 40 个齿，相邻两个齿的齿距角为 360°/40＝9°。三对定子磁极均匀分布在圆周上，相邻磁极间的夹角为 60°。定子的每个磁极上有 5 个齿，相邻两个齿的齿距角也是 9°。因为相邻磁极夹角（60°）比 7 个齿的齿距角总和（9°×7＝63°）小 3°，而 120° 比 14 个齿的齿距角总和（9°×14＝126°）小 6°，这样当转子齿和 A 相定子齿对齐时，B 相齿相对转子齿逆时针方向错过 3°，而 C 相齿相对转子齿逆时针方向错过 6°。按照此结构，采用三相单三拍通电方式时，转子沿逆时针方向，以 3° 步距角转动。采用三相六拍通电方式时，则步距角减为 1.5°。如通电相序相反，则步进电动机将沿着顺时针方向转动。

　　如上所述，步进电动机的步距角大小不仅与通电方式有

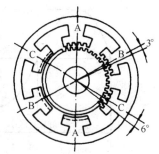

图 7.17　步进电动机的实例

关，而且还与转子的齿数有关。计算公式为

$$\theta = \frac{360°}{mz_r k} \qquad\qquad (7-4)$$

式中：m 为定子励磁绕组相数；z_r 为转子齿数；k 为通电方式，相邻两次通电相数相同时，$k=1$，不同时，$k=2$。

步进电动机转速计算公式为

$$n = \frac{\theta}{360°} \times 60 f = \frac{\theta f}{6°} \qquad\qquad (7-5)$$

式中：n 为转速，r/min；f 为控制脉冲频率，即每秒输入步进电动机的脉冲数；θ 为用度数表示的步距角。

由上式可见，当转子的步距角一定时，步进电动机的转速与输入脉冲频率成正比。

7.3.2　反应式步进电动机的运行特性

1. 静态运行状态

当步进电动机不改变通电状态时，转子处在不动状态，即静态。因此，步进电动机不改变通电方式的运行状态叫做静态运行。考虑电动机空载且只有一相如 A 相绕组通电的情况，这时 A 相磁极轴线上的定、转子齿必然对齐，此位置为转子的初始平衡位置，步进电动机产生的电磁转矩为零。若有外部转矩作用于转轴上，迫使转子离开初始平衡位置而偏转，定、转子齿轴线发生偏离，偏离的角度叫失调角 θ，转子会产生反应转矩，也称静态转矩 T，用来平衡外部转矩。

步进电动机的静态转矩 T 和失调角 θ 之间的关系叫做矩角特性，大致上是一条正弦曲线，如图 7.18 所示。此曲线的峰值表示步进电动机所能承受的最大静态负载转矩 T_m。在静稳定区（$-180°$，$180°$）内，当外加转矩消除后，转子在静态转矩 T 作用下，将回到稳定平衡点 O。

2. 步进运行状态

当输入的脉冲频率很低时，来一个脉冲转子转过一步，进入稳态后停止运行，等到下一个脉冲到来时，转子再转过一步，电动机呈现出一转一停的状态，这种运行状态为步进运行。

在图 7.19 中，曲线 A、B 分别是 A 相、B 相通电时的矩角特性，a 点、b 点分别是其

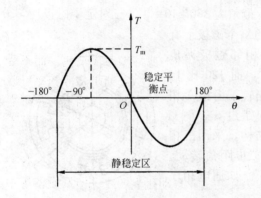

图 7.18　步进电动机的矩角特性

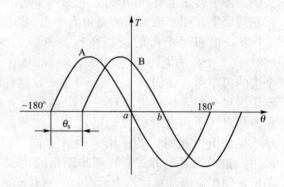

图 7.19　步进电动机的动稳定区

稳定平衡点，两条曲线在横坐标上的截距之差就是步距角 θ_s。A 相的静稳定区为 $(-180°,180°)$。B 相的静稳定区为 $(-180°+\theta_s, 180°+\theta_s)$，当 A 相断电 B 相通电时，转子的位置只要在这个区域内，当外力消失，转子能趋向新的平衡点 b，所以定义 $(-180°+\theta_s, 180°+\theta_s)$ 为步进电动机的动稳定区。显而易见，步距角愈小，动稳定区愈接近静稳定区，即动、静稳定区重叠愈多，步进电动机的稳定性愈好。

3. 连续运行状态

当输入的脉冲频率很高时，电动机转子未停止而下一个脉冲已经到来，转子的步进运动变成了连续旋转运动，这种状态叫连续运行。在连续运行时，若输入脉冲的频率逐渐升高，由于控制绕组电感的作用，使得绕组中的电流达不到应有的幅值，步进电动机的电磁转矩会变小，带负载能力降低。另外，随着频率的升高，铁心的涡流损耗增加，也会使输出转矩下降。步进电动机的输出转矩与运行频率的关系叫做矩频特性，如图 7.20 所示，随着频率升高，转矩逐渐变小，是一条下降的曲线。

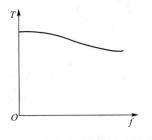

图 7.20 步进电动机的矩频特性

7.3.3 步进电动机的驱动电源

步进电动机的控制绕组中需要一系列的有一定规律的电脉冲信号，从而使电动机按照一定的生产要求运行。这个产生一系列有一定规律的电脉冲信号的电源称为驱动电源。步进电动机的驱动电源主要包括变频信号源、脉冲分配器和脉冲放大器三个部分，其框图如图 7.21 所示。

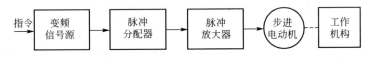

图 7.21 步进电动机驱动电源框图

变频信号源是一个脉冲发生器，脉冲的频率可以连续调整，送出的脉冲个数和脉冲频率由控制信号(指令)进行控制。脉冲分配器是将脉冲信号按一定顺序分配，然后送到脉冲放大器(驱动电路)中进行功率放大，驱动步进电动机工作。

7.3.4 步进电动机的应用

步进电动机是用脉冲信号控制的，步距角和转速大小仅仅与脉冲频率成正比，而不受电压波动和负载变化的影响，也不受各种环境条件的影响。改变步进电动机脉冲频率可以大范围地调节电动机的转速，并能实现快速启动、制动、反转，而且有自锁的能力，不需要机械制动装置，不经减速器也可获得低速运行。它每转过一周的步数是固定的，只要不丢步，角位移误差不存在长期积累的情况。

步进电动机主要用于数字控制系统中，精度高，运行可靠，如数/模转换装置、数控机床、计算机外围设备、自动记录仪、钟表等，另外在工业自动化生产线、印刷设备等中亦有应用。

7.4 直线电动机

直线电动机就是把电能转换成直线运动的机械能的电动机，它不需要转换装置，自身能产生直线作用力，直接带动负载作直线运动，解决了旋转运动变成直线运动的中间传动机构的问题，使系统结构变得简单，运行效率和传动精度均有所提高。

与旋转电动机对应，直线电动机也可分为直线异步电动机、直线同步电动机、直线直流电动机和其他直线电动机。其中以直线异步电动机应用最广泛，本节主要介绍直线异步电动机。

7.4.1 直线异步电动机的结构

直线异步电动机主要有平板型、圆筒型等结构形式。

1. 平板型直线异步电动机

平板型直线电动机可以看成是从旋转电动机演变而来的。旋转电动机的电枢是环形的，若将旋转电动机的定子和转子沿径向剖开，然后拉平展开成平面，如图 7.22 所示，实际上就成了一台最简单的平板型直线电动机。

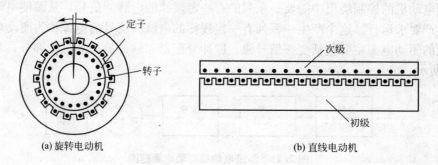

(a) 旋转电动机   (b) 直线电动机

图 7.22 直线电动机的形成

旋转电动机的定子和转子，在直线电动机中称为初级和次级。直线电动机的运行方式可以是固定初级，让次级运动，此时称为动次级，相反则称为动初级。直线异步电动机在运行时，初、次级之间有相对的直线运动，这样初级和次级的长度不应相同，才能使直线异步电动机连续地作直线运动。初级长于次级的称为短次级；次级长于初级的称为短初级，如图 7.23 所示。一般来说，短初级结构比较简单，制造成本和运行费用较低，故常用短初级。

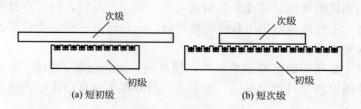

(a) 短初级   (b) 短次级

图 7.23 平板型直线电动机

图 7.23 所示的平板型直线电动机仅在次级的一边装有初级，这种结构形式称为单边型。单边型除了产生切向力外，还会在初、次级间产生较大的法向力，其结果是初、次级吸在一起，使相对的直线运动产生巨大的摩擦力，致使直线运动难以进行。为了消除法向力，更充分地利用次级，可在次级的两侧都装上初级，这种结构形式称为双边型，如图 7.24 所示。

平板型直线异步电动机的初级铁心由硅钢片叠成，表面开有齿槽，槽中安放着三相、两相或单相绕组。它的次级型式较多，最常用的次级有三种：第一种用整块钢板制成，称为钢次级或磁性次级，钢既起导磁作用又起导电作用；第二种为钢板上覆合一层铜板或铝板，称为覆合次级，钢主要用于导磁，而铜或铝用于导电；第三种是单纯的铜板或铝板，称为铜（铝）次级或非磁性次级，这种次级一般用于双边型电动机中。

2. 圆筒型直线异步电动机

将图 7.3 中的钢板卷成圆柱型的钢棒，定子磁极围绕钢棒卷成圆筒型，就形成如图 7.25 所示的圆筒型直线异步电动机。

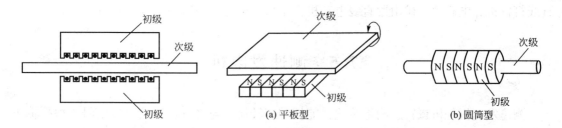

图 7.24 双边型直线电动机　　　图 7.25 圆筒型直线电动机的形成

(a) 平板型　　(b) 圆筒型

此外，平板型直线异步电动机还可演变成圆盘型直线电动机，在此不再介绍了。

7.4.2 直线异步电动机的工作原理

直线异步电动机的定子绕组（初级）与笼型异步电动机的定子绕组一样，都是三相绕组，只不过笼型异步电动机的定子三相绕组对称地分布在定子圆周上，而直线异步电动机的定子三相绕组排列成一条直线，因此，当初级的绕组中通入多相电流后，也会产生一个气隙磁场，但这个磁场不是旋转的，而是沿直线移动的磁场，称为行波磁场，如图 7.26 所示，它的移动速度为

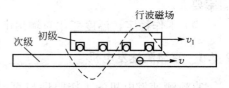

图 7.26 直线电动机的工作原理

$$v_1 = \frac{n_1}{60} \times 2p\tau = 2\tau f_1 \qquad (7-6)$$

式中：τ 为极距，cm；f_1 为电流频率，Hz；n_1 为同步转速，$n_1 = \dfrac{60 f_1}{p}$。

行波磁场切割次级导条，将会产生感应电动势和感应电流，该感应电流与行波磁场相互作用，产生沿磁场运动方向的电磁力，使次级跟随行波磁场移动。若次级的运动速度为 v，则直线异步电动机的转差率为

$$s=\frac{v_1-v}{v_1} \tag{7-7}$$

将式(7-7)代入式(7-6)，则得直线异步电动机的运行速度 v 为

$$v=2\tau f_1(1-s) \tag{7-8}$$

由上式可知，改变极距 τ 和电源频率 f_1，均可改变次级的移动速度。

7.4.3　直线异步电动机的应用

直线电动机结构简单，反应速度快，灵敏度高，随动性好，与控制线路配合可进行精密的定位，但直线电动机的长度总是有限的，对移动磁场来说存在着特有的边缘效应。另外，直线异步电动机比旋转异步电动机的气隙大得多，因而损耗也大，功率因数和效率都较低。近几年来，直线电动机的开发取得了较大的进展，应用也日益广泛，如在平面绘图机、笔式记录仪、微机读/写磁头驱动器、激光干涉仪、光刻机等专用设备中都有应用。直线电动机也可以用于各种直线运动的电力拖动系统，如自动搬运装置、传送带、带锯、直线打桩机、电磁锤、矿山用直线电动机推车机及磁悬浮高速列车等。

7.5　测速发电机

测速发电机是机械转速测量装置，能把转速转换成与之成正比的电压信号。根据输出电压的不同，测速发电机分为直流和交流两种。直流测速发电机又有永磁式和电磁式之分；交流测速发电机分为同步测速发电机和异步测速发电机。

在实际应用中，自动控制系统对测速发电机主要有以下几个方面的要求：

(1) 线性度要好，即在全程范围内输出电压与转速保持良好的线性关系。

(2) 测速发电机的转动惯量要小，以保证测速的快速性。

(3) 测速发电机的灵敏度要高，即单位转速输出电压值要大，表现为输出特性直线的斜率要大。

(4) 工作稳定，温度变化对输出电压的影响要小。

7.5.1　直流测速发电机

直流测速发电机的工作原理与直流发电机相同，如图 7.27 所示。在忽略电枢反应的情况下，电枢的感应电动势为

$$E_a=C_e\Phi n \tag{7-9}$$

当带负载 R_L 后，电刷两端输出的电压为

$$U=E_a-R_aI_a=E_a-\frac{U}{R_L}R_a$$

整理后得

$$U=\frac{E_a}{1+\dfrac{R_a}{R_L}}=\frac{C_e\Phi}{1+\dfrac{R_a}{R_L}}=cn \tag{7-10}$$

式中：$c = \dfrac{C_e\Phi}{1 + \dfrac{R_a}{R_L}}$

由上式可知，当励磁磁通 Φ 和负载电阻 R_L 都为常数时，直流测速发电机的输出电压 U 与转速 n 成正比，输出特性如图 7.28 所示。直线 1 为空载时的输出特性，直线 2 为负载时的输出特性。实际运行中，直流测速发电机的输出电压与转速之间不能严格保持正比关系，实际输出特性如图 7.28 中的曲线 3 所示，实际输出电压与理想输出电压之间产生了误差。产生误差的原因是多方面的，主要有以下两个方面。

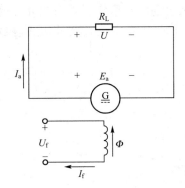

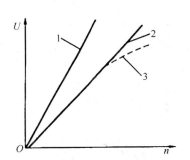

图 7.27　他励直流测速发电机的工作原理　　　图 7.28　直流测速发电机的输出特性

1. 电枢反应

直流测速发电机负载时电枢电流会产生电枢反应，电枢反应的去磁作用使气隙磁通 Φ 减小，输出电压 U 减小。转速越高，电枢电流越大，电枢反应的去磁作用越显著，误差也越大。负载电阻 R_L 越小，电枢电流就越大，电枢反应去磁作用就越强，误差也越大。所以测速发电机的转速不能太高，负载电阻不能太小，这样有利于减少误差，提高精度。

2. 温度的影响

直流测速发电机长期使用时，励磁绕组的温度会升高，使励磁绕组的电阻变大，励磁电流因此而减小，从而引起气隙磁通 Φ 减小，输出电压 U 减小。温度升得越高，斜率减小越明显，使特性向下弯曲。

为了减小温度变化带来的非线性误差，通常把直流测速发电机的磁路设计为饱和状态。当温度变化时引起励磁电流变化，在磁路饱和时励磁电流变化引起的磁通变化要比磁路非饱和时小得多，从而减小非线性误差。

另外，可在励磁回路中串接一个阻值较大而温度系数较小的电阻，以减小由于温度的变化而引起的电阻变化，从而减小因温度而产生的线性误差。

7.5.2　交流测速发电机

1. 交流异步测速发电机

交流异步测速发电机与交流伺服电动机的结构相似，其转子结构有笼型的，也有杯型的。由于杯型转子的转动惯量小，电阻大，漏电抗小，输出特性的线性良好，因而在自动

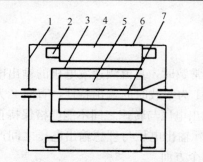

图 7.29 空心杯转子测速发电机结构示意图

1—端盖；2—定子绕组；3—杯形转子；
4—外定子；5—内定子；
6—机壳；7—轴

控制系统中多用空心杯转子异步测速发电机，其结构如图 7.29 所示。它由外定子、空心杯转子、内定子等三部分组成。外定子放置励磁绕组，接交流电源；内定子上放置输出绕组，这两套绕组在空间相隔 90°电角度。转子是空心杯，用高电阻率非磁性材料制成，杯子的底部固定在转轴上。

空心杯转子测速发电机原理如图 7.30 所示。异步测速发电机工作时，在空心杯转子上会产生两种电动势，即变压器电动势和切割电动势。

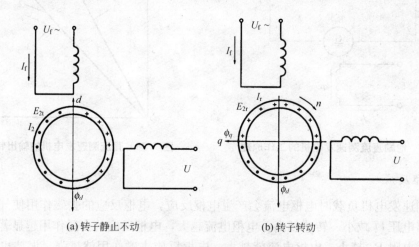

(a) 转子静止不动   (b) 转子转动

图 7.30 空心杯转子测速发电机原理

当励磁绕组接单相电源 U_f 而转子静止不动时，如图 7.30(a)所示，由励磁电流产生的沿直轴（即 d 轴）方向的交变磁通 Φ_d，会在空心杯转子中产生感应电动势，这就是变压器电动势。可以把空心杯转子看成无数根导条并联组成的笼型绕组，在变压器电动势作用下会有感应电流流过，感应电流所产生的磁场力图阻碍原来磁场的变化，由于原磁通 Φ_d 是在 d 轴上，所以感应电流所产生的磁通也一定在 d 轴方向，d 轴方向的交变磁通与轴线在 q 轴上的输出绕组不交链，因此不产生感应电动势，输出电压 U 为零。

当转子转动时，如图 7.30(b)所示，在转子中除了产生变压器电动势外，转子切割 Φ_d 而感应产生切割电动势 E_r，其大小正比于转子转速 n，并以励磁磁场的频率 f 交变，又因空心杯转子相当于短路绕组，故切割电动势 E_r 在杯型转子中产生短路电流 I_r，其大小正比于 E_r，若忽视杯型转子的漏抗的影响，那么电流 I_r 所产生的交轴磁通 Φ_q 的大小正比于 E_r，在空间位置上与输出绕组的轴线（q 轴）一致，因此交轴磁通 Φ_q 与输出绕组相交链而产生频率与励磁频率相同，幅值与交轴磁通 Φ_q 成正比的感应电动势 E。由于 $E \propto \Phi_q \propto I_r \propto E_r \propto n$，而输出绕组感应产生的电动势 E 实际就是交流异步测速发电机输出的空载电压 U，这样，交流异步测速发电机就把转速 n 转换成与之成正比的电压信号 U。

实际上，当励磁电压已经供给，转子转速为零时，测速发电机的输出绕组会产生电压，称为剩余电压。剩余电压的存在，使转子不转时也有输出电压，造成失控；转子旋转时，它叠加在输出电压上，使输出电压的大小及相位发生变化，造成误差。产生剩余电压的原因很多，最主要的原因是制造工艺不佳所致，如励磁绕组与输出绕组在空间并不完全垂直，气隙不均，磁路不对称，空心杯转子的壁厚不均以及制造杯型转子的材料不均等都会造成剩余误差。要减小剩余误差，根本方法无疑是提高制造和加工的精度；也可采用一些措施进行补偿，阻容电桥补偿法是常用的补偿方法。

2. 交流同步测速发电机

交流测速发电机除了交流异步测速发电机外，还有交流同步测速发电机。同步测速发电机的转子为永磁式，即是永久磁铁作磁极；定子上嵌放着单相输出绕组。当转子旋转时，输出绕组产生单相的交变电动势，其大小与转速成正比，但其交变的频率也与转速成正比，使输出特性不能保持线性关系。如果用整流器将同步测速发电机输出的交流电压整流为直流电压输出，就可以消除频率随转速而变带来的缺陷，使输出的直流电压与转速成正比，这时用同步发电机测量转速就有较好的线性度。由于上述原因，交流同步测速发电机一般用作指示式转速计，很少用于控制系统中的转速测量。

7.5.3　测速发电机的应用

测速发电机的作用是将机械速度转换为电气信号，常用作测速元件、校正元件、解算元件，与伺服电动机配合，广泛使用于许多速度控制或位置控制系统中，如在数控机床中，测速发电机可将速度转换为电压信号作为速度反馈信号，使系统达到较高的稳定性和较高的精度。

7.6　自整角机

自整角机是一种感应式控制电机，能对角位移或角速度的偏差进行自动整步，广泛应用于随动系统中。在系统中，通常是两台或多台自整角机组合使用，使机械上互不相连的两根或多根机械轴能够保持相同的转角变化或同步的旋转变化。

根据作用的不同，自整角机分为自整角发送机和自整角接收机，自整角发送机将主动轴的转角变换成电信号，通过连接导线传送给自整角接收机，自整角接收机将电信号转换为从动轴的角位移。根据输出量的不同，自整角机又分为力矩式自整角机和控制式自整角机，力矩式自整角机输出转矩，带动从动轴如仪表指针转动，作为位置指示；控制式自整角机不直接带负载，而输出与发送机、接收机转子之间的角位差有关的电压信号，经放大器放大后，控制交流伺服电动机，带动从动轴及负载转动。

7.6.1　自整角机的结构

自整角机的基本结构如图 7.31 所示。从结构上看，自整角机也是由定子和转子两部分组成，定、转子铁心均采用高导磁率的薄硅钢片冲制成型。自整角机的定子铁心嵌有三相对称分布绕组，称为整步绕组，也叫做同步绕组，接成星形。自整角机的转子可以做成凸极结构，也可做成隐极结构，一般采用凸极式结构，只有频率高并且尺寸大的力矩电机中才采用隐极式结构，转子上放置着两极的单相绕组，用于励磁，称为励磁绕组，励磁绕组通过集电环和电刷与单相交流电源相连接。

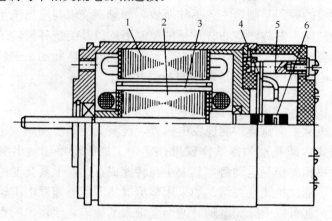

图 7.31　自整角机的基本结构

1—定子；2—转子；3—阻尼绕组；4—电阻；5—接线柱；6—集电环

7.6.2　自整角机的工作原理

1. 力矩式自整角机

图 7.32 为力矩式自整角机的工作原理图，在图中一台自整角机作为发送机，一台作为接收机，并且两台电机的结构参数一致。两台自整角机的励磁绕组接到同一个单相交流电源上，三相整步绕组彼此对应连接。在自整角机中，规定励磁绕组与整步绕组的 a 相的夹角作为转子的位置角。设发送机转子位置角为 θ_1，接收机位置角为 θ_2，令 $\theta = \theta_1 - \theta_2$，称 θ 为失调角。θ 为零时，接收机转子位置为协调位置。

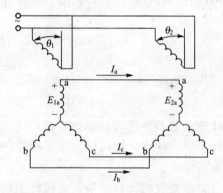

图 7.32　力矩式自整角机的工作原理

当励磁绕组中有励磁电流流过时，在电机的气隙中将产生脉振磁动势，脉振磁动势在各整步绕组中感应出变压器电动势，由于各绕组在空间的位置不同，整步绕组中的感应电动势相位相差 $120°$，其幅值大小相等。感应电动势的存在使整步绕组中有电流流过，产生磁动势，虽然整步绕组为对称的三相绕组，但各相流过的电流不是对称的三相交流，而是同相位的单相交流，因此由三相整步绕组电流产生的合成的磁动势不是旋转脉振磁动势而是脉振磁动势。

力矩式自整角机的电磁转矩由励磁磁通与整步绕组磁动势相互作用产生，接收机的转动就是在此转矩的作用下进行的。当失调角 θ 不为零时，磁动势也不为零，电磁转矩带动接收机转子沿 θ 减少的方向运动，直到失调角等于零，两个励磁绕组轴线方向相同，接收机转子处于协调位置。这样，若令主令机构使发送机偏转某一角度，在电磁转矩的作用下，接收机的转子将追随发送机的转子偏转同样角度成为随动系统。

2. 控制式自整角机

控制式自整角机与力矩式自整角机结构基本相同。不同之处是，控制式自整角接收机的转子绕组不接励磁电源，而是接放大器，输出与失调角正弦成正比的电压信号，经放大器放大后，接至交流伺服电动机的控制绕组，控制伺服电动机带动负载偏转，同时带动接收机转子向失调角减少的方向偏转，直至失调角减少为零，输出电压为零，接收机转子停在协调位置，形成从动轴随主动轴一道偏转的随动系统。控制式自整角机原理接线图如图 7.33 所示。

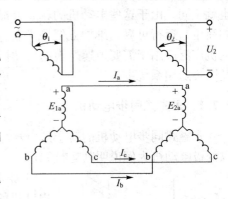

接收机整步绕组在输出绕组中感应的变压器电动势为

$$E_2 = E_{2m}\cos(\theta_1 - \theta_2) = E_{2m}\cos\theta \qquad (7-11)$$

图 7.33　控制式自整角机工作原理图

式中：E_{2m} 为 $\theta = 0°$ 时的输出绕组最大感应变压器电动势。

由上式可知，自整角接收机的输出电动势为失调角 θ 的余弦函数。当接收机空载时，变压器感应电动势即为输出电压，即 $U_2 = E_2$。

在实际使用的系统中，自整角发送机的 a 相整步绕组作直轴，其励磁绕组以直轴为起始位置，而把自整角接收机的输出绕组放在交轴上，即把转子由原来的协调位置处旋转 90°作为起始位置，那么输出绕组感应电动势为

$$E_2 = E_{2m}\cos(\theta - 90°) = E_{2m}\sin\theta \qquad (7-12)$$

7.6.3　自整角机的应用

自整角机应用很广，力矩式自整角机常用于精度较低的指示系统，如液面的高低，闸门的开启度，液压电磁阀的开闭，船舶的舵角、方位和船体倾斜的指示，核反应堆控制棒位置的指示等；控制式自整角机常用于精度较高、负载较大的伺服系统，如雷达高低角自动显示系统等。图 7.34 是自整角机的应用实例。

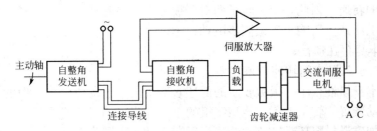

图 7.34　控制式自整角机在随动系统的应用

7.7　微型同步电动机

微型同步电动机主要有三种类型，即永磁式同步电动机、反应式同步电动机和磁滞式同步电动机。这些电动机的定子结构都是相同的，或者是三相绕组通以三相交流电，或者是两相绕组通入两相电流(包括单相电源经过电容分相)，或者是单相罩极式，其主要作用都是为了产生一个旋转磁场。但是转子的结构型式和材料却有很大差别，因而其运行原理

也就不同。由于这些电动机的转子上都没有励磁绕组，也不需要电刷和滑环，因而具有结构简单、运行可靠、维护方便等优点。目前，功率从零点几瓦到数百瓦的各种微型同步电动机广泛应用于需要恒速运转的自动控制装置、遥控、无线电通信、有声电影、磁带录音及同步随动系统中。

7.7.1　永磁式同步电动机

　　永磁式同步电动机的转子是由永久磁钢制成。它可以是两极的，也可以是多极的。现以两极电动机为例说明其运行原理。

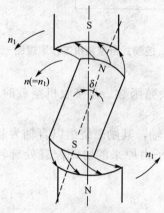

图 7.35　永磁式同步电动机的工作原理

　　图 7.35 所示是一个具有两个磁极的永磁转子。当同步电动机的定子通以三相交流电源后，即产生一个旋转磁场，这个旋转磁场在图中用另一对旋转磁极加以表示。当定子旋转磁场以同步转速 n_1 朝着图示的方向旋转时，定子旋转磁极就要与转子磁极紧紧吸住，并带着转子一起旋转。由于转子是由旋转磁场带着转的，因而转子的转速也就与旋转磁场的同步转速 n_1 相等。当转子上的负载转矩增大时，定子磁极轴线与转子磁极轴线间的夹角 δ 就会相应增大，当负载转矩减小时，夹角又会自动减小，只要负载不超过一定的限度，转子就始终跟着定子旋转磁场以同步转速转动。

　　由此可见，永磁式同步电动机的转速决定于电源频率和电动机的极对数。而电磁转矩则与 $\sin\delta$ 成正比。即当 $\delta=0°$ 时电磁转矩 $T_{em}=0$，当 $\delta=90°$，$T_{em}=T_m$ 为最大值。因此，同步电动机的负载转矩不能大于这个最大同步转矩，否则同步电动机将因不同步而停转。

　　永磁式同步电动机与同步电动机一样，也存在启动困难这一问题。即由于在启动前，转子是静止的，而启动时定子旋转磁场立即以同步转速旋转，转子则由于惯性的作用而跟不上旋转磁场的转速，因此，定、转子两对磁极之间存在着相对运动，转子所受到的平均转矩为零。综上所述，影响永磁式同步电动机不能自行启动的因素主要有以下两个方面。

　　（1）转子本身存在惯性；

　　（2）定、转子磁场之间转速相差过大。

　　除了转子本身惯性很小，极数较多的低速永磁式同步电动机外，一般的永磁同步电动机都需附加启动装置。转子上附加笼型绕组的永磁同步电动机称为异步启动永磁同步电动机。转子上附加磁滞材料环帮助启动的称为磁滞启动永磁同步电动机。具有磁滞材料环的永磁同步电动机的结构见图 7.36。

　　图 7.37 所示为永磁钢径向结构形式的永磁转子。其笼型绕组与异步电动机的转子相同。当永磁同步电动机启动时，依靠这个笼型启动绕组就可以使电动机产生异步启动转矩，等到转子速度上升到接近同步转速时，定子旋转磁场就与转子永久磁钢相互吸引而把转子拉入同步，与旋转磁场一起以同步转速旋转。

　　永磁同步电动机具有功率因数和效率均较高，有效材料利用率高，与同体积的其他种类的同步电动机相比，其输出功率大的特点。但是永磁同步电动机除多极、小惯量转子的电动机外，无自启动能力，且不能在异步状态下运行，这些都不及磁滞同步电动机。与反应式同步电动机相比，其结构较复杂，成本也较高。

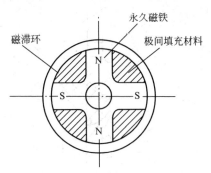

图 7.36　具有磁滞材料环的永磁
同步电动机转子

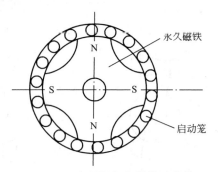

图 7.37　永磁钢径向结构形式的
永磁同步电动机转子

7.7.2　反应式同步电动机

反应式同步电动机就是没有直流励磁的凸极式同步电动机。由于没有励磁，即主极磁通为零，由主磁通在定子绕组中所产生的感应电动势 E_0 为零，则这台凸极同步电动机的电磁功率中就不存在基本电磁功率而只存在由于直轴和交轴磁路磁阻不等而引起的附加电磁功率和相应的电磁转矩，即

$$\left.\begin{aligned}P_{em}&=\frac{mU^2}{2}\left(\frac{1}{x_q}-\frac{1}{x_d}\right)\sin2\delta\\T_{em}&=\frac{mU^2}{2\Omega_1}\left(\frac{1}{x_q}-\frac{1}{x_d}\right)\sin2\delta\end{aligned}\right\} \tag{7-13}$$

这种只依靠转子自身直轴和交轴两个方向磁阻不同而产生的转矩又称磁阻转矩，也称为反应转矩。所以反应式同步电动机又称为磁阻电动机。

反应式同步电动机的工作原理可以用图 7.38 所示的简单模型来说明，图中定子旋转磁场用一对旋转磁极来表示。

图 7.38(a)是一个圆柱形隐极转子，由于转子本身是没有磁性的，无论其直轴和旋转磁场的轴线相差多大角度，磁通都不发生扭斜，所以也就不能产生切向电磁力和电磁转矩。图 7.38(b)是凸极的反应式同步电动机的空转情况，由于电动机的空载损耗很小可略去不计，故电动机产生的电磁转矩 $T_{em}\approx0$，于是定子旋转磁场轴线与转子磁极轴线相重合，此时磁感线也不发生扭斜。当电动机转轴上加机械负载时，则由于转矩不平衡，转子将发生瞬时减速。于是转子的直轴将落后旋转磁场的磁极轴线一个 δ 角度〔如图 7.38(c)所示 $\delta=45°$〕，由于磁感线仍然力求沿磁阻最小的路径，即沿转子直轴方向通过转子，因而被迫变弯，引起磁场发生扭斜。由于磁感线所经路径被拉长，磁阻增大，被拉长了的磁感线，力图缩短所经路径减小磁阻，由此产生与电枢磁场转向相同方向的磁阻转矩与负载转矩相平衡，因而转子直轴与旋转磁场轴线保持这一角度，以定子旋转磁场相同的同步转速同向运转。如果再加大负载，则 δ 角继续增大，则由于部分磁通开始直接沿转子交轴方向通过，使磁场的畸变反而开始减小。当转子偏转角 $\delta=90°$ 时，全部磁感线都沿转子交轴通过转子，磁感线却未被扭斜，如图 7.38(d)所示，故电磁转矩又变为零。当 $\delta>90°$ 时，转矩将改变方向，如图 7.38(e)所示。$\delta=180°$ 时，转矩又等于零。

反应式同步电动机的最大同步转矩发生在 $\delta=45°$ 时，如负载转矩大于最大同步转矩，亦即当 $\delta>45°$ 时，电动机因失步而进入异步运行状态。

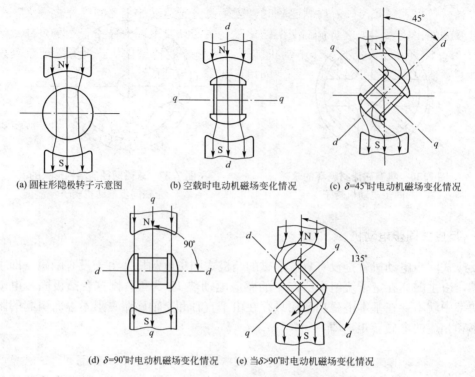

(a) 圆柱形隐极转子示意图　　(b) 空载时电动机磁场变化情况　　(c) δ=45°时电动机磁场变化情况

(d) δ=90°时电动机磁场变化情况　　(e) 当δ>90°时电动机磁场变化情况

图 7.38　反应式同步电动机工作原理模型图

由于磁阻转矩是一种同步转矩，只能用于牵入，不能用来启动，因此磁阻式同步电动机需有启动措施，通常也采用在转子上设供异步启动用的笼型绕组作为启动绕组。笼型绕组同时作为阻尼绕组可起到抑制同步电动机振荡的作用。

由式(7-13)可知，如果不计磁路饱和的影响，x_d 和 x_q 皆为常数。x_d/x_q 的数值越大，则 T_m 的数值就越大。因此反应式同步电动机采取一些措施增大 x_d 与 x_q 的差别，可以显著地增大电磁转矩值。目前可以做到使 $x_d : x_q = 5 : 1$。如反应式电动机的转子可以采用非磁性材料(铝或铜)和钢片镶嵌的结构，如图 7.39 所示。其中铝或铜部分可起到笼型绕组的作用使电动机启动。在正常运行时，气隙磁场基本上只能沿钢片引导的方向进入直轴磁路而使磁场显著扭斜，其对应的电抗为直轴电抗；而交轴磁路由于要多次跨入非磁性材料(铝或铜)的区域，遇到的磁阻很大，所以对应的交轴电抗 x_q 很小。

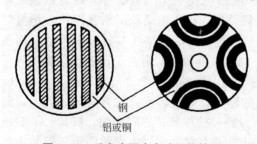

钢
铝或铜

图 7.39　反应式同步电动机的转子

反应式同步电动机具有结构简单、成本低廉，运行可靠的优点，缺点是功率因数较低，不能自行启动。

7.7.3　磁滞式同步电动机

磁滞式同步电动机结构上的主要特点在于它的转子铁心不是用一般的软磁材料，而是用硬磁材料制成，结构形式为隐极式。这种硬磁材料具有比较宽的磁滞回环，剩磁与矫顽力比软磁材料大,反映出硬磁材料磁化时,阻碍磁分子运动的相互间摩擦力较大,单位场强的磁滞损耗比较大。铁磁材料在交变磁化时,磁滞现象表现为磁感应强度 B 滞后于磁场强度 H 一个时间角。磁滞式同步电动机转子,是处于旋转磁化状态,磁滞现象表现为铁磁材料的磁通量滞后于外磁通量一个空间角,如图 7.40 所示。

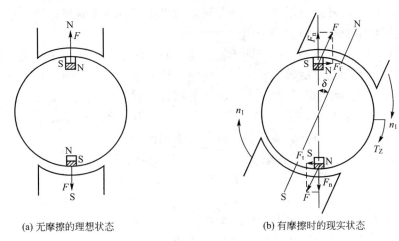

(a) 无摩擦的理想状态　　　　　(b) 有摩擦时的现实状态

图 7.40　磁滞同步电动机的工作原理

图 7.40(a)中的电动机转子是一个硬磁材料的实心转子处在一对用 N、S 磁极所表示的旋转磁场中。转子被磁化后所产生的磁场的轴线将与定子磁场的轴线相重合。这时电动机中定、转子磁场的相互作用力是径向方向的,所以不会产生转矩。当旋转磁场相对转子转动以后,转子磁分子也要跟随旋转磁场方向转动。可是由于硬磁材料中的磁分子之间具有很大的摩擦力,因此磁分子在转动时便不能立即随着旋转磁场方向转过同样的角度,而始终落后于一个角度 δ。这样由所有磁分子产生的合成磁通,即转子磁通就要落后定子旋转磁场一个 δ 角,这个角称为磁滞角,如图 7.40(b)所示。它们之间的相互作用将产生切向分力 F_t,并引起磁滞转矩。由于磁滞转矩的作用,使电动机转子朝着定子旋转磁场的方向转动起来。显然,磁滞角的大小与定子旋转磁场相对于转子的速度无关,它决定于转子所用的硬磁材料的性质。因而当转子在低于同步转速 n_1 运转时(常称为异步运行状态),不管转子转速如何,在定子旋转磁场的反复磁化下,转子的磁滞角 δ 都是相同的,因此所产生的磁滞转矩 T_Z 也与转子转速无关。在异步状态运行时,磁滞转矩的机械特性是一条与横轴平行的直线,如图 7.41(a)所示。即在 $0 \leqslant n \leqslant n_1$ 的范围内,δ_c 与 T_Z 都为常数。磁滞同步电动机如果在磁滞转矩的作用下启动并达到同步转速运行时,转子相对旋转磁场就

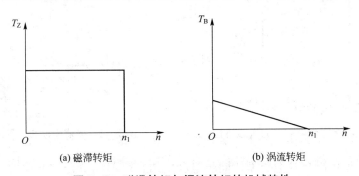

(a) 磁滞转矩　　　　　　　(b) 涡流转矩

图 7.41　磁滞转矩与涡流转矩的机械特性

不动，也不再被交变磁化，而是恒定地磁化。这时转子类似一永磁转子，转子磁通的轴线与定子磁场的轴线之间的夹角就不是固定不变，而是可以变化的。当电动机轴上的负载转矩为零时，被磁化了的转子所产生的磁通的轴线与定子磁场的轴线的夹角重合，电动机不产生转矩。当负载转矩增大，电动机就要瞬时减速，定、转子两个旋转磁场间的夹角增大，电动机产生的磁滞转矩也增大，与负载转矩相平衡而以同步转速运转，这种转矩平衡情况与永磁式同步电动机运行时完全相同。

除了磁滞转矩之外，当转子低于同步转速运行时，转子和旋转磁场之间存在着相对运动，这时磁滞转子也要切割旋转磁场而产生涡流，转子涡流与旋转磁场相互作用就产生涡流转矩，用 T_B 表示。涡流转矩随着转子转速的增加而减小，当转子以同步转速旋转时，涡流转矩为零，其机械特性如图 7.41(b) 所示。涡流转矩能增加启动转矩，但在磁滞电动机中，由于转子是硬磁材料，涡流转矩与磁滞转矩相比一般要小得多。

考虑了磁滞转矩 T_Z 和涡流转矩 T_B 以后，磁滞同步电动机的总转矩为

$$T = T_Z + T_B \tag{7-14}$$

相应的机械特性如图 7.42 所示。

从图中可以看出，磁滞同步电动机不但在同步状态下运行时能产生转矩，而且在异步状态下运行时也能产生转矩，特别是启动时，$n=0$，此时启动转矩为最大。磁滞式同步电动机因此而能自启动，这是磁滞式同步电动机优于其他同步电动机的一大特点。磁滞式同步电动机既可在同步状态下运行，又可在异步状态下运行。当负载转矩小于 T_Z 时，电动机运行在同步状态，如图 7.42 中的 a 点所示；当负载转矩大于 T_Z 时，电动机运行在异步状态，如图 7.42 中的 b 点所示。一般磁滞电动机极少运行在异步状态，这是因为在异步状态运行时，转子铁心被交变磁化，会产生很大的磁滞损耗和涡流损耗。这些损耗随转差率 s 增大而增大，只有当转子转速等于同步转速时才等于零，而在启动时为最大。所以磁滞同步电动机在异步状态下运行尤其在低速运行时是很不经济的。

为了增大磁滞转矩，应尽量利用磁滞回环宽的硬磁材料制造转子，目前应用较多的是铁钴钒、铁钴钼等合金材料。转子的通常结构如图 7.43 所示。图中外圈为有效层，由整块硬磁材料制成，或者由硬磁材料冲片叠压而成。内圈为套筒，可用磁性或非磁性材料制成。由硬磁材料冲片叠压而成的转子，其涡流转矩极小，电动机启动及运行主要依靠磁滞转矩。用整块硬磁材料制成的转子除了磁滞转矩外，还有涡流转矩，可以增大启动转矩。

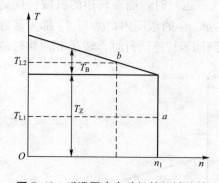

图 7.42　磁滞同步电动机的机械特性

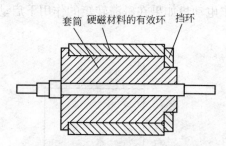

图 7.43　磁滞电动机的转子结构

磁滞电动机还可以与其他类型的同步电动机组合，形成组合式电动机。这样它既可以

保持磁滞电动机的良好启动性能，又可以使电动机在同步运行时性能指标有较大提高。目前已有磁滞-反应式同步电动机、磁滞-永磁式同步电动机和磁滞-励磁式同步电动机等。磁滞启动永磁式同步电动机的转子结构参见图 7.36 所示。

磁滞式同步电动机具有自启动能力，结构简单、工作可靠，运行噪声小，可以同步运行，而在某些条件下又可以异步运行。但磁滞电动机的效率和功率因数都较低，由于磁滞材料的利用率不高，使电动机的重量和尺寸都较其他类型的同步电动机为大，价格也较高。

7.8　开关磁阻电动机

7.8.1　开关磁阻电动机系统的结构

开关磁阻电动机系统由开关磁阻电动机（Switched Reluctance Motor）本体和控制器两部分组成，而控制器则主要由功率变换器和位置、电流监测器组成，如图 7.44 所示。图中 SRM 表示开关磁阻电动机。

图 7.45 所示是开关磁阻电动机的典型结构原理图，电动机为双凸极结构。转子仅由叠片叠压而成，既无绕组也无永磁体；定子各极上绕有集中绕组，径向相对极的绕组串联，构成一相，按相数可分为单相、两相、三相及多相 SRM。S1、S2 是电子开关器件，VD1、VD2 是续流二极管，U_s 为直流电源。

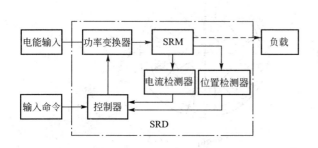

图 7.44　开关磁阻电动机驱动系统框图

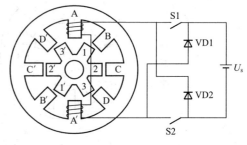

图 7.45　开关磁阻电机的典型结构原理图

当主开关管 S1、S2 导通时，A 相绕组从直流电源 U_s 吸收电能；而当 S1、S2 关断时，绕组电流通过续流二级管 VD1、VD2 将剩余能量回馈给电源 U_s。因此，开关磁阻电动机具有较强的再生制动能力，可实现四象限运行，系统效率高。

7.8.2　SRM 的工作原理

SRM 的工作原理为遵循"磁阻最小原理"，即磁通总是要沿磁阻最小的路径闭合，磁路有向磁阻最小路径变化的趋势。当转子凸极与定子凸极错位时，气隙大、磁阻大；一旦定子磁极绕组通电，就会形成对转子凸起的磁拉力，使气隙变小——磁路磁阻变小。与此同时用电子开关按一定逻辑关系切换定子磁极绕组的通电相序，即可形成连续旋转的力矩。需要说明的是电动机的正转矩（电动转矩）是在电动机的电感增加阶段产生的，在电动机的电感减少阶段只会产生负转矩（制动转矩），所以电动机在电动运行时，每相绕组只有在该相电感处于增加阶段时才能通电，而该相电感处于减少阶段时则必须断电。

如图 7.45 所示，定子 A 相磁极轴线 A—A' 与转子磁极轴线 1—1' 不重合时，开关 S1、S2 合上，A 相绕组通电，B、C、D 三相绕组不通电。这时，电动机内建立起以 A—A' 为轴线的磁场，磁通经定子轭、定子磁极、气隙、转子磁极、转子轭等处闭合。由于通电时定、转子磁极轴线不重合，此时通过气隙的磁力线是弯曲的，每根磁力线都被与其相连的定、转子沿磁力线方向相互吸引，产生切向磁拉力，进而产生电磁转矩，使转子逆时针转动，转子磁极 1 的轴线 1—1' 向定子磁极轴线 A—A' 趋近。参见图 7.46(a) 所示，当 1—1' 与 A—A' 轴线重合时，转子已达到稳定平衡位置，即 A 相定、转子磁极正对时，切向磁拉力消失，转子不再转动。此时 B 相磁极轴线 B—B' 与转子磁极轴线 2—2' 的相对位置，正好与刚才 A 相绕组通电时相同。此时若断开 A 相开关 S1、S2，合上 B 相开关，建立起以 B—B' 为轴线的磁场，电动机内磁场沿顺时针方向转过 π/4 空间角，又会出现类似于 A 相通电时的情况。在此期间，转子沿逆时针方向转过一个位置，使轴线 2—2' 与轴线 B—B' 重合，如图 7.46(b) 所示。同理在给 B 相断电的同时，给 C 相通电，则建立起以 C—C' 为轴线的磁场，磁场又顺时针方向转过 π/4 空间角，转子又沿逆时针方向转过一个位置，如图 7.46(c) 所示。接着又是 C 相断电，D 相通电，类似的情况又重复一次。最后，当 D 相断电时，电动机内定、转子磁极的相对位置如图 7.46(d) 所示，它与图 7.45 所示情况类似，只不过定子 A 相磁极相对的是转子磁极 2 而不再是磁极 1。这表明，定子绕组 A→B→C→D 四相轮流通电一次，转子逆时针转过了一个转子极距。

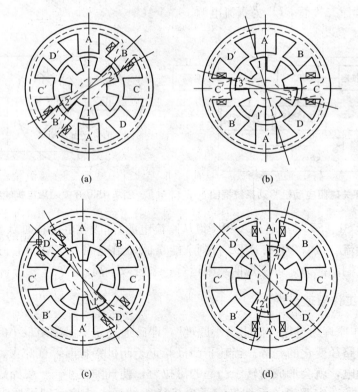

(a)   (b)

(c)   (d)

图 7.46 四相 SRM 各相顺序通电时的磁场情况

在图示定子极数 N_s=8，转子极数 N_r=6 的情况下，转子转动的极距为

$$\tau_r = \frac{2\pi}{N_s} = \frac{2\pi}{6} = \frac{\pi}{3}$$

定子磁极产生的磁场轴线顺时针转过的空间电角度 θ_s 为

$$\theta_s = 4 \times \frac{2\pi}{N_s} = 4 \times \frac{2\pi}{8} = \pi$$

只要连续不断的按 A→B→C→D 的顺序，分别给定子各相应绕组通电，产生沿 A→B→C→D 方向的移动磁场，转子即按 A→D′→C′→B′ 的方向反向不断移动。如改变通电相序，按 A→D→C→B→A 的相序依次通电，转子则按 A→B→C→D 的方向转动。可见，SRM 的转向与通过绕组的电流方向无关，而仅取决于定子绕组的通电顺序。

功率变换器是开关磁阻电动机运行时所需能量的供给者，是连接电源和电动机绕组的功率开关部件。功率变换器的作用一是起开关作用，给各相定子绕组提供周期性的脉冲电流，以产生一个移动的磁场并为 SRM 提供能量；二是为绕组的储能提供回馈电能的续流通道。

功率变换器主电路的拓扑结构形式较多，典型的有双开关型、双绕组型、电源裂相型等。采用的开关器件通常有功率晶体管（GTR）、普通晶闸管（SCR）、可关断晶闸管（GTO）、功率场效应管（MOSFET）和绝缘栅双极性晶体管（IGBT）等。图 7.47 为采用 IGBT 为开关器件的双开关型四相开关磁阻电动机功率变换器的主电路。

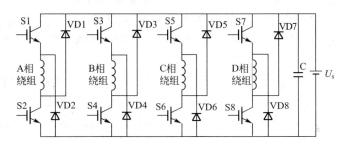

图 7.47　双开关型功率变换器的主电路

图 7.47 电路的特点是：（1）各主开关管的电压定额为电源电压 U_s。由于主开关管的电压定额与电动机绕组的电压定额近似相等，所以这种线路用足了主开关管的额定电压，有效的全部电源电压可用来控制相绕组电流。而电源裂相型加在电动机绕组两端的电压仅为电源电压的一半，即 $1/2U_s$；（2）各相绕组与主开关是串联的，从结构上排除了发生电源短路故障的可能，这在变频调速系统中是需要充分考虑的问题；（3）由于每相绕组只是接至各自的桥臂上，相与相之间的电流控制是完全独立的，降低了控制的难度；（4）可给相绕组提供三种电压回路，即上、下主开关同时导通时的正电压回路；一只主开关保持导通另一只主开关关断时的零电压回路；上、下主开关均关断时的负电压回路。这样，采用斩波调速方式运行时可采用能量非回馈式斩波方式，即在斩波续流期间，相电流在"零电压回路"中续流，避免了电动机与电源间的无功能量交换，这对增加转矩、提高功率变换器容量的利用率、抑制电源电压波动、降低转矩脉动都是有利的；（5）只要控制各相在不同电感区域内的瞬时电流，即能方便地实现四象限运行，无须辅助电力电子开关器件，故可降低系统成本；（6）由于每相需要两只主开关器件和两只续流二极管，为双绕组型、电源裂相型功率变换器的两倍，只适宜应用在 SRM 相数较少的场合。

前已述及，是在电动机的电感增加阶段，还是在电动机的电感减少阶段通电提供电流，分别会产生电动转矩或制动转矩，这就需要借助于转子位置检测器检测定、转子间的

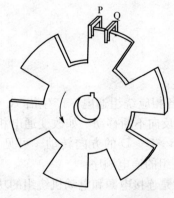

图 7.48 转子位置检测器

相对位置，将位置信号反馈至逻辑控制电路，以确定对应相绕组的通断，使各相主开关器件进行相应的逻辑切换。

转子位置检测器的类型很多，有槽形光耦、电磁线圈、霍尔元件等。通常采用是在定子 A 相磁极轴线上安装一个槽形光耦 P，在偏向 B 相磁极距 P 光耦 15°的位置处再安装一个槽形光耦 Q；在转子上同轴安装光电码盘，见图 7.48。槽形光耦上相对装有发光二极管和光电晶体管，在带有齿槽的光电码盘随同电动机转子同步转动时，槽形光耦被不断的遮光和透光，光电晶体管不断的截止、导通，P、Q 依次输出相位差为 15°的方波信号，经数字电路即可识别出转子的位置。

开关磁阻调速电动机在低速运行时，常采用电流斩波控制，高速运行时常采用单脉冲控制，它们均需要进行电流检测，以调节转矩和限制绕组电流的幅度，并满足主电路过电流检测的需要。对电流检测传感器要求其快速性好，灵敏度高，线性好，能检测单向电流，与主回路有良好的电气隔离。可采用霍尔元件、磁敏电阻等进行电流的检测。

SRM 的运行离不开控制器，它是实现 SRM 自同步运行和发挥优良性能的关键。它综合位置检测器、电流检测器提供的电动机转子位置、速度和电流等反馈信息，以及外部输入的命令，然后通过分析处理，决定控制策略，向 SRM 系统的功率变换器发出一系列开关信号，进而控制 SRM 的运行。

现代的控制器采用以高性能微处理器为核心的数字化控制系统，由具有较强的信息处理功能的 CPU 和数字逻辑电路及接口电路等部分组成，配合软件实现各种控制策略，使得开关磁阻电动机在成本、效率、调速性能等与当前广泛应用的变频调速感应电动机系统相比，具有明显的优势或竞争力。

本 章 小 结

1. 在控制系统中，伺服电动机主要作为执行元件，可分为直流和交流两类。直流伺服电动机就是一台小型他励直流电动机，分电枢控制和励磁控制，常用前者，其机械特性和调节特性都是线性的，其转速与控制电压成正比，但存在"死区"。交流伺服电动机转子电阻必须较大，以克服自转现象，常用的控制方法有：幅值控制、相位控制和幅相控制。三种控制方式中相位控制方式特性最好，幅相控制线路最简单。

2. 旋转变压器是一种控制电机，也可看成是可旋转的变压器，主要用来测量角差。旋转变压器按输出电压的不同分为正余弦旋转变压器和线性旋转变压器。正余弦旋转变压器空载时，输出电压是转子转角的正余弦函数，带上负载后，输出电压发生畸变，可用定子补偿和转子补偿纠正畸变。对正余弦旋转变压器线路稍作改接，便可在一定的转角范围内得到输出电压与转角成正比的关系，此时便是一台线性旋转变压器。

3. 步进电动机是计算机控制系统中常用的执行元件，其作用是将控制脉冲信号转变为角位移，每输入一个电脉冲，步进电动机就前进一步，其角位移与脉冲数成正比，能实现快速的启动、制动、反转，且有自锁的能力，只要不丢步，角位移就不存在积累的情况。

4. 直线电动机能够产生直线运动，也有交流、直流之分。为了扩大运动范围，通常把初级(或电枢)、次级(或磁极)做成一长一短，为了消除单边磁拉力，通常把直线电动机做成双边型。

5. 测速发电机是测量转速的一种测量电机。根据测速发电机所发出电压不同，测速发电机可分为直流测速发电机和交流测速发电机两类。直流测速发电机输出特性好，但由于有电刷和换向问题而限制其应用；交流测速发电机的惯量低，快速性好，但输出为交流电压信号且需要特定的交流励磁电源。

6. 自整角机是同步传递系统中的关键元件，主要有控制式和力矩式两种。控制式自整角机转轴不直接带动负载，而是将失调角转变为与失调角成正弦函数的电压输出，经放大后去控制伺服电动机，以带动从动轴旋转，控制式自整角机的精度比力矩式自整角机高，主要应用于随动系统；力矩式自整角机输出力矩大，可直接驱动负载，一般用于控制精度要求不高的指示系统。

7. 微型同步电动机主要是指永磁式同步电动机、反应式同步电动机和磁滞式同步电动机。这些电动机的定子结构都可以是相同的，但转子的结构型式和材料却有很大差别，因而其运行原理也就不同。由于这些电动机转子上都没有励磁绕组和电刷、滑环装置，因而结构简单、运行可靠，广泛应用于需要恒速运转的各种自动控制、无线电通讯及同步随动等系统中。

8. 开关磁阻电动机具有结构简单、坚固、制造工艺简单，成本低，工作可靠，能适用于各种恶劣环境，有很好的容错能力，可以缺相运行等优点，由 SRM 组成的开关磁阻电动机调速系统，目前已较广泛应用于毛巾印花机、卷布机、煤矿牵引及电动车辆等，取得了显著的经济效益。

思考题与习题

1. 直流伺服电动机采用电枢控制方式时，始动电压是多少？与负载大小有什么关系？
2. 何谓交流伺服电动机的自转现象？如何消除？
3. 幅值控制和相位控制的交流伺服电动机，什么条件下电动机气隙磁动势为圆形旋转磁动势？
4. 简要说明在旋转变压器中产生误差的原因和改进方法。
5. 如何计算反应式步进电动机的步距角？
6. 什么是步进电动机的静态运行状态？什么是步进运行状态？什么是连续运行状态？
7. 为什么交流异步测速发电机通常采用非磁性空心杯转子而不采用笼型结构？
8. 什么是异步测速发电机的剩余电压？如何减小剩余电压？
9. 为什么直流测速发电机的转速不宜超过规定的最高转速？为什么所接负载电阻不宜低于规定值？
10. 直流直线电动机为何总是采用"双边型"而不用单边型？
11. 力矩式自整角机与控制式自整角机控制方式有何不同？转子的起始位置有何不同？
12. 简叙开关磁阻电动机的结构特点和工作原理。

第8章 电力拖动系统电动机的选择

教学提示： 在电力拖动系统设计时，电动机的选择是一项重要的内容。正确选择电动机是保证电动机安全可靠运行的重要环节，选择电动机的主要内容包括：电动机的种类和型式、电动机的额定电压、额定转速和额定功率等，其中以电动机的额定功率的选择最为重要。额定功率的选择既要考虑电动机能否满足生产机械负载的要求，又要考虑电动机的过载能力与启动能力等因素。如果额定功率选择过大，不仅使得设备投资增加，电动机的容量得不到充分的利用，而且电动机经常处于欠载状态，效率和功率因数都会下降。反之，如果额定功率选择过小，电动机则经常处于过载状态，会缩短电动机的使用寿命，同时还会出现启动困难、经不起较大的负载变化等问题。

正确选择电动机的原则是：首先考虑电动机额定功率、电动机的性能（启动、过载和调速）、额定转速以及电动机型式等。其次选用结构简单、运行可靠、价格便宜以及维护方便的电动机。

本章将依次介绍电动机的种类和型式的选择、电动机的额定电压的选择、电动机的额定转速和额定功率选择等，其中以电动机的额定功率的选择为重点，分别介绍不同负载情况下电动机额定功率的选择。

8.1 电动机类型的选择

8.1.1 电动机的种类及其选择

目前，电力拖动系统中拖动生产机械运行的原动机包括直流电动机和交流电动机两大类。其中交流电动机又包括异步电动机和同步电动机两种。电动机主要类型见表 8-1 所列。

表 8-1 电动机主要类型

			笼型异步电动机
交流电动机	异步电动机	三相异步电动机	绕线型异步电动机
		单相异步电动机	
	同步电动机	凸极式、隐极式	
直流电动机	他励直流电动机、并励直流电动机 串励直流电动机、复励直流电动机		

电动机种类的选择，首先考虑的是电动机的性能应能够满足生产机械的要求。例如过载能力、启动能力、调速性能指标及各种运行状态等。在此前提下，再优先选用结构简

单、运行可靠、价格便宜、维护方便的电动机。在这方面，交流电动机优于直流电动机，交流异步电动机优于交流同步电动机，笼型异步电动机优于绕线型异步电动机。并且不同的生产机械具有不同的转速、转矩关系，要求电动机的特性与之相适应。

对于启动、调速和制动性能要求不高的生产机械，优先选用笼型异步电动机。此类电动机广泛应用于切削机床、水泵、通风机等机械。

对于启动、制动频繁，制动转矩要求较大的生产机械，如起重机、矿井提升机、不可逆轧钢机等，宜选用绕线型异步电动机。

对于无调速要求，需要转速恒定或要求改善功率因数的情况下，例如中、大容量的空气压缩机等，可选择同步电动机。

对于要求调速范围大、需连续平滑调速的生产机械，可选用他励直流电动机或变频调速的笼型异步电动机。

此外，还应考虑电动机的电源。交流电源比较方便，直流电源则一般需要有整流设备。采用交流电机时，还应注意，异步电动机从电网吸收滞后无功功率使电网功率因数下降，而同步电动机则可吸收超前无功功率。在要求改善功率因数情况下，大功率的电机应选择同步电动机。

最后，应全面的对电动机的类型进行选择：以上各方面内容在选择电动机时必须都考虑到、都满足后才能选定；能同时满足以上条件的电动机可能不止一种，还应全面考虑其他情况，诸如节能、日常维护等方面来进行最后的选择。

8.1.2　电动机结构型式的选择

1. 安装方式

电动机的结构型式按照安装位置的不同，可以分为卧式与立式两种。卧式电动机的转轴处于水平位置，立式电动机的转轴则与地面垂直。二者的轴承是不同的，因此不能混用。一般情况选用卧式电动机，立式电动机的价格较贵，只有为了简化传动装置，又必须垂直运转时才会采用立式电动机，如立式钻床等。

2. 轴伸个数

电动机的转轴伸出到端盖外面与负载连接的部分称为轴伸。按照轴伸的个数分，电动机有单轴伸和双轴伸两种，通常情况下用单轴伸。

3. 防护方式

生产机械安装的位置和场所各不相同，因此电动机的工作环境也大不一样。电动机工作场所的空气中含有不同分量的灰尘和水分，有的还有腐蚀性气体甚至易燃易爆气体，有的电动机要在水中或其他液体环境中工作。灰尘会使电动机绕组黏结上污垢而妨碍散热；水分、瓦斯气体、腐蚀性气体等会使电动机的绝缘材料性能退化，甚者丧失绝缘能力；易燃易爆气体与电动机内部产生的电火花接触时将有发生爆炸的危险。因此，为了防止电动机被周围的介质所损坏，保证电动机能够在其工作环境中长期安全运行，必须根据实际环境条件合理的选择电动机的防护方式。电动机的外壳防护方式有开启式、防护式、封闭式和防爆式几种。

1）开启式

开启式电动机的定子两侧与端盖上都有很大的通风口。旋转和带电部分都没有防止铁屑、尘埃等杂物侵入的防护。其优点是散热条件好，价格便宜。但灰尘、水滴、铁屑等杂物容易从通风口进入电动机内部，因此只适用于清洁、干燥的工作环境。

2）防护式

防护式电动机在机座下面有通风口，散热较好，并且可以防止水滴、砂粒、铁屑等杂物从上方落入电动机内部，但不能防止潮气和灰尘的入侵。因此适用于比较干燥、少尘、无腐蚀性、无爆炸性气体的工作环境。

3）封闭式

封闭式电动机的机座和端盖上均无通风孔，是完全封闭的。此类电动机仅靠机座表面散热，散热条件不好。封闭式电动机可分为密封式、自冷式、自扇冷式、他扇冷式和管道通风式。密封式电动机能防止外部的气体或液体进入其内部，因此适用于在液体中工作的生产机械，如潜水泵。

4）防爆式

防爆式电动机是在封闭式结构的基础上制成隔爆型式，机壳有足够的强度。适用于有易燃、易爆气体的工作环境，如矿井、油库、煤气站等场合。

8.2　电动机的绝缘等级和工作制

在电动机参数的选择中，额定功率的选择最为重要，要考虑电动机的发热、允许过载能力和启动能力，其中以发热问题最为重要。因此在介绍电动机额定功率的选择之前，首先要对电动机的绝缘等级和工作制作一简要介绍。

8.2.1　电动机的绝缘等级

电动机在机械强度允许的条件下，希望其输出功率越大越好。但输出功率越大，电动机的损耗就越大，发热越多，温升也就越高。所谓温升就是电动机在工作了一段时间后，温度达到某一稳定数值时，此值与周围冷却介质温度之差，我们称之为温升。

电动机运行时的损耗转变为热能，使电动机各部分温度升高。电动机内耐热能力最弱的部分就是绝缘材料，所以电动机允许最高温度主要决定于电动机所用绝缘材料的耐热等级。根据耐热程度的不同，电动机常用绝缘材料分为 A、E、B、F 和 H 五个等级。

A 级绝缘，允许最高温度为 105℃，此类材料包括经过绝缘浸渍处理的棉纱、丝、纸等和普通漆包线的绝缘漆。

E 级绝缘，允许最高温度为 120℃，此类材料包括高强度漆包线的绝缘漆、环氧树脂、三醋酸纤维薄膜、聚酯薄膜及青壳纸、纤维填料塑料等。

B 级绝缘，允许的最高温度为 130℃，此类材料包括云母、玻璃纤维、石棉等制成品，用有机材料黏合或浸渍，矿物填料塑料。

F 级绝缘，允许的最高温度为 155℃，此类材料与 B 级绝缘材料相同，但用合成胶黏合或浸渍。

H 级绝缘，允许的最高温度为 180℃，此类材料包括与 B 级绝缘相同的材料，但用 180℃的硅有机树脂黏合或浸渍，硅有机橡胶和无机填料塑料。

由以上介绍可知，不同绝缘材料的允许温度是不一样的。在不同时间、地点，环境温度是不尽相同的，为了统一起见，根据国家标准规定，电动机运行地点的环境温度不应超过 40℃，设计电动机时也规定取 40℃ 为我国的标准环境温度。这样电动机的最高允许温升就等于绝缘材料的最高允许温度与 40℃ 的差值。例如：A 级绝缘允许的最高温度为 105℃，则其最高允许温升为 65℃。在选择和使用电动机时，温升是一个很重要的参数。在选择电动机额定功率时，所进行的发热校核工作，就是校核电动机在工作过程中其温升是否超过最高允许值。

8.2.2　电动机的工作制

电动机运行时，其温升不仅取决于负载的大小，而且与负载持续的时间有关。同一台电动机，若运行时间很短，电动机的温升就低；若运行时间长，电动机的温升就高。按照电动机发热的不同情况，根据国家标准规定，把电动机的工作制分为 $S_1 \sim S_9$ 共 9 类。这里我们学习其中常用的 S_1、S_2、S_3 三种工作制。

1. 连续工作制 S_1

连续工作制亦称为长期工作制，是指电动机可以按铭牌额定值长期连续运行，而其温升不会超过绝缘材料的允许值。也就是说电动机在额定负载长期运行时，电动机的温升不会超过铭牌上标明的温升最大允许值。如图 8.1 所示，电动机长期运行后，其稳定温升可以达到稳定值 τ_s。例如水泵、通风机、机床主轴、纺织机等连续工作方式的生产机械都应选用连续工作制的电动机。此类电动机的产品数量最多，铭牌上没有标明工作制的电动机都属于这一类。

2. 短时工作制 S_2

短时工作制是指电动机拖动恒定负载运行时间很短，电动机的温升在未达到稳定值时便长时间停机，从而使电动机温升下降到零。如图 8.2 所示，在工作时间 t_w 结束时，电动机实际达到最高温升为 τ_s，即电动机铭牌所标明的额定温升。我国规定短时工作制的标准工作时间有 10min、30min、60min、90min 等四种。例如 $S_2 - 60min$，表示短时工作制的工作时间为 60 分钟。属于这类生产机械的有：水闸闸门启闭机、机床加紧装置等。

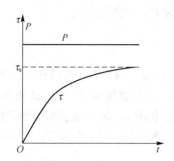

图 8.1　连续工作制电动机的
负载图和温升曲线

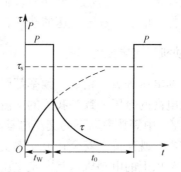

图 8.2　短时工作制电动机
负载图和温升曲线

3. 断续周期工作制 S_3

断续周期工作制又称为重复短时工作制，是指电动机按照一系列相同的工作周期运行。一个周期包括一段恒定负载运行时间 t_W 和一段断电停机时间 t_0，但 t_W 和 t_0 都比较短，它们均不能使电动机的温升达到稳定值，即在 t_W 时间内电动机不能达到稳定温升，而且在 t_0 时间内温升未能降到零，下一个周期就已经开始了。按照国家标准规定，每个工作周期 $t_z = t_0 + t_W \leqslant 10\text{min}$，如图 8.3 所示。

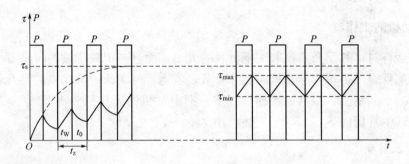

图 8.3　断续周期工作制电动机的负载图和温升曲线

在断续周期工作制下，每个工作周期内负载运行时间 t_W 与工作周期 t_z 之比称为负载持续率 FS，用百分数表示，即

$$\text{FS} = \left(\frac{t_W}{t_W + t_0}\right) \times 100\% \tag{8-1}$$

按照国家标准规定，负载的持续率有 15％、25％、40％ 和 60％ 等四种。例如起重机、电梯、轧钢机辅助机械等所使用的电动机均为此工作制。但许多生产机械断续周期工作的周期性并不是很严格，这时的负载持续率是一个统计值。

8.3　电动机参数的选择

电动机选择的恰当与否，关系到电动机能否安全、经济、合理的运行。如果选择不当，会造成浪费，甚至是烧毁电动机，影响生产。电动机参数的选择主要包括：电动机额定电压的选择、电动机额定转速的选择、电动机额定功率的选择等。

8.3.1　电动机额定电压的选择

电动机的电压等级、相数、频率都要和供电电源一致。因此，电动机的额定电压的选择应与供电电网的电压一致。我国的交流供电电源，低压通常为 380V，高压通常为 3kV、6kV 和 10kV。中等功率以下的交流电动机多采用低电压 380V，这样绝缘问题容易解决，可以降低成本，既经济又安全；大功率交流电动机，额定电压一般为 3kV、6kV；额定功率在 1000kW 以上的电动机，其额定电压是 10kV。

直流电动机的额定电压有 110V、220V、440V、660V 和 1000V 几种，常用的是 220V。选用时也需要根据现场已有的电网电压来考虑，尽量减少为电动机供电电源的投资。

8.3.2　电动机额定转速的选择

电动机额定转速的选择，需根据生产机械的要求、设备的投资和传动系统的可靠性来决定。一般同类型、同功率的电动机，额定转速越高，其体积越小，造价就越低，效率也越高，同时转速较高的异步电动机的功率因数也较高。所以，选用额定转速较高的电动机比较好。但是如果生产机械要求较低转速时，选用高转速的电动机就很不恰当，还需要增加高传动比的变速装置，这样不但使传动复杂、投资增加，而且传动效率低，工作可靠性差。因此，电动机额定转速选择的原则：应该使电动机的转速等于或略大于生产机械所需要的转速，尽量不用减速装置或采用低转速比的减速装置。在许多场合，即使生产机械的转速很低，也采用了与其相配合的低转速电动机，虽然电动机价格略高，但省去或简化了变速装置，增加了工作的可靠性，在总的技术经济指标上还是比较合理的。

8.3.3　电动机额定功率的选择

电动机额定功率的选择在电动机各项参数中最为重要。生产机械工作时必须消耗一定的机械功率，而所需的机械功率正是由电动机所提供的。如果选择的电动机功率合适，电动机运行时的稳定温度就会等于绕组绝缘材料允许的最高温度，电动机就能够达到合理的使用年限，使电动机得到充分的利用。如果选择的电动机功率偏小，电动机将长期运行在过载状态下，其温升就会超过绕组绝缘材料允许的最高温升，从而缩短了电动机的使用寿命，显然这是不合理的。例如，电动机在过载 25% 的情况下，在 1～2 个月就会使绕组的绝缘损坏；若过载 50%，在几个小时内就会引起绝缘损坏；一般超过额定温升后，每升高8℃，电动机的使用寿命将减半。如果配置的电动机功率过大，电动机将轻载运行，稳态温度比绕组绝缘材料允许的最高温度低得多，电动机按照发热条件没有得到充分的利用，这不仅增加了初期投资，而且降低了电动机的效率，异步电动机还降低了功率因数，浪费了电力，显然也是不合理的。由此可见，正确选择电动机的额定功率，使电动机按照发热条件得到充分利用，具有很重要的意义。

从发热方面看，限制电动机容量的主要因素是绕组绝缘材料所能允许的温升。为了保证电动机的正常使用，电动机在运转中最高温升不能超过绝缘材料的最大允许值。电动机铭牌上所标的额定功率是指环境温度为 40℃，电动机带额定负载连续工作，温升达到绝缘材料的最高允许温升时，向生产机械输出的功率。

选择电动机额定功率的一般步骤为：

(1) 计算负载功率 P_L；

(2) 预选电动机的额定功率 P_N；

(3) 对预选的电动机进行发热校核、过载能力校核，必要时进行启动能力校核，直至合适为止。

1. 连续工作制电动机额定功率的选择

电动机在连续工作制下运行时，额定功率的确定与所拖动的负载变化有关。根据负载是否变化可分为恒定负载和周期性变化负载。

1) 恒定负载下电动机额定功率的选择

选择电动机的额定功率时，只要保证电动机的稳定温升不超过电动机的额定温升即

可。对恒定负载的生产机械，在计算出负载功率 P_L 后，选择额定功率等于或稍大于负载功率，即

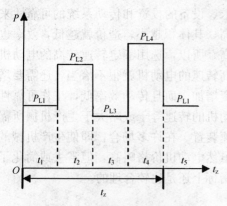

图 8.4　短时工作制电动机
负载图和温升曲线

$$P_N \geqslant P_L \quad\quad (8-2)$$

只要实际运行条件符合标准的散热条件和标准的环境温度 40℃，即可保证运行中稳定温升 τ_s 不会超过允许最高温升 τ_{max}，不必再进行发热校验。

2）周期性变化负载下电动机额定功率的选择

在很多情况下，电动机运行的负载会发生变化，并且负载变化是周期性的。变化周期为 t_z，如图 8.4 所示，且有

$$t_z = t_1 + t_2 + t_3 + \cdots + t_n$$

周期性变化负载下电动机额定功率选择的步骤是：

（1）计算并绘制生产机械负载图 $P_L = f(t)$ 或 $T_L = f(t)$；

（2）求出负载的平均功率

$$P_{Lav} = \frac{P_{L1}t_1 + P_{L2}t_2 + \cdots + P_{Ln}t_n}{t_1 + t_2 + \cdots + t_n} = \frac{\sum_{i=1}^{n} P_{Li}t_i}{t_z} \quad\quad (8-3)$$

式中：P_{L1}、P_{L2}、P_{Ln} 为各段负载的功率；t_1、t_2、t_n 为各段时间。

（3）预选电动机的额定功率

$$P_N = (1.1 \sim 1.6)P_{Lav} \quad\quad (8-4)$$

如果工作周期内负载功率大的时间较多，应选择较大的系数。

（4）进行发热校核、过载能力校核，必要时进行启动能力校核。如果其中有一项不合格，需重新选择电动机，再进行校核，直至合格为止。

校核电动机发热的方法有平均损耗法和等效法。等效法又包括等效电流法、等效转矩法和等效功率法。

（1）平均损耗法。

根据国家标准规定 $t_z \leqslant 10min$，这时周期性变化负载的稳定温升不会有大的波动，才可以用稳定的平均温升来代替最高温升，因此可以按平均损耗 ΔP_{av} 来校核发热。

$$\Delta P_{av} = \frac{1}{t_z}(\Delta P_1 t_1 + \Delta P_2 t_2 + \cdots + \Delta P_n t_n) = \frac{1}{t_z}\sum_{i=1}^{n}\Delta P_i t_i \quad\quad (8-5)$$

若 $\Delta P_{av} \leqslant \Delta P_N$，则该电动机的发热校核通过；若 $\Delta P_{av} \leqslant \Delta P_N$，则应选择额定功率大一些的电动机，再次重新进行发热校核直到满足上述条件为止。

平均损耗法对各种电动机基本上都适用，当 t_i 越小、t_z 越大时平均损耗就越接近于实际损耗，该方法准确度就越高。

（2）等效电流法。

等效电流法是用一个恒定的电流来代替在变化负载下的变化电流，让二者在发热程度上是等效的。当预选电动机在变化负载下的等效电流 I_{eq} 小于其额定电流 I_N 时（即 $I_{eq} \leqslant I_N$），

则预选电动机的额定功率合适，否则需要重新选择。

变化负载下电动机在 t_i 段电动机的损耗就等于其铁损耗和铜损耗之和，即

$$\Delta P_i = \Delta P_{Fei} + \Delta P_{Cui} \tag{8-6}$$

式中：ΔP_{Fei} 为 t_i 段电动机的铁损耗，可以近似的认为是一个常数，与负载变化无关；Δp_{Cui} 为 t_i 段电动机的铜损耗，与该段时间内的电流平方成正比，即等于 $I^2 r$。

把式(8-6)代入式(8-5)可得

$$\Delta P_{av} = \frac{1}{t_z} \sum_{i=1}^{n} \Delta P_i t_i = \frac{\Delta P_{Fe} \cdot t_z + \sum_{i=1}^{n} I_i^2 r \cdot t}{t_z} = \Delta P_{Fe} + I_{eq}^2 r \tag{8-7}$$

可得等效电流 I_{eq} 为

$$I_{eq} = \sqrt{\frac{\sum_{i=1}^{n} I_i^2 t_i}{t_z}} \tag{8-8}$$

当 $I_{eq} \leqslant I_N$ 时，$\Delta P_{av} \leqslant \Delta P_N$，电动机的发热与温升校核通过。在上述推导过程中认为铁损耗和电阻不变，若电动机在运行过程中铁损耗或电阻变化较大，就不宜使用平均电流法。

（3）等效转矩法。

等效转矩是用一个恒定的转矩来代替在变化负载下的变化转矩，让二者在发热程度上等效。当电动机的电磁转矩与电流成正比时，就可以用电磁转矩代替电流，即为等效转矩法。

设 t_i 段电动机的电磁转矩为 T_i，等效转矩 T_{eq} 可以根据式(8-8)得出

$$T_{eq} = \sqrt{\frac{\sum_{i=1}^{n} T_i^2 t_i}{t_z}} \tag{8-9}$$

若 $T_{eq} \leqslant T_N$，则电动机发热校核通过。

等效转矩法是在等效电流法的基础上，加上条件 T 正比于 I 之后推导出来的，因此不能用等效电流法校验的情况同样不能用等效转矩法。

（4）等效功率法。

等效功率是用一个恒定的功率来代替在变化负载下的变化功率，让两者在发热程度上等效。当电动机的转速等于常数时，其功率与转矩成正比，因此可以从式(8-9)得出等效功率 P_{eq} 为

$$P_{eq} = \sqrt{\frac{\sum_{i=1}^{n} P_i^2 t_i}{t_z}} \tag{8-10}$$

若 $P_{eq} \leqslant P_N$，则电动机发热校核通过。

等效功率法是在等效转矩法的基础上，加上转速 n 基本不变的条件后推导出来的，因此不能用等效转矩法校验的情况和电动机转速有变化的情况都不能用等效功率法。

2. 短时工作制电动机额定功率的选择

对于短时工作制而言，应该优先选择专用的短时工作制电动机。在没有匹配的短时工

作制电动机的情况下也可以选用连续工作制电动机。

1）选用短时工作制电动机

我国生产的短时工作制电动机的标准工作时间有：10min、30min、60min 和 90min。

当负载工作时间与标准工作时间一致时，若短时工作的负载功率 P_L 恒定不变，从发热的角度选择电动机的额定功率时，只需选择具有相同或接近标准工作时间的电动机，并满足

$$P_N \geqslant P_L \tag{8-11}$$

若负载功率 P_L 是变化的，则可利用等效功率法计算出等效功率 P_{eq} 后，再按照 $P_N \geqslant P_{eq}$ 选择即可。

当负载工作时间与标准工作时间不一致时，应把实际工作时间 t_R 下的功率 P_L 折算到标准工作时间 t_g 下的等效功率 P_L'。再按 P_L' 进行电动机额定功率的选择。折算的原则是 t_R 与 t_g 时间内消耗的功率相同，即发热情况相同。所以电动机额定功率的选择条件为

$$P_N \geqslant P_L \sqrt{\frac{t_R}{t_g}} \tag{8-12}$$

2）选用连续工作制电动机

短时工作制电动机生产较少，在很多情况下也选用连续工作制电动机用于短时工作方式。连续工作制电动机是按照长期运行设计的，把此类电动机用于短时工作制时，从发热的角度考虑，此时电动机的额定功率 P_N 应选得比实际负载功率 P_L 要小，才能充分利用电动机。选择电动机额定功率的原则是使短时工作时间 t_R 内电动机的温升 τ_R 等于电动机带额定负载连续工作时的稳定温升 τ_w，即电动机允许最高温升 τ_{max}。

需要注意的是在短时工作制下，连续工作制电动机的额定功率 P_N 小于短时工作时所带负载功率 P_L，因此过载能力和启动能力成为电动机选择的主要因素，通常只要电动机的过载能力和启动能力足够大就可以不考虑发热问题。此时需按过载能力来选择连续工作制电动机的额定功率，然后校验启动能力。电动机额定功率可按过载系数来确定

$$P_N \geqslant \frac{P_L}{\lambda_m} \tag{8-13}$$

式中：λ_m 为电动机过载系数。

3）选用断续周期工作制电动机

有时也可以选择断续周期工作制电动机来代替短时工作制电动机。在发热相当的条件下，短时工作制电动机的标准工作时间 t_g 可近似与断续周期工作制电动机的标准负载持续率 FS 值相对应。

3. 断续周期工作制电动机额定功率的选择

在断续周期工作制下，由于每个周期中均有启动、运行、制动和停车各个阶段，所以要求电动机具有启动和过载能力强、机械强度大、飞轮转矩小等特点。一般都选择能满足这些要求的断续周期工作制电动机，而不选择其他工作制电动机。我国生产的断续周期工作制电动机的标准负载持续率为 15%、25%、40%、60% 四种。

若负载持续率与标准负载持续率相同，可按照下式来选择电动机的额定功率

$$P_N = (1.1 \sim 1.6) \frac{\sum_{i=1}^{n} P_{Li} t_i}{t_g} \tag{8-14}$$

　　若负载持续率与标准持续率不同时，需要向与其最接近的标准负载持续率折算。

　　在预选电动机的额定功率后，要校验断续周期工作制下电动机的发热是否通过，可以采用平均损耗法、等效电流法、等效转矩法和等效功率法。只是在计算各种平均值和有效值时，只算工作时间 t_g 而要把停车时间 t_o 排除在外。

　　还需要注意的是：若负载持续率 FS＜10％，可按短时工作制选择电动机；若负载持续率 FS＞70％，可按连续工作制选择电动机。

本 章 小 结

　　1. 在电力拖动系统设计中电动机的选择内容包括电动机种类的选择、结构型式的选择、额定功率的选择、额定电压的选择和额定转速的选择等，其中以额定功率的选择最为重要。此外，在满足各项条件的情况下，还应优先选择结构简单、运行可靠、维护方便的电动机。

　　2. 电动机的运行过程中，必然会产生各种损耗。损耗的能量在电动机中全部转化为热能，一部分热能被电动机自身吸收导致电动机温度提高；另一部分则通过周围介质散发出去。只要电动机的稳定温度接近但不超过电动机绝缘材料的允许最高温度，电动机便得到了充分的利用而不会过热。因此在选择电动机时，对电动机进行发热校核也是非常重要的。

　　3. 选择电动机的主要步骤：

　　1）根据生产机械的性能要求，选择电动机的种类和转速。

　　2）根据供电电源的情况，选择电动机的额定电压。

　　3）根据电动机的安装位置和场所环境，选择电动机的结构和防护方式。

　　4）根据生产机械所需的功率和工作方式，确定电动机的额定功率。

　　5）电动机额定功率的选择需要通过发热、过载能力和启动能力的校核。其中电动机的发热校核是电动机选择中最为复杂和重要的工作，根据电动机不同的工作方式可采用平均损耗法、等效电流法、等效转矩法和等效功率法。

思考题与习题

　　1. 电力拖动系统中，电动机的选择主要包括那些内容？

　　2. 电动机外壳的防护方式有哪些？分别应用于哪些场合？

　　3. 交流电动机的电压等级有哪几种？直流电动机的电压等级有哪几种？

　　4. 电动机绝缘材料等级有哪几种？分别列举最高温升和材料类型。

　　5. 电动机有几种工作制？列举常用的三种工作制及其特点。

　　6. 列举电动机的发热校核方法。

第9章　电动机综合实践训练

9.1　电动机的安装、使用与维护

9.1.1　电动机的安装与调整

1. 电动机的安装场所与基础

1) 安装场所

安装场所的环境条件，应根据电动机的要求来选定。一般用途的电动机安装应符合以下条件。

(1) 安装场所要在干燥、洁净、不受灰尘污染和没有腐蚀性气体侵害的地方，一般不安装在露天使用。

(2) 电动机周围通风良好，与其他设备保持一定的距离，便于检修、监视和清扫。

(3) 环境温度应符合电动机的要求，若在40℃以下，也应防止强烈的热辐射。

2) 安装基础

(1) 基础。

安装基础要坚固、结实、有一定的刚度，安装面要平整，若不平整，则会使电动机运行不平稳，将导致轴承损坏。

(2) 基础铺设。

电动机安装要进行基础的铺设，基础设计由使用单位根据具体条件和安装设备的要求来设计，但设计原则应按以下原则进行。

① 基础应铺在坚固的土壤上，主要由混凝土或钢筋混凝土筑成。

② 电动机的基础应有足够的承重能力，能承受静和动的负载，能防止下沉移动和振动。

③ 不论机组安装在一个总底板或者各自底板上，但电动机的基础与其连同的机件应在同一基础上，以免不均匀地下沉、骨架变形等引起中心线改变而使电动机损坏。

④ 基础浇好后应先加重物预压。

⑤ 放地脚螺栓孔的位置，按电动机底板的要求预留好。孔的大小比螺栓大5~7cm，以便安装时校正，待校正后在螺栓四周之空隙填以水泥。

⑥ 混凝土收缩后2~3星期进行基础检查，从外观看，没有裂纹、蜂窝、麻面、气泡、外露钢筋以及其他缺陷，然后用锤子敲打各个方位，声音应清脆而无嘶哑，不发叮当声，再凿试看水泥是否有崩塌或散落现象。检查中心线是否正确，地脚螺栓孔的大小和深度是否符合要求，孔内是否清洁；基础高度、装定子用凹坑的尺寸是否正确，基础的尺寸与连接机器位置是否正确，基础表面是否水平以及电动机地脚孔的布置是否恰

当等。

⑦ 混凝土收缩终止时起到电动机安装时不得少于 15 天，砖砌基础要在电动机安装前 7 天做好。

2. 电动机的安装与调整

1）电动机的水平调整

电动机安装时，首先用普通水平仪来检测电动机的纵向和横向的水平情况，并用 0.5～5mm 厚的钢板垫块调整电动机的水平。

电动机底板安装在钢垫块上，应根据底板负载分布和地脚螺栓分布位置，在基础上划出垫块放置位置。一般垫块应放置在轴承座和定子机座下边、地脚螺栓两旁。两组垫块间的距离应为 250～300mm，其余地方的间隙可按 600～800mm 预留。要求各垫块组垫稳、垫实，并要求二次灌浆层与底板底面接触严密。否则会引起机组振动和转子轴向窜动，严重的会造成轴承、轴瓦损坏，定、转子相擦。

垫块的面积，可按下面公式计算

$$S = C\frac{100(Q_1 + Q_2)}{R} \tag{9-1}$$

式中：S 为垫块面积，mm^2；C 为安全系数，通常取 1.5～3；Q_1 为设备重量加在垫块组上的负载，kg；Q_2 为地脚螺栓拧紧（采用地脚螺杆的许用抗拉强度）后分布在垫块组上的压力，kg；R 为基础或地坪混凝土的单位抗拉强度（混凝土设计标号），kPa。

每一垫块组应尽量减少垫块的数目，一般不超过 5 块，少用薄垫块，并将各垫块相互焊牢。

每一垫块组要放置整齐平稳。垫块与基础接触面应进行研磨平整，接触要良好，接触面积应大于 65％。底板找平后，每一垫块组应均匀被压紧，并用 0.5kg 手锤逐组轻击听音检查。

垫块安装好后，应露出底板底面外缘，平垫块应露出 10～30mm，斜垫块应露出 10～50mm。

对中小型电动机采用垫块宽度为 50～80mm，大型电动机一般为 80～130mm。中小型电动机的垫块长度，通常伸入底座底面应超过设备地脚螺杆孔；大型电动机的垫块长度，应人于底板面宽度 25～50mm。垫块一般采用平垫块和斜垫块两种，斜垫块的斜面一般取 1/10～1/20，斜面与斜面应相吻合，成对放置。

2）电动机与其他机器的连接

电动机与其他机器连接方式，一般采用联轴器、传动带等。

（1）采用联轴器的连接要求。

当电动机与一台或两台以上机器耦合在一起时，机组各转轴中心线要构成一条连续、光滑的挠度曲线，即相互连接的两联轴器轴线应重合。这种调整工作称为轴线的定心，是安装工作中的关键工序之一。机组轴线校调工作的好坏，是影响机组能否正常运行的重要因素。若轴线未校调好，会引起机组振动、转子轴向窜动和轴承发热，严重时会造成轴承、轴瓦或轴损坏的重大事故。

电动机功率较小或轴较短时，轴中心线基本为一直线，这样的机组校轴中心线是将各台机器的轴线调整为直线。当电动机功率较大、转子质量及轴承间的距离均较大时，转轴将产生挠度，其轴线实际上不再是一条直线。轴线的校调按下述方法调整：

总轴线在垂直面上应是一条平滑的曲线，而在水平面上的投影应是一条直线。若轴线调整正确，则连接两联轴器的端面应该是平行的，轴心线应该对准，并且一条是另一条的延长线，即整个机组的轴线是一条连续的曲线，如图9.1所示。因此，外侧的轴承应当比中间的轴承垫高一些。在安装时，用水平仪放在两端轴颈处的扬度值（即水平仪的气泡向一个方向偏移的读数）应相等而方向相反。当机组台数为偶数时，水平仪放在中间两联轴器上，气泡应在中间，如图9.1(a)所示。当机组台数为奇数时，其中间的机器轴应按水平要求安装，如图9.1(b)所示。有些机组，如一台同步电动机和三台直流发电机组成或带飞轮的机组，为考虑机组轴颈扬度值能较合适地分配，往往将具有两个轴承的电机轴颈或具有最重负荷的轴颈安装成水平。

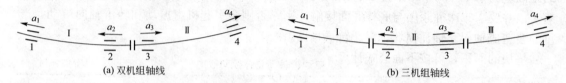

(a) 双机组轴线　　　　　　　　　　(b) 三机组轴线

图9.1　机组的正确轴线

轴线定心要点：

机组轴线定心，一般用测量轴颈的水平和两轴伸出联轴器的径向及轴向间隙的方法。如果联轴器半径大于200mm，且与电机轴颈同轴，端面与轴心线垂直时，可用塞尺和水平仪直接测量，如图9.2(a)所示。如果两半联轴器有加工误差，则应采用在联轴器外圆固定，彼此相差180°位置的两对测量工具Ⅰ和Ⅱ，如图9.2(b)所示。在两个电枢同顺序回转0°，90°，180°，270°四个位置时，测量一组径向间隙和两组轴向间隙，如图9.3所示。

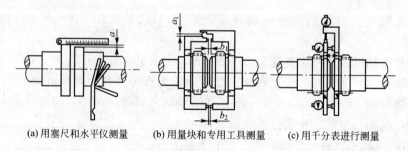

(a) 用塞尺和水平仪测量　　(b) 用量块和专用工具测量　　(c) 用千分表进行测量

图9.2　测量两联轴器间的间隙

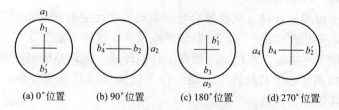

(a) 0°位置　　　(b) 90°位置　　　(c) 180°位置　　　(d) 270°位置

图9.3　两联轴器在不同位置测量时的间隙

将测得四个位置的 a、b 值做好记录，然后根据 a_1、a_3 和 b_1、b_3 来调整轴承座的高低；根据 a_2、a_4 和 b_2、b_4 来调整轴承座的左右位置。一般通过调整靠近联轴器端的轴承座端的高度和左右位置来解决轴向偏斜。但是，两个轴承的调整，往往会互相影响，这就需要耐心和熟练的操作。最后达到两个联轴器端面平行且轴心线一致。

（2）采用带轮或正齿轮传动的要求。

采用带轮或正齿轮传动时，电动机的轴中心线应与其连接机器的轴中心线平行，且要求带传动中心线与轴中心线相互垂直。电动机所用带轮的最小直径，受电动机轴伸端允许径向拉力的限制。带传动时轴中心向径向拉力 F 按下式计算

$$F = 2 \times 10^7 \frac{P_N K_C}{n_N D} \quad (N) \tag{9-2}$$

式中：P_N 为电动机的额定功率，kW；n_N 为电动机的额定转速，r/min；D 为带轮的直径，mm；K_C 为带的初张力系数。

Y 系列电动机允许的径向拉力如表 9-1 所示。

表 9-1　电动机轴伸允许径向拉力　　　　　　　单位：N

中心高/mm	2 极	4 极	6 极	8、10 极
80	640	800	920	—
90	700	870	1000	—
100	970	1205	1390	—
112	1240	1550	1790	—
132	1485	1685	2156	—
160	1570	1925	2125	2457
180	3010	3695	4290	4550
200	4035	4830	5520	5980
225	4420	5454	6160	6725
250	5035	6190	7060	7585
280	3690	9220	10525	11225
315	4610	2678	14478	15553

对无张紧轮的平带 $K_C = 3$，对有张紧轮的平带 $K_C = 2$，对 V 带 $K_C = 202 \sim 205$。

3. 电动机安装前的清理与检查

（1）安装前，应详细核对电机铭牌上所载型号以及各项数据，如额定功率、电压等与实际要求是否相符。

（2）清除掉积尘、脏物和不属于电动机的任何物件，并用小于两个大气压的压缩空气吹净附着在电动机内外各部位的灰尘。

（3）检查电动机装配是否良好，紧固件应无松动。

（4）各导电连接部分必须接触良好，并无锈蚀情况，直流电动机应检查电刷与换向器接触是否良好，交流电动机应检查电刷集电环接触是否良好（接触面积应大于电刷截面积

的 75%)，电刷弹簧压力大小是否适当，电刷在刷握中是否梗阻，如有不符合要求之处应消除。

（5）检查轴承的润滑情况，轻轻转动转子，其转动应灵活无碰擦声。

（6）用绝缘电阻表测电动机绕组的绝缘电阻，其测得值应不低于允许界限，如低于允许值，必须经干燥处理，方能安装。

9.1.2　电动机的使用与维护

为了使电动机正常工作，保证其使用寿命，要重视对电动机的正确使用和维护。

1. 使用前的准备及检查

（1）电动机内部有无杂物，清扫电动机内、外部灰尘、电刷粉末及油污。

（2）应详细核对电动机铭牌上所载型号以及各项数据，如额定功率、电压、频率、负载持续率等，必须与实际要求相符，并检查接线是否正确。

（3）检查电动机所有的紧固螺栓是否牢固，接地装置是否可靠。

（4）检查传动装置时，主要检查带轮或联轴器有无破损，带及其连接扣是否完好。

（5）检查电动机轴能否旋转自如，轴承是否有油。电刷在刷盒中应上、下活动自如。

（6）新的或长期未用的电动机，应测量绕组间和绕组对地绝缘电阻。有集电环的还应测滑环对地和环与环之间的绝缘电阻。每施加 1000V 工作电压不得小于 1MΩ。通常对 500V 以下电动机用 500V 绝缘电阻表测量；对 500～3000V 电动机用 1000V 绝缘电阻表测量；对 3000V 以上电动机用 2500V 绝缘电阻表测量。一般电动机的绝缘电阻应大于 0.5MΩ 时才可使用。若低于 0.5MΩ 需进行干燥方能使用。

2. 启动时的注意事项

（1）合闸后，若电动机不转，应迅速果断地拉闸，以免烧坏电动机，并详细查明原因，及时解决。

（2）电动机启动后，应注意观察电动机、传动装置、生产机械及线路电压，电流表。若有异常现象，应立即停机，待排除故障后，再重新合闸启动。

3. 运行中的监视和维护

（1）在运行中，经常注意电动机的电压、电流值，电源电压与额定电压的误差不得超过 ±5%，三相交流电机的三相电压不平衡度不得超过 1.5%。电流空载时不超过 10%，中载以上不超过 5%。

（2）应经常保持清洁，不允许有水滴、油污及杂物等掉落入电动机内部，电动机的进风口与出风口必须保持畅通，使其通风良好。

（3）运行中应监视电动机各部分的温度、振动、气味(绝缘枯焦味)、声音(不正常碰擦声、定转子相擦及其他声音)。电动机各部分的允许温升应根据电动机绝缘等级和类型而定。

（4）经常检查电动机的接地是否良好。

（5）经常检查集电环(交流电动机)或换向器(直流电动机)是否清洁，电刷是否齐全，刷辫与刷架连接有无松动，电刷与集电环或换向器的接触面积是否达 75% 以上，电刷压力是否均匀。

(6) 经常检查电刷的磨损及火花情况，磨损过多应更换新电刷，新电刷牌号必须与原来电刷相同。同一极性上所用电刷更换时应一起更换，新电刷应用砂布研磨，使它与集电环或换向器的表面接触良好，再用轻负载旋转到其表面光滑为止。

(7) 轴承使用一段时间后，应该清洗更换润滑脂或润滑油，清洗和换油的时间应随电机的工作情况、工作环境、清洁程度、润滑剂种类而定。一般每工作 6～12 个月应清洗一次，换润滑油。

(8) 经常检查所有紧固件的紧固程度，特别注意固定绝缘部分与旋转部分上的紧固件。

(9) 经常检查周围空气是否干燥，湿度是否符合产品允许要求；空气中灰尘不允许过多。经常检查空气中是否含有腐蚀性气体和盐雾，如发现应立即消除。对于有特殊防护措施的电动机，虽然允许，也应设法尽量减少空气中腐蚀性气体和盐雾的含量。

(10) 经常检查机房内外是否有白蚁，发现有白蚁，应立即清除。

(11) 经常检查出线盒的密封情况，电源电缆在出线盒入口处的固定和密封情况，电源接头和接线柱接触是否良好，是否有烧伤的现象。

(12) 空—空冷却器的电动机经常检查冷却器内是否沉积灰尘和进入异物，经常检查清除外风扇上和风罩内的灰尘和异物。

(13) 水—空冷却器每天检查通入冷却器的冷却水压力是否在 $(1～2)×10^5\,\mathrm{Pa}$ 内，经常清理冷却管中的沉积物。

9.1.3　各种电机的使用与维护

各种电机在使用中除遵循上述的使用与维护要点外，还应根据各自特点进行维护，更应按生产厂家随电机出厂的使用维护说明书进行。

1. Y、YR 系列三相异步电动机的使用与维护特点

(1) 在供电电路许可的情况下，一般笼形电动机是采用全压启动。供电电路不许可的情况下，则采用降压启动。常用的降压启动设备有自耦变压器、电抗器、星—三角形启动器、延边三角启动器等。

(2) 绕线式电动机启动时，应将变阻器接入转子电路中。对有电刷提升机构的电动机应将电刷放下，并断开短路装置，然后合上定子电路开关。开始转动，扳动变阻器手柄慢慢从启动位置扳到运转位置。当电动机达到额定转速后提起电刷，合上短路装置，这时启动变阻器回到原来位置，电动机的启动完毕。停机时，应断开定子电路内的开关，然后将举刷机构扳到启动位置，断开短路装置。

(3) Y 系列笼型电动机在冷态下最多连续启动两次，每次间隔 5min；热态下最多启动一次。如果尚未启动成功，应查明原因并相隔 25min 启动第三次。如仍未启动，不得再启动，一定要查明原因，消除故障，方能启动。

YR 系列绕线型电动机在正常启动下，电流不能超过额定电流的两倍，如不能启动需查明原因，消除故障后方能启动。

2. 电磁调速异步电动机的使用与维护

1) 出线端标记

励磁绕组出线端标记为 F_1、F_2，测速发电机为 U、V、W。

2）启动、运行、停机

拖动电动机可以直接启动，为减小启动电流也可降压启动。拖动电动机启动后，合上控制器的电源开关，逐渐调节调速旋钮，增加励磁电流，电磁转差离合器的转速逐渐加快，至需要的运行转速。停机时，把调速旋钮调到零位，再停止拖动电动机。欲使负载机械迅速停止，可以先停拖动电动机，然后再将调速旋钮调节至零位。

3）注油

YCT 系列电动机在 H250～H355 机座范围具有注油系统，分别对电磁转差离合器、电动机轴伸端轴承进行注油耐高温润滑脂，如二硫化钼，也可采用 1 号钙基润滑脂代替。

4）使用注意事项

（1）在多粉尘环境中使用时，应采取防尘措施，以免电枢表面积尘而导致电枢和磁极间的间隙堵塞，影响调速。

（2）为了避免由于离合器存在摩擦转矩和剩磁而导致控制特性恶化或失控，负载转矩不应小于 10％额定转矩。

（3）离合器效率近似为 $1\sim s\left(s=\dfrac{n_0-n}{n_0}\right)$。其中 n_0 为电动机同步转速，n 为电动机转速）。低速时效率较低，应予注意。

（4）在电磁离合器无负载时，开机试车，虽然控制器调速旋钮可以低速调为高速，或从高速调为低速，但离合器输出端转速无明显的变化。这主要是负载转矩小于 10％的缘故。

3. YCJ 系列齿轮减速电动机的使用与维护特点

（1）减速器铭牌所载功率，系指配套电动机的额定功率，并非出轴实际可提供的输出功率。在选择额定功率时，应根据被驱动机械的负载特性和实际需要的出轴功率，并留有适当的裕度。可参考表 9-2 确定负载率 f，并乘以实际需要的出轴功率 P 来选定本系列产品的额定功率 P_N，即 $P_N>fP_0$。

表 9-2　负载率选用参考表

每天运转时间	不频繁启动			频繁启动		
	均匀负载	中等冲击负载	重冲击负载	均匀负载	中等冲击负载	重冲击负载
间歇(1/2)h/天	0.50	0.80	1.25	0.90	1.00	1.25
断续 2h/天	0.80	1.00	1.50	1.00	1.25	1.50
连续 10h/天	1.00	1.25	1.70	1.25	1.50	1.75
连续 24h/天	1.25	1.50	2.00	1.50	1.75	2.00

（2）减速器齿轮部分为油润滑，在出厂时已注入足够的润滑油，油箱规定第一次换油为 2000h，第二次为 6000h，可换入上述双曲线齿轮润滑油或黏度相当的洁净中型极压齿轮油，或极压工业齿轮油。减速器注油量应与安装型式相适应，必须使实际安装型式与铭牌所标示的安装型式一致。

（3）减速器输出轴与被驱动机械间的连接宜采用联轴器、正齿轮或链轮，不宜采用斜齿轮、带轮。输出轴一般不允许承受轴向力，因此不允许采用直接锤击安装连接件，可利用轴端螺孔旋入螺栓压入连接件。

4. 自制动异步电动机使用与维护

1）使用与维护

自制动异步电动机除制动装置外，属一般异步电动机。

2）制动器的调整

在使用时，制动器的制动时间和制动力矩的调整是经常碰到的，下面介绍几种制动电动机的调整方法。

（1）旁磁式制动电动机。

制动装置的结构如图 9.4 所示。放松锁紧螺母，旋转螺杆带动调节环在调节螺杆上前后移动，也就改变了制动器与衔铁的相对位置。

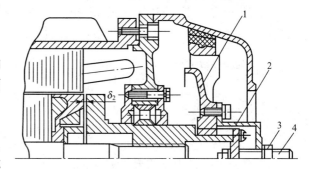

图 9.4　整体调节机构

1—制动器；2—调节环；3—锁紧螺母；4—螺杆

（2）杠杆式制动电动机。

这种电动机在调整时，只要调整调节螺母，使其改变弹簧压力来调节制动力矩。

（3）锥形转子电动机。

这种电动机在调整时，旋紧或放松调节螺母，即可调整制动力矩。

3）YFJ 系列电磁制动电动机使用与维护

（1）使用前的准备。

电动机使用前，应对制动器进行检查。检查时，扳动释放螺栓，看其是否灵活，并能否解除制动，确认无误时，再接通电源进行空载运行。若电动机接入电源后制动器仍未脱开，此时电动机仍处在制动状态，则必须立即切断电源，以免烧坏电动机。检查电磁制动器整流励磁电路时，应排除故障后再投入试运行。在电动机空载运行一段时间后，应停机进行检查，无问题后再进行负载运行。

（2）制动器的调整。

制动器气隙的正常值约为 0.3～1.0mm 之间，否则应按下列步骤调整。

① 取下风罩和密封圈，向右旋螺母，使每个螺母都旋入同样距离，使衔铁与铁心的间隙达到规定值（0.5mm 左右）。

② 重新装好风罩。

（3）摩擦片的更换。

当摩擦片的单边磨损达 2.5mm 以上时，应按下列次序更换：①取下风罩和风扇，旋下螺母；②将励磁线圈引接线拆下；③将铁心和衔铁一同卸下；④取出制动盘；⑤更换摩擦片。

（4）手动释放机构的使用。

向右旋释放螺栓，将释放环向下压，通过凸出的斜面将径向力变为轴向力传给释放盘，释放盘通过双头螺栓来拉动衔铁，使之与摩擦片脱离接触，达到释放的目的。不需释放时必须将释放螺栓旋回到原位置，以保制动器能有效制动。

5. 水泵用异步电动机的使用与维护

1) YLB 系列深井泵用异步电动机的使用与维护

（1）深井泵的传动轴很长，安装难度较大，安装时应仔细检查各部件完好情况。

（2）对防逆装置应经常检查，启动时应注意电动机的转向。

（3）经常注意端盖油标的油位，油位面低于油标一半时，必须补充新油。油温不允许超过 95℃。

（4）一般运行 3800h 左右，应更换润滑油和润滑脂。向心推力球轴承采用 N15 机械油，向心球轴承采用 ZL-3 锂基润滑脂。

2) YQS2 系列潜水泵的使用与维护

（1）下井前的准备：

① 使用的水质条件，应与电动机的使用条件一致，如水中含砂量较高时，应选用轴伸端安装防砂密封装置的电动机。

② 配泵检查时，电动机和潜水泵的功率配套系数为 1.15～1.2，检查连接尺寸应在规定范围内。

③ 电动机内腔应充满清水或防锈缓蚀液。充水 12h 后，用 500V 绝缘电阻表测量定子绕组对机壳的绝缘电阻，其值不低于 200MΩ。

④ 正确连接好电动机引出电缆和外接电缆。

⑤ 配备控制保护器时，其电流为额定电流的 105％时不动作，110％能动作。

⑥ 组装前，确定电动机转向，但电动机每次接通时间不超过 10～15s。

（2）运行中的维护与检查：

① 允许直接启动或减压启动，每两次启动时间间隔至少为 10min。

② 定期测定子绕组对地的绝缘电阻，在接近工作温度的情况下，不应低于 1MΩ。

③ 水泵运行 300h 后，需对水泵底部的放水塞松开，进行放水检查，如图 9.5 所示。放出的水或油水混合物不超过 20mL，水泵可继续使用，若超过应检查密封磨损情况或放水封口塞的橡胶衬垫是否损伤，经检修后方可使用。

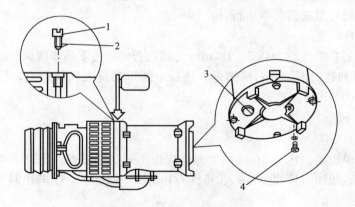

图 9.5　放水和加油的方法

1—封垫；2—放油封口塞；3—放气塞；4—放水封口塞

④ 每次放水时也应同时检查油的质量，如油质不好应及时换油，方法如图 9.5 所示。

⑤ 充水式电动机存放期间应放尽内腔的水。如存放时间较长，使用前应检查密封胶圈有无老化。机械密封装置重新装配之前，动、静磨块的工作面应重新研磨。

6. YB 系列隔爆型异步电动机使用与维护

（1）电动机安装前，必须进行下列各项检查，符合要求后方可使用。

① 应有防爆标志和防爆合格证。

② 电动机的防爆级别和温度等级，应符合爆炸性混合物场所的要求。

③ 所有紧固件必须完好，防爆外壳各部件之间联系要妥当。

④ 所有防爆零件应无裂纹和影响隔爆性能的缺陷（未拆过的电动机或部位可不检查）。

⑤ 定子绕组与机座间的绝缘电阻：额定电压为 380V 时，不低于 $0.38M\Omega$；额定电压为 660V 时，不低于 $0.66M\Omega$。

（2）电动机传动方式为弹性联轴器或正齿轮传动（不允许带传动）。

（3）接线斗通过连通器和接线盒倾斜连接时，旋转接线盒 180°角，可以从另一侧进线。若旋转连通器 180°角而使线斗和接线盒座成水平连接，则可以水平方向进线。

（4）铝心电缆不宜直接接入接线端子上，H132 机座及以上可通过铜铝过渡接头接入。接线用电缆与铝接头的规格见表 9-3。

表 9-3　接线用电缆与铝接头的规格

接线盒规格		M5	M6	M8	M9
机座号		H80～H112	H132～H180	H200～H225	H250～H280
功率/kW		0.55～4.0	2.2～22	15～45	30～90
电流/A		1.50～8.0	5.70～42	33～84	61.6～164
电缆/mm²	铝芯截面 VLX、XLV	—	16、25	25、35、50	70、95
	钢芯截面 V、VP、W	4、1.5	4、6	25、35	16、25、35
铝接头		—	DTL-16 DTL-25	DTL-25 DTL-35 DTL-50	DTL-70 DTL-95
钢管布线螺纹规格		M30×2	M36×2	M48×2	M64×2
密封圈外径		φ42	φ58	φ72	φ90
钢管布线密封圈最大钻孔径	主电缆	φ7	φ12	φ15	φ20
	接地电缆		φ8	φ9	φ13

（5）引入的电缆芯线，须用接线压板或弓形垫圈压紧固定。

（6）六端子接线盒，通过连接片，改变接法，可适应两种不同电压需要。引入六根电缆可适应 Y—△启动，有两个进线口的接线盒只使用一个时，另一个进线口的 2mm 厚金属垫片不得除去。

7. 冶金及起重用异步电动机的使用与维护

（1）YZ 系列电动机采用满压直接启动，但 YZR 系列电动机则须在转子回路中串入外接电阻启动，以限制启动电流。启动电流的限值应不大于相应工作制的额定电流的两倍。

严禁将绕线转子电动机的转子绕组直接短路后，作为笼型电动机使用。

（2）所用变阻器和启动器或控制器的规格，应与电动机的要求相符。

（3）如冷却介质温度超过规定值时，应采取减少出力或降低温度等有效措施，以免电动机由于过热而受到损害。

（4）电动机不得用于含有易燃性气体或其他有害气体的环境中。

（5）启动等级是表示电动机每小时允许的最大启动次数。标准启动等级为 6、150、300、600 次/h，其中次数以全启动次数计算。点动、电制动和逆转按下列规定换算：

① 一次点动的热等效当量为 0.25 次全启动。

② 一次电制动（制动到 1/3 额定转速）的热等效当量为 0.8 次全启动。

③ 一次逆转的热等效当量为 1.8 次全启动。

启动等级的典型例子如表 9-4 所示。

表 9-4　启动等级的典型例子　　　　　　　　单位：次

工作制	状态启动				每小时等效全启动
	每小时启动	每小时点动	每小时制动	每小时反接	
s3	6	0	0	0	
S3	4	8	0	0	5
S3	2	8	2	0	
S4	150	0	0	0	
S4	100	200	0	0	
S5	80	0	80	0	150
S5	65	130	65	0	
S5	30	160	30	30	
S4	300	0	0	0	
S4	200	400	400	0	
S5	160	0	150	0	300
S5	130	260	130	0	
S5	60	320	60	60	
S4	600	0	0	0	
S4	400	800	0	0	
S5	320	0	320	0	600
S5	260	520	260	0	
S5	120	640	120	120	

8. 直流电动机的使用与维护

1）发电机的启动与停机

（1）检查线路情况，将磁场变阻器调节到电阻最大位置。

（2）启动原动机，使其达到发电机额定转速。

（3）调节磁场变阻器，使电压升至一定值。

（4）合上线路开关，逐渐增加发电机的负载，调节磁场变阻器，使电压保持在额定值。

（5）停车时，逐渐解除发电机负载，同时调节磁场变阻器到断开位置。

（6）切断电源开关。

（7）停止原动机。

2）电动机的启动和停机

（1）检查线路情况（接线及测量仪表的连接等），检查启动器的弹簧是否灵活，转动臂是否在开断位置。

（2）如是变速电动机，则将调速器调到最低转速位置。

（3）合上线路开关，电动机在负载下开动启动器，在每个触点上停留约 2s，直到最后一点，转动臂被低压释放器吸住为止。

（4）如是变速电动机，可调节调速器，直到转速达到需要的位置。

（5）停机，先将转速降到最低（对变速电动机）。

（6）移去负载（除串励电动机外）。

（7）切断线路开关，此时启动器的转动臂应立即被弹簧拉到断开位置。

3）运行中的维护

直流电动机应加强换向的维护，换向的维护是一件经常性的和细致的工作，是电动机长期安全运行的重要保证。

（1）使用前检查换向器表面是否光洁，如发现机械磨损或火花灼痕，应及时处理。

（2）换向器的表面氧化膜颜色是否正常；电刷与换向器间有无火花；换向器表面有无炭粉和油垢积聚；刷架和刷握上是否有积灰；视情况及时进行清理。

（3）电动机在运行期间，应对换向情况作定期检查，每月不少于一次，使用条件差的电动机要增加检查次数。在额定负载下换向火花应小于 1.5 级。

（4）时刻注意电动机的电流和电压值，同时应避免超负荷。具有绝缘检查装置的直流系统，应定期检查对地绝缘情况。

9. 控制电机的使用与维护

1）旋转变压器的使用与维护

（1）励磁方式只有一相绕组励磁时，另一相绕组应连接一个与电源内阻抗相同的阻抗或短接。

（2）励磁绕组两相同时励磁时，输出绕组两相的负载要尽可能相等。

（3）使用中必须准确调整零位，以免引起旋转变压器的性能变差。

2）自整角机的使用与维护

（1）使用自整角机时，按铭牌数据，检查其励磁电压和频率。

（2）相互连接使用的自整角机，对连接绕组的额定电压、型式和频率必须相同。

（3）在电源容量充裕的情况下，使用阻抗较低的发送机，可以获得较大的负载能力。

（4）进行发送机和接收机调零时，先使发送机对准零位并定位，再调整接收机到零，固定接收机定子。

（5）发送机和接收机不能互换使用。

3）步进电动机的使用与维护

（1）启动和停止的频率应考虑负载的转动惯量。大转动惯量的负载，启动和停止频率应选低一些，启动时先在低频下启动然后再升到工作频率。停机时先把电动机从工作频率下降到低频再停止。

（2）应尽量使工作过程中负载均衡，避免由于负载突变而引启动态误差。

（3）强迫风冷的步进电动机，工作中冷却装置应正常运行。

（4）发现步进电动机有失步现象时，应首先考虑是否超负载；电源电压是否在规定范围内；指令安排是否合理，然后再检查驱动电源是否有故障；波形是否正常。在修理过程中，不宜任意更换元件和用其他规格的元件代用。

4）电机扩大机的使用与维护

（1）电机在出厂试验完工后，对电刷的位置作了明显的标记，调整电刷位置时，注意不要偏移过多。

（2）恰当地调节外特性的硬度。制造厂保证电压变化率为 30% 时，控制电流 I_{K} 由零到额定值的范围内，全部外特性不上翘。

（3）在调整和运行过程中，应避免短路、自励、过分强行励磁及长期单一方向使用（单方向励磁），以免造成剩磁电压过高，甚至难以矫正。

5）伺服电动机的使用与维护

（1）交流伺服电动机的使用与维护。

伺服电动机一般采用 $50\mathrm{Hz}$ 的高速电动机和 $400\mathrm{Hz}$ 的中速电动机。为了提高速度适应性能，减小时间常数，应设法提高启动转矩，减小转动惯量，降低启动电压。伺服电动机启动和控制十分频繁，且大部分时间在低速下运行，所以需要注意散热问题。

（2）直流伺服电动机的使用与维护。

① 电磁式电枢控制的直流伺服电动机在使用时，要先接通励磁电源，然后再加电枢电压。运行中应尽量避免励磁绕组断电，以免引起电枢电流过大和造成电机超速。

② 整流电路用三相全波式可控供电，在选用其他型式的整流电路时，应有适当的滤波装置，否则，只能降低容量使用。

6）测速发电机的使用与维护

（1）交流测速发电机的使用与维护。

① 测速发电机和伺服电动机间的耦合齿轮间隙应尽量小，也可以选用交流伺服测速机组。

② 由于交流测速发电机的输出阻抗较大，负载阻抗在 $100\mathrm{k}\Omega$ 以上，应考虑负载和使用条件的影响。所以接负载后，应校正系统参数。

③ 由于杯形转子交流异步测速发电机的输入阻抗较小，所以励磁电源应选用较小的内阻。

④ 在精密系统中，必须注意电源电压、频率的稳定，并注意温度的影响，必要时应采用温度补偿和温度控制措施。

（2）直流测速发电机的使用与维护。

① 在使用中，转速不应超过产品的最大线性工作转速，负载电阻不应小于规定的负载电阻。

② 在电磁式直流测速发电机的励磁回路中，串接一个比励磁绕组大几倍且温度系数小的电阻，可以减小温度变化所引起的输出电压变化误差。

9.1.4　电动机的定期检查与维护

一般电动机每年检查维修 2～4 次，其项目如表 9-5 所示，大修一次，其项目如表 9-6所示，并经常清扫电机内、外部，用干燥压缩空气吹净内部。经常检查与定期维修，可以及时地发现和清除电机的故障，预防设备事故的发生，提高运行效率，确保电机寿命。

表 9-5　电机检查维修项目

项　　　目	内　　　容
1. 清擦电动机	（1）清除和擦去机壳外部尘垢 （2）测量绝缘电阻
2. 检查和清擦电动机接线端子	（1）检查接线盒接线螺丝是否松动、烧伤 （2）拧紧螺母
3. 检查各固定部分螺丝和接地线	（1）检查接地螺丝 （2）检查端盖、轴承盖螺丝 （3）检查接地线连接及安装情况
4. 检查轴承	（1）拆下轴承盖，检查轴承油是否变脏、干涸，缺少时须适量补充 （2）检查轴承是否有杂声
5. 检查传动装置	（1）检查皮带或联轴器有无破裂损坏、安装是否牢固 （2）检查皮带及其连接扣是否完好 （3）检查联轴器是否有螺栓松动、损伤、磨损和变形
6. 集电环检查	（1）检查集电环表面是否有异常磨损、圆度情况、有无局部变色、火花痕迹程度 （2）检查集电环绝缘转绝缘螺栓上的碳粉附着程度
7. 电刷和刷架检查	（1）检查电刷石墨部分磨损、刮伤、龟裂、凹痕和接触情况 （2）检查电刷引线有无断线，接线部位是否松动 （3）弹簧的破损、固紧与压力情况
8. 检查和清擦启动设备	（1）擦去外部尘垢 （2）清擦触头，检查有无烧损 （3）检查接地线是否良好 （4）测量绝缘电阻

表 9-6 电机大修项目

项 目	内 容
1. 电机外部检查	(1) 外部有无损坏，零部件是否齐全 (2) 彻底清擦，去掉尘垢，补修损坏部分
2. 电机内部清理和检查	(1) 检查定子绕组污染和损伤情况。先去掉定子上的灰尘，擦去污垢。若定子绕组积留油垢，先用干布擦去，再用干布沾少量汽油擦净，同时仔细检查绕组绝缘是否出现老化痕迹（深棕色）或有无脱落，若有，应补修、刷漆 (2) 检查转子绕组污染和损伤情况；用目测或比色检查转子端环是否断裂、污损；用目测或手锤敲击检查绕组端部绑扎线和铁心是否松动 (3) 检查定、转子铁心有无磨损变形，如有变形，则应予修整
3. 绕组检查	(1) 检查定子绕组和绕线转子绕组是否有相间短路、匝间短路、断路、错接等现象；检查笼型转子是否断条，应针对发现的问题予以修理 (2) 用绝缘电阻表测量所有带电部位的绝缘电阻，阻值应大于 1MΩ
4. 清洗轴承并检查轴承磨损情况	(1) 清洗轴承 (2) 检查轴承，若轴承表面粗糙，说明轴承油中有酸碱物质或水分，改用合格的润滑脂；若滚珠或轴圈等处出现蓝紫色时，说明轴承已受热退火，严重者应更换轴承 (3) 有条件时，对轴承的尺寸精度和其他指标进行全面测量 (4) 检查密封挡的油环是否变形、磨损、转轴颈是否有条痕，表面粗糙度如何
5. 其他项目	参考有关资料
6. 安装基础检查	用水平仪测定基础的水平误差，用手锤和扳手检查螺栓的固紧状况
7. 修理后试车	若电机的绕组完好，大修后要作一般性试运转，测量绝缘电阻，检查各部分是否灵活，电机空载运转半小时，然后带负载运转。若绕组已重绕，应按规定进行必要的试验

9.2 电动机修复后的性能测试

在电动机的修理过程中，电动机试验可分为三类：

(1) 修理前的试验。

(2) 修理中的试验。

(3) 修理后的试验。

修理前的试验，主要是为了检查电机故障，并为修理提供必要数据。修理中的试验，目的在于检查零部件的质量。修理后的试验，旨在检查修理质量是否符合要求。电机修复后一般只进行检查试验。

9.2.1 电动机试验前的准备

1. 测量仪器的选择

试验时，采用的电气测量仪表的准确度，应不低于 0.5 级（绝缘电阻表除外），三相功率表的准确度应不低于 1.0 级；互感器的准确度应不低于 0.2 级；电量变送器的准确度应不低于 0.5%（检查试验时应不低于 1%）。数字式转速测量仪（包括十进频率仪）及转差率测量仪的准确度应不低于 0.1%±1 个字；转矩测量仪及测功机的准确度应不低于 1%（实测效率时应不低于 0.5%）；测力计的准确度应不低于 1.0 级，温度计的误差在 ±1℃以内。

选择仪表时，应使测量值位于 20%～95%仪表量程范围内。在用两功率表法测量三相功率时，应尽量使被测的电压及电流值分别不低于功率表的电压量程及电流量程的 20%。

对 60W 及以下的电机，应选用仪表损耗不足以影响测量准确度的电流表和功率表。

2. 试验前检测

1）一般检查内容

电机在进行试验之前，应进行一般性检查。其中包括：

（1）检查电机的装配质量，如外形是否完整，各部分的紧固螺栓是否旋紧，出线端连接和出线标记是否正确。

（2）气隙是否均匀（总装时检查），转子转动是否灵活以及轴承是否运转平稳。

（3）如果是滑动轴承，应检查油箱是否有油，用油是否清洁，油量是否合适，观察是否漏油。

（4）直流电机和绕线转子电机应检查电刷、刷架及集电环的装配质量，以及电刷与换向器或集电环接触是否良好，电刷位置是否正确，电刷在刷握中是否灵活，电刷压力是否符合要求。

（5）封闭自冷式电机应检查排风系统是否良好。

（6）检查电机轴伸、换向器的径向圆跳动是否符合要求。

（7）检查电机安装尺寸有无改变等。

2）轴伸的径向圆跳动检查方法

电机轴伸径向圆跳动在轴伸长度一半处测量。测量时，将电机放在平板上，用 1 级精度的千分表（分度值为 0.01mm）固定在磁性千分表架上。将千分表的测轴沿被测物的直径方向，靠在被测物表面轴向长度的中点，压进一定长度（最大压进量的 20%～50%）。使转子缓慢转动一周，除键槽外，千分表指针在两极限位置的指示值之差，即为所求的径向圆跳动值。电机轴伸长度一半处的径向圆跳动误差应符合表 9-7 的规定。

表 9-7　轴伸径向圆跳动误差　　　　　　　　　　　　单位：mm

轴伸直径 D	径向圆跳动公差	
	一般级	提高级（用户要求时）
3～6	0.025	0.012
6～10	0.030	0.015
10～18	0.036	0.018
18～30	0.040	0.021

（续）

轴伸直径 D	径向圆跳动公差	
	一般级	提高级（用户要求时）
30～50	0.050	0.025
50～80	0.060	0.030
80～120	0.070	0.035
120～180	0.10	—

　　3）气隙的检查方法

　　电机的气隙大小及对称性，集中反映了电机的加工质量和总装质量。对电机的性能和运行可靠性有重大影响。

　　（1）测量方法。

　　在实际生产中，气隙的大小常用塞尺测量。测量时，将不同厚度的塞尺逐个插入电动机定转子铁心的齿部之间，如果恰好松紧适宜，塞尺的厚度就作为气隙的间隙值。塞尺须顺着电机转轴方向插入铁心，若左右偏斜会使测量值偏小。塞尺插入铁心的深度不得少于30mm，尽可能达到两个铁心段的长度。由于铁心的齿胀现象，插得太浅会使测量值偏大。采用开口槽铁心的电机，塞尺不得插在线圈的槽楔上。

　　对于小型电机，一般只用塞尺来检查气隙对称性，气隙的大小按定子铁心内径与转子铁心外径之差来确定。

　　大型座式轴承电机的气隙，需在上、下、左、右测量四点，以便在装配时调整定子的位置。电机的气隙需在铁心两端分别测量，封闭式电动机允许测量一端。

　　（2）对气隙大小及对称性的要求。

　　大型座式轴承电机的气隙不均匀度按下式计算：

$$气隙不均匀度 = \frac{|气隙（最大值或最小值）－气隙（平均值）|}{气隙（平均值）} \times 100\%$$

　　大型电机的气隙对称性要求较高，铁心的任何一端气隙不均匀度不超过 5%～10%。同一方向两端气隙之差，不超过气隙平均值的 5%。采用滑动轴承的大型电机，通常将上端气隙调整到比下端气隙大 0.05mm。因为测量气隙时，转子轴颈与下轴瓦紧密接触，上轴瓦与轴颈有间隙 0.1～0.25mm。如果上端气隙较小，容易在单边磁拉力作用下引起定、转子相擦或使电机运行恶化。

　　中小型电机的气隙不均匀度应不大于表 9-8 的规定。

表 9-8　气隙不均匀度容差

δ	0.20	0.25	0.30	0.35	0.40	0.45	0.50	0.55	0.60	0.65	0.70	0.75
$\frac{\varepsilon}{\delta}$	26.5	25.5	24.5	23.5	23.0	22.0	21.5	20.5	19.7	19.0	18.5	18.0
δ	0.80	0.85	0.90	0.95	1.00	1.05	1.10	1.15	1.20	1.25	1.30	>1.40
$\frac{\varepsilon}{\delta}$	17.5	17.0	16.0	15.5	15.0	14.5	14.0	13.5	13.0	12.5	12.0	10.0

　　注：δ 为气隙公称值，ε 为不均匀值。其定义为

$$\varepsilon = \frac{2}{3}\sqrt{\delta_1^2 + \delta_2^2 + \delta_3^2 - \delta_1\delta_2 - \delta_2\delta_3 - \delta_3\delta_1} \qquad (9-3)$$

其中 δ_1、δ_2、δ_3 为相距 120° 测得的气隙值。

4）直流电机电刷中性线的测定

电刷中性线的测定有感应法、正反转发电机法、正反转电动机法。试验前，电刷与换向器工作面的接触应良好。

（1）感应法。

电枢静止，励磁绕组他励，将毫伏表接在相邻的两组电刷上，并交替地接通和断开电动机的励磁电流（如图 9.6 所示）。逐步移动刷架的位置，在每一个不同位置上测量电枢绕组的感应电动势。当感应电动势最接近零时，即可认为电刷位于中性线上，毫伏表的读数推荐以励磁电流断开时的读数为准。

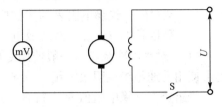

图 9.6　感应法测电刷中性线

（2）正反转发电机法。

试验时，电机励磁绕组他励，在保持转速、励磁电流及负载（接近额定值）不变的情况下，逐步移动刷架位置。在每一个不同位置上测量电机在正转及反转时的电枢电压，直到两个电压数值最接近时为止，此时即可认为电刷位于中性线上。

（3）正反转电动机法。

试验时，在保持电机电枢电压、励磁电流及负载（接近额定值）不变的情况下，逐步移动刷架位置。在每一个不同位置上测量电机在正转及反转时的转速，直到两个方向的转速最接近时为止，此时即可认为电刷位于中性线上。

9.2.2　电机的检查试验方法

1. 绕组对机壳及绕组相互间绝缘电阻的测定

1）试验目的

试验目的主要是检查绕组对机壳及绕组相互间的绝缘状况。

2）测量方法

（1）测量电机绕组对机壳及绕组相互间绝缘电阻，在检查试验时，是在实际冷状态下进行的。

（2）测量前，先根据电机的额定电压，按表 9-9 选用绝缘电阻表。测量埋置式检温计的绝缘电阻时，应采用不高于 250V 的绝缘电阻表。测量前，应检查绝缘电阻表是否正常，开路时是否指"∞"，短路时是否指"零"。

表 9-9　绝缘电阻表规格的选择　　　　　　　　　　单位：V

电机额定电压	≤36	36～500	500～3000	≥3000
绝缘电阻表规格	250	500	1000	2500

（3）对交流电机，如各相绕组的始末端均引出机壳外，则应分别测量每相绕组对机壳及其相互间的绝缘电阻。如果三相绕组已在电机内部连接，仅引出三个出线端时，则测量三相绕组对机壳的绝缘电阻。

（4）对绕线转子电动机，应分别测量定子绕组和转子绕组的绝缘电阻。

（5）单相异步电动机，主、辅绕组回路的始末端，均引出机壳外时，则应分别测量主、辅绕组回路对机壳及其相互间的绝缘电阻。如绕组已在电动机内部连接，仅引出两个出线端时，则应测量该线端对机壳绝缘电阻。对电容电动机，电容器应接入辅绕组回路。

（6）对直流电机，电枢回路绕组（不包括串励绕组）、串励绕组和并励绕组对机壳及其相互间的绝缘电阻，应分别进行测量。

（7）对自励恒压发电机励磁装置中的半导体器件及电容器等不进行此项试验。

（8）测量时，绝缘电阻表的读数应在仪表指针达到稳定以后读出。

（9）测量后，应将绕组对地放电。

（10）对水内冷绕组，一般使用专用的绝缘电阻测定仪，但在连接水管干燥的情况下，也可使用普通绝缘电阻表测量。

绕组热态绝缘电阻值 R 应符合下式要求：

$$R = \frac{U}{1000 + \dfrac{P}{100}} \tag{9-4}$$

式中：U 为绕组额定电压，V；P 为电机额定功率，kW。

绕组冷态绝缘电阻值，一般应高于热态绝缘电阻值。

冷态绝缘电阻值的换算，可参考下式计算

$$\begin{cases} R_i = R \times 2^{\frac{75-t}{10}} & \text{（适用于热塑性绝缘）} \\ R_i = R \times 1.6^{\frac{100-t}{10}} & \text{（适用于热固性绝缘）} \end{cases}$$

式中：R 为绕组热态绝缘电阻，MΩ；R_i 为室温 t 下的绝缘电阻，MΩ；t 为室温℃。

2. 绕组在实际冷状态下直流电阻的测定

1）试验目的

对修理电机，测定绕组在实际冷状态下直流电阻的主要目的是检查定子、转子绕组嵌线接头及焊接是否良好，选用线径和接线是否正确，检查三相绕组的三相电阻是否平衡。

2）试验方法

（1）将电机在室内放置一段时间，用温度计（或埋置检温计），测量电动机绕组端部或铁心温度。当所测温度与冷却介质温度之差不超过 2℃时，则所测温度即为实际冷状态下绕组的温度。若绕组端部或铁心的温度无法测量时，允许用机壳的温度代替。对大、中型电机，温度计的放置时间应不少于 15min。

（2）绕组的直流电阻，用双臂电桥或单臂电桥测量。电阻在 1Ω 及以下时，必须采用双臂电桥测量。

（3）当采用自动检测装置或数字式微欧计等仪表测量绕组的电阻时，通过被测电阻的试验电流，应不超过其正常运行时电流的 10％，通过时间不应超过 1min。

（4）检查试验时，每一电阻可仅测量一次。

（5）测量时，电机的转子应静止不动。电机定子绕组的电阻，应在电机的出线端上测量。

对绕线转子电动机，转子绕组的电阻应尽可能在绕组与集电环连线的接线片上测量。

对同步电机励磁绕组的直流电阻，应在绕组引至集电环的接线端或集电环表面上测量。

对自励恒压发电机励磁装置绕组的直流电阻，应在绕组的出线端上单独进行测量。

对单相异步电机，应在电机的出线端分别测量主、辅绕组的直流电阻。

（6）对三相异步电机和三相同步电机，如果电机的每相绕组有始末端引出时，应测量每相绕组的电阻。若三相绕组已在电机内部连接，仅引出三个出线端时，叮在每两个出线端间测量电阻，则各相电阻值（Ω）按下列出式计算。

对星形接法的绕组

$$\left.\begin{array}{l} R_{\mathrm{U}}=R_{\mathrm{med}}-R_{\mathrm{VW}} \\ R_{\mathrm{V}}=R_{\mathrm{med}}-R_{\mathrm{WU}} \\ R_{\mathrm{W}}=R_{\mathrm{med}}-R_{\mathrm{UV}} \end{array}\right\} \tag{9-5}$$

对三角形接法的绕组

$$\left.\begin{array}{l} R_{\mathrm{U}}=\dfrac{R_{\mathrm{VW}}R_{\mathrm{WU}}}{R_{\mathrm{med}}-R_{\mathrm{UV}}}+R_{\mathrm{UV}}-R_{\mathrm{med}} \\[2mm] R_{\mathrm{V}}=\dfrac{R_{\mathrm{WU}}R_{\mathrm{UV}}}{R_{\mathrm{med}}-R_{\mathrm{VW}}}+R_{\mathrm{VW}}-R_{\mathrm{med}} \\[2mm] R_{\mathrm{W}}=\dfrac{R_{\mathrm{UV}}R_{\mathrm{VW}}}{R_{\mathrm{med}}-R_{\mathrm{WU}}}+R_{\mathrm{WU}}-R_{\mathrm{med}} \end{array}\right\} \tag{9-6}$$

式中：R_{UV}、R_{VW}、R_{WU} 分别为出线端 U 与 V，V 与 W、W 与 U 间测得的电阻值（Ω），而 $R_{\mathrm{med}}=\dfrac{R_{\mathrm{UV}}-R_{\mathrm{VW}}-R_{\mathrm{WU}}}{2}$。

（7）各线端间的电阻值与三个线端电阻的平均值之差，对星形接法的绕组，不大于平均值的 2%；对三角形接法的绕组，不大于平均值的 1%～5% 时，则各相电阻值可按下两式计算。

对星形接法的绕组　　　　　　　$$R=\frac{1}{2}R_{\mathrm{av}} \tag{9-7}$$

对三角形接法的绕组　　　　　　$$R=\frac{3}{2}R_{\mathrm{av}} \tag{9-8}$$

式中：R_{av} 为三个线端电阻的平均值，Ω。

（8）测量直流电动机的电枢绕组电阻时，应将电刷自换向器上提起或与换向器绝缘，根据电枢绕组的形式按下列方法进行：

① 对单波绕组，应在距离等于或最接近于奇数极距的两片换向片上进行测定，测得的电阻即为电枢绕组电阻。

② 对无均压线的单叠绕组，应在换向器直径两端的两片换向片上进行测定。

电枢绕组的直流电阻 R_{a} 由下式计算

$$R_{\mathrm{a}}=\frac{R}{p^{2}} \tag{9-9}$$

式中：R 为测量的电阻值，Ω；p 为极对数。

③ 对装有均压线的单叠绕组，应在距离等于或最接近于奇数极距，并都装有均压线的两片换向片上进行测定，测得的电阻即为电枢绕组电阻。

④ 对装有均压线的复叠或复波绕组，应在距离最接近于一个极距，并都装有均压线的两片换向片上进行测定，测得的电阻即为电枢绕组电阻。

⑤ 单蛙绕组应在相隔一个极距的两换向片上测量，双蛙绕组应在相邻的两换向片上测量，三蛙绕组应在相隔一个极距的两换向片上测量。如 $K/2p$ 不是整数时，应加修正值 $\pm m/2$。

电枢绕组的直流电阻 R_a 由下式计算

$$R_a = \frac{R}{\left(\frac{a}{K}+1\right)m^2} \tag{9-10}$$

式中：R 为量得的电阻值，Ω；K 为换向片数；m 为绕组的重路数；a 为蛙绕组的电阻系数。

蛙绕组的电阻系数如表 9-10 所示。

表 9-10 电阻系数

$2p$	4	6	8	10	12	14	16	18	20	22	24
a	8.00	27.71	61.25	110.11	175.43	258.13	359.02	478.77	617.98	777.21	956.92

⑥ 其他形式电枢绕组直流电阻的测量方法，应根据绕组的具体结构，采用相应的方法。

⑦ 测量电枢绕组直流电阻时，电刷自换向器上提起或电刷与换向器绝缘有困难，而将电刷放在换向器上，应在位于两组相邻电刷的中心线下面，距离等于或最接近于一极距的两片换向片上进行测量。

⑧ 用于温升试验的电枢绕组冷状态直流电阻的测定，应在位于相邻两组电刷之间，距离约等于极距一半的两片换向片上进行测量，并在这两片换向片上做好标记。

⑨ 大型电机测量电枢绕组冷状态直流电阻时，应在换向器上多选择几组不同位置的换向片。温升试验时，在电机断电停转后，总有一组换向片位于相邻电刷之间，可测量电枢绕组热状态直流电阻。

3）故障判别及处理方法

直流电阻容差，国家标准未明确规定，一般将电机各绕组的实测值换算到基准工作温度电阻值与设计值比较，应在 $\pm 10\%$ 范围内。

三相定子绕组如是星形连接一相断线，测得一相线电阻正常，其他两相电阻为无穷大；三角形连接绕组一相断线，测得两相线电阻为正常值的 1.5 倍，断线一相的线电阻为正常值的 3 倍。如三角形连接绕组误接成星形，测得三相线电阻都比正常值大 3 倍。

绕组电阻不合格，但阻值变化不大，又无上述规律，可通过空载试验分析原因。若三相电阻不平衡，测得三相电流也不平衡，电阻大而空载电流小的一相绕组，可能是匝数过多。若三相空载电流平衡，则大多是绕组焊接不良或部分细导线在绕线时被拉伸的缘故。

转子绕组电阻不合格时，可通过测定转子开路电压来判别原因。电阻偏大而转子开路电压又偏高的一相，大多数是该相绕组匝数过多；若三相电阻不平衡，转子三相开路电压正常，大多是焊接不良；若转子三相开路电压也不平衡或转子开路自行启动，大多是绕组引出线头接线错误，并头套短路，使部分导线自成短路回路而使电机转动。

3. 超速试验

1）试验目的

超速试验的目的，是考核电机转子零部件的刚度和强度、转子校动平衡的质量以及转子和轴承的装配质量等。

2）试验方法和要求

（1）各类型电机应能承受表9－11规定的超速，持续时间为2min，见 GB 755—1987 有关规定。

表 9 - 11　各类电机超速要求

项号	电 机 类 型	超 速 要 求
1	交流电机(本项(1)至(3)除外) 　(1) 水轮发电机及与其直接连接(电的或机械的)的所有辅助电机 　(2) 在某些情况下可被负载驱动的电机 　(3) 串励和交、直流两用电动机	1.2 倍最高额定转速 　如无其他规定即为机组的飞逸转速，但应不低于 1.2 倍最高额定转速 　机组的飞逸转速，但应不低于 1.2 倍最高额定转速 　1.1 倍额定电压下的空载转速；对不能和负载分离的电机，空载转速是指最轻负载时的转速
2	直流电机 　(1) 并励或他励电动机 　(2) 转速调整率为 35% 或以下的复励电动机 　(3) 串励电动机和转速调整率大于 35% 的复励电动机 　(4) 永磁电动机 　(5) 发电机	1.2 倍最高额定转速或 1.15 倍空载转速，二者取较高者，但应不超过 1.5 倍最高额定转速 　1.1 倍安全运行最高转速，该转速应由制造厂在铭牌上标明，但对能承受超速为 1.1 倍额定电压下空载转速的电动机不需标明 　按本项(1)的规定，但如电动机具有一组串励绕组，则应按本项(2)或(3)的规定 　1.2 倍额定转速

（2）超速试验前，应仔细检查电机的装配质量，特别是转动部分的装配质量。为了确保人身、设备的安全，被试电机的周围应有可靠的保护装置，被试电机的控制与振动、转速、油温等量的测量，应在远离被试电机的安全地区进行。

在升速过程中，当电机达到额定转速时，注意观察运转情况，如确无异常现象时，再以适当加速度升到规定的转速进行超速试验。

（3）超速试验时，电机可用下述方法之一实现超速：

① 被试电机用辅助电动机驱动到所需要的转速。

② 对直流电机，可采用将被试电机作为电动机运转，减少励磁电流及增加端电压的方法使电机超速，但端电压的增加应小于130%额定电压。减小励磁电流时应使转速平稳上升。

③ 绕线转子电动机和交流换向器电动机在超速时，可将被试电动机电源改接由变频机供电，通过提高被试电动机电源电压的频率实现超速。

④ 对大型电机，允许对转子单独进行超速。

（4）超速后，应仔细检查转子、轴承等部件是否有损坏或产生有害变形，紧固件是否松动以及有其他不正常现象。

超速试验后，如无永久性的异常变形和不产生妨碍电动机正常运行的其他缺陷，且转子绕组在试验后能满足耐电压试验要求时，则认为超速试验合格。

4. 振动的测定

1）试验目的

测量电机的振动，主要是考核电机的运转是否平稳，转子动平衡、轴承及零部件加工、装配的质量。

2）试验方法

（1）对转速为 600～3600r/min 的电机，稳态运行时采用振动有效值表示，单位为 mm/s。对转速低于 600r/min 的电机，则采用位移振幅值（双幅值）表示，单位为 mm。

（2）测量转速高于 600r/min 的电机振动时，可采用传感器和振动测量仪，频率响应范围应为 10～1000Hz（或到 1500Hz）。测量转速低于 600r/min 的电机的振动时，应采用低频传感器和低频振动测量仪。

（3）对轴中心高为 400mm 及以下的电机，在测定振动时应采用弹性安装。对轴中心高超过 400mm 的电机，则应采用刚性安装。

（4）电机应在空载电动机状态下进行测量。

① 测量时，直流电机的转速和电压应保持额定值（串励特性电机仅保证转速为额定值）；交流电机则应保证供电频率和电压为额定值。

② 对多速电机或调速电机，应在振动为最大的额定转速下进行测量。

③ 同步发电机一般应在额定电压下，作为同步电动机运行状态下进行测定。

（5）对采用键连接的电机，测量时轴伸上应带半键，并必须采取有效的安全措施，尽可能不破坏原有平衡。

（6）测点数为 6 点，在电机两端按轴向、垂直径向和水平径向各 1 点，其中测点 2、3、4、5 的测量方向延长线应尽可能通过轴承支撑点的中心，如图 9.7 所示。对有外风扇的电机，可取消风扇端的轴向测点。

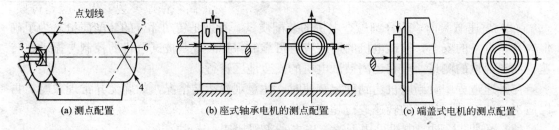

(a) 测点配置　　　　(b) 座式轴承电机的测点配置　　　　(c) 端盖式电机的测点配置

图 9.7　电机振动测定测点配置

（7）测量时，测量仪器的传感器与测点的接触应良好，并应保证具有可靠的连接而不影响被测部件的振动状态。当测振仪读数出现周期稳态摆动时，取其读数的最大值。

3）电机振动速度有效值的限值

对不同轴中心高和转速的单台电机，在按 GB 10068.1—1988 测定时，其振动速度有效值应不超过表 9-12 的规定。

表 9-12　电机振动速度有效值限值　　　　　　　单位：mm/s

标准转速/(r/min)	安装方式轴中心高 H			
	弹性悬置		刚性安装	
	45～132	132～225	225～400	＞400
600～1800	1.8	1.8	2.8	2.8
1800～3600	1.8	2.8	4.5	2.8

5. 短时升高电压试验

1）试验目的

主要考核电机定、转子绕组匝间绝缘介电强度是否符合标准要求，检查绕组匝间是否存在短路现象。

2）试验方法

试验方法见 GB 755—1987，GB 1311—1989、GB 1032—1985 和 GB 1029—1980 有关规定。

（1）试验应在电机空载时进行。对绕线转子三相异步电动机（大型 2、4 极电机除外）及三相交流换向器电动机，试验应在转子静止及开路时进行。对调速电动机，则应在最高额定转速下进行。

（2）对在额定励磁电流时的空载电压为额定电压 130％以上的同步电机，试验电压应等于额定励磁电流时的空载电压。对 4 极以上的直流电机，升高电压试验时应使换向器相邻片间的电压不超过 24V。

除上述情况外，试验的外施电压（电动机）或感应电压（发电机）为额定电压的 130％。

（3）对在 130％额定电压下，空载电流超过额定电流的电机，试验时间可缩短至 1min。对强行励磁的励磁机，在强行励磁时的电压如超过 130％额定电压，则试验应在强行励磁时的极限电压下进行，试验时间为 1min。

除上述情况外，其他电机，试验时间为 3min。

（4）提高试验电压至额定电压的 130％时，允许同时提高频率或转速，但不应超过额定转速的 115％或超速试验中所规定的转速。对单相电容运转或单相双值电容异步电动机则不允许提高频率。

对磁路比较饱和的电机，在转速增加至 115％且励磁电流已增加至容许的限值时，如感应电压仍不能达到所规定的试验电压，则试验允许在所能达到的最高电压下进行。

（5）在升高电压试验过程中，若出现电机击穿、冒烟、跳弧或发出臭味，电机有强烈的振动和电磁噪声异常现象时，表明绕组匝间短路，应立即切断电源，以免扩大故障。另外，操作人员在试验期间应远离被试电机，以免发生意外。

3）故障判别

当试验发生击穿、冒烟、"放炮"等故障时，要判明是哪个绕组短路，可打开电机端盖抽出电机转子，然后根据绕组或铁心局部发热，变色、流胶和烧焦味来判别故障部位。

6. 对地绝缘耐压试验

1）试验目的

试验目的主要是考核绕组绝缘是否遭到损伤，是否发生电击穿等。

2）耐电压试验的一般要求

试验前，应先测定绕组的绝缘电阻。在冷状态下测得的绝缘电阻，按绕组的额定电压计算应不低于 $1M\Omega/kV$。如需进行超速、偶然过电流或短时间过转矩，以及短路机械强度试验时，本项试验应在这些试验后进行。如需进行温升试验时，则应在温升试验后立即进行。

试验应在电机静止状态下进行，但汽轮发电机的转子绕组应在额定转速下进行。

试验时，电压应施加在绕组与机壳之间，其他不参与试验的绕组和铁心均应与机壳连接，对额定电压在 1kV 以上的多相电机，若每相的两端均单独引出时，试验电压施加在每相（两端相并接）与机壳之间，此时其他不参与试验的绕组和铁心均应与机壳连接。

3）试验电压和时间

试验电压的频率为 50Hz，波形尽可能接近正弦波；其数值规定如表 9 - 13 所示。

表 9 - 13　电机或部件对地绝缘耐压试验

型号	电机或部件	试验电压（有效值）
1	功率小于 1kW（或 1kVA）且额定电压低于 100V 电动机的绝缘绕组，但 4～8 项除外 额定电压为 36V 及以下由独立电源（如蓄电池或干电池等）供电的电动机	500V＋2 倍额定电压，由该类型产品标准规定
2	功率小于 10000kW（或 10000kVA）电机的绝缘绕组，但 1 和 4～8 项除外	1000V＋2 倍额定电压，但最低为 1500V
3	10000kW 及以上电机的绝缘绕组，但 4～8 项除外 额定电压 U：24000V 及以下 24000V 以上	1000V＋2 倍额定电压，按专门协议
4	直流电机的他励磁场绕组	1000V＋2 倍最高额定励磁电压，但最低为 1500V
5	同步发电机、同步电动机及同步调相机的磁场绕组 （1）额定励磁电压： 500V 及以下 500V 以上 （2）当电机启动时，磁场绕组短路或并联一小于绕组电阻 10 倍的电阻 （3）当电机启动时，磁场绕组并联一等于或大于绕组电阻 10 倍的电阻或磁场绕组开路并带（或不带）磁场分段开关	10 倍额定励磁电压，但最低 1500V 4000V＋2 倍额定励磁电压 10 倍额定励磁电压，但最低为 1500V，最高为 3500V 1000V＋2 倍最高电压的有效值 （此电压正规定的启动条件下出现于磁场绕组的线端间，当磁场绕组分段时则出现于任一段的线端间），但最低为 1500V
6	非永久短路（例如用电阻启动的异步电动机或异步结构的同步电动机的次级（通常为转子）绕组 （1）不可逆转或仅在停止后才可逆转的电动机 （2）在运转时将电源反接而使逆转或制动的电动机	1000V＋2 倍静止时转子绕组开路电压，即当初级绕组施加额定电压时，在集电环间或次级绕组线端间测得的电压 1000V＋4 倍静止时转子绕组开路电压［定义见本项（1）］
7	励磁机（下列两种除外）同与其所连接的绕组 （1）同步电动机（包括异步结构的同步电动机）的励磁机，接地的或在启动时不与磁场绕组连接的 （2）励磁机的他励磁场绕组	1000V＋2 倍励磁机额定电压，但最低为 1500V
8	成套设备	应尽量避免重复以上 1～7 项的试验。但如对新的成套设备做试验，而其每一组件已事先通过耐电压试验，则试验电压应为成套装置任一组件中最低试验电压的 80%

试验时，施加的电压应从不超过试验电压全值的一半开始，然后以不超过全值的 5%均匀地或分段地增加至全值。电压自半值增加至全值的时间不应少于 10s，全值电压试验时间应持续 1min。

对额定电压为 660V 的电机进行检查试验时，允许用表 9 - 13 规定试验电压数值的120%、历时 1s 的试验代替。

4）重复耐电压试验和重绕绕组试验

电机应不重复进行本项试验。如有需要重复耐压试验，在试验前应将电机烘干。试验电压应不超过表 9 - 13 所规定的 80%。

对完全重绕的绕组，应用全值电压做试验。

绕组部分重绕的电机，试验电压应不超过表 9 - 13 规定的 75%，试验前，应对未重绕的部分进行清洁和干燥。

拆装清理过的电机，在清洁干燥后用 1.5 倍的额定电压做试验，但对额定电压为100V 及以上的应不少于 1000V；额定电压为 100V 以下的应不少于 500V。

9.2.3　三相异步电动机其他检查试验

1. 转子绕组开路电压的测定

1）试验目的

试验目的是为了求取定、转子绕组间的电压比。

2）试验方法

电机转子应静止并开路（有举刷装置的电刷应放在与集电环接触的位置），转子电压可通过试验台引线接到集电环连接螺钉上。试验时，最好适当降低定子外施电压（可用堵转试验电压），用转换开关分别测量定、转子三相电压，检查是否平衡，有无匝间短路或转子开路自启动等异常现象。如一切正常，定子外施额定电压，同时分别测量定子及转子三相线电压。接线方法如图 9.8 所示。

对转子电压高于 600V 的电动机，试验时施于定子绕组上的电压可以适当降低，以便使电压表不经过电压互感器，而直接测量转子电压。

测量高电压（3000V 或 6000V）电机的转子电压时，定子电压可适当降低，最好采用堵转试验电源电压，对额定电压为 3000V 的电机，可采用

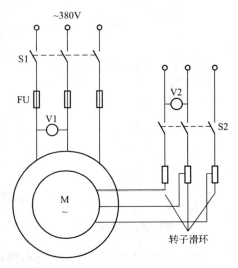

图 9.8　绕线转子电动机电压比测定

600～800V 电源；对额定电压为 6000V 的电机，可采用 1300～1400V 电源做试验，以避免转子接线错误而发生短路、转子直接启动、或并头套间有焊接锡末而发生跳弧等现象。

3）故障判别及处理方法

当定子三相电压对称时，转子三相开路电压最大值（或最小值）与平均值之差，不得超过平均值的 ±2%。试验电压比在标准电压比的 ±3% 以内，即为合格。试验时，若绕线转子绕组开路时自启动，如不是转子铁磁性零部件中存在的涡流所引起，必须检查转子是否

有短接现象、有无不同相的电刷引线短接、相邻并头套直接短接、焊接时锡末造成短接及接线错误等。

2. 堵转试验

1) 试验目的

试验目的是为了测量电机的最初启动电流和最初启动转矩，并用于计算启动漏抗。

2) 试验方法

堵转试验是在电机冷态下进行，试验前可按表9-14的规定，在定子绕组上施以三相电压，测定堵转时的短路电流（在额定电流值附近）和功率损耗。按图9.9所示接线。表9-14是异步电动机的堵转试验电压。

表9-14　异步电动机的堵转试验电压　　　　　　　　　单位：V

额定电压	220	380	660	3000	6000
堵转电压	50～60	80～100	150～170	600～800	1300～1400

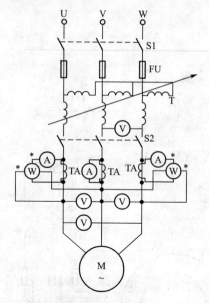

图9.9　三相异步电动机堵转试验接线图

先通电试电动机的转向，然后切断电源停机，用制动棒将转子短路且堵住（注意转向），接通电源调节调压器T。当所施定子电压调到所需数值（考虑线路压降），接着合上开关S2，使短路电流等于或接近额定电流时，立即同时读取三相电压（如三相电压平衡，可读取一相）、三相电流和短路输入功率（功率测量采用低功率因数功率表），然后迅速切断电源，做好记录，再根据型式堵转试验上曲线判别是否合格。

功率倍数应该等于电压互感器倍数乘以电流互感器倍数，再乘以功率表本身倍数（包括电压、电流），乘上低功率因数功率表上的功率因数（一般为0.2）。

堵转试验中，电机损耗全部变成热量，在没有通风冷却的情况下，绕组温度会迅速升高，因而操作时力求迅速，每次通电持续时间尽量不超过10s。

绕线转子异步电动机一般不做堵转试验。

3) 故障判断

在额定电压时的最初启动电流不得超过容许范围，否则必须进行型式试验来分析原因，排除故障。

(1) 短路电流过小时，它是转子电阻、电抗增大所造成的。笼型电机转子铜条焊接不良，铸铝转子铁心装配不齐、槽口犬牙交叉不成直线，转子铁心槽口没有车削开，也会使转子电抗增大，造成短路电流偏小。

如果短路电流偏小，短路损耗也小，一般是转子电抗增大，应从造成转子电抗增大方面查找故障，如果短路电流偏小，短路损耗正常，一般是转子电阻增大，应从造成转子电阻增大方面查找故障。

(2) 当短路电流过大时，它一般是转子电抗减小所造成的。定子绕组端部短、匝数少或节距短；定、转子铁心未对齐或叠压不够紧，气隙过大等，都会使电抗减小，短路电流偏大。

（3）当三相短路电流不平衡时，如某三相短路电流不平衡是随定、转子相对位置不同而发生变化，一般是笼型电机转子铜条与端环焊接不良，或铁心槽内端环及槽口部分缺陷。

三相短路电流不平衡的另一个原因是定子绕组三相不对称。

（4）短路损耗过大或过小也是造成故障的原因，短路损耗过大会影响电动机效率，过小会影响启动转矩，因此，短路损耗也不能超过一定范围。

3．空载试验

1）试验目的

空载试验的目的是测定空载电流及空载损耗，并从空载损耗中分离出铁耗和机械损耗，判别空载电流及空载损耗是否合格，检查铁心质量是否合格。

2）试验方法

空载试验（见图 9.10 所示）时，在电动机端点加上额定频率的三相对称电压，使电动机先运行一段时间（30min 左右）。当电动机的机械损耗达到稳定状态之后，再测量额定电压时的空载电流及空载损耗。

绕线转子电动机在空载试验时，应将启动电阻器全部短路，并将转子绕组短路在集电环上。

3）空载电流和空载损耗大的原因及解决措施

当三相电源对称，在额定电压下的三相空载电流，任何一相与平均值之差，不得大于平均值的 5%；空载电流和空载损耗大小与型式试验的比较，不得超过 10%，否则，需重做型式试验进行验证。一般有下列几种情况：

（1）空载电流和空载损耗增大，而绕组直流电阻正常，一般是定子、转子铁心压装质量差，净铁心长度不足。

（2）空载电流过大而空载损耗正常，如果检查试验空载损耗与空载电流之比，大于同规格型式试验所对应空载电流之比，表明空载电流偏大是由气隙过大或磁路饱和引起的；反之，则表明电机铁耗和空载损耗偏大。

（3）空载电流不平衡且空载损耗大，这表明绕组各并联支路的匝数不等，或有少数线圈匝间短路。

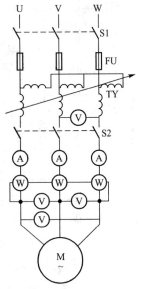

图 9.10　三相异步电动机空载试验接线图

4．匝间冲击耐电压试验

1）试验目的

试验目的在于考核绕组的匝间绝缘质量。

2）试验方法

（1）准备。

① 检查仪器外壳是否可靠接地。

② 试品铁心应妥善接地或对地良好绝缘（此时铁心带电）。试验时，试品接地与否会改变其阻抗。

③ 检查波形重合。将仪器两组测量线分别接至同一绕组上，两振荡波形应完全重合。

（2）试验。

① φ（相）接法适用于检测每相两端均有引出线端子的绕组。

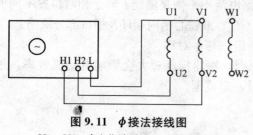

图9.11 φ接法接线图
H1、H2—高电位端子；L—低电位端子

任选一组绕组（例如 U 相）作为参照品，另一相绕组（例如 V 相）作为被试品，在 U 相和 V 相上交替地施加规定的峰值和波前时间的冲击波，如图 9.11 所示。比较两衰减振荡波形之间的同异，再依次转换，重复试验一次。

每次试验后非被试绕组应予放电。

② Y（线）接法适用于检测星形连接的电机绕组。

对已接成Y形的电机绕组，任选一个（两相串联）绕组（例如 UV）作为参照品，另一个（两相串联）绕组（例如 VW）作为被试品，在 UW 和 VW 上交替地施加规定峰值和波前时间的冲击波，如图 9.12 所示。比较两衰减振荡波形之间的同异，再依次转换，重复试验一次。

③ △（角）接法适用于检测三角形连接的电机绕组。

对已接成△形的电机绕组，任选一个（两相绕组串联与第三相绕组并联）绕组（例如 UW）作为参照品，另一个（两相绕组串联与第三相绕组并联）绕组（例如 VW）作为被试品，在 UW 和 VW 上交替地施加规定峰值和波前时间的冲击波，如图 9.13 所示。比较两衰减振荡波形之间的同异，再依次转换，重复试验一次。

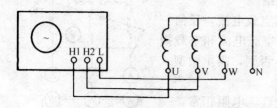

图9.12 星形连接接线图
H1、H2—高电位端子；L—低电位端子

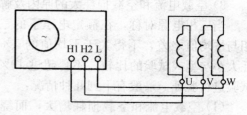

图9.13 三角形连接接线图
H1、H2—高电位端子；L—低电位端子

3）冲击电压参数和冲击电压波前时间

典型电压等级电机匝间绝缘试验冲击电压和冲击电压波前时间，如表 9-15 所示。

表9-15 典型电压等级电机匝间绝缘试验冲击电压和冲击电压波前时间

电机绕组额定工作电压（有效值）	冲击试验电压（峰值）/V		冲击电压波前时间/μs
	H100mm 以上	H100mm 及以下	
1140	4600	—	
660	3360	—	
500	2800	2500	0.5
380	2500	2200	
220	2000	1800	

4）故障判别

以试验波形作为主要判别依据。

（1）若两次试验时显示的衰减振荡波形均基本重合无显著差异（简称重合），则为正常无故障波形，即被试绕组匝间绝缘无故障。

（2）若出现不符合正常波形的情况，则绕组匝间绝缘有故障。

显示故障波形时常伴有放电声，甚至可见放电火花和嗅到臭氧(O_3)，这些信号可协助判别故障类型和定位。

若两次试验波形之一显示有差异，则一相绕组中有故障；若两次试验波形显示均有差异。则需进行第三次试验。

若第三次试验波形显示重合，则一相绕组中有故障；若仍有差异，则表示两相及以上绕组中有故障。凡第二次和第三次试验，仅需任选一种接线方式即可作出判断。

（3）ϕ 接法故障判别示例见表 9-16。

表 9-16 ϕ 接法故障判别示例

| 序号 | 试验次数 | 仪器端子接线 | | | 波形显示 | 故障判别 |
		H1	H2	L		
1	1	U_2	V_2	U_1 和 V_1	√	
	2	U_2	W_2	U_1 和 W_1	×	W 相故障
		V_2	W_2	V_1 和 W_1	×	
2	1	U_2	V_2	U_1 和 V_1	×	
	2	U_2	W_2	U_1 和 W_1	√	V 相故障
		V_2	W_2	V_1 和 W_1	√	U 相故障
3	1	U_2	V_2	U_1 和 V_1		
	2	U_2	W_2	U_1 和 W_1	×	做第三次试验
		V_2	W_2	V_1 和 W_1	×	
	3	V_2	W_2	V_1 和 W_1	√	U 相故障
					×	两相及以上故障
		V_2	W_2	U_1 和 W_1	√	V 相故障
					×	两相及以上故障

注：√为波形重合，×为波形有差异。

（4）三角形连接故障判别示例如表 9-17 所示。

表 9-17 三角型连接故障判别示例

| 序 号 | 试验次数 | 仪器端子接线 | | | 波形显示 | 故障判别 |
		H1	H2	L		
1	1	U	V	W	√	
	2	V	W	U	×	W 相故障
		U	W	V	×	
2	1	U	V	W	×	
	2	V	W	U	√	U 相故障
		U	W	V	√	V 相故障

（续）

序 号	试验次数	仪器端子接线			波形显示	故障判别
		H1	H2	L		
3	1	U	V	W		
	2	V	W	U	×	做第三次试验
		U	W	V	×	
	3	U	W	V	√	V 相故障
					×	两相及以上故障
	3	U	W	V	√	U 相故障
					×	两相及以上故障

注：√为波形重合，×为波形有差异。

（5）三角形连接故障判别示例如表 9 – 18 所示。

表 9 – 18　三角形连接故障判别示例

序号	试验次数	仪器端子接线			波形显示	故障判别
		H1	H2	L		
1	1	U	V	W	√	
	2	U	W	V	×	U 相故障
		V	W	U	×	
2	1	U	V	W	×	
	2	U	W	V	√	W 相故障
		V	W	U	×	做第三次试验
	3	U	W	V	√	W 相故障
					×	V 相故障
3	1	U	V	W	×	两相及以上故障
	2	U	W	V	×	
		V	W	U	√	做第三次试验 V 相故障
	3	V	W	U	×	两相及以上故障
					√	V 相故障

注：√为波形重合，×为波形有差异。

9.3　电动机下线工艺

绕组是电动机的“心脏”部分，又是最容易发生故障的部分，因此，绕组修理质量的好坏，对整个电动机的性能有很大的影响。清楚地了解电动机绕组的结构型式以及接线原理与方法，对修理好绕组是非常重要的。

9.3.1　三相异步电动机定子绕组重绕

1. 实训目的

掌握三相异步电动机定子绕组数据的测定及判定方法，并会制作绕线模。

2. 实训器材

三相异步电动机一台、灯泡一只、绝缘电阻表、万用表、电流表及电工工具等。

3. 实训内容与步骤

1) 测量记录原始数据

原始记录数据是修理工作的唯一依据，尤其对于国外进口的电动机、国内新开发的非标准产品，如果原始记录有误，则将引起修理错误，甚至无法进行修理。虽然国产标准电动机已有许多技术数据可供参考，但有时制造厂根据生产和材料情况有些改动，所以也必须认真做好原始记录。

原始记录包括铭牌数据、绕组数据、铁心数据、绕组接线图、槽形尺寸、线圈尺寸以及故障类型和改进措施等。按表 9 - 19 填写好记录单。

表 9 - 19　三相异步电动机修理记录单

送修单位：_____
铭牌数据：
　　形式_____功率_____转速_____接法_____
　　电压_____电流_____频率_____定额_____
　　绝缘　　出厂　　制造
　　等级_____编号_____厂_____日期_____

绕组数据： 绕组形式： 线圈节距 并联支路数 导线直径 并绕根数 每槽导线数 线圈匝数 线圈端部伸出长度	铁心数据： 定子铁心外径 定子铁心内径 定子铁心长度 定子槽数

绕组展开图

接线图	槽形尺寸	线圈尺寸

2) 绕组极数和绕组形式的判别

（1）极数的判别。

① 按线圈节距判断电动机极数，线圈节距在设计时总是选择接近或等于电动机的极距，比如 2 极电动机，线圈节距大约等于圆周的一半；8 极电动机，线圈节距约等于定子

圆周的 1/8，如图 9.14 所示。

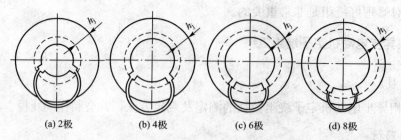

（a）2极　　　（b）4极　　　（c）6极　　　（d）8极

图 9.14　判断电动机极数的方法

　　② 按相邻极相组之间的端部相间绝缘垫所隔的线圈数进行计算，因为极相组中的线圈数就是 q 值，有了电动机槽数 Q_1，知道是三相电动机（$m=3$），则电动机的极数 $2p$ 为

$$2p=\frac{Q_1}{mq}$$

　　设已知三相电动机槽数 $Q_1=72$，相邻两个相间绝缘垫之间的线圈数为 4，则电动机极数为

$$2p=\frac{Q_1}{mq}=\frac{72}{4\times3}=6$$

是 6 极电动机。

　　（2）绕组形式的判别。作原始记录时必需查清绕组的形式，否则无法进行重绕工作。

　　通常三相异步电动机绕组有丫联结和△联结，另外还有不同的并联路数。

　　① 如果在绕组接线中，查到有中性点，则绕组是丫联结；否则是△联结。

　　② 从电源线与极相组连接情况来判别：

　　a. 若每根电源线只与一根导线或一个极相组的线头相连接，可判定是 1丫联结，可查出中性点来进一步断定。

　　b. 若每根电源线与两个极相组端头相连接，则绕组可能是 1△联结或 2丫联结，查一下有无中性点，如有，则绕组是 2丫联结；否则为 1△联结。

　　c. 若每根电源线与三个极相组端头连接，则此绕组为 3丫联结，因为连接的极相组是奇数 3，不会出现 2△联结或 3△联结。

　　d. 若每根电源线与 4 个极相组端头连接，则绕组的接法可能是 4丫联结或 2△联结，查一下有无中性点来区分。如有 12 个极相组的出线端连在一起构成中性点，则此绕组是 4丫联结。

　　绕组并联路数与电动机极数有关，判断时可参考表 9-20。比如 6 极电动机，查出绕组接线是 4 路并联，在一般情况下是不可能的。

表 9-20　电动机最大可能的并联路数与极数的关系

电动机极数	2	4	6	8	10	12	14	16	18
可能的并联路数	1、2	1、2	1、2、3、6	1、2、4、8	1、2、5、10	1、2、3、4、6、12	1、2、7、14	1、2、4、8、16	1、2、3、6、9、18

　　e. 判别线圈的并绕根数将线圈之间的连接线（过线）剥开绝缘或剪断，数一数导线根数，此根数就是并绕根数。

　　绕组接线不必画出，只要知道绕组是几路并联，丫联结还是△联结，查图 9.15～图 9.22就可以查出了。

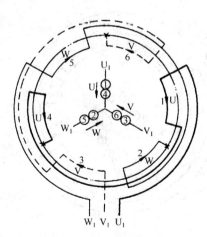

图 9.15　三相 2 极 1丫联结

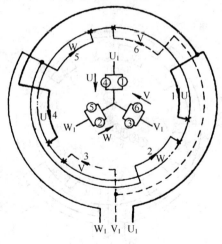

图 9.16　三相 2 极 2丫联结

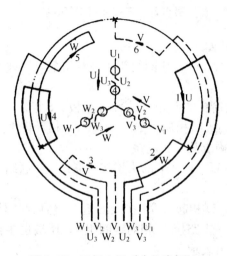

图 9.17　三相 2 极 1丫或 2丫联结

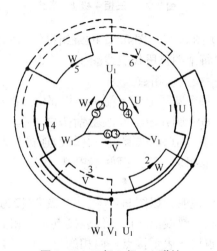

图 9.18　三相 2 极 1△联结

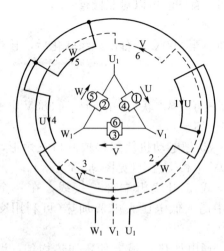

图 9.19　三相 2 极 2△联结

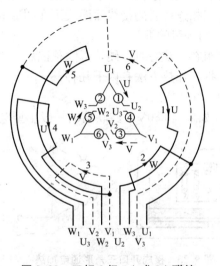

图 9.20　三相 2 极 1△或 2△联结

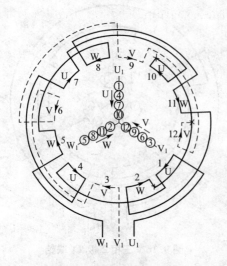
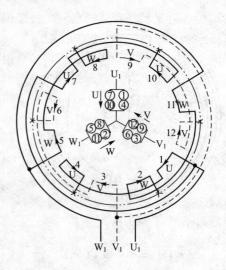

图 9.21　三相 4 极 1Y 联结　　　　　图 9.22　三相 4 极 2Y 联结

（3）图 9.15～图 9.22 的绕组接线简图使用法。

① 每个图弧段代表线圈组，并编上号 1、2、3…，线圈组等于极相组数，即线圈组＝$2p \cdot m$＝极数×相数。

② 每个圆弧上画上箭头，相邻的线圈组的箭头方向相反，表示 N 极、S 极。

③ 每个圆弧段上除画上箭头之外，还要表示出相属，如 U、V、W 相，将来连接线时，把同一相属的线圈组（圆弧段）连接起来，构成某一相的绕组。

④ 三相绕组都连接好本相属的线圈，再将 U、V、W 的头尾按△联结或 Y 联结连接成三相绕组。

举例说明：以图 9.16 三相 2 极 2Y 接为例，U 相起头 U_1 接线圈组 1，然后线圈组 1 的尾端接在中性线上，用 ＊ 代表接点。U 相的另一支路接 U 相的线圈组 4，尾端也接在中性点上，也用 ＊ 表示接点，而相的分支点用实点 · 表示。

再有三相各连接线表示方法是，U 相用较粗的实线，V 相用虚线，而 W 相用细实线表示。三相连接后的接线简图表示在图形的中间，看图时可以对照检查。

3）旧绕组的拆除

绕组在冷状态时很硬，拆除很困难，必须加热至 200℃ 左右使绝缘软化后，趁热迅速拆除。拆除加热方法有以下几种：

（1）电加热法。

① 如果是 380V，△联结的一般小型电动机，可改成 Y 联结，间断接通 380V 电源加热（转子堵转）。

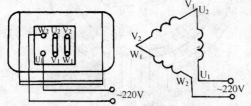

② 把电动机绕组接成开口三角形，通入 220V 单相交流电（见图 9.23 所示）。

③ 拆开绕组端部连接线，在一个极相组中通入低电压大电流加热（可利用交流电焊机）。

图 9.23　接成开口三角形通电加热

通电加热法最方便，加热均匀，温度容

易控制，但必须有足够容量的电源。绕组中有断路或短路的线圈，则可能出现局部不能加热的情况可采用其他加热方法补足。

采用通电加热时，要注意安全，如绕组有接地故障时，外壳可能带电，当绝缘已软化后，必须先切断电源，才可开始拆除绕组的工作。

（2）利用专用加热炉或烘箱加热法加热均匀，温度也可控制。

（3）在没有上述加热条件时，也可采用局部加热法。

① 用煤气、乙炔、喷灯等加热，加热过程当中，一要特别注意防止烧坏铁心，使硅钢片性能变坏。火燃方向向外，不可对着铁心。

② 将电动机立放在火炉（或电炉）之上直接加热。

（4）鉴断法拆除旧绕组。首先将电动机加热至200℃左右，将被拆电动机绕组的接线端朝上，用磨出刃口的扁鉴对齐槽口将接线端的上层绕组端部剁掉，一定要对齐槽口，否则不易退出槽口线圈（见图9.24）。

图 9.24 用扁鉴剁掉绕组端部方法

逐槽剁掉上层线圈端部后，将此端部线圈拉直，露出这端的下层线圈端部，然后用比槽形稍小的钢棍将留在槽内的上层线圈向对面接线端打出，逐槽打出后，将接线端下层线圈端部与铁心之间垫入金属垫板，再用扁鉴把下层线圈端部对齐槽口逐槽剁掉，这时连接线端的上下层线圈端部全部拆除。再用小钢棍逐槽打出槽内下层线圈，全部打出后，接线端的所有线圈也都拆除干净。然后打出槽楔，清理槽内绝缘。

（5）拆除旧线圈的质量要求。

① 为了快速拆除旧线圈，采用喷灯烤焦旧线圈端部绝缘时，勿使铁心局部过热，以防造成铁心冲片短路、变形，使铁心损耗增加。在烘炉内加热时，铁心温度应控制在200℃左右为宜，并要求加热均匀，否则也会引起铁心变形和导磁性能变坏。

② 为腐蚀旧线圈绝缘，不可采用火碱水煮整台电动机，因为这样做虽然能够腐蚀旧绝缘，但铁心冲片漆膜也遭受腐蚀，引起修后电动机空载损耗增大，电动机运行时铁心发热严重。另外，也不可用甲苯或二甲苯等溶剂浸整台电动机绝缘，这样做不但甲苯有毒、成本高，对铁心质量也会带来不良影响。

③ 拆线圈时，不可用力过猛，以防将铁心两端齿压板条碰弯、槽口碰变形，甚至碰掉齿压板条，从而降低铁心压紧程度，使端部叠片松弛，形成扇张现象。拆除绕线转子铜排时，不可用螺钉旋具或扁鉴从槽口向下砸铜排，使槽口铁心变形严重。可将转子放入烘炉内加热（炉温180℃左右），使绝缘老化变脆，便于拆除铜排。转子放入烘炉时，要注意轴承和集电环不可过热，必要时要先扒下来，再将转子放入烘炉内。

4）清理铁心

旧绕组全部拆除后，要趁热将槽内残余绝缘清理干净，尤其在通风道处不准有堵塞。清理铁心时，不许用火直烧铁心，铁心槽口不齐时，不许用锉刀锉大槽口，如有毛刺的槽口要用软金属(如铜板)进行校正。对不整齐的槽形需要修正，否则嵌线困难，不齐的冲片会将槽绝缘割破。铁心清理后，用蘸有汽油的擦布擦拭铁心各部分，尤其在槽内不许有污物存在。最后再用压缩空气吹净铁心，使清理后的铁心表面干净，槽内清洁整齐。

5) 制作绕线模

绕线模尺寸做得是否合适，对电动机重绕工作是否顺利起着决定性的作用。绕线模的尺寸决定了绕组的尺寸，而绕组的大小对嵌线质量、绕组的耗铜量以及电动机重绕后的运行性能都有密切的关系。尺寸过小，嵌线困难，有时甚至嵌不下去；尺寸过大，既费了铜线，又使端部过长甚至顶住端盖。因此，绕线模的尺寸一定要做准确。

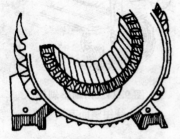

图 9.25　用手捏线圈的试槽方法

绕线模尺寸可用一根导线做成线圈形状，按规定的节距放入定子槽中，线圈两端弯成椭圆形，往下按线圈两端，当它与定子机壳轻微相碰时，这个线圈可作绕线模尺寸。在拆线圈时也可留出一个较完整的线圈，取其中最小的一匝作为绕线模的形状和周长，手捏线圈的试槽方法如图 9.25 所示。表 9 - 21、表 9 - 22 及图 9.26、图 9.27 给出了 Y 系列电动机绕线模尺寸。

表 9 - 21　Y 系列(IP44)三相异步电动机绕线模尺寸表(H80、H160)

型　　号	功率/kW	绕线形式	绕线模尺寸/mm									
			b_{y1}	b_{y2}	b_{y3}	L_1	L_2	L_3	R_1	R_2	R_3	b
Y801 - 2	0.75	单层交叉	58	71		169			30	36		8
Y802 - 2	1.1					180						
Y90S - 2	1.5		66	79		185			33	46		9
Y90L - 2	2.2					213						
Y100L - 2	3.0	单层同心式	87	104		208	230		44	52		
Y112M - 2	4.0		88	104	120	230	244	275	44	52	60	10
Y132S1 - 2	5.5					237	259	300				
Y132S2 - 2	7.5		102	124	146	257	279	320	51	62	73	
Y160M1 - 2	11					297	323	349				
Y160M2 - 2	15		132	158	184	327	353	379	66	79	92	12
Y160L - 2	18.5					367	393	419				
Y801 - 4	0.55	单层链式	5			119			31			8
Y802 - 4	0.75					129						
Y90S - 4	1.1					146			36			9
Y90L - 4	1.5					174						
Y100L1 - 4	2.2	单层交叉	59	67		180			32	37		10
Y100L2 - 4	3.0					210						
Y112M - 4	4.0		67	72		210			34	40		
Y132S - 4	5.5		84	94		195			53	65		10
Y132M - 4	7.5					245						
Y60M - 4	11		104	116		253			60	69		12
Y160L - 4	15					293						

（续）

型　号	功率/kW	绕线形式	绕线模尺寸/mm									
			b_{y1}	b_{y2}	b_{y3}	L_1	L_2	L_3	R_1	R_2	R_3	b
Y90S-6	0.75	单层链式	36			146			22			9
Y90L-6	1.1					165						
Y100L-6	1.5		48			158			28			10
Y112M-6	2.2		53			171			30			
Y132S-6	3.0		65			170			43			9
Y132M1-6	4.0					200						
Y132L1-6	5.5		79			240			47			12
Y160M-6	7.5					220						
Y160L-6	11					270						
Y132S-8	2.2		49			165			30			9
Y132M-8	3.0					195						
Y1601M1-8	4.0					178						
Y160M2-8	5.5		60			208			37			12
Y160L-8	7.5					263						

表 9-22　Y 系列(IP44)三相异步电动机绕线模尺寸表(H180—H315)

型　号	功率/kW	绕线模尺寸/mm			
		b_y	L	L_x	b
Y180M-2	22	202	215	126	9
Y180M-4	18.5	132	230	79	7.5
Y180L-4	22		260		
Y180L-6	15	100	235	61	6.5
Y180L-8	11	74	235	45	6.5
Y200L1-2	30	230	225	140	8
Y200L2-2	37		255		
Y200L-4	30	150	275	87	
Y200L1-6	18.5	113	230	65	7
Y200L2-6	22		260		
Y200L-8	15	83	230	50	
Y225M-2	45	260	250	159	12
Y225S-4	37	190	240	117	10
Y225M-4	45		275		
Y225M-6	30	124	250	76	
Y225S-8	18.5	94	210	61	6.5
Y225M-8	22		250		
Y250M-2	55	284	259	173	12.5
Y250M-4	55	202	290	119	10
Y250M-6	37	145	265	92	7
Y250M-8	30	103		67	
Y280S-2	75	312	275	192	24
Y280M-2	90		310		
Y280S-4	75	217	290	137	12
Y280M-4	90		375		

（续）

型　　号	功率/kW	绕线模尺寸/mm			
		b_y	L	L_x	b
Y280S-6	45	164	265	100	9
Y280M-6	55		310		
Y280S-8	37	117	265	75	9
Y280M-8	45		310		
Y315S-2	110		340		
Y315M1-2	132	370	390	240	16

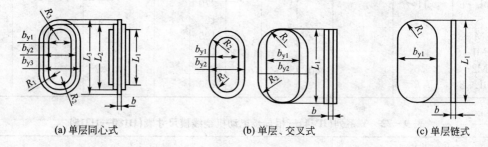

(a) 单层同心式　　　　(b) 单层、交叉式　　　　(c) 单层链式

图9.26　表9-21插图

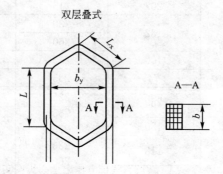

双层叠式

A—A

图9.27　表9-22插图

（1）三相双层叠绕线圈绕线模尺寸计算（见表9-23）。

表9-23　绕线模尺寸

型　　号	功率/kW	绕线模尺寸/mm			
		b_y	L	L_x	b
Y315M-2	160	370	430		
Y315S-4	110		355		
Y315M1-4	132	264	405	165	
Y315M2-4	160		455		

（续）

型　号	功率/kW	绕线模尺寸/mm			
		b_y	L	L_x	b
Y315S-6	75	175	350		
Y315M1-6	90		400	115	
Y315M2-6	110	175	450		
Y315M3-6	132		505		10
Y315S-8	55		350		
Y315M1-8	75	141	400	90	
Y315M2-8	90		450		
Y315M3-8	110		505		
Y315S-10	45		350		
Y315M1-10	55	113	400	73	10
Y315M3-10	75		505		

① 绕线模宽度

$$A_1=\frac{\pi(D_{i1}+h_s)}{Q_1}(y_1-k)$$

式中：D_{i1} 为定子内径，mm；h_s 为定子槽深，mm；Q_1 为定子槽数；y_1 为线圈节距，以槽数表示，例如线圈节距为 1～9 时，$y_1=8$；k 为修正系数，对 2 极电动机，k 取 1.4～2.0，功率大者取大值，对 4、6、8、10 极不必修正，即取 $k=0$。

② 线模直线部分长度

$$L_1=l+2a$$

式中：L_1 为铁心长度，mm；

a 为线圈直线部分伸出铁心长度，mm，按表 9-24 选取。

表 9-24　线圈直线部分伸出铁心长度 a　　　　　　　单位：mm

极　数		2	4	6、8、10
a 值	功率较小电动机	12～18	10～15	10～13
	功率较大电动机	20～25	18～20	12～15

注：功率大者取大值。

如果电动机定子铁心齿部扇张较严重时，制作线模所用铁心长度应在槽口处测量，才能保证嵌线质量。

③ 端部长度（见图 9.28）

$$C=\frac{A}{M}$$

式中：M 为端部系数，可从表 9-25 中选取。

表 9 - 25　端部系数 M

极数	2	3	6	8	10
端部系数	1.3～1.5	1.4～1.6	1.5～1.7		

注：功率大者可取偏小值，如考虑嵌线方便可取偏小值，但以端部不碰端盖为准。

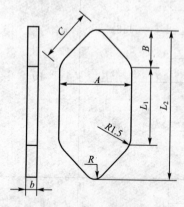

为简化起见，通常采用 $B = 0.45A$，即 $L_2 = L_1 + 0.9A$。

④ 模芯厚度 b

$$b = \frac{N_c N_1 d_2^2}{b_n} + (0.3 \sim 1)$$

式中：N_c 为线圈匝数；N_1 为并绕导线数；b_n 为平均槽宽，一般取 $b = b_n$，mm；d_2 为带绝缘的导线外径，mm。

绕线模一般采用硬木制作，是由模芯和隔板组成。一次绕几个线圈，就做几个模芯。模芯用隔板隔开，所以隔板比模芯多一个，图 9.29 是绕线模的单件图和组装图。

图 9.28　菱形绕线模尺寸

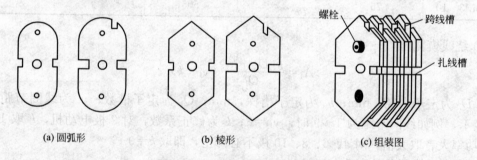

(a) 圆弧形　　　　　　(b) 棱形　　　　　　(c) 组装图

图 9.29　绕线模的单件和组装图

导线绕在模芯上，当匝数绕够时，导线从跨线槽过渡到另一个模芯上继续绕线，当线圈绕好后，用扎线槽中的绑带把线圈两边捆好，以免松散。

4. 实训记录（见表 9 - 26）

表 9 - 26　实训记录表

步骤	内　　容	操 作 要 点
1	实训前的准备工作	(1) 电工工具： (2) 电工仪表： (3) 其他工具： (4) 电机铭牌：
2	填写三相异步电动机修理记录单	按表 7 - 1 填写
3	定子绕组极数判别	(1) _____ (2) _____
4	定子绕组形式判别	(1) _____ (2) _____

（续）

步骤	内　　容	操　作　要　点
5	旧绕组的拆除	(1) (2) (3) (4) (5)
6	清理铁心	
7	绕线模制作	

5. 实训报告

按照实训目的熟练掌握三相异步电动机定子绕组数据的测定及判定方法，并会制作绕线模。

6. 技能测试

内容：三相异步电动机定子绕组数据的测定及判定方法，并会制作绕线模。

要求：在 45min 内，完成对三相异步电动机定子绕组接地故障的检查及维修。

评分标准如表 9-27 所示。

表 9-27　技能测试评分标准

考核内容	配分	评分标准	得分
列举修三相异步电动机修理记录内容	10	每少列举一项目扣 2.5 分	
列举电机定子绕组极数和绕组形式的判别方法	10	每少列举一项目扣 2.5 分	
工具使用	20	绝缘电阻表、万用表、电流表及电工工具不会使用或使用不当每项扣 5 分	
旧绕组拆除方法	30	(1) 步骤不对，每次扣 5 分 (2) 方法不对，每次扣 5 分	
绕线模的制作	30	(1) 步骤不对，每次扣 5 分 (2) 方法不对，每次扣 5 分	
时间		每超时 5min 扣 5 分	

9.3.2　绕线工艺

1. 实训目的

掌握三相异步电动机定子绕组绕制工艺。

2. 实训器材

三相异步电动机一台、绕线机一台、漆包线及电工工具等。

3. 实训内容与步骤

1）绕线前的准备工作

（1）检查绕线机、计圈器是否正常。

（2）检查电磁线牌号，裸导线线径公差尺寸应符合表 9-28 内的允许偏差值；电磁线不同规格的绝缘厚度应符合表 9-29 中的规定。

表 9-28　常用裸导线直径允许偏差　　　　　　单位：mm

裸导线标准直径	0.26~0.7	0.71~1.00	1.01~2.50
允许偏差	±0.010	±0.015	±0.020

表 9-29　常用各种圆电磁线绝缘厚度表　　　　　　单位：mm

导线名称 \ 导线直径 / 绝缘厚度	0.51~0.69	0.72~0.96	1.00~1.62	≥1.68
双纱包或双玻璃丝包线（硅有机、醇酸等）	0.25	0.25	0.27	0.28
单玻璃丝漆包线（聚酯，缩醛）	0.20	0.22	0.22	0.24
高强度漆包线（聚酯、缩醛、彩色聚酯、彩色缩醛）　薄绝缘	0.03	0.04	0.06	0.07
厚绝缘	0.05	0.06	0.08	0.09
聚酰胺-酰亚胺为基的高强度漆包线	0.03	0.04	0.06	0.07

（3）检查绕线模尺寸是否符合要求，变形的和尺寸不符合要求的，不可勉强使用。

导线绝缘超差，可能会引起嵌槽困难，甚至因导线在槽内太拥挤而无法嵌线；导线过细虽然嵌线容易，但会因导线电阻太大，电流密度增加而造成电动机过热。

绕线前要仔细检查电磁线外皮是否完好，硬度是否合适，掉漆皮的电磁线不可用，一段软一段硬的电磁线也不要用。一定要购买正式电磁制造厂的合格产品。

经检查尺寸，把合适的绕线模安装在绕线机上。除了不可调的绕线模之外，还可自制或外购可调式绕线模，如图 9.30 所示。

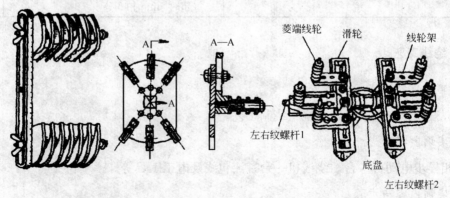

　　(a) 长度可调式绕线模　　　(b) 底板万能绕线模　　　(c) 金属骨架万能绕线模

图 9.30　可调式绕线模

（4）准备好放线装置，如图 9.31 所示。

有几根导线并绕就准备几盘电磁线放在放线架上，不可直接从原线捆上往下放着使用。

2）绕制线圈

将导线拉出，通过紧线夹把导线拉到绕线模上，留出一定长度固定在绕线板上。

紧线夹是用层压夹板中间垫上浸石蜡的毛毡做成的，拧紧紧线夹的螺母和螺栓，可调节夹紧力大小，要求夹紧力要适中，不可过大过小，力的大小取决于导线线径和并绕根数，导线越粗（不可超过 $\phi6$），并绕根数越多，则要求夹紧力越大。如果绕制小型线圈，导线较细，并绕根数又不太多，建议用套管套在导线外边，绕线时用手握住套管，靠套管与导线之间的摩擦力也可夹紧，如图 9.32 所示，这样操作方便。

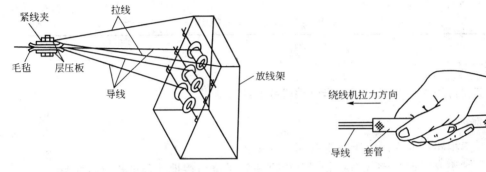

图 9.31　放线装置　　　　　图 9.32　用手握套管办法夹紧导线

导线的起头一般固定在绕线机的右手边，从右向左绕线，先绕小线圈，后绕中线圈和大线圈。每绕完一个线圈时，要把导线从跨线槽过渡到相邻左边的模芯上，并且这个绕完的线圈在扎线槽处用事先放好的绑绳把线圈两边捆好，以免松散。要求各线匝之间服贴，平整，匝数正确。如需接头，要在线圈端部焊接，焊后清理毛刺、包好绝缘，套上套管。多根导线焊接时，要把各根导线的焊接接头错开一定距离。

3）绕制圆导线线圈的质量要求

（1）选用电磁线的规格、牌号应符合要求，电磁线绝缘应完好，无损伤。有条件时，应做电磁线进厂验收试验，应有出厂检验合格证。

（2）绕制的线圈匝数应正确，线圈导线排列要整齐，线圈各部分尺寸应符合图样或原始记录要求。

（3）不可用较细的导线代用，不可盲目改变线圈匝数。线圈匝数不足或线圈节距改小，均会造成电动机空载电流和启动电流增大，并增高电动机温升。

（4）绕制线圈时，导线拉力应符合要求。拉力过大会使导线绝缘受损伤，尤其漆包导线，将使漆皮剥裂；拉力过小或不均，又会使线圈尺寸精度不够，线匝排列不整齐。

（5）绕组形式不可轻易改变。

（6）不可盲目放大绕线模尺寸，不但浪费铜线，又影响电动机性能，过长的端部线圈与端盖相碰，造成对地击穿事故。

4. 实训记录

实训记录如表 9-30 所示。

表 9 - 30 实训记录表

步　骤	内　　容	操作要点
1	实训前的准备工作	(1) 电工工具： (2) 电工仪表： (3) 其他工具： (4) 电机铭牌：
2	绕制线圈的方法	
3	绕制圆导线线圈的质量要求	(1) (2) (3) (4) (5) (6)

5. 实训报告

按照实训目的熟练掌握三相异步电动机线圈绕线工艺。

6. 技能测试

内容：三相异步电动机定子绕组线圈绕线工艺。

要求：在 45min 内，完成对三相异步电动机定子绕组接地故障的检查及维修。

评分标准如表 9 - 31 所示。

表 9 - 31 评分标准

考核内容	配分	评分标准	得分
列举修三相异步电动机绕线前的准备工作	20	每少列举一项目扣 4 分	
工具使用	20	电工工具等不会使用或使用不当每项扣 5 分	
绕制线圈	30	(1) 步骤不对，每次扣 5 分 (2) 方法不对，每次扣 5 分	
绕制圆导线线圈的质量要求	30	要求每少一项扣 5 分	
时间		每超时 5min 扣 5 分	

9.3.3　嵌线工艺

1. 实训目的

掌握三相异步电动机定子绕组的嵌线工艺。

2. 实训器材

三相异步电动机一台、漆包线、嵌线工具一套等。

3. 实训内容与步骤

1）槽绝缘的准备

散嵌绕组的槽绝缘是在嵌线之间插入槽内的，相间绝缘和层间绝缘所使用的材料规格基本相同。槽绝缘厚度取决于电动机容量和电压大小，容量越大、电压越高，槽绝缘厚度也越厚。槽绝缘两端要剪角，以免电动机运转时产生噪声。

槽绝缘材料按表 9-32 选用，槽绝缘的宽度等于 $\pi R + 2H$，如果嵌线时不另外加引槽纸时，槽绝缘宽度适当放大些，使导线入槽时不被槽口尖角刮伤，嵌线前绝缘长度如图 9.33(a)所示，等嵌完槽后再用剪刀把多余的槽绝缘剪掉，如图 9.33(b)所示，然后用划线板和线压子使槽绝缘恰好包住槽内导线，如图 9.33(c)所示。槽绝缘长度等于铁心长加上两端伸出铁心的长度，见表 9-32。

表 9-32　Y 系列电动机槽绝缘一端伸出铁心长度　　　　单位：mm

机座号	H80～H112	H132～H160	H180～H280	H315
一端伸出铁心长度	6～7	7～10	12～15	20

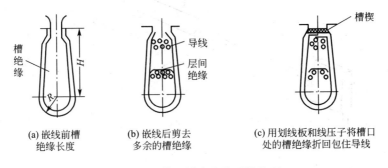

(a) 嵌线前槽　　　　(b) 嵌线后剪去　　　　(c) 用划线板和线压子将槽口
绝缘长度　　　　多余的槽绝缘　　　　处的槽绝缘折回包住导线

图 9.33　槽绝缘嵌线前后的处理

2）嵌线前的准备

（1）嵌线前，要检查线圈绝缘情况和匝数是否符合要求，并且要熟悉原始记录或图样的嵌线数据和说明，整理好线圈外形，做好线头套管和端部绑扎工作。

（2）除槽绝缘外还要准备好层间绝缘、相间绝缘、槽楔等。槽楔一端的打入边应有倒角，以防插入槽内时刮破槽绝缘。

（3）准备好嵌线所需工具，如图 9.34 所示。

3）线圈嵌线时所用主要工具的使用方法

图 9.34(a)是清槽用自制的双头锉，由一个圆锉和一个扁锤在手柄处焊接制成，可清理电机槽内漆瘤和粘在槽壁上的残余绝缘片，有时也用清槽锯进行清理[图 9.34(b)]。

图 9.34(c)是用尼龙材料或竹片制作的划线板。

划线板的作用是把嵌入槽内的导线理顺、劈开槽口的绝缘纸，使堆积在槽口的导线划向槽内的两侧，使后进入槽的导线顺利入槽，所以划线板也称做滑线板。要求它的头部光滑、厚薄合适，用胶木板或红钢纸制作，有的施工单位用铁板制作，这是错误的，即使当时未发生故障，使用时间不久电动机也会因匝间短路而烧毁。

图 9.34(d)是清理槽内残余绝缘进行清槽工作的清槽钢丝刷。

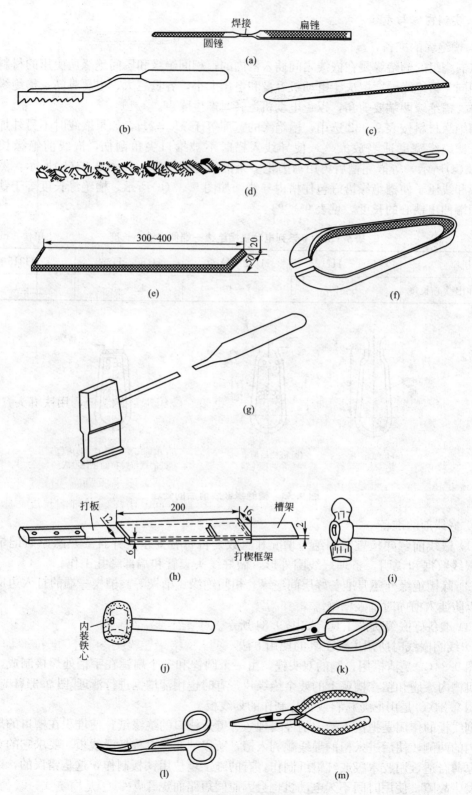

图 9.34　嵌线时所用主要工具示例

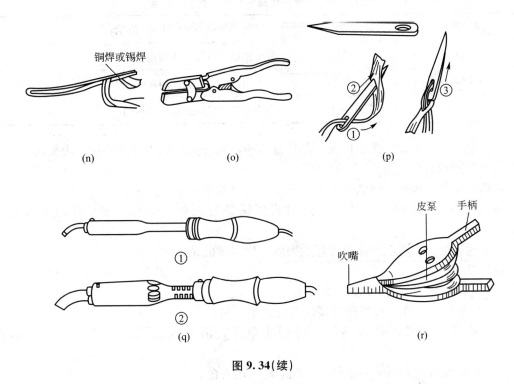

图 9.34(续)

图 9.34(e)是打板，用硬木板制成，其作用是垫在绕组端部绝缘上，用铁榔头打击打板对端部绕组进行整形，防止用铁锤直接打击绕组损伤绝缘。

图 9.34(f)是刮漆皮刀，用钢片经淬火制成，用以刮掉电磁线端部的漆皮。

图 9.34(g)是线压子，也叫压线板或压脚，用钢板制作，压脚部位进行热处理，要求有一定硬度和强度，用于压实槽内导线以及叠压槽绝缘封口。要求压脚底面四角磨光，呈圆弧形状以防损伤绝缘。其大小尺寸和长度按电动机槽口宽、槽深以及轴向长度而做成各种形式。

图 9.34(h)是打槽楔工具，对于槽内较紧，而槽楔长且较软时，宜用此工具将槽楔打入槽内。

图 9.34(i)是手锤或叫铁榔头。图 9.33(j)是橡皮榔头，可直接打击绝缘。

图 9.34(k)是普通剪刀，修整端部相间绝缘。

图 9.34(l)是选用剪刀，可用来修剪伸出槽口的槽绝缘多余部分。

图 9.34(m)是尖嘴钳子，用来截断导线和拉槽绝缘，有时也用于推拉槽楔或绝缘用。

图 9.34(n)是穿线针，用黄铜丝对折后，将两个端头焊在一起，绑线或布带靠两根铜丝夹住，用于穿引绑线或布带。

图 9.34(o)是冷压钳，用于压接引出线接头(线鼻子)。

图 9.34(p)是用不锈钢片制成的穿针、用以穿引布带。穿引方法是：①布带穿过针孔；②用针尖穿透布带端部；②拉针使布带锁住。

图 9.34(q)是常用的手工电烙铁，分为内热式和外热式两种(①是内热式；②是外热式)，根据焊点大小选用电烙铁功率，见表 9-33。

表 9 - 33　电烙铁功率与烙铁头温度的关系

功率/W	温度/℃	适 用 场 合
15～40	290～340	微小型电动机导线焊接用
30～60	320～380	小型电动机导线焊接用
40～100	350～400	中小型电动机绕组导线焊接用

焊接前，先使烙铁头蘸上松香，并且擦干净，如果烙铁头使用时间长，表面腐蚀，要用锉刀进行清理后再上锡。

用烙铁加热被焊处，烙铁头上带少量焊料，目的是便于传导热量。

烙铁头与焊点接触面要大些，这时将焊锡条放到焊点熔化，使焊锡填充满被焊接处。

焊后撤去烙铁，趁热用抹布擦焊点表面，使焊接面光亮。

注意事项：

（1）电源电压应与电烙铁的额定电压相符。

（2）电烙铁不可在易爆场所或腐蚀性气体中使用。

（3）使用外热式电烙铁后，要将铜头取下，清除氧化层，以免日久造成铜头烧死。

（4）电烙铁通电后不能敲击用，以免缩短使用寿命。

图 9.34(r)是皮老虎外形，主要用于吹除电动机内部的少量积尘和金属切削残片。也可用自行车打气筒打气进行清理。较大型的修理单位有压缩空气用来吹扫更方便。

嵌线前将定子铁心或机壳按引出线方向的位置放置在工作台上，要放稳。圆形铁心或外壳应放在能转动的定子嵌线支架上，便于嵌线。在垫入槽绝缘之前，要先用压缩空气吹净铁心表面，然后用汽油擦洗干净，铁心扇张现象要事先处理好。

4）嵌线过程

嵌线工艺按手工操作介绍。

（1）准备工作：检查铁心清理质量，不合格不能进行嵌线。准备好槽绝缘材料，按所需裁出足量的槽绝缘，比如 36 槽，要准备 36 条槽绝缘。准备好槽楔，槽楔最好外购，采用引拔槽楔，如果急需，只配几个竹楔时，可用电工刀削出槽楔。削法是先截出槽楔所需长度（等于槽绝缘纸长），用锤子敲打电工刀将竹板劈成竹楔所需尺寸的半成品。然后右手拿电工刀靠紧桌边，左手拿住半成品的竹楔向箭头方向拉 ［见图 9.35(a)］。先拉出竹楔厚度（要保留竹皮表面，因这部分质地密实），再拉出两侧的斜面。断面呈等腰梯形 ［见图 9.35(c)］，不要拉出三角形 ［见图 9.35(b)］，斜面一定要平坦。最后再在竹楔端部削出小坡口，目的是向槽内打入槽楔时顺利，不会刮破槽绝缘。

交流电动机常用电磁线和绝缘材料见表 9 - 34，可按表 9 - 34 中给出的规格选用。老系列电动机也可参考此表选用。

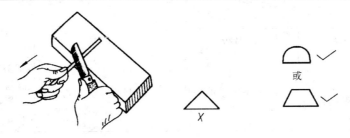

(a) 削竹楔方法　　　(b) 错误的断面形状　　(c) 正确的断面形状

图 9.35　削竹楔方法和断面形状要求

表 9-34　交流电动机常用电磁线及绝缘材料

名　　称	E 级	B 级	F 级	H 级
电磁线	QQ-2，QQB，QQL-2，QQLB 缩醛漆包线	QZ-2，QZB，QZL-2，QZLB 聚酯漆包线 SBEC，SBECB，SBEL-CB 双玻璃丝包线 QZSBECB 双玻璃丝包聚酯漆包线	QZ(G)，QZ(G)B 改性聚酯漆包线 QZYS-BECB 双玻璃丝包聚酯亚胺漆包线	QZY，QZYB 聚酰亚胺漆包线 SBEG，SBEGB 硅有机漆双玻璃丝包线 SBEMB/180 聚酰亚胺薄膜绕包线
槽绝缘材料	6520 聚酯薄膜绝缘纸复合箔 6530 聚酯薄膜玻璃漆布复合箔	6530 聚酯薄膜玻璃漆布复合箔 DMD，DMDM 聚酯薄膜聚酯纤维纸复合箔	NMN 聚酯薄膜芳香族聚酯胺纤维纸复合箔 SMS 聚酰薄膜芳香族聚砜酰胺纤维纸复合箔 DMO 聚酯薄膜噁二唑纤维纸复合箔	NHN 聚酰亚胺薄膜芳香族聚酰胺纤维纸复合箔 SMS 聚酰亚胺薄膜芳香族聚砜酰胺纤维纸复合箔 DMO 聚酯薄膜噁二唑纤维纸复合箔
绕包绝缘材料	2412 油性玻璃漆布	2430 沥青醇酸玻璃漆布 2432 醇酸玻璃漆布 2433 环氧玻璃漆布 5438-1 环氧玻璃粉云母带 9541-1 钛改性环氧玻璃粉云母带	聚萘酯薄膜，其他材料同 H 级	2450 有机硅玻璃漆布 2560 聚酰亚胺玻璃漆布 5450-1 聚酰亚胺薄膜 有机硅玻璃粉云母带
绑扎带（转子用）	2830 聚酯绑扎带	2830 聚酯绑扎带	2840 环氧绑扎带	2850 聚胺-酰酰亚胺绑扎带
槽楔、垫条接线板等绝缘件	3020-3023 酚醛层压纸板 4010，4013 竹（经过处理，如油煮）酚醛塑料	3230 酚醛层压玻璃布板 3231 苯胺酚醛层压玻璃布板 4330 酚醛玻璃纤维压塑料	3250 有机硅环氧层压玻璃布板 3251 有机硅层压玻璃布板 3240 环氧酚醛层压玻璃布板	9330 聚二苯醚层压玻璃布板 9335 聚胺酰亚胺层压玻璃布板

（续）

名称	E 级	B 级	F 级	H 级
漆管、套管	2714 油性玻璃漆管	2730 醇酸玻璃漆管	同 H 级	2750 有机硅玻璃漆管 2751 硅橡胶玻璃丝管
引接线	JBQ(500V、1140V) 橡皮绝缘丁腈护套引接线	JBYH(500V、1140V、6000V)氯磺化聚乙烯橡皮绝缘引接线 JBHF6kV 橡皮绝缘氯丁护套引接线	JFEH（6000V 及以下）乙丙橡胶绝缘引接线	JHB(500V)硅橡胶绝缘引接线 （500V)聚四氯乙烯引接线
浸渍漆	1032 三聚氰胺醇酸漆	1032 三聚氰胺醇酸漆 5152－2 环氧聚酯酚醛无溶剂漆	155 聚酯浸渍漆 319－2 不饱和聚酯不溶剂漆聚	1053 有机硅浸渍漆 931 低温干燥有机硅漆

槽绝缘伸出槽口部分的方式有三种，如图 9.36 所示。图 9.36(a)是小型电动机不需加强槽口绝缘的，只伸出槽口即可；图 9.36(b)是加强槽口绝缘的，把伸出槽口部分的绝缘反折回来，但不再插入槽内；图 9.36(c)是加强槽口绝缘的，并且把伸出槽口部分绝缘反折回来插入到槽口中去。

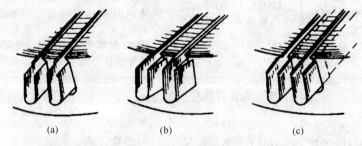

(a)   (b)   (c)

图 9.36 槽绝缘伸出槽口部分的三种方式

（2）单层绕组嵌线工艺：

① 单层链式绕组嵌线工艺。图 9.37 所示为三相 24 槽 4 极单层链式绕组展开图。每极每相槽数 $g=2$，线圈节距 y 为 1~6。

② 按原始记录定出嵌线时第一槽位置，通常是使嵌线后引出线位置在机座出线口的两边。

③ 首先理直引线，并将第一相的第一个线圈带有引出线的一边（下层边）嵌入槽 1 内，另一边先不嵌入槽 6 内。本例是 U 相的第一个线圈边嵌入槽 1，

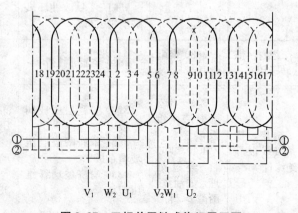

图 9.37 三相单层链式绕组展开图

引出线为 U_1。

④ 空一槽 24，再嵌入另一相（W 相）的一个线圈下层边（槽 23），而另一边暂不嵌入槽 4。

⑤ 再空一个槽 22，嵌入第三相（V 相）的第一个线圈的下层边（槽 21），另一边按 $y=1\sim6$ 的规定嵌入槽 2 内。

⑥ 再空一个槽 20，嵌入第一相的第二个线圈 19。此线圈与本相的第一个线圈的连接法是上层边与上层边相连或下层边与下层边相连，即尾、尾或首、首相连。

⑦ 以后第二、三相按空一槽嵌入一槽的次序，轮流将一、二、三相的第一个线圈嵌完，最后把第一、二相的第一个线圈的起把边嵌入，整个绕组全部嵌完。

⑧ 要整理端部线圈形状。端部相间绝缘纸要垫正确，绝缘纸露出线圈 3～5mm。

单层链式绕组嵌线规律是：嵌 1 槽，空 1 槽，吊 3 把线。简单的口诀是：嵌 1 空 1 吊 3。

（3）三相单层同心式绕组嵌线工艺：图 9.38 是三相 24 槽 2 极单层同心式绕组的展开图。每极每相槽数 $q=4$，节距为 1～12，24-11（见 U 相，也即是 1-10，1-12）。

① 做好嵌线准备之后，垫入槽绝缘，选择第一槽位置（按原始记录）。

② 把第一相（U 相）第一组的小线圈带有引出线 U_1 的一边嵌入槽 1 内，另一边不嵌入槽 10 内。紧接着大线圈的下层边嵌入槽 24 内，上层边也不嵌入槽 11 中。

③ 空两个槽（槽 22、23），把第二相（W 相）的一组线圈的两个下层边嵌入槽 20 及槽 21 内，上层边也不嵌入。

④ 再空二个槽（槽 18、19），把第三相（V 相）第一组的两个下层边嵌入槽 16、17 内，并根据线圈节距 y 为 2-11 及 1-12，把两个上层边也嵌入槽内。

⑤ 按空两个槽嵌两个槽的方法，依顺序把其余的线圈嵌完，最后从第一、二相起把线圈的上层边嵌入槽内。

⑥ 整理线圈端部为喇叭口形状及修剪相间绝缘纸，使其露出线圈 3～5mm 左右。

线圈端部整理是用锤子垫上打板敲打线圈端部，用力要适中，最后使线圈端部形成喇叭口状，如图 9.39 所示。要求端部呈喇叭口形状的目的是防止穿入转子时碰伤绕组端部和有利于通风散热。

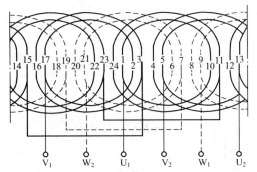
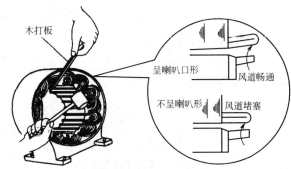

图 9.38　三相单层同心式绕组展开图　　　　图 9.39　端部为喇叭口形状

单层同心式绕组嵌线规律是：嵌 2 空、嵌 2 空 2、吊 4。

（4）三相单层交叉式绕组嵌线工艺：图 9.40 所示为三相 4 极 36 槽的单层交叉式绕组展开图。每极每相槽数 $q=3$，线圈节距：两个 1-9，一个 1-8。

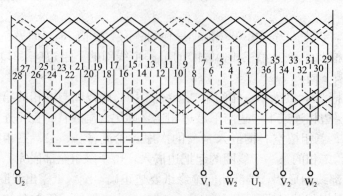

图 9.40　三相单层交叉式绕组展开图

① 选好嵌第一槽的位置，槽内放好槽绝缘。

② 准备工作完成后，开始嵌线。先把第一相（U 相）的两个大线圈中带有引出线的线圈边 U1 嵌入槽 1 内，上层边不嵌入槽 29 内，然后把另一个大线圈边的下层边，嵌入槽 2 内，上层边不嵌入槽 30 内。

③ 空一槽 3，把第二相（W 相）的小线圈带有引出线 W2 的有效边嵌入槽 4 内，上层边暂不嵌入（即槽 33 暂空）。

④ 再空两个槽 5，6，把第三根（V 相）的两个大线圈中带有引出线 V1 的一边嵌入槽 7 内，并按大线圈节距 1－9 把上层边嵌入槽 35 内。然后，嵌入另一个大线圈的上层边（槽 8）和下层边（槽 36）。

⑤ 再空一个槽 9，把第一相小线圈的下层边嵌入槽 10 内。这时大、小线圈的连接方式是上层边与上层边相连，下层边与下层边相连。然后按小线圈的节距 1－8，把上层边嵌入槽 3 内。

⑥ 再空两个槽 11，12，嵌第二相的大线圈，按上层连上层，下层连下层的原则，把一个大线圈的下层边嵌入槽 13 内，再按 1－9 节距把上层边嵌入槽 5 内，紧接着嵌另一大线圈。

⑦ 再空一个槽 15，嵌第三相小线圈。再按上述办法把一、二、三相线圈嵌入槽内，最后从一、二相起把线圈的上层边嵌入槽内。

嵌单相交叉式绕组的规律是：嵌 2 空 1，嵌 1 空 2……吊把为 3 个线围边。口诀是：嵌 2 空 1，嵌 1 空 2……吊 3。

（5）三相双层绕组嵌线工艺：图 9.41 所示为三相 4 极双层绕组展开图，24 槽，每极每相槽数为 2，y 为 1－6 槽。

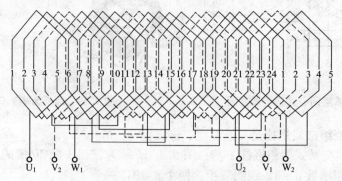

图 9.41　三相双层绕组展开图

① 选好嵌线的起始槽，并做好嵌线准备后便着手嵌线。

② 开始嵌入一个节距内的线圈的下层边(即 y 个线圈)，如第 1 至第 5 线圈的下层边分别嵌入槽 6、7、8、9、10 内，上层边暂不嵌入槽中，作为吊把线圈。

③ 嵌完吊把线圈的下层边后，放入层间绝缘，再嵌入其后的一个节距内的 y 只线圈的下层边，这时可嵌入各线圈的上层边。

④ 嵌入一个节距内的 y 只线圈(线圈 11、12，13，14，15)下层边后，放入层间绝缘，再嵌入其后的 y 只线圈上层边，直至其他线圈的上下层边都嵌完，最后把吊把线圈的上层边嵌入槽内。

双层绕组嵌线规律是：每个线圈连续嵌入槽内，吊把线圈数等于一个节距。

5) 软线圈嵌线工艺要点

(1) 线圈用手捏扁，嵌线时左手向前拉，右手捏扁向前送，这样可一次入槽，并且导线不交叉 [见图 9.42(a)和(b)]，然后用理线板(滑线极)理顺 [见图 9.42(c)]。

(2) 用线压子把槽内蓬松的导线压实，嵌满槽后折槽口便可插入槽楔，要求槽楔在槽内配合较紧 [见图 9.42(d)和(e)]。

(3) 用手下压线圈伸出槽的部分，然后用打板打齐 [见图 9.42(f)和(g)]。

(4) 插入端部相间绝缘纸，要求相间绝缘纸插入到槽底与垫条伸出槽口的部分重叠上。整理好之后，用剪刀把高出线圈的相间绝缘纸剪掉，保持一定高度 3~5mm [见图 9.42(h)]。

(5) "包尖"端部线圈按电动机极数和使用要求要用漆布带半叠包扎一层，以保证线圈的机械强度和整体性 [见图 9.42(i)]。

(6) 最后用专用整形胎对线圈端部进行整形。如果无专用整形胎，用手锤垫打板整形亦可 [见图 9.42(j)]。

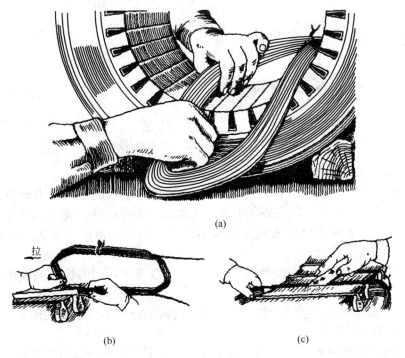

(a)

拉

(b)　　　　　　　　　　　　(c)

图 9.42　软线圈嵌线工艺要点

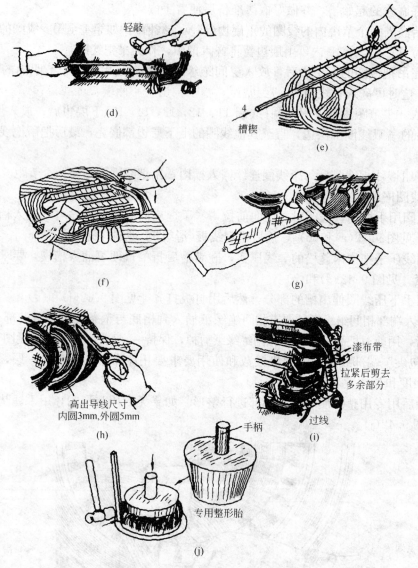

图 9.42　软线圈嵌线工艺要点(续)

6) 定子绕组嵌线质量要求

(1) 嵌线前彻底检查电动机内外清洁程度和环境卫生状况，要将电动机的通风孔和铁心槽内的旧绝缘清理干净，铁心无毛刺、无锈迹、干燥，冲片无歪倒现象。齿压板完整，无开焊现象。槽内残余绝缘的清理如不彻底，则会使槽满率过大，可能造成匝间短路。

(2) 检查被嵌入的线圈质量和绝缘材料是否符合要求，同时检查嵌线所需工具是否完备。

(3) 层间垫条和端部相间绝缘垫不可垫偏，槽内垫条伸出铁心两端长度应相等，允差小于 2mm，垫条无移动现象。

(4) 软绕组的槽绝缘材质、层数和尺寸应符合要求，不可降低绝缘等级，两端伸出铁心长度允差小于 3mm。要求槽绝缘包合严密，不露缝隙，无破损。层间和相间绝缘垫安放正确，无遗漏和损伤。

（5）嵌线圈时，不可用力过猛或用硬物砸线，使线圈绝缘遭受损伤。理线板不可用铁质制造，软线圈嵌入槽内，要用理线板将各匝理顺，不许有交叉现象。

（6）要求槽楔断面形状、材质、厚度、长度符合要求，要与槽配合紧密，不松动，用手指应推不动，用锤子敲打槽楔应无空声，槽楔伸出铁心两端长度相等，偏差小于 1mm，槽楔不可高出铁心表面。

（7）线圈端部喇叭口成形要正确，其内圆大于定子铁心内圆表面，其外圆大于铁心外圆。

（8）端部绑扎应符合原始记录，绑扎要整齐牢靠。

4. 实训记录

实训记录见表 9-35。

表 9-35　实训记录表

步骤	内　　容	操 作 要 点
1	实训前的准备工作	（1）嵌线工具： （2）槽绝缘的准备： （3）嵌线前的准备：
2	单层绕组嵌线工艺（三相 24 槽 4 极单层链式绕组为例）	（1） （2） （3） （4） （5） （6） （7） （8）
3	软线圈嵌线工艺要点	（1） （2） （3） （4） （5） （6）
4	定子绕组嵌线质量要求	（1） （2） （3） （4） （5） （6） （7） （8）

5. 实训报告

按照实训目的熟练掌握三相异步电动机定子绕组的嵌线工艺。

6. 技能测试

内容：三相异步电动机定子绕组的嵌线工艺。

要求：在 45min 内，完成对三相异步电动机定子绕组接地故障的检查及维修。

评分标准见表 9 - 36。

表 9 - 36　评 分 标 准

考 核 内 容	配分	评 分 标 准	得分
列举嵌线工具、槽绝缘的准备、嵌线前的准备的内容	20	每少列举一项目扣 2.5 分	
工具使用	20	嵌线工具不会使用或使用不当每项扣 5 分	
单层绕组嵌线工艺	30	(1) 步骤不对，每次扣 5 分 (2) 方法不对，每次扣 5 分	
软线圈嵌线工艺	15	(1) 步骤不对，每次扣 5 分 (2) 方法不对，每次扣 5 分	
定子绕组嵌线质量要求	15		
时间		每超时 5min 扣 5 分	

9.3.4　绕组连接

1. 实训目的

掌握三相异步电动机定子绕组连接工艺。

2. 实训器材

三相异步电动机一台、电工工具等。

3. 实训内容与步骤

1）概述

绕组连接包括极相组之间的连接、相绕组的连接以及与外部引出线的连接。连接正确后要进行焊接并引出到出线盒内。

绕组连接与绕线方式有关，如果一相连绕就不存在极相组之间连接；如果绕线时是一个极相组一断线卸模，那么就要有极相组之间的连接（有过桥线）。

对于显极接线方式，相邻的两个极相组电流方向必须相反，在 N 极下极相组是顺时针方向，则在 S 极下电流就应是逆时针方向，所以各极相组的连接是尾、尾相接或首、首相接。为了检查绕组接线是否正确，在施工现场常画出绕组接线简图。在简图中用一个矩形框代表由 9 个线圈构成的一个极相组，这样就免去画实际线圈的绕组展开图。

三相绕组的极相组数等于极数乘相数，比如 4 极电动机，三相绕组共有极相组数为 4×3＝12 个。用 12 个矩形框代表，如图 9.43 所示。

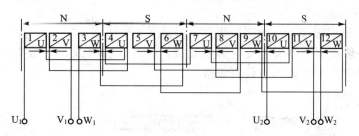

图 9.43　三相 4 极绕组接线简图

矩形框斜线上方代表极相组号，斜线下方代表相属。相邻极相组中的电流方向用箭头代表，U 相的首、尾用 U_1、U_2 表示，V 相的首、尾用 V_1、V_2 表示，W 相的首、尾用 W_1、W_2 表示。这张图只和 $2p$ 及三相有关，与槽数无关，所以大大简化了展开图的绘制。

三相首端应相距 $120°$ 电角度，按此规则确定电动机的引出线位置。图 9.44 中三种不同的引出线位置在原理上是正确的，但在工艺上要考虑出线盒位置和施工的方便（短形框斜线下方代表 3 相），一般采用图 9.44(c) 的接线方法。

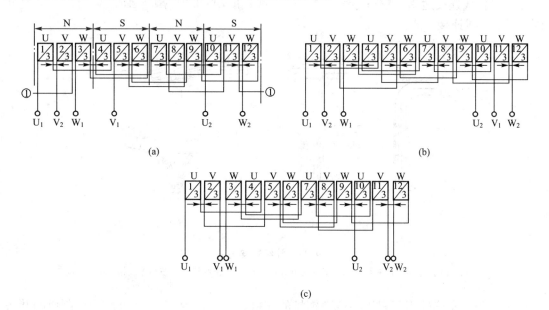

图 9.44　三种引出线位置

线头按图样绞接在一起检查无误后，可进行焊接。

2）准备工作

（1）准备施焊工具和钎料。

（2）准备好尺寸合适的玻璃丝漆套管。一定注意不能用聚氯乙烯套管（即平常所说的塑料管）。

（3）清除待焊部位的线头绝缘，漆包线可用专用的双面刮刀刮净线头绝缘。

（4）采用锡钎焊的绕组，在绕线起即将线头绝缘刮净，先进行搪锡处理，一般修理单台电动机时，也可在接头前再搪锡，接线头先搪锡是保证焊接质量的一项措施。

3）线头连接

线头连接的形式很多，一般锡钎焊常采用以下几种形式：

（1）绞接一般较细的导线接头时可用绞接，有对绞和并绞，如图 9.45 所示。注意在对绞时，要先把绝缘套管套入导线再绞接。

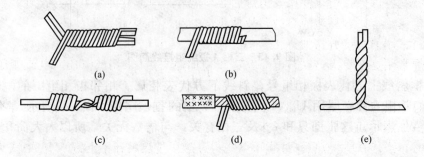

图 9.45　绞接方式

（a）、（c）、（e）相同线径的纹接方式；（b）、（d）不同线径的绞接方式

（2）扎线连接适用于较粗导线的连接，扎线一般用 $\phi 0.3 \sim \phi 0.8$ 细铜线，图 9.46 是几种常用的扎线连接方式。

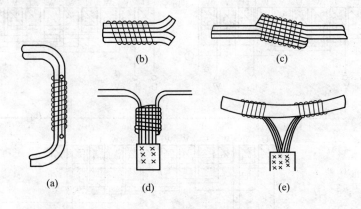

图 9.46　扎线连接方式

（a）、（b）、（c）用细线将两股导线绑扎的连接方式；（d）、（e）用细线将电缆与导线相绑扎的连接方式

（3）并头套连接用于扁铜线或扁铜排的连接，一般用 $\phi 0.5 \sim \phi 1.0$ 纯铜皮制成的并头套将要连接的铜排并套在一起，如图 9.47 所示。

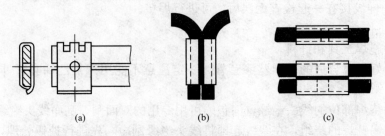

图 9.47　并头套连接方式

（a）用并头套将导电杆固定的连接方式；（b）、（c）用并头套固定连接导线的连接方式

4）焊接

（1）锡钎焊锡钎焊在电动机修理的焊接中使用的较多，它具有操作方便、接点牢靠的特点，但工作温度不高。

常用的锡铅钎料牌号为 HIb10、HIb13、HL603、HL602 等。钎剂是松香、酒精溶液，钎剂有些腐蚀性，可以使用，但焊后必须清理干净。盐酸因有强腐蚀性，残留的盐酸要腐蚀电动机绝缘，容易造成事故，故禁止在电动机修理中使用。

修理时常用的焊接方法如下：

烙铁焊常用烙铁有火烙铁、电烙铁、碳精加热烙铁（采用低电压大电流变压器加热碳精使烙铁加热）。烙铁尺寸的大小及烙铁头的形状应根据接头导线粗细和施焊部位特点选择，导线总截面大则必须用热容量大的烙铁，如果用小烙铁焊大接头，不但焊不牢，反而由于对线头加热时间过长而烤焦线头附近的绝缘。

施焊时，当烙铁头烧热后（注意不可烧得过热，过热后挂不上锡），在烙铁头上先挂上锡，在已搪过锡的待焊接线头上涂上钎剂，将烙铁头放在接线头的下面，紧贴线头，当涂上的松香酒清沸腾时，及时将锡钎料点在线头和烙铁上，等焊接头挂满锡钎料并渗到里面去后，再将烙铁头移开，并趁热用布将多余的锡钎料擦去。

焊接时要注意：不可使钎剂烧干冒烟；防止熔锡流人线圈内部。

（2）碳精加热锡钎焊利用低电压大电流加热碳精直接加热焊接部位，然后进行锡钎焊。

4. 实训记录

实训记录见表 9-37。

表 9-37　实训记录表

步骤	内　　　容	操 作 要 点
1	实训前的准备工作	（1）嵌线工具： （2）槽绝缘的准备： （3）嵌线前的准备：
2	线头连接工艺	（1） （2） （3）
3	焊接工艺	（1） （2）

5. 实训报告

按照实训目的熟练掌握三相异步电动机定子绕组的连接工艺。

6. 技能测试

内容：三相异步电动机定子绕组的连接工艺。

要求：在 45min 内，完成对三相异步电动机定子绕组接地故障的检查及维修。

评分标准见表 9-38。

表 9 - 38　评分标准表

考 核 内 容	配分	评 分 标 准	得分
列举连线前的准备内容	20	每少列举一项扣 5 分	
工具使用	20	嵌线工具不会使用或使用不当每项扣 5 分	
线头连接工艺	30	(1) 步骤不对，每次扣 5 分 (2) 方法不对，每次扣 5 分	
焊接工艺	30	(1) 步骤不对，每次扣 5 分 (2) 方法不对，每次扣 5 分	

参 考 文 献

[1] 顾绳谷. 电机及拖动基础. 3版. 北京：机械工业出版社，2005.
[2] 许晓峰. 电机及拖动. 北京：高等教育出版社，2004.
[3] 曲素荣，索娜. 电机及电力拖动. 成都：西南交通大学出版社，2004.
[4] 许建国. 电机及拖动. 北京：高等教育出版社，2004.
[5] 李发海，王岩. 电机及拖动基础. 北京：中央广播电视大学出版社，1985.
[6] 许实章等. 电机学. 北京：机械工业出版社，1995.
[7] 陈世元等. 电机学. 北京：中国电力出版社，2005.
[8] 康晓明等. 电机与拖动. 北京：国防工业出版社，2005.
[9] 李明. 电机与电力拖动. 北京：电子工业出版社，2007.
[10] 刘子林. 电机与电气控制. 北京：电子工业出版社，2003.
[11] 缴瑞山. 机电技术实训. 北京：机械工业出版社，2004.
[12] 程宪平. 机电传动与控制. 武汉：华中科技大学出版社，2003.
[13] 张勇. 电机拖动与控制. 北京：机械工业出版社，2001.
[14] 王艳秋. 电机及电力拖动. 北京：化学工业出版社，2001.
[15] 应崇实. 电机与拖动基础. 北京：机械工业出版社，2002.

北京大学出版社高职高专机电系列教材

序号	书号	书名	编著者	定价	出版日期
1	978-7-5038-4861-2	公差配合与测量技术	南秀蓉	23.00	2007.9
2	978-7-5038-4863-6	汽车专业英语	王欲进	26.00	2007.8
3	978-7-5038-4864-3	汽车底盘电控系统原理与维修	闵思鹏	25.00	2007.8
4	978-7-5038-4865-0	CAD/CAM数控编程与实训(CAXA版)	刘玉春	27.00	2007.9
5	978-7-5038-4862-9	工程力学	高 原	28.00	2007.9
6	978-7-5038-4868-1	AutoCAD机械绘图基础教程与实训	欧阳全会	28.00	2007.8
7	978-7-5038-4869-8	设备状态监测与故障诊断技术	林英志	22.00	2007.9
8	978-7-5038-4866-7	数控技术应用基础	宋建武	22.00	2007.8
9	978-7-5038-4937-4	数控机床	黄应勇	26.00	2007.8
10	978-7-301-10464-2	工程力学	余学进	18.00	2006.01
11	978-7-301-10371-9	液压传动与气动技术	曹建东	28.00	2006.01
12	978-7-5038-4867-4	汽车发动机构造与维修	蔡兴旺	50.00(1CD)	2008.1
13	978-7-301-13258-6	塑模设计与制造	晏志华	38.00	2007.8
14	978-7-301-13260-9	机械制图	徐 萍	32.00	2008.1
15	978-7-301-13263-0	机械制图习题集	吴景淑	40.00	2008.1
16	978-7-301-13264-7	工程材料与成型工艺	杨红玉	35.00	2008.1
17	978-7-301-13262-3	实用数控编程与操作	钱东东	32.00	2008.1
18	978-7-301-13261-6	微机原理及接口技术(数控专业)	程 艳	32.00	2008.1
19	978-7-301-13383-5	机械专业英语图解教程	朱派龙	22.00	2008.2
20	978-7-301-12182-5	电工电子技术	李艳新	29.00	2007.8
21	978-7-301-12181-8	自动控制原理与应用	梁南丁	23.00	2007.8
22	978-7-301-12180-1	单片机开发应用技术	李国兴	21.00	2007.8
23	978-7-301-12173-3	模拟电子技术	张 琳	26.00	2007.8
24	978-7-301-12392-8	电工与电子技术基础	卢菊洪	28.00	2007.9
25	978-7-301-11566-4	电路分析与仿真教程与实训	刘辉珞	20.00	2007.2
26	978-7-301-09529-5	电路电工基础与实训	李春彪	31.00	2007.8
27	978-7-301-12386-7	高频电子线路	李福勤	20.00	2008.1
28	978-7-301-13657-7	汽车机械基础	邱 茜	40.00	2008.8

序号	书号	书名	编著者	定价	出版日期
29	978-7-301-13655-3	工程制图	马立克	32.00	2008.8
30	978-7-301-13654-6	工程制图习题集	马立克	25.00	2008.8
31	978-7-301-13573-0	机械设计基础	朱凤芹	32.00	2008.8
32	978-7-301-13572-3	模拟电子技术及应用	刁修睦	28.00	2008.6
33	978-7-301-12389-8	电机与拖动	梁南丁	32.00	2009.7
34	978-7-301-12383-6	电气控制与PLC(西门子系列)	李伟	26.00	2009.6
35	978-7-301-13574-7	机械制造基础	徐从清	32.00	2008.7
36	978-7-301-12384-3	电路分析基础	徐锋	22.00	2008.5
37	978-7-301-12385-0	微机原理及接口技术	王用伦	29.00	2009.4
38	978-7-301-12390-4	电力电子技术	梁南丁	29.00	2009.4
39	978-7-301-12391-1	数字电子技术	房永刚	24.00	2009.7
40	978-7-301-13575-4	数字电子技术及应用	何首贤	28.00	2008.6
41	978-7-301-13582-2	液压与气压传动	袁广	24.00	2008.8
42	978-7-301-13662-1	机械制造技术	宁广庆	42.00	2008.8
43	978-7-301-13661-4	汽车电控技术	祁翠琴	39.00	2008.8
44	978-7-301-13660-7	汽车构造	罗灯明	36.00(估)	2009.8
45	978-7-301-13659-1	CAD/CAM 实体造型教程与实训 (Pro/ENGINEER 版)	诸小丽	38.00	2009.7
46	978-7-301-13658-4	汽车发动机电控系统原理与维修	张吉国	25.00	2008.8
47	978-7-301-13653-9	工程力学	武昭晖	25.00	2008.8
48	978-7-301-13651-5	金属工艺学	柴增田	27.00	2009.6
49	978-7-301-13652-2	金工实训	柴增田	22.00	2009.1
50	978-7-301-13656-0	机械设计基础	时忠明	32.00(估)	2009.8
51	978-7-301-14139-7	汽车空调原理及维修	林钢	26.00	2008.8
52	978-7-301-14453-4	EDA 技术与 VHDL	宋振辉	28.00	2009.2
53	978-7-301-14470-1	数控编程与操作	刘瑞已	29.00	2009.3
54	978-7-301-14469-5	可编程控制器原理及应用(三菱机型)	张玉华	24.00	2009.3
55	978-7-301-15378-9	汽车底盘构造与维修	刘东亚	34.00	2009.7

电子书(PDF 版)、电子课件和相关教学资源下载地址：http://www.pup6.com/ebook.htm，欢迎下载。
欢迎免费索取样书，请填写并通过 E-mail 提交教师调查表，下载地址：http://www.pup6.com/down/教师信息调查表 excel 版.xls，欢迎订购。
欢迎投稿，并通过 E-mail 提交个人信息卡，下载地址：http://www.pup6.com/down/zhuyizhexinxika.rar。
联系方式：010-62750667，laiqingbeida@126.com，linzhangbo@126.com，欢迎来电来信。